千万不能绝望。
还记得父亲怎么教导我们的吗?
他说,世界上,有了勇气就有了一切。
所以,我们要有勇气,一种不屈不挠的勇气,
这种勇气使我们的父亲能超越一切。

LES
ENFANTS
DU CAPITAINE
GRANT

格兰特船长的儿女

译林出版社 [法国] 儒勒·凡尔纳—————— 著　刘方 陆秉慧——————译

图书在版编目（CIP）数据

格兰特船长的儿女 ／（法）儒勒·凡尔纳著；刘方，
陆秉慧译. —南京：译林出版社，2020.10（2022.9重印）
（凡尔纳经典科幻）
ISBN 978-7-5447-8304-0

I.①格… Ⅱ.①儒… ②刘… ③陆… Ⅲ.①幻想小
说－法国－近代 Ⅳ.①I565.44

中国版本图书馆 CIP 数据核字（2020）第 086944 号

格兰特船长的儿女 [法国] 儒勒·凡尔纳／著 刘　方　陆秉慧／译

责任编辑　赵　奕
装帧设计　韦　枫
校　　对　王　敏
责任印制　董　虎

出版发行　译林出版社
地　　址　南京市湖南路 1 号 A 楼
邮　　箱　yilin@yilin.com
网　　址　www.yilin.com
市场热线　025-86633278
排　　版　南京展望文化发展有限公司
印　　刷　江苏凤凰扬州鑫华印刷有限公司
开　　本　652 毫米×960 毫米　1/16
印　　张　41.75
插　　页　5
版　　次　2020 年 10 月第 1 版
印　　次　2022 年 9 月第 3 次印刷
书　　号　ISBN 978-7-5447-8304-0
定　　价　58.00 元

总　序　凡尔纳及其创作

吴　岩

儒勒·凡尔纳常常被称为"科幻小说之父"，他一生涉猎广泛，著述丰富，仅仅小说就超过120部，其中62部属于科幻和探险类作品。

凡尔纳于1828年2月8日出生于法国海滨城市南特。少年时代，有两个事件曾严重地影响到他后来的生活。第一件是11岁那年，他突发奇想装扮成水手登上开往印度的"卡罗里号"轮船，渴望出海远行。几小时之后，他的父亲终于在下一个港口将他找回。凡尔纳受到了重罚。傍晚，他躺在床上，流着泪向母亲保证，今后他将只在"幻想中远航"。也恰在发生这事的同时，凡尔纳还为一个早来的爱情而烦恼。她的表姐卡罗莱漂亮可爱，使他无法忘怀。但是，卡罗莱非常早熟，热望世俗事物，常常引凡尔纳说些傻话，然后以神经质的大笑嘲弄他。凡尔纳的心灵受到很大打击，但对她的爱情一直持续到青年时代。上述两件事情到底是否属实，有人保有怀疑，但如果确有其事，我们倒是发现了他热衷科幻和探险小说写作的原动力。

1846年，凡尔纳开始接受高等教育。他到过巴黎，目睹过工人起义，还在一个文艺界的沙龙中认识了大仲马，并很快与其成为挚友，合作写剧本。凡尔纳的早期创作很不成功，在与大仲马合作后虽然有一些剧本被搬上舞台，但反响平平。他开始对身边成功的作家进行观察。通过总结他发现文学的出路已被卡死，因为文坛上吸引读者的作家，都在将笔触伸向其他领域，比如大仲马写的是历史，巴尔扎克写的是伦理学，E.伽伯莱将犯罪学引入小说。看来，想在文坛立足必须找到一块未被触动的知识处女地。后来，这块处女地终于被他发现，那就是地理学！文坛上似乎还鲜有以地理学为核心内容的著作。凡尔纳兴奋异常。他试探着写了一个短篇，讲一名少女怎样为寻回未婚夫出海与风浪、海盗、冰封搏斗，他给这故事起名《在冰川上过冬》。虽然小说没有发表，但我们已从中看到凡尔纳未来创作的基本范型。

凡尔纳的第一部成名作品是 1863 年出版的《气球上的五星期》。这本小说的构思源于美国作家爱伦·坡的一部以气球为主题的短篇小说。坡是凡尔纳的引路人之一。当然，《气球上的五星期》的成功不能归因于单个要素。小说揭示的非洲风光在当时人看来新奇异常，因为在那时非洲丛林是一个无法进入的"死亡之地"，但凡尔纳却能让读者借他的小说"身临其境"。出版商赫泽尔一眼看中了这部作品，把作者从不断被退稿的失望中拯救出来。1863 年 1 月 31 日，《气球上的五星期》正式出版。凡尔纳的一个工程师朋友纳达尔给他凑热闹，自制了一个气球，还在吊篮中装上一个满脸涂黑的人，象征非洲土著。气球与小说同时与观众见面，那一天巴黎盛况空前。

用现代的标准看，《气球上的五星期》还不能算是科幻小说，而 1864 年出版的《地心游记》则确是凡尔纳的科幻经典。作品自始至终笔调幽默，他使用了一个当时看就已经过时的理论——"地球中空论"构思了一个精妙绝伦的地心旅行故事。评论家们认为，《地心游记》中最值得一提的，是凡尔纳找到了自己科幻小说中的人物结构。

这种结构是三类不同年龄和性格的角色组合。这三个角色分别是父亲，小说中以李登布洛克教授为代表，象征统治者。孩子，小说中以阿克赛尔为代表，象征被统治者。仆从，小说中以汉斯·布杰尔克为代表，象征被奴役者。凡尔纳发现，这三类角色在小说中合理搭配能完成科幻小说中最重要的一些功能。如父亲角色以全能全知为特点，因此可以大段大段地讲述科学知识。孩子则以冲动、情绪不稳、梦想为特点，因此常常搞出乱子使小说发展陷于绝境，增加了情节起伏。仆人的作用则更加奇特，设置这种角色是为了在作家陷于困境，无法拯救主人公命运的时候，让他们亮出自己的隐藏身份，将主人公（实际是将作家本人）救出困境。这三类人将在凡尔纳所有小说中反复出现。

1865 年，《从地球到月球》开始连载。这部小说到一百多年之后仍然在为凡尔纳赢得预言家声誉。1969 年美国"阿波罗 11 号"登月之后，人们发现小说中所写到的跟现实之间有许多联系。起飞速度、太空景观、降落方式、研发基地等，都与小说中的描写惊人重合，就连飞船上乘坐了三个人，也跟"阿波罗 11 号"完全一致，只不过缺少那条太空狗！

被我们熟知的所谓"凡尔纳三部曲"，由 1867 年的《格兰特船长的儿女》、1869 年的《海底两万里》和 1874 年的《神秘岛》组成。《格兰特船长的儿女》是一个寻父主题，在某种程度上，凡尔纳在潜意识中探讨了自己与既严厉又慈爱的父亲之间的心理关系。《海底两万里》不能算是潜水艇预言书，因为早在成书之前的两百多年前，潜水艇已经在试验中了。《海底两万里》的成就是塑造了两个科幻文学史中永恒的形象：一个是有形的，那就是坚定、果敢、正义的尼摩船长。另一个是无形的，那是神秘、暴躁、生机勃勃又充满毁灭性的大海。如果第一本谈的是"父亲去哪儿了"，第二本谈的就是"英雄去哪儿了"，回答是他将永恒地与海洋相伴。《神秘岛》是一个多人共同完成的鲁滨逊漂流记，用"我去哪儿了"完成了三部曲的整体设计。从寻父到遭遇英雄到自我拯救，作品完成了一个从大自然到社会进而到达自我的过程。但因为凡尔纳的主观倾向是朝向外部的抒写，对人物的内心表达并不太多。

凡尔纳毕竟不是一个所谓的纯文学作家，但他作为第一代通俗和流行小说的作家，确是一个开山鼻祖。他的创作盛期文思泉涌，下笔成章，成功一个接着一个，但也留下了不严谨的毛病。例如，他1873年创作的《八十天环游地球》中的主人公在各地漫游却都按法国时钟作息，这就忽略了时间的地域性。再比如，他在印度的东方法庭中看到的审判程序是西方的。还有很多因为写作太快，加上自己的遗忘造成的BUG。例如，为了情节的迅速发展，这本书中那个被美洲土著人绑架的万事通能"自动"归队，这样的事情在其他小说中也有一些。

流行小说有一些缺陷，但也会产生杰作。《太阳系历险记》就是这样一部出类拔萃的作品。这部小说描写地球被小行星撞击，一夜之间地中海区域的地壳被分离出去，进入太空，伴随小行星在太阳系浪迹两年又回到地球。小说的幻想大胆，言语幽默，场面宏大，人物个性准确。似真似梦的结尾，更使人怀疑现实与想象之间到底有没有距离。

凡尔纳进入中年以后，声望日高，曾被罗马教皇接见，也曾被选为市议会议员。他的财富日涨，光游艇就换了三次，一次比一次豪华。但是，他的家庭生活并不如意，结婚后与妻子常常无法交流，儿子又患有青春期心理疾病，一事无成。他还受到一个晚辈亲属的莫名枪击，住进了医院，幸好只伤了脚。

评论家们特别感兴趣的，是凡尔纳1890年10月发表的小说《喀尔巴阡古堡》。这部小说讲述了一个使用幻影录像保存情人形象和声音的故事，颇有哥特小说的风格。为什么作品中被两个男主角争夺的情人——女歌唱家斯拉蒂性格写得那么生动？她倔强而且美丽，被作家灌注了许多感情的笔墨。研究者于是翻箱倒柜查看那个年代的各种信息，确实有人找到了凡尔纳可能在现实中有一个类似的情人的证据。但这是一位精神恋爱的对象。据说从她那里凡尔纳得到了从妻子那儿得不到的理解。也正是这个女人使凡尔纳第一次在自己的作品中尝试写出女性的心理和恋爱的细节。

凡尔纳的创作力一直很旺盛。他与出版商的合同是每年四本。为了防止自己老化，他每年在剩余的作品上写下下一年的年份装入抽屉，到他死时已存有一抽屉手稿可供继续发表。1905年3月17日凡尔纳瘫痪；3月24日失去知觉，25日晨去世，享年80岁。3月28日，他后半生一直生活的亚眠市举行隆重殡葬仪式，全世界都向他致哀。

1989年，凡尔纳的重孙在老房子里找到一个保险箱，其中存有1863年创作的《二十世纪的巴黎》手稿。这部作品因为对未来的描写不那么正面，被当时的出版商拒绝。手稿最终于1994年出版。人们发现，凡尔纳除了乐观的一面，还有忧患的一面。但这一面是在100年之后才被认识到的。

凡尔纳的小说很早就被引进中国。1900年薛绍徽和陈逸儒翻译了《八十日环游记》。1901年梁启超翻译了《十五小豪杰》并为其点评。1902年卢籍东和红溪生翻译了《海底旅行》。1903年有未署名者翻译了《空中旅行记》，包天笑翻译了《铁世界》。这一年，周树人先生翻译《月界旅行》和《地底旅行》并撰写了《月界旅行弁言》。1904年商务印书馆编译所翻译了《环游月球》，包天笑翻译了《无名之英雄》。1905年吴若和蒋维乔翻译了《秘密海岛》，陈泽如翻译了《寰球旅行记》。1906年包天笑翻译了《一捻红》，周桂笙翻译了《地心旅行》，海外山人翻译了《海底漫游记》（《投海记》）。1907年谢忻翻译了《飞行记》。1910年包天笑翻译了《秘密党魁》。1912年哮天生翻译了《无名氏》。1914年孙毓修翻译了《鹦鹉螺》，叔子翻译了《八十日》。1915年悾悾翻译了《海中人》。1931年远生翻译了《十五少年》。1940年施洛英翻译了《十五小豪杰》。20世纪50年代中期，中国青年出版社出版了八卷本凡尔纳选集，包括《格兰特船长的儿女》《海底两万里》《神秘岛》《机器岛》《八十天环游地球》《地心游记》《从地球到月球》《培根的五亿法郎》。此后，各个出版社出版了大量凡尔纳著作的不同版本。1987年，吴贻弓和张建亚在上海电影制片厂将《一个中国人在中国的遭遇》搬上银幕改名为《少爷的磨难》。2004年迪士尼公司推出新版《八十天环游地球》，其中加入了大段中国境内的故事。

在对作品的研究和推崇方面，从晚清到现在也已经积累了丰富的资料。梁启超对《十五小豪杰》的多数章节的点评，至今仍然能看到他对科幻作品的许多期许。周树人在《月界旅行弁言》中提出的"经以科学，纬以人情"和"导中国人以前行，必自科学小说始"也已经家喻户晓。1959年杨宪益在《世界文学》发表《儒勒·凡尔纳的科学幻想小说》，强调主流文学也在关注凡尔纳。习近平总书记曾经在2013年四川芦山发生7.0级地震后来到龙门乡隆兴中心校。在参加五（2）班主题班会的时候有男孩说他想当科学家，建造会飞的房子以免受灾难危害。总书记说，青少年要敢于有梦，从《西游记》到凡尔纳科幻小说，飞船、潜艇今天不都有了吗？有梦想，还要脚踏实地，好好读书，才能梦想成真。2014年3月27日，习近平在中法建交50周年纪念大会上说："读凡尔纳的科幻小说，让我的头脑充满了无尽的想象。"作家、知识分子和国家领导人对凡尔纳的推崇，让我们认识到在这个全新的时代，经典科幻小说仍然充满了魅力，特别对青少年来讲，是最好的阅读选择之一。

我觉得对新一代人来讲，重提阅读凡尔纳意义十分重大。

首先，凡尔纳的小说充满对未知世界的渴望，期待人类能超越现实，奔向未来，这个呼唤在当今显得尤为重要。

毋庸置疑，从20世纪70年代通信卫星和交通技术大发展之后，社交网络的出现和人类相互见面次数的增加，导致了各种观念交流、交锋、改造、创新速度的加快，从而又导致了科技发展走向指数级提升。一种生活在未来的后现代状态正在生成。今天，宇宙飞行器对太阳系的观察证实，空气、水，甚至生物大分子这样的物质在太阳系中可能不只我们这颗星球独有。而对遥远太空探测的最新影像，通过计算机分析，表明人类已经找到了数千个跟地球类似的远方世界。两个方向的研究结果论证了凡尔纳科幻小说中倡导的离开地面走向太空之路完全可以成为现实。与此同时，我们也必须衡量这种走出地球的代价到底是怎样的。跟太空技术的发展相比，生物技术的前进速度更快。在今天，人类已经可以对包括自身在内所有生物的基因进行完整测序，对已经绝灭的物种的恢复也已经被提上科学工作者的议事日程。《地心游记》中看到的恐龙出现在我们的周围，可能只是时间的问题。材料技术的发展也在突飞猛进。3D打印已经可以处理活的物质，纳米尺度的分子搭建让我们能把凡尔纳所想象的那些神奇事物统统建造出来。这样，无论是"鹦鹉螺号"潜艇还是飞向月球的大炮，都可以在材料技术的突破之后变得随处可见。虚拟现实和社交网络无限地改变了人与人、人与外部的关系，让人们既与世隔绝又身处万物互联的地球村甚至宇宙村中。凡尔纳所涉及的20世纪的巴黎，在21世纪早就成为现实。但就在新科技每天刷新人们的认知和观念，给生活带去新的感受的时候，我们中的许多人，对探索却失去了热情，以为每日钻进电子游戏之中或者听听演唱会，从互联网的虚拟图像中体察世界，就能解决未来的所有问题。对这样的享乐主义，简单化，甚至巨婴一代的出现，凡尔纳的作品应该是一剂有用的处方。

其次，凡尔纳的小说阐述了科学发展必须跟社会生活之间保持紧密的联系，因为每一项发明和探索的发现都必定引起社会的变化，这对今天观察世界和怎样建设这个世界，是一个很好的参考。

曾经有一种流传很广的说法，把凡尔纳的作品当成科普读物，认为从中可以学到许多知识。我觉得这个想法是完全错误的。科普读物跟科学读物一样，永远是有时间限制的。今天的人之所以不会再去认真阅读法拉第写的《圣诞科学讲座》(《蜡烛的故事》)，不会太在意伊林写的《人怎样变成巨人》，不会继续把弗拉马里翁的《趣味天文学》当成孩子的课外读物，主要是因为这些以知识传播为主的科普作品中的许多内容，因时间的流逝而失去了科学的正确性。但科幻小说从创作之初就以想象为目标，以表达科学对社会的影响为目标，因此反而能不断阅读。读者会自然而然地将过往的知识替换成今天的现实，但那种社会与科技之间的关系，反而历久弥新，超越时代。不是吗？即便"土星5号"登月火箭曾经成功地将人类送到月球、协和式超音速飞机曾经跨越两个大洋仅用几个小时、"蛟龙号"深潜船触及了太平洋深层的海底，但我们仍然没有失去对"热气球""登月大炮""鹦鹉螺号"走入社会之后所发生的一切的兴趣。过去的一切，竟然可以在今天被读者重新对号入座，这就是所谓的让历史告诉未来的科幻含义吧。

最后，我想说凡尔纳作品中的"三观"虽然是古典的，但在今天看来多数仍然没有过时。我们仍然对那些为了人类孜孜不倦进行探索的人充满崇敬；我们也仍然对危险到来时挺身而出的人由衷地感激；我们仍然在讴歌爱、忠贞、家庭至上以及各种美好的事物；我们仍然相信科学能让我们跟自然和谐相处，保存人类发展的力量；我们仍然对踏实肯干、不浮夸、不投机钻营、不唯利是图、不巧取豪夺、不仗势欺人等凡尔纳在他作品中提倡的东西表示赞同，并且希望能继续发扬光大。难怪罗马教皇在接见凡尔纳的时候就说，他其实更重视小说中传达出的"道德力量"。我们需要科学，更需要对自己的把控。

凡尔纳的小说是常读常新的。感谢译林出版社重新制作的这个版本。期待大家接受这个跨越时代经典的新的聚合。期待大家用当代的新感受和新理念去重新诠释作品。相信你们将是站在凡尔纳巨大科幻宝山之上，把眼光投射得最为深远的那一代人。能通过这套书认识你们，是我这个过来人的巨大荣幸。

是为序。

2020 年 3 月 27 日

目录

第一部

第二部

第一部

第一章　天平鱼

　　1864 年 7 月 26 日，一艘华丽的蒸汽游艇，乘着强劲的东北风，在北海峡①破浪全速前进。一面英国国旗拍打着游艇后桅的斜桁；在主桅的上端，一面蓝色的小燕尾旗上用金线绣着姓名首字母 E. G.，金字上方是花冠形的家族标记。这艘游艇名叫"邓肯号"，属于爱德华·格雷那万勋爵。这位勋爵是英国议会上院十六位苏格兰元老当中的一位，也是享誉联合王国的"皇家泰晤士河游艇俱乐部"最显赫的成员。

　　爱德华·格雷那万勋爵和他的年轻妻子格雷那万夫人以及他的表兄麦克·纳布斯少校这时正在船上。

　　新建造的"邓肯号"游艇在克莱德海湾外几海里的海面上试航后，正准备返回格拉斯哥。阿伦岛已经赫然出现在地平线上时，瞭望水手突然示意有一条大得异乎寻常的鱼正在游艇的航迹中扑腾。船长约翰·曼格斯立即命人将这次巧遇报告给爱德华勋爵。勋爵和麦克·纳布斯少校随即登上艉楼，问船长这是一条什么鱼。

---

① 北海峡位于苏格兰与北爱尔兰之间。

"说实在的，阁下，"约翰·曼格斯回答说，"我认为这是一条大个头的鲨鱼。"

"这片海域竟会有鲨鱼！"格雷那万惊奇地说。

"毋庸置疑，"船长说，"这是一条属于所有海域各个纬度都能见到的那种鲨鱼——天平鱼①，除非我搞错了，我们现在碰到的就是这种坏家伙！如果阁下同意，如果格雷那万夫人喜欢观看一场奇特的钓鱼活动，我们马上就会知道是怎么回事。"

"您有什么想法，麦克·纳布斯？"格雷那万勋爵问少校，"同意碰碰运气吗？"

"您喜欢，我就同意。"少校平静地答道。

"而且，"约翰·曼格斯又说，"谁也不知道怎样才能把这些可怕的鱼赶尽杀绝呢。那我们就好好利用这次机会吧！假如阁下乐意，那场面一定会激动人心，而且这也是件好事嘛。"

"干吧，约翰。"格雷那万勋爵说。

他随即命人通知格雷那万夫人。夫人来到艉楼她丈夫的身边，她的确被即将看到的动人心魄的捕鱼活动吸引住了。

海上风平浪静，大家的视线可以毫不费力地跟随那头角鲨在海面上快速游动。只见它以惊人的活力时而钻进水里，时而冲向前方。约翰·曼格斯发出一个又一个命令。水手们把一根粗大的绳子从右舷舷墙上抛出去，绳上系了一个鱼钩，钩上穿了一块很厚的肥肉。尽管鲨鱼离游艇还有五十码的距离，它却已闻到了令它垂涎三尺的诱饵的味道。它迅速游近汽艇。大家已经能够看见它的鳍了，鳍尖呈灰色，鳍根是黑色，各鳍都在猛烈地拍打波涛，而它的长尾巴却使它的身子保

---

① 天平鱼是英国水手给这种鱼取的名字，因为这种鱼的头长得像天平，或者更确切地说，像双榔头。正因为如此，这种鱼在法国以"榔头鲨"的名字著称。——原注

持着平衡，稳当地沿着一条直线行进。在它前进的同时，它那贪婪突出的大圆眼睛也显露了出来；它翻身时，下颌张开，露出了四排牙齿。鱼头硕大，活像一个榔头柄上安放的两只榔头。约翰·曼格斯不可能搞错，那是角鲨科里最贪婪的一种，英国人管它叫天平鱼，普罗旺斯人叫它犹太鱼。

"邓肯号"船上的游客和水手们都密切注视着鲨鱼的动作。眼看那鱼就要触到鱼钩了；它翻了一个身，以便更准确地咬住鱼钩，于是大块的诱饵便在它那宽喉咙里消失了。那家伙立即被钩上了，粗绳子猛烈颤动起来。水手们通过大横桁顶端的滑车把那凶狠的怪物拽了上来。鲨鱼眼见自己被迫离开了天然的生活场所，便开始拼命挣扎，但大家仍然制伏了它那凶猛的蛮劲。一根打了活结的绳子捆住了它的尾巴，终于使它动弹不得。不一会儿，大家便把它拖过舷墙，扔在甲板上。一个水手立即小心翼翼地靠近它，猛地一斧头，砍下了它那粗得吓人的尾巴。

捕鱼结束了，那怪物已没有什么可害怕的；水手们也已报仇雪恨，心满意足，但他们的好奇心却还没有得到满足。原来，任何一条船上都有一个习惯，那就是仔细探访鲨鱼的肚子。水手们很了解鲨鱼那从不挑剔的贪婪胃口，都会料想让人吃惊的情况，而他们的期待往往不会落空。

格雷那万夫人不想观看这场令人厌恶的"探索"过程，便回艉楼去了。鲨鱼还在喘息；这家伙身长十尺，体重超过六百斤。当然，这样的体积，这样的重量并没有什么异乎寻常的地方，但这条天平鱼即使不能列在同类巨头的排行榜里，起码也应列在最令人胆寒的鲨鱼名单上。

人们毫不客气地用斧头给巨鲨开膛破肚。钓钩一直钻进了这家伙的肚子，而肚子里却绝对空空如也！很显然，这鲨鱼饥肠辘辘已经有些时候了。垂头丧气的水手们正准备把鲨鱼肚里的下水扔到海里去，不料一个紧紧嵌在鱼肠里的粗大玩意儿却引起了水手长的注意。

"嘿！那是什么东西？"他嚷道。

"那个呀，"一个水手答道，"那是一块石头，这大家伙吞下去可能想填饱肚子。"

"哼！"另一个水手说，"准是一颗哑弹被这无赖吞到肚子里，它还没来得及消化呢。"

"给我闭嘴，你们这些人！"游艇大副汤姆·奥斯汀反驳他们说，"你们没看见这条鲨鱼是个老酒鬼吗？为了滴酒不漏，它不仅喝了酒，而且吞下了酒瓶！"

"什么！"格雷那万大声说，"鲨鱼肚里有个酒瓶！"

"瓶子是真的，"水手长说，"但它显然不是从酒窖里出来的。"

"那好，汤姆，"格雷那万勋爵说，"您小心把那瓶子抽出来；海里的瓶子往往装有珍贵的文书。"

"您相信有吗？"麦克·纳布斯少校说。

"至少我相信可能有。"

"噢！我不想跟您抬杠，"少校答道，"里面没准儿有个什么秘密呢。"

"这一点，我们马上就可以知道，"格雷那万说，"怎么样，汤姆？"

"瞧这个。"大副一边回答，一边把他好不容易从鲨鱼肚里取出来的一个不成模样的东西给大家看。

"好，"格雷那万说，"命人把这难看的脏东西洗干净，再把它送到艉楼来。"

汤姆遵命出去办理了。不一会儿，那只在极为奇特的情况下发现的瓶子便摆在了高级船员餐厅的桌子上。围坐在桌边的有格雷那万勋爵、麦克·纳布斯少校、约翰·曼格斯船长和格雷那万夫人，因为据说女人都有点好奇。

海上无小事。一时间大家都保持着沉默，人人都在用视线探询这只瓶子。那里面装的是某次灾难全过程的秘密呢，还只是某个航海人闲得无聊时扔在海里，任其随波逐流的一封无足轻重的信件？

格雷那万不再迟疑，立即着手检查这只瓶子。瞧他那模样，俨然是一位刑事诉讼的预审法官在记录某个重大案件的一些特别之处。他这样做是有道理的，因为表面看去微不足道的迹象往往可以引导人们发现重要的线索。

在探索瓶子的内部之前，首先得研究它的外部。瓶口很细小，结实的瓶颈上还缠着一根生了锈的铁丝；瓶壁很厚，能够承受好几个大气压力，这些细节说明这瓶子原是盛香槟酒的。阿依或埃佩奈的葡萄酒酿造人曾用这种酒瓶砸碎椅脚横档，而酒瓶本身却完好无缺。正因为这样，这只瓶子才能够经过长期漂泊却完好无损。

"这是克利哥酒厂的酒瓶。"少校随便说了一句。

因为他是这方面的行家，所以众人并无异议。

"亲爱的少校，"海伦娜说，"是什么样的瓶子并不重要，要紧的是它从哪儿来的。"

"我们一定会知道的，我亲爱的海伦娜，"格雷那万勋爵说，"而且我们已经可以肯定它是从很远的地方来的。你们瞧瞧盖在这瓶上的一层矿化了的物质，可以说，这种矿化了的物质是海水作用的结果！这个漂浮物在被鲨鱼吞到肚子里之前已经在海洋里待了很长时间。"

"我不能不同意您的意见，"少校答道，"这瓶子有一层石质包裹，说明它经过了长途旅行。"

"但瓶子究竟是从哪里来的呢？"格雷那万夫人问。

"等一等，我亲爱的海伦娜，等一等，同酒瓶打交道需要耐心。如果我没说错的话，这只瓶子会回答我们所有的问题。"

格雷那万一边说一边着手刮那些保护瓶口的坚硬物质。瓶塞很快就露出来了，但已经被海水腐蚀得极为严重。

"情况不妙，"格雷那万说，"因为万一里面有什么文件，那一定不成样子了。"

"这倒应该担心。"少校说。

"我还要补充一句，"格雷那万又说，"这塞得不紧的瓶子早就该沉到海底了，幸亏鲨鱼把它吞到肚里，这才有可能带到'邓肯号'上来。"

"没错，"约翰·曼格斯说，"但还是宁愿在海上捞到它，最好在确定的经度和纬度上。那样，我们研究大气气流和海水流向就可以知道它经过的路。可惜遇上这么一个鲨鱼邮差，它们喜欢逆风逆潮游动。"

"我们看看再说。"格雷那万说。

这时，他极其小心地拉开瓶塞。刹那间，一股浓重的咸盐味便在艉楼里散发开来。

"怎么样？"格雷那万夫人带着女性特有的急切心情问。

"对，"格雷那万说，"我没有弄错！里面有文件！"

"有文件！有文件！"格雷那万夫人大声嚷道。

"不过，"格雷那万说，"文件好像被水濡湿了，粘在瓶壁上了。"

"把瓶打碎！"麦克·纳布斯说。

"最好保持酒瓶完整。"格雷那万说。

"那我也同意。"少校说。

"那当然好，"格雷那万夫人说，"但内容总比包装珍贵呀。宁可牺牲包装挽救内容。"

"阁下只需敲掉瓶颈，"约翰·曼格斯说，"就可以取出文件而不损坏瓶子。"

"哦！瞧你！还犹豫什么，亲爱的爱德华！"格雷那万夫人嚷道。

的确很难用别的方式开瓶，于是，格雷那万豁出去了，决定敲碎这珍贵酒瓶的瓶颈。敲瓶还不得不使用锤子，因为瓶子的石质外壳硬得像花岗岩。片刻之后，锤子敲下的碎片便落在了桌子上，大家随即瞥见瓶里有好几张纸片粘在一起。格雷那万小心翼翼地取出纸片，再将它们分开，摆在自己的面前。这时，格雷那万夫人、少校和船长都挤在他身边。

第二章 三份文件

　　那些纸片有一半已被海水腐蚀，只能在上面看见几个字，而且那只是一行行几乎完全模糊的句子留下的难以辨认的字迹。格雷那万勋爵把纸片翻过来翻过去，仔细研究了几分钟，然后把它们对着阳光，观察那些劫后余生的最细微的笔画的痕迹。随后，他看看正在用焦虑的眼神注视着他的朋友们。

　　"这里有三种不同的文字，"他说，"很像是同一份文件用三种语言复制出来的，一种是英语，另一种是法语，还有一种是德语。其中几个抗住了腐蚀的词使我毫不怀疑我的判断。"

　　"但这些词起码该显示某种意义吧？"格雷那万夫人问。

　　"很难说，亲爱的海伦娜。文件上残留的字迹非常不完整。"

　　"也许词与词可以互相补充？"少校说。

　　"应该是这样，"约翰·曼格斯说，"海水浸湿这些句子不可能正好在同一个地方。把那些零零碎碎的句子拼在一起，我们一定会在其中找出可以理解的意义。"

　　"这正是我们马上要做的，"格雷那万勋爵说，"但我们还是有条不紊地干吧。首先是这份英文的文件。"

这份文件的行和词是这样排列的：

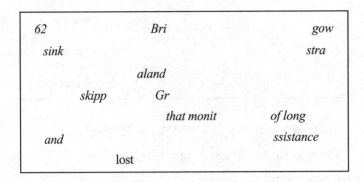

"这可看不出什么意思！"少校垂头丧气地说。

"不管怎么说，"船长答道，"这里面写的是地道的英文。"

"这方面毫无疑问，"格雷那万勋爵说，"sink, aland, that, and, lost 几个词是完整的；skipp 显然可以形成 skipper 这个词，问题在这位 Gr……先生，可能是一艘遇难船只的船长。"

"再补充一句，"约翰·曼格斯说，"monit 和 ssistance 的意思是很明显的。"

"哎呀！这，这已经有点门儿了。"格雷那万夫人说。

"可惜，"少校说，"我们还没有一行行完整的句子。怎样才能找到失事船只的名字以及沉船的地点呢？"

"我们一定能找到！"爱德华勋爵说。

"这是肯定的，"向来爱附和别人意见的少校说，"但用什么方式去找？"

"用一份文件补充另一份文件。"

"那我们就来找吧！"格雷那万夫人嚷道。

第二片纸比头一片毁损得更严重，它只提供了几个孤立的字，这些词是这样排列的：

<table>
<tr><td>7 Juni</td><td></td><td>Glas</td></tr>
<tr><td></td><td>zwei</td><td>atrosen</td></tr>
<tr><td></td><td></td><td>graus</td></tr>
<tr><td></td><td></td><td>bringt ihnen</td></tr>
</table>

"这是用德文写的。"约翰·曼格斯一看纸头便说。

"您懂这种语言吗，约翰？"格雷那万问。

"完全懂，阁下。"

"那好，告诉我们，这几个词是什么意思。"

船长仔细端详着文件，随即这样表达其中的意思：

"我们首先确定事件发生的日期：7 Juni 就是 6 月 7 日，再把这个数字和英文文书提供的数字连起来，我们就知道了完整的日期：1862 年 6 月 7 日。"

"太棒了！"格雷那万夫人大声说，"继续说下去，约翰。"

"在同一行里，"年轻的船长接着说，"我找到了 Glas 这个词，把它同英文本的 gow 连起来，就得到 Glasgow。显然谈的是格拉斯哥海港的一艘船。"

"我也持同样的看法。"少校响应他说。

"文书里第二行全缺，"约翰·曼格斯又说，"但在第三行，我看到了这两个重要的词：zwei，意思是两个，还有 atrosen，更确切的是 matrosen，德文的意思是水手。"

"这样看来，"格雷那万夫人应道，"就是说，有一位船长和两个水手喽？"

"有这个可能。"格雷那万勋爵答道。

"我得向阁下承认，"船长接着又说，"下面这个词 graus 让我感到困惑。我不知道该怎样翻译。也许第三份文件能让我们明白。至于这最后两个词，那不难解释。bringt ihnen 的意思是：给他们。如果把这两个词同上一份文件英文第七行的词，也就是 ssistance 连起来，'给予救援'这句话就自动显现出来了。"

"不错！给予救援！"格雷那万说，"但这些不幸的人究竟在哪里呢？到现在我们也没有任何相关地点的线索，事故现场绝对是未知数。"

"但愿这文件的法文版讲得更明确些。"格雷那万夫人说。

"我们看看法文文件吧，"格雷那万说，"我们都懂这个语言，所以我们的研究会更容易些。"

下面是第三份文件原件的准确复制品：

```
        troi            ats            tannia
                gonie                  austral

                                abor
        contin      pr              cruel   indi
            jeté                            ongit
        et 37°11'           lat
```

"有数字！"格雷那万夫人嚷道，"瞧呀，先生们，瞧呀！"

"还是按次序琢磨吧，"格雷那万勋爵说，"我们先从头开始，让我把这些分散而又不完整的词一个一个恢复起来。我首先看见的是头一批字母，说的是一艘三桅船，多亏英文和法文的文书，我们可以得出这艘船的全名：'布里塔尼亚号'。下边两个词是 gonie 和 austral，后面这个词的意思，你们谁都明白。"

"已经有了宝贵的细节，"约翰·曼格斯说，"海难发生的地点是在南半球。"

"还是太含糊。"少校说。

"我继续说下去，"格雷那万接着说，"哦！ abor，它是动词靠岸的词根。这些倒霉的人在某个地方靠了岸。但在哪里呢？ contin！难道是在某个大陆？ cruel！"

"残酷！"约翰·曼格斯大声说，"德文 graus 这个词就得到了解释……grausam……残酷！"

"接着看下去！接着看下去！"格雷那万说。随着残缺字词的意思越来越明显，他的兴趣越来越高涨。"indi……是否说那些水手在印度出事了？ ongit 这个词又是什么意思呢？哦！是 longitude（经度）！那 latitude（纬度）就是三十七度十一分。好了！我们总算有了准确的线索。"

"但我们还缺经度。"麦克·纳布斯说。

"总不能样样都拥有呀，我亲爱的少校，"格雷那万答道，"有了准确的纬度已经了不起了。可以肯定地说，法文版是三份文件中最齐全的。很明显，其中的每一份都是另两份逐字逐句的翻译稿，因为每一份的行数都一样。因此，我们现在必须把它们集中起来，翻译成一种语言，然后寻找其中概率最高，逻辑性最强，也最明确的字义。"

少校问：

"您准备把它们译成法文、英文还是德文？"

"译成法文，"格雷那万答道，"因为其中有意义的词大部分都属于这个语言。"

"阁下说得有道理，"约翰·曼格斯说，"而且我们都熟悉这个语言。"

"那就说定了。我这就把残存的片言只字集中起来，同时用没有疑义的词填补字里行间的空白。然后我们再加以比较和判断。"

格雷那万立即拿起羽毛笔。片刻之后，他把一张纸头拿给朋友们看，纸上写着这几行字：

```
1862 年 6 月 7 日    三桅船"布里塔尼亚"   格拉斯哥
沉没             哥尼亚        南
                      登陆        两个水手
Gr 船长                        靠岸
大陆              pr         残酷  印度
        扔这文书                经度
纬度 37 度 11 分            给他们救援
        完蛋
```

这时，一个水手前来报告船长，"邓肯号"正在驶进克莱德湾，并请示他有什么命令。

约翰·曼格斯转身问格雷那万勋爵：

"阁下有什么意图？"

"尽快抵达丹巴顿，约翰；等格雷那万夫人回到玛尔科姆城堡，我就直接到伦敦，把这份文件交给海军部。"

于是，约翰·曼格斯发出命令，水手出去把命令转达给大副。

"现在，朋友们，"格雷那万说，"我们继续研究。一次重大海难的线索已被我们发现了，我们的洞察力决定着几个人的生死哩。因此，让我们充分利用我们的智慧来猜出这个谜的谜底吧。"

"我们做好了准备，我亲爱的爱德华。"格雷那万夫人响应道。

"首先，"格雷那万接着说，"必须就这份文件仔细考虑三种不同的情况：第一，我们已经知道的东西；第二，我们可以推测的东西；第三，我们不知道的东西。我们知道什么？我们知道，1862 年 6 月 7 日，格拉斯哥有一艘名叫'布里塔尼亚号'的三桅船遭遇沉船事故；两个水手和他们的船长将这份文书扔在纬度三十七度十一分的海上，文件要求救援。"

"完全正确。"少校说。

"那我们又能推测些什么呢？"格雷那万接着说，"首先，海难发生在南半球的海上，而且我马上要提请你们注意 gonie 这个词。这个词本身不是已经显示出它属于哪个地方了吗？"

"巴塔哥尼亚！"格雷那万夫人大声说。

"没错。"

"巴塔哥尼亚在纬度三十七度线上吗？"少校问。

"这很容易查对，"约翰·曼格斯答道，同时展开一幅南美洲的地图，"正是如此。三十七度线刚好擦过巴塔哥尼亚。它穿过阿劳卡尼亚，顺势穿过巴塔哥尼亚的潘帕斯北部，再进入大西洋。"

"很好。我们再继续推测。那两个水手和他们的船长靠……靠什么？大……大陆！你们明白吗，是大陆，而不是岛屿。他们后来怎样了呢？这里有两个来得正巧的字母 pr……这两个很神秘的字母在告诉你们那几个人的命运。原来，这些不幸的人被 pris 了，被抓了，或者当了 prisonniers，成了俘虏。谁的俘虏？ cruels Indiens，残酷的印第安人。你们信服了吧？这些词不是在那些空白处自动蹦出来的吗？这份文件难道没在你们眼前逐渐清晰起来？你们的脑子是不是突然清醒了？"

格雷那万讲话时信心十足。他的眼睛炯炯有神。他火一样的热情完全感染了他的听众。在场的人喊道：

"这太明显了！太明显了！"

片刻之后，格雷那万勋爵又讲了这样一番话：

"朋友们，依我看，所有这些假设似乎都很有说服力。我认为，海难发生在巴塔哥尼亚海岸。我还要派人去格拉斯哥打听，'布里塔尼亚号'的目的地是哪里。我们一定会知道这艘船是否会航行到那个海域。"

"噢！没有必要跑那么远去问，"约翰·曼格斯说，"我这里有《商船与海运报》的合订本，可以给我们提供准确的线索。"

"哦！让我们瞧瞧！"格雷那万夫人说。

约翰·曼格斯取出一摞1862年的报纸，开始一页一页快速翻起来。他很快便用高兴的口气说：

"1862年5月30日。秘鲁！卡亚俄！载货返格拉斯哥，'布里塔尼亚号'，格兰特船长。"

"格兰特！"格雷那万勋爵吃惊地高声说，"就是那位有意在太平洋上创建新苏格兰的大胆的苏格兰人！"

"正是，"约翰·曼格斯答道，"就是他于1861年在格拉斯哥登上'布里塔尼亚号'商船，从此音信全无。"

"再没有疑问了！再明白不过了！"格雷那万说，"就是他。'布里塔尼亚号'在5月30日离开了卡亚俄。他启程八天之后，于6月7日在巴塔哥尼亚沿海失踪。这就是那些看上去无法辨认的残存字词的全部故事。你们瞧，朋友们，我们原来推测的大部分都很准确。我们还不知道的就只有一个问题了：经度。"

"经度对我们没什么用处，"约翰·曼格斯说，"因为地区已经知道了，有了纬度，我可以直接到达海难现场。"

"这么说我们一切都知道了？"格雷那万夫人问。

"对，一切，我亲爱的海伦娜。大海在文件的字里行间留下的空白，我可以毫不费力地把它们填补上，就像格兰特船长口授，我在听写一样。"

格雷那万勋爵立即拿起羽毛笔，毫不犹豫地写了下面的手记：

"1862年6月7日，格拉斯哥港的三桅船'布里塔尼亚号'在南半球巴塔哥尼亚沿海沉没。两个水手和船长往陆地前进，试图登陆。考虑到他们可能成为残酷的印第安人的俘虏，他们遂在某某经度和37°11′

纬度处扔下这份文书，呼吁给他们以救援，否则他们必死无疑。"

"很好！很好！我亲爱的爱德华，"格雷那万夫人说，"这些不幸的人能不能重回他们的祖国，就托你的福了。"

"他们肯定能重回祖国！"格雷那万答道，"这份文件太明确了，太清楚了，太肯定了，英国不可能迟疑不决，不去救援她被抛弃在荒凉海岸上的三个孩子。她为弗兰克林和其他许多人做过好事，她今天也会为'布里塔尼亚号'的遇险者做同样的事！"

"这些不幸的人肯定有自己的家庭，"格雷那万夫人又说，"家人正在为他们的失踪哭泣呢。这位可怜的格兰特船长也许有妻子，儿女……"

"你说得对，我亲爱的夫人，我负责通知他们，告诉他们还没有完全失去希望。现在，朋友们，我们上艉楼去，因为我们该靠近海港了。"

果然，"邓肯号"正在全速挺进；它这时正沿着比特岛的海岸逐渐把罗瑟塞留在自己右舷的后面，连同它那斜卧在富饶山谷里的迷人的小城。然后，游艇驶进海湾狭窄的航道，到格里诺克城前面便转向航行。晚上六点，它停靠在丹巴顿玄武岩岩礁脚下，苏格兰英雄华莱士著名的城堡就坐落在岩礁礁顶上。

一辆马车停在那里，正等待着格雷那万夫人，准备把她和麦克·纳布斯送回玛尔科姆城堡。格雷那万勋爵拥抱了自己年轻的妻子之后，急忙跳上了去格拉斯哥的快车。

在火车启动之前，他把一份启事交给了更快的载体——电报。几分钟之后，电报将这份启事传给了《泰晤士报》和《晨报》，内容如下：

> "凡打听格拉斯哥格兰特船长之三桅船'布里塔尼亚号'下落者，请咨询格雷那万勋爵，地址：苏格兰丹巴顿郡路斯村玛尔科姆城堡。"

第三章　玛尔科姆城堡

　　玛尔科姆城堡是"高地"①最富诗意的城堡之一，坐落在路斯村边，从那里可俯瞰路斯村美丽如画的小山谷。清澈的罗蒙湖水沐浴着城墙的花岗岩墙基。自远古以来，城堡一直属于格雷那万家族，这个家族在罗布-罗伊②以及弗格斯·麦克·格雷戈尔③的家乡始终保持着沃尔特·司各特④笔下古代英雄乐善好施的习俗。在苏格兰的社会革命完成的年代，为数不少的封地佃农因无力付给昔日各领地主人高额的地租，便被赶出了领地。他们有的饿死，有的当了渔夫，还有的移居国外。那真是一片覆巢无完卵的惨象。当时，在所有领主当中，只有格雷那万家族的子孙确信忠诚不分贵贱，他们始终以诚信对待自己的佃户。因此，佃户中没有一个人离开曾看见自己来到人世的老家，没有一个人抛弃祖先长眠其间的土地。所有的人都留在老领主的领地

---

① 此处指苏格兰高地。——原注
② 罗布-罗伊（1671—1734），苏格兰山民，后成为著名的侠盗。司各特曾将他的事迹写成小说。
③ 弗格斯·麦克·格雷戈尔系苏格兰 16 世纪末期的农民革命领袖。
④ 沃尔特·司各特（1771—1832），苏格兰作家，擅长写历史小说。

里。在那个树倒猢狲散、众叛亲离的世纪，格雷那万家族在玛尔科姆的城堡里只有苏格兰人居住，正如当前在"邓肯号"上只有苏格兰人一样。他们都是麦克·格雷戈尔、麦克·法伦、麦克·纳布斯、麦克·诺邓斯的佃户的子孙，就是说，他们都是斯特林郡和丹巴顿郡的儿孙：他们都是些老实人，全身心忠于自己的主人，其中有些人还在坚持讲老喀里多尼亚①的盖耳语呢。

格雷那万家族富甲一方，格雷那万勋爵一向仗义疏财，扶危济困；而且他的慈善往往更优于他的慷慨，因为善心无边无际，慷慨则必定有它的限度。作为路斯村的领主和玛尔科姆城堡的主人，他代表他所在的郡成为英国议会贵族院的元老。然而，他由于激进的民主思想，从不逢迎汉诺威家族，受到英国政界相当大的歧视；尤其因为他坚持继承他的祖先留下的传统，竭力抵制"南方人②"的政治蚕食，这更激起了他们的敌视。

这位爱德华·格雷那万可不是思想落后的人，更不是心胸狭隘、智力低下的人，不过，在敞开本郡大门迎接进步的同时，在灵魂深处仍然是一个地道的苏格兰人。他准备去"皇家泰晤士河游艇俱乐部"参加游艇比赛也正是为了给苏格兰增光添彩。

爱德华·格雷那万今年三十二岁，身材魁梧，面部表情略显严肃，但眼神极其柔和，这一切使他全身洋溢着苏格兰高地人特有的诗意。使他闻名遐迩的是他的过分正直、敢作敢为和骑士风度，他是 19 世纪的弗格斯③，但他压倒一切的优点是心地善良，这一点甚至比圣人玛丁本人更为优秀，因为他会把自己的外衣毫无保留地送给高地的穷人。

格雷那万勋爵刚结婚三个月；他娶了海伦娜·塔夫奈尔小姐为

---

① 喀里多尼亚系苏格兰的古称。
② 此处指英格兰人。英格兰岛位于苏格兰岛之南。
③ 弗格斯是古代苏格兰国王的名字，骑士的首领。

妻。海伦娜是大旅行家威廉·塔夫奈尔的千金，这位先生乃是众多因地理学研究和探险狂热而牺牲的人当中的一位。

海伦娜小姐并非贵族出身，但她是苏格兰人，在格雷那万勋爵眼里，苏格兰人等于全部贵族价值的总和。因此，路斯村的领主少爷娶了这位迷人、勇敢、忠诚的年轻姑娘为自己的终身伴侣。在结婚之前，有一天，当他同这位姑娘第一次邂逅时，她住在基尔帕特里克她父亲留下的一所房子里，无父无母，几乎身无分文。他当即明白，那可怜的姑娘将来一定会成为一个坚强的女性，因此，他娶了她。海伦娜小姐今年二十二岁，是个金发姑娘，水灵灵的蓝眼睛宛如苏格兰春日清晨的湖水。她对她丈夫的爱远远超过她对他的感激。她爱他就好比她自己是一位富家的女继承人，而他只是一个被遗弃的孤儿。至于格雷那万家的佃户和仆役，他们都把她称为"我们仁厚的路斯夫人"，随时准备为她献出生命。

格雷那万勋爵和格雷那万夫人在玛尔科姆城堡生活十分美满，在高地这美妙绝伦而又人烟稀少的大自然怀抱里，他们常常在一行行葱葱郁郁的栗树和埃及榕树下散步。他们有时也去湖边徜徉，因为那里还回荡着苏格兰风笛合奏的昔日悲壮的战歌。他们也不时深入荒凉的山谷：散落在谷底的千年废墟仿佛在书写苏格兰的历史。今天，他们在白桦树或落叶松林里，在一望无际的灌木丛里；明天，他们又去攀登本乐蒙的崇山峻岭，或骑马奔驰在人迹罕至的峡谷。他们研究、体会、欣赏着当今仍被称作"罗布-罗伊之乡"的充满诗情画意的那片土地，沃尔特·司各特奋勇歌唱的举世闻名的风景。傍晚，在夜幕降临时，当"麦克·法伦灯"在天边放出闪闪烁烁的光芒时，他们便去玛尔科姆城堡筑有小塔楼的短墙脚下，沿着它古老的长廊漫步。长廊绕城堡一周，俨如一根镶嵌着雉堞的项链。在那里，他们坐在一块孤零零的石头上沉思，在大自然的一片寂寥当中仿佛已被世界遗忘，只有他俩在淡淡的月光下忘情地注视着夜幕下影影绰绰的山峰。他们就这样长时间沉浸在令人沉醉而又心清气朗的喜悦里，只有两颗挚爱的心才能领略天地间这种心灵陶醉的秘密。

他俩就这样度过了婚后的最初几个月。但格雷那万勋爵并没有忘记，他的妻子乃是一位伟大的航海家的女儿！他常常思忖，格雷那万夫人在内心深处恐怕仍怀抱着她父亲全部的向往。他果然没有想错。于是，"邓肯号"建造起来了。这艘船将载着格雷那万勋爵和他的夫人去寻访世界上最美丽的地方，甚至去地中海破浪前进，直达爱琴海群岛的各个小岛。当格雷那万夫人的丈夫让她来指挥"邓肯号"时，她的快乐真是难以言表！的确，让自己的爱神游到希腊的这些美不胜收的地区，亲眼看见蜜月在东方美轮美奂的海岸上升起，世上还有比这更大的幸福吗？

此时此刻，格雷那万勋爵已经启程去伦敦了。事关几位海上遇险者的救援问题，所以，格雷那万夫人对这次暂时的离别显得焦急超过悲伤。她一直等到了第二天，丈夫才发来一份加急电报。她接到电报，又重新满怀希望，期盼他能很快返回。可是到了晚上，她又收到一封信，信里要求她再耐心等待一阵，因为格雷那万勋爵的建议遇到了一些困难。第三天，格雷那万勋爵在新发来的一封信里再也掩饰不住他对海军部的不满了。

这天，格雷那万夫人不免担忧起来。晚上，她一个人待在自己的房间里，只见管家哈伯特先生前来问她，愿不愿意接见一位少女和一个小男孩，他们要找格雷那万勋爵。

"是本地人吗？"格雷那万夫人问。

"不是，夫人，"管家回答说，"因为我不认识他们。他们刚乘火车来到巴洛克，然后又步行到了路斯。"

"请他们上来吧，哈伯特。"格雷那万夫人说。

管家出去了。不一会儿，他带着年轻姑娘和小男孩回到格雷那万夫人的房间里。他们俩相貌相似，谁都不会怀疑这是姐弟俩。姐姐约莫十六岁，她那略显疲劳的美丽面庞，那双显然曾常常哭泣的眼睛，那逆来顺受但十分勇敢的面部表情，那一身寒酸但很干净的衣着，都给人很好的印象。她牵着一个男孩的手，男孩看上去有十二岁，神态显得很果敢，仿佛是他在保护自己的姐姐。真是那样！谁要是冒犯那姑娘，这小大人一定会找他算账！在格雷那万夫人面前，姐姐好像有点发愣，海伦娜见状急忙说：

　　"你们想找我谈谈吗？"她边说边用眼神鼓励那少女。

　　"不，"男孩用坚决的口气说，"不是找您，是找格雷那万勋爵本人。"

　　"请您原谅他，夫人。"姐姐注视着她的弟弟说。

　　"格雷那万勋爵不在城堡里，"格雷那万夫人说，"但我是他的妻子。如果我能替他和你们……"

　　"您是格雷那万夫人吗？"姑娘问。

　　"是的，小姐。"

　　"您是在《泰晤士报》上登'布里塔尼亚号'失事启事的玛尔科姆城堡的格雷那万勋爵的夫人吗？"

　　"没错！正是！"格雷那万夫人急忙说，"你们呢？……"

　　"我是格兰特小姐，夫人，这是我的弟弟。"

　　"格兰特小姐！格兰特小姐！"格雷那万夫人吃惊地大声说，同时把少女拉到她身边，握着她的双手，并吻吻小家伙可爱的双颊。

　　"夫人，"姑娘又说，"关于我父亲的海难事故，您知道些什么呢？他还活着吗？我们还能见到他吗？请您说说，我恳求您！"

　　"亲爱的孩子，"格雷那万夫人回答她说，"在当前这种情况下，上帝不允许我随便回答你们，我也不愿让你们抱虚幻的希望……"

　　"说吧，夫人，还是说吧！我很坚强，受得了苦，我什么都能听。"

"我亲爱的孩子，"格雷那万夫人答道，"希望很渺茫，但有万能上帝的帮助，你们也有可能在某一天再见到你们的父亲。"

"上帝！我的上帝！"格兰特小姐大声说，她再也控制不住自己的眼泪，那男孩则不住地亲吻格雷那万夫人的双手。

最初的悲喜交集过去之后，少女的问题就没完没了。格雷那万夫人给她讲述了文件的故事："布里塔尼亚号"是怎样在巴塔哥尼亚沿海沉没的；海难之后，仅有的幸存者船长和两个水手可能以什么方式上了大陆；最后，他们又如何用三种文字写下同一份文件，抛进大洋任其随波漂流，向全世界求救。

在夫人讲述故事的过程中，罗伯特·格兰特一直目不转睛地盯住她，仿佛他的生命就悬在她的嘴唇上。他的儿童式的想象力为他重现了一幕幕父亲受害的可怕场景：他看见他父亲站在"布里塔尼亚号"的甲板上，他跟着父亲在汹涌的波涛中挣扎，他和他一起攀附在海岸的峭壁上，他气喘吁吁地爬上沙滩，终于脱离了海浪的追击。在听这个故事时，有好几次，他情不自禁地说：

"啊！爸爸！我可怜的爸爸！"他扑到姐姐怀里惊叫道。

格兰特小姐静听着，两手攥在一起，不言不语，直到故事讲完，她这才说：

"哦！夫人！文件呢？文件在哪儿？"

"文件已不在我手里了，我亲爱的孩子。"格雷那万夫人说。

"文件不在您手里啦？"

"不在了。为了你们的父亲，格雷那万勋爵把它送到伦敦去了。不过，我刚才已经一字一句地复述给你们听了，还说了我们如何琢磨出了文件的确切意思。在那些几乎完全模糊的零星句子中，波涛总算留下了几个数字，可惜，经度没……"

"不要经度也成！"小男孩嚷道。

"说得对，罗伯特先生，"格雷那万夫人说，她看见孩子那下定决心的模样，不觉笑了起来，"因此，格兰特小姐，您也看见了，您和我一样了解了文件的每一个细节。"

"不错，夫人，"姑娘答道，"但我还是想看看我父亲的手迹。"

"好吧，明天，也许是明天，格雷那万勋爵就可能回家。我丈夫带着这份无可争议的文件，是想把它交给海军部的军需官，希望能促使他们赶快派一艘船去寻找格兰特船长。"

"有这种可能吗，夫人！"少女吃惊地大声说，"你们已经为我们做了这些事吗？"

"是的，我亲爱的小姐，而且我时刻都在等格雷那万勋爵回来。"

"夫人，"少女带着深切感谢的口气和虔诚的热情说，"愿老天保佑格雷那万勋爵和您！"

"亲爱的孩子，"格雷那万夫人说，"不用感谢我们，任何人处在我们的位置都会这样做。但愿你们怀抱的希望能够实现！你们就住在城堡里吧，直到格雷那万勋爵回来……"

"夫人，"姑娘说，"谢谢您对陌生人的好意，但我也不能过分打扰您。"

"陌生人？亲爱的孩子，您和您的兄弟在这个住宅里都不是陌生人。而且，既然你们来了，我希望格雷那万勋爵告诉格兰特船长的儿女，我们准备想什么办法去救他们的父亲。"

这样真诚的建议是不能拒绝的。因此，大家约定，格兰特小姐和她的弟弟在玛尔科姆城堡等格雷那万勋爵回家。

第四章　格雷那万夫人的建议

在谈话中，格雷那万夫人一点没有提及格雷那万勋爵在几封信里透露出来的有关海军部众军需官如何对待他的请求的忧虑，对格兰特船长有可能在南美洲被印第安人俘获之事也只字未提。何苦让这两个可怜的孩子为父亲的处境伤心，又何苦减少他们刚刚抱有的希望呢？那样做于事无补。在回答了格兰特小姐提出的全部问题之后，她转而询问他们的生活以及她的处境，因为看上去她是她弟弟唯一的保护人。

他们的故事既简单又感人，进一步加深了格雷那万夫人对这位少女的同情和好感。

格兰特小姐和罗伯特·格兰特是船长的儿女。哈瑞·格兰特在罗伯特出生的日子就失去了自己的妻子，每次出海他都把两个孩子托付给一位善良的老表姐照顾。格兰特船长是一位大胆果敢的海员，既是优秀的航海家，又是精明的商人，是合格的商船船长。他家住在苏格兰的珀斯郡所属的邓迪城。格兰特船长因而是本地人。他的父亲原是圣卡特琳娜教堂的牧师，让儿子接受了全面的教育，他觉得这对任何人都有益无害，对远洋航船的船长就更有必要了。

他最初去海外航行时还只是一名大副，后来升任船长，在那段时间他一帆风顺，事业有成。在罗伯特出生之后的几年间，他积攒了一些财富。

正是在那段时间，他突发奇想，而且他的庞大计划竟使他的姓氏在苏格兰妇孺皆知。他跟格雷那万家族的儿孙和"低地"①的一些望族子孙一样，对咄咄逼人的英格兰即便没有分离的行动，至少也是离心离德的。在他看来，苏格兰的利益不应该是盎格鲁–撒克逊人的利益，为了苏格兰人自己的发展和利益，他决定去大洋洲的某个大陆创建一大片殖民地。他是否在梦想获得像美利坚合众国业已率先获得，而且总有一天印度和澳大利亚也肯定会获得的那种独立呢？也许是。也许他让人猜透了他的心思，所以政府拒绝赞助他的殖民计划。政府甚至给格兰特船长制造了许多麻烦，这种麻烦要是在别的任何国家都足以毁了这个人，但哈瑞并没有让他们整垮。他号召他的同胞发扬爱国主义精神，他自己也把私人财产捐献出来为他的事业服务。他造了一艘船，招募了一批精良水手，把两个孩子托付给老表姐照顾，启程到太平洋各大岛拓荒去了。那是 1861 年的事。在随后的一年时间里，直到 1862 年 5 月，大家都还有他的消息。但当年 6 月，自他从卡亚俄出发之后，便再没有人听见谁谈起"布里塔尼亚号"，《商船与海运报》对船长的命运也只字不提了。

就在那样一种非常情况下，哈瑞·格兰特的老表姐辞世了，留下两个孩子成了世上的孤儿。

当时，玛丽·格兰特十四岁，她性格坚毅，并没有在他们遭遇的处境面前退缩一步。她把全部的心力都用来抚养还是小孩子的罗伯特：不但要养活他，而且还要教育他。精明聪慧的她勤俭节约、小心

---

① 指"高地"南边，即苏格兰中南部一带。

谨慎，日日夜夜拼命干活，全身心抚养弟弟，自己却一无所求。她勇敢地尽到了母亲的全部义务。在邓迪城，姊弟俩就在这样一种令人心酸的状态下生活着：他们高傲地接受贫困的挑战，并英勇地战胜贫困。玛丽一心想着自己的弟弟，梦想着为他营造一个美好的未来。唉！在她看来，"布里塔尼亚号"是永远沉没了，父亲也有去无回，离开人世了。因此，当《泰晤士报》的启事偶然出现在她的眼前时，她那绝处逢生的情景就不必在此赘述了。

没有什么可犹豫的，她立即做出了决断。哪怕打听到格兰特船长的尸体躺在一艘破船里，那也比无休无止的猜测，比不明真相的无尽的折磨要好呀。

她把一切都告诉了弟弟，两个孩子当天便上了去珀斯的火车，傍晚到达了玛尔科姆城堡。在城堡里，玛丽经过那么多焦虑和苦恼之后，心里又重新萌发了希望。

以上便是玛丽·格兰特对格雷那万夫人讲述的惨痛的经历，但她讲得既简单又明了，根本没有去回想在这些事变中，在这漫长的艰难困苦中，她一个女孩是如何英勇应对的。然而，格雷那万夫人却替她想到了，有好几次忍不住流下了眼泪，把格兰特船长的一对儿女抱在怀里。

罗伯特好像第一次听到这样的故事，姐姐讲述时，他睁大了双眼。其实他完全明白姐姐做过些什么，她承受过什么样的痛苦。听到最后，他扑过去用双臂紧抱着姐姐。

"啊！妈妈！我亲爱的妈妈！"他叫道，再也控制不住内心深处发出的呼喊。

在他们交谈时，夜幕已经降临了。格雷那万夫人考虑两个孩子太疲劳，不想把谈话拖得太长。有人前来把玛丽·格兰特和罗伯特带到他们各自的房间。孩子们入睡后梦到了一个更美好的未来。他们离开后，格雷那万夫人命人请来了少校，把这个晚上发生的几件大事告诉了他。

"这个玛丽·格兰特真是个好姑娘！"麦克·纳布斯听他表弟媳讲述完毕之后说。

"但愿老天保佑我丈夫把事办成！"格雷那万夫人说，"否则这两个孩子的处境会变得更加恶劣。"

"他会成功的，"麦克·纳布斯答道，"除非海军部那些老爷的心比波特兰的石头更硬！"

尽管少校说了信心十足的话，格雷那万夫人那一夜仍然在万分惊恐中度过，没有得到片刻的休息。

第二天，玛丽·格兰特和她的弟弟一大早就起床了，他们正在城堡的大院子里散步时，忽然听见远处传来车轮滚动的声音。原来是格雷那万勋爵快马加鞭返回玛尔科姆城堡了。少校陪着格雷那万夫人几乎同时出现在院子里，她一见丈夫便飞也似的跑到他的身边。勋爵看上去既悲伤、失望，又异常气愤，他紧紧抱住自己的妻子，一声不吭。

"怎么样，爱德华，爱德华？"格雷那万夫人大声问。

"别提了，我亲爱的海伦娜，"格雷那万勋爵答道，"那些人没有心肝！"

"他们拒绝了？"

"可不是！他们拒绝给我提供船只！他们说，寻找弗兰克林白花了几百万！他们说那份文件模糊不清，难以看懂！他们说，那些遇险者失踪已经两年，找到他们的机会渺茫！他们坚持说，那些人既然当了印第安人的俘虏，很可能已被带到大陆中心地带了，总不能为寻找三个人——三个苏格兰人——去把巴塔哥尼亚翻个遍吧。还说这样的寻找肯定毫无结果，而且还很危险，牺牲的人将比救回来的人数量还要多。总之，他们想拒绝，就搬出各式各样的歪道理。他们对船长的那些计划还记忆犹新呢，看来不幸的格兰特是没救了！"

"我的父亲！我可怜的父亲啊！"玛丽·格兰特一边叫着，一边投身跪在格雷那万勋爵的膝下。

"您的父亲？怎么回事，小姐……"格雷那万说，他看见这个姑娘跪在自己脚边感到非常吃惊。

"是的，爱德华，这是格兰特小姐和她的弟弟，"格雷那万夫人说，"他们是格兰特船长的儿女，可惜海军部刚判定他们还得继续当孤儿！"

"哦！小姐，"格雷那万勋爵边说边把少女扶起来，"要是早知道你们在这里……"

他说不下去了！于是，整个院子的人都难过地静默下来，只有一阵阵压低的哭声不时传到耳里。无论是格雷那万勋爵，还是他的夫人；无论是少校，还是肃然站在主人周围的仆役，没有一个人大声说话。但从他们的态度判断，这些苏格兰人都在抗议英国政府的所作所为。

片刻过后，少校开口打破沉默，他对格雷那万勋爵说：

"这么说，您再也不抱任何希望啦？"

"任何希望都没有。"

"那好！"小罗伯特嚷起来，"我去，我去找那些人，咱们走着瞧……"

罗伯特还没有说完他咬牙切齿的话就被姐姐制止了，但他攥紧的拳头却显示出他毫不妥协的激烈情绪。

"别这样，罗伯特，"玛丽·格兰特说，"别这样！我们要感谢这几位正直的大人为我们做的一切，我们要永远感激他们。现在，我们走吧。"

"玛丽！"格雷那万夫人大声叫住她。

"小姐，你们想去哪里？"格雷那万勋爵问。

"我准备去跪在女王的脚下，"少女答道，"我们要看看女王对两个请求拯救父亲性命的孩子是不是也装聋作哑。"

格雷那万勋爵摇了摇头，他倒不是怀疑女王陛下的仁爱之心，而是明白玛丽·格兰特根本不可能见到女王。恳求觐见女王的人能够接近御座的台阶是太罕见了，据说，在王宫的大门上和英国人在轮船的舵轮上写着同样的字：

"乘客请勿与舵手讲话。"

格雷那万夫人很理解丈夫的想法，她知道这姑娘即将进行的奔走求告会劳而无功。她仿佛看见了这两个孩子今后会怎样生活在绝望之中，就在这一刻，她突然有了一个慷慨而又了不起的主意。

"玛丽·格兰特，"她大声说，"等等，我的孩子，请听听我要说的话。"

那姑娘正牵着她的弟弟准备离开，这时停了下来。

格雷那万夫人眼含热泪，表情激奋地走过去，语气坚定地对她丈夫说：

"爱德华，格兰特船长在写这封信并把信扔进大海时，就是把信托付给上帝了。上帝把信交给了我们，是我们！很显然，上帝是委托我们去拯救那几位不幸的遇险者。"

"海伦娜，你的意思是……"格雷那万勋爵问。

在场的人都鸦雀无声地等着听她说。

"我的意思是，"格雷那万夫人继续说，"以做好事开始的我们的婚姻生活是极大的幸福。我亲爱的爱德华，你为了让我高兴，曾经计划我们做一次消遣旅游。但是有什么消遣比拯救被祖国抛弃的不幸者更实在、更有用呢？"

"海伦娜！"格雷那万勋爵激动地说。

"是的，您很理解我，爱德华！'邓肯号'是一艘结实的好船！它一定能够抵挡南方的海浪！它有能力做环球航行，在必要时它也会做这样的旅行。我们出发吧，爱德华！让我们去寻找格兰特船长！"

听到这些豪言壮语，格雷那万勋爵向年轻的妻子伸出了双臂。他微笑着，把妻子拉过来紧贴在自己心上；玛丽和罗伯特则一再亲吻着她的手。面对这动人的场面，城堡里的仆役们又感动又振奋，他们情不自禁地从内心发出感激的呼喊：

"向路斯的夫人致敬！为格雷那万勋爵和夫人叫好！"

第五章 "邓肯号"启程了

此前已经说过，格雷那万夫人的心灵既坚强又宽厚。她适才所做的事就是明证。格雷那万勋爵完全有理由为他这位高尚的妻子感到自豪，她不但能理解他，而且能一直跟着他走。还在伦敦时，他眼看自己的请求被拒绝，就萌生了立即亲自去救援格兰特船长的想法。他之所以没有先于格雷那万夫人提出来，那是因为他一想到要和她分离便难以忍受。现在，既然格雷那万夫人自己提出要求前往救援，他的迟疑也就烟消云散了。城堡里的仆役们也以欢呼表示拥护这个建议，因为事关拯救他们的兄弟，那是和他们一样的苏格兰人呀。格雷那万勋爵也衷心与他们唱和，一道为路斯夫人喝彩。

启程之事既然已经决定，就一小时也不能再延误了。格雷那万勋爵向外地的约翰·曼格斯发出命令，要他把"邓肯号"开到格拉斯哥，并做好一切准备，做一次去南半球诸海的航行，而且这次航行很可能变成一次环球航行。另外，格雷那万夫人提出建议时，并没有认真考虑"邓肯号"的性能，其实，这艘船是在牢固和速度都十分出色的前提下建造成功的，所以它能够进行长途航行而不受损坏。

"邓肯号"是一艘堪称华丽样板的蒸汽游艇，载重二百一十吨，而当年首批抵达新大陆的船只，如哥伦布、维斯普西①、品藏②、麦哲伦乘坐的帆船，吨位都比"邓肯号"小。

"邓肯号"是双桅船：前桅有前桅帆、前桅下帆、纵帆、第二层帆、小顶帆；大桅带有后桅帆和顶桅帆；此外，还有船首三角帆、大三角帆、小三角帆以及好些支索帆。船上配备了足够的船帆，可以像快速帆船一样利用风力，然而，这艘船依靠的主要还是船身两侧的机械力。它的机器是按照最新操纵体系制造的，有一百六十匹马力，配备有加热仪器，可以使推动力超过蒸汽，这种具有高压推动力的机器足以带动双螺旋桨。因此，"邓肯号"开足马力时可以超过当时的船速最高纪录。的确，它在克莱德湾试航时，根据有圆盘和指针的测速仪显示的数字，它的速度已达到每小时十七海里。有这样的速度，也就有启程做环球旅行的能力。约翰·曼格斯只需张罗船舱的内部装修就行了。

他首先关注的是扩大船上的煤舱，以便载运尽可能多的燃煤，因为沿途很难增加煤的供应。他也同样采取措施预防粮食短缺，命人储藏了两年的口粮。他不缺钱，他甚至有钱买一尊可以转动方向的大炮，安在游艇的艏楼上。谁也没法预料会发生什么情况，能够将一个八磅重的炮弹发射到距船四海里的地方总不是坏事。

应该说，约翰·曼格斯对这类事情是很懂行的，尽管他现在指挥的只是一艘游艇，他却可以被排在格拉斯哥最优秀的船长之列。他年方三十，脸上的轮廓显得有些粗犷，但却显示出果敢和善良。他是在城堡里长大的，是格雷那万家族的人把他培养成人，使他成了一名杰出的海员。有几次长途旅行，他的机灵、毅力和沉着处处得到充分的

---

① 维斯普西（1451—1512），佛罗伦萨航海家，曾多次探险新大陆。
② 品藏系西班牙航海家。

展现。当格雷那万勋爵任命他为"邓肯号"的船长时，他欣然接受，因为他爱戴玛尔科姆城堡的领主有如兄长，而且总在寻找机会为他效力。

大副汤姆·奥斯汀是一位值得信赖的老海员。连船长和大副一共二十五人组成了"邓肯号"的船员团队。他们都是丹巴顿郡的人，人人都是久经考验的水手，也都是格雷那万家族的佃户子孙，在船上形成了一个真正的好人集体，在这个集体里甚至可以看到传统的风笛手。格雷那万勋爵拥有的就是这样一队精兵强将，他们都以本行为乐，既忠实，又勇敢，既善于使用武器，也长于驾驶船只，能跟随主人参加最冒险的远征。当船员们得知"邓肯号"即将开赴的地点时，他们再也按捺不住快乐和激动，热情的欢呼声立即在丹巴顿的山崖间回响。

约翰·曼格斯在装舱和准备给养的同时，并没有忘记为格雷那万勋爵和夫人收拾长途旅行的住房。他也得为格兰特船长的儿女布置住宿的船舱，因为格雷那万夫人难以拒绝玛丽提出的跟随"邓肯号"出征的请求。

至于小罗伯特，他宁肯藏在游艇的底舱里，也不愿一个人留下来。哪里顶得住这样一个小大人的要求呀！还得同意他不以乘客的身份上船，因为当少年水手也好，见习水手也好，正式水手也好，他就是想为这次航海出点力。于是，由约翰·曼格斯负责教他怎样当水手。

"行！"罗伯特说，"要是我干得不好，他可以用九尾猫①抽我！"

"你放心吧，我的孩子。"格雷那万勋爵郑重其事地说。他没有进一步说明，如今海军已明令禁止使用九尾猫，再说，在"邓肯号"

---

① 木柄鞭的鞭头装九条皮带，在英国海军流行用这种鞭子惩罚水手。——原注

上，这样的东西完全没有用武之地。

船上的乘客加上麦克·纳布斯就算满员。少校今年五十岁，他五官端正，神态沉稳。他凡事随和，性格极好，无可挑剔；他既谦逊又沉默寡言，既安详又温和。他一团和气，从不与人论输赢，也不与人争高低，从不发火。他攻打敌人的城防堡垒与他上楼去自己的卧室一样不紧不慢，步伐稳健。世界上任何事情都不会使他激动，他也从不自寻烦恼，哪怕炮弹落在他的身边，他也会岿然不动；恐怕将来他死到临头也没有机会怒发冲冠吧。这个人不光具有最高级别的战场上那种普通的勇敢——这样的勇敢仅仅来自他过人的体力，而且更具有最高级别的精神上的勇气，即是说他心灵的坚忍不拔。如果说他也有一个弱点，那就是他从头到脚都是一个纯粹的苏格兰人，一个纯种的喀里多尼亚人，一个顽固坚持祖先习俗的人。为此，他从来不愿去英国军队服役，他的少校军阶也是从"高地黑色近卫军"四十二团得来的，黑色近卫军的每个连队都是由清一色的苏格兰绅士组成。作为格雷那万的表哥，麦克·纳布斯一直住在玛尔科姆城堡，作为少校，他认为上"邓肯号"是再自然不过的事。

以上就是这艘游船的组成人员。促使这艘游船去完成一次当今世界最惊心动魄的航行的，竟是一些始料未及的情况。因此，它一开到格拉斯哥的轮船码头，就为自己包揽了公众的全部好奇心和注意力。每天都有一大群市民前来探访"邓肯号"；大家感兴趣的只有这艘船，这艘船也成了人们唯一的谈资，这当然引起了港口其他船只的船长不快，其中就有伯顿船长。这位船长指挥的是一艘名叫"斯科提亚号"的华丽的轮船，轮船停靠在"邓肯号"旁边，正准备开赴加尔各答。

庞然大物"斯科提亚号"的确有权把"邓肯号"看作一只小游船，尽管如此，公众的兴趣却仍然集中在格雷那万勋爵的这艘游艇身上，而且日甚一日。

启程的时间已经临近了。约翰·曼格斯在准备过程中显得既精明而又手脚麻利："邓肯号"从克莱德湾试航回来才过去一个月,全船已经改造装修停当,而且装了给养,完全可以航行了。出发日期定在8月25日,这样就可以在来年初春到达南半球的海域。

　　格雷那万勋爵的救援计划一经公开,他没少听见别人评论或指责,说这次旅行太累人,也太危险,但他不予理会,仍然准备离开玛尔科姆城堡。其实,责备他的人好多都是真心仰慕他,而舆论却公开宣称支持这位苏格兰勋爵,除去"政府喉舌",所有的报纸都一致谴责海军部官员在这个事件里的所作所为。不过,格雷那万勋爵始终是宠辱不惊:他是在尽职尽责,从不考虑其他。

　　8月24日,格雷那万勋爵和格雷那万夫人、麦克·纳布斯少校、玛丽·格兰特和她的弟弟罗伯特,管家奥尔比奈特先生和负责侍候格雷那万夫人的奥尔比奈特太太,在接受了城堡里仆役们令人感动的祝福之后,终于离开了玛尔科姆城堡。过了几个钟头,他们已经上船安顿下来。格拉斯哥的居民在欢送格雷那万夫人时对她赞不绝口,这位勇敢的年轻妇女放弃富裕生活给她带来的平静和快乐,去救援海上遇险者,这实在令他们叹服。

　　格雷那万勋爵和他的夫人住在"邓肯号"艉楼的后部;有两间卧室,一个客厅,两个盥洗间。此外,还有一个公用的方厅,这个供高级乘客用餐的方厅周围有六个小间,其中的五间由玛丽、罗伯特、奥尔比奈特先生、奥尔比奈特太太和麦克·纳布斯居住。约翰·曼格斯和大副汤姆·奥斯汀则住在方厅后面的另一端,他们的小间面朝上甲板。其他的船员都住在统舱里,那里也很舒适,因为除了煤炭、给养和武器,游艇没有载别的货物。约翰·曼格斯有很大的空间进行内部装修,他也巧妙地利用了这种方便。

　　"邓肯号"准备在8月24日到25日的夜里,利用凌晨三点的退潮启程。但是，按常规，格拉斯哥的居民总要观看一场动人的起航典礼。于是，在晚间八点钟，格雷那万勋爵和他的客人们，还有全体船员，从司炉到船长，以及所有即将参加这次见义勇为航行的人都离开游艇赶到圣芒戈，进入格拉斯哥那座古老的教堂。这座教堂在改革运动造成的废墟当中巍然屹立，保存完好，曾被沃尔特·司各特描写得淋漓尽致，现在，"邓肯号"的乘客和船员们正走进它那巨大的拱顶之下。熙熙攘攘的欢送群众在陪伴着他们。在古墓林立像个墓地的教堂大殿里，尊敬的莫顿牧师为他们祝福，祈求上帝护佑这次远航平安顺利。一时间，玛丽·格兰特的声音在那座古老的教堂里显得格外动听，原来姑娘是在为她的恩人们祈祷，她在上帝面前洒下了充满感激和柔情的眼泪。接着，参加盛典的人都满怀深情地离开了教堂。十一点，大家回到了船上，约翰·曼格斯和全体船员在做最后的准备。

午夜正点，"邓肯号"开始点火，船长下令加大火力，刹那间，一道道黑烟便融进了浓重的夜雾。船上的各式船帆都被精心地裹在帆罩里，以免受到煤灰的污染，因为当时吹的是西南风，这样的风不利于游艇的航行。

凌晨两点，"邓肯号"在数台锅炉热力的推动下开始震颤起来，气压表显示已达到四个大气压的压力，沸腾的蒸汽在汽缸里咝咝作响。这时，海面上一片平潮，借着晨曦已经可以辨认出前面处在浮标和小石堆标记之间的克莱德湾的航道，浮标和小石堆上的信号灯光在黎明的鱼肚白光里正逐渐暗淡下去。该启程了。

约翰·曼格斯命人通知格雷那万勋爵，勋爵马上来到甲板上。

不一会，退潮已悄然开始，"邓肯号"遂发出响彻云霄的鸣笛声。船上的缆索松开了，游艇随即脱离了周边的船只，螺旋桨也开始启动，把船送进了河道。约翰没有另请领航员，他对克莱德湾航道了如指掌，在这艘船上，谁也不会比他驾驶得更出色。游艇在他的指挥下，正在得心应手地前进。他右手操纵机器，左手掌舵，平静而又稳健。很快，两岸最后一批工厂让位给了丘陵地带稀稀落落的别墅，城市的喧闹声也越离越远，周边逐渐沉寂下来。

　　一小时之后，"邓肯号"开始沿着丹巴顿的峭壁航行，再过两个钟头，它已然进入了克莱德海湾。清晨六点，它绕过了坎泰尔海角，一出北海峡，便开始在大西洋上航行。

第六章　六号舱的乘客

在航行的第一天，海上一直波涛汹涌，到了傍晚，风也刮得更大了。"邓肯号"颠簸得非常厉害，所以女士们没有出现在艉楼上；她们一直躺在自己的卧舱里，这样做非常恰当。

但第二天，海风转变了方向，约翰船长命人升起了前桅帆、后桅帆和第二层的小方帆。"邓肯号"因而能够更牢靠地压着浪涛，不至于随风浪前后左右地颠簸。这样，格雷那万夫人和玛丽·格兰特小姐便能够一大早去甲板上与格雷那万勋爵、上校和船长聚会。日出的景象十分壮观：火红的球体宛如镀金的圆盘，它从大洋洋面上冉冉升起，仿佛从一片辽阔无垠的电镀池里钻出来一般。"邓肯号"就在那璀璨的光波中滑行，它的船帆真好像是在太阳光线的作用力之下张开的。

游艇的客人们肃穆地出神观赏着日出的胜景。

"好壮观的景色呀！"格雷那万夫人终于打破了沉默说，"美好的一天从现在开始了。祝愿老天别刮逆风，让顺风带着'邓肯号'前进。"

"没有比这更好的风向了，我亲爱的海伦娜，"格雷那万勋爵答道，"我们的旅行像这样开始，真没有什么可抱怨的。"

"横穿大西洋花的时间很长吗，我亲爱的爱德华？"

"这个问题该由约翰船长来回答，"格雷那万勋爵说，"我们走得顺利吗？约翰，您对您的汽船满意吗？"

"很满意，阁下，"约翰回答道，"这艘船出色极了，水手就喜欢感觉脚底下有这样一艘船。船身和机器的配合从没有这么默契过，所以，您看，船体后边的航迹多么均匀，这艘船在多么轻松地躲过海浪！我们现在的航速是每小时十七海里。如果能够保持这个速度，我们十天之后就可以穿过赤道，要不了五个礼拜就可以绕过合恩角。"

"您听见了吗，玛丽？"格雷那万夫人说，"不到五个礼拜！"

"是的，夫人，"姑娘答道，"我听见了。听见船长说这话，我的心跳得好厉害呀。"

"格兰特小姐，"格雷那万勋爵问，"您怎么能受得了这样的航行呢？"

"还可以，爵士，没有感到太大的不舒服。再说，我会很快适应的。"

"那我们的小罗伯特呢？"

"噢！罗伯特呀，"约翰·曼格斯说，"他不是钻机器间，就是爬上桅冠。我认为这孩子根本不知道什么叫晕船。你们瞧！看见他了吗？"

船长一指，所有的视线都转到前桅杆上，大家都看见罗伯特正悬空攀在小顶帆的帆索上，离甲板足有一百尺高。玛丽禁不住抖了一下。

"哦！您放心吧，小姐，"约翰·曼格斯说，"我保证他没事，我答应您，不久就把一个快活的小家伙交还给格兰特船长，因为我们一定能找到这位可敬的船长！"

"但愿上苍能听见您的话，曼格斯先生。"姑娘说。

"亲爱的孩子，"格雷那万勋爵说，"在这一切当中似乎有什么神奇的东西让我们怀抱希望。我们好像不是在自己走路，而是在被什么人拉着走。我们并没有着意去寻找，却有人在指引我们。您瞧瞧我们请来参加这次义举的勇士。我们能成功，而且不会遇到困难。我答应海伦娜做一次消遣旅行，我一定要兑现我的话。"

　　"爱德华，"格雷那万夫人说，"你是男人中的佼佼者。"

　　"不能那么说，但我有最精干的船员和最好的船。格兰特小姐，难道您不欣赏我们的'邓肯号'？"

　　"恰恰相反，爵士，"姑娘答道，"我很欣赏这只船，而且是以真正内行的眼光欣赏。"

　　"哦！是真的吗？"

　　"我很小的时候就在我父亲的船上玩，父亲没准儿想把我培养成一名水手呢。如果有必要，调调帆索、编编绳子什么的恐怕难不倒我。"

　　"嘿！小姐，您在说什么呀？"约翰·曼格斯吃惊地大声说。

　　"照您这么说，"格雷那万勋爵接过话茬儿说，"您一定会成为约翰船长的好朋友，因为他把当水手看成世界上最好的职业！他认为即使是妇女，当水手也是最佳选择。是这样吧，约翰？"

　　"没错，阁下，"年轻的船长答道，"不过我承认，格兰特小姐待在艉楼她现在的位置上，比她去拉帆索更合适。当然，听她这么说，我还是感到受宠若惊。"

　　"尤其在她赞赏'邓肯号'的时候。"格雷那万补充说。

　　"'邓肯号'也的确值得赞赏。"约翰说。

　　"真的，"格雷那万夫人说，"看见您为您的游船这么自豪，我倒很想去从上到下整个儿参观一遍，看看我们那些勇敢的水手在统舱里安置得怎么样。"

"他们住得舒服极了，"约翰答道，"就跟在家里一样。"

"他们的确有宾至如归的感觉，我亲爱的海伦娜，"格雷那万勋爵说，"这艘游船就是我们老喀里多尼亚的一部分！它是丹巴顿郡分出来的一块土地，因此，我们并没有离开我们的祖国！'邓肯号'就是玛尔科姆城堡，大洋就是罗蒙湖。"

"那好，我亲爱的爱德华，你就接待我们参观城堡吧！"格雷那万夫人说。

"遵命，夫人，"格雷那万说，"但在此之前，请让我先通知奥尔比奈特。"

负责游船管理工作的奥尔比奈特是一位优秀的膳食总管，他是苏格兰厨师，忠于职守，热忱而又聪明。

"奥尔比奈特，午饭前我们要去走一圈，就像去塔贝特或卡特琳湖散步一样。我希望我们回来时午饭已经准备好了。"

奥尔比奈特郑重其事地鞠了一躬。

格雷那万夫人问：

"您陪我们去吗，少校？"

"您下命令我就去。"麦克·纳布斯答道。

"噢！"格雷那万勋爵说，"少校正沉醉在雪茄烟的云里雾里呢，别把他拽出来。格兰特小姐，您听我给您介绍，这是一位不屈不挠的烟民。他无时无刻不在抽烟，睡觉也抽。"

少校点头表示同意，于是，格雷那万勋爵的客人便下到统舱去了。

麦克·纳布斯一个人留了下来，按他的老习惯，他仍在心里和自己聊天，但他从不跟自己过不去。他裹在越来越厚的云雾里，一动不动，望着游船后边的航迹出神。几分钟默默的凝望之后，他转过身来，却突然发现面前站着一个陌生人。如果说世上还有什么东西可以让少校吃惊，那就是这次偶遇了，因为这个乘客绝对是一个从未谋过面的人。

此人高高的个子，又干又瘦，可能有四十岁，活像一颗大头长钉子。他的脑袋确实显得又大又壮，高高的额头，长长的鼻子，宽宽的嘴巴，翘得很高的下颌。至于他的眼睛，一副大圆眼镜把它们遮得严严实实，他的眼神似乎具有夜视症病人独有的那种闪忽不定的特征。他的面部表情说明他是个聪明快活的人，他没有丝毫道貌岸然的人那种可憎的神态，那些人原则上从来不苟言笑，总是以严肃的假面具掩盖他们的平庸，这位仁兄与他们大相径庭。这陌生人的随遇而安和他那可爱的不拘小节的样子充分说明他善于从好的方面看待人和事。不过，虽然他眼下还没有开口说话，你已经能够意识到他是一个爱说话的人，是一个视而不见、听而不闻的漫不经心的人。他戴一顶旅行鸭舌帽，穿一双厚重的黄皮靴，绑着皮的护腿套。他那栗色平绒长裤和同样布料的上装有数不清的口袋，似乎装满了笔记本、记事簿、小册子、文件夹，以及五花八门既碍事又没用的东西，腰间斜挂着一只望远镜。

陌生人的烦躁不安与少校的心平气和恰好形成奇特的对比；他在麦克·纳布斯身边转来转去，注视着他，用眼神向他提问，而那一位却并不想费心去问他从哪里来，到哪里去，为什么他会待在"邓肯号"上。

这个谜一样的人物发现他试图询问的意向遭到无动于衷的少校白眼时，便取下望远镜，把它拉到最大限度——四尺长，然后分开双腿，一动不动地站在那里，活像大马路上的一根木桩。他把望远镜对准那水天一色的地平线，观察了约莫五分钟。之后，他把望远镜放在甲板上，身体靠在上面，仿佛那是他的手杖。但一节套一节的长镜在压力下立即缩了下去，那位新乘客失去了依靠，险些摔在主桅脚下。

别的人见到这情景肯定都会笑一笑，但麦克·纳布斯却连眉头也没有动一下。于是，陌生人下了决心。

"乘务员！"他叫道，带着外国人的口音。

他等着。谁也没有出现。

"乘务员！"他提高声音再叫一遍。

这时，奥尔比奈特先生正走过那里，去船头下面的厨房。听见一个从不认识的大个子如此这般呼唤，他是多么吃惊呀！

"从哪里来了这么个人？"他自言自语，"难道是格雷那万勋爵请来的朋友？这不可能。"

但他还是走到艏楼上来，靠近了陌生人。

"您是船上的乘务员吗？"大个子问。

"呃，但我没有荣幸认……"

"我是六号舱的乘客。"

"六号舱？"

"当然啦。您贵姓？"

"奥尔比奈特。"

"好，奥尔比奈特，我的朋友，"六号舱的外国人说，"该考虑吃饭了，要快。我已经三十六个钟头没有吃东西了，或者不如说我已经睡了三十六个钟头。这对一个一口气从巴黎跑到格拉斯哥的人来说还是可以原谅的。请问，什么时候开早饭？"

"九点。"奥尔比奈特脱口而出。

外国人想看看表，但拖了很长时间，因为他一连翻了九个衣兜才把表找到。

"好吧，"他说，"现在还不到八点钟。那这样吧，奥尔比奈特，为了等吃饭，先来一份饼干，一杯雪利酒，我饿晕了。"

奥尔比奈特摸不着头脑。这陌生人喋喋不休，东拉西扯。

"那么，"他继续说，"船长呢？船长还没起床！大副呢？大副在

45

干什么？他也在睡觉吗？幸好天气晴朗，又是顺风，轮船可以自个儿往前走。"

他说这番话时，约翰·曼格斯正好出现在艉楼楼梯上。

"船长来了。"奥尔比奈特说。

"哦！幸会，"陌生人嚷道，"幸会，伯顿船长，见到您很高兴！"

如果说有人惊得呆若木鸡，那肯定是约翰·曼格斯。他不仅为听到自己被称为"伯顿船长"而感到吃惊，更为看见这个从未见过的外国人待在自己的船上感到诧异。

那一位却谈得更欢了。

"请允许我握握您的手，"他说，"如果说我前天晚上没有与您握手，那是因为启程的时刻不能碍着别人的事儿。但今天，船长，我是真正高兴和您认识了。"

约翰·曼格斯睁大惊呆的双眼，看看奥尔比奈特，再看看这个新来的人。

"现在，"新来的人又说开了，"既然做了介绍，我们就是老朋友了。亲爱的船长，我们就聊聊吧。告诉我，您对'斯科提亚号'满意吗？"

"您说'斯科提亚号'是什么意思？"约翰·曼格斯终于开口说话。

"我说的是我们乘坐的这艘船呀，这船不错，有人向我夸赞说不但船的质量好，伯顿船长的道德水准也很高。您是去过非洲的大旅行家伯顿①的亲戚吗？那可是一位有胆识的人。我得祝贺您！"

"先生，"约翰·曼格斯说，"我不仅不是旅行家伯顿的亲戚，而且不是伯顿船长。"

"哦！"陌生人说，"那我现在见到的是'斯科提亚号'的大副伯德内斯先生喽？"

---

① 理查德·伯顿（1821—1890），英国探险旅行家。曾发现非洲坦噶尼喀湖。

"伯德内斯先生？"约翰·曼格斯开始猜出是怎么回事了。只是眼前的这个人是疯子还是马大哈呢？他正要斩钉截铁地说明事情的真相时，格雷那万勋爵、他的夫人和格兰特小姐来到了甲板上。陌生人瞥见了他们，大嚷起来：

"呀！有男乘客！还有女乘客！太好了。伯德内斯先生，我希望您给我介绍……"

于是，他极随便地迈步向前，根本不考虑约翰·曼格斯是否会介绍他。

"夫人，"他这样称呼格兰特小姐，对格雷那万夫人叫"小姐"，最后对格雷那万勋爵说："先生……"

"这位是格雷那万勋爵。"约翰·曼格斯说。

"爵士，"陌生人改口说，"请原谅我向您做自我介绍，但在海上，还是不必过于客套。我希望我们赶快互相认识，我想，在两位女士陪伴下，'斯科提亚号'这次越洋旅行一定不会显得太漫长，也一定会很愉快。"

格雷那万夫人和格兰特小姐都无言以对。她们对这个不速之客来到"邓肯号"的艉楼上简直摸不着头脑。

"先生，"格雷那万勋爵这才问，"请问尊姓大名？"

"我叫雅克-埃利亚森-弗朗索瓦-玛丽-帕噶乃尔，是巴黎地理学会秘书，是柏林、孟买、达姆施塔特、莱比锡、伦敦、彼得堡、维也纳、纽约地理学会的通讯会员，东印度皇家地理人种研究院名誉院士。我在办公室里研究地理凡二十年，现在想做些有挑战性的实地科考工作。我的目的地是印度，想去那里把伟大的旅行家们的发现和著作结合起来进行研究。"

第七章　雅克·帕噶乃尔的来龙去脉

地理学会的秘书一定是个和蔼可亲的人物，因为他讲述以上那些经历时显得非常潇洒。此外，格雷那万勋爵也完全清楚他在和谁打交道。他很了解雅克·帕噶乃尔的姓氏和他的价值，他的地理学著作，他发表在地理学会会刊上的关于当今地理发现的报告和他与全世界同行的通信使他成为法国最杰出的学者之一。因此，格雷那万勋爵热诚地向这位意想不到的客人伸出手去。

"现在，我们已经互相介绍过了，"他说，"帕噶乃尔先生，您是否允许我向您提个问题？"

"您可以提二十个问题，爵士，"雅克·帕噶乃尔答道，"对我来说，同您交谈永远是件愉快的事。"

"您是前天晚上来到这艘船上的吗？"

"是的，爵士，是前天晚上，八点钟。我从到达喀里多尼亚的火车上跳下来，就上了一辆双轮马车，从马车上下来，我就上了'斯科提亚号'，我在巴黎就订下了六号舱。当时天很暗，船上一个人都没有。但是，三十个钟头的旅行让我感到很疲乏，而且我知道，要想不晕船，最好的预防措施是一到船上就躺下来，开船头几天千万别离开铺位。所以我马上就躺在床上了。谁知这一躺就是三十六个小时，我请您相信我的话。"

这一来，雅克·帕噶乃尔的听众们都明白他出现在船上的来龙去脉了。这位法国旅客找错了船！正当"邓肯号"全体船员都去圣芒戈参加告别典礼时，他上了船。一切都得到了解释。然而，当这位地理学者得知他搭乘的这艘船的船名和旅行目的地时，他会说些什么呢？

"这么说，帕噶乃尔先生，您这次旅行选定的出发点是加尔各答？"格雷那万勋爵问。

"不错，爵士。我平生最大的愿望就是去看看印度。我这个最美好的梦想终于要在大象国里实现了。"

"那么，帕噶乃尔先生，如果去访问另一个国家，您不会无所谓吧？"

"当然不行，爵士，我会很不高兴，因为我还带着给印度总督萨梅赛特的介绍信呢，而且我还有地理学会交给我的任务要完成。"

"哦！您还有任务？"

"是的，我这次旅行既有益又有趣，旅行提纲是我的学者朋友和同事维维安·德·圣玛丹草拟的。其实，就是去那里沿着许多著名的大探险家的足迹，继续他们的事业，他们当中有施拉金维特兄弟、沃格上校、韦伯、霍格森、传教士胡克和加贝特、穆尔克罗夫特先生、儒尔·雷米先生等等。我希望能在传教士克瑞克于 1846 年不幸失败的地方获得成功。我是要勘察雅鲁藏布江河道，它沿喜马拉雅山北麓在中国西藏流了一千五百公里，我要弄明白这条河是否与印度阿萨姆邦东北的布拉马普特拉河汇合。爵士，哪位旅行家能解决印度地理学这个热点问题，一定能得金奖。"

帕噶乃尔的确出类拔萃，他说得眉飞色舞，任凭想象的翅膀风驰电掣般翱翔。要想打住他的话头跟想堵住沙夫豪森大瀑布河段的莱茵河一样不可能。

"雅克·帕噶乃尔先生，"格雷那万勋爵沉默片刻后说，"那一定是一次很有趣的旅行，而且科学界也会感激您。但是，我不想让您的错误拖的时间太长，至少在目前，您必须放弃愉快的印度之行了。"

"放弃？为什么？"

"因为您现在正朝着相反的方向航行。"

"怎么！伯顿船长……"

"我不是伯顿船长。"约翰·曼格斯答道。

"那么，'斯科提亚号'呢？"

"这艘船不是'斯科提亚号'！"

帕噶乃尔的惊异真没法用语言形容。他看看一直很严肃的格雷那万勋爵，再看看满脸同情又为他感到悲伤的格雷那万夫人和玛丽·格兰特，然后再看看微笑着的约翰·曼格斯，最后看看不为任何事情所动的少校。末了，他耸耸肩，把眼镜往额头一推。

"这玩笑开大了！"他大声嚷道。

这时，他的视线落在了舵盘上，上面赫然刻着这几个大字：

"邓肯号"

格拉斯哥

"'邓肯号'！'邓肯号'！"他发出一声真正绝望的叫喊。

随后，他三步并作两步冲下舰楼的楼梯，往自己的卧舱跑去。

不走运的学者一离开，除了少校，船上的人都忍俊不禁，连水手也不例外。乘错了火车！好吧！把去爱丁堡的火车当成去丹巴顿的火车了，这还说得过去，但怎么能乘错船呢？想去印度，却乘船往智利走，这样的漫不经心也太过分了。

"不过，这事儿出在雅克·帕噶乃尔身上，我一点也不奇怪，"

格雷那万勋爵说，"他因漫不经心而当众出丑的事，人们谈得不少。有一次，他发表了一幅很著名的美洲地图，可他竟把日本也放了进去。不过，他仍然是杰出的学者，而且是法兰西最优秀的地理学家之一。"

"那我们怎样处置这位可怜的先生呢？"格雷那万夫人说，"总不能把他带到巴塔哥尼亚去吧。"

"为什么不能呢？"麦克·纳布斯一本正经地说，"他自己心不在焉，不该我们负责。假如他坐在火车上，他能让火车停下吗？"

"那倒不能，但他可以在下一站下车。"格雷那万夫人又说。

"对，"格雷那万勋爵说，"他要是乐意，可以这么做。他可以在我们第一个停靠的码头下船。"

此刻，可怜巴巴、满脸羞惭的帕噶乃尔又上艉楼来了，原来他看见自己的行李还在舱里，也就放心了些。他嘴里不停地念叨着这几个倒霉的字："邓肯号"！"邓肯号"！好像他在自己的词汇里再也找不出别的字词似的。他走来走去，仔细查看游艇的全部桅杆，又用眼睛探询满潮的大海和远处静默无言的地平线。最后，他回到格雷那万勋爵身边。

"那么，'邓肯号'准备去……"他问。

"去美洲，帕噶乃尔先生。"

"更确切地说，去……"

"去康塞普西翁。"

"去智利！去智利！"不幸的地理学家嚷道，"那我去印度的使命怎么办！中央委员会主席德·卡特法热先生会怎么想呢，还有达夫扎克先生！科尔汤贝尔先生！还有维维安·德·圣玛丹先生！我今后怎么去出席学会的会议呀！"

"瞧您，帕噶乃尔先生，"格雷那万勋爵说，"您没有必要这样绝望。一切都可以安排好，您无非稍微去晚了一点。雅鲁藏布江会一直在西藏的山间等待您的。我们不久会停靠在马德拉群岛，在那里您可以找到一艘船把您带回欧洲。"

"我谢谢您，爵士，的确应该随遇而安，但是，可以说这次遭遇实在太离奇了。也只有我才会遇上这样的事。我订的舱位还在'斯科提亚号'上！"

"噢！说到'斯科提亚号'，我劝您还是暂时放弃吧。"

"但是，"帕噶乃尔说话间又把这艘船审视了一遍，"'邓肯号'是一只游艇，不是吗？"

"没错，先生，"约翰·曼格斯答道，"这船属于格雷那万勋爵阁下。"

"我请您放心享受我的款待。"格雷那万说。

"非常感谢，爵士，"帕噶乃尔答道，"您的殷勤实在让我感动万分，但请允许我提出一个直率的意见：印度是个美丽的国家，它让游客感到惊喜，流连忘返。这两位女士想必还不了解这个国家……好，掌舵的人只要把舵盘一转，'邓肯号'开往加尔各答和开往康塞普西翁一样易如反掌。反正是观光嘛……"

大家对这个建议摇头否定，帕噶乃尔无法继续游说，只好停了下来。

夫人开口说话：

"帕噶乃尔先生，如果只是观光，我一定会答应说，咱们一道去印度吧！格雷那万勋爵也不会拂我的意。但'邓肯号'是去搭救被抛弃在巴塔哥尼亚沿海一带的落难人，它不可能改变目的地……"

几分钟之内，这位法国旅行家就知道了事情的前因后果。他得知那神如天降的文件，得知格兰特船长的故事以及格雷那万夫人豪爽的建议，内心十分感动。

"夫人，"他说，"请允许我赞扬您在这一切当中做出的善举，而且是毫无保留地赞扬。让您的游艇继续它的航程吧，它要是延误一天，我都会责备自己。"

"那您是要参加我们的寻人航行喽？"格雷那万夫人问。

"这不可能，夫人，我必须完成我的使命。我在你们第一次靠岸时下船。"

"那就是在马德拉群岛下船。"约翰·曼格斯说。

"在马德拉群岛下船，说定了。我到时候离里斯本就只有一百八十里尔①了，我会在那里等候交通工具的。"

"好的，帕噶乃尔先生，"格雷那万勋爵说，"就按您的意愿办。我很高兴能在我的船上招待您几天。但愿您和我们做伴别感到太厌烦。"

"啊！爵士，"学者嚷道，"我还在为我以这么快活的方式乘错船感到庆幸呢。只不过这种局面相当滑稽：一个人上船去印度，船却往美洲航行！"

尽管想到这里有些惆怅，帕噶乃尔还是下决心承受这无法挽回的迟到。于是，他表现得和蔼可亲、快乐随和，甚至还有点漫不经心。他的随和让两位女士很开心，还不到晚上，他已经是所有人的朋友了。应他的请求，那份名声在外的文件也放到了他的面前。他仔细研究，一点也不马虎，但仍未能找出别样的解释。他对玛丽·格兰特和她的弟弟十分关心，鼓励他们抱有更大的希望。他预言"邓肯号"一定会成功，玛丽姑娘的脸上出现了笑容。真的，如果没有身负重任，他一定会加入他们！

说到格雷那万夫人，当他得知她是威廉·塔夫奈尔的女儿时，他

---

① 法国古里，一里尔相当于四公里。

53

又是惊叹，又是赞扬，像山洪爆发一般。原来他认识她的父亲！那是怎样一位大胆的学者呀！威廉·塔夫奈尔还是地理学会通讯会员时，他们之间通过多少信呀！还是他帕噶乃尔本人，会同马尔特·布伦先生一道介绍他加入学会的呢！多么愉快的邂逅！同威廉·塔夫奈尔的闺女一道旅行多么惬意呀！

末了，他竟请求格雷那万夫人允许他亲吻她，格雷那万夫人答应了他的请求，尽管在英国人看来这有点"不成体统"。

第八章 "邓肯号"上又添了一个好人

游艇在北非海域顺流而下，飞快往赤道驶去。到 8 月 30 日，大家已经远远认出马德拉群岛了。格雷那万勋爵忠于自己的诺言，准备靠岸，让这位新客人下船。

"亲爱的爵士，"帕噶乃尔说，"我和您一点不讲客套。告诉我，在我上船之前，您是否有停靠马德拉群岛的意图？"

"没有。"格雷那万说。

"那么，就请允许我好好利用一下我这次倒霉的心不在焉造成的后果吧。大家都太熟悉马德拉群岛，它已不能提供什么有趣的东西给地理学家了。这个群岛的方方面面都有人谈过，也有人写过。而且，从葡萄种植业的角度看，那里已经衰落到了最低点。您能想象吗，马德拉群岛已经没有人种植葡萄了！那里的葡萄酒产量在 1813 年曾经达到两万二千桶①，到 1845 年却下降到两千六百六十九桶。到今天，还不到五百桶！那景况够悲惨的。因此，如果'邓肯号'去加那利群岛停靠，不知您是否会认可？"

————————————

① 每桶可盛酒五千升。——原注

"那就去加那利群岛停靠吧，"格雷那万勋爵答道，"去那里不会偏离我们原来的路线。"

"这点我知道，我亲爱的爵士。您瞧，在那里有三个岛群可供我们研究，还不包括特内里费岛，我一直想去看看这个岛上的山峰。这是个机会，我得好好利用。在我等待过路船去欧洲时，我要攀登这个著名的山峰。"

"您就随意吧，亲爱的帕噶乃尔。"格雷那万勋爵回答时禁不住微笑起来。

他有他微笑的理由。

加那利群岛离马德拉群岛并不远，两者的距离不过二百五十海里，这个距离对"邓肯号"这样性能优良的船只简直不足挂齿。

8月31日下午2点，约翰·曼格斯和帕噶乃尔在艉楼甲板上散步。那法国人一个劲儿向约翰询问智利的情况，突然，船长打断他的话，指着南边地平线上一个黑点说：

"帕噶乃尔先生！"

"亲爱的船长。"学者答道。

"请您往那边看。您看见什么了吗？"

"什么也没看见。"

"您没有看到点子上。不是看地平线，是看那上面，在云层里。"

"在云层里？我白找了一阵……"

"嘿，现在从船头斜桅的外帆架子看过去。"

"什么也看不见。"

"您是不愿意看见罢了。不管怎么说，尽管离这里四十海里，特内里费峰在天边仍然看得清清楚楚，懂我的话吗？"

不管帕噶乃尔愿不愿看见那座山，几个钟头之后，他也不得不在事实面前屈服，除非他承认自己是瞎子。

"您总该看见了吧？"约翰·曼格斯说。

"对，没错，现在看得很清楚了。"帕噶乃尔答道。他接着用不屑的口气补充说："那就是，那就是所谓的特内里费峰？"

"正是。"

"看上去不怎么高呀。"

"但这山峰海拔有一万一千英尺。"

"还不及勃朗峰高哩。"

"这倒有可能，但攀登起来，您也会觉得它挺高的。"

"噢！攀登！亲爱的船长，请问，我何苦再去攀登呢，既然汉波德先生和邦普朗先生已经去攀登过了？这汉波德可真是个了不起的天才。他登过这座山，他对这座山的描写非常全面，无懈可击。据他考察，这座山分五个地带：葡萄地带、月桂地带、松林地带、阿尔卑斯灌木地带，最后是贫瘠地带。他爬到了那座山的顶峰，在山巅上他连坐的地方都没有找到。他从山巅往下看，一片有西班牙国土四分之一大的土地尽收眼底。随后，他又勘察了火山，到达了已经熄灭的喷火口最深的地方。那么，我问您，如果我步这位伟人的后尘，我又能做些什么呢？"

"倒也是，"约翰·曼格斯答道，"去那里什么也捞不到了。这让人懊恼，因为您在特内里费港等船会很无聊。在那里别想找到多少散心的地方。"

"我这马大哈的心早就散得可以了，"帕噶乃尔笑着说，"不过，亲爱的曼格斯，佛得角群岛有没有比较大的停泊点呢？"

"当然有。在比亚-普拉亚上船再方便不过了。"

"还有一个优点不能忽视，"帕噶乃尔说，"那就是佛得角的岛屿离塞内加尔不远，我在塞内加尔可以找到我的同胞。我明白，大家都说那一带群岛没意思，蛮荒，容易生病，但在地理学家眼里，一切都很稀奇。观察，就是学问。有些人就不善于观察，他们蒙着头旅行，跟甲壳虫一般笨。相信我，我可没跟他们为伍。"

"随您的便吧，帕噶乃尔先生，"约翰·曼格斯说，"我相信您在佛得角群岛逗留，一定会给地理学做出贡献。我们正好要去那里上煤炭。所以，您在那里下船不会误我们的事。"

船长说完话便下令将船开往加那利群岛西边，那闻名遐迩的特内里费峰随即留在左舷后面了。快速行驶的"邓肯号"在9月2日清晨五时通过了北回归线。天气也随着起了很大的变化，那里正逢雨季，气候潮湿而闷热，西班牙人管它叫"水季"。这个季节让旅行者感到很难受，但对非洲诸岛的居民来说却非常有利，因为岛上缺少树木，缺少淡水。现在，海上风大浪急，乘客在甲板上站不住了，但人们在方厅里聊天，仍然热闹非凡。

9月3日，帕噶乃尔着手整理行装，准备下船。"邓肯号"在佛得角各岛屿之间航行。它先在盐岛前面通过，盐岛简直是个真正的沙砾坟墓，贫瘠而荒凉；继而沿着大片的珊瑚礁航行，在圣雅克岛旁边经过时，可以看见一条玄武岩山脉从北到南纵贯这个岛屿，山脉两端的山头显得毫无生气。随后，约翰·曼格斯把船驶进了比亚-普拉亚港湾，并立即在比亚-普拉亚城前面水深八英寻的地方停泊。天气极其恶劣，尽管海湾龟缩在外海狂风不及的地方，仍然有万顷惊涛拍打着海岸。这时，暴雨如注，只能隐隐约约看见一座城市建在火山岩山梁上平台形状的地基上，火山岩高约三百英尺。从厚厚的雨帘看过去，那座小岛显得十分荒芜凄凉。

格雷那万夫人原想去那座城市逛逛，现在只好作罢；添加煤炭的过程也困难重重。"邓肯号"的乘客们不得不躲在游艇的艉楼下面，海和天融在一片难以形容的迷茫水景里。天气自然而然成了船上聊天的话题。人人都有话可说，只有少校不言不语，这个人即使眼见全世界洪水泛滥恐怕也会无动于衷的。这时，帕噶乃尔走来走去，不断地摇头。

"这简直是故意为难我。"他说。

"当然，"格雷那万勋爵答道，"天地万物都在向您宣战。"

"可我一定能战胜它们。"

"这样的暴雨您也奈何它不得。"格雷那万夫人说。

"夫人，我完全没问题。我只是为我的行李和仪器担心，一遭雨打就都毁了。"

"也就是下船那一阵子可怕，"格雷那万勋爵又说，"一旦到了比亚-普拉亚城里，您住得不会太糟。当然不怎么干净，比如，与猴子和猪做伴。同畜生打交道总是不那么愉快，但既然是旅行，也就顾不得那么多了。最重要的是，但愿您在七八个月之后能登上一艘去欧洲的船。"

"七八个月！"帕噶乃尔嚷嚷起来。

"至少七八个月。在雨季，佛得角群岛很少有船来往。不过，您可以有效利用您的时间嘛。这个群岛还不大为人所知，在地形学、气象学、人种学和高度测量方面都有许多事可做。"

"您还可以去勘测一些大河。"格雷那万夫人说。

"那里没有大河，夫人。"帕噶乃尔答道。

"小河总该有吧？"

"也没有。"

"那么溪流呢？"

"同样没有。"

"这么说，"少校插话说，"您只好去研究森林了。"

"有树才成林，可是，那里根本没有树。"

"那地方真够呛！"少校说。

59

"您也别太难过了，亲爱的帕噶乃尔，"格雷那万只好说，"起码还有山供您研究嘛。"

"噢！山不高，又没意思，爵士。再说，已经有人研究过了。"

"研究过了？"格雷那万说。

"没错。您瞧，我老是那么走运。在加那利群岛，有汉波德的著作摆在我面前；在这里，又有地理学家德维尔先生抢了先！"

"不可能吧？"

"确定无疑，"帕噶乃尔用可怜巴巴的口气说，"这位学者当时在轻巡洋舰'德西德号'上。舰艇在佛得角群岛停泊时，他去探察了这个群岛最有意思的山峰福古岛上的火山。他既然去过了，我还能干什么？"

"这真是太遗憾了，"格雷那万夫人说，"那您怎么办呢，帕噶乃尔先生？"

帕噶乃尔沉默了一会儿。

"真的，"格雷那万勋爵说，"您还不如当时在马德拉群岛下船呢，虽然那里已没有葡萄了。"

这位地理学会的学者秘书仍然一言不发。

"要是我，我就继续等下去。"少校说。

"亲爱的格雷那万，"帕噶乃尔又说话了，"您下一站准备在哪里停泊？"

"噢！到康塞普西翁之前不停泊了。"

"见鬼！这让我离印度太远了。"

"那倒不见得，您一过合恩角，离印度不就更近了吗？"

"我也想到了这点。"

"而且，"格雷那万一本正经地说，"既然去印度，东印度，西印度，都一样。"

"怎么，都一样！"

"还别说巴塔哥尼亚的潘帕斯人和旁遮普的居民一样都是印度人。"

"哦！那当然，爵士，"帕噶乃尔嚷道，"这个理由我还从来没有想到过！"

"而且，亲爱的帕噶乃尔，无论在什么地方您都可能得到金奖呀。您到什么地方都可以做事，可以研究，可以发现呀，在南美的科迪勒拉山脉和在西藏的崇山峻岭都一样。"

"但雅鲁藏布江呢？"

"嘿！科罗拉多河就不能代替雅鲁藏布江吗？这条河目前还鲜为人知，所以它的流域大都是地理学家在地图上随便乱画的。"

"这一点我明白，亲爱的爵士，地图里画的这条河道有好几度的错误。啊！我相信，只要我当时提出来，地理学会派我去巴塔哥尼亚跟派我去印度会是一样的。可是我那时没有想到这地方。"

"这又是您漫不经心的老毛病在作怪。"

"好好想想，帕噶乃尔先生，您到底愿不愿意陪我们去呀？"格雷那万夫人用她那甜美动人的声音问。

"夫人，那我的使命怎么办？"

"我可以预先告诉您，我们要经过麦哲伦海峡呢。"格雷那万勋爵说。

"爵士，您是在诱惑我。"

"我还要补充说，我们会去探访饥饿港！"

"饥饿港！"这法国人吃惊地叫起来，他似乎觉察到四面八方都在诱惑他，"那是地理大事记里的著名港口呀！"

"您再考虑考虑，帕噶乃尔先生，"格雷那万夫人又说，"在这次义举里，您也有权把法国的名字和苏格兰的名字并排记载下来呀。"

"对，那当然。"

"一位地理学家对我们这次远征是极为有用的，世界上还有比让科学为人类服务更壮丽的事业吗？"

"说得好，夫人！"

"相信我吧。您就随遇而安，或者不如说，您就听天由命吧。您就学我们好了。因为是上天给我们送来了那份文件，所以我们立即启程。上天又把您放到我们的'邓肯号'上，您就别再离开这艘船了。"

"你们愿意听我讲出来吗，我好心的朋友们？"帕噶乃尔说，"好，我说：你们非常想让我留下来！"

"而您，帕噶乃尔，您自己也迫不及待想留下来。"格雷那万当即回嘴。

"那当然！"地理学家大声说，"我是怕说出来太冒昧了！"

第九章　麦哲伦海峡

得知帕噶乃尔已决定留下来，全船一片欢腾。小罗伯特跳起来抱住他的脖子，让那位可尊敬的秘书险些翻倒在地。"瞧这愣头愣脑的小子，"他说，"我一定要教他学地理。"

约翰·曼格斯要培养小家伙成为一名水手，格雷那万要把他培养成勇敢坚毅的人，少校要教他学会从容冷静，海伦娜要他成长为善良慷慨的人，而玛丽·格兰特则要他对老师们知恩图报。将来，罗伯特显然会成为一位完美的绅士。

"邓肯号"迅速装完了新煤，便启程离开了这片凄凉的海域。它一路往西航行，来到巴西沿海的水域。9月7日，在温和的北风吹拂下，它穿过赤道，进入了南半球。

航行十分顺利，人人都怀抱着希望。在这次寻找格兰特船长的远航过程中，成功的概率似乎与日俱增，在船上信心最足的人是船长约翰·曼格斯。不过，这位船长的信心主要来自他暗藏在心间的一个强烈愿望，那就是想看见格兰特小姐得到安慰，感到幸福。他早就对这个姑娘产生了特殊的兴趣，他竭力把这种感情隐藏得严严实实，但除了玛丽·格兰特和他本人，"邓肯号"全船的人都心知肚明。

至于那位地理学家，他恐怕是南半球最幸福的人了。他把地图摊开摆放在方厅的饭桌上，整天就着地图研究个没完，让奥尔比奈特先生无法放刀叉杯盘，于是两人天天争吵。但除了少校，帕噶乃尔总能得到艉楼里所有乘客的拥护，因为少校对地理问题毫无兴趣，尤其在开饭的时候。另外，帕噶乃尔还在大副的箱子里发现了大量不成套的旧书，其中还有一定数量的西班牙文著作。他下决心学习塞万提斯的语言，在"邓肯号"上还没有人会这种语言哩。这有助于即将开始的智利沿海的搜寻工作。由于他具有学习多种语言的禀赋，他满怀信心，认为自己在到达康塞普西翁时，一定能流利地运用这种语言。因此他格外认真地学了起来，船上的人听见他不停地嘟嘟嚷嚷，念一些杂乱无章的音节。

　　在闲暇时，他少不了教小罗伯特学一些实用的科技知识，而且老给孩子讲"邓肯号"飞速靠近的那些海岸的历史。

　　9月10日，"邓肯号"正航行在南纬五度七十三分，东经三十一度十五分的海域。这天，格雷那万在船上听说了一件事，这件事连更有学问的人恐怕也未必清楚。当时帕噶乃尔正在讲述美洲的历史，为了介绍那些最伟大的航海家，尤其是"邓肯号"正沿着他们走过的航线航行的那些航海家，他追溯到克利斯多夫·哥伦布。在结束对哥伦布的介绍时，他说，这位著名的热那亚人甚至在辞世的时候都不知道他发现了新大陆。在座的听众一听便嚷嚷起来，但帕噶乃尔仍然坚持他的结论。

　　"这事再准确不过，"他补充说，"我并不想贬低哥伦布的光荣，但事实就是事实。在 15 世纪末叶，精英们心里琢磨的就一件事：改善交通，以便与亚洲联系。他们想找到一条由西方到东方的海路；一句话，就是怎样走最短的路程到达'香料之国①'。这正是哥伦布想做的事。他

———————————

① 印度盛产香料，故名"香料之国"。

做过四次旅行，他是通过登陆库马纳、洪都拉斯、莫斯基托斯、尼加拉瓜、贝拉瓜斯、哥斯达黎加、巴拿马的沿海一带接触美洲的，他把这些地方当成了日本和中国的土地。直到他去世他都不知道还存在另一个大陆，所以，后来他连自己的名字都没有留给这个大陆。"

"我很愿意相信您，亲爱的帕噶乃尔，"格雷那万说，"但是，您得允许我感到惊异并向您提问。关于哥伦布的发现，究竟是哪些航海家在后来明白了真相呢？"

"是他的后继人，比如曾和他一起航海的奥日达，还有文森特·品藏、维斯普西、门多扎、巴斯提达斯、卡布拉尔、索里斯、巴尔巴。这些航海家都是沿着美洲的东海岸航行的；他们在往南部航行时给这些海岸划界，在三百六十年前，他们跟我们一样就是由这股海流带到美洲的！你们瞧，朋友们，我们通过赤道的地方，正是品藏在15世纪最后一年通过赤道的地方。我们现在快到南纬八度了，他就是在这个纬度停泊在巴西的滨海从而登陆的。一年以后，葡萄牙人卡布拉尔继续往南直到塞古罗港。后来，维斯普西在1502年做第三次远征时，往南走得更远。1508年，文森特·品藏与索里斯一起发现了美洲的海岸；1514年，索里斯发现了拉普拉塔河的河口，他在那里被当地的土人吃掉了，遂把绕美洲南大陆航行的光荣留给了麦哲伦。伟大的航海家麦哲伦于1519年率五艘大船出发，沿巴塔哥尼亚海岸航行，发现了德塞阿多港和圣胡利安港。他在那两个港口停泊了很长时间，在南纬五十二度的地方找到了'一万一千贞女峡'，这个海峡后来以他的姓氏命名。1520年11月28日，他的船只驶出海峡，进入太平洋。啊！当他看见一片新的大海迎着阳光在天边熠熠生辉时，他该多么快乐，多么激动呀！"

"没错，帕噶乃尔先生，"受到地理学家的话鼓舞的罗伯特·格兰特嚷道，"当时我在那里该多好！"

"我也这么想，孩子。要是老天让我早出生三百年，我一定不会错过那样好的机会！"

"果真如此，我们就倒霉了，帕噶乃尔先生，"格雷那万夫人说，"您就不可能在'邓肯号'的艉楼上给我们讲这段历史了。"

"要那样，也会有别的人代替我讲，夫人。而且他还可能补充说，那个大陆西海岸的发现，应归功于比扎尔兄弟。这两位大胆的冒险家是许多城市的伟大奠基人。库斯科、基多、利马、圣地亚哥、比亚里卡、瓦尔帕莱索和'邓肯号'要去的康塞普西翁都是他们的杰作。在那个时代，比扎尔兄弟的发现和麦哲伦的发现联系起来，使美洲沿海地区的发展列入了各种地图，老大陆的学者真是欢欣鼓舞。"

"嘿，要是我，"罗伯特说，"我就不一定满意。"

"为什么呢？"玛丽问，同时认真看着她这个热衷于发现历史的弟弟。

"对呀，我的孩子，为什么呢？"格雷那万勋爵也带着鼓励的微笑问。

"因为我当时一定想知道，麦哲伦海峡以外还有些什么。"

"太棒了，我的朋友，"帕噶乃尔说，"我跟你一样，我也一定想知道，新大陆是否会绵延到极地，或者，正如德雷克当时推测的，两个陆地之间是否还存在一片没有陆地的海洋。德雷克还是您的同胞哩，爵士。很明显，假如罗伯特·格兰特和雅克·帕噶乃尔生活在 17 世纪，他们一定会跟随休滕和雷迈尔出海，这两位荷兰人非常渴望解开地理学上这个谜。"

"这两个人是学者吗？"

"不是，但他们是非常大胆的商人，他们对自己的航行在科学方面的发现倒并不很在意。当时荷兰有一个东印度公司，这个公司对通过麦哲伦海峡进行的贸易拥有绝对的控制权。在那个年代，人们不知道从西方到亚洲会有别的通道，东印度公司这种特权就成了真正的独揽大权。有几位商人因此而想发现另外的海峡，以便同这种垄断现象作斗争，那其中就有一位名叫伊萨克·雷迈尔的商人。这个人很聪明，而且受过教育，他出资组织了一次远征航行，船只由他的侄子雅各布·雷迈尔和原籍合恩的优秀水手休滕担任指挥。那些大胆的航海家在1615年6月启程，比麦哲伦晚了将近一个世纪。他们在火地岛和埃斯塔多斯岛之间发现了雷迈尔海峡，1616年2月12日，他们绕过了那著名的合恩角。合恩角比它的兄弟角好望角更险要，真可算是名副其实的风暴角！"

"对，是那么回事，我真该去那里！"小罗伯特嚷道。

"你要是去过那里，就会领略最惊心动魄的滋味了，我的孩子。"帕噶乃尔越说越起劲，"其实，一个航海家能够把自己的发现一个一个标在地图上，普天下还有比这更实在的满足，更真切的快乐吗？航海家眼看着一片片陆地在他的视线里形成，一个岛屿接着一个岛屿，一个岬角接着一个岬角，都可以说是从波涛的怀抱里冒出来的！起初，画出的界线是模糊的，零零碎碎，断断续续！这里一块寂寥的荒地，那里一个孤独的小海湾，更远一点是一望无际的大海湾。后来，那些发现互相补充，地图上的线连接起来，一个个的点也连成了线，众多的小海湾最终连成了凹形海岸，一个个岬角也有了确切的海岸作为依靠。末了，航海家看见的是新陆地，陆地上有湖泊，有江河，有山岳，有峡谷和平原，有村庄，有城镇，还有首府，这样的陆地展现在地球上，何等灿烂辉煌！啊！朋友们，陆地的发现者是真正的发明家呀！他们和发明家一样激动，一样惊喜！可惜现在这个富矿几乎开采殆尽了！新陆地也好，新大陆也好，哪儿都见过了，哪儿都发现了，什么都发明了。我们这些地理学科的后来者再也无事可干了！"

"您说得不对，你们有事可干，亲爱的帕噶乃尔。"格雷那万反驳说。

"什么事呀？"

"我们现在做的事！"

这时，"邓肯号"正沿着维斯普西和麦哲伦等先辈的航迹全速前进着。9月15日，它通过了南回归线，直插那闻名遐迩的海峡入口。船上的人多次隐约望见巴塔哥尼亚低凹的海岸，仿佛天边的一条线。游艇在十海里以外沿着这条海岸线航行，而帕噶乃尔那了不起的望远镜也只能让他对这海岸有一个模糊的印象。

9月25日，"邓肯号"航行到与麦哲伦海峡同样的纬度，并毫不犹豫地进入了海峡。去太平洋的汽艇一般都喜欢走这条路。这个海峡的精确长度只有三百七十六海里，最大吨位的轮船进去后，到处都能找到深水，甚至可以靠岸航行。这里海底平坦，有众多的淡水补给站，还有多条渔产丰富的内河，盛产野味的森林，以及二十处既安全又方便的停泊港湾。总之，这个海峡具有雷迈尔海峡以及合恩角那些暴风骤雨不断、令人胆寒的悬崖峭壁所不具备的众多资源优势。

在海峡航行的最初几个钟头，也就是说，在六十至八十海里，直到格雷戈里角的那段航程里，两岸都低洼多沙。帕噶乃尔观察之仔细，海峡的任何一个景点、一处细节都不愿错过。穿行海峡仅仅需要三十六个小时，海峡两岸流动的景色实在值得这位学者抓紧时间，在南方灿烂的阳光照耀下注目欣赏。北岸杳无人烟，南岸也只有几个可怜的火地人在火地岛寸草不生的岩石上踯躅。真可惜，帕噶乃尔一路上没有看见一个巴塔哥尼亚人，这使他非常恼火，船上的伙伴们见他如此生气都感到好玩。

"巴塔哥尼亚没有巴塔哥尼亚人，"他总是说，"这算什么巴塔哥尼亚！"

"耐心点吧，尊敬的地理学家，"格雷那万说，"我们一定能见到巴塔哥尼亚人。"

"我可没把握。"

"但巴塔哥尼亚人是存在的。"格雷那万夫人说。

"对这点我很怀疑，夫人，因为我没有见过他们。"

"无论怎样，西班牙语巴塔哥尼亚人的意思是'大脚人'，这总不是虚拟的吧。"

"噢！名称在这里无关紧要，"帕噶乃尔答道，他坚持己见是为了活跃争论的气氛，"而且，说真话，谁也不知道他们究竟怎么称呼！"

"怎么这样说！"格雷那万嚷道，"少校，您知道怎么称呼吗？"

"不知道，"麦克·纳布斯答道，"我也不想花一苏格兰镑去打听。"

"不打听您也会听见人家说的，遇事无所谓的少校！"帕噶乃尔说，"麦哲伦叫这个地区的土人巴塔哥尼亚人，火地人叫他们泰尔门人，智利人管他们叫高加胡人，卡门地方的移殖民叫他们特胡切人，阿劳卡尼亚人称他们惠里切人，布甘维尔给他们取名叫楚哈，佛克纳管他们叫特胡莱特人！而他们则自称'伊那肯'！我请问您，您怎么能让人辨认他们呢？有那么多名称的民族是否真的存在呢？"

"这倒算是个论据！"格雷那万夫人答道。

"就算是这样，"格雷那万说，"我想，我们的朋友帕噶乃尔也应该承认，即使巴塔哥尼亚人的名称有疑问，起码他们的大个头是肯定的。"

"我永远也不会承认有那么异乎寻常的个头。"帕噶乃尔说。

"他们的确个子很高。"

"我哪儿知道！"

"难道很矮？"格雷那万夫人问。

"谁也不能肯定。"

"那，是中等身材喽？"麦克·纳布斯说，他什么都想折中。

"我仍然不知道。"

"这也有点太过分了，"格雷那万嚷道，"那么，曾经见过他们的旅行家……"

"曾经见过他们的旅行家意见从来没有统一过，"地理学家答道，"麦哲伦说他自己的头刚到那些人的腰带！"

"怎么样！"

"没错，但德雷克认为，英国人比最高的巴塔哥尼亚人还高！"

"噢！英国人，这有可能，"少校不屑地反驳道，"但得说苏格兰人！"

"卡文迪什明确说，他们又高又壮，"帕噶乃尔又说，"霍金斯说他们是巨人。雷迈尔和休滕说他们高十一英尺。"

"好吧，那可都是些值得信赖的人呀。"格雷那万说。

"不错，他们和伍德、那波罗、佛克纳一样值得信赖，可是这三位认为巴塔哥尼亚人是中等身材。的确，拜伦、拉吉罗代、布甘维尔、瓦里斯和卡特雷都肯定说，巴塔哥尼亚人有六英尺六英寸高，但最熟悉那个地区的学者道比尼先生却认为他们的平均身高为五英尺四英寸。"

"那么，"格雷那万夫人说，"在这么些矛盾的说法当中，究竟哪个是真实的呢？"

帕噶乃尔答道："真实的情况是这样的：巴塔哥尼亚人腿短，上身长。所以有人用打趣的方式表达他的意见，说那里的人坐着时高六英尺，站着时只高五英尺。"

"好极了！亲爱的学者，"格雷那万说，"说得惟妙惟肖！"

"除非他们不存在，"帕噶乃尔又说，"后面这个说法还算可以让大家都接受。不过，朋友们，话说到最后，我还要加这么一句令人安慰的话：即使没有巴塔哥尼亚人，麦哲伦海峡也美丽如画！"

此刻，"邓肯号"正在绕过布伦瑞克半岛，只见两岸的风景果然气象万千。在绕过格雷戈里岬角之后，游艇又航行了七十海里，便把蓬塔阿雷纳斯苦役监狱抛在右舷那边了。智利的国旗和教堂的钟楼在树丛间忽隐忽现。游艇在海峡两岸巨大的花岗岩石间快速穿行，岩石看上去极为壮观，那气势令人肃然起敬。山连着山，山脚下是一望无际的森林，山峰云遮雾绕；山巅白雪皑皑，常年不化。再往西南航行时，只见塔恩山的山峰直插云端，山高六千五百英尺。夜幕降临之前，黄昏迟迟不肯离去；晚霞的余晖缓缓地散开去，色调变得更加柔和。随后，群星开始在夜空闪烁，南十字座给航海的人们指示出南极的航道。在这一片明暗的交融当中，在星光代替了文明海岸的灯塔的状态下，"邓肯号"并没有在沿岸很多方便的小海湾里抛锚，而是勇敢地继续它的航程。船上的帆架顶端不时轻轻触及俯身于浪涛之上的南极山毛榉的枝丫，船上的螺旋桨也常常拍打大江大河的清波，惊醒水上的大雁、野鸭、沙雉、白眉鸭，以及湿地里所有饰羽的禽类。片刻之后，一些断壁残垣相继出现，其中几幢倒塌的建筑在夜幕下显得格外宏伟。那是某个被废弃的殖民地苍凉的遗迹，这些遗迹仿佛在以殖民地的名义永远反对这片肥沃的海岸和猎物繁多的富饶森林。"邓肯号"这时正在饥饿港附近航行。

1581 年，西班牙人萨缅托就是在这个地方带领四百移殖民安了家，他在这里创建了圣菲利普城。后来，连年的严寒在殖民地造成大量的死亡，饥饿又把熬过了冬天的幸存者置于死地。1587 年，私掠船船长卡文迪什发现了这四百个倒霉鬼中最后的幸存者，正在古城的废墟上奄奄一息。

"邓肯号"沿着这些荒凉的海岸继续前进。在曙光升起时，航道变得狭窄起来。两岸随处可见密密的山毛榉、白蜡树和桦树。树丛里不时浮现出青翠欲滴的小丘、茂盛的冬青树覆盖的圆形小山顶和直插云霄的山峰，在层峦起伏中还能见到高高耸立的巴克兰德①纪念碑。

---

① 威廉·巴克兰德（1784—1856），英国地理学家。

游艇随即经过圣尼哥拉海湾，这个海湾过去属于法国人，是由布甘维尔①命名的。远处，一群群海豹和大个头的鲸鱼正在嬉戏，在四海里以外就能看见鲸鱼喷出的水柱，从而可以判断那都是些巨鲸。这时，"邓肯号"终于绕过了弗罗厄德角，只见那尖尖的岬角还覆盖着冬季的残冰。在海峡的对岸，六千英尺高度的萨缅托山在火地岛上高耸入云，一团团的白云把石峰隔开，使石峰看上去宛如插入苍穹的悬空的群岛。美洲大陆实际上在弗罗厄德角才算是尽头，因为合恩角只不过是位于南纬五十六度之下的、在海上时隐时现的一个孤岩。

船一开过岬角，海峡就开始变窄了，峡的一边是布伦瑞克半岛，另一边是"忧伤之地"，也就是夹在成千个小岛中的一座长岛，看上去犹如一头巨鲸搁浅在众多的卵石之间。美洲的最南端如此支离破碎，它与非洲、澳大利亚和印度那些平整、清晰的最南端有多大的差异呀！

这时，绵延无数海里的光秃秃的海岸代替了适才经过的富饶的海峡两岸。眼下的海岸面目蛮荒，而且被剪不断理还乱的迷宫似的无数溶洞河汉啃得凹凹凸凸。"邓肯号"准确地、毫不犹豫地顺着那变幻莫测弯弯曲曲的航道前进，烟囱吐出的一团团浓烟与被岩石撕碎的一片片海雾交融在一起。在偶尔经过建立在荒凉海岸上的一些西班牙货栈时，它也没有放慢速度。来到塔马尔岬角时，海峡豁然变宽了，游艇有了转向的余地，便绕过那波罗群岛陡峭的海岸，靠近南边的海岸航行。在驶进麦哲伦海峡三十六小时之后，终于看见皮拉尔岬角的峭壁赫然出现在"忧伤之地"的最尖端。一望无际的大海是那样自由自在，波光粼粼，雅克·帕噶乃尔不由得热情地向它挥手致意，他感到自己跟当年的麦哲伦看见他乘坐的"特里尼达号"在太平洋的和风里微微倾斜时一样激动。

---

① 布甘维尔（1729—1811），法国航海家，曾写作出版《环球旅行》。

第十章　南纬三十七度线

绕过皮拉尔岬角八天之后，"邓肯号"在塔尔卡瓦诺海湾全速航行，这是一个长十二海里宽九海里的美丽如画的喇叭形河口小港湾。从9月到第二年3月，这个地方总是晴空万里，不见一片云彩。这里的海岸受到安第斯山脉的呵护，一年四季永远是南风拂拂。约翰·曼格斯遵照爱德华·格雷那万勋爵的命令，一直紧靠着奇洛埃群岛和南美洲西海岸那些数不清的航船残留物航行。几片沉船的残骸、一块船桅的木料、一段人手加工过的木头，都有可能给"邓肯号"提供沉船事故的线索，可惜，船上的人什么也没有看见。游艇继续航行着，不久，终于在它离开雾蒙蒙的克莱德湾水域四十二天之后，首次正式停泊在塔尔卡瓦诺海港。

格雷那万立即命人将他的小艇放到水里，他带着帕噶乃尔乘船来到栅状突堤脚下上了岸。那位地理学者很想利用当前的机会实践一番刚刚努力学来的西班牙语，但当地人根本听不懂他说的话，这使他大感意外。

"看来，是我的语调不对。"他说。

"我们还是去海关吧。"格雷那万勋爵说。

到了那里，有人用几句蹩脚的英语外加表现力丰富的手势告诉他们，大不列颠领事馆的驻地是康塞普西翁，一个钟头就可到达。格雷那万毫不费力地找到了两匹快马，不一会儿，帕噶乃尔和他便通过了这个大都市的城门。这个城市的建立，全靠皮扎尔兄弟的同伴，敢闯敢干的瓦尔第维亚的天才经营。

然而，这个城市昔日的辉煌已经荡然无存！土人频频抢劫，加之1819年一场大火将它焚烧殆尽，城市一片荒芜，只有城墙上还依稀可见当年被大火蹂躏的痕迹。如今，塔尔卡瓦诺已使这座城市黯然失色，城内的居民不过八千人，而且，成天懒洋洋，很少出门，使大街小巷逐渐变成了草地。这里没有贸易，也没有任何活动，做生意是不可能的。家家的阳台上，曼陀林琴声不绝于耳，百叶窗里传出娇柔慵懒的歌声。康塞普西翁，当年男人的城市，如今已成了妇女儿童的乡村。

尽管雅克·帕噶乃尔想和格雷那万谈论康塞普西翁的兴衰史，勋爵却不为所动。他不愿浪费一分钟，径直来到不列颠皇后陛下的领事本托克先生的驻地。这位大人接待他们时彬彬有礼，他一得知格兰特船长遇难的事，便承诺去沿海进行调查。

至于"布里塔尼亚号"三桅船是否在智利或阿劳卡尼亚沿岸南纬三十七度线附近靠过岸，他们得到的答案是否定的。领事本人和其他国家在此地的同行都不曾接到有关这条船的报告。但格雷那万仍不气馁，他回到塔尔卡瓦诺后，不惜奔走、交涉、花钱，派了好多人去各海岸查访。但这一切寻访都白费了精力，连深入沿岸居民家庭进行的最细致入微的调查都毫无结果。看来应该做出结论了："布里塔尼亚号"没有留下任何失事的痕迹。

于是，格雷那万把他采取的措施遭到失败的情况告诉了同伴。玛丽·格兰特和她的弟弟听完之后无法控制自己的痛苦表情，这件事发生在"邓肯号"到达塔尔卡瓦诺六天之后，当时全船的乘客都聚集在艉楼的方厅里。格雷那万夫人竭力安慰船长的两个孩子，她不用言语——她能说些什么呢？——而是用抚爱去安慰他们。雅克·帕噶乃尔见状连忙再取出那份文件，非常专注地研究起来，似乎想从中挖出什么新的秘密。他这样看来看去已经有一个小时了，忽然听见格雷那万叫他：

"帕噶乃尔！我这就仰仗您的洞察力了。难道我们对这份文件的理解有错误？难道这些字词之间的意义并没有逻辑性？"

帕噶乃尔没有回答，他正在思索。

"难道我们推测的海难场所有误？"格雷那万又说，"巴塔哥尼亚几个字在最不敏锐的人看来也应该很明白呀！"

见帕噶乃尔一直不答话，他又接着说：

"还有，'印第安'这个词不是更说明我们猜测得很对吗？"

"完全对。"麦克·纳布斯附和说。

"既然如此，遇难的人在写这几行字的时候，料到自己会成为印第安人的俘虏，这不是明摆着的吗？"

"我这里要打断您一下，亲爱的爵士，"帕噶乃尔终于开口了，"如果说您其他的结论都很正确，我觉得起码这最后的判断不算合理。"

"您的意思是……"格雷那万夫人问。与此同时，所有人的眼光都注视着帕噶乃尔。

"我的意思是，"帕噶乃尔加强语调答道，"格兰特船长现在就是印第安人的俘虏。而且我还要补充一句，文件证明这个情况毋庸置疑。"

"请您解释一下，先生。"格兰特小姐说。

"这再容易不过了，亲爱的玛丽。我们在文件里别读作'将成为俘虏'，而读作'成了俘虏'，一切就明白了。"

"这不可能！"格雷那万大声说。

"不可能！为什么不可能，我高贵的朋友？"帕噶乃尔微笑着问。

"因为酒瓶只能在船触礁撞毁那一刻扔进海里，只有这样，才会有这个结果：就是扔瓶子的经纬度和出事的经纬度相同。"

"没有什么可以证明这一点，"帕噶乃尔连忙反驳道，"而且我看不出来，遇难者被印第安人带到内陆之后，为什么不能设法通过这个瓶子，让大家知道他们被俘的地点。"

"这很简单，我亲爱的帕噶乃尔，因为要把瓶子扔进海里，起码那里得有海呀。"

"或者说，如果没有海，起码那里得有入海的河流！"帕噶乃尔说。

全场的人透着惊诧的沉默似乎在回答他这句始料未及但又可以接受的话。帕噶乃尔看见自己的听众眼里闪闪发光，便明白大家在心里业已燃起了新的希望。还是格雷那万夫人首先打破沉默。

"这想法不错！"她大声说。

"多么有理的想法呀！"帕噶乃尔天真地补充道。

"那么，您有什么建议？"格雷那万问。

"我的建议是，在美洲海岸找到三十七度线，然后沿着这条线一直找到大西洋，其间不要偏离半度。也许在行程中我们能找到'布里塔尼亚号'的罹难者。"

"可能性很微弱！"少校说。

"可能性再微弱，"帕噶乃尔说，"我们也不应该忽视。假如我碰巧说对了，这个瓶子果真是沿着这个大陆的某一条河漂到海里的，那么，我们就有可能找到俘虏的线索。你们瞧，朋友们，瞧瞧这个地区的地图，我马上就会让你们心服口服！"

说话间，帕噶乃尔在饭桌上摊开一张智利和阿根廷几个省的地图。

"你们看，"他说，"你们来跟着我穿过这南美洲！我们先从智利这个窄窄的地带跨过去，再越过安第斯山脉的科迪勒拉山，来到潘帕斯草原。这个地区缺少江、河、溪流吗？不缺。这里是内格罗河，这里是科罗拉多河，这里是几条河的支流，南纬三十七度线从这里穿过，而这几条河都能把文件送进大海。就在这些地方，也许在某个部落里，在某些深居简出的印第安人手里，在这些偏僻的江河的岸边，或者在什么山谷里，那几个我有权称作朋友的人正在等待上帝的营救呢！我们怎能让他们失望呢？穿过这些地区，严格顺着我的手指在地图上画出的这条路线走，这难道不是你们大家的意见？如果完全出乎意料，我又错了，我们不是有责任一直沿着三十七度线走到头，如有必要，就沿着这条线绕地球一圈，以便找到遇难的人吗？"

他这一席铿锵有力、慷慨激昂的话，让听众深为感动。大家都站起来同他握手。

"没错！我爸爸就在那些地方！"罗伯特一边目不转睛地盯着地图，一边嚷着。

"我的孩子，不管你父亲在哪里，"格雷那万说，"我们都会找到他！我们的朋友帕噶乃尔对文件的解释最具逻辑，所以我们必须毫不犹豫地沿着他为我们标出的道路走。格兰特船长可能落入了众多印第安人的手里，也可能做了某个小部落的俘虏。倘若是在小部落手里，我们就把他们解放出来；如果部落的人太多，我们先弄清楚船长的处境，然后去东海岸与'邓肯号'会合，把船开到布宜诺斯艾利斯，在那里，麦克·纳布斯少校会组织一支队伍，足以对付阿根廷各省的印第安人。"

"好！太棒了，阁下！"约翰·曼格斯响应道，"我还要补充一句：这次穿行南美洲大陆不会遇到任何危险。"

"没有危险，也不会感到疲劳，"帕噶乃尔说，"过去有多少人做过同样的旅行呀，但他们并没有我们现在的装备。而且他们没有我们为这个事业奋斗的崇高精神！1782年不是有个叫巴西利奥·维拉莫的人从卡门走到科迪勒拉山脉吗？1806年，智利康塞普西翁省的治安法官堂·路易从安图科出发，正好沿着三十七度线，穿过安第斯山脉，行程四十天，最后到达布宜诺斯艾利斯，不是吗？末了，加西亚上校、阿尔西德·道比尼先生和我那令人尊敬的同事马丹·德·姆西博士不是走遍了这个地区的东南西北吗？只不过他们是为了科学，而我们是为了人道主义而已。"

"先生！先生！"玛丽·格兰特用激动得哽咽的声音说，"怎样感谢您这种不怕艰难险阻的献身精神呢？"

"险阻！"帕噶乃尔嚷道，"谁说了险阻这个词啦？"

"不是我说的！"罗伯特·格兰特说。他两眼闪闪发光，表情坚毅。

"险阻！"帕噶乃尔又说，"会有这种情况？再说了，到底是怎么回事儿？只不过是做一次勉强有三百五十里尔的旅行罢了，因为我们走的是直路。而且这次旅行的地区在南半球的纬度和北半球的西班牙、西西里以及希腊的纬度相同，因此，气候与它们差不多。这次旅行最多花一个月时间！简直是一次散步！"

"帕噶乃尔先生，"格雷那万夫人问，"那么您认为，如果遇难的人落在印第安人手里，他们的生存还是得到尊重的？"

"我认为？不，那是事实，夫人！印第安人又不是吃人肉的野人！绝对不是。我的一个同胞，是我在地理学会认识的，他叫基那尔，他在潘帕斯被印第安人抓去当了三年的俘虏。他受过虐待，吃了很多苦，但最终他还是胜利熬过了那次考验。欧洲人在这类地区是很有用的，印第安人了解他们的价值，所以像照顾珍稀动物一般照顾他们。"

"那好，再没有什么可犹豫的了，"格雷那万说，"应该去，还得赶快去。我们该走哪条路？"

"走一条方便而又令人愉快的路，"帕噶乃尔答道，"一开始要走一点山路，然后下一个安第斯山脉东麓的缓坡，最后要走的是一片平坦的原野，原野上芳草萋萋，细沙绵绵，简直是个大花园。"

"我们看看地图吧。"少校说。

"地图在这里，亲爱的麦克·纳布斯。我们要从智利海岸南纬三十七度线的一端开始走，也就是在鲁美纳角和卡内罗海湾之间。穿过阿劳卡尼亚的首府之后，我们就经过安图科关口横穿科迪勒拉山脉，把火山丢在南边。接着，我们顺势溜下山岭长长的斜坡，跨过内乌肯河以及科罗拉多河，到达潘帕斯草原，再走过盐湖、瓜米尼江和塔帕肯山。布宜诺斯艾利斯省的省界就在那里。我们越过省界，然后攀登坦迪尔山，一直寻找到大西洋沿岸的梅达诺角。"

帕噶乃尔就这样说着，在详细阐述这次探险旅行的安排时，也没有去看一眼摊在他眼前的地图，因为他对弗雷基叶、莫里那、汉波德、米叶和道比尼的著作烂熟于心，在他牢靠的记忆里，什么也错不了。他在如数家珍似的说完了那些地名之后，又补充说：

"因此，我的朋友们，这条路是笔直的。三十天之内我们就能走完。只要'邓肯号'稍微遇上点逆风，延迟了航速，我们就会赶在它之前到达东海岸。"

"要是这样，"约翰·曼格斯说，"'邓肯号'就应该在科连特斯岬角和圣安东尼岬角之间穿过去，是吗？"

"正是。"

"那您怎样选定这样一支探险队的组成人员呢？"格雷那万问。

"尽量少而精。我们只不过去探听格兰特船长的情况，又不是去同印第安人交火。我认为格雷那万爵士是当仁不让的领队，还有少校，他绝不会让出自己的位置，最后是我，雅克·帕噶乃尔，您的仆人……"

"还有我！"小格兰特嚷道。

"罗伯特！罗伯特！"玛丽叫住他。

"为什么不行？"帕噶乃尔说，"旅行可以培养年轻人呀。这样，我们四个人，再加上'邓肯号'的三个水手……"

"怎么！"约翰·曼格斯边说边朝他的主人转过身来，"阁下不替我要求要求？"

"我亲爱的约翰，"格雷那万答道，"我们要把女乘客留在船上，也就是我们在世界上最亲爱的人都要留下来！'邓肯号'最忠诚的船长不照顾她们，谁来照顾呢？"

"这么说，我们不能陪你们一道去喽？"格雷那万夫人说着，眼里蒙上了悲伤的阴云。

"我亲爱的海伦娜，"格雷那万答道，"我们这次旅行前进的速度特别快，分别时间不会很长，而且……"

"好吧，我的朋友，我理解您。去吧，祝你们马到成功！"格雷那万夫人说。

"再说，这也不能算是旅行。"帕噶乃尔说。

"那算是什么？"格雷那万夫人问。

"最多算过路吧。我们到那边去，就这么回事儿，就像好人一面打尘世经过，一面尽量做好事。"

帕噶乃尔最后这句话结束了争论，如果可以把全体一致同意的恳谈叫作争论的话。准备工作当天就开始了，大家决定为这次出征保密，以避免引起印第安人的警觉。

启程时间确定在10月14日。在决定下船随征水手的人选时，所有的候选人都纷纷要求出征，格雷那万左右为难。为了不使这些忠实的年轻人感到不快，只好抽签。结果，大副汤姆·奥斯汀、壮小伙子威尔逊和敢向伦敦著名的拳击手汤姆·塞叶斯挑战的穆拉第中了签，他们都心满意足。

格雷那万在积极准备出征的过程中忙得不可开交。他有意在规定的日子万事齐备，他也的确做到了。与此同时，约翰·曼格斯也加紧储备煤炭，以便立即出海。他一心想赶在小分队之前到达阿根廷海岸。这样一来，一场真正的竞赛在格雷那万和约翰·曼格斯之间展开了，这样的竞赛对谁都有利。

10月14日，在规定的时刻，人人整装待发。在启程之前，游艇的全体船员和乘客都聚集在艉楼的方厅里。"邓肯号"已经可以开航了，它的螺旋桨叶片在搅动着塔尔卡瓦诺海湾清澈的海水。由卡宾枪和"考特"左轮手枪武装起来的格雷那万、帕噶乃尔、麦克·纳布斯、罗伯特·格兰特、汤姆·奥斯汀、威尔逊和穆拉第也准备离开游艇了。他们雇请的向导和骡子正在木栅栏那边等着他们呢。

"时候到了！"爱德华勋爵终于开口说话。

"去吧，我的朋友！"格雷那万夫人忍着激动的眼泪答道。

格雷那万勋爵把她紧紧抱在胸前，罗伯特则扑上去抱住玛丽·格兰特的脖子。

"现在，我亲爱的同伴们，"雅克·帕噶乃尔说，"这最后一次握手将支撑我们直到大西洋的海岸！"

他的要求相当高，不过，大家随后紧紧的拥抱一定能够互相支撑，以实现这位可敬的学者提出的愿望。

游艇上的旅客全都登上了甲板，七位出征的人随即离开了"邓肯号"。片刻之后，他们来到了码头。游艇在离海岸不远的地方迂回前进。

格雷那万夫人站在高高的艉楼上，最后一次朝他们叫道："朋友们，愿上帝保佑你们！"

"我请您相信，上帝一定会帮助我们，夫人，"雅克·帕噶乃尔答道，"因为我们会自己帮助自己！"

"开船！"约翰·曼格斯朝机械师叫道。

"上路！"格雷那万勋爵响应道。

陆上的旅行者扬鞭策马，沿着海岸线急速远去的那一刻，"邓肯号"也开足马力，全速往大洋驶去。

第十一章　横穿智利

　　格雷那万组建的土著小队包括三个男人和一个孩子。骡夫头是在当地已住了二十年并取得智利国籍的英国人。他的行当是把骡子租给旅行的人，为他们当向导，穿过科迪勒拉山脉各个不同的通道。随后，他再把那些旅人转手交到通称为"巴卡诺"的熟悉潘帕斯草原道路的阿根廷向导手里。这个英国人还没有把母语忘记到不能和旅客交谈的程度，尽管他成天和骡子及印第安人打交道。正因为这样，格雷那万便急忙利用这种可以表达他的意志和让对方执行命令的方便，因为雅克·帕噶乃尔所学的西班牙语当地人还听不懂。

　　智利人管骡夫头叫"卡塔帕子"，这一位"卡塔帕子"雇了两个脚夫和一个十二岁的小孩给他当帮手。脚夫照看驮队员行李的骡子，小孩骑着母马"玛德琳娜"走在前头带路，母马脖子上系着小铃铛，后面跟着十头骡子。旅客骑了七头骡子，"卡塔帕子"骑了一头，其余两头驮着给养和几卷布匹，布匹用来讨好草原上土著部落的酋长，以便获得他们的友善对待。脚夫则习惯于步行。从安全和骡队的正规性角度看，这次横穿南美大陆的活动应该可以在最好的条件下进行。

　　这次穿过安第斯山脉的举动并非一次普通的旅行。做这样的旅行

82

不雇佣强壮的骡子是不可能的，这类骡子中最珍贵的产自阿根廷。这些优良的牲畜在智利发育成了比原种更优秀的品种：它们从不挑食，而且一天只饮一次水，八小时可以轻而易举地走十里尔路，驮十四厄罗伯①的重量从不叫苦。

在这条连接两大洋的路上没有一家客栈。过路人吃的是风干的肉、拌辣椒的米饭，以及沿路有可能猎到的野味。在山里喝山泉水，在平原喝溪水，里面加几滴朗姆酒。人人都有自己的一份朗姆酒，装在叫作"喜福乐"的牛角里。不过酒不能多喝，因为这个地区的人特别容易兴奋。至于铺盖，一种叫作"瑞卡多"的本地产马鞍就够了。这种马鞍是用"陪良"制作的，"陪良"是指一面硝过另一面留着羊毛的羊皮，系马鞍的是豪华的绣花宽带子。旅客夜里裹在这样暖和的被褥里，完全可以顶住湿气的侵袭，睡得很香甜。

格雷那万是一个善于旅行而且入乡随俗的人，他已经为自己和同伴准备了智利服装。帕噶乃尔和罗伯特——两个孩童，不过一高一矮罢了——把头套进民族服装，把脚伸进靴子里时，简直乐得心花怒放。原来那民族服装就是苏格兰格子花呢做成的大氅，中间开了一个洞，当地人管这种大氅叫"蓬鞘"，靴子是小马驹的后腿皮制作的。真该看看他们的坐骑：那套上了豪华鞍辔的母骡子！看看它那含在嘴里的阿拉伯式嚼子，那可以当作鞭子使用的皮革质地的长缰绳，那饰有金属装饰品的络头，以及那一对土话叫作"阿尔佛加"的颜色鲜艳的储存当日口粮的棉布褡裢！老是心不在焉的帕噶乃尔在骑他那匹好样的骡子时，有三四次险些受到它出其不意的攻击。跨上马鞍后，他仍旧斜挎着他那离不开的望远镜，不过双脚倒紧紧蹬住了马镫。坐定后，他便放心地任由聪明的坐骑摆布了，所幸那母骡子还没有让他感

---

① 厄罗伯系当地的重量单位，一厄罗伯相当于十一公斤半。

到后悔。小罗伯特可不一样，他一跨上坐骑便显示出即将成为优秀骑手的突出禀赋了。

探险队出发了。天气清朗，晴空万里，不见一丝云彩。尽管艳阳当空，海上吹来的微风却一洗平日的灼热，使大家感觉相当凉爽。这支小队伍沿着塔尔卡瓦诺海湾崎岖的海岸快速前行，以便及早到达南边三十英里处三十七度线在南美洲的陆地终端。在行程的第一天，大家急速穿行在芦苇间，芦苇长在已经干枯的昔日的沼泽里。队员互相之间说话很少，因为他们脑海里还浮现着离别时的情景。他们这时还能看见逐渐消失在地平线上的"邓肯号"冒出的轻烟，但谁都不说话，除了帕噶乃尔。这位好学的地理学家正在用新学的西班牙语自问自答。

无独有偶，那位"卡塔帕子"也是个沉默寡言的人，他的职业没能让他变得饶舌。他对他雇来的脚夫也很少说话。脚夫都是些很内行的人，他们对自己该做哪些服务都成竹在胸。假如某头骡子停步不走了，他们就用喉音尖叫一声，催促它快走；如果叫一声还不够，他们就用一只很有把握的手朝畜生扔一块小石头，来制伏母骡的犟劲儿。万一马鞍的肚带松了，或者缰绳滑脱了，脚夫会赶紧脱掉自己的大氅，蒙住母骡的头，整理就绪后继续前进。

骡夫们的习惯是每天早上用完早餐后，八点钟准时出发。上路后便一直走下去，直到日落时分，即下午四点钟才歇息下来。格雷那万尊重他们这个习惯。可是，这天也真巧，当骡夫头发出信号让大家休息时，正好来到阿劳科城，这个城市位于海湾的南端，并没有脱离太平洋那浪花起伏的水域。这样，就必须往西再走二十来英里，直到卡内罗湾，才能找到三十七度在南美洲的尽头。然而，格雷那万的人马已经走遍了这部分海岸线，却并没有遇见任何沉船事故留下的痕迹。看来，在那一带进行新的探寻已经变得徒劳，因此格雷那万决定把阿劳科城作为此次寻访的出发点。从这里开始，就应该取道东边，并严格按照直线前进。

小小的队伍随即进了城，准备在城里过夜。他们在一家客栈的院子里安顿下来。这家客栈毫无舒适可言，客房条件极其简陋。

阿劳科是阿劳卡尼亚的首都，这个国家长一百五十里尔，宽三十里尔。这个国家里的毛鲁什人曾被诗人艾尔西亚①歌颂过，是一个骄傲而强悍的民族，也是南、北美洲唯一没有受到过外族统治的民族。如果说，阿劳科昔日曾归属过西班牙人，起码它的市民从来没有屈服过。他们当年怎样抵抗西班牙人，如今就怎样抵抗智利的入侵，他们的独立国旗——蓝底白星的旗帜——还高高飘扬在为保护城市而设防的山冈上。

在有人准备晚饭的当儿，格雷那万、帕噶乃尔和"卡塔帕子"在茅草屋顶的房舍间散步。除了一座教堂和一些原天主教方济各会修道院的遗迹，阿劳科并没有什么能引起好奇心的地方。格雷那万曾试图搜集一些有关的资料，但没有达到目的；使帕噶乃尔最感绝望的是他说的话当地人根本听不懂。不过，既然本地居民说的是阿劳卡尼亚语，而这种语言又是从此地到麦哲伦海峡都通用的母语，他学的那点西班牙语也就跟他学的希伯来语一样派不了用场。耳朵用不上，他只好专用眼睛了。虽然如此，他仍然体验到一种学者独有的愉悦，那就是仔细观察在他面前走过的形形色色的毛鲁什人。这里的男人身材魁梧，脸庞扁平，古铜色皮肤，下巴不留胡须，眼里露出不信任的神色，宽大的脑袋仿佛隐藏在又黑又长的头发里。他们酷似昔日专门打仗的男人，不知道和平时期自己还能做些什么。他们的妻子吃苦耐

---

① 艾尔西亚（1533—1594），西班牙史诗诗人，曾参加征服阿劳卡尼亚的战争，但很赞赏当地人民的勇敢精神，故写史诗《阿劳卡那》。

劳，承担了粗活重活，为她们的一家之主刷洗马匹、清洗枪支、耕田种地、牧羊狩猎，还要挤出时间制作松绿石色的"蓬鞘"，制作一副"蓬鞘"需要两年时间，每副起码值一百美元。

归纳起来，这些毛鲁什人是一个习俗野蛮、不值得大家关心的民族。他们几乎具有人类的种种毛病，热爱独立是他们唯一的美德。

"真是些斯巴达人！"帕噶乃尔散步回来，坐下吃晚饭的时候一再说。

众人认为这位可尊敬的学者有点夸大其词，但他却进一步补充说，他在参观阿劳科城期间，他那法国人的心不由得狂跳起来，这么一说，大家更没法理解他了。少校问他这突如其来的"狂跳"原因何在，他回答说，他的激动是很自然的，因为他的一位同胞曾当过阿劳卡尼亚的国君。少校敦请他说说这位国君的姓氏，雅克·帕噶乃尔立即自豪地说出了德·陶南先生的姓。那是一位非常杰出的人物，他原是佩里格地方的诉讼代理人，满脸络腮胡子。后来，他承受了下台后的一切，所有被废黜的国王都喜欢把这一切称为"臣民的忘恩负义"。少校一想到那个诉讼代理人被赶下国王宝座的情景就禁不住微微一笑，帕噶乃尔却十分认真地回敬他说，也许一个诉讼代理人当好国王，比一个国王当好诉讼代理人更容易呢。听他这么一说，大家都笑了起来，于是，群起为阿劳卡尼亚前国王奥莱里-安东尼一世的健康干杯，喝的是几滴"齐恰①"。片刻之后，游子们都裹上自己的"蓬鞘"酣然入睡了。第二天早晨八点，玛德琳娜开路，脚夫殿后，小队沿南纬三十七度线往东走去。一开始，他们穿过阿劳卡尼亚肥沃的领土，那里盛产葡萄，羊群遍野，但随之而来的却是逐渐深广的寂寥。大约每隔一英里才能看见"拉斯翠多尔"的小茅屋。"拉斯翠多尔"

---

① 齐恰是由发酵玉米制作的烧酒。

是指驰名全美洲大陆的印第安驯马人。有时候可以看到废弃的驿站，它们已经成了在平原上游荡的土著人遮风避雨的地方。当天有两条河挡住了他们的道路，一条叫拉克河，另一条叫图巴尔河，但"卡塔帕子"总能发现涉水渡河的地方。这时，安第斯山脉已展现在地平线上，它那一个个圆圆的山顶影影绰绰，尖尖的山峰往北边绵延不断。这个山脉是新大陆构架所依靠的巨型山脊，天边显出的那一段还只是山脊的低矮部分哩。

走了三十五英里之后，下午四点，大家在原野上的一丛巨大的爱神木树下歇息。卸下了笼头的母骡分散开去，自由自在地啃草。各人的褡裢里都有干肉和米饭，夜里把"陪良"铺在地上，就可以当作褥子和枕头。旅行者们在这临时床铺上可以美美地睡去，而脚夫和"卡塔帕子"却需要轮班守夜。

天气正在变得爽朗宜人，所有的旅行者，包括小罗伯特，都身体健康，总之，这次出行可谓一帆风顺。既然如此，就必须乘势而进，有如得意的赌客"乘好手气搏一把"。大家的意见不谋而合。于是，第二天前进的速度加快了。他们顺利地渡过了拜尔急流，晚上，就在分隔西班牙智利和独立智利的比奥比-比奥河两岸歇息，这时，格雷那万又可以在这次出征的功劳簿上再添三十五英里了。当地的情况没有变化，仍然是沃野百里，盛产孤挺花、木本紫罗兰、曼陀罗和黄花仙人掌。有些豹猫之类的动物蜷缩着身子藏在矮树丛里。禽类动物只有一只鹭鸶、一只孤零零的猫头鹰、几只逃避鹞鹰魔爪的黄雀和鹏鹕权充代表。本地的土著却很少见到。偶尔有几个被通称为"瓜索"的青年骑着马像影子似的一晃而过，他们是印第安人和西班牙人的混血儿，总是赤脚蹬在奇大无比的马刺里，马刺把坐骑刺得血淋淋的。一路上找不到一个人说话，更谈不上打听消息了。格雷那万因此而打定主意不在此地查访；他琢磨，格兰特船长既然做了印第安人的俘虏，一定已经被带到安第斯山脉那边去了。因此，寻访活动只有在潘帕斯草原才会有成果，在山这边是不会有结果的。现在，必须有耐心，必须继续前进，而且要走得快，一直走下去。

17日那天，他们按往常的时刻又出发了，走路的顺序照旧。但小罗伯特要保持这个顺序却不无困难，因为他劲头一来就老超过玛德琳娜，让他自己的骡子苦不堪言。不过，只要格雷那万厉声一呼，他就会回到原位。

地势开始变得高低不平，几道土岗子预示着前面将是崎岖的山路。河流也逐渐增多了，河水都顺着各式各样的山坡而流得湍急或者舒缓。帕噶乃尔常常求教他的地图，当某一条溪流被漏画了（这种情况经常发生），他那地理学家的热血便沸腾起来，瞧他生气的模样真让人感到既亲切又好玩。

"一条溪流没有名字，"他常说，"就等于没有身份证。从地理学的规定来看，它就不存在。"

因此，他一一给那些无名的溪流取名字，标在地图上，用的是最响亮的西班牙形容词。

"多美妙的语言呀！"他赞叹道，"多么丰满响亮的语言！简直是金属铸成的语言，我敢肯定，这个语言有七成八是铜，二成二是锡，就像铸钟的青铜一样！"

格雷那万便问他："您的西班牙语起码该有些进步了吧？"

"那当然！亲爱的爵士！啊！要没有语调问题该多好！可还是有语调问题！"

在没有改进语调之前，帕噶乃尔一路上拼命练习发音中的难点，练得嗓子都哑了，但他并没有忘记对周围做地理学上的观察和评论。在这方面，与他的西班牙语恰恰相反，他可是一枝独秀，笑傲群雄。每当格雷那万向"卡塔帕子"打听本地有什么特点时，他这位学者同伴总会抢在向导的前头作答。"卡塔帕子"愣愣地看着他，非常吃惊。

就在那天十点钟左右，有一条路在他们走的路前横穿而过。格雷那万自然要问路名，当然又是这位雅克·帕噶乃尔前来回答："这是从云贝尔到洛杉矶的公路。"

格雷那万看看"卡塔帕子"。

"完全对。"向导答道。

向导朝地理学家转过身来，问："那么您曾经走过这个地区？"

"那当然！"帕噶乃尔煞有介事地说。

"是骑骡子走的吗？"

"不是，是坐安乐椅。"

"卡塔帕子"显然没听懂他的话，因为他耸了耸肩便回到他骡队头儿的位置上去了。

傍晚五点时分，骡队头儿在一个不算太深的峡谷里停了下来，那里距洛亚小城北边约几英里。这天夜里，旅行小队的成员便在山岭脚下露营，这已是科迪勒拉山脉最初的山峦了。

第十二章　在高空一万两千英尺处

在横穿智利的行程中至今没有发生过重大事故，但接下去穿越山岭必然会遇到艰难和险阻，与恶劣自然条件的斗争才真正开始。

一个重大的问题必须解决：该取道哪一条路穿越安第斯山脉而又不偏离既定的三十七度线？于是，他们就这个问题询问了"卡塔帕子"，这位向导回答说：

"在科迪勒拉山脉这一段，我只认识两条可以行走的通道。"

"那一定是瓦尔第维亚·门多扎发现的阿里卡通道，对吗？"帕噶乃尔问。

"正是。"

"还有位于比亚里卡山岭南部的比亚里卡通道，是吗？"

"没错。"

"好吧，我的朋友，这两个通道只有一个缺点，那就是可能把我们引到该走的那条纬度线以南或者以北。"

"那您还能提出另一条通道吗？"少校问。

"当然能，"帕噶乃尔答道，"那就是安图科通道。它位于火山的斜坡上，在南纬三十七度三十分，就是说，离我们的路半度。这条通道只有一千图瓦兹的高度，是赞姆迪奥·德·克鲁兹探寻出来的。”

"很好，"格雷那万说，"但我要问一下，'卡塔帕子'，您知道这条安图科通道吗？"

"知道，爵士，我走过这条路。我没有建议你们走那条道，是因为那最多算一条走牲口的羊肠小道，只有东坡的印第安牧人在那里走动。"

"那么，我的朋友，"格雷那万说，"只要佩环什人的马群、羊群和牛群能通过，我们就能通过。既然这条路能让我们走直线，就走安图科通道吧！"

向导立即发出了动身的信号，大家随即往拉斯勒亚斯山谷深处走去，山谷两边挤满了大块大块的晶体石灰岩。山谷的斜坡非常平缓，几乎感觉不到是在上坡。约莫十一点钟时，需要绕着一个小湖泊的岸边走。那是一个天然的水库，也是周围一条条小河风景如画的汇集之处，小河的河水汩汩流到那里，欣然融入一片清澈宁静的境界。广阔的"拉诺"，即高高的平原俯瞰着小湖，平原上覆盖着禾本科植物，印第安人的畜群就在那里吃草。接下去，他们遭遇了一片南北向的沼泽，幸好母骡们感觉灵敏，游子们才躲过了一劫。午后一点，巴勒纳尔要塞赫然出现在一块陡峭的岩石上，业已毁坏的碉堡护墙仿佛给岩石戴上了一顶王冠。旅行小队绕过要塞径直往前走，这时，斜坡已开始变得陡峭起来，而且坡上铺满了小石头。母骡的蹄子踩翻了石子，石头在地上乱滚，形成了哗哗疯响的石子瀑布。将近三点，眼前又出现了一批引人入胜的废墟，那是在1770年起义过程中毁掉的一个要塞留下的。

"显而易见，"帕噶乃尔说，"高山还不足以把人们分隔开，还得求助于碉堡！"

从这一段开始，道路变得难以行走了，甚至有点危险。山坡的拐弯处越来越多，峭壁上的小道越来越窄，悬崖凹进去的地方令人胆寒。母骡走得十分小心，它们用几乎触到地面的鼻子嗅着探路。大家不得不鱼贯而行。有时，遇到急转弯，大家会暂时见不到玛德琳娜的身影，于是，小队只好循着母骡远远的铃声前进。有时，迂回曲折的山间小道把小队折成并排的两行，打头的"卡塔帕子"竟可以和殿后的脚夫交谈，而两行的中间却有一个宽不到两图瓦兹，但深二百图瓦兹的裂缝，这个裂缝成了他们之间不可逾越的鸿沟。

尽管草本植物还在与石头的侵袭进行殊死搏斗，但已经可以感觉到矿物界的主宰力量正在打破垂死挣扎的植物界的一统天下。在接近安图科火山的地方，可以看到几条铁青色的熔岩带，以及从熔岩带上耸起的一些针状的黄色结晶体。一个个岩石重重叠叠，仿佛随时准备往下掉，但仍然互相支撑着，看上去完全违反了平衡定律。显然，地壳来一次激烈的变动，一定会很容易改变这些岩石的面貌。只要望望那些七倒八歪的山峰、扭曲的穹丘和偏斜的圆形山顶，就不难看出这个山区地壳下沉运动的决定性时刻还没有到来。

在这样的条件下探路，必定会困难重重。安第斯山脉的构架几乎在不停地震动，这往往使道路改变了方向，甚至连指路的标记都挪了位置。"卡塔帕子"常常犹犹豫豫，难于判断。他停下来，东看西看，或根据岩石的形状辨别方向，或根据碎石的模样寻找印第安人的足迹。但是，已经分不清东南西北了。

格雷那万一步一步紧跟着向导。他已经意识到，也能理解行路困难给这位"卡塔帕子"带来的尴尬处境，但他不敢问。他在心里琢磨，骡子有识路的本能，骡夫也应该有这种本能，最好还是仰仗他的能力吧，他这种想法也许不无道理。

"卡塔帕子"可以说又盲目游荡了一个小时，不过山路越走越高，到最后，他不得不干脆停了下来。他们现在正被阻挡在一个狭窄的谷底，印第安人管这种峡谷叫"克布拉达斯"。前面有一个陡峭的斑岩石壁挡住了出口，"卡塔帕子"找来找去，没有找到出路，便从骡子上跳了下来。他抄着手臂，等待着。格雷那万走到他身边。

"您迷路了吗？"他问。

"没有，爵士。""卡塔帕子"说。

"不过，我们现在恐怕不是在去安图科的路上吧？"

"就在这条路上。"

"您有没有搞错呀？"

"没有搞错。瞧，这是印第安人用火留下的灰烬，那里是马群和羊群留下的痕迹。"

"这么说，这条路有人走过？"

"没错，但现在走不通了。最近一次地震把这段路堵住了……"

"堵了骡子，但堵不住人。"少校说。

"噢！那就是你们的事了。""卡塔帕子"答道，"我已经尽了力。如果你们愿意转回去，在科迪勒拉山里另找通道，我和我的骡子也准备往回走。"

"那是不是会延误时间呢？"

"起码晚三天。"

格雷那万听着"卡塔帕子"说话，但没有吱声。这位仁兄显然已经履行了契约，他的骡队不能再往前走了。但一听到走回头路的建议，格雷那万还是转身对他的同伴说：

"你们愿意硬走过去吗？"

"我们愿意跟您走。"汤姆·奥斯汀答道。

"甚至愿意走在您前面，"帕噶乃尔补充说，"说来说去，问题究竟在哪里？无非是翻山越岭嘛，而且山的那面下坡有多容易，这面根本没法比！爬过山之后，我们会找到阿根廷的'帕噶诺'引导我们穿过潘帕斯草原，那里有善于在平原奔跑的快马。别犹豫了，前进吧！"

"向前进！"格雷那万的同伴们齐声叫道。

"您不陪我们啦？"格雷那万问"卡塔帕子"。

"我只是个骡夫。"骡夫头儿答道。

"那您就请便吧。"

"我们可以不要他陪，"帕噶乃尔说，"在这个峭壁的那一面，我们一定能找到去安图科的小路。我负责把你们直接带到那边的山脚，我带你们走捷径不亚于科迪勒拉山脉一带最优秀的向导。"

于是，格雷那万与"卡塔帕子"结了账，把他和他的脚夫以及骡子全辞掉了。武器、工具和少许口粮都分摊给七个旅行者背着走。大家一致同意即刻攀登，如果有必要，他们还可以走一段夜路。左边有一个陡坡，陡坡上有一条小路蜿蜒曲折，相当险峻，骡子的确没法攀上去。困难很大，但两小时累不堪言的迂回绕行之后，格雷那万和他的同伴终于找到了通往安图科的路。

他们现在已来到真正意义上的安第斯山脉所属的一部分，离科迪勒拉山最高的山脊已经不远了。然而，不论人走过的小路，还是成形的通道，在这里都杳无踪迹。最近的几次地震把这一带搅得天翻地覆，看来势必沿着山岭上这一个个拱起来的圆堆一直往上爬了。帕噶乃尔没能找到可以通行的道路，着实感到不知所措，而且他预料，要爬到安第斯山的山顶一定会累得大家筋疲力尽，因为这个山脉的平均高度是在一万一千和一万两千六百英尺之间。不过，让他们最感幸运的是，天气未变，晴空万里，季节有利于他们。如果是在冬季，5月到10月间，这样的登山旅行是根本行不通的。严寒会迅速置旅行的人们于死地，侥幸存活的人也逃不过凶猛的飓风制造的劫难。飓风每年都要往科迪勒拉山脉的深坑刮去无数死难者的尸体。

他们攀登了整整一夜。他们登山靠的是手腕的力气，用手硬抓住几乎不能通行的一层层岩石往上爬；遇上又宽又深的裂缝，他们就跳过去。他们互相挽起左臂右臂代替绳索；他们的肩膀也变成了梯子。这一群天不怕地不怕的汉子活像正在拼命表演空中飞人的杂技团演员。正是在这样的时刻，穆拉第和威尔逊才有数不尽的机会让他们的臂力和灵巧大显身手。这两位苏格兰壮士仿佛具有分身的本领，有多少次，如果没有他们的忠诚和勇气，这个小小的队伍就不可能继续往前走。格雷那万则一个劲盯住小罗伯特，生怕他幼小的年纪和他的活泼好动给他造成什么闪失。帕噶乃尔呢，他带着纯粹法国式的狂热勇往直前；而少校却走得不紧不慢，恰到好处，他登山的动作让人感觉不到他是在登山。他是否意识到了自己已经爬了好几个钟头的山？这可说不准。也许他还以为自己是在下山呢。

凌晨五点时分，这些正在进行探险的人已经到达七千五百英尺的高度，这个高度是由气压计观察计算出来的。那么，他们现在正处在二级高原上，那是乔木地带的极限所在。他们看见有几只动物在那里蹦来蹦去，此刻如果有猎人，这些家伙一定会给他们带来快乐或者财富。这些机灵的畜生很明白这一点，因为它们远远看见有人走过来，便一溜烟逃走了。那是些羊驼，是山里的珍稀动物，它们可以代替羊、牛和马，而且可以生活在骡子没法生存的地方。还有一种叫毛丝鼠的啮齿目小动物，它们性格温和、胆小，毛皮极佳，长得既像野兔，又像跳鼠，但它们的后爪却像袋鼠。再没有比看见这种轻巧的动物在树梢上跑来跑去更赏心悦目了，它们迅跑的模样酷似松鼠。"那还不是鸟，"帕噶乃尔说，"但它们已经不是四脚兽了。"

不过，这些动物还不是山里的最后一批居民。在九千英尺终年积雪的雪线上还生活着一些美丽无比的群居反刍动物，它们的皮毛细长，如丝一般光滑。然而，谁也别想接近，能让你望见它们的尊容就很难得了；它们见人就逃，可以说是展翅飞跑，在那炫目的白色地毯上无声地滑来滑去。

此时此刻，这个地区的面貌已经完全改变了。大块大块晶亮的厚冰耸立在四面八方，其中挂在峭壁上的厚冰呈蓝青色，冰凌正反射着黎明的缕缕曙光。在这样的时刻登山是很危险的，如不仔细探测地面的裂缝，就不能盲目前行。威尔逊走在队伍的前头，他起步前总要用脚探探冰川覆盖的地面，他的同伴则严格踩着他的脚印往前走。他们还得尽量避免高声说话，因为任何声音都可能搅动大气层，让高挂在头顶七八百英尺的雪团崩落下来。

现在，他们已经到了灌木地带，再往上走二百五十图瓦兹，灌木就会让位给禾本科植物及仙人掌。在海拔一万一千英尺的高度，贫瘠的土地长不出任何植物。小分队的成员只在清晨八点钟停下来一次，随便吃点东西以恢复体力。接着，他们不顾越来越大的危险，又以超人的勇气继续往上攀登。他们必须爬过尖尖的山脊，跨过看也不敢看的深谷。许多地方都插有木头十字架，说明那里的事故层出不穷。下午两点左右，一大片沙漠一样的高原展现在贫瘠的山峰之间，这里已见不到丝毫的植物。空气很干燥，湛蓝的天空万里无云；在这样的高度，雨是不存在的，水蒸气只能变成雪或冰雹。零零落落的斑岩石或玄武岩石山峰突破白雪冲上云天，看上去就像一副骨架的骨头刺破雪白的裹尸布。有时候，一块块石英石或片麻石在气流的作用下，带着沉浊的声音崩塌下来，稀薄的空气使人几乎觉察不到这样的声音。

不过，小分队虽然勇气十足，却仍然精疲力竭了。眼见同伴们如此疲惫，格雷那万为自己带领他们进入这样的深山而后悔。小罗伯特使出浑身的解数抵抗疲劳，但他实在走不动了。下午三点，格雷那万命令小分队就地停下来。

"必须休息了！"他说，因为他明白，除了他，谁也不会提这样的建议。

"休息？"帕噶乃尔说，"可是，这里没有一处遮风挡雨的地方呀！"

"但不能不休息了，哪怕就为了罗伯特呢。"

"啊，别这样，爵士，"这个勇敢的孩子答道，"我还能走……别停下……"

"我的孩子，让人背你走，"帕噶乃尔说，"我们必须不惜一切到达东山坡，在那边，我们有可能找到一个藏身的茅草房。我们再走两个钟头。"

"大家同意吗？"格雷那万问。

"同意。"同伴们齐声答道。

穆拉第补充说："我负责背孩子。"

于是，小分队又继续往东边走去。接下去两个钟头的攀登真是险象环生，令人胆寒。但为了到达这座山的顶峰，他们仍然继续往上走。此时此刻，空气之稀薄使人感到胸闷气短，十分痛苦。由于血流失去平衡，血液从牙龈和嘴唇渗了出来。人们必须加大呼吸的力度和次数，以弥补空气密度的不足，呼吸频率加大才能加速血液循环，这种身体本身的活动之使人疲乏，绝不亚于阳光在雪地上的反射对人们身体的危害。无论这些勇士意志如何坚强，到一定的时候，连最勇猛的人也会支持不住的。晕眩，这令人不寒而栗的高山病，不但摧毁了他们的体力，而且消磨了他们的精神。要知道，与这种性质的疲劳作斗争一定会吃亏。不久，跌跤的次数越来越多，跌下去的人就没法再站起来，只好用膝盖跪着往前走。

他们太累了，不得不停了下来。无边无际的积雪，死亡地带的透骨的寒冷，还有逐渐笼罩荒凉山峰的夜幕，以及夜幕下无处藏身的状况，格雷那万感到恐惧渐渐攫住了他。这时少校忽然把他拉住，用平静的语调说："有茅屋。"

第十三章　下科迪勒拉山

　　除了少校，任何人在那间小屋旁边甚至屋顶走上一百遍，都不会想到那是一间屋子。厚厚的积雪把它盖得严严实实，很难分清它与周围的岩石有什么区别。必须先清除屋子周边的积雪。威尔逊和穆拉第经过半个钟头的顽强劳动，终于把它从积雪里扒了出来。队员们赶紧躲进这藏身之处。

　　小屋是立方体，每一面都有十二英尺长，由印第安人用土砖建造而成，大多在玄武岩石顶上，只有一道门，门前有石梯。门虽然小，但起风时，雪或冰雹还是能钻进屋里。

　　十个人在屋里可以待得轻松自如。如果说房屋的四壁在雨季不足以挡雨，起码在这个季节还可以抵御零下十度的严寒。屋里有炉灶，灶上有砌得马马虎虎的烟囱，他们可以在灶里生火御寒。

　　"这个宿营地虽然不舒适，但足以栖身，"格雷那万说，"神明把我们带到了这里，我们得感谢他。"

　　"怎么这么说！"帕噶乃尔反驳道，"这里简直是一座皇宫呀！就缺卫兵和朝臣了。我们在这里一定会很开心的。"

　　"尤其是炉膛里火烧得很旺时，"奥斯汀说，"因为我们现在不但很饿，而且很冷。我觉得，一捆柴比一块野味更让我高兴。"

"喂，汤姆，"帕噶乃尔响应说，"我们一定想办法找到燃料。"

穆拉第摇摇头表示怀疑："在科迪勒拉山顶上想找燃料，谈何容易！"

"既然当地人砌了炉灶，"少校说，"说明找得到可以烧的东西。"

"麦克说得有道理，"格雷那万说，"你们安排晚饭吧，我出去当一回樵夫。"

"我和威尔逊陪您去。"帕噶乃尔建议道。

"需不需要我去？"罗伯特起身说。

格雷那万回答说："不需要，勇敢的小伙子。在你这个年纪，别人还是孩子，你却已经成了男子汉！"

格雷那万、帕噶乃尔和威尔逊从小屋里走出来，正是傍晚六点钟。尽管周围的空气没有微风的搅动，严寒仍然格外刺骨。湛蓝的天空已经开始阴暗下来，落日的余晖轻轻掠过安第斯山耸入云霄的群峰。帕噶乃尔看了看带在身边的气压计，发现水银柱停在 0.495 毫米汞柱。气压计水银柱的下降正符合他们所处的一万一千七百英尺的海拔高度。科迪勒拉山脉这一带的海拔只比勃朗峰少九百一十米。如果这一带山脉也像瑞士境内那个庞然大物一样艰险，只要飓风和旋风肆虐，他们谁也无法翻越新大陆的这片崇山峻岭。

格雷那万和帕噶乃尔来到一个斑岩石山冈上，举目四望，视线直达天边。原来他们现在已攀登到科迪勒拉山脉的最高峰，可以俯瞰方圆四十英里的地方。东边山坡不陡，可以通行。远处，乱石和大块的岩石被滑落的冰川堆在一起，形成了一行行浅滩般的冰碛。夕阳西下，逐渐浓郁的暮霭衬托出科罗拉多河谷。高低起伏的地势、地面的隆起处、岩石的尖峰以及山峦的峰顶，在夕阳的余晖里逐渐暗淡下去，夜幕徐徐笼罩了整个安第斯山的东麓。在西边，支撑着陡峭的西山腰的各个小山梁仍然沐浴在阳光里。观看岩石和冰川在太阳的反射下光芒万丈，真让人眼花。在北边，山峦起伏，影影绰绰，犹如笨拙的画匠画就的一条弯弯曲曲的线，视线到了那里就变得模糊了。南边却相反，黄昏愈浓，景色愈雄伟壮观。安图科火山的火山口就在两英里之外。火山像巨大的猛兽一般咆哮着，看上去仿佛《圣经·旧约》里世界末日的怪兽。它喷吐着炽热的浓烟，浓烟又与冒着黑烟的一股股火流混在一起。环绕火山的群山仿佛着了火，烧到白炽程度的冰雹一般的石头、暗红色的蒸汽云和烟火一般喷洒的熔岩，交织成一束束光芒四射的火柱。不断增强的大片的亮光，以及爆燃引起的刺目的强光把周围的山峦照得到处是反光。相比之下，逐渐失去余晖的夕阳，却像一颗熄灭的星辰，消失在朦胧黯淡的天际。

这一刻，艺术家的角色正在代替临时樵夫的角色，帕噶乃尔和格雷那万注目观赏这场天火与地火之间的壮烈鏖战。但威尔逊把他们拉回了现实。眼下缺少柴火，所幸岩石上覆盖着一层又薄又干的地衣。他们收集了不少干苔藓，还有一种名叫"拉莱塔"的植物，它的根足可以当柴烧。他们把宝贵的燃料搬回小屋，大家连忙放进炉灶。点火很难，维持火势更难。稀薄的空气没法为火提供足够的氧气，这是少校提出的缘由。

"但另一方面，"少校补充说，"水却不需要一百度就可以沸腾。爱喝一百度开水冲咖啡的人只好忍忍了，因为在现在的高度，沸点已经降到九十度以下。"

少校说得不错。他们把温度计放进壶里的水中，水沸腾时，温度计标出的是八十七度。喝几口滚热的咖啡多痛快呀！干肉有点不够分，这引起帕噶乃尔一番很有见识但毫无用处的思考。

"没错！"他说，"应该承认，不能小看一块烤羊驼肉。有人说，如今这种牲畜正在代替牛和羊。我倒想知道，这话是不是从食物的角度说的。"

"怎么！"少校说，"帕噶乃尔学者，您不满意我们的晚餐？"

"哪里，我很满意，我的好少校；不过，我承认，要有一盘野味就更好了。"

"您是一个奢侈享乐的人。"少校说。

"我接受这个说法，少校，但不管您怎么说，在您面前摆上一块烤牛排，您一定不会闹情绪！"

"这倒可能。"少校答道。

"不管天多冷，夜多深，如果有人请您出去埋伏着准备打猎，您会毫不考虑就出去吗？"

"那还用说，只要您真有这个想法……"

少校的同伴还没来得及致谢并制止他那不断助人为乐的好意，就听见远处传来几声嗥叫。嗥叫延续了很长时间，但那并不是单独几只动物的叫声，而是一群野兽正在快速地往这里奔跑。神明给他们提供了这间小茅屋，难道他还想给他们供应晚餐？这位地理学家正如此这般琢磨时，格雷那万却给他的兴头泼了点冷水。他提请学者注意，科迪勒拉山脉的四足动物从来不会在这么高的地带出没。

"那么，这声音是从哪里传来的呢？"奥斯汀说，"你们听没听见？这声音好近呀！"

"难道是雪崩？"穆拉第说。

"不可能！那是真正的嗥叫。"帕噶乃尔反驳道。

"看看再说。"格雷那万说。

"得像猎人那样去看。"少校边说边取步枪。

所有的人都冲到小屋外面。夜幕已经降临了，周围黑沉沉的，满天繁星，月亮还没有露出半圆的脸庞。北边和东边的山峰在暗黑的背景下朦朦胧胧，视线所及，只能勉强辨别出一些居高临下的岩石怪模怪样的身影。嗥叫——恐惧的动物没命的嗥叫——变本加厉了，叫声是从科迪勒拉山脉最黑暗的地方传过来的。究竟出了什么事？突然，前边发生了极其猛烈的雪崩！但那不是真正的积雪在崩塌，那是活的生命，是吓疯了的生命在以雪崩的阵势往这边狂奔。整个高原仿佛在颤抖。那是些动物，几百只，也许几千只，它们顾不得空气稀薄，连续发出震耳欲聋的叫声和嘈杂的蹄声。它们是来自潘帕斯草原的野兽吗？或者仅仅是一群羊驼和小羊驼？这动物的旋风从他们头上几英尺处卷过去时，格雷那万、少校、罗伯特、奥斯汀和两个水手刚来得及俯身趴到地上。患了夜视症的帕噶乃尔，为了看得更清楚，竟直愣愣站在原处，当然转眼间他就翻倒在地。

这时，只听得"砰"一声枪响。估计是少校开枪了。果然，少校觉得有一只动物在离他几步远的地方倒了下来，其余的却乘着抑制不住的冲劲继续往前飞跑，更起劲地嗥叫着，直跑到被火山反光照亮的山坡上。

"哦！我找到了。"一个声音说，那是帕噶乃尔的声音。

"您找到什么啦？"格雷那万问。

"我的眼镜，当然喽！在这样一场战斗里，丢眼镜算是最轻的损失！"

"您没有受伤吧？"

"没有，被它们踏了一下。是被谁踏的呢？"

"是被这家伙踏的。"少校拖着他打死的动物走过来说。

人人都赶紧跑回小茅屋，他们就着炉灶里微弱的光线审视着少校那一枪的收获。

那是一只很漂亮的动物，模样像一头没有驼峰的小骆驼。它的头很灵巧，身子扁平，腿长而细，毛皮细软，呈牛奶咖啡色，肚子下边有白点。帕噶乃尔一看便禁不住惊叫起来："呀，是一头原驼！"

"原驼是什么动物？"格雷那万问。

"是可以食用的动物。"帕噶乃尔答道。

"好吃吗？"

"味道极鲜美。是神仙的菜肴呀！我早就知道我们晚饭会有鲜肉吃的。谁来宰？"

"我来宰。"威尔逊说。

"好，我负责烤肉。"帕噶乃尔说。

"您原来是厨师呀，帕噶乃尔先生？"罗伯特说。

"那当然，我的孩子，因为我是法国人嘛！法国人天生是厨师的料。"

五分钟之后，帕噶乃尔将一大块鲜肉放到"拉莱塔"根烧就的木炭上。十分钟后，他给每个同伴献上一块他命名为"原驼里脊"的烤肉。在座的没有人客气，都大口啃起来。

然而，出乎地理学家意料，大家啃了第一口，便不约而同"哇"的一声叫了起来，苦着脸。

一个说："这太可怕了！"

另一个说："这肉不能吃！"

可怜的学者无论心里怎么想，嘴上却不得不承认，即使是挨饿的人，这样的烤肉也难以下咽。于是，大家开始群起而攻之，跟他开玩笑，他也明白别人在嘲弄他，尤其是他所谓的"神仙的菜肴"。他自己也在找原因，为什么确实很鲜美、很珍贵的原驼肉到了他手里就变得那么难吃了呢？这时，他脑子里突然闪过一个念头。

"我明白了！"他叫道，"嘿，当真！我明白了，我找到原因了！"

"是不是肉烤得过头了？"少校平静地问他。

"不是肉烤过头了，而是肉跑的路太多！我怎么就忘了这点呢？"

"您这话是什么意思呀，帕噶乃尔先生？"奥斯汀问。

"我这话的意思是，原驼只有在休息的时候杀来吃，味道才好。如果猎杀它的时间太长，或者它跑了太多的路，它的肉就不能吃了。从它的肉味儿，我可以断定，这只原驼是从远处来的，那一群原驼也是。"

"您可以肯定这个事实吗？"格雷那万问。

"绝对肯定。"

"可是，出了什么大事，发生了什么异常现象，能把它们在睡得香甜的时候从窝里赶出来呢？"

"在这方面，我亲爱的格雷那万，"帕噶乃尔答道，"我没法回答您。如果您相信我，我劝您还是睡觉吧，别再刨根问底了。我可是困得要命，我们睡吧，少校？"

"我们睡吧，帕噶乃尔。"

说罢，人人都裹进"蓬鞘"，为了过夜，有人把火烧旺了。不多时，四面响起了大得令人生畏的呼噜声，各种不同的音调和节奏，在地理学家的低音协调下组合成了非常和谐的呼噜协奏曲。

只有格雷那万没有睡着，他心中的隐忧使他处在一种疲惫不堪的失眠状态。他不由自主地想到朝一个方向奔逃的原驼，想到它们那难以解释的恐惧。原驼不可能被猛兽追赶，因为在这样的高度，根本没有猛兽，更不会有猎人。是什么把它们赶向安图科的深渊？格雷那万预感到危险迫在眉睫。

可是，在半昏睡状态的影响下，他的思虑逐渐变了样，恐惧让位给了希望。他仿佛看见自己翌日到了安第斯山下的大平原，真正的搜寻只有到那里才会开始。他想到了格兰特船长，想到他的两个水手从艰苦的奴隶生活中解放出来的情景。这些迅速掠过他的脑际，那些在空中噼啪作响的火星、同伴熟睡的脸上的红色火焰、四壁上游移的黑影，都不停地打断他的思路。不祥预感又回到他的脑子里。他倾听着外面隐隐约约的声响，在如此僻静的山峰上，这种声音是很难解释的。

有时候，他觉得自己听见了远处传来一阵低沉的、令人觳觫的轰隆声，有如地下的滚雷。然而，雷的轰鸣只可能由在山腰肆虐的暴风雨引起，而山腰离山峰还有几千英尺的距离呢。格雷那万想要弄个明白，便走出了小屋。

月亮已经升起来了，周围空气清新，一片宁静。无论高空或山峰之下都没有一片云彩。远远近近，不时可以看见安图科火山的火焰动来动去的反光。没有风暴，没有闪电，只有无数的星辰在苍穹闪烁。可是轰鸣声一直没有停歇，它们好像越来越近，正在穿过安第斯山脉。格雷那万转回来时更加心神不定，轰鸣与原驼的惊逃之间是否有关联？这里面是否存在因果关系？他看看表，已经凌晨两点了。可是，由于他不能肯定危险在即，便没有叫醒他的同伴，这些累坏了的人还睡得沉沉的哩。连他自己都在迷糊中浅睡了过去，一睡就是几个钟头。

忽然，他被咔咔咔的震天声响惊得站了起来。那是震耳欲聋的嘈杂声，与数不清的大车碾在坚硬路面上发出的响声差不多。突然，格雷那万感到脚下的地面在往下陷，他看见小屋在摇动，墙壁和门都裂开了。

"有危险！"他叫道。

他的同伴都惊醒了，歪歪倒倒地乱成一团，好像有一股力量把他们拖到了一个很陡的斜坡上。这时天已经亮了，一看周围的景象，真令人心惊胆战。群山的形状已经骤然改变；圆锥形的山顶被拦腰斩断，山峰正摇摇晃晃朝下陷，仿佛山脚下打开了陷坑。在科迪勒拉山脉曾经发生的一次类似的特殊自然现象过去之后，一座宽几英里的高地整体移动，滑到了平原上。

"地震了！"帕噶乃尔大叫。

他说对了，那是一次智利山区边沿地带经常发生的地壳剧变现象。正是在这个地带，科皮亚波两次被摧毁，圣地亚哥也在十四年间被震垮了四次。地球的这一部分常年遭到地火的折磨，而这一带新生山脉的火山又没有足够的活动阀门便于地下热力的释放，所以不断发生这样的学名叫地震的震动。

此时此刻，这块高地正以快车的速度，即一小时五十英里的速度往下滑。高地上有七个人紧紧抓住贴在地上的一丛丛苔藓随着下滑，他们被地震惊吓得不知所措，叫不出声，也不能动弹、逃跑或停住。他们之间说话都听不见，因为地壳内部的轰鸣、雪崩的哗啦声、崩塌的花岗石和玄武岩石互相的碰撞声，还有旋风似的雪粉团的阻碍，使任何沟通都变得不可能了。有时那片高地一个劲往下滑，既无碰撞，也无颠簸；有时它又前仰后合，左右摇摆，犹如波翻浪涌中的航船。它贴近深坑滑行时，就有大块大块的山石掉进深坑。它一路上还把千年的古树连根拔起，像一把巨大而精确的长柄镰刀，将东面山坡突出的地方全部铲平。

大家可以想想，一个几十吨的物体在五十度的坡度上不断加速滑行，那会产生多大的力量！

这次难以形容的坠落持续了多长时间，谁也无法估算。坠落的终点是怎样一个深渊，谁也不敢预言。七个人都活着，还是有人已经躺在了深沟的沟底？谁也说不清楚。庞然大物滑行的速度使他们感到窒息，刺骨的寒冷使他们浑身冰凉，漫天旋转的雪团使他们睁不开眼睛。他们大口喘气，筋疲力尽，几乎晕厥过去，唯一能做的，就是凭自己超常的本能牢牢攀住岩石。

突然，一次无比凶猛的碰撞把他们撞出了这辆滑车，他们被抛到前面，滚到离山脚不远的地方。滑行的高地也戛然停下。

几分钟内，谁也没有动弹。末了，总算有一个人站了起来。少校拨开迷住眼睛的灰尘，看看周围。同伴都翻倒在一起，就像射出去的弹壳。

少校数了数，除了一个人，都躺在地上。那缺少的人，就是罗伯特。

第十四章　神赐的一枪

　　安第斯山脉的科迪勒拉山东麓有许多很长的山坡，山坡缓缓地一直绵延到平原，而此时此刻，平原上却突然耸起了一个高地。在这片对他们来说是全新的平坦土地上，牧草如茵，树林蓊郁，苹果树一望无际，这些征服时期种下的苹果树果实累累，金黄色的苹果闪闪发光，形成了一片片真正的森林。这俨然是从法国富庶的诺曼底割下的一角扔到这高原地区来的，要不是处在非常的情况下，任何旅行者的眼球都会被这种从沙漠到绿洲，从雪山峰顶到碧绿牧场，从冬季到夏季的骤然转变所吸引。

　　地壳已经回到绝对静止状态，地震平息了。显然，地下潜能已移到更远的地方去进行破坏活动了，因为安第斯山脉永远有地段在晃动或震动。只不过这一次，震动达到了极其猛烈的程度罢了。山脉的轮廓已经全盘改观，在湛蓝的天空背景上映衬出新的峰顶、山脊和尖顶的全景。潘帕斯草原的向导如果出去寻找原来路线的标志恐怕会白费力气。

　　美好的一天正在开始。太阳从大西洋波光粼粼的水面上冉冉升起，它的缕缕金光掠过阿根廷平原，已经投射到太平洋的万顷波涛之上。现在是早上八点钟。

格雷那万勋爵和同伴在少校的精心护理下已逐渐恢复了知觉。说来说去，他们无非经历了一次可怕的晕头转向而已。科迪勒拉山已经下降了，如果他们当中最弱小的一位——罗伯特没有缺席，他们完全可以欢呼庆幸，因为大自然免费为他们提供了下山的交通工具。

这个勇敢的男孩，真是人见人爱。勋爵一得知罗伯特失踪的消息便陷入了绝望的深渊，他想象着可怜的孩子掉进了无底洞，呼喊着他称作亚父的人。

"朋友们，我的朋友们，"他噙着眼泪说，"我们必须去找他，必须找到他！我们不能就这样抛弃他！我们要找遍每一个山谷，每一个悬崖峭壁，每一个无底洞！没有他，我们怎么敢找到他的父亲呢？如果格兰特船长得救却牺牲了他的儿子，我们这样做有什么意义呢？"

同伴听着格雷那万说话，却没有一个人回答，他们感觉到他在他们的眼神里寻找希望，都把头低了下去。

"怎么样，"格雷那万接着说，"你们听见我说话了，你们却不开口！你们不抱希望了！不抱任何希望了！"

又是一阵沉默后，少校发言了，他说："朋友们，谁还记得罗伯特是在哪一刻失踪的？"

没有人能回答这个问题。

少校接着说："你们起码该告诉我，科迪勒拉山下滑时，孩子是在谁的身边？"

"在我身边。"威尔逊说。

"那么，到什么时候你看见他还在你的身边？好好回忆回忆再说！"

"我能回想起来的就是，"威尔逊回答道，"在高地砰的一声停止下降前不到两分钟，罗伯特还在我身边，他的手还紧紧抓住一丛苔藓。"

"不到两分钟！你可得注意，威尔逊，当时你一定觉得每分钟都很长吧！你没有搞错吗？"

"我不认为我搞错了……是这样的……不到两分钟！"

"那好！"少校说，"当时罗伯特是在你的左边还是右边？"

"在我左边。我记得他的'蓬鞘'还扇到我脸上来着。"

"那你自己呢？你在我们的哪边？"

"也在左边。"

"这么说，罗伯特只可能在这边失踪，"少校朝山那边转过身去，用手指着他的右边，"我再补充一句，从前后经过的时间考虑，孩子应该掉在平地和两英里高度之间的那段山上。必须去那里找他，我们分别去不同的地段，一定能在那里找到他。"

没有人再补充什么话。六个人立即重新攀登科迪勒拉山，分段在各个不同的高度往山顶爬上去，开始探寻孩子的下落。他们往往停在上山路线的右边，仔细搜索大小裂缝，甚至下到悬崖的底部，那里有些地方已经被垮下的山石塞满了。不止一个人冒着生命的危险下去寻找，爬上来时已是衣衫褴褛，遍体鳞伤。安第斯山的这一部分，除了几个上不去的高地，都被严格搜了一遍。好几个钟头过去了，这些勇敢的人却谁也没想休息。但一切搜寻都是白费力气。

快到下午一点时，格雷那万和同伴又在山谷深处会合了。他们个个筋疲力尽，垂头丧气。格雷那万悲痛欲绝，几乎说不出话来，只能听见从他的唇间冒出哀叹："我不走了！我不走了！"

在场的人不仅理解，而且很尊重他的这种执拗劲儿。

"我们再等等，"帕噶乃尔对少校和奥斯汀说，"我们先休息一会儿，恢复恢复体力。不管是重新再找，还是继续走路，我们都需要恢复体力。"

"说得对，"少校答道，"就待在这里吧，既然爱德华愿意留下来。

他还抱着希望呢。可是，他究竟希望什么？"

"只有上帝知道。"奥斯汀说。

"可怜的罗伯特！"帕噶乃尔边擦泪边说。

山谷里大树成林，葱葱郁郁。少校选了一片高大的豆角树，在树下安置了一个临时宿营地。游子们身边剩下的东西只有几块盖布、武器、一点干肉和一些米饭了。附近有一条河，河水因为泥石流还有点浑浊。穆拉第在草上点燃篝火，不多时便给他的主人送来一杯提神的热饮，但格雷那万拒绝了，继续躺在"蓬鞘"里，心情无比沮丧。

白天就这样过去了，夜幕降临，这一夜和前一夜相似，静穆而又安详。正当同伴们安稳地躺在地上但还没有进入梦乡时，格雷那万又去爬科迪勒拉山坡了。他侧耳倾听着，总希望能听见孩子的呼唤。他一个人冒险走得很远，很高，还不时把耳朵贴在地上，屏气静听。

可怜的勋爵在山里彷徨了整整一夜。有时是帕噶乃尔，有时是少校跟着他，他们准备随时救援，因为山高路滑，谷黑坑深，无谓的闪失很可能给他带来不测。他最后的努力毫无结果。他千百次呼叫着"罗伯特！罗伯特！"，却只有这个名字在回响。

天亮了。大家去了很远的高地才找到格雷那万，把他拽回宿营地。他绝望的模样看上去那么吓人，谁还敢跟他谈出发的事或建议他离开这灾难不断的山谷？然而，给养奇缺，离这里不远应该可以遇上骡夫谈到过的阿根廷向导和他们穿过潘帕斯草原急需的马匹。往回走遇到的困难可能比往前走更大，而且他们和"邓肯号"相约的会合处是大西洋。为了大家的利益，再也不能推迟启程的时间了。

少校试图把格雷那万从悲痛中硬拉出来，他谈了很久，但他的朋友似乎并没有听他说话。格雷那万一直摇着头，不过，他的嘴还是吐出了两个字："要走？"

"是的，要走。"

"再等一个钟头！"

"好吧，一个钟头。"可敬的少校答道。

一个钟头过去了，格雷那万请求再给他一个钟头，那模样酷似死刑犯恳求再多活些时候。就这样，一个钟头接一个钟头，一直拖到中午。少校征得大家的同意之后不再犹豫了。他对格雷那万说必须出发，并强调说，即刻的决定与他的同伴生死攸关。

"好吧！好吧！"格雷那万答道，"出发！出发！"

但他这样说的同时，眼睛却转过去避开少校的视线，定定地看着上空一个黑点。忽然，他抬起一只手，僵在那里了。

"在那里！在那里！你们看！你们看！"

大家的视线都朝天空被他急切指定的方向转过去。这一刻，那黑点眼看着在变大。那是一只大鸟，翱翔在难以估计的高空。

"是一只南美的神鹰。"帕噶乃尔说。

"不错，是一只神鹰，"格雷那万答道，"谁知道呢？它来了！它在往下飞！咱们等等看！"

格雷那万在妄想什么？他是否神志不清啦？他的确说过："谁知道呢？"帕噶乃尔没有听错。这时，神鹰变得越来越大了。美丽无比的雄鹰被印加人奉为神明，它们是南安第斯山中之王。它们在这一带的气候条件下发育异常，力气之大，令人不可思议，经常把牛抓起来扔进山谷谷底。它们喜欢攻击平原上走散了的绵羊、马和小牛犊，用爪子把那些牲畜抓起来，飞到很高的地方。它们翱翔在离地面两万英尺的空中，这并非稀罕事。这些可以避开人类最好眼力的神鹰，这些空中之王用它们敏锐的目光俯瞰着地上的每个角落，它们可以辨别最细微的东西，其视力之高强，令博物学家惊叹不已。

那么，眼前这只神鹰究竟看见了什么？一具死尸？罗伯特的尸体！"谁知道呢？"格雷那万一边盯着鸟，一边重复着说。神鹰慢慢飞过来，它时而翱翔，时而以物体下坠的速度往下俯冲。片刻之后，它在离地不到一百图瓦兹的空中大幅度地盘旋了几圈。这时，大家可以清楚地看见它的翼展长度竟有十五英尺。强大的翅膀支撑着它游弋在空中流体里几乎无须拍打空气，因为安静而庄严地飞翔是巨鸟的特性，但小虫飞在空中却必须一秒钟拍打一千次翅膀。

少校和威尔逊早就抓住各自的步枪了，但格雷那万立即用手势阻止他们。这时，神鹰绕着科迪勒拉山山腰上一个离地面四分之一英里的无法攀登的高台盘旋。它旋转着，一会儿张开一会儿收拢它那可怕的鹰爪，抖动着它那软骨的羽冠。

"在那里！那里！"格雷那万叫道。

接着，他脑子里突然闪出一个念头。

"万一罗伯特还活着呢！"他发出一声吓人的惊叫，"这大鸟就……开火！朋友们！开火！"

但为时太晚。神鹰已经飞到几块高不可攀的突出的岩石后边去了。一秒钟过去了，这第二秒就像一个世纪那么难熬！巨鸟终于又出现了，爪子里却沉甸甸地抓住了什么东西，起飞也笨重了些。这时，传来一声令人心惊胆战的叫喊。原来巨鸟的爪子抓了一个尸体，尸体晃来晃去，那正是罗伯特！神鹰抓住孩子的衣服东摇西晃地飞到离宿营地不到一百五十英尺的空中。它显然已经看见了下面的旅人，所以拼命扇动翅膀，搅动大气层，以便带着猎物逃之夭夭。

"啊！"格雷那万叫道，"宁愿罗伯特的尸体在岩石上碰得粉身碎骨，也比喂……"

还没有把话说完，他已经抓住了威尔逊的步枪。他试图瞄准神鹰，但他的手臂在发抖，他没法固定手中的武器，他的眼睛也因泪水而变得模糊了。

"让我来打吧。"少校说。

他眼神冷静，手指稳健，身子一动不动。当他瞄准巨鸟时，这家伙已经飞到距他三百英尺的空中了。

　　他正要扣步枪的扳机时，忽听得山谷深处传出一声枪响，一股白烟在两大块玄武岩石间冒了出来。只见头部中弹的神鹰盘旋着往下坠落，落得很慢，因为展开的巨翅像降落伞一般。它并没有放弃猎物，只是相当缓慢地扑到离小河河岸十步的地上。

　　"是我们的！是我们的！"格雷那万叫道。

　　他也不问问那神赐的一枪是从哪里来的，只顾急急忙忙往巨鸟跑过去，他的同伴也飞速地尾随着他。

　　当他们跑到时，大鸟已经死了，罗伯特的身子被宽大的鸟翅遮得严严实实。格雷那万把他从鸟爪里抱出来，平放在草地上，把耳朵贴到僵硬身体的胸上。

　　人类的嘴唇恐怕还从来没有发出过这样狂喜的叫声——格雷那万一面从孩子身边站起来，一面喊："他还活着！他还活着！"

　　大家急忙扒去罗伯特的衣服，用清水泼他的脸。他动了动，随即睁开眼睛，看看周围，艰难地说出一些含糊的话，意思是："哦！是您，爵士……"

　　格雷那万说不出话来，激动使他感到窒息。他跪下来，在奇迹般被拯救的孩子身旁哭了。

第十五章　帕噶乃尔的西班牙语

　　罗伯特在逃过巨大的劫难之后，现在又面临另一个不小于前者的危险：被大家的抚爱"淹没"。尽管他身体还很虚弱，这些勇士当中却没有一个顶得住紧紧拥抱他的愿望。不过也应该相信，这种心贴心的爱抚对病人并不是致命的，因为孩子不会因此而死去。

　　在和被救的人亲热之后，大家自然而然想到了救他的人，当然又是少校有意识地朝周围看了看。在离小河五十步远的地方，一个身材非常高大的男人正站在山脚的斜坡上一动不动。他的脚边放着一杆长枪。这个忽然出现的人肩膀很宽，长长的头发用皮绳扎在一起，个子足有六英尺高，古铜色的面庞在眼睛和嘴唇之间涂成了红色，下眼皮是黑色，额头则是白色。这个当地土著人是标准的巴塔哥尼亚边民的打扮，穿一身华丽的大氅，大氅上绣着红色的阿拉伯式装饰图案，面料是原驼颈下和腿上的皮，鸵鸟的筋充当了缝线，丝一般柔滑的毛绒翻在外面。大氅下面是紧身的狐皮小袄，小袄前襟的下摆呈尖形。他腰带上挂了一个小口袋，袋里装的是涂脸的颜料。他的靴子是牛皮做成的，几根固定皮鞋的皮绳整齐地系在脚踝上。

　　这位巴塔哥尼亚人的脸虽然涂得五颜六色，他的容貌却非常英俊，透出真正的灵气。他站在那里等着，满脸的尊严。他在岩石的底座上屹立不动，气宇轩昂，乍一看还以为他是一尊象征冷静的雕像哩。

少校一瞥见他，便指给格雷那万看，勋爵连忙跑过去。巴塔哥尼亚人往前迈了两步。格雷那万拉过他一只手，紧紧握住。在勋爵的眼神里，在他心花怒放的表情里，在他整个脸上洋溢着那么深沉的感激之情，那样恳切的谢意，土著人是绝不可能看错的。他微微点点头，说了几句话，但无论是少校还是勋爵，谁都听不懂。

巴塔哥尼亚人把这两个外国人仔细打量一番之后，便改说另一种语言，然而，他无论怎么说，他这种特殊的新方言仍不比前一种方言好懂。不过，这土著人言语中使用的几种表达方式却引起了格雷那万极大的注意，他感到这些表达方式似乎属于西班牙语，因为他对西班牙语的一些熟语略知一二。

"您说的是西班牙语吗？"他问。

巴塔哥尼亚人点点头，这种从上到下点头的动作在任何一个民族都意味着肯定。

"那好，"少校说，"这就该由我们的朋友帕噶乃尔来对付了。幸好他想到了学西班牙语。"

他们叫帕噶乃尔，那法国人立即跑了过来。他以纯粹法国式的优雅姿态向巴塔哥尼亚人行礼，可惜这一位对此恐怕完全没有领会。地理学家随即了解了当前的情况。

"毫无问题。"他说。

他张大嘴巴，以便吐字更为清晰。他说："Vos sois um homem de bem！"①

---

① "您是个好人！"——原注

土著人侧耳细听，但什么也没有回答。

"他不懂我的话。"地理学家说。

"也许您的语调不对头？"少校说。

"正是。这鬼法国腔！"

帕噶乃尔重新把土著人恭维一遍，但照样不成功。

"那我们就换一句话，"他煞有介事地慢慢说出这几个词，"Sem duvida, um patagâo。"①

土著人跟先前一样默不作声。

"Dizeime！"②帕噶乃尔又补充一句。

巴塔哥尼亚人仍旧不予回答。

"Vos compriendeis？"③帕噶乃尔大叫道，他叫得声嘶力竭，险些把声带震断了。

很明显，这个土著人不懂他的话，因为他回答了，但用的是西班牙语："No comprendo。"④

现在轮到帕噶乃尔大吃一惊了。他把眼镜从额头往眼睛上猛地一拉，俨然是一个很懊恼的人。

"我要是听得懂他那要命的土话一个字，就让我上吊！那显然是阿劳卡尼亚语嘛！"

"不对！"格雷那万说，"这个人肯定是用西班牙语回答您的。"

他又转身对巴塔哥尼亚人："是西班牙语吗？"他用西班牙语问。

"Si, si！"⑤土著人答道。

---

① "您一定是巴塔哥尼亚人。"——原注

② "回答！"——原注

③ "您懂吗？"——原注

④ "我不懂。"——原注

⑤ "是，是！"——原注

帕噶乃尔由诧异变得目瞪口呆了，少校和格雷那万则用眼角互相看了看。

"嘿！我博学的朋友，"少校的唇边露出一丝微笑，"您该不是又犯了您那马大哈的老毛病吧？您似乎拥有马大哈的专利呀！"

"什么！"地理学家侧耳听着，应声道。

"没错！这巴塔哥尼亚人明明讲的是西班牙语呀……"

"他？"

"就是他！您是否不经意学了另一种语言，却自以为学了……"

少校话还没有说完，学者就一边耸肩一边大喊一声："哦！"把他的话头打断了。

"少校，您有点太离谱了吧！"帕噶乃尔说，语气相当生硬。

"不管怎么说，您总归听不懂他的话。"少校回答他说。

"我听不懂他的话，是因为这土著人说得不好。"地理学家反驳说，他开始不耐烦了。

"也就是说，他之所以说得不好，是因为您听不懂。"少校不露声色地反驳他说。

"少校，"格雷那万也插进来说，"您这个假设我是不能接受的。我们的朋友帕噶乃尔再怎么粗心大意，我们也不能认为他会马大哈到把一种语言当成另一种语言来学呀！"

"这么着，我亲爱的爱德华，还是您更合适，我的好帕噶乃尔，您给我解释解释这里发生的无法交流的事。"

"我不用解释，"帕噶乃尔答道，"我只证实。这就是我天天练习西班牙语难点的书！少校，您仔细瞧瞧这本书，我看您还服不服气！"

说罢，帕噶乃尔开始乱翻他那些数不清的衣服口袋，找了好一阵，他终于从一个口袋里掏出一本极其破旧的书交给少校，神情自信。

少校接过书本，看了一会儿，他问："嘿，这是一本什么书？"

"是《路西亚颂歌》，"帕噶乃尔回答说，"是一本令人赞美的史诗，这本书……"

"《路西亚颂歌》！"格雷那万吃惊地叫道。

"正是，我的朋友，是伟大诗人卡莫安斯的《路西亚颂歌》，丝毫不差。"

"卡莫安斯，"格雷那万念着这个名字，"可是，我不走运的朋友，卡莫安斯是葡萄牙人！六个月来，您在学葡萄牙语呢！"

"卡莫安斯！《路西亚颂歌》！葡萄牙语！……"

帕噶乃尔再也说不下去了。他感觉眼睛发花，而他的耳朵旁边却突然爆发出一阵难以抑制的狂笑。他的伙伴都围在他身边呢。

那巴塔哥尼亚人泰然自若地站在那里，耐心等待别人向他解释眼前发生的这一切。

"啊！我这精神失常的人！疯子！"帕噶乃尔终于说话了，"怎么会发生这样的事？这岂不是随意胡编的故事吗？这难道真是我干的蠢事，我？这可是在混淆语言哪，简直是重蹈巴别塔的覆辙呀！啊！朋友们！朋友们！我启程去印度，却来到了智利！我学习西班牙语，却讲葡萄牙语！这也太不像话了！要这样继续下去，总有一天，我扔雪茄烟，却把自己扔出窗外！"

听见帕噶乃尔如此这般看待他遭遇的倒霉事，瞧见他那副滑稽的沮丧模样，谁都会忍俊不禁。再说，他本人已经做出了榜样。

"笑吧，朋友们！"他一再说，"尽情地笑吧！你们笑我，还赶不上我自己笑自己呢！"

他随即哈哈疯笑起来，笑声之大，任何一位学者都不能望其项背。

少校却说："我们没有了翻译，这倒是千真万确的。"

"噢！您别为这事儿懊恼！"帕噶乃尔说，"葡萄牙语和西班牙语太相似，所以我才搞混了，但我也可以利用这种相似之处来迅速弥补我的过错。要不了多久，我就会用这可敬的巴塔哥尼亚人说得那么好的语言来向他道谢。"

帕噶乃尔说得有道理，因为他很快便可以同那个土著人说几句话了。他甚至打听到，这巴塔哥尼亚人名叫塔尔卡夫，在阿劳卡尼亚语里意思是"雷鸣"。

得到这个绰号，无疑是因为他使用火器得心应手。

不过，格雷那万特别庆幸的是，他得知这位巴塔哥尼亚人是个职业向导，而且是潘帕斯草原的向导。和他邂逅是天意，这似乎已经使他们的行动具有了圆满完成的雏形，谁也不怀疑格兰特船长一定会得救了。这时，寻访小队的成员和巴塔哥尼亚人都回到小罗伯特身边。孩子一见土著人便向他伸出手臂，塔尔卡夫默默地把手放到他的头上。他仔细检查了孩子的全身，再摸摸他疼痛的手脚。紧接着，他微微一笑，跑到河边去采了几把野芹菜，用来揉搓病孩儿的身子。他的按摩是那样轻柔细腻，孩子感到活力逐渐复苏了，很明显，几个钟头的休息就足以让他恢复健康。

于是，大家决定当天和接下去的夜晚都在野地里宿营。此外，还有两个严重的问题：饮食和运输。食粮和骡子都很缺乏，所幸还有塔尔卡夫和他们在一起。这位向导习惯于沿着巴塔哥尼亚边境引导旅行者，是当地最聪明的"巴卡诺"之一，他还负责供应格雷那万小队成员所缺少的一切。他自告奋勇带他们去土著人称作"托德利亚"的集市，集市离他们所在的地方只有四英里，在那里可以买到这次出征所需的一切东西。他这个建议一半靠手势，一半靠西班牙语表达，帕噶乃尔总算理解了他的意思。大家接受了他的建议。格雷那万和学者朋友便立即告别同伴，在巴塔哥尼亚人的带领下，沿河朝上游走去。

他们疾步走了整整一个半钟头，为了跟上巨人塔尔卡夫，他们不得不三步并作两步走。安第斯山脉的这个地区风景如画，土地肥沃，出产丰富。水草丰美的牧场一个接着一个，可以毫不困难地养活十万头牛羊。原野上河流纵横交错，众多宽阔的池塘镶嵌其间，使这里拥有了一片片翡翠般的湿漉漉的土地。黑头天鹅在湿地里任意嬉戏，无数的鸵鸟在藤蔓间跳跃，你争我斗，抢夺水域的控制权。鸟儿的王国璀璨夺目，喧闹异常，它们种类繁多。羽毛带白条纹的浅灰色的美丽斑鸠和略带黄色的红雀在树枝间飞来飞去，宛若怒放的鲜花。信鸽穿过天空，而一群群麻雀、"琴歌乐"雀、"喜歌乐"雀和"孟吉塔"则展翅飞翔，互相追逐，使空中叽喳声不绝于耳。

帕噶乃尔一路赞不绝口，让那巴塔哥尼亚人十分诧异。因为空中有飞鸟翱翔，水塘有天鹅滑行，牧场有芳草喷香，这在他眼里是再自然不过的事。我们这位学者一点没有为他陪格雷那万走这段路而遗憾，更没有埋怨走路的时间太长，他觉得刚走了几步，印第安人的宿营地便赫然出现在眼前了。

这"托德利亚"就在安第斯山脉的两条山梁分支紧夹着的一个山谷深处。在那里居住着三十来个当地游牧土著人，他们住的是树枝编成的小屋，放牧的是大群的奶牛、绵羊、水牛和马匹。他们成年在一个个牧场之间往来，总能为他们的四蹄宾客找到丰盛的美餐。

这些牧民是阿劳卡尼亚人、佩环什人、奥卡人的混血儿，外界都管他们叫安第斯秘鲁人。他们的皮肤呈橄榄色，中等个头，外形粗壮；低低的额头，圆圆的脸庞，薄薄的嘴唇，高高的颧骨。他们的轮廓像女人，面部表情冷淡，人种学家一看便知道，他们都不是纯种血统的人。总而言之，那是些不怎么有趣的土人，但格雷那万看中的并非他们本人，而是他们的牲畜，只要有牛有马，他就别无所求了。

塔尔卡夫负责谈判买卖，很快就谈成功了。格雷那万用二十盎司金子换了七匹鞍辔齐备的阿根廷种小马、一百来斤干肉、几口袋米、几个盛水的羊皮袋。印第安人更愿意要葡萄酒或朗姆酒，既然没有酒，他们便接受了金子，因为他们也知道黄金的价值。格雷那万本想再买一匹马供巴塔哥尼亚人使用，但这位向导设法让他们理解，没有必要买第八匹马。

交易活动结束之后，格雷那万向——按帕噶乃尔的说法——他的新"供应商"告辞，不到半个钟头便赶回了宿营地。见他回来，人人欢呼雀跃，但格雷那万明白，受欢迎的不应该是他本人，而是他带回来的给养和坐骑。于是，大家津津有味地饱餐了一顿，连小罗伯特都进了一点饮食，因为他几乎完全恢复了元气。

那天剩余的时间，大家都利用来美美地休息了一番。其间不免谈吃不到的美食，谈"邓肯号"，谈曼格斯和他勇敢的船员，也谈格兰特船长。他也许离这里已经不远了。

帕噶乃尔寸步不离印第安人，简直成了塔尔卡夫的影子。能亲眼看见一个地道的巴塔哥尼亚人，他真是喜出望外。在这个巨人身边，他只能被当成侏儒！另外，他还不厌其烦地用西班牙语的句子去打搅这位举止严肃的印第安人，而这个向导也总是随他说下去。我们的地理学家这次是在没有一本书的条件下学语言，只听见他成天利用喉咙、舌头和下巴高声练习每个词的发音。

"如果我没有掌握好语调，可千万别怪我！"他常常对少校说，"谁会料到，有一天竟是巴塔哥尼亚人来教我学西班牙语呢？"

第十六章　科罗拉多河

翌日，即 10 月 22 号，塔尔卡夫在八点钟准时发出启程的信号。在南纬二十二度和四十二度之间，阿根廷的地面由西向东一直倾斜下去，旅行的人只需沿着不太陡的斜坡缓缓往下走，就能走到东面的海边。

在巴塔哥尼亚人拒绝格雷那万为他提供马匹时，勋爵曾想，他跟一些向导的习惯相同，也喜欢步行。他有那么长的腿，走起路来一定很方便。但格雷那万想错了。

在旅行小队出发那一刻，塔尔卡夫用一种特别的方式吹了一声口哨。一匹身材伟岸的极漂亮的阿根廷马听见主人的召唤，立即从不远处的小树林里奔了出来，来到向导的身边。这匹马可算是完美的化身：浑身的棕红毛皮显示出它是一匹骄傲的、勇敢的、充满活力的、耐力极佳的快马。轻盈的马头长在纤细的脖子上，鼻孔张得大大的，目光炯炯，热情洋溢；它大腿粗壮，肩胛突出，胸脯高高的，小腿长长的，这说明它具有构成力量和灵巧的全部优良品质。少校是识马的行家里手，他一见这匹潘帕斯草原名马的范本便赞不绝口，他还看出这匹马和英国的"猎马"有相似之处。这匹骏马名叫"塔乌卡"，巴塔哥尼亚语的意思是"鸟"。它当之无愧。

塔尔卡夫一骑上马，塔乌卡便在他身下蹦跳起来。这位完美的巴塔哥尼亚骑马高手在马背上多英俊呀！马的鞍辔包括两种猎具，这两个工具在阿根廷草原是必备的常用品，一个叫"拨拉"，一个叫"拉索"。"拨拉"是由皮条连起来的三个圆球，系在鞍前。印第安人经常把"拨拉"抛到百步以外的野兽或敌人身上，甚至可以准确地绕在目标的腿上，绊倒目标。"拉索"却相反，它从来不离开使用者的手，构造也很简单：一根三十英尺长的绳子，绳子由两根编得很牢的皮条合而为一，绳的一端有一个活结，活结套在一个铁环里。猎人用右手抛掷出去的正是那个活结，而他的左手则握住"拉索"的剩余部分，这部分的顶端牢牢地固定在马鞍上。此外，还有一杆斜挂在胸前的马枪，这就是巴塔哥尼亚人全部的进攻性武器。

　　塔尔卡夫并不在意别人对他天生的俊美、对他的悠然自得和充满自尊的潇洒如何赞赏，他安静地骑马走在小队的前头，大家也跟着他出发了。他们时而快跑，时而缓行，但阿根廷马似乎从不知道慢跑是怎么回事。小罗伯特骑马十分勇敢，不一会便让格雷那万对他的马上功夫放心了。

　　潘帕斯草原就在科迪勒拉山脉的山脚下伸展开去。草原可以分为三部分，第一部分从安第斯山脉延伸二百五十英里，地面上覆盖着矮树和灌木丛；第二部分宽四百五十英里，地上长满了丰美的牧草，这部分土地的边沿离布宜诺斯艾利斯一百八十英里。从这里开始直到海边，旅行的人们脚下踩的是一望无际的紫苜蓿和白术，这里就是潘帕斯草原的第三部分。

　　格雷那万的小队从科迪勒拉山脉的峡谷出来之后，首先遇到的是遍布原野的沙丘。在植物的根茎没能把那些沙丘固定住时，它们看上去真个是在风中不断翻滚的波涛。沙子极细，稍有微风就能看见细沙时而像一缕缕轻烟一样腾空飞扬，时而形成真正的沙尘龙卷风直冲云霄。这样的景观悦目，也使眼睛很不舒服：说它悦目，是因为那些沙尘龙卷风看上去煞是奇妙，只见它们在难以形容的一片混沌中忽而争斗、忽而融合、忽而下降、忽而飘升；说它们刺眼，是因为难以捉摸的细沙可以一直钻进你的眼睛，哪怕你把眼皮闭得严丝合缝。

在北风的作用下，这种现象延续了这一天的大半部分时间。不过，格雷那万一行仍然走得很快，约莫下午六时，留在背后四十英里处的科迪勒拉山脉已经隐没在夜雾中，呈现出黑黢黢的轮廓。

队员们感到有些累了。算下来，他们应该已经走了三十八英里，一见宿营的时间到了，都十分欣慰。他们在水流湍急的内乌肯河边支起帐篷，河两岸高入云端的红色悬崖俯瞰着湍急而浑浊的河水一泻千里。一些地理学家把这条河叫作拉米德河或科莫河，河流发源于一群只有印第安人知道的湖泊。

一夜无话，第二天也没有发生值得讲述的事情。游子们走得快而顺利，平整的地面和尚能忍受的温度有利于他们快速前进。然而，在接近中午时，灿烂的阳光却使人感到格外灼热。傍晚时分，一条长长的云带划破了西南的天际，这是天气变化的征兆。那位巴塔哥尼亚向导不会搞错，他向地理学家指指西边的天空。

"没错！我知道，"帕噶乃尔转身对他的同伴说，"瞧吧，天气马上要变了。我们即刻会遭到'潘佩落'袭击。"

他随即解释说，这"潘佩落"在阿根廷原野上司空见惯，那是一种很干燥的西南风。塔尔卡夫果然没有弄错，这天的夜晚对他们这些只有简陋的"蓬鞘"蔽体的人来说真是苦不堪言，因为"潘佩落"刮得的确十分凌厉。马匹都席地而卧，小队的成员则互相紧挨着躺在马匹身边。格雷那万担心风暴持续下去会延误时间，但帕噶乃尔看看气压计后让他放心，他说："通常，如果水银柱稳定下降，'潘佩落'就会造成三天的风暴。但是，如果相反，气压计的水银柱上升了——这会儿正是这样——狂风几个钟头之后就会停下来。所以您就放心吧，我亲爱的朋友，天一亮，又会跟往常一样晴空万里的。"

"您说起话来就像一本书，帕噶乃尔。"格雷那万说。

"我就是一本书，"帕噶乃尔答道，"您只要乐意，可以随便翻阅。"

这本书的确没有说错，凌晨一点，大风陡然停息了，队员们才得以在睡眠中做恢复性的休息。第二天起床后，个个红光满面，精神焕发，尤其是帕噶乃尔，他揉着手指的关节，发出快乐的咔咔声，伸懒腰的模样活像一只小狗。

这一天是 10 月 24 日，是从塔尔卡瓦诺启程后的第十天。旅行小队离科罗拉多河与南纬三十七度线交合处还有九十三英里，也就是说，他们还得走三天的路程。在横穿美洲大陆的全过程中，格雷那万勋爵始终严密注视着当地土著人的行踪。一靠近他们，他就想仰仗那位巴塔哥尼亚向导的联络，打听格兰特船长的下落；再说，帕噶乃尔如今已开始用西班牙语和塔尔卡夫随意交谈了。然而，他们旅行的线路很少有印第安人光顾，因为潘帕斯草原的几条路从阿根廷共和国到科迪勒拉山脉这一段的位置都更靠近北方，所以，在西班牙入侵前由土著酋长管辖的印第安人，无论是游牧部族还是定居部族，在这一带都很难碰到。偶尔有几个游牧的骑手在远处出现，一见到陌生人就逃之夭夭，哪里还会去同生人接触呢？任何一个大着胆子单独在原野上走动的人，看见像他们这样一支小队，恐怕都会认为形迹可疑；在强盗看来也如此，因为强盗猛然看见八个全副武装、坐骑精良的人，也会提高警惕；一般的旅行者在如此荒凉的野地里看见他们，也可能把他们看作不怀好意的歹徒。

这个远征队所走的道路曾多次穿过潘帕斯草原上的一些小路，其中，从卡门到门多萨那条路相当重要。沿路堆满了家畜的骨骼，有骡子、马匹、绵羊和牛。被猛禽的嘴啄得支离破碎的骨头成排成行，在大气的褪色作用下变成了白色。骸骨成千上万，毫无疑问，人类的骨骼也不止一个混迹其中，高等动物的骨灰和最低贱动物的骨灰在那里已经混淆不清了。

　　走到此时，塔尔卡夫对严格遵循的前进路线还一直没有提出什么不同的意见，但他心里明白，若不与潘帕斯草原的道路相连，只走这一条路线，既不能到达任何城市，也不能到达任何乡村或阿根廷各省殖民地的商行。每天清晨一上路，他们就朝太阳升起的方向往前走，从不曾偏离那条直线半步；每天傍晚，太阳都从这条直线相反的一端落下去。作为向导，塔尔卡夫如果发现并不是自己在引路，而是别人在为他引路，他恐怕会吃惊。不过，他即使吃惊，那也是有保留地吃惊，这是印第安人天生的习惯。草原上那些小路一直被远征小队忽略的事实，他从没有表示过任何异议。然而有一天，来到适才提到过的某一条小路交叉处时，他终于勒住马缰，对帕噶乃尔说话了。

　　"那是去卡门的路。"他说。

　　"嘿，没错，我的好巴塔哥尼亚人，"地理学家用最纯粹的西班牙语答道，"这是卡门去门多萨的道路。"

　　"我们不走这条路吗？"塔尔卡夫又问。

　　"不走。"帕噶乃尔答道。

　　"那我们走哪条路？"

　　"一直往东走。"

　　"这样走，哪儿也去不了。"

　　"谁知道呢？"

　　塔尔卡夫不再言语，只愣愣地注视着学者，非常吃惊。不过，他并不认为帕噶乃尔有丝毫开玩笑的意思。印第安人永远很认真，他从不会想到还有人说话不严肃。

　　"这么说，你们不去卡门啦？"沉默一会之后，他又问。

"不去了。"帕噶乃尔答道。

"也不去门多萨？"

"也不去。"

这时，格雷那万走到帕噶乃尔身边问他向导在说些什么，为什么他停住不走了。

"他问我，我们去不去卡门或者门多萨，"帕噶乃尔答道，"他对我的否定回答异常惊讶。"

"其实，我们走这条路线应该会让他吃惊。"格雷那万说。

"我也这么想。他说我们哪儿也去不了。"

"那么，帕噶乃尔，您难道就不能向他解释解释我们这次远征的目的是什么，说明我们老是往东走有什么意义？"

"这很难，"帕噶乃尔答道，"因为印第安人对地球的经纬度之类的事一窍不通，对他来说，文件的故事简直就是天方夜谭。"

少校却认真地说："他不能理解的，究竟是故事本身还是说故事的人呀？"

"呀！少校，"帕噶乃尔反驳道，"看来，您还在怀疑我的西班牙语呀！"

"那么，您就试试看，我可敬的朋友。"

"那就试试吧。"

帕噶乃尔向巴塔哥尼亚人转过身来，开始他的演说，可是，词汇的缺乏常常使他中断说话，尤其在翻译某些特殊情况和向一个处于半愚昧状态的野人说明他根本理解不了的细节时，更是难上加难。这时，我们的学者看上去真有趣，他指手画脚，说得一板一眼；他抓耳挠腮，变着法子解释，只见大滴的汗珠从额头流到胸脯。用语言表达卡了壳时，他就动用手势。他从坐骑上跳下来，在沙地上画一张地图，地图上面经度纬度纵横交错，还有大西洋和太平洋，通卡门的道路也伸展其间。一位教授竟陷于如此尴尬的境地，真是闻所未闻。塔尔卡夫平静地看着这场杂技表演，丝毫没有流露出他是否听懂了帕噶乃尔的话。教授讲的课延续了半个多钟头，在课程戛然停下之后，他使劲擦拭大汗淋漓的面孔，眼睛却盯着那巴塔哥尼亚人。

"他听懂了吗？"格雷那万问。

"我们马上就会知道，"帕噶乃尔答道，"他如果没有听懂，我就放弃解释。"

塔尔卡夫一动不动，也没有说话。他死死盯着沙地上的那些图案，图案正被原野的风渐渐吹散。

"怎么样？"帕噶乃尔问他。

塔尔卡夫似乎没有听见他说话。帕噶乃尔已经看见少校的嘴上出现了一抹讥讽的微笑，为了挽回面子，他正准备再做一番努力，进行地理演示，却见巴塔哥尼亚人抬手制止了他。

"你们是在找一个俘虏吧？"他问。

"对呀。"帕噶乃尔答道。

"就在这条从太阳升起到太阳落下之间的路线上找，对吧？"塔尔卡夫再问一句，他用印第安人的比喻方式表达从东到西的路线。

"是的，没错，正是如此。"

巴塔哥尼亚人接着说："是你们的上帝把俘虏的秘密告诉了大海的波涛？"

"是上帝亲自告诉的。"

"那就祝愿上帝的意志早日实现，"塔尔卡夫的话透着庄严，"我们这就往东边走吧，如果有必要，我们可以一直走到太阳升起的地方。"

帕噶乃尔为他的新学生欢欣鼓舞，立即向他的同伴翻译了塔尔卡夫的话。

"多聪明的种族呀！"他补充说，"我的国家如有二十个农人听了我的说明，十九个都听不懂。"

格雷那万托帕噶乃尔问巴塔哥尼亚人，是否听说过有外国人落入潘帕斯草原的印第安人之手。

帕噶乃尔问话之后，等待着他的回答。

"也许有。"巴塔哥尼亚人答道。

七个旅客赶紧围了过来，大家都用眼神在询问他。

异常激动的帕噶乃尔几乎找不到言辞来表达，他只好一再重复那句生死攸关的问话。他的眼睛紧盯着那一本正经的印第安人，总想在他话还没有出口之时猜出他的回答。

巴塔哥尼亚人说出的每一句西班牙语，帕噶乃尔都及时用英语重复说一遍。他翻译得那么快捷，同伴听印第安人说话，就好像听他说他们的母语一样。

"那么，这俘虏怎样了？"帕噶乃尔问。

"是个外国人，"塔尔卡夫答道，"他是欧洲人。"

"您看见过他吗？"

"没有，但印第安人讲故事都讲到他。那是个勇士！他有公牛一般的胆量。"

"公牛一般的胆量！"帕噶乃尔说，"哦！多美妙的巴塔哥尼亚语呀！你们懂不懂，朋友们！意思是一个勇敢的人！"

"是我父亲！"罗伯特惊异地大声说。

他随即转身问帕噶乃尔："怎么用西班牙语说'是我父亲'？"

"Es mio padre！"地理学家答道。

罗伯特连忙握住塔尔卡夫的手，轻声说："Es mio padre！"

"Suo padre！"①塔尔卡夫眼睛一亮，说。

---

① "是他父亲！"——原注

他上前用手臂搂住孩子，把他从马上抱了下来，用十分同情的眼光端详着他。他那聪慧的脸上洋溢着平静的激动之情。

但帕噶乃尔还没有结束他的问话呢。那俘虏现在在哪里呀？他在干什么？塔尔卡夫是什么时候听见大家谈到他的？这些问题纷纷挤进了他的脑子。

答案很快就出来了。他得知，这位欧洲人现在是印第安部落的奴隶，他所在的部落和其他部落一起在科罗拉多河与内格罗河之间的那片土地上游牧。

"但他最后停留的地方在哪里呢？"帕噶乃尔问。

"在卡尔富库拉酋长家里。"塔尔卡夫答道。

"就在我们走过的这条路上吗？"

"是的。"

"这位酋长人怎么样？"

"是印第安珀犹什人的首领，是见人说人话、见鬼说鬼话的人。"

"也就是言行都很虚伪的人。"帕噶乃尔把这句很形象的巴塔哥尼亚语翻译给他的朋友们听了之后说，"那么，我们能把我们的朋友解救出来吗？"

"如果他还在印第安人手里，也许能。"

"您是什么时候听说的？"

"好久以前了。自那以后，太阳已经给潘帕斯草原带来了两个夏天！"

格雷那万的快乐真是用语言难以表达的。印第安人的答复和那份文件上的时间正相吻合，但还需要向塔尔卡夫提一个问题，帕噶乃尔连忙问："您谈到一个俘虏，难道不是三个俘虏？"

"我不知道。"塔尔卡夫回答说。

"您对他的现状一无所知吗？"

"一无所知。"

这最后一句话便结束了他们的交谈。那三个俘虏很有可能早就被分开了，不过，从巴塔哥尼亚人提供的有关情况可以得出这样的结论：印第安人都在谈论一个落入他们手里，在他们控制之下的欧洲人。此人被俘的时间，甚至他可能落脚的地点，一切的一切，直到巴塔哥尼亚人形容他的勇气所用的句子都明显与哈瑞·格兰特有关系。翌日，即10月25日，游子们怀着从未有过的振奋心情又走上了朝东的道路。那一带平原永远是凄凉、单调的，一眼望去，全是没有尽头的荒野。那里是黏土，成天遭受大风的洗刷，地势十分平坦，除了几条干涸的隘谷和印第安人亲手开挖的人工池沼岸边有少许石头，其余的地方连一个小石子儿都看不见。一些小树林不时出现在他们眼前，树木很矮，树梢呈黑色，树林之间的距离也相当远，还有白色的豆角树杂生其间，豆角的荚果里有带甜味的果肉，吃起来又香又清凉解渴。此外，还有星星点点的笃蓐香树、"卡纳尔"树、野染料木以及各种各样的荆棘树丛，这些植物的瘦小揭示出这一带土地的贫瘠。

26日这一天走得格外辛苦，他们当天的目的地是科罗拉多河。当时，旅人们骑在马上一个劲扬鞭催促，马跑得风驰电掣，傍晚时分便到达了位于西经六十九度四十五分的科罗拉多河，那条潘帕斯草原地区美丽的大河。

到达科罗拉多河边时，帕噶乃尔首先想到的是跳进被黏土染红的河水里洗个澡。他惊异地发现，河水相当深，那只能是山上的积雪被初夏的阳光融化造成的结果。此外，大河之宽，竟使马匹望而生畏，不敢游泳过河。幸好在上游几百图瓦兹的地方，有一个由皮条支撑的印第安式的木板吊桥，旅行小队这才得以过河，去左岸宿营。

在入睡之前，帕噶乃尔想再一次精确地测定科罗拉多河的方位，他在他那张地图上万分仔细地用记号标出这条河的名字，因为他已不可能测量雅鲁藏布江的方位了，那条江没有他帕噶乃尔照样在西藏的山间流淌。

10 月 27 日和 28 日，旅程平安无事。一路上所见，仍旧是单调和贫瘠的土地。不过，土地在这里已变得非常潮湿，他们还不得不越过一些积水的洼地和常年长满水草的泻湖。傍晚，马在一个大湖岸上停下了脚步。格雷那万一行照老习惯在湖边宿营，假如没有猴子和野狗的干扰，这一夜大家可以睡得很香甜。那些喧闹的动物演奏的自然交响乐只有未来的作曲家可能会首肯，但对这些欧洲人的耳朵来说，虽然那是出于迎宾的好意，却仍是令人不快的噪声。

第十七章　潘帕斯草原

　　阿根廷的潘帕斯草原展延在南纬三十四度到四十度之间的土地上。潘帕斯这个词源于阿劳卡尼亚语，意思是"长草的平原"，恰恰同这个区域的情况名实相符。这个地区西部木本的含羞草科植物和东部丰茂的牧草使这一带呈现出一种与众不同的面貌。这里的草木都植根在一层覆盖在浅红色或黄色的黏沙泥土上的浮土里，哪位地理学家如果前来考察这块地质第三纪的土地，他一定收获不凡。这片土地埋藏着诺亚时代大洪水以前数量惊人的白骨，印第安人认为那是业已灭绝的大种犰狳的骸骨。

　　南美洲的潘帕斯草原有如北美洲大湖区为数众多的草原或西伯利亚的大草原，是地理学上的一个非常特别的地区。它明显的大陆性气候无论酷暑还是严寒都比布宜诺斯艾利斯省有过之而无不及。根据帕噶乃尔的解释，夏天的热气被大洋吸收后储存起来，到冬天便缓缓地释放出来。由此而得出这样的结果：海岛的气候比陆地的气候更均匀。因此，潘帕斯草原西部的气候就没有滨海的气候那么稳定，因为后者濒临大西洋。草原西部的气候变化突兀，忽而极冷，忽而极热，温度计的水银柱不停地从一个温度跳到另一个温度。在秋天，即是说在四月到五月间，那里暴雨频仍，然而格雷那万他们到达的这个季节却异常干燥，气温也极高。

　　格雷那万一行在审视了应走的路线之后，黎明时分便启程了。路面被盘根错节的大灌木和小灌木攀得结结实实，走起来十分平稳。路上已不见沙丘，也没有构成沙丘的细沙，更没有被大风刮到空中停住不动的尘埃。马在一丛丛牧草当中快步前进，在暴风雨来临时，它们还可以庇护印第安人不受风雨之苦。相隔一定的距离，可见到一些湿漉漉的洼地，里面生长着柳树，不过，这类洼地是越来越少了。这里还有一种阿根廷蒲苇，喜近淡水生长。马匹走到这里便快活地大口喝水，这不仅是为了及时解渴，也是为了对付将来缺水的需要。领头的塔尔卡夫边走边拍打灌木丛，以此来吓唬毒蛇。水牛被它咬一口，不到半小时便会死去。机灵的塔乌卡在荆棘丛上跳跃前进，协助它的主人为走在后面的马匹开辟道路。

　　在这地势平坦、道路笔直的原野上，行路既快速，也无阻碍。在这一片草原上，自然界没有任何变化，不见大石头，也没有小石子儿，甚至方圆一百英里都是如此。这样的单调真是见所未见，单调延续时间之长也是闻所未闻。什么景致呀，突发事件呀，自然奇观呀，连影子都没有！除非当一次帕噶乃尔，这类学者在别人什么也看不见的地方照看不误，因为他们对一路上所有的细节都兴致盎然。对什么感兴趣？他自己也说不清。最多是一丛荆棘吧！也许是一根小草。这就足以刺激他那口若悬河、滔滔不绝的说话欲了。他可以以此教育小罗伯特，这孩子很喜欢听他说话。

　　10月29日这一天，展现在游子们眼前的仍旧是那一望无际的平坦草原。将近下午两点时，马匹的脚下出现了长长的动物痕迹。那是一群数量可观的水牛的白骨，堆积如山。这些遗骸并没有因精疲力竭的水牛在行走中逐渐倒地而排成弯弯曲曲的长线。谁也无法解释为什么这些白骨会堆积在一个比较狭窄的场地，就连帕噶乃尔也不知道，尽管他花费了九牛二虎之力去研究。于是，他转而请教塔尔卡夫，这位向导立即回答了他。

学者嘴里喊出的"这不可能！"和巴塔哥尼亚人非常肯定的手势引起了旅伴们极大的兴趣。

"怎么回事？"他们问。

"天火。"地理学家答道。

"怎么！打雷能造成这样的灾难！"奥斯汀说，"五百头畜生竟齐刷刷躺到地上！"

"塔尔卡夫是不会搞错的。再说，我也相信有这种事，因为潘帕斯草原的暴风雨是出了名的，比其他地方的暴风雨都凌厉。但愿我们别在哪一天遭受这种苦难！"

"天很热。"威尔逊说。

帕噶乃尔答道："温度计在阴凉处恐怕也会标出三十度。"

"这倒不让我吃惊，"格雷那万说，"我觉得就像有电穿透我的身体。但愿这样的温度维持不了多久。"

"嘿！嘿！"帕噶乃尔说，"可别依靠天气变化，瞧瞧天边，一丝云雾都没有。"

"真倒霉！"格雷那万说，"我们的马匹已经热得够呛了。"他又转身对小罗伯特说："你还不太热吧，孩子？"

"不热，爵士，"那小大人答道，"我喜欢热，热是好事。"

"尤其在冬天。"少校向空中吐出一口雪茄烟的烟雾。

当晚，他们在一处废弃的"栏橱"旁边停下来。那是一种用树枝扎成的小屋子，墙上涂着泥，顶上盖着茅草。这小茅屋紧邻一个用半腐烂的木桩围成的院子，围栏虽不结实，这个场所却足以保护马匹在夜里不受到狐狸的攻击。倒不是马匹本身害怕那些野兽，而是那些狡猾的家伙爱咬马笼头，笼头一断，马匹就会乘机逃走。

离"栏橱"几步远的地方挖了一个坑，权且当作炉灶，炉灶里还有业已冷却的炉灰。在小屋里边有一条长凳，一张简陋的水牛皮床，一口锅，一根烤肉的铁钎，一只煮巴拉圭茶的开水壶。巴拉圭茶是南美洲很流行的饮料，那是印第安人的茶。人们将焙干的树叶泡在开水里，像喝饮料一般用麦秆儿吸吮。应帕噶乃尔的请求，塔尔卡夫煮了几杯这种饮料，大家就着干粮吃很是方便，都说饮料味道好。

翌日，10 月 30 日，太阳在蒸腾的热气中升起，向大地倾泻着它最灼人的阳光。这一天的气温恐怕会高得非同寻常，只可惜那一望无际的平原上竟没有一处庇荫的地方。不过，大家仍然勇往直前，朝东方走去。他们多次碰上牛羊群，在这样难以忍受的酷热里，马牛羊已然没有力气吃草了，它们都懒洋洋地躺在地上。这里可以说既看不见马倌，也没有牧羊人的踪影。只有一些牧羊狗看守着那大群大群的乳牛、公牛和水牛。牧羊狗口渴难忍时，它们习惯于去吸吮羊的乳汁。所有这些家畜都性格温驯，并且不像它们的欧洲同种那样一见红色就如临大敌。

"它们不怕红色，一定是因为它们吃的是共和国的草！"帕噶乃尔说，他为这句玩笑话十分得意，尽管这玩笑也许有点过分的法国味儿。

在快到中午的时候，潘帕斯草原发生了一些变化，尽管大家被原野的单调弄得有些迷糊，那些变化仍然逃不过他们的眼睛。禾本科植物变得更稀少了，它们让位给了干瘦的牛蒡子和身高九尺的巨型白术，这些植物可以成为地球上所有驴子的美餐。这里，那里，还能见到一些发育不良的"沙那尔"树以及其他带刺的灌木，这种深绿色的植物可是干旱地带的宝贝呀。此前，草原的黏土里还保持着一定的湿度，正是这种湿润的土支撑着牧草的生长，牧草也长得肥厚茂盛，像绿色的地毯。然而，如今的地毯有些地方用旧了，多处都脱了毛，露出了纱线。泥土的贫瘠昭然若揭。这种日益增长的干旱征候是不会被忽视的，塔尔卡夫就主动提请大家注意。

"我倒不讨厌这样的变化，"奥斯汀说，"老是看草，老是看草，时间长了，真烦死人！"

"没错，但有草就有水。"少校答道。

"噢！"威尔逊说，"我们一路上总可以找到河的。"

如果帕噶乃尔听到他这一番话，他免不了会告诉他，在科罗拉多河与阿根廷省内的山脉之间，河流非常稀少，但他没有听到，因为他此刻正在向格雷那万说明由后者提请他注意的一个现象。

一些时间以来，大气里仿佛透着一种烟熏的味道。然而地平线那边没有一点火的迹象，也见不到丝毫表明远处有火灾的烟雾。不久，烧草的味道变得那么浓烈，除了帕噶乃尔和塔尔卡夫，所有的旅人都十分吃惊。解释自然现象难不倒我们的地理学家，他对朋友们做出如下的回答。

"我们看不见火，"他说，"但我们闻到了烟味。可是，无火不起烟，这个谚语在美洲是真理，在欧洲也是真理。在某个地方一定有火，只不过潘帕斯草原太平坦，没有任何东西可以阻挡空气的流通，人们往往可以闻到从七十五英里以外吹来的烧草味儿。"

"七十五英里？"少校用怀疑的口吻反问。

"就是那么远，"帕噶乃尔进一步肯定说，"不过我还要补充几句，大火会蔓延到很大的范围，往往会发展到非常严重的程度。"

"谁会到草原来放火呢？"小罗伯特问。

"有时，酷热使牧草干枯了，雷电就可以引起大火；有时，是印第安人放的火。"

"放火的目的是什么？"

"他们硬说——我不知道他们的看法有多少根据——潘帕斯草原

一场大火过后，禾本植物长得更好。那可能是靠草灰的作用催肥土壤的一种办法，但对我来说，我宁愿相信这些大火是为了消灭壁虱，壁虱是一种对畜生格外有害的寄生虫，在草原有几十亿只。"

少校说："但用这么猛的办法岂不要了那些在大草原到处游荡的牲畜的命？"

"不错，会烧死一些，但从数量上来说，那又有何妨？"

"我倒不是为那些牲畜请命，"少校又说，"那是牲口自己的事，我是为穿过潘帕斯草原的旅人着想。会不会发生他们受惊并且被大火包围的情况呢？"

"怎么会害怕这事儿呢！"帕噶乃尔吃惊地大声说，高兴的情绪溢于言表，"这种情况有时会发生的，但对我来说，能观看这样的情景实在太棒了。"

"瞧瞧，这就是我们的学者，"格雷那万说，"他竟把科学推到了活活烧死自己的程度！"

"绝不是那样，我亲爱的格雷那万。我们都读过库珀的作品，皮长袜就曾教给我们阻止火苗蔓延的方法，那就是把自己周围几图瓦兹的牧草扯掉。再没有比这更简单的事了。我一点不害怕大火临近，我还巴不得来一场大火呢。"

然而，帕噶乃尔的愿望并没有实现。如果说他几乎被烤得流油，那只能归功于太阳的辐射，那圆圆的火球向大地倾泻着令人难以忍受的烈焰。在酷暑高温的影响下，马匹直喘粗气。树荫就别想了，除非几片难得的云彩遮住那火焰四射的圆盘。于是，骑手们立即扬鞭催马，试图在西风吹送到他们前面的那片阴凉里多待一阵。然而，马匹很快就拉下了距离，掉在后面了，那揭去面纱的太阳重又用火雨浇灌着潘帕斯草原业已烤焦了的土地。

当威尔逊说不愁没有水的供应时，他哪里想到这一整天同伴会受到如此难以克制的口渴的煎熬呀。当他补充说，他们在路上总会遇到小河时，他的想法是太没有根据了。事实上，不仅河流因地势过于平坦形不成河床而几乎踪影全无，印第安人手工挖掘的沼泽也已干涸。眼见干旱的征候随着一英里一英里的进程而扩大，帕噶乃尔多次提醒塔尔卡夫注意，并问他准备在什么地方找到水。

"在盐湖。"印第安人答道。

"我们什么时候能到那里？"

"明天晚上。"

阿根廷人在潘帕斯草原旅行时，通常是边走边掘井，总可以在离地面几图瓦兹的地方找到水，但外来的旅人因缺少必要的工具而无法采取这个对策，只好定量分配随身所带的水，这一来，虽说他们不至于口渴得苦不堪言，起码谁也不可能完全解渴。

他们一鼓作气走了三十英里之后，见天色已晚，便停下来宿营。人人都想靠夜里睡一个好觉来驱散白天的疲劳，恢复体力。谁知这一夜恰恰被遮天蔽月的蚊子和热带特有的蚊虫骚扰得人人心绪不宁。蚊虫的来临标志着风向的转变，果然，西风向北转了几十度，成了西北风。一般来说，讨厌的蚊虫遇上南风或西南风就无影无踪了。

如果说，少校哪怕在生活中烦恼缠身时也能保持平静，帕噶乃尔却恰恰相反，他对命运的捉弄总是气冲牛斗。他诅咒蚊子和热带蚊虫，很后悔没有带上弱酸水，这种水可以缓解蚊虫叮咬引起的灼痛感。尽管少校试图安慰他，对他说，博物学家认为世界上有三十万种昆虫，他们也就同其中的两种在打交道，这应该算是幸运的，帕噶乃尔第二天早上醒来时情绪仍然很坏。

不过，他倒没有让别人催促，天一亮就同大家一道启程了，因为当天就可以到达盐湖。马匹已经疲惫不堪，而且口渴极了，尽管它们各自的骑手为它们省下了自己那一份配额食用水，它们能饮用的水仍然十分有限。干旱越来越严重，即使在潘帕斯草原西北风的吹拂下，干热也照样令人难熬。

在这一天的旅程中，行路的单调曾一度终止。走在前头的穆拉第突然勒转马头，示意有一队印第安人正在朝他们走过来。对这次邂逅，各有各的看法。格雷那万想到土著人有可能向他提供"布里塔尼亚号"失事的消息；而塔尔卡夫对沿途碰上在草原游牧的印第安人却高兴不起来，因为他把那些人当成强盗和小偷，总设法避开他们。听见他一声令下，旅行小队赶快集中起来，枪支也上了膛。有备无患嘛。

不一会儿，大家就瞧见印第安人的队伍了。队伍由十来个土著人组成，巴塔哥尼亚人一看见他们便放了心。印第安人走到一百步远的地方了，大家可以毫不费力地看清他们的模样：这些当地土著人属于1833年被罗萨斯将军扫荡过的潘帕斯草原的一个族群，他们的额头高高的，身材高大，皮肤黝黑，是印第安人英俊的典型；他们穿的是原驼皮或臭鼬皮衣，带着两丈长的长矛、刀、弹弓、"拨拉"和"拉索"。他们操纵坐骑很灵巧，是非常老练的骑手。

他们在一百步的地方勒马停下，仿佛在商量什么，闹闹嚷嚷，指手画脚。格雷那万朝他们走过去。但他还没有走两图瓦兹，那一小队人马猛地掉转马头，以令人难以置信的灵巧风驰电掣般逃走了。这边筋疲力尽的马匹无论如何也不可能再赶上他们。

"胆小鬼！"帕噶乃尔大声嚷嚷道。

"逃这么快，准不是好人！"少校说。

"是什么人？"帕噶乃尔问塔尔卡夫。

"加乌乔牧人。"巴塔哥尼亚人答道。

"原来是加乌乔人！"帕噶乃尔边说边朝同伴转过身来，"是加乌乔人！那我们就没有必要大加防范了！没什么可怕的！"

"为什么呢？"少校问。

"因为加乌乔人都是些与人为善的农人。"

"您可以肯定吗，帕噶乃尔？"

"毫无疑问，这几个人把我们当成了贼，所以逃走了。"

"我宁可认为他们是不敢攻击我们。"格雷那万说。他因没有能够和这些土著人交流而懊恼不已。

"我也这么看，"少校说，"如果我没有搞错，这些加乌乔人不但不与人为善，恰恰相反，他们都是些地道而又可怕的土匪。"

"呀，这怎么可能！"帕噶乃尔吃惊地叫道。

于是，他开始热烈谈论种族问题，谈得那么激烈，连少校都被他的激将法触动了。他随即引来了少校的反驳，在讨论时并不多见："我认为您错了，帕噶乃尔。"

"错了？"帕噶乃尔反问。

"是的，错了。塔尔卡夫自己就把那些印第安人看成盗贼，而塔尔卡夫是心中有数的。"

"嘿，塔尔卡夫这次可错了。"帕噶乃尔说，"加乌乔人全是些农夫和牧人。我本人就曾以潘帕斯草原的土著人为题写过一本相当引人注意的小册子。"

"那么，您就犯了一个错误，帕噶乃尔先生。"

"我，一个错误，少校先生？"

"也可以说是粗心犯下的错误吧，"少校坚持说，"等您那本书再版时，您做些更正就解决了。"

帕噶乃尔听见有人议论甚至讥笑他的地理知识，深受侮辱，情绪陡地变坏了。

"要知道，先生，"他说，"我的书是不需要这类更正的！"

"需要！起码在这种情况下需要！"少校反驳道，现在轮着他固执己见了。

"先生，我认为您今天专爱嘲弄人！"帕噶乃尔再次反驳他。

"而我，我认为您火气太大！"少校也回敬他一句。

大家都看出来了，争论愈演愈烈，这是谁都没有预料到的。这主题显然不值得争论。格雷那万认为，该他站出来干预了。

"可以肯定，"他说，"有嘲弄人的一面，也有火气大的一面，你俩这种表现真让我吃惊。"

巴塔哥尼亚人虽然不明白争吵的内容，却毫不费力地猜出这两个朋友在争论。他笑起来，同时平静地说："是北风闹的。"

"北风！"帕噶乃尔吃惊地大声说，"这一切同北风有什么关系？"

"嘿！正是如此，"格雷那万说，"是北风引起了你们的坏心情！我听说，在南美洲，北风专门刺激神经系统。"

"圣帕特里克作证，爱德华，您说得完全正确！"少校说话间禁不住大笑起来。

但帕噶乃尔真的动气了，不愿意放弃争论。他转而扭住格雷那万不放，认为勋爵的干预未免太滑稽了。

"哦！真的吗，爵士，"他说，"我的神经系统受到刺激了？"

"没错，帕噶乃尔，正是北风闹的。在潘帕斯草原，这北风会让人犯下好多罪行，就像罗马郊野刮西北风一样！"

"犯罪！"学者又说开了，"我看上去是个想犯罪的人吗？"

"我不是专指您的。"

"您干脆说我想谋杀您好了！"

"哎！"格雷那万答道，他笑得难以自制，"我还真怕您杀我呢，幸好北风只刮一天！"

听见这样的回答，大伙儿都齐声附和格雷那万，帕噶乃尔则用双腿使劲一夹坐骑，冲到前面排遣他的坏心情去了。一刻钟过去之后，他已经把这事儿扔到了脑后。

就这样，学者的好脾气暂时受了点干扰，但正如格雷那万非常明智地指出的，必须把他这个短处完全归因于外部。到了晚上八点整，赶在前面一点的塔尔卡夫向大家指指他们梦寐以求的盐湖上火山造成的条条干沟。一刻钟之后，旅行小队便从盐湖的湖岸往下走，但在那里等待他们的却是令人心情沉重的失望：原来盐湖已经干涸了！

第十八章　寻找淡水补给处

　　一连串的泻湖从文塔纳和瓜米尼山脉流入盐湖。过去，有许多从布宜诺斯艾利斯出发的远征队都到那里补给食盐，因为那里的湖水含氯化钠的浓度极高。后来，湖水被炎热蒸发殆尽，水里的盐分便沉积在湖底，如今的盐湖看上去宛若一面闪闪发光的巨大镜子。

　　塔尔卡夫在谈到盐湖周边有食用淡水时，他指的是一些从多处泻入湖中的淡水小河，然而，此时此刻，那些支流就像盐湖本身一样干涸见底了。灼热的太阳吸干了一切。当干渴难忍的旅行小队到达盐湖干旱的堤岸时，恐慌的情绪便在全小队蔓延开来。必须做出决策了。皮囊里存放的淡水已经多半变质，不能用来解渴了。渴，开始无情地折磨大家，在这最迫切的需要面前，饥饿、疲劳都退避三舍了。一个土著人丢弃的皮帐篷，支在岸边一个低洼处，筋疲力尽的游子们将它当作临时的避难处，而他们的马则不得不躺在淤泥覆盖的岸边，勉强咀嚼着晒干了的海藻和芦苇。

　　人人都在皮帐篷里找到位置坐定之后，帕噶乃尔便前去和塔尔卡夫攀谈，并询问他当前该怎么办才好。他俩的谈话速度很快，但格雷那万仍然能捕捉到其中的一些句子。塔尔卡夫讲话总是那么心平气和，而帕噶乃尔却老是手舞足蹈，顶得上两个人说话。他们交谈了几分钟，塔尔卡夫抄起了手臂。

"怎么回事？"格雷那万问，"我想我听懂了他的话，他是在建议我们分开走。"

"是的，分成两个小分队，"帕噶乃尔答道，"我们当中有谁的坐骑又累又渴，再也迈不开步子了，他们可以勉强沿着三十七度线继续慢慢往前走。相反，坐骑比较精良的，可以赶到前面，先侦察瓜米尼江的情况，那条江离这里三十一英里，江水流入圣卢卡斯湖。假如那里的水量较大，他们就在瓜米尼江的江岸上等待他们的同伴。如果那里也缺水，他们就返回来迎接同伴，省得他们多走冤枉路。"

"那又怎么办呢？"奥斯汀问。

"那就得下决心往南边走七十五英里，一直走到文塔纳山脉最初的几条支脉，那里河流密布。"

"这个意见不错，"格雷那万答道，"我们立即按这个办法走。我的马缺水还不算太厉害，我愿意陪塔尔卡夫走。"

"啊！爵士，也带我走吧！"小罗伯特说，"就把它当成一次游玩儿好了。"

"可是你能不能跟上我们呢，我的孩子？"

"能！我这匹马很棒，它巴不得走到前头呢。您愿意吗……爵士？我求您了。"

"那你就过来吧，我的孩子。"格雷那万说，心里非常庆幸可以不和罗伯特分开。他接着又补充说："我们三人，要是找不到清凉的淡水补给地，我们就太笨了。"

"那，我呢？"帕噶乃尔说。

"噢！您呀，我亲爱的帕噶乃尔，"少校发话了，"您还是留在后备队吧。您对三十七度线了如指掌，还有瓜米尼江，还有整个潘帕斯草原，您可不能抛弃我们。穆拉第、威尔逊和我，我们自己都没有办法在会合地点赶上塔尔卡夫，我们只有在勇士帕噶乃尔的麾下才能信心十足，勇往直前。"

"恭敬不如从命。"帕噶乃尔答道，心里为获得高级指挥权而倍感得意。

"但心不在焉可不行！"少校补充说，"千万别把我们带到我们不需要去的地方呀，比如说，把我们带到太平洋岸边什么的！"

"那您活该，让人受不了的少校！"帕噶乃尔笑着答道，"不过，亲爱的格雷那万，告诉我，您怎么能懂塔尔卡夫的语言呢？"

格雷那万答道："我想这巴塔哥尼亚人和我没有必要聊天。再说，凭我掌握的几句西班牙语，在紧要关头，我完全能够向他表达我的想法，也能理解他的想法。"

"那您就去吧，我尊敬的朋友。"帕噶乃尔答道。

"我们先吃晚饭，"格雷那万说，"如果睡得着，我们就睡到启程的时刻。"

大家吃晚饭却没有饮水，饭似乎难以下咽，没有更好的办法，只好睡觉。帕噶乃尔在睡梦中看见了急流、瀑布、江、河、池塘、小溪，甚至看见了盛满清水的长颈大肚玻璃瓶，总之，他梦见了通常可以当水喝的一切。那真是一场噩梦。

翌日清晨六点整，塔尔卡夫、格雷那万和罗伯特的马都备齐了。大家让他们喝下最后一份水，他们喝下那份水与其说出于满足不如说出于生理需要，因为那水实在太让人恶心了。这三位骑士随即跃马扬鞭，准备出发。

"再见！"少校、奥斯汀、威尔逊和穆拉第同声说。

"最重要的，是尽量别走回头路！"帕噶乃尔补充说。

巴塔哥尼亚人、格雷那万和小罗伯特刹那间便看不见那托付给地理学家的聪明才智的小队了，他们心里不免有些伤感。

　　他们穿过的那一片盐碱荒漠是一个黏土质的大平原，上面覆盖着生长不良的、高约十英尺的小灌木。平原上到处都能看见大片的盐地，盐地反射的太阳光强烈得令人吃惊。人的视线很容易把这些盐碱地误看成严寒造成的冰面，但灼热的太阳很快就让人醒悟过来了。这干旱而又被太阳烤得滚烫的土地和那一片片闪光的盐碱地的反差，使荒漠具有一种特别的面貌。

　　相反，在南边八十英里处的文塔纳山脉却呈现出迥异的模样，每当瓜米尼山脉一带遇上干旱，在那里旅行的人们恐怕就会被迫前来这里。山脉西北坡覆盖着茂盛的绿草，下坡的路上到处是树种繁多的森林，林木一直延伸到坡底。森林中有一种豆角树，果实晒干后研成粉末，可以做面包。还有白破斧木树，它的枝条既长也很柔韧，迎风摆动时，俨如欧洲的垂柳；红破斧木树的木质则坚不可摧。有一种树特别容易着火，一种树的树冠像一把撑在空中的大阳伞，家畜可以到它下边躲避阳光。阿根廷人总想使这个地区殖民化，却从不曾制伏过敌视他们的印第安人。

　　谁都会认为，一定有多条大河从文塔纳山脉的圆形山顶上流到平原，使富庶的土地得到灌溉，再大的旱情也从没有使这些河流干涸过。然而，要到达那里，却必须向南边一直跑一百三十英里。塔尔卡夫的决定是对的，先往瓜米尼山脉走，那条路不会让他偏离原定的路线，而且比文塔纳山脉近得多。

　　三匹马风驰电掣般往前迅跑，它们一定凭本能意识到了主人要它们去的地方。尤其是塔乌卡，它表现出的英勇是任何疲劳感和饥渴感都不能压制的，它像小鸟一般飞越干涸的沼泽，飞越灌木丛，发出表明好兆头的马嘶声。格雷那万和罗伯特的马步子迈得缓慢些，但在塔乌卡的带动下，也勇气十足地跟着它奔跑。塔尔卡夫在马鞍上正襟危坐着，给同伴树立了榜样，正如塔乌卡在它的同伴中起带头作用一样。

巴塔哥尼亚人经常回过头来端详罗伯特。

看见这少年在马上坐得端端正正，神态坚毅，腰板儿灵活，双肩侧转得体，两腿下垂自然，双膝贴紧马鞍十分牢靠，他欢叫一声表示满意和鼓舞。的确，罗伯特已然变成了一个优秀的骑手，值得那印第安人称赞。

格雷那万说："好哇，罗伯特，瞧塔尔卡夫的神气是在祝贺你哩！他在为你叫好，我的孩子。"

"为什么叫好呀，爵士？"

"为你骑马的好姿势。"

"噢！我不过骑得很牢靠罢了。"罗伯特答道，他听见别人的称赞，高兴得脸都发红了。

"那是主要方面，罗伯特，"格雷那万又说，"但你太谦逊了，我可以向你预言，你将来一定会成为一名完美的运动员。"

"那倒好！"罗伯特笑道，"可爸爸想把我培养成一名水手，他该怎么说呢？"

"当运动员也不妨碍当水手呀。如果说不是所有的骑手都能当水手，所有的水手可都能当一名优秀的骑手。在桅杆上骑惯了，在马上就可以坐得稳。驯马时如何一开始就勒紧马的缰绳，如何侧身迅跑，如何兜圈，这些都不学自会，再寻常不过了。"

"可怜的父亲！"罗伯特答道，"啊！您把他解救出来时，他该怎样感谢您呀，爵士！"

"你很爱他吧，罗伯特？"

"是的，很爱，爵士。他对姐姐和我是那么慈祥！他一切都为我们着想。他每次出行，到哪一个国家都要给我们带回那个国家的纪念品，更让我们高兴的是，他一回来就亲我们，抚摩我们，讲许多好听的话。哦！您认识他后，也一定会喜欢他的！玛丽就特别像他。他说话时声音好柔和，跟玛丽一样！水手讲话那么温柔，这很奇怪，对吧？"

"对，非常奇怪，罗伯特。"格雷那万说。

"他这时好像就在我眼前，"罗伯特又说，他仿佛是在跟自己说话，"我勇敢的好爸爸！我小时候，他爱把我放在膝头哄我睡觉，他嘴里总哼着一首古老的苏格兰民歌，歌颂的是我们国家的湖泊。我有时候还能记起那民歌的调子，不过有点模糊。玛丽也能哼几句。哦！爵士，我们多么爱爸爸呀！嘿，我觉得人越小越爱自己的父亲！"

"人长大了就该尊敬父亲了，我的孩子。"格雷那万答道。

在他们交谈的时候，三匹马都放慢了脚步，正在缓缓前进。

"我们一定能找到他，对吧？"沉默一阵之后，罗伯特又说。

"对，我们一定能找到他，"格雷那万答道，"塔尔卡夫已经给我们提供了线索，我很信任他。"

"塔尔卡夫是个好印第安人。"孩子说。

"那当然。"

"您知道一件事儿吗，爵士？"

"你先说，我再回答你。"

"就是，跟您一起的都是好人！我非常喜欢的格雷那万夫人、总是很镇静的少校、曼格斯船长、帕噶乃尔先生，还有'邓肯号'上的水手，他们都那么勇敢，那么忠诚！"

"不错，这我知道，我的孩子。"格雷那万答道。

"您知不知道，您是这些人当中最优秀的？"

"呀！不，不知道！"

"那么，您必须知道这点，爵士。"罗伯特边说边抓过格雷那万的手放在嘴唇上。

格雷那万微微点点头。他们的交谈没有继续下去，因为塔尔卡夫回头用手势提醒他们别落在后面，原来他们不知不觉已让塔尔卡夫超过去了。但时间很紧迫，必须考虑后边还有人在等他们呢。

他们三人遂加快了步伐，然而，事实很快就变得明显了：除了塔乌卡，余下的两匹马根本不可能以这样的速度坚持很久。到中午就应该让它们休息一个钟头。它们已经支持不住了，喂那被太阳烤干了的瘦瘦的紫苜蓿，它们不愿意吃。

格雷那万不免担忧起来。这一带荒芜贫瘠的征候并没有改观，缺水继续下去有可能带来灾难性的后果。塔尔卡夫没有说什么，他或许在想，假如瓜米尼江也干涸了，绝望的时刻就该到了，不过，也得看印第安人心里是否曾敲响过绝望的丧钟。

他又带头上路了。另外两匹马不管愿不愿意，在皮鞭和马刺的激励下，也勉强跟了上去，不过走得很慢，就这样，它们已是勉为其难了。

塔尔卡夫完全可以往前迅跑，但他一定不愿意把两个同伴扔在大荒原上。为了不超过他们太远，他强迫塔乌卡放慢步子。

塔尔卡夫的骏马勉强把步子缓下来了，但它这样做也并非没有反抗，或后腿直立，或厉声嘶叫。它的主人要制伏它不但需要奋力勒住缰绳，而且需要好言相劝。塔尔卡夫的确会和爱马聊天，塔乌卡虽不能用语言回答他，起码能理解他说的话。我们不妨认为，那巴塔哥尼亚人一定向他的爱马陈述了许多站得住脚的理由，因为同它的主人"商议"了好一阵之后，塔乌卡终于强压怒火，认同了他的论据，表示服从。

不过，说塔乌卡理解塔尔卡夫，塔尔卡夫其实也同样理解塔乌卡。那聪明的动物具有非常灵敏的感觉器官，它已经嗅到空气有几分湿润，便没命地吸气，躁动不安，把舌头弄得咔咔作响，仿佛舌头已然伸进了有益健康的液体里。巴塔哥尼亚人不会搞错：水源已经不远了。

他把塔乌卡急不可耐的心情讲给同伴听，鼓舞他们的斗志。另两匹马也立即理解了同类的心情，使出最后的力气，跟着印第安人奔跑起来。快到三点钟时，一条白花花的线出现在远处较低洼的地方，在阳光的照射下，这条线不住地闪着白光。

"有水！"格雷那万说。

罗伯特也惊叫道："水！没错，是水！"

他们再也不需要激励他们的坐骑了，因为那几头可怜的畜生已经振奋起来，以不可阻挡的猛劲朝白线处狂奔。几分钟光景，它们业已到达了瓜米尼江岸边，不等主人卸下它们的鞍辔，它们已经钻进齐胸的救命水里。

主人们虽然不情愿，却也效法它们，洗了一个始料未及的江水澡，不过他们倒没有为此而抱怨的意思。

"呀！多舒服！"罗伯特一边在深水处牛饮河水，一边重复说着。

"悠着点儿，我的孩子。"格雷那万说，但他自己也没能以身作则。

这时，只听得一片大口饮水的呵呵声。

塔尔卡夫自己呢，他照旧安安静静，不慌不忙，小口小口地喝，有板有眼，照巴塔哥尼亚人的说法，喝得"长如套马索"。他一个劲儿地喝，没完没了，让人担心他会把整个河流吸干。

"总之，朋友们的希望不会再破灭了。他们一到瓜米尼江就有把握找到丰富清洁的水喝，当然，也得靠塔尔卡夫嘴下留情！"

"我们能不能回去迎接他们呢？"罗伯特问，"那样，也可以让他们省去几个钟头的担心和痛苦。"

"那当然，我的孩子，但怎么运水过去呢？羊皮袋都在威尔逊手里。不行，最好还是按约好的办，在这里等他们。计算一下走这段路需要的时间，再考虑他们的马只能慢跑，朋友们应该是今天夜里到达这里。我们就为他们准备一处好的宿营地，再做一顿美餐吧！"

塔尔卡夫不用等格雷那万建议去找宿营地，他早已在江岸上幸运地找到了一处"拉马达"，即为了拦马、牛、羊用的三面有遮拦的院落。只要不怕露天睡觉，这里倒是一个理想的宿营地，而塔尔卡夫的同伴最不担心的就是露营，因此，在这里歇息，他们求之不得。他们立即躺到地上，在大太阳下晾晒浸了江水的衣服。

"好，我们既然有处藏身了，就应该考虑做晚饭。得让我们的朋友对他们派出的先遣队员满意才是。除非我搞错了，他们一定不会有什么可抱怨的。现在，花一个钟头去打猎不能算浪费时间，你准备好了吗，罗伯特？"

"准备好了，爵士。"少年一边回答，一边拿起长枪站起来。

格雷那万之所以想到打猎，是因为瓜米尼江两岸似乎是周围平原所有的野兽野禽会聚的地方。在这里可以看见成群结队的山鹑腾空飞翔，还有黑花尾榛鸡，以及一种叫作"特鲁–特鲁"的雎鸠、黄色的秧鸡和翠绿色的美丽松鸡。

四蹄野兽是不会轻易让人看见的，但塔尔卡夫却指指高高的野草丛和矮树林，向他们示意说，那些家伙正藏在里面。几个猎手只需走几步，就可以置身于世界上野生动物最繁多的地区。

他们即刻开始打猎了。与野兽相比，他们当然瞧不起禽鸟，所以头几枪打的都是大猎物。从草丛和树丛里冒出几百头狍子，还有原驼，与在科迪勒拉山脉顶峰凶猛冲撞过他们的原驼十分相似。这里的野兽极其胆小，它们如风驰电掣般逃跑，枪弹根本不可能接近它们。猎手们退而求其次，只好瞄准跑得慢些的野兽，从食品的角度看，这类野味也同样是鲜美无比的。有十多只山鹑和秧鸡中弹身亡，格雷那万还杀死了一头野猪，这种厚皮动物的毛皮呈黄褐色，吃起来味道极佳。

不到半个小时，猎手们不费吹灰之力就猎获了他们所需要的野味。罗伯特也不虚此行，他打了一头怪兽，满身长着骨质活动鳞甲的犰狳类动物，长约一英尺半。这头怪兽相当肥，据巴塔哥尼亚人说，用它可以做成一道佳肴。罗伯特非常自豪。塔尔卡夫给两个同伴表演了一个猎杀鸵鸟的精彩节目。

那印第安人并不想和一只有飞毛腿的猎物兜圈子。他扬鞭策马，让塔乌卡直接冲到鸵鸟面前，以便一鼓作气抓住它。因为如果首次攻击失误，鸵鸟会立即用它兜圈子的拿手好戏，让猎手和坐骑陷入莫名其妙的圈套，筋疲力尽。塔尔卡夫来到最合适的距离，伸出他那力大无比的手臂使劲抛出"拨拉"，抛得那么灵巧，"拨拉"一下子就裹住了鸵鸟的双腿，使它再也用不了劲。片刻之后，鸵鸟便躺在了地上。

印第安人立即抓住它，倒不是出于猎手毫无意义的杀生之乐，而是因为鸵鸟肉确实味道鲜美。塔尔卡夫执意要把这份佳肴奉献给整个小队做晚餐。

于是，大家把那一串山鹑，还有塔尔卡夫的鸵鸟、格雷那万的野猪以及罗伯特的怪兽犰狳搬到"拉马达"里。他们迫不及待地首先烹调鸵鸟和野猪，也就是说，先剥掉它们那啃不动的皮，再把它们宰成薄片。那怪怪的犰狳是珍稀动物，身上就带着烤肉器具。他们把它放在它的鳞甲里，再把鳞甲直接放到炽热的炭火上。

这三个猎人晚餐时只吃了山鹑和其他禽鸟，那些吃了更来劲的东西，他们留给了即将到达的朋友。佐餐的饮料是清水，他们认为这饮料比所有的波尔多葡萄酒都高级。

他们也没有忘记那些坐骑。堆在"拉马达"里的大量干草可用作饲料，也可以做床垫。一切准备就绪之后，格雷那万、罗伯特和印第安人便把自己裹在"蓬鞘"里，在晒干的紫苜蓿上躺下来，那是巴塔哥尼亚猎人惯用的天然床垫。

第十九章　红狼

　　夜幕降临了。那是月初的黑夜，在这样的夜里，地球上所有的居民都看不见月亮，只有微弱的星光照着平原。在天边，黄道群星在越来越浓的雾气中逐渐隐去。瓜米尼江的江水无声地流淌着，宛若一条长长的油帘静静地滑行在大理石平面上。一天的劳累使飞鸟、四足动物和爬行动物都安然入睡了，荒凉而寂寥的静谧笼罩在潘帕斯草原广袤无垠的土地上。

　　格雷那万、罗伯特和塔尔卡夫都在自然规律的支配下躺在厚厚的干紫苜蓿床垫上沉入了深深的梦乡。累得精疲力竭的两匹马也躺在了地上，只有塔乌卡，这匹真正的纯血种马，能站着睡觉。只见它四腿挺立，无论休息还是行动都英姿飒爽，随时准备听从主人的召唤。围栏里一片宁静，炉子里的煤炭在夜里渐渐熄灭了，炉膛里发出的最后微光在万籁俱寂的黑暗中闪闪熠熠。

　　可是，约莫十点钟光景，印第安人在短暂睡眠之后突然醒了。他皱着眉头目不转睛地注视着前方，屏息谛听着平原上的动静。他显然是在竭力辨别某种难以觉察的声音。他那平时镇定自若的脸上出现了一种隐约的忧虑，他是否感到盲流的印第安人在靠近这里？或者来了不速之客，如豹子、水老虎以及别的什么令人胆寒的猛兽？它们在邻近江两岸这一带可不少见啊！无疑，他认为后面的假设更有说服力，因为他迅速看了一眼堆在围栏里的可燃烧之物，这一看，他更揪心了。原来，他们用来当床垫的干紫苜蓿会很快烧尽，根本不可能长时间抵御大胆野兽的侵袭。

遇到这样的局面，塔尔卡夫别无选择，只好等待情况的进展。他半躺在草上，双手捧着头，两肘靠着膝头，眼睛凝视着前方。瞧他那姿势，俨然是一个在睡梦中突然被焦虑惊醒的人。

一个钟头过去了。换了任何一个人，眼见外面如此安静，一定会安下心来，重新躺下去睡觉。但塔尔卡夫不一样，即使在外来人最高枕无忧的地方，他那印第安人过度的警惕感和天然本能也会让他预感到迫在眉睫的危险。

正在他谛听着、窥视着的当儿，塔乌卡低沉地嘶叫了一声，随即把鼻孔朝"拉马达"的进口处伸过去。巴塔哥尼亚人猛然挺直了身子。

"塔乌卡感觉到有敌人！"他说。

他站起来，走到外面仔细观察平原的情况。

笼罩着荒野的仍是一片寂静，但已经不是宁静了。塔尔卡夫隐隐约约看见一些黑影在灌木丛间悄悄移动。还有一个个亮点在到处闪烁，亮点互相交会后又往四面八方散开去，时而熄灭，时而再亮起来，看上去活像一盏盏神出鬼没的手提风灯在镜子一般的无边泻湖面上跳舞。外来人无疑会把这些闪烁不定的亮点当成流萤，这种萤火虫每当夜幕降临时，便在潘帕斯地区到处闪亮，但塔尔卡夫却不会受骗，他明白要对付的是什么样的敌人。他把步枪上了膛，站在围栏木桩旁边观察。

他没有等多久，潘帕斯草原便响起一声怪叫，那是狗吠和狼嗥混杂起来的叫声。回应这片嚎叫的是砰砰的步枪声，枪声过后又是一片令人骇悚的狂叫。

格雷那万和罗伯特突然惊醒了，他们忙不迭站起身来。

"出什么事儿啦？"小罗伯特问。

"是印第安人吗？"格雷那万也问。

"不是，"塔尔卡夫答道，"是'阿噶拉'。"

罗伯特看着格雷那万。

"阿噶拉？"他问。

"是的，"格雷那万答道，"潘帕斯草原特有的红狼。"

两个外来人连忙抓起武器，来到塔尔卡夫身边。这巴塔哥尼亚人向他们指指大草原，从那里传来一片骇人的狼嚎。

小罗伯特不由自主地往后退了几步。

"你不怕狼吧，我的孩子？"格雷那万问他。

"不怕，爵士，"罗伯特语气坚定地答道，"在您身边，我什么也不怕。"

"那就好。其实，'阿噶拉'是些不算太可怕的野兽。如果不是来的数量太大，我根本就不在乎它们。"

"那也没关系！"罗伯特说，"我们枪支弹药多着呢，让它们来好了！"

"它们一来就够它们受的！"

格雷那万这样说是为了安抚小罗伯特，但他一想到那为数众多的食肉动物在深夜里如此肆无忌惮，内心里也不寒而栗。这些家伙可能有几百只，他们三人武器再精良，与那么多野兽战斗，恐怕也占不了上风。

当巴塔哥尼亚人说出"阿噶拉"这个词时，格雷那万立即想到那是潘帕斯草原的印第安人给红狼取的名字。这种食肉动物学名叫"鬣

156

狗"，个头像一只大狗，头部却像狐狸，毛皮呈肉桂红色，沿脊背有一缕黑毛随风飘动。这种动物特别敏捷，也特别矫健；它们通常住在沼泽地区，游水捕食水生动物；它们白天在窝里睡觉，夜里出窝活动。南美洲一些大牧场最害怕这种动物，因为它们稍感饥饿就会向大牲畜寻衅。一只红狼不可怕，但一大群饥饿的红狼就大不一样了。

这时，听见响遍潘帕斯草原的狼嗥，看见数不尽的黑影在草原蹦跳，格雷那万意识到在瓜米尼江两岸聚集的红狼数量很大。这些家伙一定感觉到了这里有可靠的猎物，有马肉或人肉。

红狼缩小了包围圈，被惊醒的马匹显示出强烈的恐惧，只有塔乌卡用蹄子一个劲踢着地，试图挣断笼头，飞奔到外面去。它的主人只好不断地吹口哨，想让它安静下来。

格雷那万和罗伯特早已站好位置，把守"拉马达"的入口。他们业已上膛的步枪正要射出子弹消灭打前阵的红狼时，塔尔卡夫忽然用手抓住他们正在瞄准的武器。

"塔尔卡夫想干什么？"罗伯特问。

"他禁止我们开枪！"格雷那万答道。

"为什么？"

"他也许觉得开枪的时机还没到！"

当塔尔卡夫举起弹药袋并把它兜底翻出来时，格雷那万都明白了。

"怎么办？"罗伯特问。

"怎么办？必须节省弹药。我们今天打猎代价太大了。我们还剩下不到二十发子弹！"

孩子没有说什么。

"你怕不怕，罗伯特？"

"不怕，爵士。"

"那好，孩子。"

这时，枪声再起，原来是塔尔卡夫开枪撂倒了一个过分胆大的敌手。排成紧密队形正在前进的红狼往后退了退，聚集在离围栏一百步的地方。

格雷那万得到印第安人示意，连忙取代了他的位置。塔尔卡夫脱出身来，赶紧去把垫草和烧草等一切能烧的东西都聚在一起，堆到"拉马达"的入口处，往那里扔去一块还在燃烧的炭火。一面火帘在夜空下伸展开来，通过火帘的裂缝，可以看到原野被大片大片摇曳的反光照得透亮。格雷那万此刻才得以判断，他们必须抵抗的野兽数量之大令人难以置信，从来没有见过如此之多的狼同时出现，也没有见过狼群被贪婪刺激得如此疯狂。适才塔尔卡夫为对抗它们而布下的火阵戛然止住了它们前进的势头，更让它们怒不可遏。不过，还是有几只红狼继续前进，直到火帘处，烧伤了爪子。

还需要时不时开上一枪，以阻止那一帮嗥叫的家伙。一个钟头之后，约莫十五具尸体躺在了草地上。

被围困者的危险处境稍稍缓解了些，只要弹药还能维持，只要火垒还支撑着"拉马达"进口处的防卫，就没有必要害怕对手的进攻。然而，一旦这些手段都没了，又该怎么办？

格雷那万看看罗伯特，心里非常难受。他自己倒忘记了处境的危险，因为他一心只想着这个可怜的少年，这个勇气远远超过年龄的少年。罗伯特脸色苍白，但依然紧紧握住手中的武器，坚定地等着红狼前来。

可是，格雷那万在冷静地考虑了当时的情况之后，决心结束这种局面。

"一个钟头之后，我们就没有火药，也没有铅弹和火了。那么，我们总不能等到那时候再想办法呀。"

他朝塔尔卡夫转过身来。他搜集了记忆力能提供给他的所有西班牙词语，开始和那印第安人对话，不过，他们的交谈仍然经常被枪声打断。

这两个人要做到互相理解是不无困难的，幸亏格雷那万还了解红狼的习性，没有这个前提，他恐怕不可能领会巴塔哥尼亚人的话语和手势。

不过，他还是花了一刻钟才把塔尔卡夫的回话转达给罗伯特。原来格雷那万曾就他们当前几乎绝望的处境询问过印第安人的意见。

"他是怎么回答的呢？"罗伯特问。

"他说，必须不惜一切坚持到天亮。'阿噶拉'只在夜里出来，天一亮它们就回窝里去了。那是些夜游狼，是些害怕日光的胆小鬼，是些四爪猫头鹰！"

"那我们就自卫到天亮好了！"

"是的，我的孩子，当我们不能用枪自卫时，我们就用刀。"

塔尔卡夫已经做出榜样了，这不，当有一只狼接近火帘时，那巴塔哥尼亚人握刀的手立即穿过火苗，等他抽回来时，他的手已经被鲜血染红了。

这时，他们自卫的手段即将告罄。夜里两点左右，塔尔卡夫将最后一把柴火扔进炽热的火堆。这些被围困的人只剩下五发子弹了。

格雷那万用痛苦的眼睛向周围扫视一遍。

他此刻想到的是站在他身旁的少年，是他的同伴，是他热爱的所有的人。罗伯特没有说话。也许在他那信任一切的想象里，危险还没有那么迫在眉睫，但格雷那万却替他想到了。在他脑海里浮现出可怕的前景，如今已不可避免的前景：孩子被饿狼生吞下去！他再也控制不住自己，把孩子拉到怀里。他亲亲孩子的前额，眼泪却不由自主地流了下来。

罗伯特笑着看看他。

"我不怕！"他说。

"不怕！我的孩子，不怕！"格雷那万说，"你说得对。两小时之后，天就亮了，我们就得救了！"他看见塔尔卡夫用枪托打死两只企图越过火帘的大狼，大声说："了不起，塔尔卡夫，了不起，勇敢的巴塔哥尼亚人！"

然而，就在这一刻，在炉膛里微光映照下，红狼正排成一行又一行，朝"拉马达"冲过来。

这场血腥悲剧的结局临近了。由于没有燃料，火帘的火逐渐弱下去，火苗也越来越低。此前一直被照得透亮的大草原也正在回到黑暗里，那些红狼磷光闪闪的眼睛又在黑暗中突显出来。狼群可能很快就要冲进围栏。

塔尔卡夫开了最后一枪，又把一只红狼打翻在地。现在，弹药已尽，他只好袖手待命。他深深埋下头去，似乎在静静地沉思。他是否在想什么对策，以打退那群饿疯了的家伙呢？格雷那万不敢问他。

这时，在狼群的进攻中出现了一些变化。它们似乎在往后退，此前一直嗥叫得震耳欲聋的声音也戛然停止了。大平原重又笼罩在一片死气沉沉的寂静中。

"它们走了！"罗伯特说。

"也许走了。"格雷那万侧耳倾听外面的动静。

但塔尔卡夫已猜出了他的心思，连忙摇摇头。他很明白，只要曙光没有把那些红狼赶回它们黑暗的洞穴，它们是不会放弃的。

敌手的战术明显起了变化。

它们不再试图强攻大门，但它们新的花招却会造成更紧迫的危险。因为大门有火帘和枪弹的顽强防守，红狼放弃了从大门突进的策略。它们围着"拉马达"绕了一圈，一致同意从后门突袭。

片刻之后，被围困的人便听见红狼的爪子嵌进半腐木头的声音。

有些尖利的爪子和血淋淋的尖嘴已经伸进了摇摇晃晃的木柱缝隙。两匹惊惧万状的马挣断了笼头，疯了似的在围栏里跑来跑去。格雷那万抱起孩子，准备保护他直到最后一刻。他看了看印第安人。

塔尔卡夫像困兽一般在"拉马达"里转了转，随即猛冲到他的爱马身边。他给塔乌卡套上鞍具，既没有忘记系皮带，也没有疏忽一个扣针。他看上去似乎再也不担心红狼越来越起劲的嗥叫，格雷那万看他完成这些动作，心里产生了极度不祥的忧虑。

他见塔尔卡夫正揽过缰绳，像骑兵一样准备上马时，不觉惊叫道："他要抛弃我们了！"

"他呀！永远不会！"罗伯特答道。

果然，印第安人并非试图抛弃他们，而是准备牺牲自己，解救他们。

塔乌卡整装待发，它咬紧嚼子，蹦跳着，眼睛闪闪发光，透出一股火一般的英气：它已经理解主人的意图了。

在印第安人抓住马鬃准备上马时，格雷那万使劲抓住他的胳膊。

"你要走？"他指着暂时空旷的平原问。

"是的。"塔尔卡夫答道，他懂得同伴手势的意思。

他接着用西班牙语补充几句，意思是说："塔乌卡，好马！跑得快。它会把狼引到自己身后。"

"啊！塔尔卡夫！"格雷那万叫道。

"快！快！"印第安人答道。

格雷那万用激动得哽咽的声音对罗伯特说："罗伯特！我的孩子！你听见他在说什么吗！他要为我们做出牺牲！他要冲到潘帕斯草原，把狼引到他那里，好转移饿狼疯狂的欲望！"

罗伯特扑到巴塔哥尼亚人脚边说："塔尔卡夫朋友！塔尔卡夫朋友！别离开我们！"

"不！"格雷那万说，"他不会离开我们。"

他指指惊吓得紧靠着木桩的马，转而对印第安人说："我们一道走！"

"不行！"印第安人说，他深知格雷那万那些话意味着什么，"那几匹马很糟糕。它们害怕了。塔乌卡，好马。"

"那好！"格雷那万说，"罗伯特，塔尔卡夫不离开你！他已经教我应该怎么做！该出去的是我！他应当留在这里陪你。"

他随即抓住塔乌卡的缰绳说："该我走！"

"不行。"巴塔哥尼亚人平静地说。

"告诉你，该走的是我！"格雷那万大叫道，硬从印第安人手里拽过缰绳，"让我出去！救救这孩子吧！我把他托付给你了，塔尔卡夫！"

在慷慨激昂中，格雷那万竟把英语和西班牙语混在一起了。但语言在此刻又算得了什么呢！在如此恐怖的情势下，手势就可以说明一切，人与人之间也可以迅速沟通和理解。这时，塔尔卡夫还在拼命顶住格雷那万的要求，争论还在继续，但危险却分秒不让，迫在眉睫。那些腐烂的木桩禁不起红狼又咬又抓，已经开始倒塌了。

无论格雷那万还是塔尔卡夫，看来谁都没有让步的意愿。印第安人把格雷那万拉到围栏进口处，让他看看那摆脱了红狼的平原。他用激动的语言让对方明白，现在必须分秒必争，如果他的计策不能成功，留在围栏里的人会更加危险。总之，只有他一个人了解塔乌卡的习性，能够利用它矫健、轻捷的优点来拯救他们三人。但有点失去理智的格雷那万仍在顽固坚持，一心想牺牲自己，不料他猛然被什么一推，打了个趔趄。原来是塔乌卡跳了起来，它正抬起前腿，一纵身跳过火垒和一排狼尸，这时传来一个孩子的叫声："愿上帝拯救您，爵士！"

格雷那万和塔尔卡夫差点来不及看见小罗伯特紧紧抓住塔乌卡的马鬃，风驰电掣般消失在黑暗的原野上。

"罗伯特！他疯了！"格雷那万惊叫。

但印第安人自己根本听不见他的话，因为其时突然爆发了一片骇人的号叫。红狼们跟着塔乌卡的足迹冲上去，以迅雷不及掩耳的速度向西边飞跑去了。

塔尔卡夫和格雷那万连忙冲到"拉马达"外面，只见草原已恢复了往日的平静。在远远的天边隐约浮现出一条波动的线在夜的黑影中起伏。

格雷那万倒在地上，双手合十，筋疲力尽的他已完全绝望了。他看看塔尔卡夫，这位印第安人却像他平时那样平静地在微笑。

"塔乌卡，好马！孩子，勇敢！他会逃掉！"他一再说，还不断点头加以肯定。

"他要从马上摔下来呢？"格雷那万说。

"他不会摔下！"

尽管塔尔卡夫信心十足，可怜的勋爵在这一夜仍然是忧心如焚。他甚至没有意识到红狼远去，危险已经不复存在。他要去寻找罗伯特，但被印第安人阻止了。塔尔卡夫让他明白，他们那两匹马不可能追上罗伯特，因为塔乌卡肯定已经跑得离敌手很远了，在这样的黑夜根本找不到他们。只有等天亮后再去寻找罗伯特的踪迹。

凌晨四点，黎明的曙光开始显露出来，浓雾笼罩的地平线上泛起了鱼肚白色。晶莹的露水铺遍辽阔的平原，高高的野草在清晨初起的微风吹拂下翩翩起舞。

启程的时刻到了。

"走吧！"印第安人说。

格雷那万没有回答他，但他跳到了罗伯特的马上。顷刻间，两个骑手已朝西边飞奔而去，他们仍沿着那条直线往回跑，因为他们的同伴一定不会偏离这条路线。

整整一个小时，他们就以这样惊人的速度狂奔，同时搜寻着罗伯特的踪迹，没有一刻不担心在什么地方看到这少年血肉模糊的尸体。格雷那万接二连三刺马，结果使马的两胁鲜血淋漓。末了，远处终于传来了几声枪响，枪声间隔的时间很有规律，说明那是有人发出的信号。

"是他们！"格雷那万大声说。

塔尔卡夫和格雷那万扬鞭催马，以更快的速度朝西边冲过去，不一会，他们终于同帕噶乃尔领导的小分队会合了。格雷那万走近一看，不觉发出一声出自肺腑的大叫：罗伯特也在那里！他活着，生龙活虎地活着！他的良马塔乌卡重见主人，欢快地嘶鸣起来。

"啊！我的孩子！我的孩子！"格雷那万惊喜地叫着，声音里洋溢着难以描绘的温情。

他和罗伯特同时从马上跳到地上，冲到对方的怀里，拥抱起来。接下去轮到印第安人了，他把格兰特船长这个勇敢的儿子紧紧抱住，贴在胸前。

"他活着！他活着！"格雷那万不停地说。

"对，我活着，"罗伯特答道，"这都是塔乌卡的功劳。"

印第安人没有料到会听见这句对他的爱马表示感谢的话，这时，他正在和塔乌卡说话，正在拥抱它，仿佛这匹骄傲的骏马血管里流动的是人类的血液。

接着，他转身指指小罗伯特，对帕噶乃尔说："是个勇士！"

他又用了一句印第安人表示勇敢的比喻。

"他的马刺没有发过抖！"他补充说。

这时，格雷那万搂着罗伯特，问他："为什么，我的儿子，为什么你当时没有让塔尔卡夫或我去做最后的尝试搭救你呢？"

"爵士，"罗伯特答道，声音里充满最深沉的谢意，"难道不该我去献身吗？塔尔卡夫已经救过我的命了！而您马上要救我父亲的命！"

第二十章　阿根廷平原

　　欢聚之后，奥斯汀、威尔逊、穆拉第等人都察觉到一件事：他们快渴死了。非常幸运，瓜米尼江离这里很近。大家立即上路，清晨七时，小队便来到了离围栏不远的地方。一看见围栏周边躺满了红狼的尸体，大家便立即明白兽群的进攻有多凶狠，同伴的自卫战斗有多激烈。

　　游子们很快便喝足了江水，饮罢，他们开始在"拉马达"的围栏里享用丰盛的午餐。大家说鸵鸟的里脊肉鲜美无比，那只犰狳放在它的鳞甲里烧烤之后，简直是一道绝佳的菜肴。

　　"吃得有分寸，"帕噶乃尔说，"那是对上天忘恩负义！所以必须大吃特吃才行。"

　　他的确大吃特吃了，并没有犯不消化的毛病，那都得感谢瓜米尼江的江水，他认为这清澈的江水蕴含着具有强大优势的帮助消化的品质。

　　清晨十点，格雷那万发出了启程的信号。皮囊里盛满江里的清水后，众人便扬鞭策马出发了。从疲劳中完全恢复过来的坐骑干劲十足，几乎时时刻刻都保持着出猎时那种小跑的势头。气候越来越湿润，土地也越来越肥沃，但仍然是荒漠。11月2日到3日这段时间一路无话，到 3 日傍晚，旅行者们已经被长途跋涉搞得疲惫不堪，遂决定在潘帕斯草原的边缘宿营，那里正是布宜诺斯艾利斯省的边界。他们是在 10 月 14 日离开塔尔卡瓦诺的，在二十二天里，他们幸运地走完了四百五十英里，即全旅程的三分之二。

翌日清晨，他们越过了阿根廷平原地带和草原地带约定俗成的分界线。塔尔卡夫希望会见的部族酋长正是在这里，他认定俘虏在此人手里，他一定可以在他那里找到格兰特船长和他的两个做了奴隶的伙伴。

自从离开了瓜米尼江，远征小队的队员们便非常满意地觉察到气温有了明显的改善。这一带的平均气温不超过摄氏十七度，因为来自巴塔哥尼亚猛烈而又寒冷的风不停地搅动着大气的气流。因此，经历过干旱和炎热造成的巨大痛苦之后，这支队伍来到这里，无论是牲畜还是旅人都没有任何理由再叫苦了。大家阔步前进，热情高涨，信心十足。然而，塔尔卡夫无论怎么说，这地方仍然"门可罗雀"，或者更确切些说，仍然显出"人去楼空"的景象。

这条由西向东的路线往往遇到一些泻湖，道路或沿湖而过，或穿湖延伸，这些湖沼有的是淡水，有的是咸水。一群群戴菊莺在湖岸上或在灌木丛中轻快地跳来跳去，云雀唱着欢乐的歌，还有"弹歌拉"遥相呼应。"弹歌拉"是一种羽毛颜色像蜂鸟羽毛一般璀璨的歌唱能手，这美轮美奂的鸟中尤物总喜欢无忧无虑地拍打翅膀，对好战的椋鸟毫不提防，对那些红肩头、红胸脯的椋鸟老在堤岸上耀武扬威毫不在意。华丽的火烈鸟则成群结队，整齐地在泻湖岸上漫步，迎风展示着它们火红的翅膀。大家远远望见它们的鸟窝成千上万排在一起，个个都呈斜截锥形，高一尺，俨然是一座小城。火烈鸟见到有人走近并不太害怕，这是学者帕噶乃尔始料未及的。

"好久以来，"他对少校说，"我就很想看看火烈鸟怎么飞翔。"

"这是好事嘛！"少校答道。

"这会儿，我既然有了机会，就得利用起来。"

"那就利用吧，帕噶乃尔。"

"您跟我来，少校。你也来，罗伯特。我需要证人。"

帕噶乃尔让同伴走在前面，他自己却往火烈鸟群走过去，身后跟着罗伯特和少校。

走到枪弹能达到它们身边的合适地方，他开了一枪，枪弹是火药的，因为这样也许可以避免鸟儿无谓的流血。只见所有的火烈鸟闻声都齐刷刷飞了起来，帕噶乃尔随即用望远镜仔细观察它们飞翔的模样。

当火烈鸟群飞得不见踪影时，帕噶乃尔对少校说："那么，您看见它们飞翔了吗？"

"当然看见了，"少校答道，"除非是瞎子，谁都会看见的。"

"您是否觉得它们飞翔时一个个活像上了箭羽的箭？"

"一点也不像。"

"完全不像。"罗伯特也补充一句。

"我以前对这点也很肯定！"学者带着满意的神情又说，"可那也挡不住最谦逊的人当中最骄傲的人，我那位著名的同胞夏多布里昂做出火烈鸟和箭这样不准确的比喻！哦！罗伯特，你瞧，比喻是我了解的修辞法中最难驾驭的一种。你一辈子都别相信比喻，除非万不得已，你也别用比喻。"

"看来，您很满意这次实验？"少校说。

"满意极了。"

"我也很满意，不过，我们得催马快跑了，因为您的夏多布里昂已经让我们掉队一英里了。"

他们赶上同伴时，帕噶乃尔发现格雷那万正在和印第安人热烈交谈，但看上去他好像不大懂塔尔卡夫的话。只见印第安向导不时停下来观察天边，每次停下，他的面孔都露出相当吃惊的神气。格雷那万看见自己身边没有惯常的翻译，便尝试着向这印第安人提出问题，但徒劳无功。因此，他远远望见帕噶乃尔便叫他："快来这里，帕噶乃尔朋友，塔尔卡夫和我简直没法互相理解。"

帕噶乃尔同巴塔哥尼亚人交谈了几分钟后，转身对格雷那万说："塔尔卡夫对一个现象感到吃惊，这现象也的确很奇怪。"

"什么现象？"

"这一带平原通常都是印第安人成群结队来来往往的地方，他们有的赶着从大牧场偷来的牲畜，有的去安第斯山出卖他们的鼬绒地毯和皮条编的马鞭子。可是这回却没有见到一个印第安人，也没有他们走过的脚印。"

"那么，塔尔卡夫认为这样荒无人烟的原因是什么呢？"

"他也说不清楚，他只不过吃惊罢了。"

"但他准备在潘帕斯草原的这一带找什么样的印第安人呢？"

"确切地说，是找手头有外国俘虏的印第安人。也就是卡尔富库拉、卡特里尔或扬迟特鲁孜三位酋长指挥的土著人。"

"这都是些什么人？"

"三十年前，他们都是权倾一时的部落头领，后来被赶到山那边去了。自那以后，他们尽量做到一个印第安人能做到的驯服，在潘帕斯的平原地带和布宜诺斯艾利斯省一带闯荡。在他们通常干强盗活儿的地方不见他们的踪影，我也和塔尔卡夫一样感到奇怪。"

格雷那万问："这么着，我们应该拿个什么主意呢？"

"我马上就会知道。"帕噶乃尔说。

于是，他和塔尔卡夫交谈了一会儿，对格雷那万说："下面是他的意见，我认为这意见相当明智。我们必须继续往东边走，一直走到独立要塞——这也正是我们要走的路线。在那里，我们即使打听不到格兰特船长的消息，起码可以了解阿根廷平原的印第安人现在怎么了。"

"独立要塞离这里很远吗？"格雷那万问。

"不远，就在坦迪尔山中。离这里大约六十英里。"

"我们什么时候能到达那里？"

"后天晚上。"

格雷那万为这次意外感到相当困惑。在潘帕斯草原遇不到一个印第安人，这是他最始料未及的。平时，这里的印第安人太多了，一定有什么极其特别的情况才会让他们走得远远的。但最为严重的是，如果格兰特是某个部落的俘虏，他会被带到南边还是北边呢？这个疑问不能不让格雷那万忧虑。现在，重要的是必须不惜一切地保住格兰特船长的线索。总而言之，最好的办法是按照塔尔卡夫的意见去坦迪尔村。在那里，他们起码可以找到能与之交谈的人。

约莫傍晚四点钟时，一座丘陵出现在地平线上，在如此平坦的地区，这丘陵也算得上是一座大山了。那就是塔巴尔肯山，这天夜里，旅行小队便在这座山的山脚下宿营。次日，他们翻越山岭的行程再轻松不过，山坡平缓，他们就沿着坡上起伏的沙地一直往上走。对翻越过安第斯山脉的科迪勒拉山的人来说，这样一座小山简直不算什么，连坐骑都几乎没有放慢奔跑的脚步。中午时分，他们从塔巴尔肯山废弃的要塞走过去，在那里，连印第安人的影儿也没有见到，这使塔尔卡夫越来越惊疑。不过，快到中午时，曾有三个专跑大平原的全副武装的人停下他们鞍辔齐全的坐骑，仔细观察他们，但他们并不让生人接近，以令人难以置信的速度逃掉了。格雷那万气得暴跳如雷。

"是戈卓人。"巴塔哥尼亚人说，他给那几个印第安人取的绰号引起了少校和帕噶乃尔之间的一场争论。

"哦！戈卓人！"少校说，"嘿，帕噶乃尔，今天没有刮北风。您认为那几个畜生怎么样？"

"我认为他们看上去像著名的大盗。"帕噶乃尔答道。

"像大盗和是大盗，中间的距离有多远，我亲爱的学者？"

"也就一步之遥，我亲爱的少校。"

帕噶乃尔承认这点，引起了在场的人一阵哄笑，但这并没有使他张皇失措，他甚至借遇见这几个印第安人的机会，发表了一番奇特的议论。

"我在什么地方读到过，"他说，"阿拉伯人的嘴巴有一种稀奇的凶恶表情，但他们的眼睛里却满含人情味儿。嘿，美洲的原始部落人却恰恰相反，那些人眼睛的表情特别凶狠。"

专职的相面学家恐怕也不如他那样生动地描绘出印第安人的种族特点。

这时，大家按照塔尔卡夫的命令，一个紧挨一个地前进着，这个地区无论怎样荒无人烟，也得防范不测呀。不过，这样的预防措施是没有必要的，当天晚上，他们就在一个废弃的大寨子里歇息，过去，卡特里尔酋长通常就在这里召集他属下的那帮印第安人。巴塔哥尼亚人见没有新近的人迹可寻，便把现场检查了一遍，他发现这寨子已经很久没有人住过了。

次日，格雷那万和同伴重又在平原上往东行进：邻近坦迪尔山的首批牧场已遥遥在望了。但塔尔卡夫决定不在那里停留，准备直接去独立要塞，想在那里打听些消息，尤其是关于这个荒凉地区现状的消息。

从科迪勒拉山脉开始已变得极为稀少的树木，如今又重新出现了，其中大部分都是欧洲人到美洲土地上之后栽种的。其中有楝树、桃树、白杨树、柳树、槐树，这些树木无人管理，但长得又快又好。

成千上万的牛、绵羊、奶牛和马在那里吃草果腹，肥壮起来，它们的身上都烙着主人的印戳；无数高大的猎犬警惕地监视着周围。这里含有少许盐分的土地一直伸展到群山的山脚下，这样的土质非常适合畜群的生长，可以长出极佳的草料。因此，人们喜欢在这里为商行选定一些牧场，每个牧场都有一个总管和一个工头，每一千头牲畜配备一个当地话叫"陪翁"的牧工。

这些人过着《圣经》里大牧场主那样的生活，他们的牲畜同美索不达米亚平原上比比皆是的牲畜数量相同，甚至更多。然而，这里的牧人没有家，潘帕斯草原那些大型牧场只有粗鲁的牛贩子，从没有《圣经》时代那种可敬可爱、多子多孙的老家长。

上述情况，帕噶乃尔向他的同伴做了精彩的说明，而且借这个题目进行了各个种族的比较，从人种学的角度做了一番兴味盎然的议论。他的议论甚至引起了少校的兴趣，这一点，少校并不掩饰。

帕噶乃尔还趁机提醒大家注意观察海市蜃楼效应引起的奇异现象，这种现象在平坦的草原是很普遍的：这里的牧场远远望去，很像一座座海岛；围绕牧场的白杨和柳树仿佛倒映在清澈的水中，清水在行人的脚步影响下，飞快地流走了。那些幻影逼真到人的肉眼很难按常规加以辨别。

在 11 月 6 日这一天，他们在途中看到好几家牧场，还有一两家腌肉作坊。牲畜在丰美的牧场里养得又肥又壮之后，便被赶到那里成为屠夫的刀下牺牲品。这种令人作呕的活儿是在每年的春末开始的。腌肉作坊派人去畜栏找牲畜，用"拉索"抓住它们，赶到腌肉作坊。水牛、公牛、奶牛和羊就在那里成百上千地被宰杀、剥皮、去肉。公牛往往要拼命抵抗，不会轻易让人宰割。于是，剥皮的人变成了斗牛士，他们以非同寻常的灵活，应该说是以非同寻常的凶狠劲干这危险的行当。总之，这种屠宰场呈现在人们面前的是恐怖而又可憎的场面。世上再也没有什么东西能比腌肉作坊周边的情景更令人厌恶的了。透过臭得熏人的空气，从那些可怕的围栏里传出剥皮人恶狠狠的咆哮、不祥的狗吠声，还有垂死的牲畜拖得很长的惨叫声。成千上万当地话叫"乌露哺"和"奥拉"的阿根廷平原秃鹫从方圆二十里尔的地方飞来抢夺屠夫手上的牺牲品还在抖动的碎肉残骨。不过，此时此刻，各家作坊都静悄悄的，无人居住，所以显得很祥和。大规模的屠杀还没有开始呢。

　　塔尔卡夫加快了步伐，他准备在当天晚上抵达独立要塞。在主人扬鞭策马的催动下，坐骑们仿效塔乌卡，飞也似的在高高的禾本草丛间狂奔。他们在途中看到好几座农庄，家家都筑有雉堞密集的城墙和保护住宅的深沟。大院中主要住宅都有阳台，全副武装的农庄居民从阳台上可以开枪射击平原上的强盗。格雷那万也许能去农庄里找到些寻人的线索，但最可靠的办法还是先到坦迪尔村去。因此，大家一路疾行，没有停步。他们涉水过了罗惠索河，再走几英里，又过了恰帕雷奥夫河。片刻之后，马匹的脚下便出现了坦迪尔山开头几个山梁上绿草茵茵的斜坡。再过一个钟头，村庄便在一条狭窄的山谷深处出现了，独立要塞雉堞密布的城墙从上面俯瞰着这条峡谷。

第二十一章　独立要塞

坦迪尔山海拔一千英尺，由连绵不断的半圆形丘陵组成，丘陵上覆盖着青草。与这座山同名的坦迪尔县统辖布宜诺斯艾利斯省南部的所有土地，它的县界是一片山坡，发源于这座山的所有河流都通过这片山坡向北流去。

这个县约有四千居民，它的县城就是坦迪尔村。这个村坐落在北部圆形山丘的山脚下，上面有独立要塞保护着它。这个山村的地理位置相当优越，因为有一条恰帕雷奥夫河的重要支流在村子旁边汩汩流过。这个村子还有一个特别之处，就连帕噶乃尔都不能否认：这个山村主要聚居着法国的巴斯克人和意大利的移殖民。原来，法国最早建立了拉普拉塔平原南部这片土地上的首批殖民地。1828 年，为了抵御印第安人的骚扰，法兰西人帕尔沙普命人构筑了独立要塞。

坦迪尔村是一个相当重要的据点。村民们乘坐牛车，只需十二天便能到达布宜诺斯艾利斯；有了这个便利条件，贸易随即兴旺发达起来：村民们把他们牧场里的牲畜、腌肉和印第安作坊制作的一些非常奇妙的产品如棉布、呢绒以及各种精致的皮条编织物品等等运往城里。因此，坦迪尔村除了拥有一定数量相当舒适的房舍，还设立了学校和教堂，让居民在阳世和阴世都能受到教育。

帕噶乃尔介绍了这些细节之后，补充说，去坦迪尔村一定能打听到消息，而且独立要塞始终有一队国民警卫队驻守。格雷那万因而决定下榻在一家门面还算漂亮的客栈，命人把马牵到客栈的马厩。安排停当后，在塔尔卡夫的带领下，帕噶乃尔、少校、罗伯特和他自己便启程前往独立要塞。他们在坦迪尔山脉的圆形山丘上爬了几分钟后，来到通向要塞的一条暗道，在那里站岗的阿根廷哨兵相当疏忽，他们不费吹灰之力就通过了，这说明或是要塞的警卫漫不经心，或是要塞正处于极端安全的状态。

此刻，有几个士兵正在要塞前的操场上练兵，他们当中年纪最大的有二十岁，最小的还不到七岁。实话说来，那只是十来个儿童和少年，不过，他们使刀弄枪还是十分地道。他们的军装只是一件花衬衫，由一根皮带贴身扎起来；长裤、短裤或苏格兰式的裙子，连影子也没有：也许是当地温和的气候促使他们只穿如此轻便的制服吧。帕噶乃尔一见此情景，马上看好这里的政府，它起码不会为军队的饰带领章之类的东西弄得破产嘛。小家伙们人人都佩带一把击发枪，一把大刀，可惜他们的个子太小，刀太长，枪太重。他们个个脸色黝黑，看上去有点像一家人。指挥他们的下士教官模样也酷似他们。这大概是，或者说这的确是十二个兄弟在老大哥的命令下列队操演。

帕噶乃尔对此毫不诧异，因为他熟悉阿根廷的统计数字，他知道，在这个国家平均每户的儿女都超过九人。但使他格外吃惊的，是他看见这些娃娃兵都在按法国的方式操练，冲锋的十二个主要动作都做得精确无误，更奇怪的是，那下士指挥士兵使用的竟是地理学家的母语。

"这可真少见！"他说。

但格雷那万来独立要塞并不是为了看娃娃兵演练，更不是为了操心他们的国籍或出身。他并不给帕噶乃尔更多的时间去进一步大惊小怪，他只请这位学者求见驻军的头头。帕噶乃尔照办了，于是，一个阿根廷娃娃兵朝一间权充营房的小屋走去。

不一会，指挥官便亲自出场了。那是一个五十岁的男人，身体健壮，军人风度，粗硬的八字胡，高颧骨，灰白头发，眼神咄咄逼人。大家透过他那短烟斗吐出的滚滚浓烟起码可以得出这样的判断。他的举止让帕噶乃尔想起法国老下级军官那种与众不同的做派。

塔尔卡夫朝指挥官走过来，向他介绍了格雷那万勋爵和他的同伴。在他说话的当儿，指挥官目不转睛地盯着帕噶乃尔，那份固执劲儿让人相当难堪。学者不知道这大兵究竟想干什么，正待问他，殊不知那一位已经毫不客气地抓住了他的手，快活地用地理学家的母语问："是法国人吗？"

"是呀！是法国人！"帕噶乃尔答道。

"哦！非常高兴认识您！欢迎！欢迎！我也是法国人。"指挥官一边摇着学者的胳膊，一边说个不停，他那摇胳膊的猛劲儿真让人担心。

"他是您的朋友吗？"少校问帕噶乃尔。

"那还用说！"帕噶乃尔有点自豪地答道，"五洲四海哪儿都能找到朋友嘛。"

帕噶乃尔好不容易才把他那险些被握断裂的手从那只活生生的"老虎钳"里抽出来，他随即同这位大力士指挥官进入正经的谈话。格雷那万本想插一句话，谈谈与寻人有关的事，但这个军人一个劲谈自己的故事，根本没有心情半途中断谈话。谁都看得出来，这个好人离开法国已经很久了；他已不大习惯讲母语，即使没有忘记法语的字词，起码也忘了连接字词的方式。他说话与法属非洲殖民地的黑人说话差不多。实际上，正如来访者随即了解到的，独立要塞的这位指挥官原是一位法国军队的中士，也是帕尔沙普昔日的同伴。

自 1828 年设立要塞以来，他从未离开过这里，目前，经阿根廷政府欣然同意，他负责指挥这个要塞。他今年五十岁，是法国的巴斯克人，名叫曼努埃尔·伊法拉盖尔。看得出来，他虽不是西班牙人，却侥幸对付了后来遇到的一切。在来到这个国家一年之后，曼努埃尔中士便入了阿根廷籍，并且去阿根廷军队入了伍。他还娶了一个印第安女人为妻，这时，他这位印第安太太正奶着一对半岁的双胞胎。那是一对男孩子，自然喽，中士太太是绝不允许自己给丈夫养女孩子的。除了军人身份，曼努埃尔从未想过自己还能有别的身份，他非常希望能在上帝的帮助下，随着时间的推移，给阿根廷共和国奉献一支完整的青年军连队。

"你们都瞧见了！"他说，"他们多可爱！是些好兵。约瑟！璜！米凯尔！佩佩！佩佩才七岁！已经能打枪了！"

佩佩听见有人夸奖他，连忙把小脚并在一起做立正状。他举枪的姿势极为优美。

"他将来一定有出息！"中士补充说，"总有一天，他会当上校，当旅长！"

曼努埃尔中士那样喜不自胜，你无论在行伍的优越性或在他的尚武后代的光明前途方面都根本没有办法反驳他。他很幸福，正如歌德所说："凡使人幸福之事皆非幻梦。"

这段插曲足足延续了一刻钟，这使塔尔卡夫十分惊异。这个印第安人真没法儿理解，一个人的喉咙怎么能吐出那么多的话。没有任何人打断他的话，但一位中士，哪怕是一位法国中士，总该有打住话头的时候。曼努埃尔总算安静下来了，但仍然强迫他的客人跟他来到住处。客人只好听任他把自己介绍给伊法拉盖尔太太，这位太太给他们的印象是"一位闺秀"，不过，也得看这句旧大陆常用的话是否适用于一个印第安女人。

随后，见大家"一切悉听尊意"之后，中士这才问客人"莅临寒舍"是何来意。这正是说明来意的最好时机，否则再也说不成了。于是帕噶乃尔忙不迭用法语向他讲述了他们穿过潘帕斯草原所经历的一切，说完之后，便问中士为什么印第安人都离乡背井出走了。

"哦……这里什么人都没有了！"中士耸耸肩答道，"的确！……没有人了！我们这些人，游手好闲……没事可干！"

"那是为什么呢？"

"战争。"

"战争？"

"没错！内战……"

"内战……"帕噶乃尔说。

"没错，巴拉圭人和布宜诺斯艾利斯人干上仗了。"中士答道。

"那后来呢？"

"后来印第安人全跑到北方去了，都跟在弗劳莱斯将军屁股后头转。那些印第安强盗，照抢不误。"

"那些酋长呢？"

"酋长跟他们一起跑。"

"怎么！那卡特里尔呢？"

"没什么卡特里尔了。"

"卡尔富库拉呢？"

"卡尔富库拉连影儿都没有了。"

"扬迟特鲁孜呢？"

"找不到扬迟特鲁孜了！"

把中士的回答翻译给塔尔卡夫听了之后，这印第安向导点头称是。原来，塔尔卡夫不知道或者忘记了这里正进行着一场内战。内战后来导致巴西的干预，造成国内双方大批人员伤亡。印第安人在这场自相残杀中得其所哉，他们绝不会放弃如此诱人的抢劫机会的。因此，中士在解释印第安人为什么离开潘帕斯草原时，谈到阿根廷北部省份的这场内战，他谈得一点没错。

然而，这个事件却彻底打乱了格雷那万的计划，他的行动方案也搁浅了。事实上，如果格兰特的确当了酋长的俘虏，必定已经被带到北方边境去了。既然如此，去哪里能找到他，又怎样能找到他呢？有必要去潘帕斯草原北部边境再做一次危险而几乎毫无意义的搜寻吗？这个决策后果严重，必须认真讨论。

不过，现在还可以向中士提一个重要的问题。正当朋友们面面相觑、一声不吭的时候，还是少校想到要对他提出这个问题。

"这位中士是否听见人们谈到过，有欧洲人被俘当了潘帕斯草原酋长的俘虏？"

曼努埃尔思索了片刻，看上去是在回忆往事。"对，听说过。"他说。

"哦！"格雷那万说，重新燃起了希望之火。

帕噶乃尔、少校、罗伯特也和他一起朝中士围了过来。

"说说看！说说看！"他们仔细端详着他，眼里充满了热望。

"几年前，"曼努埃尔说，"没错……是几年前……有几个欧洲俘虏……但从没有见过……"

"几年前，"格雷那万接过话头，"您记错了吧……海难的时间是很准确的……'布里塔尼亚号'是 1862 年 6 月失事的……事故过去还不到两年。"

"噢！不止两年，爵士。"

"这不可能！"帕噶乃尔高声说。

"真的，是几年前！那时，佩佩刚出生……听说是两个人。"

"不对，是三个人！"格雷那万说。

178

"两个！"中士反驳，口气很肯定。

"两个！"格雷那万非常吃惊，"是两个英国人吗？"

"不对，"中士答道，"谁说是英国人啦？不……一个是法国人，另一个是意大利人。"

"是被波尤什人杀害的意大利人吗？"帕噶乃尔叫道。

"正是！我后来得知……法国人得救了。"

"得救！"罗伯特叫道，这时他的命仿佛系在中士的嘴唇上了。

"没错，是从印第安人手里逃脱的。"曼努埃尔说。

这时，人人都注视着学者，帕噶乃尔却正用手捶着额头呢，瞧他的神气实在很绝望。

"哦！我明白了，"他终于开口说话，"一切都清楚了！一切都得到了解释！"

格雷那万既忧心如焚，又急不可耐，他问："究竟是怎么回事？"

"朋友们，"帕噶乃尔拉着罗伯特的双手说，"我们必须忍受这一失望！我们走错了路！这里发生的事与格兰特船长完全无关，只关系到我的一个同胞。我这个同胞的旅伴马可·瓦兹罗的确被波尤什人杀害。法国人则多次陪那些残酷的印第安人去到科罗拉多河岸边，最后一次他总算幸运地逃出了魔掌，回到了法国。我们原以为是沿着格兰特船长走过的路在走，哪知这是小甘那尔①走过的路。"

这一番话得到的反应是一片深深的静默。错误既很具体，也很明显。中士提供的细节、俘虏的国籍、俘虏旅伴的被杀害，以及俘虏本人逃出印第安人魔掌的事实，这一切结合起来都证明格雷那万一行的错误是显而易见的。

_____

① 小甘那尔的确从 1856 年到 1859 年做了印第安波犹什人的俘虏。他以超人的勇气承受了可怕的苦难，和印第安人一起穿过安第斯山脉的尤普萨拉塔隘道时得以逃脱。他在 1861 年重返法国，现在是可尊敬的帕噶乃尔先生在地理学会的同事。——原注

格雷那万看看塔尔卡夫，面色十分窘迫。那印第安人见状便问法国中士："您有没有听说过三个英国俘虏的事？"

　　"从来没听说过……"曼努埃尔答道，"要有这事儿，坦迪尔村一定会知道……我也会知道……没有，没这事儿……"

　　得到这个明确的答复后，格雷那万他们在独立要塞就没有什么事可做了。他们再三感谢中士的接待，并与他握手道别。

　　希望彻底破灭了，格雷那万灰心丧气。罗伯特在他的身边走着，两眼泪汪汪的，一声不吭。格雷那万也找不出一句可以安慰他的话；帕噶乃尔则一个劲自言自语，指手画脚。少校紧闭双唇，一言不发；塔尔卡夫则十分懊恼，好像因为带错了路，他那印第安人特有的自尊心受到了损伤。不过，没有一个人想谴责他。

　　大家回到了当地的旅店。

　　夜宵吃得闷闷不乐。诚然，在这些忠勇之士当中，没有一个人为白白承受的难以言表的劳累、为经历的无谓的艰难险阻遗憾；然而人人都已看见，一切胜利的希望瞬间都化为泡影了。的确，大家都在琢磨，坦迪尔山和大海之间的那段路上，他们真能找到格兰特船长吗？未必。如果他们落入大西洋沿岸的印第安人手里，曼努埃尔中士一定会得到消息。这样的事不可能不引起当地土著人的注意，因为那些土著人在坦迪尔和卡门之间跑买卖，就在内格罗河的河口。在阿根廷平原干非法买卖的人都是包打听，都是小广播，没有事逃得过他们的眼睛和耳朵。格雷那万他们只有一条路可走：赶紧去在梅达诺岬头约定的地点同"邓肯号"会合。

　　这时，帕噶乃尔向格雷那万索要那份文件，因为他们正是按照他们相信的文件指示的线路去寻找的，而此次探寻却如此惨痛地走错了路！他再次阅读这份文件时根本不想掩饰自己的愤怒：他力图从文件里找出新的解释。

"这份文件可是非常明确的！"格雷那万一再说，"文件毫不含糊地说明船长遭遇海难，而且指出了他们被俘的地点！"

"嘿，不一定！"地理学家一拍桌子答道，"一百个不一定！格兰特既然没有在潘帕斯草原，他就不在美洲。但他又能在哪儿呢？这份文件应该说得清楚，而且一定能够说清楚，朋友们，否则我就不叫帕噶乃尔！"

第二十二章　洪水

从独立要塞到大西洋海岸还有一百五十英里的距离。如无意外耽搁，格雷那万一行应该在四天之内与"邓肯号"会合。然而，搜寻活动彻底失败，不能和格兰特船长一起回到船上！格雷那万一想到这点简直难以接受。到第二天，他还不想发出启程的命令。少校为他代劳，命大家备马，重新储备粮食，并确定旅行的路线和方位。多亏他积极行动，这支小小的队伍总算在清晨八点开始从坦迪尔山绿草如茵的圆形山顶往下行进了。

格雷那万虽然有小罗伯特在他身边，却只顾快马加鞭，一声不吭。他大胆果断的性格不容许他心安理得地接受失败。帕噶乃尔也被遭遇的困难刺激得火冒三丈，他变着法儿一再推敲那份文件，想从中得出新的启示。塔尔卡夫默默不语，任凭塔乌卡寻路而走。少校永远那么信心十足，他坚守岗位，俨然是一条汉子，不可能灰心丧气的。奥斯汀和两名水手当然也在为主人分忧。行进中，他们看见一只胆小的兔子在他们面前穿过坦迪尔山的小路，这些迷信的苏格兰人不禁面面相觑。

"兆头不妙。"威尔逊说。

"没错，在苏格兰高地是这样。"穆拉第答道。

"在苏格兰高地是坏兆头，在这里也好不了。"威尔逊说。

游子们在接近中午的时刻终于越过了坦迪尔山脉，重新来到广袤的平原，这风吹草低、像波浪一般起伏的原野一直延伸到大西洋海岸。平原上河流纵横，清澈的河水一路浇灌着这片富庶的地带，再流入高大茂盛的牧草当中。这里的地势又恢复了往常的平坦，有如大海在风暴过去之后恢复往日的平静。阿根廷的潘帕斯草原上最后几道山梁消失在格雷那万一行的身后了，现在，单调的草原展现在马蹄下的是一片翠绿。

此前天气一直很晴朗，但今日的天空却呈现出让人不放心的样子。前几天的高温造成的水气凝结成厚厚的云团，预示着即将下一场暴雨。此外，由于靠近大西洋，而且主宰此地的西风还在肆虐，这个地区的气候特别潮湿。从这里土地的肥沃，牧草的丰美和郁郁葱葱的植被就可以看出空气潮湿的程度。不过，至少在今天，大片的乌云还没有发展成倾盆大雨。傍晚时分，马匹在轻松跑过四十英里之后，停在了几条宽阔的天然水沟边上歇息。这里没有任何遮风挡雨的地方，游子们只好把"蓬鞘"既当成帐篷，也当成被褥。他们竟在风雨欲来的天空下睡过去了，幸亏那风雨还只是"欲来"而已。

翌日，随着平原逐渐往海平面下降，存在地下水的现象越发显现了出来：仿佛土地的每一个毛孔都在渗水。不久，一个个宽阔的池塘便把东去的路堵住了，其中有些池塘的水已经很深，有的还正在形成水塘。不过，只要是面积有限而又无水草，马匹对付起来还游刃有余。但如果遇上那些流动的泥塘，情况就困难多了：那里长满了高大的野草，人兽每每在陷进去之后才能发觉那里有危险。

这类泥坑让人畜送命的事岂止一桩。这时，走在前面离他们半英里远的罗伯特突然飞跑回来，他大声叫道："帕噶乃尔先生！帕噶乃尔先生！有一片牛角森林！"

"什么！"帕噶乃尔答道，"你发现了一片牛角森林？"

"是的，没错，起码是一片牛角矮树林。"

"矮树林！你在做梦吧，我的孩子。"帕噶乃尔耸着肩反驳那少年。

"我没有做梦，"罗伯特又说，"您马上就可以看到！这个地区真够怪的！竟在地里种牛角，那些牛角长得跟小麦一样！我真想得到一些牛角种子！"

"看来，他说话还很认真。"少校说。

"是很认真的，少校先生，您很快就能亲眼看见了。"

罗伯特果然没有搞错，他们面前立即出现了一大片种牛角的土地，牛角栽种排行整齐，一望无际。那真是一片矮树林，低低的，密密的，着实怪异。

"怎么样？"罗伯特问。

"这太特别了。"帕噶乃尔朝印第安人转过身来，用询问的眼神看着他。

"牛角从地里钻出来，但牛在下面。"塔尔卡夫说。

"怎么！"帕噶乃尔吃惊地叫起来，"您是说，那里有整整一群牛被埋在泥塘的泥里了？"

"没错。"巴塔哥尼亚人答道。

原来，有一大群牛陷进因它们走路而松动的泥坑，几百头牛就这样丧生了，它们一个紧挨一个，被闷死在泥洼里。在阿根廷平原，类似的事件时有发生，这位印第安人不会不知道，而且，这也是值得大家注意的一种警示。他们总算绕过了这牛群集体死亡的泥坑，这数量远远超过一百头牛的古希腊百牛大祭想必可以让古代十分苛求的神也感到满意了吧。远征小队的成员们又走了一个钟头，这时，牛角林已经在他们身后两英里的地方了。

塔尔卡夫仔细观察着周围的动静，显得有些担忧，因为他感到眼下发生的情况非同寻常。他常常勒马停下，站在马镫上，那高大的个头使他有条件一直望到远远的天边，然而，并没有发现什么能够启发他的事物，只好赶紧继续走路。走了一英里之后，他又停了下来，离开往东的路线。他忽而向北，忽而向南，一口气走了几英里，再返回来带路。但他既没有说明他期盼什么，也没有说明他害怕什么。他这种走圆场式的动作重复了多次，使帕噶乃尔困惑，也使格雷那万忧心忡忡。于是勋爵请学者问问印第安人，帕噶乃尔便立即和向导交谈起来。

塔尔卡夫回答他说，他看见这平原浸渍着水，十分惊讶。就他所知，自他从事向导职业以来，他的双脚从未接触过这样泥泞不堪的土地。即使是大雨季节，阿根廷的乡村也总有可以通行的道路。

"那么，这越来越潮湿的原因是什么呢？"帕噶乃尔问。

"我也不知道，"印第安人说，"即使我知道原因又能怎样……"

"大雨会引起山里的河流涨水，难道河水从没有泛滥过？"

"有时也泛滥。"

"那么，现在也许……"

"也许吧！"塔尔卡夫说。

帕噶乃尔得到这不肯定的回答也只好作罢，他随即把他交谈的结果告诉了格雷那万。

"塔尔卡夫有什么建议吗？"格雷那万问。

"我们应当怎么办？"帕噶乃尔问塔尔卡夫。

"赶快往前走。"印第安人答道。

劝告容易做到难。马蹄踩在这样滑溜的土地上很快就使马匹疲惫不堪了，而且坐骑的虚弱也越来越明显。此外，平原的这部分与一望无际的河流浅滩相差无几，愈渗愈多的水恐怕会迅速聚积起来。洪水恐怕马上会把这片低洼的土地变成大湖，现在最重要的是毫不迟延地冲过去。

众人加快了速度。大片大片的水在马蹄下泛滥开去，快到下午两点时，倾盆大雨像瀑布一般从天而降，热带的暴雨开始在平原上逞凶肆虐了。这才是显示旷达乐观的绝好机会呢。现在已经没有任何办法可以逃避这样的洪水，最好是既来之，则安之。"蓬鞘"上已经沟渠纵横，因为他们头上的帽子一个劲往下浇水，仿佛是涨满雨水的房屋屋檐。马鞍的缨子变成了液体织成的网络，而骑手们既要接受马蹄踏水溅出的水花，又要接受大雨的洗礼，他们简直就是在天上地下的骤雨夹攻之中前进的。

就这样，淋得像落汤鸡的他们冻得浑身发麻，累得精疲力竭，傍晚时分终于来到一处破烂不堪的"栏橱"。只有最随和的人才会管这里叫避难处，也只有走投无路的游子才会同意在这里躲避风雨。然而，格雷那万和同伴别无选择，只好蜷缩在这废弃的窝棚里，其实，连潘帕斯草原穷苦的印第安人也不会光顾这样的小草棚。他们好不容易点燃了湿漉漉的草，这草火提供的烟却比热还多。窝棚外面，暴风骤雨凶猛异常，透过屋顶腐烂的草流进大量的雨水。他们点燃的火灭了无数次而没有最后熄灭，那是因为穆拉第和威尔逊拼命排除袭击茅屋的雨水。晚餐既味同嚼蜡，也不强身提神，大家吃得十分勉强。谁都没有胃口。只有少校光顾了湿透的干肉，没有漏掉一口。遇事不惊的少校永远处世超脱；作为法国人，帕噶乃尔总忘不了开玩笑，但这次说笑话也不起作用了。

"我的笑话也淋湿了，"他说，"没有打中靶点！"

不过，在这样的情势下，最能逗乐的还是睡觉，所以，大家都设法去睡梦中暂时忘掉疲乏。一夜的凄风苦雨，令人难以入眠，小窝棚里的床板一个劲咔咔作响，仿佛要断了；茅屋被风刮得歪歪斜斜，保不定会随一阵紧似一阵的狂风飞上天空。倒霉的马匹在屋外哼哼叽叽，承受着天公的严酷无情，它们的主人在那可恶的小窝棚里处境也同样悲惨。不过，最后还是睡眠占了上风。首先是罗伯特，他闭上眼睛，听任自己把头靠在格雷那万勋爵的肩上，睡着了。紧接着，窝棚里所有的客人也都在上帝的守护下进入了梦乡。

上帝似乎守护得尽职尽责，因为这一夜过得还算平安无事。他们是响应塔乌卡的召唤才醒过来的，这匹骏马时时刻刻都很警惕，它正在外面嘶鸣着，还用强壮的马蹄踢着茅屋的墙壁。如果塔尔卡夫不在，它也会在必要时向旅人们发出启程的信号。它为大家做了太多的好事，没有人会不听从它的命令，于是，游子们出发了。雨已经下得小了些，但不渗水的瓷实路面仍然泡在水里，在滴水难进的黏土地上，到处是水洼、沼泽和池塘，里面的水都漫了出来，深浅难以测定，十分凶险。帕噶乃尔在看了地图后想了想，他的看法不是没有道理：阿根廷平原上的积水通常都流泻到里奥格兰德河与里奥维瓦罗塔河，这两条河的河水泛滥，大约已经并成了一条河，河床恐怕有几英里宽吧。

这一来，就必须以极快的速度赶路，因为这关系到大家的生命安全。假如洪水继续涨下去，到哪里找避难的地方？地平线画出的大圆圈内没有一处稍高的地点，在这一览无余的平原上，洪水泛滥的速度显然是很快的。

大家快马加鞭，疾驰而去。跑在头里的塔乌卡看上去比具有强壮双鳍的两栖动物还厉害，尊称它为海马，它是当之无愧的，因为它在水中蹦跳自如，如鱼得水。

约莫上午十点，塔乌卡突然万分烦躁不安。它频频转身面对南边广袤的平原，它的嘶鸣也越拖越长，它张大鼻孔拼命吸着新鲜空气，还猛烈地直立起来。它无论怎样蹦跳都不可能让它的主人落马，但这一回塔尔卡夫却费了老大的劲才驾驭住这匹爱马。由于嚼子咬得太紧，塔乌卡嘴边的白沫已经同血混在一起了，然而，这匹烈马仍旧安静不下来。它的主人清楚地意识到，塔乌卡一旦脱缰，它一定会没命地朝北方飞逃。

"塔乌卡怎么啦？"帕噶乃尔问，"阿根廷的水蛭贪嘴得很，它是不是被水蛭咬了？"

"不是。"印第安人答道。

"那么，它感到危险，害怕了？"

"对，它感到了危险。"

"什么样的危险？"

"我不知道。"

即使人们的眼睛还没有看见塔乌卡猜到的危险，他们的耳朵起码已经听出来了。原来，从地平线外传来了一种低沉的、连续不断的声音，听起来犹如涨潮的轰隆声。潮湿的风一阵一阵吹过来，夹带着尘埃一样的细水珠；飞鸟躲避着某种从未见过的现象，展翅向空中飞去。洪水已经漫到马匹的大腿，它们已然感觉到了流水最初的冲力。刹那间，从南边半英里的地方传来一阵令人胆寒的声音，那是牛的吼声、马的嘶鸣、羊的惨叫。大群的牲畜出现在远处，它们时而翻倒在地又爬起来，时而没命迅跑：那是吓破胆的牲畜胡乱聚在一起以可怕的速度逃命的景象。在它们飞跑时溅起来的一团团浪花中，你几乎看不清它们的模样。即使有上百头个子最大的鲸猛烈地翻江倒海也掀不起那样的巨浪。

"'安达'，'安达'！"[1]塔尔卡夫响亮地大叫道。

---

[1] "赶快，赶快！"——原注

"怎么回事？"帕噶乃尔问。

"洪水！洪水！"塔尔卡夫边回答边刺马往北方飞奔。

"是洪水泛滥！洪水泛滥！"帕噶乃尔大叫。

在他的带动下，大伙追着塔乌卡的足迹往北飞跑。

跑得正是时候。原来，在南边五英里的地方，一片又高又宽的涌潮正以排山倒海之势往这边的原野扑过来，原野转瞬间变成了汪洋大海。高高的牧草像被割过一样消失了，一丛丛木本含羞草树被流水连根拔起，向低处漂流，形成一个个漂浮的小岛。大片大片的深水以不可抗拒的冲力向四面八方流去。很显然，潘帕斯地区的一些大河以及火山边的沟壑都溃决了。也许，北方的科罗拉多河与南方的内格罗河汇聚起来，涌入了同一个河床。

塔尔卡夫指给大家看那白浪滔天的大潮，大潮正以奔马的速度朝这边涌来，游子们在涌潮前面飞逃，有如风暴追逐大片的乌云。他们四处搜寻，想找到避难的地方，但完全徒劳。在地平线那边，洪水共长天一色。马匹被危险吓得神经过敏，狂乱地飞奔着，它们背上的骑手几乎控制不住而落马。格雷那万一路上不断往后看，他想：洪水就要淹没我们了。

"安达，安达！"塔尔卡夫叫道。

大家再一次鞭策那些可怜的马匹。从它们被马刺刺伤的肚子上流出鲜红的热血，在水面上留下了一缕缕长长的血印。遇到地上的裂缝，它们就跌跌撞撞；隐蔽的杂草也会绊得它们不知所措。有的马跌倒了，人们把它扶起来，再跌倒，再扶起来。大家眼看着洪水往上涨，水中起伏的波浪越来越大，这预示着离此地不到两英里的涌潮滔滔的潮头即将冲打过来。这种与自然界最凶猛的暴力所做的殊死斗争已延续了一刻钟，逃命的人无法知道他们已跑了多长的距离，但从他们的坐骑奔跑的速度估算，距离应该是很长的。这时，洪水业已淹到马匹的胸脯，它们再往前走是极其困难的。无论是格雷那万、帕噶乃尔还是奥斯汀，所有的人都认为自己没命了，他们注定会跟被抛弃在海上的不幸者一样落得惨死的下场。他们的坐骑已开始踩不到平原的土地，水只要深到六尺，马匹就会被淹死。说到这里再也不应该继续描写那被涌潮侵袭的八个男人心如刀绞、忧心如焚的情景了，总之，他们意识到自己无力抗争这样的自然灾害，他们的安全已不掌握在自己的手里了。

五分钟过后，马匹开始在水中浮游。只有流水在拖着它们走，而流水却凶猛得无以复加，它的速度跟骏马狂奔的速度相等，大约一小时二十英里。

得救似乎绝不可能了，这时，突然传来了少校的声音："有一棵树！"他说。

"是一棵树吗？"格雷那万大叫。

"在那里，在那里！"塔尔卡夫答道。

他用手指着北边八百英寻处一棵高大的核桃树，这棵核桃类的大树还孤单单地在水中挺立着。

他的同伴早已兴奋异常。这棵树如此出人意料地展现在他们眼前，所以必须不惜一切抓住它！马匹显然难以到达那里了，但人起码可以得救。潮水继续拖着他们往前走，这时，奥斯汀的坐骑低沉地叫了一声就不见了。它的主人赶快摆脱马镫，在水里使劲游起来。

"攀住我的马鞍！"格雷那万冲他喊道。

"谢谢，阁下。"奥斯汀说，"我的胳膊结实着呢。"

"你的马怎么样，罗伯特？"格雷那万又转身对小格兰特说。

"我的马还行，爵士！它挺不错！游得像条鱼。"

"当心！"传来少校洪亮的声音。

他的话音未落，排山倒海的涌潮已经到了。一个四十英尺高的巨浪带着令人觳觫的震天响声朝逃难的人身上压过来，他们连人带马都在白浪滔天的旋涡中消失了。一片重几百万吨的流体把他们卷进了它的怒潮中！等涌潮过去之后，他们才钻出水面，一到水面便赶快点名。可惜除了塔乌卡还载着它的主人外，其余的马匹都与世长辞了。

"大胆些！别怕！"格雷那万一再说，他用一只胳膊扶着帕噶乃尔，用另一只胳膊游水。

"还行！还行……"可敬的学者答道，"我还真没感到恼火……"

他对什么不感到恼火？谁也不会知道了，因为这可怜的人已被迫吞下了半品脱泥水，连带吞下了他那句没有说完的话。少校镇定自若地游着，自由式加蛙泳，连游泳教练都没法否定他的泳技。两个水手在水中上下翻腾，活像两只鼠海豚在自己的水世界嬉戏。罗伯特紧紧抓住塔乌卡的鬃毛，任它带着自己往前游。塔乌卡以千钧之力破浪前进，本能地随着急流往大树的方向游过去。

大树离他们只有二十英寻了，转瞬间全小队的成员都到达了那里。真是万幸！因为假如没有这个避难地，他们得救的一切机会都将烟消云散，那就只好葬身汪洋了。

洪水一直涨到树干的顶端，那正是主树枝开始生长的地方，要上树很容易。塔尔卡夫丢下他的爱马，托着小罗伯特，第一个爬上树，然后，忙不迭伸出他强壮的胳膊，把一个个游水的人安放在最可靠的地方。但塔乌卡却顺流而下，迅速被冲远了。它把聪明的头朝主人转过来，同时摇着它长长的马鬃，嘶鸣着，呼喊着他。

"你竟把它抛弃了！"帕噶乃尔对塔尔卡夫说。

"我！哪能呢。"印第安人大声说。

他重新跳进湍急的洪水，瞬间便出现在离大树十英寻的地方。片刻之后，他伸出一只胳膊抱着塔乌卡的脖子，骏马和骑手一道顺流而下，朝北方雾蒙蒙的天际远去了。

第二十三章　他们像飞鸟般生活

　　格雷那万和同伴借以避难的树很像一株胡桃树。这树的叶子光彩熠熠，树冠滚圆。实际上，这叫"稳必"树，只有在阿根廷平原才能见到这种独生独长的树。树的主干弯曲而粗大，不仅有众多巨大的树根将它固定在土地上，而且还有一些壮实的侧根把它死死地钉在地里，因此它能够抗住涌潮的袭击而独领风骚。

　　这株"稳必"树高约一百英尺，它的树冠投下的树荫可以延伸到方圆六十图瓦兹的地方。这一层叠一层像脚手架的大树由三个粗大的主枝支撑着，三个主枝在粗六英尺的主干顶端分开。其中的两个枝干几乎是直插云霄，顶着大阳伞一般的树冠，树冠上枝丫交错，枝叶盘结，俨如箍匠巧夺天工的作品，形成一处针插不进水泼不进的掩蔽所。第三个主枝却恰恰相反，它几乎是平行延伸出去，压在咆哮的水面上，那些最低矮的树叶已经泡在水里了。这棵树使人联想到大洋中绿色的孤岛，那横长的主枝就是从这孤岛上伸出去的岬角。这株巨树内边有足够的空间；向四周散开的枝叶间也有相当大的间隙，一个个间隙之间又有不小的距离，有如林中的空地，所以这里空气充裕清新，处处凉爽宜人。几根主枝将数不胜数的枝丫捧入云端，众多寄生

192

的藤蔓又把枝丫一一连接起来，而阳光则穿过树叶的空隙洒到里边，这个自然奇观定会使目睹者惊叹道：这"稳必"树的主干竟单独撑起了一整片森林！

见逃生者来到这里，栖息在大树上飞鸟王国的子民愤然逃到更高的树叶间去了，鸟儿叽叽喳喳，对这种明目张胆侵占家园的行径表示抗议。原来这些小鸟也是逃难到了这株"稳必"树上，几百只飞鸟中既有乌鸫、椋鸟，也有"伊萨卡"鸟、"喜歌罗"鸟。尤其是那些色彩斑斓的蜂鸟类的"皮卡伏罗尔"鸟，当它们展翅飞翔时，俨然一派风扫残叶，落英缤纷的景象。

自然奉献给格雷那万小队的避难处便是以上描写的模样。小格兰特和矫健的威尔逊刚在树上栖息下来，便急忙往高枝上攀登，他们的头随即穿透了那碧绿的圆屋顶。站在这最高的地方，他们的视野所及，直到广阔的天际。洪水造成的大洋从四面八方将他们团团围住，他们的视线无论延伸多远，都是一片汪洋，无边无际。在那液体覆盖的平原上，看不见一棵树，只有这株"稳必"树在泛滥的洪水冲击下颤颤巍巍地坚持着。远处，随着急流从南到北漂流而过的有数不清的连根拔起的树干、弯弯曲曲的树枝、被摧毁的"栏橱"的茅屋顶、从牧场的屋顶冲下来的草棚柱头、被淹死的动物尸体和血淋淋的兽皮。还有一棵摇摇晃晃一碰即碎的大树，一个美洲豹的家庭全体成员把这棵大树当成筏子，用爪子紧紧攀附其上，并咆哮不止。更远处有一个小黑点，小得几乎看不见，却引起了威尔逊的注意。那是塔尔卡夫和他那忠实的塔乌卡，他们正逐渐消失在远方。

"塔尔卡夫，塔尔卡夫朋友！"罗伯特一边大叫，一边向勇敢的巴塔哥尼亚人的方向招手。

"他肯定能得救，格兰特先生，"威尔逊说，"我们还是回去见尊敬的大人吧。"

片刻之后，罗伯特和水手便下了三层树枝，来到主干的顶端。格雷那万、帕噶乃尔、少校、奥斯汀和穆拉第都坐在那里，坐姿有骑马式的，有攀附式的，各随其意。威尔逊汇报了他们上"稳必"树顶看到的情况，谈到塔尔卡夫，大家都和他的看法一致。究竟是塔尔卡夫可能救塔乌卡的命，还是塔乌卡会救塔尔卡夫的命，大家还不敢肯定。而眼下他们在"稳必"树上的处境却远比那两个伙伴危险，这一点是毫无疑义的。这株大树肯定不会被急流冲走，但洪水越涨越高，很可能淹没大树最高的树枝，因为土地的下陷正在把大平原的这部分土地变成很深的水库。为此，格雷那万到树上后做的第一件事，就是在大树的木头上切口作为基准点，以便观察不同的水位。不过到这时，洪水已经停止了上涨，似乎已经达到了它的最高水位，仅这一点就足以令人放心。

"现在，我们该做些什么？"格雷那万问。

"筑窝，那还用说！"帕噶乃尔快活地说。

"筑窝！"罗伯特大声嚷道。

"那当然，我的孩子，我们既然不能过鱼儿的生活，就得像鸟儿一般过日子。"

"好哇！"格雷那万说，"但筑了窝谁给我们喂食呢？"

"我。"少校说。

所有的视线都朝少校转过来。只见少校舒舒服服地坐在两条柔软的树枝做成的天然圈椅里，他用一只手举起他那打湿了但还很饱满的褡裢给大家看。

"哎呀！少校！"格雷那万叫道，"我真服了您了！您什么都能想到，哪怕是在允许忘掉一切的情况下也如此。"

"既然大家决心不被淹死，"少校答道，"就更不愿被饿死！"

"我本来应该想到这点，"帕噶乃尔天真地说，"但我是那样马大哈！"

"褡裢里装了些什么呢？"奥斯汀问。

"七个人两天的吃食。"少校说。

"那好，"格雷那万说，"但愿洪水在二十四小时后退得很充分。"

"或者说，但愿我们那时能设法回到陆地上。"帕噶乃尔说。

"因此，我们现在的首要任务是吃午饭。"格雷那万说。

"总得先把身上弄干才是。"少校提醒大家说。

"哪儿有火呀？"威尔逊说。

"嘿！我们必须造火。"帕噶乃尔答道。

"去哪儿造？"

"就在这主干的顶端，那还用说！"

"用什么造？"

"用我们马上去砍的枯树枝。"

"但怎么能点燃呢？"格雷那万问，"我们的火绒已经湿得像浸湿的海绵了！"

"我们不需要火绒！"帕噶乃尔答道，"一点干了的苔藓，一线阳光，加上我的望远镜镜头，齐了。你们就看我怎样烤火吧！谁去树林里拾柴？"

"我去！"罗伯特大声说。

罗伯特身后跟着他的朋友威尔逊，这少年立即像小猫一样钻进大树深处去了。他们不在时，帕噶乃尔找到了足够的干苔藓，他还得到了一线阳光，这并不难，因为那时正好烈日当头。他用望远镜镜头毫不费力地点燃了放在湿树叶上的易燃物质，湿树叶则放在"稳必"树几个主要粗干的分权处。于是，一个没有任何火灾危险的天然炉膛就搭起来了。不一会威尔逊和罗伯特捧着一大捆干柴回到这里，干柴放到了燃烧的苔藓上面。帕噶乃尔为了扇风，站到炉膛上方，像阿拉伯人一样叉开他那两条长腿，一蹲一站，动作迅速，凭借他身上的"蓬鞘"扇进了大股的空气。干柴烧着了，不一会便从临时搭成的带支架的火炉上升起了熊熊的火苗。每个人随兴烘烤着身子，而挂在树枝上的"蓬鞘"大氅则随风飘荡着。接着是吃午餐，定量供应，因为必须考虑到次日的需要：如此宽阔的洪泛区积的水也许退得不会像格雷那万希望的那么快。总之，现有的干粮实在有限，而"稳必"树又不结果子。幸好这棵树的树枝上挂着为数众多的鸟巢，可以提供大量的鲜蛋，还不算大树上带羽毛的贵客哩。

这些食物资源绝不该受到轻视。

那么，现在既然打算住的时间更长，就该设法安顿得舒服些。

"厨房和餐厅既然设在底层，"帕噶乃尔说，"我们就得去一楼睡觉，那里的房间很宽，租金也不贵，没有必要睡得太挤。我已经看到那上面有一些天然的摇篮，躺进去只要把身体捆得很牢，我们就能在世界上最舒服的床上睡觉，真的没什么两样。我们什么也不用害怕，再说，还有人守夜呢。我们的人数足以打退印第安人的舰队和别的野兽。"

"我们缺的只是武器。"奥斯汀说。

"我的几把左轮手枪还在。"格雷那万说。

"我的手枪也在。"罗伯特响应道。

"如果帕噶乃尔先生没有找到办法制造火药，"奥斯汀又说，"那些枪有什么用？"

"不必制造火药。"少校边接过话头边指指他保存完好的火药袋。

"您是从哪儿得到火药袋的，少校？"帕噶乃尔问。

"是从塔尔卡夫那里得到的。他当时考虑火药对我们有用，便在跳进水里去救塔乌卡之前交给了我。"

"多么高尚勇敢的印第安人呀！"格雷那万感慨地说。

"不错，"奥斯汀响应道，"如果所有的巴塔哥尼亚人都照这个模子打造出来，我一定会称赞巴塔哥尼亚。"

　　"我希望大家别忘了那匹马！"帕噶乃尔说，"它也是巴塔哥尼亚人的一分子。要么是我搞错了，要么我们一定会再见到他们一个背着另一个回来。"

　　"我们现在离大西洋还有多少距离？"少校问。

　　"最多还有四十来英里。"帕噶乃尔答道，"现在，朋友们，既然我们人人都可以自由行动了，我可要请你们允许我离开你们了。我要去那上面给自己选择一个观象台，我的望远镜一派上用场，我就可以向你们报告世界上发生的事情了。"

　　大家便听任这位学者行事，只见他十分灵活地从一个树枝爬到另一个树枝，刹那间便在厚厚的树叶帘子后面消失了。他的同伴随即张罗歇息的地方，拾掇床铺。这件事做起来一点不难，也无须花很多时间。既不必理被子，也不必搬家具，转瞬间人人都在炉膛周围找到了位置。大家开始聊起天来，不过话题已不再是当前的处境，现在只需要耐心忍受便罢了，大家仍旧回到格兰特船长这个谈不完的主题上。如果水退了，"邓肯号"在三天以内就可以在船上重见这些游子了。然而，格兰特和两名水手，这三位不幸的落难人却不可能同他们一道返回。他们甚至感到，这次寻人失败之后，这次穿行美洲大陆徒劳无功之后，再找到遇险者的一切希望似乎都无可挽回地变得渺茫了。重新寻找的方向在哪里？格雷那万夫人和玛丽在得知寻人无望时，该多难过呀！

　　"可怜的姐姐！"罗伯特叹道，"对我们来说，一切都完了！"

　　格雷那万第一次找不到一句安慰的话回答他。他能给这少年什么样的希望呢？他不是最严格地依照文件显示的方向去寻找了吗？

　　"可是，"他说，"这南纬三十七度线并不是一个虚幻的数字呀！

无论这纬度是指格兰特遇险的地点，还是被俘的地点，它总不是假设出来的，也不是臆断或猜测出来的！我们是亲眼看过那份文件的！"

"这一切都是真实的，阁下，"奥斯汀回答他说，"但我们寻人就是没有成功。"

"这真让人生气，也让人绝望。"格雷那万大声说。

"让人生气，您可以这么说，"少校说，语气十分平静，"但不能说让人绝望。正因为我们掌握了无可争议的数字，我们就应该把这个数字提供的全部线索穷追到底。"

"您这话是什么意思？"格雷那万问，"照您的意见，还能做些什么呢？"

"做一件非常简单，也非常合乎逻辑的事，我亲爱的爱德华。在我们回到'邓肯号'上之后，我们的船还继续沿着三十七度线向东航行，如果有必要，就一直航行到我们这次旅行的出发地点。"

"这么说，少校，您以为我没有想到过这点？"格雷那万答道，"不！我想了上百次！但我们有什么样的机会能成功呢？离开了美洲大陆，不就意味着离格兰特自己指出的地点，离文件里说得那么清楚的巴塔哥尼亚更远了吗？"

"这么说，您是准备在潘帕斯草原重新开始寻找啦？"少校说，"可是，'布里塔尼亚号'失事的地点既不在太平洋沿岸，也不在大西洋沿岸，这一点您是确信不疑的呀！"

格雷那万没有作答。

"继续沿着格兰特指出的纬度走，找到他的希望虽然渺茫，难道我们不该试一试？"

"我并没有说不……"格雷那万答道。

"而你们，朋友们，"少校转身对水手们说，"难道你们不同意我的意见？"

"完全同意。"奥斯汀答道。穆拉第和威尔逊也点头表示赞同。

格雷那万思考片刻之后说:"听我说,朋友们,还有你,罗伯特,你更得仔细听,因为这是一场至关重要的讨论。我一定要倾全力找到格兰特船长,我已经投身这件事了,如有必要,我会为这个事业奉献我的一生。全苏格兰的人都会和我站在一起,去营救这位曾效忠苏格兰的好心人。我也跟你们一样,我想,无论希望有多渺茫,我们也应该沿着南纬三十七度线绕地球一周。然而,需要解决的问题并不在这里。这个问题重要得多:从现在起,我们是否应该彻底放弃在美洲大陆寻找船长?"

问题是被斩钉截铁地提出来了,却找不到答案,因为谁都不敢表态。

"那么您有什么想法?"格雷那万问少校。

"我亲爱的爱德华,"少校回答说,"马上回答'是'或'否',这要承担相当大的责任。所以需要斟酌斟酌。首先,我想知道,南纬三十七度线穿过哪些地区?"

"这应该是帕噶乃尔的事。"格雷那万答道。

"那我们就问问他。"少校说。

帕噶乃尔被密密的树帘遮住了,谁也瞧不见他,必须大声呼唤他。

"帕噶乃尔!帕噶乃尔!"格雷那万大叫道。

"在。"回答好似从天而降。

"您在哪里?"

"在我的观象塔里。"

"您在那里做什么?"

"我在仔细观察辽阔的地平线。"

"您能不能下来一会儿?"

"您需要我吗?"

"是的。"

"什么事？"

"我想知道南纬三十七度线穿过哪些国家？"

"这再容易不过了，"帕噶乃尔说，"用不着我下来告诉您。"

"那您说吧。"

"好。南纬三十七度线离开美洲后，便穿过大西洋。"

"没错。"

"它首先遇到的是特里斯坦–达库尼亚群岛。"

"很好。"

"然后经过好望角下边两度的地方。"

"后来呢？"

"穿过印度洋。"

"再后来呢？"

"擦过阿姆斯特丹群岛的圣皮埃尔岛。"

"继续说下去。"

"接着穿过澳大利亚的维多利亚省。"

"说下去。"

"出了澳大利亚……"

最后这句话没有说完。这地理学家是在犹豫吗？这学者的学识终止了吗？不对！只听得一声大叫，一声响亮的惊叫从"稳必"树的最高处传下来。格雷那万和朋友们面面相觑，脸色惨白。是否新的灾难又降临了？倒霉的帕噶乃尔是否落水了？威尔逊和穆拉第正准备赶去救援，却看见了一个高瘦的人影。原来是帕噶乃尔正从一个树枝飞快地坠到另一个树枝。也许是他的手抓不住任何东西了吧。他还活着吗？或许已经死了？谁也说不准。但当他正要掉进咆哮的汪洋中时，少校用他那强壮的胳膊抓住了他。

"太感谢您了，少校！"帕噶乃尔大声说。

"怎么？出什么事了？"少校问，"您怎么啦？又是您那永恒的心不在焉在作祟？"

"是的！没错！"帕噶乃尔用激动得喘不过气来的声音答道，"正是！又一次心不在焉……这次是惊世骇俗的！"

"是怎样惊世骇俗的心不在焉呢？"

"我们搞错了！我们又搞错了！我们老是搞错！"

"您说说看！"

"格雷那万，少校，罗伯特，朋友们，"帕噶乃尔一字一顿地说，"你们大家都听我说：我们正在格兰特船长不在的地方寻找他！"

"您说些什么呀？"格雷那万嚷道。

"不仅是他不在的地方，"帕噶乃尔补充说，"而且是他从未去过的地方！"

第二十四章　他们继续像飞鸟般生活

　　这一番意想不到的话使大家惊呆了。地理学家究竟想说什么？他是否精神错乱了？但他说得那样有把握，众人不由得将视线转到格雷那万身上，因为帕噶乃尔如此肯定的说法正好直接回答了他刚才提出的问题。然而，格雷那万仅仅摇了摇头，这种表示不可能对学者有利。

　　不过，帕噶乃尔此刻已经控制住了自己的激动，他又发话了。

　　"是的！"他用深信不疑的语气说，"是的！我们在寻找中走错了路，而且我们自信读到的东西，那文件上并不存在！"

　　"您解释解释，帕噶乃尔，"少校说，"再冷静些。"

　　"这很简单，少校。我和你们一样犯了错误，和你们一样钻进了错误理解的牛角尖。可是，就在片刻之前，在大树顶上，我在回答你们的问题时，说到'澳大利亚'我便停下来了，就在那一刻，我脑子里突然一闪念，一切都明白了。"

　　"怎么！"格雷那万嚷道，"您硬是认为哈瑞·格兰特……"

　　"我可以断定，"帕噶乃尔说，"文件里的 austral（南半球的）并不是像我们此前认为的那样，是个完整的字，而只是 Australie（澳大利亚）的词根。"

"这可真是奇了！"少校说。

"岂止是奇！"格雷那万耸耸肩反驳道，"简直就是不可能。"

"不可能！"帕噶乃尔反驳道，"在法国，我们是不承认这个字的。"

"怎么！"格雷那万以最不轻信的口吻补充说，"您文件在手，却敢硬说'布里塔尼亚号'是在澳大利亚沿海失事的？"

"我对此深信不疑。"帕噶乃尔答道。

"说实在的，帕噶乃尔，"格雷那万又说，"这个自以为是的看法从一位地理学会秘书的口里说出来，真使我万分惊讶。"

"有什么理由让您惊讶？"被触到痛处的帕噶乃尔问。

"您承认'澳大利亚'这个词，就承认了那里有印第安人，而时至今日那里还从未见过印第安人。"

帕噶乃尔对这个理由毫不吃惊，他显然早已成竹在胸。他笑了起来。

"我亲爱的格雷那万，"他说，"您别急着当得胜将军，我马上就要把您打得落花流水！这是法国人对克雷西和阿赞古尔两次败仗的报复①！"

"那再好不过。您打吧，帕噶乃尔。"

"那您就听着。在那份文件里，既没有印第安人，也没有巴塔哥尼亚几个字！那不完整的字母 indi……并不是指印第安人，而是指当地土著人（indigènes）！那么，您总该承认澳大利亚有土著人吧？"

格雷那万目不转睛地注视着帕噶乃尔。

"太棒了！帕噶乃尔。"少校说。

"您接受我的诠释吗，我亲爱的爵士？"

---

① 克雷西和阿赞古尔是法国的地名，英法百年战争（1337—1453）中，英军在此两地大败法军。——译注

"接受！"格雷那万答道，"但您必须对我证实 gonie 几个字母不是指巴塔哥尼亚（Patagonie）！"

　　"不！当然不是巴塔哥尼亚！"帕噶乃尔嚷道，"除了巴塔哥尼亚，您可以随您的性子解读。"

　　"解读成什么呢？"

　　"可以解读成宇宙起源论（cosmogonie）！神谱（théogonie）！垂危（agonie）！"

　　"垂危！"少校说。

　　"怎么解读我都无所谓。"帕噶乃尔说，"这个词本身并没有什么重要意义，我甚至不寻求它意味着什么。主要的一点是，austral 指的是澳大利亚（Australie）！当时只有盲目走进了误圈，才会在一开始就没有发现如此明显的解释。如果是我，而不是你们拾到了这份文件，如果我当时的判断没有被你们的解读引入歧途，我绝不会做其他解释！"

　　这一回，帕噶乃尔的话赢得了一片喝彩、祝贺与恭维。奥斯汀、两个水手、少校，尤其是小罗伯特，他们是那么庆幸重新看到了希望，都不约而同地为这可尊敬的学者鼓起掌来。这时，格雷那万也逐渐醒悟过来，据他说，他已经接近投降了。

　　"还有最后一点意见，我亲爱的帕噶乃尔，这问题解决了，我一定会对您的洞察力五体投地。"

　　"您说吧，格雷那万。"

　　"您怎样把这些重新解读的字拼在一起，您又用什么方式来通读这份文件呢？"

　　"这再容易不过了。这就是文件的全文。"帕噶乃尔边说边取出那份他近日悉心研读的文件。

　　全场鸦雀无声，静候地理学家集中思绪，从容不迫地准备答复。帕噶乃尔指着那些断断续续的字，用很有把握的声音表达下面的意思，有时还特别强调某些字句："'1862 年 6 月 7 日，格拉斯哥的三桅船"布里塔尼亚号"在……之后沉没。'在这里，我们可以随便添'在两天，三天，或长时间的挣扎后'，这都无关紧要，完全无所谓。'沉没在澳大利亚沿海。两名水手和格兰特船长往陆地步行，意欲登陆'，或'走上大陆，即将被俘'，或'随即被当地残酷的土著人俘虏。他们扔此文件入海'等等，等等。这文字清楚了吧？"

"清楚了，"格雷那万答道，"但'大陆'这个名词必须适用于澳大利亚才行，因为澳大利亚只是一座岛屿。"

"您放心吧，我亲爱的格雷那万，最优秀的地理学家都一致同意给澳大利亚命名为澳洲。"

"这样，我就只有一句话好说了，朋友们。去澳大利亚吧！愿天公协助我们！"格雷那万激动地大声说。

"去澳大利亚！"他的同伴异口同声地说。

"您明白吗，帕噶乃尔，"格雷那万补充说，"您光临'邓肯号'真是天意呀！"

"好吧，"帕噶乃尔答道，"就算我是上天派来的，别再提这事儿了！"

交谈结束了，而这次交谈在将来会引起何等严重的后果啊！但在眼下，它已彻底改变了游子们的精神状态。一线新的希望又从他们那业已坍塌的计划的废墟上升起来了。现在他们全部的心思已经朝澳大利亚的土地飞去了。重新登上"邓肯号"游船时，他们带给全船的将不再是绝望。格雷那万夫人和玛丽再也不会为无可挽回地失去格兰特船长而哭泣了！因此，他们全然忘记了当前的处境危险，唯一的遗憾是不能早日启程。

当时正是下午四点，他们决定六点用晚餐。帕噶乃尔很想以盛宴庆祝这快乐的一天，可是菜单提供的东西实在有限，所以他建议罗伯特同他一道去附近的树林打猎。一听这个好主意，小罗伯特便拍手称快。

"别走得太远！"少校对两个猎手慎重地说。

他们出发后，格雷那万和少校前去观看刻在树上的印记，威尔逊和穆拉第则去给炉膛生火。

格雷那万下到一望无际的湖面上，但看不出有任何退水的征象。不过，洪水似乎已经达到了它可涨的极限，然而，洪水从南到北流动的猛烈程度证明阿根廷大江大河之间的水位还很不平衡。要想退水，首先就得这一大片汪洋保持平稳，有如大海涨潮停止、退潮开始那一刻的景象。只要洪水往北流得如此湍急快速，就别指望水会迅速退下去。

正当格雷那万和少校观察水相时，树上传来了几声枪响，还伴随着同样响亮快乐的叫声。罗伯特的女高音使帕噶乃尔的男低音更加圆润，但不知道他俩谁更孩子气。他们狩猎的成绩一定很可观，这预示着晚饭将有美味佳肴助兴。当少校和格雷那万回到炉边时，他们首先应该向威尔逊道喜，因为这忠诚的水手异想天开，竟利用一根针和一段细线神奇地钓起鱼来。已经有好几打嫩得像胡瓜鱼的当地话叫"莫加拉"的小鱼在他的"蓬鞘"皱褶里活蹦乱跳了，这又将是一盘令人垂涎欲滴的好菜。

这时，两个猎手正从"稳必"树的树梢上下来。帕噶乃尔小心翼翼地捧着一些乌燕蛋和一串麻雀，他准备用肥云雀的名称把麻雀奉献给大家。罗伯特灵巧地打下了好几只"喜歌罗"鸟，那是一种黄绿色的小鸟，非常鲜嫩可口，是乌拉圭首都蒙得维的亚市场的抢手货。帕噶乃尔本来熟悉各种各样的烹蛋手艺，但这次也只能把带壳鸟蛋放在热炉灰里煨了。不过，这顿晚餐仍然丰富多彩、精致讲究。干肉、带壳蛋、干炒"莫加拉"、烤麻雀和"喜歌罗"鸟等，俨然是一顿永世难忘的盛宴。

席间，闲谈十分愉快。大家对帕噶乃尔身兼猎手和厨师的双重身份赞不绝口，而这位学者竟以当仁不让的态度接受众人的溢美之词。接着，他对这株庇荫他们的雄伟"稳必"树忽发怪论，认为这棵树乃是一片深不可测的大森林。

"罗伯特和我，"他开玩笑似的补充说，"我们在打猎时，还以为是在森林深处呢。有一阵子我真认为我们快要迷路了，我竟找不到回来的路！太阳落到天边了！我到处找我的脚印，但徒劳。我们饿得好惨呀！树丛中已经有猛兽在咆哮了……就是说，啊不！并没有猛兽，我很遗憾！"

"怎么！您还遗憾没有猛兽？"

"是的，真遗憾！"

"可是，谁都害怕野兽的凶猛呀……"

"从科学的角度说，并不存在凶猛……"学者回答说。

"噢！这么着，帕噶乃尔，"少校说，"您无论如何也不能让我承认猛兽的益处！猛兽有什么用？"

"少校！"帕噶乃尔嚷道，"猛兽有助于我们进行动物分类呀，目、科、属、亚属、种……"

"真是了不起的用处！"少校反唇相讥，"我才瞧不上那些用处呢！洪水时期，我要是诺亚在方舟上的同伴，一定会阻止这位不谨慎的族长把那一对对的狮子、老虎、豹子、熊和其他又坏又没用的动物留在方舟上。"

"您会这么干吗？"帕噶乃尔问。

"我会这么干。"

"那么！从动物学的观点看，您就会犯大错！"

"从人类的角度看一点错也没有。"

"这太让人气恼了！"帕噶乃尔说，"要是我，恰恰相反，我一定要保留的正是那些大懒兽、翼手龙和所有洪水前的生物,只可惜我们现在已经没有那些生物了⋯⋯"

"我告诉您,诺亚做了坏事!"少校再次发难道,"他保存了那些生物,他应该世世代代受到学者们的咒骂,直到世界末日!"

帕噶乃尔和少校的听众看见这两个朋友在老诺亚的背后为他争执不休,都禁不住大笑起来。少校原本一辈子从不与人争论,现在却违反他做人的原则,天天和帕噶乃尔过不去。应该承认是这位学者在特意刺激他,格雷那万却按照老习惯进行干预了:"缺了猛兽无论遗憾不遗憾,无论从科学观点还是人文观点看,今天我们要承认的事实是,这里没有猛兽。帕噶乃尔总不至于希望在这片空中森林里遇上几头猛兽吧。"

"为什么不能希望呢?"学者说。

"树上来几头猛兽吗?"奥斯汀问。

"嘿!那还用说!美洲虎,就是说黑斑虎,它们被猎人逼得太急了就会逃到树上去!某一头黑斑虎突然被洪水惊吓,逃到'稳必'树的树枝间来避难是完全可能的。"

"说到底,我想,您该没有遇上一头吧?"少校说。

"没有,"帕噶乃尔答道,"尽管我们用棍子把整个树林打了个遍。真让人懊恼,因为本来可以来一场漂亮围猎的。黑斑虎真是凶残的食肉动物!它一爪子就能扭断一匹马的脖子!它只要尝过人肉,就会馋馋地专吃人肉。它们最喜欢吃的是印第安人,其次是黑人,再其次是黑白混血儿,最后才是白人。"

"我排名第四,真是万分荣幸!"少校说。

"哼!那只说明您没有滋味!"帕噶乃尔用轻蔑的神气反攻。

"我没有滋味,幸甚幸甚!"少校再反唇相讥。

"嘿,这也太丢脸了!"不肯让步的帕噶乃尔再反驳,"白种人不是一向说自己是人中精英吗！我看这似乎并不是黑斑虎先生们的看法！"

"不管怎么说，我的好帕噶乃尔，"格雷那万说，"既然我们当中没有印第安人，也没有黑人和黑白混血儿，我还是庆幸您那亲爱的黑斑虎没有光临这里。我们的处境已经够不妙的了……"

"怎么！不妙！"帕噶乃尔又嚷起来，他连忙抓住这个妙字大做文章，以使谈话重新活跃起来，"您是在抱怨您不走运，是吗，格雷那万？"

"那当然，"格雷那万答道，"您待在这让人不舒服的硬邦邦的树枝上难道感觉很自在？"

"我从来没有这么自在过，哪怕是在我的办公室呢。我们过着鸟儿般的生活，我们唱歌，我们飞来飞去！我已经开始相信，人生来就注定该生活在树上。"

"就只缺一对翅膀！"少校说。

"总有一天会长出翅膀来的！"

"在这天到来之前，"格雷那万说，"我亲爱的朋友，请允许我不喜欢这空中住宅，而偏爱公园的细沙地、房屋的地板和船上的甲板吧！"

"格雷那万，"帕噶乃尔答道，"对一切事物都应当既来之则安之！遇上情况好，那求之不得；情况不妙，也不必介意。看得出来，您是在怀念玛尔科姆城堡的舒适生活！"

"不，但是……"

"我敢肯定，罗伯特是非常快乐的。"帕噶乃尔连忙说，希望起码为他的理论找到一个信徒。

"没错，帕噶乃尔先生！"罗伯特快活地大声说。

"这是他的年龄决定的。"

"我的年龄也如此！"学者反驳道，"人越不舒适，需要就越少；需要越少，就越幸福。"

"瞧呀，"少校说，"帕噶乃尔马上要向财富和金碧辉煌出击了！"

"不是这样，少校，"学者回答说，"不过，就这个话题，如果您愿意听，我想给您讲一个我刚想起来的阿拉伯小故事。"

"讲吧！讲吧！帕噶乃尔先生。"罗伯特说。

"您的故事能说明什么呢？"

"所有的故事能说明什么，它就能说明什么，我的好伙伴。"

"那就说明不了什么，"少校说，"好吧，您善于讲故事，那就讲一个给我们听吧。"

"从前，"帕噶乃尔说，"大阿訇阿尔-拉西德有一个儿子很不快乐。于是这青年去请教一位老法师。那睿智的老人回答他说，在这个世界上，幸福是很难找到的。'不过，'老人又补充说，'我知道有一个让您得到幸福的行之有效的办法。''什么办法？'年轻的王子问。'就是将一位幸福之人的衬衣披到您的身上！'老法师答道。于是，王子拥抱了老人，准备去寻找那件吉祥的衣服。他出发了。他竟参观访问了世界上所有国家的首府！他试穿了国王的衬衫、皇帝的衬衫、王子的衬衫、贵胄的衬衫。都是徒劳。他并没有因此而幸福快乐！他又试穿了艺术家的衬衣、武士的衬衣、商人的衬衣，但也并不比此前快乐。就这样，他走了许多路，却并没有找到幸福。末了，他因白白试穿了那么多衬衫而绝望，遂打道回府，心情十分抑郁。有一天，正当他快回到他父亲的宫殿时，他发现乡野里有一个农夫在耕地，他边掌犁边唱歌，快乐极了。'这可是一个拥有幸福的人，'他想，'要不，这世界上就不存在幸福！'他便朝这个人走过去。'老兄，'他说，'你幸福吗？''幸福！'那农夫答道。'你难道不想再要点什么吗？''不想。''要你当国王，你也不想借此改变自己的命运？''永远不想！''那好，把你的衬衣卖给我！''我的衬衣？！我从来不穿衬衣呀！'"

第二十五章　水火夹攻

帕噶乃尔讲故事大获成功。人人都对故事赞赏有加，但个个都坚持自己的看法。这位学者得到的是一般讨论通常得到的结果：没有说服任何人。不过，大家还是有一点共识：应当逆来顺受；没有宫殿，没有茅屋，就必须满足于栖身树上。

在他们高谈阔论、争论不休期间，夜幕已悄然降临。只有酣睡一夜才能恰到好处地结束这惊心动魄的一天，"稳必"树的宿客不仅深感洪水的一波三折给他们带来了疲劳，白天的炎热更让他们筋疲力尽。他们那些长翅膀的宿伴已经做出了休息的榜样："喜歌罗"——潘帕斯草原的夜莺——正在结束它们美妙的花腔女高音的歌唱；大树上所有的飞鸟都消失在浓密的树叶深处了。最聪明的做法是向它们看齐。

不过，用帕噶乃尔的话说，在"上巢"之前，格雷那万、罗伯特和他自己又一次爬上了观象台，对水漫平原现象做最后的观察。这时大约夜里九点光景，太阳刚刚往西边雾蒙蒙却熠熠生辉的地平线沉落下去。热烘烘的雾气弥漫在天体的这一半，一直延伸到天顶。南半球的苍穹繁星点点，原本光芒四射的星座仿佛罩上了一层轻纱，朦朦胧胧。但他们仍然能辨认出那些星座，于是，帕噶乃尔要他的朋友罗伯特观看南极圈上空那些璀璨的拱极星，在场的格雷那万也获益匪浅。他在众多的星座间指出南十字星座，那是由四个大小不等的星星组成的，四星排成菱形图案，几乎与南极平行。半人马星座有一颗星最接近地球，离地球只有八万亿法里。麦哲伦星云由两片巨大的星云构成，其中最大的一片，面积比月亮的表面面积大两百倍。末了，帕噶乃尔把"黑洞"指给他们看，那里面好像绝对没有任何星体。

令帕噶乃尔大感失望的是，本来从南北极都能看到的猎户星座此刻却还没有出现，但帕噶乃尔给他的两个学生讲述了巴塔哥尼亚人宇宙志的奇怪特点。在那些诗意盎然的印第安人眼里，猎户星座是走遍天上牧场的猎人抛出去的一条长长的"拉索"和三条"拨拉"。繁星掩映在镜子一般的水面上，使那一片汪洋仿佛变成了另一个天空，十分悦目。

帕噶乃尔学者正在如此这般做着学术报告时，东边的天际显出了暴风雨的迹象。一片带状的黑云，云层极厚而且轮廓分明，渐渐从那里升起，压灭了明亮的群星。这片乌云看上去阴森恐怖，很快就覆盖了半边苍穹，似乎准备遮住整个天空。这片乌云的推动力一定存在于它本身，因为这时听不见丝毫的风声。大气层保持着绝对的宁静，树上的树叶纹丝不动，水面平静得没有任何涟漪。空气变得稀薄，好像巨大的抽气机已经把空气抽掉了。大气里充满了高压电，所有生物都能感觉到电流沿着自己的神经在迅速流动。

"马上要起风暴了。"帕噶乃尔说。

"你害怕打雷吗？"格雷那万问罗伯特。

"哦！哪会呢，爵士。"罗伯特答道。

"那，太好了，因为大风暴已经不远了。"

"根据天空的状况判断，风暴一定很猛烈。"

"我担心的倒不是风暴，而是伴随风暴的暴雨，"格雷那万又说，"我们肯定会被淋到骨髓里。不管您怎么说，帕噶乃尔，人有了鸟巢总是不够的，您马上就会明白这一点，这可对您不利呀。"

"噢！我会达观对待的！"学者答道。

"达观，再达观也保不住要挨淋！"

"是保不住要挨淋，但达观让人心里温暖。"

"不管怎么说，"格雷那万答道，"我们得回朋友身边去，让他们把身子裹进达观和'蓬鞘'里去，裹得越紧越好。尤其要他们储存耐心，因为将来完全用得着！"

格雷那万最后一次看了看那风雨欲来的天空。厚厚的云层已经把整个天空覆盖了，只有太阳西沉的地方还能模模糊糊看见黄昏的微光。水面呈黑色，一大片低矮的乌云同厚重的雾气混为一体。

"下去吧，"格雷那万说，"马上就要打雷了！"

他同两个朋友在光滑的树枝间顺势而下，到达营地才发现他们的周围正处在一种令人吃惊的半明半暗状态中。那微弱的亮光来自不可胜数的亮点，亮点在水面上嗡嗡地唱着，乱纷纷交织在一起。

"是磷光吧？"格雷那万问。

"不是磷光，"帕噶乃尔回答说，"但那是能发磷光的昆虫，跟萤火虫一模一样。那是些不值钱的活钻石，布宜诺斯艾利斯的女士们用它们制成华丽的首饰。"

"怎么！"罗伯特嚷道，"那些像火花一样四处飞舞的竟是昆虫？"

"是的，我的孩子。"

罗伯特随即抓了一只。帕噶乃尔没有说错，那的确是一种肥大的蜂，长约一寸。这奇怪的鞘翅目昆虫从它们前胸的两个斑点发出亮光，它们的强烈亮光甚至可以让人在黑暗中看书。帕噶乃尔把昆虫移到手表边，只见时针正指在晚间十点上。

格雷那万同少校和三个水手会合后，嘱咐他们夜里该怎么做：预料有一场暴风骤雨。第一轮雷声过后，无疑会狂风大作，"稳必"树准定会大受震撼。每个人都必须把自己紧紧捆在选中的树枝床上。他们即使不能避免天上的雨水，起码要提防地上的洪水，千万别掉进树下那汹涌的急流里去。

　　他们彼此互道晚安，但对平安并不抱太大的希望。大家随即钻进各人的空中床铺，裹在"蓬鞘"里等待睡眠到来。

　　然而，人非草木，自然界巨大的怪现象在到来之前，总会使他们心里产生一种隐约的忧虑，连最坚强的人也难以避免。"稳必"树上的宿客忧心忡忡，烦恼压抑，根本无法合上眼睛，在第一声惊雷响过之后，他们还毫无睡意。响雷发生在接近十一点钟光景，到此刻隆隆的雷声还在远处不停地响着。格雷那万走到横主枝的末端，大着胆子把头伸出浓密的树叶。

　　夜晚的漆黑低矮的天空已经被闪电划出多道极其明亮的裂痕，闪亮的裂线又在汪洋中清楚地反映出来。漫天的乌云被撕成一片一片，但云层像软软的棉布，发不出撕碎的刺耳声音。格雷那万观察了混成一片漆黑的天顶和天际后，回到主干的顶端。

　　"您认为如何，格雷那万？"帕噶乃尔问。

　　"我认为风暴来势凶猛，朋友们，如果这样继续下去，那将是一场骇人的暴风雨。"

　　"那更好，"帕噶乃尔兴高采烈地说，"既然没法逃避暴风雨，欣赏风暴的壮观也让我高兴。"

　　"又一套奇谈怪论要引起轰动了！"少校说。

　　"少校，我同意格雷那万的看法，这场暴风雨将是前所未有的。刚才，当我没法睡着时，许多现象回到了我的脑海，让我有理由这么希望，因为我们所在的这个地方属于强雷雨区。事实上，我在某处看到过，1793 年，布宜诺斯艾利斯省的一场风暴就打了三十七次雷。我的同事玛丹·德·穆西先生数了一下，那些雷接连响了五十五分钟。"

"看手表数的吗？"少校问。

"看手表数的。"帕噶乃尔答道，"不过，如果担忧有助于避免危险，只有一件事会让我担忧。那就是，这一片平原上唯一的最高点正好是我们所在的这株'稳必'树。这里放避雷针一定很有用，因为在潘帕斯草原所有的大树当中，恰恰是这棵树最受雷电的青睐。朋友们，你们也知道，学者一直嘱咐大家千万别在暴风雨时去树下躲避。"

"很好，"少校说，"这个嘱咐说得正是时候！"

"应该承认，帕噶乃尔，"格雷那万响应道，"您真是选了个好时机给我们谈这些让人放心的话！"

"嗨！"帕噶乃尔反驳道，"什么时候都可以受教育嘛。这不！风暴开始了！"

一声更猛烈的炸雷打断了这场不合时宜的谈话。响雷越来越密，声调越来越高，一声紧接一声，借音乐来比喻极其准确：响雷正从低音过渡到中音。片刻之后，雷声变得十分尖厉，仿佛在使大气中的一根根琴弦飞快地震颤起来。空中一片火光，在密集的火花中，谁都分辨不出那无限延续下去的一个个响雷是哪个闪电产生的。隆隆的雷声到处引起回响，一直响到深不可测的苍穹。

连续不断的闪电表现出千变万化的形态，其中有几条直插地面。有些闪电一定会引起研究者极大的兴趣，因为阿拉戈[①]在他那稀奇古怪的统计里只提到两个叉形闪电的例子，而此地却出现过好几百例叉形闪电。还有几条闪电分叉成无数奇形怪状的枝条，像东弯西拐的珊瑚树一般撒了开去，在漆黑的天空映出千奇百怪而又明晃晃的树影。

---

① 阿拉戈（1786—1853），法国著名物理学家、天文学家。——译注

片刻之间，一缕强得刺眼的磷光从东到北，沿着弧线覆盖了半边天。这一片火光逐渐烧遍了地平线，把云彩烧成一堆堆火红的柴炭，不一会便映到镜子一般的水面上了。这片火光最后形成了一个奇大无比的火球，"稳必"树正处在火球的中心。

格雷那万和同伴静静地看着这骇人的景象，他们即使想说话，对方也听不见。一片片白光直射到他们的身边，这忽隐忽现的强光时而照出少校平静的脸庞，时而照出帕噶乃尔那好奇的模样和格雷那万很坚毅的面部轮廓，有时也把罗伯特被惊吓的情态映照出来，有时又照亮几个水手无忧无虑的面容，从他们脸上的表情看得出，他们因为这幽灵般的生活突然活跃起来了。

这时，雨还没有下起来，风也一直处在偃旗息鼓的状态。然而，刹那间，暴雨像瀑布决口一般从天而降，垂直的雨柱在漆黑的天空像织布工人手里的经线一样织成了雨帘。大滴大滴的雨点打在这片汪洋的水面上，激起的水花变成了千千万万被闪电照亮的火星。

下雨是否预示这场风暴即将结束了呢？格雷那万和同伴被迫接受几次淋浴是否就该脱离苦海了呢？不！在这场空中火战最激烈的那一刻，突然有一个拳头般大的火球落在主横枝的末端，火球还冒着黑烟。火球在自转几秒之后，像炸弹一样爆炸开来，响声之大，在这震耳欲聋的风雨声中也能听得见。一股硫黄味的烟雾随即在空气里弥漫开去。在短暂的静默之后，大家听见奥斯汀在叫喊："大树着火啦！"

奥斯汀说得不错。一时间，火苗好似接上了一大片烟火，迅速在"稳必"树西边那部分蔓延开来。枯枝、筑鸟窝的干草，总之，这棵大树的所有海绵质地的边材都在为吞噬一切的大火助威。

恰巧在这一刻又刮起了大风，风助火势，火乘风威，大家不得不设法逃亡。格雷那万一行迅速躲到"稳必"树东边，那里暂时还没有遭到火苗的侵袭。他们保持着沉默，但心绪不宁、惊恐万状，忽而往上攀缘，忽而向下滑落，甚至不顾危险，爬到被他们压弯了的细枝丫上。西边的树枝在大火中噼啪作响，蜷曲扭动，俨如被活活烧死的蛇类。烧得炽热的炭火掉进泛滥的洪水中，闪着黄褐色的亮光随急流漂走。大树上的火苗时而直冲云霄，融入空中的火海；时而被肆虐的暴风雨压下去，紧裹住"稳必"树不放，活像涅索斯的袍子①。格雷那万、罗伯特、少校、帕噶乃尔和水手都吓愣了。这时，一股股浓烟呛得他们喘不过气，令人难以忍受的热气烘烤着他们，大火已经蔓延过来，他们身下的主枝也着火了。没有任何东西可以阻止或扑灭这场大火，看来，他们注定要像印度殉教者那样受火刑了。总之，他们的处境已危在旦夕，是被烧死抑或被淹死？必须选择一个痛苦较少的死法。

"跳进水里去！"格雷那万喊道。

威尔逊被火烧着后已经跳进汪洋之中，这时，只听见他在水里用惊骇万状的声音大叫："救命！救命呀！"

奥斯汀赶紧冲到他身边，把他拉上主干。

"怎么回事？"

"有凯门鳄鱼！凯门鳄！"威尔逊答道。

原来，大树脚下已经围满了蜥蜴亚目中最令人觳觫的动物。它们的鳞甲在被大火照亮的宽阔水域中闪闪发光；它们的扁尾巴往上翘起，鳄头活像矛头；它们眼睛突出，宽大的两颚直开到耳后；这一切特征都瞒不过帕噶乃尔的眼睛。他认出了那是美洲特有的凶残的钝吻鳄，西班牙语区的人管它们叫凯门鳄。现在，十条左右凯门鳄正用奇大无比的尾巴拍打洪水，用下颚的长牙攻击"稳必"树。

---

① 典出古希腊神话。涅索斯，马人，曾背赫拉克勒斯及其妻子过河，因他企图占有赫的妻子，被赫用毒箭射死。赫的妻子误信马人死前的话，从他身上收集毒血为丈夫织成袍子，不料赫穿上即丧生。——译注

一见这样的景象，倒霉的游子们感到一切都完了。恐怖的死亡正等待着他们，不是死在火海里，就是死在凯门鳄的利齿下。连少校都亲自发话了，他冷静地说："很可能最后死在这里。"

　　在有些情况下，人无法抗争自然力，只有另一种自然力才能制伏那一发而不可收的自然力。格雷那万用惊惶的眼神注视着联合夹攻他的水和火，不知道该向天公祈求什么样的救助。

　　此时此刻，暴风雨正在减弱，然而，风雨已经使空气里充斥着水汽，而雷电等自然变化随时都可能使这大量的水汽产生极凶猛的强力。果然，巨大的龙卷风正在南边逐渐形成：一股圆锥形的雾气，锥顶朝下，锥底朝上，正在把沸腾的洪水和翻滚的乌云连接起来。这一团流动的气体刹那间自转起来，速度快得令人眼花缭乱。气流从洪水中卷起水柱，依靠旋转力将水柱卷到圆锥体中心，同时把四周的气流全部吸引过来。

　　片刻之后，巨龙一般的龙卷风朝"稳必"树扑过来，并围绕大树盘旋环绕，最后将这棵稳若山峦的树紧紧缠住。大树终于被连根撼动了。格雷那万还以为是凯门鳄干的呢。他和同伴手挽手互相扶持着，感到大树在歪倒，正在燃烧的树枝泡进汹涌的波涛里，发出可怕的哧哧声。那只是转瞬间发生的事。稍纵即逝的龙卷风又到其他地方肆虐去了，它好像一路卷走甚至吸干了那片汪洋中的水。

　　横躺在水面上的"稳必"树随着风暴和急流的合力顺流而下。凯门鳄已经逃走了，只剩下一条正在翻起来的树根上爬行，向前伸着张开的双颚。穆拉第抓住一根烧焦一半的树枝，使劲打过去。凯门鳄一跟斗栽进急流的旋涡里，它那令人胆寒的尾巴猛烈地击打着水面。

　　格雷那万和同伴摆脱了贪婪的凯门鳄，爬到处于火势上风的树枝上；而"稳必"树全身的火焰在风暴的煽动下却越烧越旺，形成了许多炽热的风帆，使大树在黑影憧憧的夜幕下像进行火攻的战船。

第二十六章　大西洋

树在无边无际的汪洋中漂了两个小时，还没有触到陆地。大树上的火焰已经渐渐熄灭，这次骇人的水上穿行的主要危险总算过去了。

急流一直保持着最初流动的方向，始终是从西南流到东北。黑夜又变得深沉了，仅有几道姗姗来迟的闪电不时撕破漆黑的夜幕，格雷那万望尽天涯也找不出辨认地点的标记。暴风雨已经接近尾声，大滴的雨点已经变成了随风飘落的细雨，大片的乌云仿佛抽掉了水气，在高高的天空分裂成一团一团的云彩。

树在汹涌的激流中滑行，速度之快令人吃惊，好像在它的树皮下有一台强劲的发动机。没有任何迹象说明它不会如此这般漂流好几天，不过，凌晨三点左右，少校却提醒大家注意：大树的树根有时触到了地面！奥斯汀掰下一根长树枝小心探测，发现水下的地面正渐渐升高成斜坡。果然，二十分钟后，大树和陆地发生了碰撞，"稳必"树停止了漂流。

"陆地！陆地！"帕噶乃尔用洪钟般的声音大叫道。

烧焦的树枝末梢触到了地面一片隆起的地方。世上所有的航海家遇到陆地，恐怕从来也没有像他们这样高兴过！在这里，触礁就意味着登陆。罗伯特和威尔逊忙不迭跳上一块牢固的高地，正快活地叫着，不料从什么地方竟传来了一声口哨。原野上响起了急速的马蹄声，接着，那印第安人高大的身影在夜幕下赫然出现。

"是塔尔卡夫！"罗伯特嚷道。

"塔尔卡夫！"同伴众口一声地响应道。

"朋友们！"巴塔哥尼亚人叫道，他一直在此处等候他们，深信急流一定会把他们送到这里，因为急流也曾把他和爱马冲到这个高地。

此刻，塔尔卡夫扑上去把罗伯特抱到怀里，但没想到帕噶乃尔竟从他身后抱住了他，他连忙转过来把法国人也紧紧抱在胸前。接着，为重见忠实的向导而高兴万分的格雷那万、少校和水手们也前来与他紧紧握手，气氛极为亲切。握毕，巴塔哥尼亚人把他们带到废弃的牧场的草料棚里。那里正炉火熊熊，供他们取暖；那里还烤着一块块美味可口的野味，他们吃得一点渣滓也不剩。精神得到放松之后，他们都不约而同地回想起前一段的经历，没有一个人能相信自己会逃脱这场险象环生的灾难，险境中既有水的威胁，也有火的进攻，还有令人胆寒的凯门鳄的骚扰。

塔尔卡夫向帕噶乃尔简述了他的经历，并把个人的得救完全归功于他忠勇的爱马塔乌卡。帕噶乃尔则试着对他说明他们对那份文件全新的诠释，以及这全新的理解使他们重新怀抱的希望。那印第安人是否能听懂学者巧妙的设想？这点值得怀疑，但他眼见朋友们如此快乐，如此信心十足，他也就没有别的奢望了。

上午八时，他们整装待发。他们当时所处的位置离众多牧场和腌肉作坊所在地的南边太远，无法找到交通工具，因此步行是绝对必要的。说来说去，总共也就需要走四十英里，而且塔乌卡还乐意时不时驮上走累的人，必要时甚至驮两个人。只需三十六个小时他们就可以到达大西洋沿岸。

启程的时候到了，向导便和旅伴们把那一望无际的汪洋洼地抛在身后，朝较高的平原走去。阿根廷的国土又恢复了它一贯的单调面貌；偶尔能见到几丛欧洲人种的矮树，疏疏落落的树林都长在牧场上，其稀疏的程度跟坦迪尔山和塔巴尔肯山附近好有一比。本地的树木只能在大草原的边沿和接近科连特斯岬角的地方生长。

一天就这样过去了。次日，虽然还有十五英里的路程，大家已经感觉到接近大西洋了。一种叫作"维拉宗"的离奇的风使高高的牧草弯下了腰，这种奇风总在午后和午夜之后吹拂起来。贫瘠的土地上耸立着稀疏的树林、矮小的木本含羞草、一丛丛刺槐、一簇簇灌木丛。有些盐碱滩在路上闪闪烁烁，好像一块块打碎的玻璃，这使他们行路格外困难，因为每次都必须从滩旁绕过去。这一行人加快了步伐，都想在当天到达大西洋沿岸的萨拉多湖。正当游子们已经相当疲乏的时候，晚上八点，他们突然看见高约二十法里的沙丘群挡住了白沫飞溅的大海涌潮。接着，涨潮发出的连续不断的隆隆声传到了他们耳里。

"大洋！"帕噶乃尔叫道。

"没错，是大洋！"塔尔卡夫答道。

这几位本已精疲力竭的步行者竟立即以了不起的矫健步伐开始攀登沙丘。

但这时夜已经黑得很深沉了。大家的视线都往黑黢黢的大海上望过去，但什么也看不出来，"邓肯号"仍无影无踪。

"'邓肯号'一定在这一带，"格雷那万大声说，"它肯定在沿岸往返航行，等待我们！"

"我们明天一定能看见这艘船。"少校响应说。

奥斯汀朝他估计的方向大声呼喊着看不见的游艇，但没有得到回应。海上风大浪高，一朵朵黑云从西边飘过来，海浪的浪尖冲天飞舞，变成灰尘一般的细小水粒，直扇到沙丘顶上。即使"邓肯号"践约停靠在指定的地方，吊架上的水手既听不见这边的呼喊声，他的回答这边也听不见。这一带海岸没有任何躲避风浪的地方，既没有小海港，也没有小海湾，更没有港埠，甚至连小港汊都没有。这个海岸全由大片大片的沙滩组成，沙滩直接进入大海，船靠近这样的沙滩，比靠近齐水面的礁石更加危险。这一带的近海浪涛格外汹涌。每当风急浪高时，如果有船在这片地毯一般的沙滩上搁浅，注定会失事。

"邓肯号"判定这边的海岸十分凶险，又没有躲避风浪的地方，往远处停靠是再自然不过的事。曼格斯向来谨慎，这次一定会尽最大努力提高警惕。这是奥斯汀的看法，他还肯定说，"邓肯号"不在离岸五英里以外的地方是不会停靠下来的。

少校敦促他那些急不可耐的朋友少安毋躁。目前还没有任何办法可以驱散这深沉的黑暗，何苦白费眼神去搜寻那漆黑的天边呢?

少校说罢，立即利用沙丘做掩护，筑就一个类似野营地的去处。他们用最后一点干粮做了这次旅行中的最后一顿晚餐。餐毕，人人都以少校为榜样，在沙地上刨出一个窟窿，钻进去睡觉还相当舒适。他们把一望无际的沙子当作被褥，一直盖到下巴，便沉沉地睡了过去。只有格雷那万一夜无眠。风依然刮得那样凌厉，暴风雨虽然已偃旗息鼓，大西洋上仍然残留着它的余威。汹涌的波涛撞击在沙滩上，发出雷鸣般的响声。格雷那万始终不敢相信"邓肯号"就近在咫尺，但如果设想他的游艇没有如期践约，那就更难接受了。勋爵是在 10 月 14 日离开塔尔卡瓦诺海湾，于 11 月 12 日抵达大西洋海岸的。在他们利用这三十天穿越智利、科迪勒拉山脉、潘帕斯草原和阿根廷平原时，"邓肯号"有足够的时间绕过合恩角，到达与塔尔卡瓦诺相对应的东海岸。对"邓肯号"这样的快艇来说，根本不可能出现迟到的问题。当然，那场暴风雨肯定很猛烈，狂风暴雨一定在大西洋广阔的战场上逞凶肆虐。但那艘游艇性能优良，船长也是数一数二的好手，这艘船既然应该在这里，它就一定在这里。

但这些想法无论如何都没法使格雷那万平静下来。当情感和理智发生冲突时，理智往往不能战胜情感。玛尔科姆城堡的主人仿佛在一片漆黑中看见了他所爱的人：他亲爱的海伦娜、玛丽，还有"邓肯号"的全体船员。他在波光闪闪的波涛拍打着的寂寥海岸上徘徊彳亍，用眼光搜寻着，用耳朵倾听着。有些时刻，他甚至相信自己的眼睛捕捉到了海上隐隐约约的微光。

"我没有看错，"他想，"我看见了船上的灯火，'邓肯号'的灯火。啊！为什么我的视线不能穿透这黑暗呀！"

他有了主意：帕噶乃尔自称是夜视患者，他在夜里一定能看到那边的情形。于是，他立即去叫醒帕噶乃尔。这位学者在他的沙洞里正睡得像只鼹鼠，哪知一条有力的臂膀突然把他从他的沙铺位上拉了起来。

"谁呀？"他大声问。

"是我，帕噶乃尔。"

"您，您是谁呀？"

"是格雷那万。快来，我需要用您的眼睛。"

"用我的眼睛？"帕噶乃尔边答应，边使劲揉眼睛。

"是的，用您的眼睛去黑暗里辨认我们的'邓肯号'在不在海上。快，快来。"

"让夜视眼见鬼去吧！"帕噶乃尔心想，"不过，能对格雷那万有用我仍然很荣幸。"

他站起来，伸伸僵硬的四肢，喉咙里呼噜呼噜的，跟刚睡醒的人一样，接着随格雷那万来到海岸上。

格雷那万请他仔细观察漆黑的海天接壤处。他认真负责地凝视了几分钟。

"怎么样？您看见什么啦？"格雷那万问。

"什么也没看见！即使是猫，也看不清楚离它两步远的东西。"

"您仔细找找，看有没有红灯或绿灯，就是说左舷灯或右舷灯。"

"我没有看见绿灯，也没有看见红灯！到处是漆黑一片！"帕噶乃尔不由自主地合上了眼。

整整半个小时，帕噶乃尔一直木头人似的跟着他那心急如焚的朋友，他不知不觉地把头埋到胸前，又骤然把头抬起来。他不答话，甚至话也不说了。他跌跌撞撞，东倒西歪，活像醉汉。格雷那万回头看看他，原来他在边走路边睡觉哩。

格雷那万挽起他的胳膊，也不叫醒他，一直把他送回他的沙洞里，并用沙把他舒舒服服地埋起来。天刚破晓，所有的人都被"'邓肯号'！'邓肯号'！"的叫声惊醒，站了起来。

大家往海岸飞奔过去。

果然，在公海上离海岸五英里的地方，游艇的低帆被船员细心地卷了起来，它正以极小的马力慢慢航行着，烟筒冒出的黑烟同海上的晨雾混成模糊的一片。大海风高浪急，像这样吨位的游艇要靠近沙滩脚下不会没有危险。

格雷那万用帕噶乃尔长长的望远镜观察着"邓肯号"的行驶状态。曼格斯恐怕没有看见这边的旅人，因为他并没有掉转船头，仍继续以左舷风向前行驶，第二层方帆也已收缩。

这时，塔尔卡夫把他的步枪塞满火药，随即朝游艇的方向开了一枪。

大家侧耳听着，格外仔细地看着。印第安人的枪响了三声，引起了沙丘的回响。

从游艇的侧面终于冒出来一股白烟。

"他们看见我们了！"格雷那万叫道，"那是'邓肯号'在放炮！"

片刻之后，低沉的炮弹爆炸声传到了岸边，并逐渐消失了。"邓肯号"随即掉转船头，改变方向行驶，加旺锅炉火力，以便最大限度地靠近海岸。

不多时，在望远镜里可以看到，一只小船脱离了游艇。

"格雷那万夫人不可能过来，"奥斯汀说，"浪太大了！"

"曼格斯也过不来，"少校说，"他不能离开他的航船。"

"那是我的姐姐！我的姐姐！"罗伯特朝摇摇晃晃开过来的小船伸出双臂。

"啊！我真恨不得立刻上船！"格雷那万嚷道。

"耐心点，爱德华。两小时后您就能上船。"少校提醒他说。

两小时！实际上，一艘六桨小船没有两小时根本不可能完成来回运送的任务。

格雷那万来到塔尔卡夫身边。那印第安人和塔乌卡在一起，正抄着手静静地观看着波涛汹涌的海面。

格雷那万抓住塔尔卡夫的手，对他指指远处的游艇说："来，跟我走吧！"

印第安人轻轻摇了摇头。

"来吧，朋友！"格雷那万又说。

"不行，"塔尔卡夫温和地回答说，"这里有塔乌卡，那里有潘帕斯！"他一边说话，一边热情洋溢地举起双臂，俨然是在拥抱那广袤的平原。

格雷那万终于完全理解了这位印第安人，他永远不愿抛弃那片埋葬着祖先的草原。勋爵向来知道荒漠的子孙对家乡怀抱着怎样虔诚的依恋之情，所以他只紧紧握了握塔尔卡夫的手，并没有再坚持；当印第安人用他独一无二的微笑拒绝接受对他服务的报酬，说"全然出于友谊"时，格雷那万同样没有再勉强他。

但格雷那万找不出语言来应对印第安人这句话。他真想给这位令他想起欧洲朋友们的诚实印第安人留点纪念品，但眼下他手头还能有什么东西呢？他的武器，他的马匹，一切东西都在洪水的灾祸中丢失了，他的同伴也不比他更富有。

他正在为怎样感谢这位正派向导无私的奉献而发愁时，脑子里突然闪过一个主意。他从皮包里取出一个珍贵的圆形小画框，画框里美妙的画像是劳伦斯的杰作。他把这个珍藏品送给印第安人。

"这是我的妻子。"他说。

塔尔卡夫十分感动，他注视着肖像画，只说出这样简单的一句："又善良又美丽！"

接着，罗伯特、帕噶乃尔、少校、奥斯汀和两个水手都来到巴塔哥尼亚人身边，用令人感动的话语同他道别。就要离开勇敢忠实的朋友了，他们无限惆怅。塔尔卡夫一一将他们拉过来紧贴在他那宽阔的胸前；帕噶乃尔一定要他接受那张他经常看得兴趣盎然的南美洲和两大洋的地图，那是学者目前拥有的最珍贵的东西。罗伯特没有别的，只有热吻可送，因此他一再与他的救命恩人拥抱亲吻，而且也没有忘记亲吻塔乌卡。

这时，"邓肯号"的小艇正在接近海岸；它钻进了两片沙滩之间的航道里，马上就要靠岸了。

"是我的妻子吗？"格雷那万问。

"是我姐姐吗？"罗伯特嚷起来。

"格雷那万夫人和格兰特小姐在游艇上等候你们，"划船人答道，"我们得赶快走，阁下。一分钟都不能耽搁，因为已经开始退潮了。"

大家又最后一次拥抱了印第安人，和他吻别。塔尔卡夫一直把朋友们送到小船旁边。小船再次被推到波涛之上。当罗伯特正要跳上小船时，印第安人又把他抱进怀里，并深情地看着他。

"现在，你该走了，"他说，"你已经是男子汉了！"

"别了，朋友！别了！"格雷那万又说了一遍。

"我们难道再不能见面啦？"帕噶乃尔大声说。

"谁知道呢？"塔尔卡夫用西班牙语答道，同时向天空举起双臂。

印第安人最后的话随即在清晨的微风中消失了。小艇推上了公海，顺着落潮越划越远。

塔尔卡夫的身影还久久地透过浪花浮现出来，随后，那高大的个子渐渐变小，在萍水相逢的朋友们的视线里消失。一小时之后，罗伯特率先跳上了"邓肯号"，扑到玛丽的怀里。游艇的全体机组人员发出的欢呼声响彻云霄。

第二部

第一章　回到船上

回到船上的最初时刻，大家都沉浸在重逢的欢乐里。格雷那万勋爵不愿意让寻访失败的消息给朋友们的兴致蒙上阴影，所以他首先说出了这样一席话："要有信心，朋友们，要有信心！格兰特船长没有和我们一道回来，但肯定能找到他。"

的确需要这样的保证才能使"邓肯号"上的两位女客重新抱有希望。

原来，在小艇缓缓接近大船的时刻，格雷那万夫人和玛丽已经体会到等待怎样让她们忧心如焚了。她俩站在高高的艉楼上，尝试着数数回来的游子有多少人。年轻的姑娘时而灰心丧气，时而恰恰相反，竟兴高采烈地想象已经看见了格兰特。她的心像小鹿般跳个不停，连话都说不出来，甚至站也站不稳了。格雷那万夫人赶紧把她搂在怀里。曼格斯在她身边仔细观察着，却没有开口说话。原来，他那双习惯于辨别远处事物的水手特有的眼睛并没有看见格兰特船长。

"他来了！他正在过来！我的父亲！"年轻的姑娘喃喃说着。

但随着划桨小船渐渐靠近，她们的幻想也在变成泡影。归来的远征队员离大船已不足一百英寻了，不仅格雷那万夫人和曼格斯，连泪眼汪汪的玛丽都完全放弃了希望。所以，格雷那万勋爵回到大船上并说出那一番信心十足的话，实在是久旱逢甘霖般及时啊。

重逢时最初的热吻之后，格雷那万夫人、玛丽和曼格斯便听归来者讲述了这次远征征途上主要的意外和事故。首先，格雷那万勋爵把对那份文件的重新诠释通报了他们三位，说那都归功于帕噶乃尔敏捷的思维和睿智。勋爵夸奖了小罗伯特，说玛丽有充分理由为她这个弟弟自豪。他还特意强调了小罗伯特的勇敢和忠诚，他一路上所经历的多次危险，少年害羞地躲进姐姐的怀里。

"罗伯特，"曼格斯说，"你的行动证明你不愧为格兰特船长的儿子！"

他向玛丽的弟弟伸开双臂，吻孩子的脸。

少校和地理学家也受到了热烈的欢迎，而慷慨的塔尔卡夫则荣幸地受到了大家的怀念。格雷那万夫人懊恼自己没有机会握握那正直的印第安人的手，少校在大家互相倾吐思念之情后，立即溜进了船舱，用他那双平静而自信的手刮胡子去了。帕噶乃尔蜜蜂一样从一个船舱飞到另一个船舱，去搜集赞扬和微笑的蜜汁。他很想亲吻"邓肯号"所有的船员，由于他确信格雷那万夫人和玛丽都是船员的一分子，便决定从她们俩开始一个一个吻下去，直到奥尔比奈特先生。

那司务长认为，要感谢法国人这番盛情，再也没有比宣布开午饭更好的办法。

"开午饭！"帕噶乃尔嚷起来。

"对，开午饭，帕噶乃尔先生。"奥尔比奈特先生答道。

"是一顿真正的午饭，坐在真正的饭桌边，桌上摆着餐具和餐巾，是吗？"

"那还用说，帕噶乃尔先生。"

"再也不吃干牛肉，不吃带壳蛋，不吃鸵鸟里脊肉？"

"哦！先生说些什么呀！"司务长嚷起来，感到自己的厨艺受到了羞辱。

"我一点不想让您不快，我的朋友，"学者微笑着说，"但一个月以来，那些东西是我们的家常便饭。我们吃饭不是坐在饭桌边，是躺在地上，否则就得骑在树上吃。所以，您刚才宣布的这顿午饭对我来说，简直就是在做梦，是在听故事，是异想天开！"

"那好，我们这就去确认这顿午饭的现实性，帕噶乃尔先生。"格雷那万夫人忍俊不禁，连忙对他说。

"请挽上我的胳膊。"爱向女士献殷勤的地理学家说。

"阁下有什么命令下给'邓肯号'吗？"曼格斯问。

"亲爱的约翰，"格雷那万答道，"午饭后，我们再和家人一起讨论远征新计划吧。"

乘客们同年轻的船长一道走下去，进了方厅。船长命令保持蒸汽的压力，以便看见信号就开船。少校刮脸之后焕然一新，其他乘客也都稍做了梳洗。大家欣然入座。

奥尔比奈特烹调的午餐受到众人的嘉许。帕噶乃尔每一道菜都取了双份，据他说，这是"心不在焉"。

这倒霉的词促使格雷那万夫人问大家，这位可爱的法国人有时是否还犯他那老毛病。少校和格雷那万勋爵相视而笑；帕噶乃尔却捧腹大笑起来。他笑得十分爽朗，以自己的荣誉保证，在今后的旅行中再也不犯马大哈的错误。随后，他把他误将葡萄牙语当西班牙语并深入学习卡莫安斯作品的事讲了一番。

"不管怎么说，"他在讲话结束时补充道，"塞翁失马，焉知非福。我对我的错误一点不后悔。"

"为什么这样说，我可尊敬的朋友？"少校问。

"因为我现在不仅会讲西班牙语，而且会讲葡萄牙语。会讲两种语言岂不比一种语言强嘛！"

"请相信我，我可真没有想到这点，"少校说，"我恭喜您，帕噶乃尔，我真心实意给您道喜！"

大家鼓掌祝贺帕噶乃尔，他却一个劲吃菜，半口也不拉下。他边吃饭边聊天，并没有注意到一个特殊情况，而格雷那万看出来了：曼格斯给予他的邻座玛丽小姐特别殷勤的关怀。格雷那万夫人向她的丈夫微微点点头，意思是告诉他"向来如此"。格雷那万用充满父爱的赞同眼光瞧着这一对青年男女，他叫了一声曼格斯，说的却是另外一个主题的话。

"你们的航行怎么样，约翰？"他问，"这一路是怎样过来的？"

"一路顺风，情况好极了。"船长答道，"不过，我得向阁下汇报，我们并没有再走麦哲伦海峡那条航道。"

"太好了！"帕噶乃尔嚷道，"你们是绕合恩角过来的。可惜我当时却没能在船上！"

"那您就去上吊吧！"少校说。

"瞧您这个自私自利的家伙！您建议我上吊，是想要我上吊的绳子保佑您平安！"地理学家驳斥他说。

"好了，好了，我亲爱的帕噶乃尔，"格雷那万插进来说，"除非您掌握了分身术，否则您怎么能无处不在呢。当时，您正在潘帕斯草原上跑，您怎么可能同时又绕合恩角呢？"

"那也挡不住我吃后悔药呀！"学者再次反驳。

大家不再鼓动他往下说了，就让他拿这句话当作这个问题的结束语。曼格斯又拾起了刚才的话题，继续讲他们沿海航行的故事。在沿美洲海岸航行期间，他一直很仔细地观察西海岸所有的群岛，但没有发现任何"布里塔尼亚号"的痕迹。到达皮拉尔角，靠近麦哲伦海峡入口的地方，他发现正遇上顺风，便决定直接向南边驶去。"邓肯号"沿着德索拉西翁群岛航行，直达南纬六十七度的海域，绕过合恩角，沿着火地岛航行，穿过勒迈尔海峡之后，就紧靠着巴塔哥尼亚沿海往北行驶。在那一带，一航行到与科连特斯角同纬度的地方，他就感受到了强劲的阵风，那正是在暴风骤雨期间疯狂袭击格雷那万一行的大风，但是游艇依然正常航行着。三天以来，曼格斯一直在外海抢风航行，直到塔尔卡夫的枪声昭示他，大家热切等待的陆上游子已经到达。说到格雷那万夫人和格兰特小姐，"邓肯号"的船长如果忽视她们那罕见的勇气，就太不公平了。面对海上风暴，她们并没有丝毫畏惧。如果说她们曾担惊受怕，那是因为她们想到了在陆上寻访格兰特船长的朋友们，他们当时正在阿根廷共和国广袤的平原上漂泊。

曼格斯讲述的故事就这样结束了，格雷那万勋爵听罢对他倍加赞扬。他随即转身对玛丽说："亲爱的小姐，我看得出来，曼格斯船长对您那许多优秀品质十分钦佩。我还高兴地想到，您住在他的船上恐怕不会不快。"

"怎么可能不快呢？"玛丽看了看格雷那万夫人，也许还看了看年轻的船长。

"啊！我姐姐很爱您，曼格斯先生！"罗伯特嚷开了，"我呢，我也很爱您。"

"我也同样爱你，我亲爱的孩子。"曼格斯答道，孩子刚才的话弄得他有点张皇失措，玛丽脸上也泛起了一阵红晕。

为了使话题不那么让人难堪，曼格斯又补充说："我已经讲完了'邓肯号'航行的故事，阁下是否也说说你们横穿南美洲大陆的详细情况，以及咱们小英雄的伟绩呢？"

讲任何故事也不如讲这些事更能让格雷那万夫人和格兰特小姐听得惬意，因此格雷那万勋爵忙不迭讲起来，以满足她们两位的好奇心。他一个事故接着一个事故，把他们从太平洋到大西洋旅行的过程讲得完整而又周全：翻越安第斯山脉的科迪勒拉山的情况、大地震、罗伯特的失踪、南美神鹰抢孩子、塔尔卡夫那救命的一枪、红狼的插曲、少年罗伯特的自我牺牲精神、曼努埃尔中士、洪水、"稳必"树上避难、雷电、树上的大火、凯门鳄、飓风、大西洋沿岸之夜等等。各种各样的细节，令人愉快或令人胆寒的，都一一介绍出来，使听众忽而高兴，忽而害怕。许多情况一讲出来，就让小罗伯特受到他姐姐和格雷那万夫人温柔的抚爱。从来没有哪个孩子能像他一样得到如此热忱的朋友们的拥抱和亲吻。

格雷那万勋爵结束故事时，补充了这几句话："眼下，我的朋友们，必须想想我们当前的事了。过去的已经过去了，但未来是属于我们的。我们还是谈谈哈瑞·格兰特吧。"

午饭结束后，饭桌上的人都来到格雷那万夫人的私人客厅里。他们围坐在一张摆满航海地图和普通地图的桌子边，谈话立即开始了。

"我亲爱的海伦娜，"格雷那万勋爵说，"我们回船时，我曾告诉过您，尽管'布里塔尼亚号'失事的船员没有和我们一道回来，我们却比任何时候都更有希望找到他们。这样的信念，说得更确切些，这样的把握，是在我们穿行南美洲期间产生的：海难既没有发生在太平洋沿岸，也没有发生在大西洋沿岸。从这个业已确认的事实自然就得出这样的结论：我们对那份文件的诠释是错误的，尤其是关于巴塔哥尼亚那一段。幸亏我们的朋友帕噶乃尔突然灵机一动，发现了这个错误。他证实我们走了一条错误的路，他对那份文件做了全新的理解，他的说服力使我们心里不能再有任何怀疑了。他是用文件的法文版做解释的，我现在就请帕噶乃尔在这里再做一次说明，以便所有的人在这方面都不至于心存疑虑。"

学者在众人的催促下，立即讲解起来。他在分析 gonie 和 indi 这两个不完整的词时，说得头头是道，让人不能不信服。他一丝不苟地把 Australie（澳大利亚）这个词从 austral（南）中突出出来，证实格兰特船长在离开秘鲁海岸返回欧洲时，很可能因为无法操纵汽船而被太平洋南部的海流带到了澳大利亚沿岸。总而言之，他那些巧妙的假设、精细的推断赢得了曼格斯的全面赞同。要知道，船长在这方面是很挑剔的，从不会被别人用想象引入歧途。

帕噶乃尔论述完毕之后，格雷那万宣布，"邓肯号"即将启程奔赴澳大利亚。

不过，在船长下令游艇掉头向东航行之前，少校要求允许他再提一个简单的意见。

"说吧，少校。"格雷那万答道。

"我的目的并不是要削弱我的朋友帕噶乃尔的论据，更不是想驳倒那些论据。我认为那些论据很严谨、精辟，值得我们注意，而且我们理应将它们作为我们今后寻访船长的基础。但我希望大家最后再把那些论据斟酌一番，以使它们的重要性达到无可置疑也无人置疑的程度。"

谁都不知道这位谨慎的少校提出意见有何用意，所以他的听众只好带着有点担忧的心情听他说话。

"继续说下去，少校，"帕噶乃尔说，"我准备回答您所有的问题。"

"这再简单不过，"少校说，"五个月前，那时我们还停靠在克莱德湾，我们曾研究过那三份文件，当时我们觉得文件的表述是一目了然的。除了巴塔哥尼亚的西海岸，没有任何地方可以被看作那次海难事件的发生场地。我们当时对这个问题甚至没有产生过丝毫的怀疑。"

"您的思考非常正确。"格雷那万说。

"后来，"少校接着说，"帕噶乃尔因为心不在焉，鬼使神差地上了我们的船。当时我们就把那几份文件给他看了，他毫无保留地赞成我们去南美洲沿海寻访。"

"这点我承认。"帕噶乃尔说。

"但是，我们搞错了。"少校说。

"我们是搞错了，"帕噶乃尔重复他的话说，"可是，少校，只要是人，就难免出错，但只有坚持错误的人才是傻子。"

"且慢，帕噶乃尔，"少校回应道，"您可别着急生气。我的意思并不是要大家还留在美洲继续寻找。"

"那您究竟有什么要求呢？"格雷那万问。

"没有别的，只要求你们承认目前澳大利亚似乎是'布里塔尼亚号'海难发生的地点，跟当时美洲似乎是出事地点一样明显。"

"我们欣然承认。"帕噶乃尔答道。

"我要把您这承认的话记录在案，"少校又说，"我要利用您承认的话敦促您，别让您的想象力老跟着这接二连三、自相矛盾的'明显'走。去了澳大利亚之后，会不会有另一个地方又让我们相信有把握找到船长呢？如果我们再白找几次，会不会又冒出别的'明显'的地方去寻访呢？"

格雷那万和帕噶乃尔面面相觑，无言以对。少校质疑之正确，竟使他们大吃一惊。

少校接着说："因此，我希望在启程去澳大利亚之前再做最后一次验证。这是那三份文件，这是地图。我们必须连续不断地检验三十七度线经过的每一个地点，看看还有没有别的什么地方更符合文件提供的准确情况。"

"这再容易不过，而且花的时间会更少些，"帕噶乃尔回答说，"因为幸好这个纬度覆盖的陆地不算多。"

"我们来看看，"少校把一幅英文版的地球平面球形图展开，这幅地图是按照麦卡脱①的投影法绘制的，它把全球的地形都呈现在大家眼

---

① 麦卡脱（1512—1594），出生于佛拉芒地区的数学家和地理学家，现代数学地理的奠基人。——译注

前了。

地图摆在格雷那万夫人的面前，在场的人都坐了过来，以便聆听帕噶乃尔按地图做些说明。

"我刚才给你们讲过了，"地理学家说，"南纬三十七度线穿过南美洲之后，就遇上了特里斯坦-达库尼亚群岛。不过，我认为文件里没有一个词与这些岛屿有关联。"

大家一丝不苟地把文件审视一番之后，不得不承认帕噶乃尔说得有道理。特里斯坦-达库尼亚群岛便被大家一致否定了。

"现在我们继续找下去。"地理学家接着说，"出了大西洋，我们来到了纬度比好望角低两度的地方，随即进入印度洋。我们一路上只碰到一组岛屿——阿姆斯特丹群岛。我们现在像找特里斯坦-达库尼亚岛那样，再找找文件是否与这里有关联。"

经过仔细的对照，阿姆斯特丹群岛也排除在外了。无论是法文版、英文版，还是德文版，文件里没有一个完整或不完整的词与印度洋上这群岛屿有关。

"我们现在到了澳大利亚，"帕噶乃尔接着说，"三十七度线是从贝努依角开始穿过这个大陆的，然后从图福湾出来。你们恐怕会和我一样，承认英文的 stra 和法文的 austral 无须牵强附会，都适用于澳大利亚。事情明摆着，我用不着多解释。"

人人都同意帕噶乃尔的结论。这样的审校方法将一切可能性都集中到对他有利的方面来了。

"那就再往前看。"少校说。

"好，"帕噶乃尔响应道，"这样旅行起来倒很容易呀。在离开图福湾之后，我们就得穿过澳大利亚东边的这片海湾。接着就是新西兰。首先，我要提醒你们，法文版文件上的 contin 指'大陆'，这是不容置疑的。格兰特船长不可能在新西兰避难，因为新西兰只是一座岛屿。尽管如此,我仍然要敦请你们仔细审查、比较、推敲每一个词,看看那些词是否有万分之一的可能适用于这个地区。"

"绝无可能。"曼格斯仔细检查了文件和地图后说。

"不可能,"帕噶乃尔的听众加上少校都异口同声地说,"不,不可能是新西兰。"

"现在,"帕噶乃尔接着说,"在把这个大岛和美洲大陆隔离开来的那片广袤的海域,三十七度线只穿过一个贫瘠荒凉的小岛。"

"那小岛名叫?"少校问。

"请看地图。叫玛利亚-特雷萨岛,我在那三份文件里还没有发现跟这个名字有关联的任何痕迹。"

"的确没有。"格雷那万响应道。

"朋友们,我让你们来决定,看所有的可能性——就不说把握吧——是不是都集中在澳大利亚大陆上?"

"这太明显了。""邓肯号"的乘客和船长一致回答道。

于是,格雷那万对船长说:"约翰,船上的食物和煤炭都备足了吗?"

"备足了,阁下。我在塔尔卡瓦诺储备了大量的物资,再说,去好望角城里也很容易补充燃料。"

"很好。那就启程吧……"

"我还有个意见。"少校打断他朋友的话说。

"说吧,少校。"

"无论澳大利亚给我们的成功提供了怎样的保证,我们如果去特里斯坦-达库尼亚岛和阿姆斯特丹岛停靠一天或两天不是更好吗?反正这两座岛屿都在我们的旅行路线上,并不需要偏离航线多远。我们去那里可以知道'布里塔尼亚号'是否留下了失事的痕迹。"

"多疑的少校啊!"帕噶乃尔叫道,"他还很坚持!"

"我坚持,主要为了别走回头路,万一我们没有实现澳大利亚大陆让我们怀抱的希望怎么办？”

"我认为他的谨慎很不错。"格雷那万说。

"我不仅不会反对你们小心谨慎，"帕噶乃尔回敬一句，"恰恰相反，我还赞成哩。"

"那么，约翰，"格雷那万说，"命他们起航去特里斯坦-达库尼亚岛。"

"马上执行，阁下。"船长答道。

他立即走上甲板，罗伯特和玛丽用热烈的话语向格雷那万勋爵表示诚挚的感激。

片刻之后，"邓肯号"离开了美洲海岸，只见它的艏柱在大西洋劈波斩浪，风驰电掣般往东驶去。

第二章　特里斯坦-达库尼亚岛

　　澳大利亚与美洲之间的距离，更确切些说，澳洲的贝努依角与南美洲的科连特斯角之间的距离，是一百九十六经度。如果游艇沿着赤道线航行，就需要走一万一千七百六十海里。然而，游艇是沿着南纬三十七度线航行的，因为地球是圆球，这一百九十六经度就只需航行九千四百八十海里了。从美洲海岸到特里斯坦-达库尼亚岛有两千一百海里的路程，曼格斯希望，假如没有东风延缓航行速度，他的游艇能在十天之内走完这段航程。他的愿望正好得到了满足，因为在接近傍晚时，东风显著减弱，风向也随即改变。"邓肯号"便能在风平浪静的海面上充分发挥它无与伦比的优势。

　　乘客们在当天就恢复了平时在船上的生活习惯，仿佛不曾离开游艇一个月。太平洋水域离他们越来越远，大西洋的海水又展现在眼前了，虽有细微的差异，但海洋的波涛永远是大同小异的。大自然虽然严酷地考验过他们，现在却在集中力量厚爱他们。大西洋的水面十分宁静，海风从有利的方向吹拂过来。在西风的影响下，所有的船帆都在发挥威力，协助锅炉里永不疲倦的蒸汽推动航船前进。

　　这次快速的跨洋航行完成得十分顺利，既没有横生枝节，也没有遭遇事故。大家都信心百倍地等待着到达澳大利亚海岸，寻人成功的可能性正在变成必然性。他们聊天时谈到格兰特船长，就仿佛游艇正在开往既定的港口去接他回家。船上已经准备了他的房间和他两个伙伴的帆布吊铺，玛丽快活地为她父亲布置寝室，这房间还是奥尔比奈特先生让出来的哩，奥尔比奈特先生如今是和太太共用一个房间。这房间的隔壁就是帕噶乃尔在"斯科提亚号"上预定的那名声在外的"六号房"。

那位博学的地理学家几乎一直关着门待在那六号房里，原来他正在夜以继日地撰写一部著作，书名是《一位地理学家在阿根廷潘帕斯草原的崇高感受》。大家常常听见他用激动的嗓音先试念他那些优雅的文句，再把文字付诸笔记本的空白页。他不止一次，在写到兴头上时，不惜背叛司历史的女神克丽欧，而去乞灵于主持英雄叙事诗的女神卡丽奥珀。

帕噶乃尔并不隐瞒他祈求文艺女神的事实。格雷那万夫人经常向他致以诚挚的祝贺，少校也常常恭喜他得到神的眷顾。

"不过，"少校在恭喜之余也补充说，"最重要的，是千万别心不在焉，我亲爱的帕噶乃尔。假如您忽然心血来潮，想学澳大利亚语，可别用汉语语法去学习呀！"

就这样，船上的一切事情都十分顺利。格雷那万夫妇饶有兴味地观察着曼格斯和玛丽，不过，他们并没有发现什么值得挑剔的地方。有一件事显而易见：既然约翰并没有谈及此事，最好还是不要太在意。

"格兰特船长会怎么想呢？"有一天，格雷那万问格雷那万夫人。

"他会认为约翰配得上玛丽，我亲爱的爱德华，他不会看错。"

这时，游艇正快速地朝它的目的地航行。离开科连特斯角五天之后，也就是11月16日，和煦的西风已使人振奋了，凡是想绕过非洲

243

南端的船只无不欢迎而且适应这样的西风，因为那里往往刮东南风。"邓肯号"这时业已挂起了全部的船帆，前桅帆、后桅帆、第二层小方帆、顶帆、辅助帆，以及所有的上桅帆和支索帆，都一一张了开来，游艇因而可以大胆而神速地借左舷风往前行驶。它的艏柱劈开向后飞逝的流水，螺旋桨都险些咬不住水了。"邓肯号"仿佛在参加皇家泰晤士河游艇俱乐部组织的游艇竞赛。

次日，他们在航行中只见大洋水面上铺满了海藻，犹如一片被水草覆盖而又望不到边的池塘。"邓肯号"仿佛在一望无际的草原上滑行。

二十四小时过去了，拂晓时分，大家忽然听见水手喊："陆地！"

"在哪个方向？"正在值班的奥斯汀问。

"我们顺风这边。"水手答道。

一听见这种永远令人振奋的叫声，甲板上立刻挤满了人。一架望远镜从艉楼探出头来，紧接着探头的是帕噶乃尔。

学者把他的望远镜对准水手指出的方向，但没有看见任何类似陆地的地方。

"您往云端看。"曼格斯对他说。

"果然，"帕噶乃尔说，"那里好像有一个山峰，但几乎还看不见。"

"那就是特里斯坦–达库尼亚。"曼格斯说。

"这么说，如果我没有记错，"地理学家又说，"我们现在离那里应该有八十海里，因为高七千英尺的特里斯坦山峰正好在八十海里的距离可以看到。"

"完全正确。"约翰船长答道。

几个钟头之后，那高耸入云、崎岖陡峭的群岛便在地平线上清楚显现出来。特里斯坦山那圆锥形的山巅在霞光璀璨的天空背景下凸显出它那黑黑的身影，东升的旭日又以它万道金光将山峰点染得色彩斑澜。片刻之后，主要的岛屿便脱颖而出，雄踞于那片石山的顶峰，三角形的石山则向东北方向微微倾斜。

特里斯坦–达库尼亚岛位于南纬三十七度八分与格林尼治子午线以西的十度四十四分经度之间。在此岛西南十八海里处有一座岛屿叫难行岛；在东南十海里处还有一个名叫夜莺的岛屿加入其间，使大西洋的这一部分形成一个孤零零的岛屿群。快到正午时，"邓肯号"记下了两个供水手识路的主要岸边助航标志。其中一个是难行岛上的一角，那角上的岩石宛如一艘扬帆的航船；另一个在夜莺岛的北端，那里的两个小岛看上去活像一座坍塌的小堡垒。下午三点，"邓肯号"开进特里斯坦–达库尼亚岛的法莫思海湾。

海湾里停靠着几艘猎捕海豹和其他海生动物的捕鲸船，原来这一带海岸富产类别不同的海洋动物，种类不计其数。

曼格斯忙着寻找一处安全的停靠地点，因为这一带外海锚地常常受到西北风和北风的袭击，十分危险。1829 年，就在这个地方，英国的一艘双桅横帆船"朱丽亚号"连人带货失事沉没。"邓肯号"在离海岸半海里，水深二十英寻的岩石底海面上停泊下来。船上的男女乘客忙不迭登上游艇附带的一艘较大的船，来到一处沙地上了岸，那又细又黑的沙子乃是这岛上的岩石钙化后残留的细得摸不出来的粉末。

特里斯坦–达库尼亚岛群只有一个首府，那就是坐落在海湾深处的一个村庄，村庄旁边有一条水量丰富的山溪，汩汩流淌的溪水煞是动听。那里约莫有五十座住宅，清洁的住宅按几何图形排列，极为整齐，看上去好似英国建筑艺术最时兴的典范。在这个微型城市的背后，伸展着一千五百公顷的平原，平原周边是宽阔的熔岩石填成的路堤。在这片高地上，七千尺的圆锥形山巅耸入云霄。

格雷那万勋爵受到一位总督的接待，这位总督统领的地方接受大英帝国好望角殖民地的管辖。他一见总督便立即打听格兰特和"布里塔尼亚号"的下落。但这个名字在当地无人知晓，因为特里斯坦–达库尼亚群岛地处非航道线上，所以这里人烟稀少。"布伦顿–霍尔号"于 1821 年因在难行岛触礁而沉没，从那次轰动一时的海难发生到现在，曾有两艘轮船在特里斯坦–达库尼亚主岛附近搁浅。一次是 1845 年，失事的船只叫"普利莫盖号"；另一次发生在 1857 年，出事船只是美国的"费拉德尔菲亚号"。达库尼亚海难统计表上就记载了这三次事故。

格雷那万原本不妄想在这里得到更确切的消息，他询问岛上的总督，也只求问心无愧罢了。他甚至命游艇属下的所有船只都去绕群岛探寻一遍，那群岛的周围至多不过十七海里。这些岛屿即使再扩大三倍，也盛不下伦敦或巴黎。

在格雷那万询问总督的时候，"邓肯号"的乘客们就在村庄里和附近的海岸上闲逛。特里斯坦–达库尼亚岛的居民不超过一百五十人，都是英国人和美国人，这些人都与黑种女人或好望角的霍吞脱特族人结了婚，那些女人在丑陋方面真是独步天下。这类异种杂婚产生的子女体现出撒克逊人的生硬和非洲人的丑恶结合起来的令人厌恶的特质。

这些旅游者在漫步中深深体会到脚踏实地有多幸福，他们在岸上流连忘返，欣赏着连接海岸的那一片耕种过的平原，全岛也只有这个地方存在这样的平地。你随便走到任何其他地方，这海岸都是由熔岩构成的悬崖，陡峭而又贫瘠。那里居住着成千上万硕大的信天翁和呆头呆脑的企鹅。

参观的人们仔细察看了那些熔岩之后，便顺势登上那一片平原。只见那里到处流淌着潺潺的溪水，而活跃的溪水是来自圆锥形山巅上融化的积雪。翠绿的灌木丛中，鸟儿争鸣，百花争艳，给大地带来令人愉悦的生机。一棵高二十英尺的鼠李树在牧场的万绿丛中凸显出来。结辣子儿的蔓生植物巴西蔷薇、壮实而细穗纠结的狮子头草，还有些形状像灌木、生命力极强的植物和香脂味浓郁、沁人心脾的野草、苔藓、野芹菜和凤尾草等，形成了当地的植物群，数量不算多，但极为丰富。这景象使人感到永恒的春天正在向这个得天独厚的岛屿倾洒着温馨的甘霖。他建议格雷那万夫人去寻找一个仙洞，去那里接可爱的女神卡利普索的班，他没有别的要求，只希望在山林水泽间当一名服侍她的小仙女。

闲逛的客人们就这样边聊天边欣赏美景，直到夜幕降临时才回到游艇上。一路上，他们看见一群群的牛羊在村子周边吃草，欣欣向荣的麦子地、玉米地和四十年来从外地引进的瓜果蔬菜地展示着它们的富饶，一直延伸到首府的各条街道。

在格雷那万勋爵回到游艇的时候，"邓肯号"派出去的所有小船都陆续回来了。那些小船只花了几个小时便环绕群岛航行了一圈，但在途中没有发现任何与"布里塔尼亚号"有关的痕迹。这次环岛航行独一无二的结果，就是彻底把特里斯坦-达库尼亚岛从寻访计划里一笔勾销。

这样一来，"邓肯号"就可以离开这个非洲岛屿，继续往东边航行了。但他们并没有在当晚就启程，因为格雷那万勋爵批准船员的要求，去法莫思海湾沿岸捕猎数不胜数的海豹，这种时而叫作海牛，时而叫作海狮、海熊或海象的海豹，在这一带沿岸比比皆是，将法莫思海岸挤得水泄不通。从前，北极鲸很喜欢在这一带水域出没，然而，捕鲸手的追捕叉杀，使鲸类动物在群岛周围几乎绝迹了。相反，两栖类动物却成群结队地栖息在这里，所以，船员们决定乘夜色尽情猎捕海豹，次日好熬油大批储藏起来。于是，"邓肯号"将起程日期推迟到后天，即 11 月 20 日。

吃晚餐的时候，帕噶乃尔给大家讲了一些关于特里斯坦-达库尼亚岛的详细情况，听众无不兴味盎然地仔细聆听。这群岛屿是由葡萄牙人特里斯坦–达库尼亚于 1506 年发现的，特里斯坦–达库尼亚原来是著名探险家阿尔布开克的旅伴。这群岛屿被发现后一百多年都无人开发，各岛屿都以暴风骤雨的巢穴著称，此地的名声不比百慕德斯岛好多少。凡在此地着陆的船只，没有不是因为遭遇大西洋上的风暴而被迫停靠的。

1697 年，三艘印度公司的荷兰大船在这里停靠过，船上的人还测定了这群岛屿的坐标，英国天文学家哈雷又在 1700 年核校了他们的数据。从 1712 年到 1767 年，几位法兰西航海家对这群岛屿也有所认识，其中最引人注目的是法国航海家拉佩鲁斯，他在 1785 年那次闻名遐迩的航海过程中就曾到这个群岛调查。

这个群岛一直十分荒凉寂寥，直到 1811 年，一位名叫乔纳森·兰伯特的美国人开始在这里殖民开垦。他和两个同伴在那年的一月份到达这里，随即勇敢地干起了殖民垦荒的行当。好望角的英国总督得知他们在岛上兴旺起来，便建议给予他们大英帝国保护地的头衔。乔纳森接受了建议，在他那茅草屋顶上挂起了英国国旗。他看上去似乎可以安安稳稳地统治由一个意大利老人和一个葡萄牙黑白混血儿组成的"臣民"了，谁知有一天，他在巡视他的王国海岸时，竟失脚落水，或被推下水身亡了，具体情况不得而知。到了 1816 年，拿破仑被送到圣赫勒拿关押，为了更有效地看守他，英国在阿森松岛组建了一支驻岛警卫队，也向特里斯坦–达库尼亚岛派了驻岛警卫队。特里斯坦的驻军由好望角派来的一连炮兵和一队霍吞脱特族的士兵组成。这支队伍一直待在那里，直到 1821 年圣赫勒拿的囚徒过世，官兵都回到了好望角。

"当时，只有一个欧洲人留了下来，"帕噶乃尔补充道，"一个下士，苏格兰人……"

"哦！一个苏格兰人！"少校说，他一听人说起同胞总是特别感兴趣。

"对，这苏格兰人的名字叫威廉·格拉斯，"帕噶乃尔答道，"他同他的妻子和两个霍吞脱特族人一道在岛上留了下来。过不多久，又有两个英国人前来加入苏格兰人的留守队，其中一个是水手，另一个是泰晤士河上的渔夫，曾在阿根廷军队里当过龙骑兵。1821 年，"布伦顿-霍尔号"失事后，一个脱险的乘客带着他年轻的妻子来到特里斯坦岛寻求庇护。因此这座岛屿共有六个男人和两个女人。1829 年，岛民已上升到七男六女，还有十四个孩子。到 1835 年，这个数字上升到四十人，如今，这里的人口已增加到了三倍。"

"国家就是这样形成的嘛。"格雷那万说。

"为了使特里斯坦-达库尼亚岛的历史更完整，我还要补充一点，"帕噶乃尔又说，"我认为这座岛屿和胡安·费尔南德斯岛一样，应当以鲁滨孙岛之称而闻名于世。不错，先后有两名水手被抛弃在胡安·费尔南德斯岛，但也有两位学者差点流落在特里斯坦-达库尼亚岛上呀。1793 年，我的一个同胞，博物学家沃贝尔·迪伯提-图阿尔在这座岛上采集植物标本，采到兴头上时，竟迷了路，幸好在轮船船长命令起锚时他赶回去了。1824 年，我亲爱的格雷那万，您的一个名叫奥古斯特·依尔的同胞——那是一位非常熟练的素描画家，他被遗忘在岛上长达八个月，因为他搭乘的轮船船长在起航去好望角时，忘记了他还在陆地上。"

"那可真称得上是马大哈船长，"少校插嘴说，"帕噶乃尔，此人一定是您的亲戚吧？"

"少校，即使这船长不是我的亲戚，他也应该当我的亲戚！"

闲聊就以地理学家这句话结束了。

当夜，"邓肯号"的全体船员打猎收获颇丰：约莫五十头肥海豹命赴黄泉，第二天就忙着熬制这值钱的两栖类动物的油并剥它们的皮了。船上的乘客又去岛上再次游览一番，格雷那万和少校免不了带上枪去找野味。他们在散步当中不觉走到了山脚下，那里遍地都是风化了的碎片、火山岩渣、黑色而又多细孔的熔岩，以及火山爆发留下的所有碎屑。山脚就是从乱七八糟摇摇欲坠的岩石堆中现出来的，要弄错那圆锥形的庞然大物的性质相当困难，英国船长卡米恰埃尔就不无根据地认为，这是一座死火山。

猎手远远瞥见了几头野猪，其中有一头被少校的子弹击中倒下了。格雷那万只打到了几对黑竹鸡，船上的厨师可以做一份美味无比的烤野味串。在高高的山巅上，可以隐约看见不少山羊。那些野山猫既傲慢、大胆，又强壮、凶狠，连狗见了都有些胆寒。野山猫繁殖迅速，成群结队，有可能在某一天发展成与众不同的猛兽。

傍晚八点整，所有的船员和乘客都回到了船上。"邓肯号"就在当天夜里离开了它再也不可能重见的特里斯坦-达库尼亚岛。

第三章　阿姆斯特丹岛

曼格斯的意图是去好望角加煤，他不得不稍稍偏离三十六度线，往北航行两度。"邓肯号"处在信风区下边，所以经常遇到强劲的西风，这对它的航行十分有利。不到六天，游艇已经走完了特里斯坦-达库尼亚岛与非洲南端之间相距一千三百海里的海域。11 月 24 日下午三时，船上的乘客远远望去，已经见到了桌山。过了不久，曼格斯就测定了信号山的方位，信号山就是海湾入口处的标志。接近八点时，游艇进入海湾，在开普敦港下了碇。

作为地理学会的会员，帕噶乃尔不会不知道，非洲南端的海角第一次被葡萄牙海军上将巴特勒米·迪亚兹隐约看见是在 1486 年，而闻名遐迩的航海家达伽马第一次绕过非洲南海角已是 1497 年的事了。帕噶乃尔既然熟读过卡莫安斯的作品，而卡莫安斯又在他的作品《路西亚颂歌》里歌颂过这位伟大航海家的业绩，他对此怎么可能一无所知呢？然而，地理学家对这件事情却有一番奇谈怪论：如果迪亚兹在 1486 年，即哥伦布首次航海之前六年，就乘船绕过了好望角，那么，发现美洲的壮举就会无限期延迟下去，因为绕好望角的航道是去东印度最短、最直、最便捷的一条航道。如果不是为了缩短去"香料之

251

国"的旅程，那位热那亚航海家驾船深入西边探险又是为了什么呢？一旦有人绕过了好望角，哥伦布的远征就失去了目标，他也许就不会进行那次探险了。

开普敦城坐落在开普湾深处，是荷兰人冯·瑞伯克于 1652 年建立的。那是一个举足轻重的殖民地的首府，那片殖民地最后归属大英帝国，是在 1815 年签订条约之后的事。"邓肯号"上的乘客立即利用停泊的机会上岸游览，他们只有十二个钟头的时间可以闲逛，因为曼格斯船长只需要一天补充煤炭，他打算在 26 日一大早就启程。

再说，游遍全城也不需要更多的时间，所谓开普敦城不过是一个由住宅形成许多方格的很规正的棋盘。在棋盘上，三万居民分别扮演着国王、王后、骑士、小卒，也许还有小丑的角色，居民中有白人，也有黑人。至少帕噶乃尔是这样谈论这个城市的。游览开普敦，先看看耸立在城东南的城堡、政府所在地的房屋和花园、交易所、博物馆、由巴特勒米·迪亚兹在发现开普敦时竖立的石头十字架，再喝一杯康斯坦斯酒厂生产的葡萄酒，余下要做的也就是打道回府了。我们这批远征的游子正是这样行动的，在第二天曙光初露时便离开那里启程远航了。"邓肯号"开航时支起了它的三角帆、前桅支索帆、前桅帆以及第二层小方帆，几个钟头之后便绕过了那名声在外的风暴角，只有乐观的葡萄牙国王约翰二世才会很笨拙地给它取了一个好听的名字叫"好望角"。

从好望角到阿姆斯特丹岛需要航行两千九百海里，如果风平浪静，又有顺风助兴，十天左右就可以走完这段路程。这批航海家在海上旅行比在潘帕斯草原旅行更幸运，现在对大自然提供的生存条件倒没有什么可抱怨的：风和水，在陆地上曾沆瀣一气袭击他们，现在却团结一致推动他们前进。

"啊！大海！大海！"帕噶乃尔不住地重复着说，"大海乃是人类发挥自身力量的绝好场地；船舰乃是传播文明的真正载体！我的朋友们，你们想想呀，如果地球全部是无边无际的陆地，在 19 世纪人类恐怕还没有认识它千分之一的土地哩。你们瞧瞧大陆内部在发生什么样的情况吧。如今，在西伯利亚大草原，在中亚大平原，在非洲的沙漠地带，在美洲的草地，在澳大利亚广袤的土地上，在两极那万里冰封的寂寥土地上，人类几乎还不敢前去冒险，最大胆的人去那里也得退缩，最勇敢的人去那里也会死于非命。谁都不能走到那些地方，因为交通工具远远不够，那些地方的炎热、疾病和当地土人的野蛮都构成不可逾越的障碍。在沙漠里，二十英里的距离使人们隔离的程度远远超过海上五百海里的距离！在海洋，从一个海岸到另一个海岸，人们都算是邻居；而在大陆，一片小小的森林把人们隔开，大家就互有外人的感觉了！英国和澳大利亚相距甚远，人们的感觉却仿佛是国土相连；而埃及，却好像与塞内加尔相距几百万法里；北京和圣彼得堡简直就像一个在南极，另一个在北极！在今天，横穿大洋比横穿一个小小的撒哈拉沙漠更容易。'正因为有了海洋，'一位学者十分正确地指出，'全世界的各大陆之间才得以建立普遍的亲密关系。'"

帕噶乃尔热情洋溢地说着，连爱挑剔的少校也没能在这篇海洋颂歌里找出一个字横加指责。假如为了寻找格兰特，必须在陆地上沿南纬三十七度线走，这次行动计划恐怕就没有什么人敢尝试实行了。但海洋就不同了，海洋可以把勇敢的寻访人从一个大陆运到另一个大陆。所以，在 12 月 6 日凌晨，海洋便迎着第一缕曙光把一座新的山峰从它那万顷波涛的怀抱中举出了水面。

那就是阿姆斯特丹岛。此岛位于南纬三十七度四十七分和东经七十七度二十四分，天气晴朗时，在离它五十海里的地方就可以看见它那圆锥形的山峰。清晨八点，这座岛屿的形状还有些模糊，但已经相当准确地凸显了特内里费峰的面貌。

"因此，"格雷那万说，"阿姆斯特丹岛和特里斯坦-达库尼亚岛有相似之处。"

"您的结论非常有判断力，"帕噶乃尔响应道，"按照几何定理，两座岛屿都与第三座岛屿相似，则此两岛亦必然相似。我还要补充一点，阿姆斯特丹岛和特里斯坦-达库尼亚岛一样，也富产海豹和鲁滨孙。"

"这么说，到处都有鲁滨孙啦？"格雷那万夫人问。

"请相信我，夫人，"帕噶乃尔答道，"就我所知，很少有岛屿没有过类似的遇险故事。在贵同胞丹尼尔·笛福写他那不朽杰作之前，这类历险记早就层出不穷了。"

"帕噶乃尔先生，"玛丽说，"您允许我提一个问题吗？"

"提两个问题也可以，我亲爱的小姐，我保证答复您。"

"那好，"少女又说，"当您想到自己被抛弃在荒岛上时，您怕不怕？"

"我会害怕？"帕噶乃尔大声嚷起来。

"您拉倒吧，我的朋友，"少校说，"您总不至于说，被丢在荒岛上是您最热切的希望吧？"

"我倒不会硬这么说，"地理学家反驳道，"但无论如何，我不会太讨厌历险。到那时，我会给自己营造一种全新的生活。我要打猎、捕鱼。冬天，我选一个岩洞住，夏天则住在树上。我要为我的收成开好多商店，总之，我要开发经营我的岛屿。"

"就您一个人？"

"如有必要，就我一个人。再说，世界上曾有过真正孤单的人吗？难道不可以去动物种群里选一些朋友吗？难道不能驯养一只山羊羔，一只口若悬河的鹦鹉，一只可爱的猴子？万一你遇上像星期五那样忠实的同伴，你还需要什么才能感到幸福呢？两个朋友一起住在悬崖峭壁上，那就是福气！假设少校和我……"

"谢谢吧，"少校回答说，"我对扮演鲁滨孙可没有一点兴趣，我一定演得很糟。"

"亲爱的帕噶乃尔先生，"格雷那万夫人说，"又是您的想象力把您带到虚无缥缈的境地了。但我想，现实和梦想是截然不同的。您只一味地想那些虚构的鲁滨孙，把他们小心扔到您精心选好的海岛上，大自然又把他们娇惯成了宠儿！您只爱看事物好的一面！"

"怎么！夫人，您不认为生活在荒岛上的人也可以感到快乐？"

"我不认为荒岛上的人会快乐。人生来就是为了过社会生活，而不是为了享受孤独。寂寞只能引起绝望。这是个时间问题。一开始，对物质生活的忧虑，对生存的强烈愿望可以使刚刚从海上得救的不幸遇险者分分心。考虑当前急需的东西也可以使他暂时忘记将来的威胁，这些都是可能的。但这一切过去之后，他感到了孤独，想到无望再见到自己的国家和自己的爱人，他又该想些什么呢？他又该怎样地痛苦呢？那里只有他孤身一人所在的小岛，那就是他全部的世界。全人类都局限在他一个人身上，当他的死期来临时，在被抛弃的状态下死亡该多可怕呀，他死得就像是世界末日最后一个死亡的人！请相信我吧，帕噶乃尔先生，最好别做这样一个人！"

帕噶乃尔虽然感到遗憾，还是被格雷那万夫人的论据说服了。他们的闲聊就围绕着孤独的优缺点这个话题展开，谈话一直延续到"邓肯号"在离阿姆斯特丹岛海岸一海里的地方停泊下来时为止。

印度洋上这个孤零零的岛屿群由两个迥然不同的岛屿组成，两座岛屿之间的距离约莫三十三海里，恰巧位于印度半岛的子午线上。北边是阿姆斯特丹岛，或曰圣皮埃尔岛；南边是圣保罗岛。但有必要在这里说说，这两座岛屿经常被地理学家和航海家混淆起来。

这两座岛屿是 1796 年由荷兰人弗拉明发现的，后来，驾"希望号"和"探寻号"寻找拉彼鲁兹海峡的当特卡斯脱又踏勘过这座岛。混淆那两座岛屿的时间正是从这次探险旅行开始的:先是水手巴罗和波当-波普雷在当特卡斯脱的地图册里将它们混淆起来,然后是霍斯伯格、品克滕和其他一些地理学家,总爱把圣皮埃尔岛描写成圣保罗岛,或把圣保罗岛写成圣皮埃尔岛。1859 年,奥地利一艘三桅战舰"诺瓦拉号"的军官们在环球航行时,曾避免重犯这个错误。现在,是帕噶乃尔坚持要把这个错误纠正过来。

圣保罗岛位于阿姆斯特丹岛的南边,是一个无人居住的小岛,岛上只有一座圆锥形的小山,估计是昔日的一座火山。阿姆斯特丹岛却恰恰相反,它方圆可能有十二英里,这时,"邓肯号"船上的小艇正在把乘客们送往这座岛屿。岛上居住着几个自愿离乡背井到这里过隐居生活的人,他们对这种可悲的生存方式已经习以为常了。他们都是渔场的看守,那渔场连同这座岛屿,都属于留尼汪岛商人奥托万先生。主宰该岛的国君还没有被欧洲列强承认,但他每年的元首专用款已经是七万五千到八万法郎了。他获得收益的途径是渔业和腌制业,腌制的主要是唇指鱼,俗名叫海鳕鱼,每年有大量运往外地。

"邓肯号"于 1864 年 12 月 6 日停泊在阿姆斯特丹岛附近时,这座岛屿的人口已上升至三人,一个法国人,两个黑白混血儿,这三人都是该岛的岛主兼商人雇请的伙计。因此,帕噶乃尔就能够与那位法国同胞,年迈而又德高望重的威奥先生握手了。这"睿智老者"彬彬有礼地殷勤接待岛上的客人,以尽地主之谊。他能在岛上接待一些可爱的外宾,这一天对他来说实在是一个喜庆的日子。圣皮埃尔岛平时只有捕猎海豹的渔夫和极少数的捕鲸人光临,那些人平时粗俗无礼,成天同鲨鱼打交道,能有什么长进呢。

威奥先生介绍了他的部下,也就是那两个黑白混血儿,他们三人就是岛上现有的全部居民,外加猪圈里养的几头野猪和几千只傻乎乎的企鹅。三座岛民住的小房子在西南边一个天然港湾的深处，这港湾是由山的一角崩塌而形成的。

早在奥托万一世统治该岛之前，圣皮埃尔岛就已成为海难事故幸存者的栖身之地了。帕噶乃尔讲他的第一个故事时，开宗明义说的是：《两位苏格兰人阿姆斯特丹岛落难记》，这个主题引起了听众极大的兴趣。

故事发生在1827年。英国轮船"帕米拉号"从该岛附近经过时，远远望见一股轻烟在空中升起。船长连忙命船靠近海岸，不一会便看见两个男人正在打着遇难的信号。他派船去岛上营救了那两个人，其中一个叫雅克·派纳，是一个二十二岁的小伙子；另一个叫罗伯特·普劳夫特，四十八岁。这两个不幸的人已经看不出人的样子了。十八个月以来，他们一直生活在苦难、穷困和痛苦之中：几乎没有食品可吃，几乎没有淡水可喝，他们以蚌类维持生命，用弯钉子钓鱼，有时跑着抓只野猪崽，但也曾挨饿三天三夜而无任何东西进嘴。他们像古罗马供奉女灶神的贞女一般守护着用最后一块火绒点着了的火，生怕那救命火熄灭，连出门在外也带在身边，仿佛那是一个无价之宝。派纳和普劳夫特是由一艘捕猎海豹的纵帆船带到岛上来的，按照渔夫们的习惯，他们应当在岛上住一个月，剥海豹皮，熬海豹油，等待那艘纵帆船返回海岛。但那艘纵帆船再也没有出现过。五个月之后，一艘去范迪门地①的船"希望号"来到海岛附近靠岸，然而，那船长不知发了什么说不清道不明的牛脾气，竟然拒绝接收这两个苏格兰人。他驾船扬长而去，连一块饼干、一把火刀都没有给他们留下。当然，如果没有"帕米拉号"打阿姆斯特丹岛经过，把他们救上船，这两个倒霉的人肯定会不久于人世。

---

① 塔斯马尼亚岛的旧称。——译注

257

阿姆斯特丹岛的历史——如果这样一个悬崖峭壁还能有历史的话——记载的另一个惊险故事发生在佩隆船长身上，这次说的是法国人。这个惊险故事的开头和结尾都和那两个苏格兰人的遭遇一样：他志愿来岛上停留一段时间，但他的船没有回到岛上。在岛上落难四十个月之后，幸亏有一艘外籍船偶然被风带到了这群岛屿附近。不过，岛上发生的血腥惨剧显示出佩隆船长在岛上过着怎样的生活，也说明那里发生的事与丹尼尔·笛福在小说中虚构的主人公回到岛上所经历的事件有着惊人的相似之处。

　　佩隆船长率领四名船员——其中两名英国人，两名法国人——在这座岛上登陆，他准备用十五个月的时间捕猎海狮。猎事的收获颇丰，然而，十五个月过去之后，他们的船并没有再出现在海上。眼看着粮食一天天消耗殆尽，他们的国际关系也变得越来越难以维持。那两个英国水手开始闹事反对佩隆船长，如果没有他的同胞救援，佩隆船长恐怕会死在那两名英国船员的手里。自那一刻开始，敌对的双方互相监视，昼夜不停。他们随时准备动武，武斗中互有胜负，他们就这样成天过着缺衣少食、忧心忡忡的恐惧生活。当然，假如没有某艘英国船只把这些滞留在印度洋荒岛上、被毫无意义的国籍问题分成两派的可怜虫救回国，这几个人肯定不是你死就是我活。

　　以上就是岛上发生的两桩落难事件。阿姆斯特丹岛就这样两次变成了落难水手的家园，而上天又两次把他们从困苦和死亡中搭救出来。然而，自那两次以后，再没有一艘船在那一带海岸失事过。假如有沉船事件发生，一定会有失事船只的残骸漂流到海滩上，而且落水幸存的人也会来到威奥先生的渔场。可是，这位老人住在岛上已经很多年头了，他却从没有得到机会热情接待那些海洋的牺牲者以实现他好客的夙愿。关于"布里塔尼亚号"和格兰特船长，他真的一无所知。无论是阿姆斯特丹岛，还是捕鲸人或捕鱼人常来常往的圣保罗岛，都不是那次海难的出事现场。

　　格雷那万听了老人的回答既不吃惊，也不悲伤。他和同伴在各种各样的停泊场所设法打听的，是格兰特船长是否不在那里，而不是格兰特船长是否在那里。他们想证实的，是这位船长并不在三十七度线的那些不同的点上，如此而已。因此，"邓肯号"决定次日启程。

　　乘客们在岛上游览直到傍晚，从表面看上去，那里的风景非常迷人，但是就岛上的动物群落和植物群而言，就是行文最冗长的博物学家也写不出八开本的一页。属于四足动物目、鸟目、鱼目和鲸目的动物只有几头野猪、一些纯白海燕、信天翁、鲈鱼和海豹。温泉和含铁的矿泉从漫山遍野的淡黑色熔岩中喷出来，浓浓的蒸气一直弥漫到火山土质的地面上空。其中有些温泉的水温非常高，曼格斯把温度表放进去，竟达八十摄氏度。刚从几步远的海里捞上来的鱼，放进这种几乎沸腾的水里，几分钟就煮熟了。帕噶乃尔一见此状便决定放弃洗温泉浴。

　　大家尽兴游玩一番之后，傍晚时分，格雷那万便向忠厚的威奥老先生告辞了。人人都祝愿他在荒凉的小岛上尽可能称心如意。老者在答谢时也祝愿他们这次远征马到成功。"邓肯号"派出的小船随即把乘客接回了游艇。

第四章　帕噶乃尔与少校打赌

"邓肯号"的几个锅炉在 12 月 7 日凌晨 3 时已经呼呼地轰响起来；水手们开始卷绞盘，起锚，船锚随即离开那小港湾的沙底，回到锚架上。螺旋桨转动起来，游艇又进入了公海。清晨八点，乘客们来到甲板上时，阿姆斯特丹岛正渐渐消失在地平线上的浓雾中。这是沿三十七度线航行的最后一站，目前离澳大利亚海岸还有三千海里。只要西风还能维持十多天，只要海上继续风平浪静，"邓肯号"就一定能到达这次旅行的目的地。

玛丽和罗伯特看着海上的波涛，心里油然升起无限的惆怅，"布里塔尼亚号"在失事前几天想必也曾划破这里的万顷波涛。兴许就在那里，格兰特船长眼看自己的船被风浪摧毁，水手减员严重，却继续坚持抵抗印度洋上骇人的飓风，并感觉到自己正被一股难以抗拒的力量拖到海岸上。曼格斯把航海地图上标明的每股海流指给玛丽看，并向她解释那些海流平时各自的去向。其中的一股是印度洋的横贯海流，它是自西往东流，在太平洋跟大西洋一样。由此看来，"布里塔尼亚号"的全部桅杆齐刷刷被折断后，它的舵也一定被打得解了体，也就是说，它已完全被解除了武装，对天公和大海的肆虐已无能为力，只好听天由命，任海流推着冲向海岸，被海岸撞得粉身碎骨。

不过这里也有一个难以解释的问题：据《商船与海运报》记载，格兰特船长的最后消息是 1862 年 5 月 30 日自秘鲁的卡亚俄发出的，那么，"布里塔尼亚号"怎么可能在离开秘鲁海岸刚刚一周之后的 6 月 7 日来到印度洋呢？就此问题咨询了帕噶乃尔后，那位学者做了合情合理的回答，听了他的解释，就连最挑剔的人也不得不表示满意。

那是在 12 月 12 日的傍晚，当时离开阿姆斯特丹岛已经六天了。格雷那万勋爵和夫人、罗伯特和玛丽、曼格斯船长、少校和帕噶乃尔在艉楼上闲聊。和往常一样，他们谈话的主题仍旧是"布里塔尼亚号"，因为这是当时船上所有人唯一的心事。谈话间，那个难以解答的问题恰巧在无意中被提了出来，提出这个问题的直接结果无异于给大家思想上的这条希望之路开了红灯。

帕噶乃尔猛然听到格雷那万提出这个未曾料到的问题，连忙抬起了头。他一声不吭，立即去取文件。他回来时只耸了耸肩，好像为自己竟然被这样一个"不足挂齿"的问题难住了而羞愧。

"看样子您很有把握，我亲爱的朋友，"格雷那万说，"但无论如何您起码给我们一个答复呀。"

"我不回答，"帕噶乃尔说，"我只提一个问题，是问曼格斯船长的。"

"您请说吧，帕噶乃尔先生。"曼格斯说。

"一艘快艇能不能在一个月内穿过整个太平洋，包括从美洲到澳大利亚那一片海洋？"

"能，只要每二十四小时航行两百海里就成。"

"那样的速度是否超过了常规速度？"

"一点没有超过。快速帆船满帆航行经常可以达到更快的速度。"

"那好，"帕噶乃尔又说，"我们现在看这份文件先不要认定'6 月 7 日'，我们假定海水吃掉了一个数字，请看，是'6 月 17 日'或'6

月 27 日',一切不都得到解释了吗?"

"原来如此,"格雷那万夫人响应道,"从 5 月 31 日到 6 月 27 日……"

"格兰特船长完全可以穿过太平洋,来到印度洋!"

大家都热烈而又满意地认可了帕噶乃尔这个结论。

"又有一点得到澄清了!"格雷那万说,"这都是我们这位朋友的功劳。现在我们只要一心等着到达澳大利亚,去这个大陆的西海岸寻找'布里塔尼亚号'的踪迹就行了。"

"或者去大陆的东岸寻找。"曼格斯补充一句。

"真的,您说得对,约翰。文件上并没有指出出事地点一定在西海岸而不是在东海岸。因此,我们寻找的重点应该在三十七度线穿过澳大利亚的东西两端。"

"这样寻找,爵士,"玛丽说,"是否说明又有问题了呢?"

"哦!那倒不是,小姐,"曼格斯忙不迭回答她说,他想消除玛丽的疑虑,"阁下的意思是,如果格兰特船长是在澳大利亚东海岸登陆,他应该马上得到救援。因为东海岸可以说是属于英国的,在那里住的人都是英国的移殖民。'布里塔尼亚号'的全体船员走不了十英里就可以遇到同胞。"

"说得好,曼格斯船长。"帕噶乃尔响应道,"我同意您的意见。在东海岸,在图福湾,在埃登城,格兰特不仅可以在英国殖民地区找到庇护所,而且能够找到交通工具回欧洲。"

"这么说,"格雷那万夫人说,"遇难的人在我们'邓肯号'即将到达的澳大利亚那一带就不可能找到跟东边同样的机会啦?"

"不可能找到,夫人,"帕噶乃尔答道,"西边的海岸很荒凉。没有任何可通行的道路连接海岸和墨尔本或者阿德莱德。假如'布里塔尼亚号'撞上了海边的暗礁,它什么救援也得不到,就好像它是在非洲那些荒凉的海滩搁浅一样。"

"要那样，"玛丽问，"这两年我父亲怎么样了呢？"

"我亲爱的玛丽，"帕噶乃尔回答说，"您确信格兰特船长在他的船失事后是在澳大利亚登陆的，不是吗？"

"是的，帕噶乃尔先生。"姑娘答道。

"那么，一旦到了这个大陆，格兰特船长的情况又如何呢？在这里我们能推测的可能性比较有限：只有三种。或许格兰特船长和同伴去到英国殖民地了；或许他们落入了当地土著人之手；或许他们消失在广袤而荒无人烟的澳大利亚土地上了。"

帕噶乃尔说到这里便停住不说了，他在听众的眼神里寻找赞同他推测方式的表情。

"继续说下去，帕噶乃尔。"格雷那万勋爵说。

"我继续说下去，"帕噶乃尔答道，"首先，我拒绝第一种推测。格兰特不可能到达英国殖民地，要是去了那里，他的生命是有保障的，他早就回到钟爱的故乡邓迪城去和儿女团聚了。"

"可怜的父亲！"玛丽轻轻说，"他和我们分别已经两年了！"

"让帕噶乃尔先生说下去吧，姐姐。"罗伯特说，"他最后会告诉我们……"

"唉！我的孩子，我不可能告诉你们什么确切的东西！我能肯定的，也只是格兰特船长成了澳大利亚人的俘虏，或者……"

"但那些澳洲本土的人，"格雷那万夫人连忙问，"是不是……"

"您放心，夫人，"学者回答说，他深知格雷那万夫人心里在想什么，"那里的土著人是没有开化，也很迟钝，处在人类智慧的最低层次，但他们生性温和，不像他们的邻居新西兰人那样嗜血成性。假如他们抓住了'布里塔尼亚号'的遇险船员当俘虏，绝不会威胁俘虏的生命，这一点您可以相信我。所有去过那里的旅行家一致同意这个观点，即澳大利亚人最憎恶流血，有许多次，旅行家们都把他们当成忠实的盟友，以抵御正在那里服刑的囚徒帮的进攻，只有那些囚徒才格外残酷哩。"

"您听见帕噶乃尔说的话了，"格雷那万夫人转身对玛丽说，"如果你们的父亲落入了当地土著人之手，我们一定能找到他们，那份文件上说的也是这个意思。"

"假如他在那幅员辽阔的地区迷了路怎么办？"玛丽回答她说，但眼神却在询问帕噶乃尔。

"就算迷了路，"信心百倍的地理学家提高声音说，"我们也能找到他！对不对，朋友们？"

"毫无疑问，"格雷那万响应说，他很想让这次聊天的气氛乐观一些，"我不相信人会迷路……"

"我也不相信。"帕噶乃尔加一句。

"澳大利亚很大吗？"罗伯特问。

"澳大利亚嘛，我的孩子，大约有七亿七千五百万公顷的土地，相当于欧洲的五分之四。"

"有那么大？"少校问。

"是的，少校，也就一码之差吧。文件称这片土地为大陆，您认为如此幅员广阔的地区有没有权利取得这样的称号呢？"

"当然有权，帕噶乃尔。"

"我还要补充几句，"学者又说，"历史上很少记载旅行家在这个辽阔的地区走失的例子。我甚至相信只有雷查德一个人在那里下落不明，在我这次出发前不久，我曾在地理学会得知，麦克·英泰尔认为他已经找到了雷查德的踪迹。"

"澳洲的各个部分是否还没有得到全面的勘察呢？"格雷那万夫人问。

"还没有，夫人。"帕噶乃尔答道，"差得远哩！这个大陆并不比非洲内陆更为人所知，不过这也不是探险旅行家们的过错。从 1606 年一直到 1862 年，已经有五十个以上的探险旅行家在澳大利亚内陆和沿海一带踏勘过。"

"哦！五十位！"少校用怀疑的态度重复一句。

"没错！少校，就是五十个。我说的是那些冒险试航澳大利亚海岸的水手以及横穿澳洲大陆探险的旅行家。"

"即使这样，说五十个也太多了。"少校反驳他说。

"您认为太多，我还可以说更多呢，少校。"地理学家毫不示弱，他一见有人反驳就特别兴奋。

"那您就说更多吧，帕噶乃尔。"

"您只要说不相信，我就一口气把这五十个人的名字说给您听。"

"噢！"少校若无其事地说，"学者就这样子！人家说什么，他们相信什么。"

"少校，"帕噶乃尔又说，"您敢不敢用您那支佩德·摩尔–迪克森步枪和我的塞克雷坦望远镜打赌？"

"干吗不敢？帕噶乃尔，只要您愿意。"少校答道。

"那好！少校。"学者嚷道，"没有这步枪，您可就打不了羚羊，也打不了狐狸啦，除非我再借给您，我倒是永远乐意出借的！"

"帕噶乃尔，"少校认真地回答说，"您什么时候需要我的望远镜，这望远镜随时供您使用。"

"那我们就开始吧！"帕噶乃尔说，"女士们，先生们，诸位既是观众，也是裁判。你，罗伯特，你来记数。"

于是，被他们的争论逗得欢天喜地的格雷那万勋爵和夫人，玛丽和罗伯特，少校和曼格斯都准备洗耳恭听地理学家报名字。再说，争论的焦点又与"邓肯号"此次航行的目的地澳大利亚有关，现在来谈这个大陆的历史真是恰逢其时。因此，大家连忙请帕噶乃尔开始施展他的记忆术。

"啊，"帕噶乃尔叫道，"记忆女神，贞洁的九位缪斯的母亲，请给予您忠实而热忱的膜拜者以灵感吧！朋友们，在二百五十年前，澳大利亚还不为世人所知晓。当时，人们的确曾揣测在南边的大洋里有一个辽阔的大陆存在。亲爱的格雷那万，你们大英博物馆的图书馆里保存了两张地图，地图出版的时间是 1550 年，地图上提到，在亚洲以南有一片土地，名叫葡萄牙大爪哇。但这两张地图并不十分真实可靠。所以，我现在从 17 世纪，从 1606 年开始说。在那一年，一位叫基罗斯的西班牙航海家发现一片土地，他将其命名为'圣灵之地澳大利亚'。有几位地理学作者硬说那指的是新赫布里底群岛，而不是澳大利亚。我不会为这个问题去争论。罗伯特，记下基罗斯这个名字，我们再说另一个人。"

"这算一个。"罗伯特说。

"就在同一年，基罗斯船队的副指挥路易斯·瓦兹·德·托雷斯曾继续去南边勘察那些新发现的陆地。但真正重大的发现还得归功于荷兰人提奥道里克·赫托格。此人在澳大利亚西海岸南纬二十五度线上登陆，将那片大陆命名为恩德拉什，那是他的船名。在他之后，去过那里的航海家，数目就一路攀升了。1618 年，兹琛在澳洲北海岸勘察了阿纳姆地和范迪门地。1619 年，让·埃代尔把他的探险旅行延伸到西海岸的一部分，并以自己的名字为其命名。1622 年，勒文往南旅行，直到岬角，此岬角便与他同名了。1627 年，德·努兹和德·维特两人，一人往西、另一人往南踏勘，填补了前人发现的空白。在他们之后，舰队指挥官卡奔塔率舰队深入宽广的海岸凹处，到如今，此处还叫卡奔塔利亚湾哩。后来，到 1642 年，著名的水手塔斯曼乘船绕范迪门地一圈，他当时认为此岛与大陆相连，便将总督巴塔维亚的名字奉送给这座岛屿，然而，后人更公平地将此岛更名为塔斯马尼亚岛。到那时，澳大利亚大陆已经被绕行了一周。大家知道，澳大利亚大陆是由印度洋和太平洋的海水环绕着的，在1665年，新荷兰岛的名字被强加给这个地球南部庞大的岛屿，但这个名字并没有维持多久，原来，当时正逢荷兰航海家的作用行将结束的年代。现在，我们有几个人了？"

"说了十个人。"罗伯特答道。

"好吧，"帕噶乃尔又说，"这里先告一段落，我转过来谈英国人。1686年，有一个从欧洲移居澳大利亚的以捕猎野牛为生的海盗兼冒险家团伙的头子威廉·丹皮尔，他本人也是澳洲海岸兄弟会的会员，以及澳洲南部臭名远扬的海盗。他在干了无数苦乐参半的冒险勾当之后，乘'小天鹅号'来到新荷兰地的西北海岸南纬十六度五十分的地方。他随即与当地土著沟通，对土著的风俗习惯、贫穷和智慧做了全面的描述。他于1699年回到赫托格曾到访过的那个海湾，但这次已经不再以海盗的身份，而是以英国皇家海军'罗巴克号'舰长的身份上岸了。不过，到那时为止，新荷兰的发现还仅仅是地理学上的一个事件，再没有其他意义。当时没有人想到去那里移民垦殖，从1699年到1770年的四分之三个世纪，没有一个航海家再去过那里。但是，就在1770年，全世界最著名的水手库克船长在那里出现了，于是，那个新大陆便忙不迭向欧洲的移民开放了。詹姆士·库克曾做过三次闻名遐迩的旅行，其中1770年3月31日，他是首次在新荷兰停泊。他在奥塔西提曾有幸观察到金星遮日的现象，观察完毕后，他就把他的小船'奋勉号'开到太平洋的西边。他勘察了新西兰之后，到达澳大利亚西海岸的一个海湾，他发现那海湾附近新的植物品种十分丰富，便将这个海湾命名为'植物湾'。那就是现在澳洲的植物学湾。由于他和当地半开化土著的交往结果不值一提，他便驾船北上。在南纬十六度靠近苦难角的地方，'奋勉号'在离海岸八法里处触珊瑚礁。沉船的危险迫在眉睫，于是，船上所有的粮食和大炮都扔进了海里。但第二天夜里，涨潮又使减轻了负担的船舰浮上了水面。船之所以没有沉下去，是因为一块珊瑚卡住了裂口，使海水无路可进。库克便得以引领他的船舰来到一个小海湾，那是一条河流的出海口，那条河就取名'奋勉'了。'奋勉号'在那个海湾足足修理了三个月，在此期间，英国人曾试图与当地土著人建立对他们有用的交往关系，但收效甚微，因此再次扬帆航行。'奋勉号'继续北上，库克船长希望了解在新几内亚和新荷兰之间是否存在一条海峡。在经历了许多新的危险，多次险些牺牲了他的舰艇之后，他远远望见大海在西南方向忽然拓宽，一望无际。这说明的确存在一条海峡！他们穿过了海峡。库克下船来到一座小岛上，他以英国的名义占有了他勘察过的那一带长长的海岸，给那里取了一个英国味儿十足的名字：新南威尔士。三年后，那大无畏的航海家又带领'历险号'和'决心号'旧地重游。'历险号'的船长福尔诺还勘察了范迪门湾一带的海岸，返航时，他推测那一片土地属于新荷兰。库克在1777年第三次旅行时，才指挥他的'决心号'和'发现号'停泊在'历险湾'，靠近范迪门地。几个月之后，他正是从那里出发去桑德维齐群岛，并在该岛与世长辞了。"

"他是个伟人。"格雷那万说。

"是有史以来最著名的航海家。后来，还是他的旅伴班克斯向英国政府提出了在植物学湾建立殖民地的设想。在他之后，各国的航海家纷至沓来。在拉佩鲁斯于1787年2月7日从植物学湾寄来的最后一封信里，那不幸的航海家宣布，他有意探访卡奔塔利亚湾和新荷兰的所有海岸，直到范迪门地。他走了，但再也没有回来。1788年，菲利普船长在杰克逊港建立了第一个英国殖民地。1791年，英国航海家温哥华开始沿新大陆南海岸的勘测航行。1792年，当特卡斯脱被派往澳洲寻找拉佩鲁斯，他沿新荷兰西南海岸绕了一圈，一路上发现了一些过去无人知晓的海岛。1795 年和 1797 年，有两名青年，一个叫弗林德斯，另一个叫巴斯，他们乘坐一艘八尺长的小木船，勇敢地勘察了南部海岸。1797 年，巴斯又穿过了范迪门地和新荷兰之间的海峡，这个海峡现在就以他的名字命名。就在这一年，曾发现阿姆斯特丹岛的弗拉明又勘察了澳洲东海岸的天鹅河，他看见一群群最美丽的黑天鹅正在那里嬉戏。弗林德斯在 1801 年又多次探险勘测。他在处于东经一百三十八度五十八分和南纬三十五度四十分的因康特湾与两艘法国船只不期而遇，一艘叫'地理学家号'，另一艘叫'博物学家号'。指挥这两艘船的船长叫波丹和哈梅林。"

"哦！波丹船长？"少校问。

"是波丹船长！您为什么惊叹？"帕噶乃尔问。

"噢！没什么。您继续说吧，亲爱的帕噶乃尔。"

"那我就接着讲，我还要在这些船长的名单上加一个金的名字。这位金船长从 1817 年到 1822 年间完成了新荷兰处于南北回归线之间那一带海岸的勘测工作。"

"已经有二十四个名字了。"罗伯特说。

"很好，"帕噶乃尔答道，"我已经拥有少校的半支步枪了。我说完了航海家的故事，现在开始介绍陆地旅行家。"

"好极了，帕噶乃尔先生。"格雷那万夫人说，"应该承认，您的记忆力实在惊人。"

"最令人吃惊的是，"格雷那万补充说，"一个如此……"

"如此心不在焉的人，"帕噶乃尔连忙说，"噢！我的记忆力就用来记日期和事实。就这么回事儿。"

"二十四个了。"罗伯特再说一遍。

"好，第二十五个是道斯中尉。那是 1789 年，是在杰克逊港建立英国殖民地一年之后。过去，已经有人环新大陆航行过，但大陆内地究竟有些什么，谁也说不清楚。东海岸上有绵延很远的与海岸平行的山峦，仿佛是以此禁止外人进入大陆腹地。道斯中尉在那一带步行了九天，最后不得不打退堂鼓，回到杰克逊港。也在那一年，滕齐船长试图翻过那高高的山岭，但没有成功。那两次失败让后来的旅行家望而却步，三年内没有一个人敢于承担这艰巨的任务。1792 年，一个大无畏的非洲探险家帕特逊上校在试图翻过山岭时，也以失败告终。1793 年，英国海军的一位平平常常的下士，英勇的霍金斯翻山越岭，竟超过了前人停步的那条禁区线二十英里。接下去的十八年间，我只能提两个名字——著名的航海家巴斯和殖民地的工程师巴莱叶，但这两人也不比前人更幸运。现在，我讲到了 1813 年，这一年，终于在悉尼西边发现了一条通道。麦卡利总督在 1815 年曾亲自冒险进入那条通道，于是在蓝山的那边建立了巴瑟斯特城。自那一刻起，有不少探险旅行家用新的发现丰富了地理学，并推动了殖民地的发展：瑟罗斯彼 1819 年进行探险；奥克斯莱穿行内陆三百英里；豪维尔和休讷探险的出发地恰恰是三十七度线穿过的图福湾；还有斯图特船长，他先后在 1829 年和 1830 年勘测了达令河与墨累河。”

“三十六个了。”罗伯特说。

“太好了！”帕噶乃尔答道，“埃尔和雷恰德曾于 1840 年和 1841 年走过一部分内陆的地方；斯图特于 1845 年，格雷戈里兄弟和赫普曼于 1846 年，曾进入澳洲西部；肯尼迪在 1847 年曾勘察过维多利亚河，1848 年又去澳大利亚北部旅行过；格雷戈里在 1852 年，奥斯汀在 1854 年，格雷戈里兄弟从 1855 年到 1858 年都去大陆的西北部游历或踏勘。巴巴吉曾从托伦斯湖旅行到艾尔湖；末了，我必须提到在澳大利亚年鉴里赫赫有名的旅行家斯图阿特，他曾三次让他大胆的旅行路线穿过整个澳洲大陆。他第一次内陆长征始于 1860 年。晚些时候，如果你们愿意听，我就给你们讲讲人们是怎样四次从南到北走遍澳大利亚的。今天，我只限于数这长长的名单：从 1860 年到 1862 年，除了刚才提到过的那些大无畏的科学先驱的名字，我还要加上几位：丹斯特兄弟、克拉克逊和哈勃、伯克和维尔斯、奈尔逊、沃克尔、兰茨博劳、麦克·金莱、豪威特……"

"已经五十六个啦！"罗伯特叫道。

"很好！少校，"帕噶乃尔接着说，"我还要超量提供给您，因为我刚才还没有提到迪佩雷、布甘维尔、菲茨罗伊、德·维堪、斯托克斯……"

"打住吧。"被那许多名字搞得疲惫不堪的少校说。

"还有佩鲁、阔伊，"像快车开动一发而不可收的帕噶乃尔继续数下去，"本尼特、库宁汉、纽柴尔、梯也尔……"

"饶了我吧！"

"还有迪克逊、斯垂莱斯基、瑞德、威克斯、米切尔……"

"停下吧，帕噶乃尔，"格雷那万由衷地笑着说，"别把倒霉的少校逼得过头了。您还是宽宏大量点吧，他已经认输了。"

"那他的短枪呢？"地理学家像得胜将军似的问。

"短枪属于您了，帕噶乃尔。"少校答道，"我当然舍不得，但您那记忆力满可以赢得一个炮弹博物馆。"

"谁也不可能像他那样了解澳大利亚。无论是最不为人所知的名字，还是最不起眼的事……"格雷那万夫人说。

"嘿！最不起眼的事！"少校摇着头说。

"怎么！哪点不对啦，少校？"帕噶乃尔大声问。

"我是说，与发现澳大利亚有关的事您未必件件都清楚。"

"哼，哪有这样的事儿！"帕噶乃尔说话时扬扬自得地昂着头。

"假如我举出一件您不知道的事情，您还我短枪吗？"

"立即还您，少校。"

"一言为定？"

"一言为定。"

"好。帕噶乃尔，您是否知道，为什么澳大利亚不属于法国？"

"这个嘛，我认为似乎……"

"或者，您至少告诉我，英国人对此提出了什么理由？"

"不知道，少校。"帕噶乃尔十分恼怒。

"很简单，只因为你们那位并不胆怯的波丹船长在 1802 年被澳大利亚青蛙的呱呱叫声吓得胆战心惊，便忙不迭起碇逃走，从此再也没有回去过。"

"什么！"帕噶乃尔大声嚷起来，"英国人就这么说他？这是个不怀好意的玩笑话呀！"

"的确不怀好意，我承认。"少校答道，"但在联合王国的历史上，那笑话的确存在过。"

"真是卑鄙可耻！"爱国的地理学家嚷道，"现在你们那里还在认真说这事儿吗？"

"我是迫不得已才承认这点的，我亲爱的帕噶乃尔，现在的确还在说，"格雷那万在一片大笑声中回答学者说，"怎么！您对这件特殊的事情竟一无所知？"

"绝对一无所知。但我要抗议！再说，英国人怎么又管我们法国人叫'吃青蛙的人'呢！一般说，吃什么，就不会怕什么！"

"尽管这样，那笑话照样在说，帕噶乃尔。"少校谦逊地微笑着。

那支名声在外的佩德·摩尔–迪克森步枪就这样留在少校手里了。

第五章　印度洋狂涛

那次闲聊之后两天，曼格斯在中午测定了游艇的方位，宣布"邓肯号"正处在东经一百一十三度三十七分的地方。船上的乘客对照地图看了看，便满心欢喜地发现他们离贝努依角只有不到五经度的距离了。在贝努依角和当特卡斯脱岬之间，澳大利亚南部海岸线呈弯弓形，南纬三十七度线则像弓弦一般张在弧线下面。假如"邓肯号"朝赤道的方向航行，会很快看见查塔姆角。北边的查塔姆角离它仅有一百二十海里。但当时"邓肯号"正在朝被澳大利亚大陆挡住风浪的印度洋这一部分海域航行，有望在四天后看见贝努依角。

到此刻为止，游艇一直乘着有利的西风快速前进，但最近几天，顺风有减弱的趋势，已开始渐渐平息。到 12 月 13 日，西风干脆偃旗息鼓，不刮了。大帆小帆像瘪了的气球，毫无生气地挂在桅杆上。"邓肯号"如果没有装备螺旋桨，就有可能困在风平浪静的洋面上。

无风状态可能无限期延续下去。傍晚时分，格雷那万就这个问题同曼格斯进行了磋商。年轻的船长眼见煤舱越来越空，对西风的停息十分懊恼。他曾命人升起所有的船帆，甚至挂上了全部辅助帆和支索帆，以充分利用哪怕是最小的风力。然而，用水手的话说，连盛满一帽子的风都没有。

"不管怎样，"格雷那万说，"也没有必要过分埋怨老天，无风总比逆风好嘛。"

"阁下说得在理，"曼格斯回答说，"但正是这样骤然的风平浪静会引起气候的变化，所以我害怕这种平静。我们现在正在信风区的边缘航行，这里的信风从十月到来年的四月，都是从东北刮到西南。只要逆向信风稍稍刮到我们船上，我们的行程就会延误得很厉害。"

"有什么办法呢，约翰？假如我们遇到这样的困难，我们也只好忍耐。无论怎样，不过是耽误点时间罢了。"

"那当然，但愿风暴别搀和进来捣乱。"

"您是在害怕坏天气吗？"格雷那万边问边观察天空，不过，这一刻从天边到天顶，似乎都没有一点云彩。

"我是在害怕，"船长回答说，"我只对阁下讲这话，我不想让格雷那万夫人和格兰特小姐恐惧。"

"您这样做很明智。究竟会出什么事呢？"

"肯定会有大风暴威胁我们。爵士，您千万别相信天上的表面现象，再没有比这表面现象更骗人的东西了。这两天，气压计降低得让人担忧：这一刻只有二十七法寸①。这是一种警示，我可不能掉以轻心。这其中我最害怕的是南海上的狂涛，因为我以前曾遭遇过这种狂涛并和它搏斗过。在南极广阔的冰川地带有一种雾气，雾气一旦凝结就会产生非常猛烈的空气抽吸现象。极地风与赤道风交错对峙，形成飓风、龙卷风，无论什么样的船只，对付这类形式多样的海上风暴没有不吃亏的。"

"约翰，"格雷那万回答说，"'邓肯号'是一艘十分坚固的游艇，

---

① 合七十三点零九厘米。气压计汞柱正常高为七十六厘米。——原注

它的船长又是一位很能干的水手。让风暴来临吧，我们有办法自卫！"

　　曼格斯向主人表达他忧惧的心情是出于海员的本能。他是一位精明的"天气通"，这个英国熟语指的是善于预报天气的人。气压计持续走低促使他在船上采取了一切必要的预防措施。他预料有一场猛烈的风暴即将来临，虽然天空目前的状态还没有显示出来，但他精确的仪器不会欺骗他。大气的气流总是从气压计汞柱攀升的地区流向汞柱下降的地区；这两个地区互相越接近，大气层的平衡恢复得越快，风速也就越大。

　　约翰那一整夜都待在甲板上。接近夜里十一点时，南边的天空出现了一团团黑云。约翰叫他的水手全部来到甲板上，让他们落下所有的小帆，只保留前桅帆、后桅帆、第二层小方帆和所有的三角帆。到午夜，风力增强了，已变成了疾风，即是说，这七级风的风速每秒将近十二米。桅杆的咔啦咔啦声、大风掀动帆索的噼啪声、有时帆布卷进帆边索里的嘶嘶声，以及船舱隔板的呜呜声都在告诉乘客，他们此前一无所知的海上风暴究竟是怎样的情景。帕噶乃尔、格雷那万、少校和罗伯特都来到了甲板上，有的出于好奇，有的准备行动。他们离开甲板回舱休息时，天空还晴朗无云，群星璀璨，现在却乌云翻滚，厚厚的云团间嵌着一条条豹皮一般的斑纹带。

　　"是在刮飓风吗？"格雷那万只问了曼格斯这一句话。

　　"还没有刮，但马上要来了。"船长答道。

　　这时，他命令收缩第二层小方帆。水手们立即奔到在风中猛烈晃动着的绳梯横索上，费了好大的劲才把方帆卷了一部分，用绳索固定在拉低了的桅桁上。曼格斯坚持最大限度地保留船帆，使游艇得以维持平衡，减轻横向摇摆的程度。

　　预防措施做完后，曼格斯船长又给奥斯汀和水手长下了几道命令，以防范即将到来的飓风的突然袭击。游艇上多只小船的拖缆和甲板上的桨、桅等备用物件都准备了双份，大炮两侧的滑车也加固了。船桅的侧支索和后支索被拉紧了，各舱的舱口也堵得严严实实。约翰从艉楼顶上遥望着风起云涌的天空，迫切希望破解天公的秘密。

这时，气压计的汞柱已下降到二十六法寸了。气压计汞柱很少降到过这样的低度。同时，"风暴镜"①也显示出暴风骤雨即将来临。

当时正是凌晨一点，格雷那万夫人和格兰特小姐在船舱里感到太颠簸，便冒险跑到甲板上来了。这时的风速已经达到每秒近二十八米，风在搁置的索具间凶猛地呼啸着，金属质地的绳索有如乐器上的弦，一根接一根鸣响着，仿佛有一个巨大的琴弓在促使它们快速地颤动。滑轮互相撞击着，索具在凹凸不平的金属索槽里发出刺耳的尖啸声，船帆轰隆轰隆响着，犹如大炮的轰鸣。已经高得骇人的怒涛奔涌过来袭击着游艇，游艇好似一只浪尖上的翠鸟，随飞溅的浪花一沉一浮。

曼格斯船长一瞥见两位女乘客，便飞快跑到她们身边，敦请她们赶快回到艉楼下面去。已经有几个海浪打到船上了，浪头随时都可能卷走甲板上的一切。当时自然界发出的轰鸣是那样震耳欲聋，格雷那万夫人险些听不见青年船长的话音。

"没有什么危险吧？"她总算利用风浪暂时平息的刹那对他说了一句。

"没有危险，夫人。"曼格斯回答说，"但您不能停在甲板上，您也不能，格兰特小姐。"

格雷那万夫人和格兰特小姐当然不会违抗这更似请求的命令，她们随即回到艉楼里去了。就在那一刻，一个大浪涛扫过艉部的船名

---

① 风暴镜的玻璃内装了化学制剂，制剂随风向和大气中的电压而变换颜色。最好的风暴镜是英国海军的光学家尼格莱提和赞伯拉制造的。——原注

板，把她们船舱的护舱玻璃震得直打战。这时，狂风一阵紧似一阵，桅杆在船帆的压力下都弯下了腰，游艇在浪涛上仿佛直起了船身。

"绞前桅帆！"曼格斯叫道，"降下二层小方帆和三角帆！"

水手们连忙奔到各自的岗位上。扬帆索放松了；收帆索拉紧了；拽下三角帆时发出的响声竟压过了暴风的怒吼。"邓肯号"的烟囱吐着大股大股的黑烟，螺旋桨的叶子板不均匀地拍打着海面，有时，一个个叶子板还从水里冒了出来。

格雷那万、少校、帕噶乃尔和罗伯特出神地注视着"邓肯号"大战狂涛的景象，欣赏中掺杂着惊骇。他们紧紧抓住舷墙上的架子，彼此却不交谈。一群群海燕在狂风中翱翔。

这时，一声震耳欲聋的啸叫突然压过暴风雨的隆隆声传了过来。从锅炉阀门而不是从排气管凶猛地喷出了大量的蒸汽；汽笛鸣警的叫声也响得异乎寻常。游艇忽然倾侧到骇人的程度，正在掌握舵盘的威尔逊猛不防被舵杆一打，倒在了地上。"邓肯号"横躺在浪涛中间，失去了控制能力。

"出什么事啦？"曼格斯大叫着往驾驶台奔过去。

"船在倾侧！"奥斯汀回答说。

"舵不管用了吗？"

这时，传来了工程师的叫声："救机器呀！救机器呀！"

约翰往机房跑去，只见机房里充满了云雾一般的蒸汽：原来活塞在汽缸里已经一动不动，传动杆也推不动传动主轴了。机械师眼见回天无力，又担心锅炉出问题，便关上气门，让蒸汽从排气管排出去。

"究竟怎么回事呀？"船长问。

"螺旋桨变形了，或者被什么东西卡住了，"机械师答道，"总之是没法动了。"

"怎么？卡死了？"

"卡死了。"

现在不是抢修的时候，而有一个事实却是明摆着的：螺旋桨再也不能转动，蒸汽不起作用，已从排气管排出去了。约翰不得不重新求助于他的船帆，利用那业已成为他的死敌的狂风找点出路。

他回到甲板上，三言两语向格雷那万勋爵汇报了当前的处境，催促他和其他乘客回船舱去。但格雷那万还想留在甲板上。

"不行，阁下，"曼格斯语气坚决地回答说，"这里只有我和我的船员能留下来。回舱去吧！船随时都可能被埋在波浪里，而波浪会毫不留情地把你们扫到海里。"

"但我们也许对你们有点用处……"

"回去吧，回去吧，爵士，你们必须回去！有些情况下，我就是这条船的主人！你们赶快退下去，我愿意这样！"

曼格斯能以这种命令的口气说话，那一定是情况已经危急到无以复加的程度了。格雷那万明白，这一刻他应该做出服从的榜样。他离开了甲板，三个同伴也跟着他回到船舱，去找两位女乘客，她们也正在忧心忡忡地等待着这场同大自然斗争的结局哩。

"我的好约翰真不愧是条汉子！"格雷那万在走进方厅时说。

"没错，"帕噶乃尔响应说，"他让我想起你们伟大的莎士比亚笔下的那位司锚官。司锚官在《暴风雨》剧中对乘坐他航船的国王嚷道：'离开这里！回您的小屋去！既然您不能命风雨雷电安静下来，您就住嘴！别挡我的路，我告诉您！'"

曼格斯正抓紧分分秒秒使游艇摆脱螺旋桨卡住造成的危急处境，他决定扯最少的帆以使游艇能最小限度地偏离原定的航线。要这样做，船上就必须保留一些船帆，并且转动帆桁，斜扯帆面，使船帆斜面受风。水手微扯二层小方帆，又在大桅的支索扯上一种类似三角帆的小帆，同时将舵柄转向下风舷。

游艇的行驶性能原本极佳，在风力的推动下，它像快马风驰电掣般航行，同时船的侧面也受着海浪的侵袭。船帆减少到这样的程度，挺得住吗？虽然都是邓迪城出产的最优质帆布做成的，但世界上有什么布料能抵御如此狂暴的风浪呢？

这种微帆斜扯的航行有一个优点，可以促使浪涛打在游艇最结实的部位，还能保持原先的航向。这样的航行也不是没有危险，因为帆船有可能掉进前浪和后浪之间留下的大面积旋涡里而不能自拔。但曼格斯已没有操作的选择余地了，他决定，只要所有的桅杆和船帆没有被狂风折断或吹垮，"邓肯号"仍旧保持微帆斜行的航行方式。船员都不离他左右，准备哪里需要人手就奔到哪里。约翰把身子固定在船桅的侧支索上，严密监视着怒涛滚滚的洋面。

那一夜剩下的时间就在这种情势下过去了。大家都希望在黎明时风暴能缓和下来，但希望落空了。将近清晨八点，狂风仍在怒号，竟变成了风速每秒近三十六米的飓风。

约翰默默不语，但他心里已在为他的航船和船上的乘客忧心如焚了。"邓肯号"倾侧得可怕，甲板的主支柱因倾斜而咔咔作响，有时，前桅帆的辅助帆桁竟然猛烈地冲撞着浪尖。一时间，船员都以为游艇再也不能从万顷波涛中直起腰来了。水手们手握斧头，冲过去砍大桅的侧支索，被狂风吹断了帆边绳的船帆像硕大的信天翁一般飞走了。

"邓肯号"总算直起来了；但是在波涛上轻飘飘的，也把握不住方向，所以颠簸得骇人，所有的桅杆都快要从桅座折断了。船身也不可能长时间经受如此强烈的左右摇摆，它的水上部分已经疲劳不堪，一旦船壳板解体，接缝裂开，海浪就会乘虚而入。

曼格斯只有一计可施：扯上专门抵御风暴的船首三角帆，听任天气摆布。经过好几个钟头的艰苦努力，直到下午三点，那三角帆才挂在了前桅的支索上。

"邓肯号"在那一片帆布的支撑下，任凭风浪推动，以难以计算的飞快速度漂流着。风暴推着它向东北方向急速挺进，它也必须保持最高的速度，因为它的安全现在只取决于它的速度了。有些时候，游艇的速度竟超过了同它一起飞奔的浪涛，它用锋利的船头劈开浪头，像巨鲸一样钻进波涛，任凭海浪扫过它的船身，从船头扫到船尾。也有些时候，它的速度又和浪涛的速度持平，船舵便失去了行动能力，它因此而突然大幅度左闪右闪，险些翻倒。当然也有巨浪比游艇走得快的时候，那时，在风暴的推动下，浪头便跳过船顶，于是，甲板无法抵御来势汹汹的海水，从头到尾被冲个遍。

12 月 15 日的白天和黑夜都是在惊险的状态下度过的，船上的人时而怀抱希望，时而陷入绝望。曼格斯一刻也不离开岗位，连饭也没有吃一口。他内心惊恐万分，但外表镇定自若。他一直盯着北方，要看穿那一层又一层薄雾。

他完全有理由害怕。"邓肯号"被冲得偏离航线之后，一直在以很难控制的速度往澳大利亚海岸飞奔。他只凭直觉就会感到随时都可能有霹雳打在自己头上。他无时无刻不在惧怕触礁，一触礁，游艇就会粉身碎骨。陆地就意味着失事，意味着损失一艘船。目前，身处大洋比到达海岸要强百倍，因为怒海狂涛无论多凶，船舶总可以自卫，哪怕是随波逐流。风暴一旦将船舶打到海岸上，就会船破人亡。

曼格斯去找格雷那万勋爵，他要同勋爵个别商讨对策。他向格雷那万描述了当前的处境。他是一个不惜牺牲一切的海员，所以能以冷静的态度考虑问题。他在结束汇报时说，他也许不得不让船搁浅。

"以挽救船上的人们，如果有可能挽救的话，爵士。"他说。

"照您说的做吧，约翰。"格雷那万答道。

"那么格雷那万夫人怎么办？格兰特小姐怎么办？"

"不到最后一刻，我是不会通知她们的。等到游艇没有任何希望待在海上时，您一定先告诉我。"

"到时候我肯定会通知您，爵士。"

格雷那万随即回到女乘客的身边，她们虽然还不了解有什么样的危险，但已经感觉到危险迫在眉睫了。她们表现出巨大的勇气，勇敢的程度起码和她们的旅伴不相上下。帕噶乃尔此刻正在大谈最不合时宜的大气气流方向的理论，他还对听得聚精会神的罗伯特做一些有趣的比较，如陆龙卷风与飓风和直线风暴之间的差异等等。少校正以宿命论思想等待着末日降临哩。

接近十一点钟的时候，风暴稍微平息了些，潮湿的雾气开始散去。在云雾中暂时出现了一缕青天，使约翰得以看见前面有一片低地，在下风六海里的地方。游艇正在往那边全速前进。这时，眼前出现了一个个高得出奇，有的竟达到五丈多高的翻天巨浪。约翰心里明白，汹涌的巨浪一定是碰到了坚实的支撑点才会溅起那样高的浪花。

"那里有沙滩。"他对奥斯汀说。

"我也这么想。"大副答道。

"我们的命运握在上帝手里，"约翰又说，"如果上帝不让'邓肯号'找到一处可以进入的航道，假如上帝不亲自护送我们进入航道，我们就完蛋了。"

"船长，这一刻潮头很高，也许我们能乘潮头跨过那片沙滩？"

"但您看看，奥斯汀，那是怎样的惊涛骇浪呀！哪条船能顶得住这么高的浪头？还是祈祷上帝保佑我们吧，我的朋友！"

这时，"邓肯号"在它的三角帆推动下，正以可怕的速度向海岸冲过去。不一会它离沙滩暗礁就只有两海里了。雾气时时刻刻都把陆地遮盖起来，但约翰仍然能透过白沫飞溅的浪边隐约看见沙滩的那一边有一处更平静的天然锚地。"邓肯号"在那里可以相对安全些，但怎样才能到达那里呢？

约翰约请船上的乘客来到甲板上，他不愿意在游艇失事那一刻还把他们关在艉楼里。格雷那万和旅伴们注视着那令人胆寒的海面，玛丽则吓得脸色发白。

"约翰，"格雷那万对青年船长悄悄说，"我设法救我的妻子，或者同她一道葬身鱼腹。你负责救格兰特小姐。"

"好的，阁下。"曼格斯边回答边把勋爵的一只手拿过来放在泪汪汪的眼睛上。

这时，"邓肯号"距离沙滩滩脚只有几链①了。当时海面上仍然风急浪高，本来船身下应该有足够的海水，可以载船越过那一带危险的浅滩。然而，那一刻惊涛骇浪肆虐，轮番将船抛向空中又摔回海面，在游艇翻越浅滩时，肯定会使船尾龙骨触碰海底。那么，是否能想出什么办法让浪涛跳涌得缓和些，让海水流得顺畅些，让波涛汹涌的海面平静些呢？

曼格斯想起了一个破釜沉舟的主意。

"油！"他叫道，"小伙子们，放油！放油！"

全体船员立即明白了他这话的意思。原来他是想运用一个有时可以成功的办法：在海面上盖一层油可以平息怒涛，因为油层浮在海面上能够润滑海水，使海浪降低冲力。这个办法见效快，但效力消失也快。在船只越过那人工处理过的海面后，大海会格外狂涛汹涌，跟在那艘船后面的船只就倒霉了。所以航海法规规定，在某船后面有船在同一航道航行时，禁止前船船长使用这个孤注一掷的办法。

在这生死攸关的时刻，全体船员都格外有劲，装海豹油的大木桶很快就被吊上了艉楼。他们用斧头把木桶砍破，再将它们挂到左右舷的舷樯外面。

---

① 一链约合二百米。——译注

"挂牢了顶住！"曼格斯边叫边窥伺着有利的一刻。

二十秒钟过去，游艇已来到被咆哮的涌潮拦住的通道入口。正是时候！

"倒油！"船长叫道。

船员将大木桶倾斜下去，从木桶侧面便涌流出大量的海豹油。转瞬间，一层稠腻的油可以说就把那澎湃的海面压平了。"邓肯号"飞也似的越过了暂时平静的海面，随即来到那凶险的沙滩后边的风平浪静的天然锚地。在游艇身后，摆脱了油层桎梏的大洋又狂暴汹涌起来。

第六章　贝努依角

　　曼格斯需要做的第一件事，就是抛下八字锚使游艇牢牢地停泊在天然锚地里。停泊地水深五英寻，海底相当不错，由坚硬的砂砾构成，能持续稳定地咬住船锚，完全不必担忧船会走锚或在退潮时搁浅。"邓肯号"在危难中航行了许多个钟头之后，现在终于开进了一个小小的海湾，海湾四周耸立着尖形的峰峦，可以抵御外海刮来的狂风。

　　格雷那万勋爵握着船长的手说："谢谢您，约翰。"

　　这简单的一句话已使约翰受宠若惊了，因为格雷那万为他保住了遇险时忧心如焚的秘密，使格雷那万夫人、玛丽和罗伯特都没有料到他们适才有幸逃避的险情有多严重。

　　现在还剩下一些重要的问题需要澄清：这场令人觳觫的风暴究竟把"邓肯号"打到海岸的什么地方了？游艇应该在哪里重新走上往常航行的纬度线？贝努依角在此处的西南还有多少距离？以上就是大家询问曼格斯的首批问题。青年船长一听就连忙开始测算游艇的方位，边观察边对照海图记下来。

　　总的来说，"邓肯号"偏离它原来的航行路线还不算太远：不到

284

两度。游艇现在处在东经一百三十六度十二分，南纬三十五度零七分的地方，此地名叫灾祸角，位于澳大利亚南部的一个岬头上，距离贝努依角三百海里。

灾祸角顾名思义就是不祥的征兆，它与坎加鲁岛上的一个岬角形成的波尔大角遥遥相对。探索者海峡斜躺在两个岬角之间，海峡两端是两个深水港湾，北边的港湾叫斯潘塞湾，南边的港湾叫圣文森特湾。圣文森特湾的东海岸就是阿德莱德港，这个港城是所谓南澳大利亚州的首府，始建于1836年，人口四万，资源相当丰富，居民大都从事垦殖业，种植葡萄和柑橘以及其他农产品；他们对创建工业企业兴趣甚微。城市居民中农夫多于工程师，人们在思想上并不重视商业和机器制造业。

"邓肯号"能否修好？这个问题必须解决。曼格斯想知道损坏情况如何，命人进入水里检查游艇的后部船底。水手回来报告说，螺旋桨有一个叶子歪了，顶住了艉柱，使螺旋桨无法转动。大家认为机械损坏相当严重，但在阿德莱德根本找不到维修工具。

格雷那万和曼格斯船长经过深思熟虑后决定："邓肯号"扯帆继续沿着澳大利亚海岸航行，寻找"布里塔尼亚号"的踪迹；它将停靠在贝努依角，搜集最后的线索，然后继续南下到墨尔本，在那里修理游艇比较容易。螺旋桨一修好，"邓肯号"便横穿南部海域，去东海岸完成寻访工作。

大家一致赞同这个建议，曼格斯随即决定利用顺风起锚航行。他等的时间并不久，接近傍晚时，风暴完全静止下来，接踵而至的是便于利用的西南微风。大家开始准备出航，帆桁上又扯起了新的船帆。凌晨四点整，水手们开始卷绞盘，船锚立即垂直升了上来，开始走动。于是，"邓肯号"就在它的前桅帆、二层小方帆、顶帆、三角帆、后桅帆和上桅帆的带动下以右舷风航行着，它尽量靠近海岸，以便揽得澳洲海岸更多的风力。

两小时之后，"邓肯号"已然望不见灾祸角了，它现在正航行在探索者海峡附近。到晚上，它绕过波尔大角，在离长长的坎加鲁岛几链的海上航行。坎加鲁岛是澳大利亚所属小岛中最大的一个，它也是欧洲流放犯逃亡后幸存者选中的庇护地。这座岛屿看上去风景如画，十分迷人。在小岛沿岸有层层叠叠的岩石，岩石上绿草如茵，宛如铺了一张厚厚的绿色地毯。如今的游人也和1802年刚发现这座岛屿时一样，能看见数不清的袋鼠群在树林中、在平原上跳来跳去。次日，"邓肯号"仍旧贴着海岸航行，航行中它放下了几艘小船，小船的任务是登陆探访沿岸所有的悬崖峭壁，以寻找失踪人的蛛丝马迹。当时"邓肯号"处在南纬三十六度线上，格雷那万不愿意在三十六度和三十八度之间留下任何没有寻访过的死角。

在12月18日那一整天，扯上全帆的游艇像一艘真正的快速帆船一样在因康特湾沿岸切风近距离行驶着。1828年，旅行家斯图特在发现了澳大利亚南部最大的河流墨累河之后，到达的地方正是这里。这个地方与芳草萋萋的坎加鲁岛沿岸简直有天渊之别，只有一片片干旱的小丘陵偶尔打破这一带低矮而又支离破碎的海岸的单调无味，还有几座黑灰色的峭壁或沙岬稀稀落落立在那里。总之，这里体现了极地贫瘠干旱的全部特点。

在这次航行中，游艇配备的小船帮了大忙，船上的水手虽然受命驾驶小船，却无怨无悔。格雷那万和与他形影不离的帕噶乃尔，还有小罗伯特几乎一直和他们一起待在小船上，他们总想亲眼探寻，看有没有"布里塔尼亚号"留下的遗迹。但他们的寻访无论怎样一丝不苟，也没有找到任何与那次失事有关的东西。就这方面而言，澳大利亚海岸和潘帕斯草原的土地一样保持着缄默。不过，只要还没有到达那份文件指示的确切地点，就不应该完全绝望。他们之所以这样严格地查找，不过是出于万分的谨慎，唯恐漏掉了一处可以提供线索的地方。他们在夜里把船停下来，让"邓肯号"尽量待在原处不动，到了白天，便去沿岸仔细搜寻。

他们就这样边航行边寻访，在 12 月 20 日到达了拉西佩德湾尽头的贝努依角，但仍没有找到一点沉船的残骸。不过，搜寻不成功也并不证明"布里塔尼亚号"的船长不是在这里失事的。实际上，两年以来，从沉船事件发生到现在，大海有可能、也的确会冲散、损蚀那艘三桅帆船留下的残骸，并且把漂流物冲到离暗礁很远的地方。再说，当地土著人闻到沉船事故的味道就像秃鹫闻到死尸的味道一样，恐怕早就把沉船的残骸一丝不留地抢得精光了。而且，格兰特和两个伙伴在被浪涛打到岸上时就做了俘虏，他们被带到了大陆内地是毫无疑问的。

然而，如果情况属实，帕噶乃尔精心做出的推断，其中有一个就站不住脚。假如事件发生在阿根廷的领土上，这位地理学家有充分的理由认为，文件上提到的纬度不是指沉船事故发生的现场，而是指他们被俘的地点，因为潘帕斯草原有大江大河，还有众多的支流，河水可以把那宝贵的文件带到大海里。但这里恰恰相反，在澳大利亚的这一部分，三十七度线上下江河为数有限。此外，南美洲的科罗拉多河和内格罗河都是通过不能居住或无人居住的荒凉海滩流入大海的。而澳大利亚的主要河流，如墨累河、雅拉江、托伦斯河、达令河，它们要么互相交错，要么经过河口流入大海，但那些河口如今都变成船舶云集的锚地、航行繁忙的港口了。这样看来，一个易碎的瓶子怎么可能通过船舶往来如梭的河流到达印度洋呢？

明智的人都能意识到，那是不可能的。帕噶乃尔的推测，在巴塔哥尼亚，在阿根廷的省里具有说服力，在澳大利亚也许就不合逻辑了。在少校就这个问题发起的一次讨论中，帕噶乃尔承认了他的推测不适用于这里。文件里提到的纬度只能与出事地点挂上钩，这个观点已变得显而易见了，瓶子是在"布里塔尼亚号"撞沉的地点，即澳大利亚的西海岸被扔到大海里的。

不过，格雷那万提请大家注意：这个铁板钉钉的诠释并没有排除格兰特船长被俘的假设。船长在那份文件里用的几个词让人有这个预感："他们可能成为残酷的当地土著人的俘虏。"然而，这样就没有任何理由只在三十七度线而不去沿别的纬度寻找他们了。

经过长时间的辩论，这个问题终于有了最后的解决办法，这个解决办法将产生下面这样的结果：假如在贝努依角找不到"布里塔尼亚号"的踪迹，格雷那万勋爵只好返回欧洲。他这次寻访很可能无果而终，但他奋勇当先尽职尽责地履行了自己的义务。

尽管如此，这个结论仍然让游艇的乘客们格外伤心，玛丽和罗伯特更是完全绝望了。格兰特船长这两个孩子在与格雷那万勋爵和夫人、曼格斯、少校和帕噶乃尔乘小船一道前往海岸时，心里就在琢磨，父亲得救与否，就在此一举了，否则一切将无可挽回。无可挽回，的确可以这么说，因为帕噶乃尔在前一次的讨论中曾明确表示，假如遇难者的船是在东海岸触礁撞沉，他们很可能早就回到祖国了。

"有希望！有希望！总是有希望的！"在乘小船登陆的途中，格雷那万夫人一个劲对坐在她身边的姑娘说，"上帝不会对我们撒手不管的。"

"没错，格兰特小姐，"曼格斯船长也说，"老天总是在人们无计可施的那一刻干预，它会通过预想不到的事件为他们开辟新的道路。"

"但愿上帝能听见您的话，曼格斯先生！"玛丽回答说。

距离海岸只有两百米了，贝努依角伸进大海有两英里，岸边尽是些相当平缓的斜坡。他们的小船停靠在一个天然的小海湾里，海湾两边的水里都是正在成形的珊瑚，时间一长，这些珊瑚一定会在澳大利亚南部形成一圈珊瑚礁。其实，那些珊瑚现在已经是暗礁了，它们已经能够撞毁一艘大船的船体，"布里塔尼亚号"很可能就是在这里连人带货全部遇难的。

"邓肯号"的乘客们在一个绝对荒凉的海岸上顺利登陆。一层一层的悬崖峭壁沿海岸形成了六丈到八丈高的壁垒线，没有梯子和铁钩休想攀登这天然的护墙。幸亏曼格斯很及时地在南面半英里处发现了一个缺口，这缺口是因为峭壁的一部分坍塌形成的。想必是大海在春分秋分前后浪涛最汹涌澎湃的日子拍打这易碎凝灰岩的天堑，引起了天堑上面部分的坍塌。

格雷那万和伙伴钻进了这个缺口，再爬了一个相当陡峭的斜坡，最后到达峭壁的顶峰。罗伯特像一只小猫一样爬上一个笔直的陡坡，第一个到达了巅峰，气得帕噶乃尔连连抱怨自己四十岁的长腿还不如人家十二岁的短腿，好不委屈。不过，他毕竟把不急不躁的少校远远地抛在后面了，少校对胜负倒不特别在意。

不一会，这个小分队就集合起来了，队员们仔细观察着眼下那一片广阔而平坦的土地。那一望无际而又未加耕种的平原上只有灌木丛和荆棘丛，格雷那万把这片不毛之地比作苏格兰低洼地带的荒凉谷地；帕噶乃尔则将这里称作法国布列塔尼荆棘丛生的荒原。虽然这个地区沿海岸似乎没有人居住，但从这里放眼望去，远处却可以看见一些预示着吉祥的建筑物，说明那里有人的活动，而且不是野人，是能劳动的文明人。

"那里有个磨坊！"罗伯特嚷道。

的确，在三英里外，有一台风磨的叶片正在随风转动。

"没错，是一台风磨，"帕噶乃尔把望远镜对准那转动的东西后说，"那简直是一座小小的纪念碑，既简朴，又实用，一看见它我的第一感觉就是悦目。"

"看上去几乎是一座教堂的钟楼。"格雷那万夫人说。

"说得对，夫人，一个打磨肉体需要的粮食，另一个则打磨精神需要的粮食。从这个观点出发来看，风磨和教堂也是相似的。"

"我们还是去风磨那边吧。"格雷那万说。

大家随即上路。走了半个钟头之后，只见那一片经过人类劳动加工过的土地逐渐呈现出了全新的面貌。从贫瘠的地带到农耕的乡野，这算得上是个突变。丛生的荆棘不见了，代之而起的是一排排绿篱围着的一片新开垦的园地。几头牛和六七匹马正在牧场上啃着草，牧场周围长着高大的槐树，那些槐树都是从坎加鲁岛上一个个奇大无比的苗圃里移植过来的。走路间，一块块覆盖着粮食作物的田地渐渐出现在他们眼前，还有几英亩长着金色麦穗的土地，以及像硕大的蜂房一般立在田野上的草堆。接着是一个个新筑了围墙的果园，果园之漂亮、之美观加实惠，连贺拉斯也会叹为观止。再接下去是草料棚以及布局非常合理的附属建筑，最后出现的是简朴而舒适的住宅，快乐吟唱着的风磨和它尖尖的屋脊俯瞰着那些住房，并用它巨大翅膀的活动阴影轻轻抚弄着住房的屋顶。

这时，四条大狗汪汪叫个不停，通报有陌生人到来，只见一个和颜悦色约莫五十岁的男人迎着狗吠声从住宅里走了出来。在他身后跟着走出来的是他的儿子，五个英俊健壮的小伙子和他们的母亲，一个高大结实的女人。谁也不会搞错：在这一片几乎处于原始状态的原野里，从这个崭新的建筑群里走出来的男人和他那强健的一大家人，展现出了爱尔兰移殖民完美的典型。这些人厌倦自己国家的贫穷，便前往海外寻求财富和幸福。

格雷那万和他那一行人还没有来得及自我介绍，就听见欢迎他们的一番亲切话语了："欢迎你们到帕第·奥摩尔家做客。"

"您是爱尔兰人吧？"格雷那万边说边握移殖民伸过来的手。

"我以前是爱尔兰人，"奥摩尔答道，"现在是澳大利亚人。请进，先生们，不管你们是什么人，这里都是你们的家。"

对这样诚恳的邀请，只好恭敬不如从命了。格雷那万夫人和玛丽小姐在奥摩尔太太的带领下走进了住宅，奥摩尔的儿子帮助客人卸下武器。

这个住宅是用又大又厚的木板横着砌起来的，楼房的底层是一间大厅，凉爽而且明亮。几条木头长凳钉死在色彩明快的木墙上，还有十来个板凳和两个橡木橱柜，橱柜里放着白色的陶器和几只闪闪发光的锡壶。大厅中央摆着一个很长的桌子，二十个人围坐在桌边也绰绰有余。以上就是大厅的全部家具，这些家具与这座牢实的房子和强壮的主人争相媲美。

午餐摆上桌子了。热气腾腾的大汤碗放在烤牛肉和烤羊腿之间，主菜周围摆满了盛着橄榄、葡萄和柑橘的大盘子。主要的菜肴都摆齐了，别的吃食也不缺。男女主人的态度如此殷勤，桌上的东西如此丰富如此诱人，桌子又如此宽大舒适，不坐上去就太不近人情了。在这个农庄里主仆是平等的，长短工们已经前来分享这顿美餐了。奥摩尔用手一一指定每个客人的座位。

"我早就在等你们了。"他对格雷那万勋爵简单地说了一句。

"您? 早就在等我们? "格雷那万十分惊异地问。

"我总等着要来的人。"爱尔兰人回答说。

接着，见他那一家人和他的仆人们都在肃立等候，他便开始用庄严的声音背诵餐前祈福经。如此淳朴的生活习惯使格雷那万夫人内心十分感动，这时，她的丈夫看了她一眼，意思是，他也跟她有同感。

大家又吃又喝，格外尽兴。席间的闲聊涉及方方面面，苏格兰人和爱尔兰人，一握手就是一家人。奥摩尔讲了他的故事。那是所有被祖国的贫穷赶上不归路的移民的故事。有多少人去远方寻求财富，得到的却是挫折和不幸。他们怨天尤人，却从不非难自己的笨拙、懒惰和恶习。只有生活简朴、勇敢、节约、诚实的人才会成功。

奥摩尔过去是，现在仍然是这样的人。他原来在邓多克险些成为饿莩，遂携家远走澳大利亚地区，在阿德莱德上了岸。他当时瞧不起矿工的苦活儿，却钟情于农夫较为稳定的职业。两个月之后，他着手经营农场，如今这农场已变得如此兴旺了。

澳大利亚南部所有的土地都划分为"块"，每"块"包含八十英亩耕地。那些不同块数的土地由政府作价让给移殖民，一个勤奋的农夫耕种一块土地不但可以维持生活，还可以净存八十英镑。

奥摩尔对这一切了如指掌，他的农业知识也帮了他不小的忙。他边维持生活边节约，用第一块土地获得的盈利再买几块新地。他的家庭兴旺发达了，他经营的农庄也蒸蒸日上。这个爱尔兰农人变成了地主，尽管他的庄园才存在两年，他已拥有了五百英亩开发养护颇佳的熟地，还有五百头牛羊。他在当了欧洲人的奴隶之后，现在成了自己的主人，享受着在世界上最自由的国家能够享受到的独立和自由。

听完爱尔兰移殖民的故事，宾客们向他致以衷心而诚挚的祝贺。奥摩尔讲罢自己的身世之后，当然在等待对方也吐露心曲，但他并没有正式提出这个要求。他属于这类谨慎的人，这种人常常表示：我就是这样的人，但我并不问你们是什么样的人。格雷那万最直接的兴趣是谈"邓肯号"，谈他去贝努依角的情况，以及他坚持不懈地寻找格兰特船长的决心。但他是个直截了当的人，所以首先询问奥摩尔是否知道"布里塔尼亚号"沉船的消息。

爱尔兰人的回答并不鼓舞人心。他说，他从没有听人提到过这艘船。两年来，没有一艘船在这一带海岸失事，无论是贝努依角上边还是下边。但既然海难事故发生之后才过去两年，他就可以完全肯定地说，落难的人绝没有被打上西岸的这一带。

"现在，爵士，"他补充说，"我就可以问您了，您问我这个问题跟您有什么关系呢？"

移殖民这一问，格雷那万便对他讲了文件的故事、游艇的寻访旅行、为找格兰特船长所做的各种尝试。他并没有掩饰，在主人斩钉截铁的否定回答面前，他最心切的希望已经破灭，他对找到"布里塔尼亚号"的罹难海员已完全绝望了。

这样一番话对听格雷那万讲话的人们一定会产生极其痛苦的印象。坐在桌边听他说话的罗伯特和玛丽两眼噙满了泪水；帕噶乃尔找不到一句安慰和激起希望的话语；曼格斯悲伤万分却无法排解。"邓肯号"上的这些慷慨骁勇的人算是白白来到这遥远的海岸上了，正当绝望之情蔓延到他们心里时，忽然有这样两句话传到了耳边："爵士，感谢上帝吧。假如格兰特船长还活着，他一定活在澳大利亚土地上！"

第七章　艾尔顿

这两句话引起的惊愕简直无法用言语来形容。格雷那万陡地站起身来，推开凳子，惊得大叫："是谁在这么说？"

"是我。"奥摩尔一个坐在饭桌那头的长工回答说。

"是你，艾尔顿！"奥摩尔说，他吃惊的程度不亚于格雷那万。

"是我，"艾尔顿答道，他声音激动，但很坚决，"是我，一个和您一样的苏格兰人，爵士，也是那次'布里塔尼亚号'失事的落难人！"

他这样宣布所产生的影响纵有千言万语也难以描绘。惊得发愣的玛丽差点被幸福感窒息而死，这次也不得不听任自己倒在格雷那万夫人的怀里了。曼格斯、罗伯特、帕噶乃尔离开座位，一齐朝奥摩尔刚才称呼的艾尔顿冲过去。

这个人约莫四十五岁，面容粗犷，一双炯炯有神的眼睛深陷在高高的眉骨下。尽管他身体瘦削，他的力气却可能非同寻常。他浑身筋骨，用苏格兰人的话说，他不愿白费时间去长肥肉。他中等身材，肩膀宽阔，气宇轩昂；尽管他面部的轮廓有些生硬，却洋溢着智慧和力量，这一切都让人对他有一见如故之感。他近期经受的磨难在他脸上留下的痕迹更加深了他引起别人对他的这种好感。谁都看得出来，他曾饱经风霜，大难不死，虽然他看上去是一个能经受痛苦、挑战痛苦并战胜痛苦的人。

格雷那万和同伴一见到他就有这种感觉，艾尔顿与人一接触，他的人格魅力就令人肃然起敬。格雷那万连忙代表大家向他提出了一连串的问题，他都一一做了回答。很显然，格雷那万和艾尔顿相逢，都格外兴奋。

格雷那万最先那些问题都是迫不及待提出来的，因此都前后颠倒、无章无序，仿佛是不由自主一股脑儿跳出来的。

"您是'布里塔尼亚号'的遇险船员吗？"他问。

"是的，爵士，我是格兰特船长的水手长。"艾尔顿回答说。

"沉船之后，您和他一起获救啦？"

"没有，爵士，没有。在最可怕的那一刻，我和他分开了，一个浪头把我从甲板上打到了海岸上。"

"那您就不是文件上提到的那两个水手当中的一个喽？"

"不是，我不知道有这份文件。船长把文件扔到海里时，我已经不在船上了。"

"但船长呢？船长去哪里了？"

"我当时认为他被淹死了，失踪了，和'布里塔尼亚号'全体船员一道葬身鱼腹了。我那时还以为就我一个人活下来了哩。"

"但您刚才说，格兰特船长还活着！"

"我没有那样说。我说的是，假如格兰特船长还活着……"

"您还加了一句：他一定活在澳大利亚大陆上！……"

"其实，他也只能在澳洲大陆。"

"这么说，您不知道他在哪里？"

"不知道，爵士，我再重复说一遍，我当时认为他被浪涛埋葬了，或者被岩石撞得粉身碎骨了。是您告诉我，也许他还活着。"

"那您还知道些什么呢？"

"就知道这些。假如格兰特船长还活着，他就在澳大利亚。"

"沉船事故究竟是在什么地方发生的？"少校终于发话了。

"我在船头拉三角帆时，被大浪掀了下去，那时，'布里塔尼亚号'正往澳大利亚海岸疾驶，离海岸已经不到两链了。因此，沉船事故就发生在那里。"

"是在南纬三十七度线上吗？"曼格斯问。

"是在三十七度线上。"艾尔顿回答说。

"是在西海岸吗？"

"哦，不是！是在东海岸。"水手长连忙更正。

"在什么时候？"

"1862 年 6 月 27 日夜里。"

"说对了！正是那天！"格雷那万嚷着说。

艾尔顿又补充说："您现在该明白了，爵士，我可以准确地说：假如格兰特船长还活着，需要去找他的地方不是别处，只能是澳大利亚大陆。"

"我们一定要去找他，我们一定能找到他，一定能把他救回来，我的朋友！"帕噶乃尔大声嚷道。他还天真到极点地加了一句："啊！宝贵的文件，应该承认，你落到一些料事如神的人手里了！"

他这番奉承的话显然没有被任何人听见，因为格雷那万和格雷那万夫人，玛丽和罗伯特都忙不迭朝艾尔顿围了过来，并和他紧紧握手，仿佛这个人的存在就是救援格兰特最可靠的保证。既然水手能逃过沉船的劫难，为什么船长就不能平安归来呢？格兰特小姐在他说话的当儿，始终捧着他的一只手，因为这水手是他父亲的伙伴，是"布里塔尼亚号"的海员呀！他曾在格兰特身边生活过，他同父亲曾一起漂洋过海，共度风险呀！玛丽的眼神再也离不开这张粗犷的脸，她幸福地哭泣着。

到此刻为止，还没有一个人对水手长的身份和说话的真实性起疑心。少校，也许还有曼格斯，因为他们不像别人那样很快就被说服，不免在心里琢磨，是否应该完全相信艾尔顿的话。同他不期而遇是可以引起某些怀疑的，当然，艾尔顿也举出了一些与事实相符的事件和日期，还有一些引人注目的特殊细节。然而，再准确的细节也不一定就是可以相信的事实。谎言通常就是借助细节的准确性获得认可的。少校对他持保留态度，不肯贸然下断语。

曼格斯对那水手长所说的话产生的怀疑并没有坚持多久，当他听见此人对年轻姑娘谈及他们的父亲时，他立即把他当成了格兰特船长真正的伙伴。艾尔顿非常了解玛丽和罗伯特，"布里塔尼亚号"在格拉斯哥起航时，他看见过这两个孩子。他还回忆起玛丽和她弟弟如何参加船长在船上为朋友们举行的告别午宴。当地的行政司法长官麦克·因泰尔也出席了。大家把当时刚刚十岁的罗伯特交给水手长狄克·透纳照管，小家伙却挣脱狄克的手跑去爬顶帆的桅杆。

"一点不错，是这么回事！"罗伯特说。

艾尔顿就这样回忆了数不清的小事情，他信口说出，似乎并不像曼格斯那样给予高度的重视。他一说完，玛丽便用她温柔的声音对他说："再说说，艾尔顿先生，再给我们说说父亲的事！"

水手长尽其所能满足了姑娘的要求。格雷那万并不想打断他的话，但他脑子里还挤着无数更有用的问题哩，不过格雷那万夫人向他指指玛丽那欢喜兴奋的样子，还是让他停下话头了。

艾尔顿就是在这次谈话中叙述了"布里塔尼亚号"的历史以及它遍游太平洋各海域的故事。这些故事，玛丽大部分都知道，因为当时报道这艘船的新闻一直延续到1862年5月。在那一年当中，格兰特在大洋洲所有主要的陆地都靠过岸。他曾停泊在赫布里底、新几内亚、新西兰、新喀里多尼亚。他碰到过多起常常是非法占领土地的事件，忍受过各地英国殖民当局不怀好意的干扰，因为他的船已被英国当局通令，要各殖民地加以注意。不过，他仍然在巴布亚西岸发现了一处很重要的据点，他认为在那里建立一个苏格兰殖民地易如反掌，而且殖民地的繁荣也是有保障的。

"布里塔尼亚号"在勘察了巴布亚之后，曾去卡亚俄补充给养，它是在1862年5月30日离开那个港口准备取道好望角回欧洲的。在他的船起航三个星期后，一场骇人的海上风暴严重损坏了那艘船，眼见已无法操纵即将倾覆的船只，他决定砍断桅杆，后来发现船底有漏洞，已在进水，但无法堵住。那时，全体船员已精疲力竭，但又一刻也不能离开抽水泵。整整八天，"布里塔尼亚号"成了暴风雨任意摆布的玩具。底舱的水已达到六英尺，船正在逐渐下沉。船上的小艇早已被风暴刮走了，大家不得不死在船上。在6月22日夜里，大家突然发现了澳大利亚东海岸。不一会船就搁浅了。随即发生了猛烈的撞击，就在那一刻，艾尔顿被浪头打到海里，他在冲击礁石的浪花间失去了知觉。他醒来时发现自己已经落入当地土著人之手，土著人正在把他拖到大陆的内地。此后，他再也没有听人谈起过"布里塔尼亚号"。他估计那条船已经在图福湾那些危险的暗礁中连人带船全部遇难了。有关格兰特船长的故事到此结束，"布里塔尼亚号"的这段经历引起听讲的人多次痛苦的叹息。少校听到这里如果还要怀疑这故事的真实性，那就未免太不公平了。不过，讲完"布里塔尼亚号"的故事后，再讲艾尔顿个人的经历恐怕更有现实意义。的确，大家现在已经毫不怀疑，根据那份文件，格兰特船长同他的两名水手在沉船事故中幸免于难，情况跟艾尔顿相似。从一个人的遭遇可以合理推断另一个人的遭遇，所以，大家请求艾尔顿讲讲他后来经历的险情。故事讲得非常简短。

落水的海员后来做了一个土著部落的俘虏，他发现自己被带到内地的达令河流域一带，即是说，在南纬三十七度线以北四百英里的地方。他在那里的生活极为艰苦，因为他所在的那个部落生活本来就很贫穷，但他并没有受虐待。在那漫长的两年，他真是受尽了奴役之苦。但重获自由的希望在他的心里并没有泯灭，尽管他的逃亡可能会让他遇到无数的艰难险阻，他仍然窥伺着哪怕是最小的逃亡机会。

1864 年 10 月的一天夜里，他躲过土著人警觉的视线，逃到一片大森林的深处。整整一个月，他靠树根、食用蕨和金合欢树胶为生。他踽踽在寂寥而又无边无际的树林里，白天靠太阳，晚上靠月亮辨别方向，所以他常常陷入绝望的深渊。他就这样穿过沼泽，渡过江河，翻山越岭，走遍了澳洲大陆那一带无人居住、连大胆的探险旅行家也很少涉足的地区。在他流浪得精疲力竭濒于死亡的时候，他终于来到奥摩尔好客的庄园，便在这里靠劳动过着幸福的生活。

"艾尔顿夸奖我，"故事结束时，那位爱尔兰移殖民说，"我也应该夸奖他。他是一位聪明能干、诚实善良的好劳工。他要是愿意，我奥摩尔的家将永远是他的家。"

艾尔顿扬扬手表示对爱尔兰人的感谢，他随即等着大家对他提出新的问题。不过，他在心里对自己说，他那些听众合理合法的好奇心也该得到满足了。他们问的问题他已经反复回答过多遍，这之后还能回答些什么呢？这时，格雷那万正想利用与艾尔顿的巧遇和他提供的有关情况请大家重新讨论出一个新的方案，不料少校又向那水手长发问了："您原来在'布里塔尼亚号'船上是水手长吗？"

"是的。"艾尔顿毫不迟疑地答道。

但他感到少校提这个问题是出于某种不信任，或者说怀疑，哪怕是轻微的怀疑，所以他又加上一句："我遇难时还救出了我在船上工作的聘书哩。"

他随即走出大厅，去取证书。他出去不到一分钟，奥摩尔说："爵士，我可以向您保证，艾尔顿是个老实人。他在我这里服务两个月了，我找不到任何可以责备他的地方。我了解他海难的情况和他被俘的事。他是个光明正大的人，值得您信任。"

格雷那万正要回答他说从没有怀疑过艾尔顿是诚实的人，艾尔顿已经回到大厅了。他把聘书递给大家看。那份文件是由几位船东和格兰特船长共同签署的，玛丽完全认出了她父亲的笔迹。文件上写着："兹聘一级水手汤姆·艾尔顿任格拉斯哥三桅船'布里塔尼亚号'水手长。"这一来，再没有任何怀疑艾尔顿身份的余地了，因为要说这份证书在他手里而又不属于他，那是太困难了。

"现在，"格雷那万说，"我呼吁大家都来出主意。艾尔顿，您的意见对我们尤其宝贵，我十分感谢您能提出意见。"

艾尔顿思忖半晌，这样回答道："爵士，我很感谢您对我的信任，我也希望我不辜负您的信任。我对这个国家有些了解，也熟悉当地土人的风俗习惯。假如我能对您有什么用处……"

"当然有用处啦。"格雷那万回答道。

"我和你们的想法一样，"艾尔顿又说，"格兰特船长和两个水手已经在沉船事故中获救，但是，既然他们没有能到达英国殖民地，也没有再出现，我就不怀疑他们和我的命运相同，也当了土著部落的俘虏。"

"艾尔顿，您提出的论据正是我已经强调过的，"帕噶乃尔说，"遇难船员显然成了当地土著人的俘虏，这也是他们当时最害怕的。但我们是否应该像您那样考虑，认为他们已经被带到三十七度线以北了呢？"

"可以这么推测，先生，"艾尔顿答道，"那些与西方人为敌的当

300

地人一般不愿在邻近英国人管辖的县区居住。"

"要这样，我们的寻访就更复杂了，"格雷那万说，看上去他真的不知所措，"在幅员这样广阔的大陆内地怎样才能找到他们的踪迹呢？"

这个不同的意见引来了长时间的静默。格雷那万夫人不断用眼光探询所有同伴的意见，但没有得到回答。帕噶乃尔也一反常态，沉默了下来，他平时伶牙俐齿，今天却不灵了。曼格斯在大厅里踱着方步，仿佛是在他的甲板上遇到了什么一筹莫展的事情。

"您呢，艾尔顿先生，"格雷那万夫人对水手长说，"假如是您，您会怎么做？"

艾尔顿连忙回答说："夫人，我会回到'邓肯号'上，将船直接开往出事的地点。在那里，我会见机行事，也许能在无意间找到一些线索。"

"很好，"格雷那万说，"只不过要等船修理好了再走。"

"哦！你们的船遭遇海损啦？"艾尔顿问。

"是的。"曼格斯回答说。

"很严重吗？"

"不算严重，但排除那些故障需要的工具我们船上没有。螺旋桨有一扇叶子扭坏了，只能到墨尔本去修理。"

"能不能扯帆航行呢？"水手长问。

"能，但只要刮一点逆风，'邓肯号'就得花老长的时间才能到达图福湾，而且终归还是要回墨尔本的。"

"那好，就让它去墨尔本！"帕噶乃尔嚷道，"我们自己去图福湾。"

"那怎么走呢？"曼格斯问。

"我们横穿澳大利亚，就像横穿南美洲一样，沿着三十七度线走！"

"那，'邓肯号'怎么办？"艾尔顿又说，说话的神气很是特别。

"'邓肯号'来与我们会合，或者我们去与它会合，视情况而定。

假如我们在路上找到了格兰特船长，我们就同他一道回墨尔本。如找不到，我们就继续在沿岸寻找，'邓肯号'就到沿岸来接我们。有谁对这个计划持反对态度？是少校吗？"

"不，只要穿越澳大利亚大陆是可行的，我不反对。"少校说。

"太可行了，"帕噶乃尔说，"我甚至要建议格雷那万夫人和格兰特小姐也陪我们一道去。"

"这话当真，帕噶乃尔？"格雷那万问他。

"极其当真，我亲爱的爵士。这次旅行要走三百五十英里，不会更多！按一天走十二英里计算，总共走一个月还宽余，这正是修理'邓肯号'需要的时间。噢！如果是在更低的纬度横穿澳大利亚大陆，如果要穿越的是这个大陆最宽的那片土地，穿越酷热难当的沙漠地带，这样的事连最大胆的探险旅行家都还不曾尝试过，又当别论了！但三十七度线穿过的是维多利亚州，那是地道的英国管辖区，有公路，有铁路，居民大部分都住在铁路和公路沿线。我们这次旅行想坐马车就坐马车，想坐大车就坐大车，乘大车更可取。这不是别的，简直就是从伦敦闲逛到爱丁堡。"

"但要遇上猛兽怎么办？"格雷那万问，他是想在事先尽量把反对的意见摆出来，以防万一。

"在澳大利亚没有猛兽。"

"要是遇到野人一般的土著人呢？"

"在这个纬度线上没有不开化的土著人，而且，澳大利亚的土人无论如何都没有新西兰的土人那么凶残。"

"要是遇上流放犯怎么办？"

"在南边的州没有流放犯，流放犯都住在东边的殖民地。维多利亚州不仅驱赶了流放犯，而且立了法把其他州刑满释放的犯人也拒之门外。今年，维多利亚州政府甚至威胁半岛轮船公司说，如果他们的轮船继续在西澳大利亚接受流放犯的码头上煤，政府就要停止对公司的补助。怎么！您不知道这些，您，一个英国人！"

"首先，我不是英国人。"格雷那万回答说。

"帕噶乃尔先生说得完全正确，"奥摩尔也插进来说，"不仅是维多利亚州拒绝流放犯入境，连澳洲南部、昆士兰，甚至塔斯马尼亚都一致决定，拒绝流放犯入境。自打我住在这个农庄，就没有听谁谈到过一个流放犯。"

"就拿我来说，我也从没有遇到过流放犯。"艾尔顿也说。

"你们明白了吧，朋友们，"帕噶乃尔接着说，"未开化的野人很少，没有猛兽，也没有一个流放犯。欧洲这样的地区也很少呀！那么，大家同意啦？"

"您怎么想，海伦娜？"格雷那万问他妻子。

"我跟大家想法一样，我亲爱的爱德华。"格雷那万夫人说罢转身对同伴说："上路！上路吧！"

第八章　起程

　　格雷那万采纳某人的建议之后，向来立即付诸实施。他迅即下达命令，要求这次旅行的准备工作必须在最短期内完成。启程的时间定在后天，即 12 月 22 日。

　　格兰特就在澳洲大陆，这是不争的事实，这次远征很可能硕果累累。当然，谁也不会自我吹嘘说一定能在三十七度线上找到格兰特船长，尽管他们将严格沿着这条线路走。但也许在这条线上能够找到他失踪的蛛丝马迹，无论如何，走这条路线总可以直接到达"布里塔尼亚号"出事的现场。这一点是最重要的。

　　此外，如果艾尔顿同意加入他们，为他们当向导，带他们穿过维多利亚州的多处森林，再把他们带到东海岸，那就平添了新的成功机会。格雷那万早已意识到了这点，他对格兰特这位伙伴有用的协作格外在意，所以他问接待他们的主人，如果他们建议艾尔顿跟他们一道出征，会不会让他不快。

　　奥摩尔同意了，但仍然为失去如此优秀的伙计而遗憾。

　　"那么，艾尔顿，您是否愿意跟我们一道出征去寻找'布里塔尼亚号'的遇难者呢？"

艾尔顿对这个邀请并没有立即回答，他看上去甚至还犹豫了片刻，接着，在考虑成熟后，他说："我愿意，爵士，我跟你们一道去。即使我不能领你们找到格兰特船长的线索，起码我可以把你们带到他的船只撞沉的地点。"

"谢谢您，艾尔顿。"格雷那万说。

"我只提一个问题，爵士。"

"提吧，我的朋友。"

"你们准备去哪里同'邓肯号'会合？"

"假如我们不需要横穿澳大利亚大陆，从西海岸走到东海岸，我们就在墨尔本和'邓肯号'会合。假如我们的寻访一直拖到东海岸，那就在东海岸上船。"

"要这样，船长怎么办？"

"船长在墨尔本等待我的指示。"

"很好，爵士。"艾尔顿说，"那就包在我身上了！"

"那我就靠您了，艾尔顿。"格雷那万答道。

"邓肯号"的乘客都对"布里塔尼亚号"的水手长表示热烈的感谢，格兰特船长的儿女更是对他有说不完的亲热话。所有的人都为他的决定高兴，只有那爱尔兰人为失去忠实的助手而倍感伤心。格雷那万委托他提供横穿澳大利亚旅行的交通工具，等这桩交易谈妥之后，"邓肯号"的乘客与艾尔顿约好下次见面的时间和地点，回到了船上。

这次返船时大家真是心花怒放。一切都改变了，所有的迟疑忧虑都一扫而光了，这批英勇无畏的寻访者再也不会在三十七度线上盲目乱闯了。现在，谁也不再怀疑，格兰特就是在这个大陆上寻求庇护的。人人心里都充满了疑虑之后重获信心的喜悦感。

再过两个月，如果情况顺利，"邓肯号"将载着格兰特船长去苏格兰沿海上岸。

曼格斯支持与乘客一道横穿澳大利亚大陆的建议时，估计自己这次会随同出征。他同格雷那万协商。他举出了各种各样对自己有利的理由，诸如他对勋爵夫妇忠心耿耿、他可以有效组织旅行队、他留在"邓肯号"上当船长不起作用。

"还剩一个问题，约翰，"格雷那万又说，"您绝对信任您的大副吗？"

"绝对信任，"曼格斯答道，"奥斯汀是一个优秀的海员，一定能驾'邓肯号'到达目的地，也完全能把船修理好，在规定的日子返回。汤姆这个人向来尽职尽责，严格遵守纪律，从来不会擅自修改命令或者推迟执行命令。阁下可以像相信我一样相信他。"

"那就这么定了，约翰，"格雷那万说，"您跟我们一道走。"他又笑着补充一句："当我们找到玛丽的父亲时，您在场比较合适。"

"啊！阁下……"曼格斯喃喃地说。

他能说出来的也只有这几个词了。他激动得脸色忽然发白，片刻之后，格雷那万伸过手来，他连忙握住他主人的手。

翌日，曼格斯在木工师傅和负责给养的几个水手陪同下返回了奥摩尔的农庄。他准备协同那爱尔兰人筹办交通工具。

奥摩尔全家都在等候他，准备在他的指挥下干活。艾尔顿也来了，他毫无保留地传授经验，提出建议。

奥摩尔和他在这一点上达成了一致意见：女乘客坐牛拉大车旅行，男乘客则骑马。奥摩尔有能力提供牲口和大车。

他提供的大车长二十英尺，顶上盖了一个防雨篷，下面有四个实心的车轮，轮子没有辐条，没有轮辋，没有铁箍，一句话，就是单纯的木头圆盘。车头离车尾很远，车头是用很原始的机械连着车身的，所以不能急转弯。车前有三十五英尺长的车辕，准备用六头牛分成三对在车辕两边拉车。如此排列的六头牛是用头和脖子拉车，牛颈上拴了双轭，轭上是铁键固定的项圈。这驾又长又窄，摇摇晃晃，极易倾侧的庞然大物还得用装有铁头的牛鞭驾驭，没有万分的灵巧是很难胜任的。不过，艾尔顿已经在爱尔兰人的农庄里学会赶牛车了，而奥摩尔也为他的车技担保，所以，驭手的角色非他莫属。

牛车没有弹簧，乘坐当然谈不上舒适，但既来之则乘之，曼格斯也没有办法改变它粗糙的结构，只好命人尽量将车厢内部布置得体面些。首先，车厢用木板分成两个小间。后间准备储存粮食，放置行李和奥尔比奈特先生的行军灶具。前间就完全属于两位女乘客了。在木工的巧手操持下，这一部分变成了一间很舒服的寝室：地板上铺了很厚的地毯，还配备了盥洗设备，两张床铺供格雷那万夫人和玛丽使用。如有必要，厚厚的皮窗帘可以遮住前面的小间，以抵挡夜里的风寒。如果下大雨，男士在迫不得已时还可以来这里躲躲雨。不过，在平时，他们还得每晚搭帐篷过夜。曼格斯费尽心机想把两位女士的日常生活必需品全部放进这狭窄的空间，他成功了。格雷那万夫人和玛丽在这样一个活动房间里想必不会太怀念"邓肯号"里舒适的舱房。

男旅客就比较简单了：七匹健壮的马供格雷那万勋爵、帕噶乃尔、罗伯特、少校、曼格斯、威尔逊、穆拉第使用。艾尔顿自然有他车把式的位置，对马术毫无兴趣的奥尔比奈特先生住在行李小间里也感觉很自在。

马和牛都在农庄的牧场里吃草，起程的时刻一到，很容易把它们牵在一起。

曼格斯把一切都安排停当，又吩咐木工头还应该做哪些事，之后他准备带着爱尔兰人一家回到船上，因为那一家人表示想回访格雷那万勋爵。艾尔顿认为自己出于礼貌也应该同他们一道来船上看看，于是，约莫四点钟，约翰和这几位新伙伴便跨过了"邓肯号"的舷门。

客人们受到了热烈的欢迎，格雷那万邀请他们在他的船上就餐，因为他不愿意在礼数上欠情太多。客人们也很乐意在游艇的方厅里接受对他们澳大利亚式款待的回报。奥摩尔对游艇的豪华惊叹不已。各个小间里配备的家具、墙上的帷幔、挂毯、游艇上层枫木和红木的建筑装饰都让他赞不绝口。艾尔顿却相反，他对那一切昂贵的多余之物只表示了适度的赞许。

这个"布里塔尼亚号"的水手长用海员的眼光将游艇仔细查看了个遍。他参观时一直走到船底，还下到螺旋桨所在的机房，并一丝不苟地查看了机器，同时打听机器的实际马力和耗煤量。他还探察了煤舱、食品储藏室、弹药库，他对武器库尤其感兴趣，也特别关注架在船头上的大炮和大炮的射程。格雷那万要打交道的这个人的确是个行家里手，在艾尔顿提出那些专业性很强的问题时，他已经明白这一点了。末了，艾尔顿在仔细查看了桅杆和船具之后，结束了他的参观。

"您这条船很漂亮，勋爵。"他说。

"最重要的是这船的性能很好。"格雷那万答道。

"船的吨位是多少？"

"登记的是二百一十吨。"

"除非我完全猜错了，"艾尔顿又说，"我认为'邓肯号'开足马力可以轻松走十五节。"

"假如您说十七节，"曼格斯反驳他说，"那您就猜对了。"

"十七节！"水手长叫道，"要那样，就没有一艘战船，我指的是最好的战船，能追逐它了？"

"的确没有！"曼格斯答道，"'邓肯号'实际上是一艘赛艇，无论什么速度的船都赶不上它。"

"它扯帆航行也比别的船快吗？"艾尔顿又问。

"扯帆航行也比别的船快。"

"那么，爵士，还有您，船长，"艾尔顿说，"请接受一个海员的祝贺，我这个海员完全明白海船的价值。"

"那好，艾尔顿，"格雷那万说，"那您就留在我的船上干吧，只要您愿意，这船就跟您自己的一样。"

"我会考虑的，爵士。"水手长只简单地回答了一句。

这时，奥尔比奈特先生前来通知勋爵说，午宴已经摆上了。格雷那万和客人们便往艉楼走过去。

"这艾尔顿是个很聪明的人。"格雷那万对少校说。

"过分聪明了！"少校喃喃地说。

说实在的，少校一看这水手长的面孔和做派就不顺眼，但没有什么明显的理由。

席间，艾尔顿讲了许多澳大利亚大陆有趣的细节，因为他对这个大陆太熟悉了。他还打听格雷那万勋爵准备带多少水手上岸参加远征。当他得知只有两个，即穆拉第和威尔逊陪勋爵出行时，他十分惊异。他敦促格雷那万把"邓肯号"上最优秀的船员都组织到寻访队里来，他在这一点上甚至很坚持。他这样坚持理应在少校的脑子里排除一切猜疑了。

"但是，"格雷那万说，"我们横穿澳大利亚大陆南部不是没有任何危险吗？"

"是没有任何危险。"艾尔顿连忙说。

"那我们就尽量把人留在船上。'邓肯号'需要人手扯帆航行，也需要人手修理船体。最重要的是，它必须在我们此后确定的会合时间和地点准确无误地到达那里。所以，我们不能缩小船员的人数。"

艾尔顿很理解格雷那万勋爵的考虑，不再坚持了。

傍晚，苏格兰人和爱尔兰人互相道别了，艾尔顿和奥摩尔一家也回到了他们的住宅。马匹和大车都必须在次日准备妥当，启程的时间定在上午八点整。

格雷那万夫人和玛丽小姐开始做一些准备的扫尾工作，时间并不长，尤其不像帕噶乃尔准备得那么细致烦琐。这位学者花了一部分时间来捣鼓他的望远镜，拆了又装，装了又拆，还擦拭个没完。第二天黎明时分，当少校声若洪钟般叫他起床时，他还在呼呼大睡哩。

　　在曼格斯的操持下，全部行李早已运往农庄了。眼下，一条小船正在等着旅客们，格雷那万一行也忙不迭上了船。青年船长向奥斯汀发出最后的命令，他嘱咐大副，压倒一切的任务是在墨尔本等候格雷那万勋爵的命令，而且无论是什么命令，都要一丝不苟地执行。

　　那个老水手回答曼格斯，要他尽管放心，依靠汤姆错不了。他还代表全体船员，预祝勋爵这次远征成功。小船离开游艇了，一阵雷鸣般的欢呼声响彻云霄。

　　小船花了十分钟就靠岸了。又过了一刻钟，远征队员们便抵达了爱尔兰人的农庄。

　　一切都已准备妥帖。格雷那万夫人看见车内的布置和整个大车的情况真是喜出望外。她格外欣赏那大车的长度、大车的原始木轮和厚厚的木板。那六头水牛成对套在一起，神气古朴，也特别合她的胃口。艾尔顿手握赶牛的刺棒，等着新主人的命令。

　　"嗨！这车别提有多妙了！那还用说，比世界上所有的四马邮车都强。我真不知道周游世界还有什么方式比这跑江湖的方式更好。一间活动房子，想走就走，想停就停，你还想怎么样呢？"

　　"帕噶乃尔先生，"格雷那万夫人说，"我希望有幸在我的客厅里接待您，行吗？"

　　"怎么这样说呢，夫人。"学者说，"那是我的荣幸呀！您确定日期了吗？"

　　"我会天天在这里欢迎朋友，"格雷那万夫人笑道，"尤其是您……"

　　"我是您的朋友中最忠实的一个，夫人。"帕噶乃尔讨好地说。

他们之间的寒暄被七匹马的到来打断了，这七匹马鞍辔齐全，由奥摩尔的一个儿子牵来。格雷那万随即同爱尔兰人结了各种购置费用的账，还加上许多感谢的话语，那诚实的移殖民认为，这些话至少和金钱一样宝贵。

接着发出了启程的信号。格雷那万夫人和格兰特小姐去自己的小间里就座，艾尔顿上了他的驭手台，奥尔比奈特先生则进了他的后车厢。格雷那万、少校、帕噶乃尔、罗伯特、曼格斯和两个水手身背马枪，怀揣左轮手枪，齐整整上了马。奥摩尔说了一句："愿上帝保佑你们！"他的家人便齐声唱和起来。艾尔顿用一种特别的嗓音叫了一声，用刺棒刺了刺那长长的套牛。大车起动了，车厢板咯吱咯吱唱起来，轮轴在轮毂里发出刺耳的嘎嘎声。大车随即在大路的转弯处转了弯，那爱尔兰好人殷勤的农庄便渐渐消失了。

第九章　维多利亚州

　　这一天是 1864 年 12 月 23 日。十二月份在北半球是那样凄凉、那样阴沉、那样潮湿，而在澳洲大陆却称得上是六月。从天文学的角度讲，夏季已经来临两天了，因为在 21 日那天，太阳刚刚到达摩羯星座，它每天在地平线上方停留的时间已经少了几分钟。现在这里正处于一年中最炎热的季节，格雷那万一行新的出征不得不在几乎是热带的太阳照射下完成。

　　英国在太平洋这一部分的属地总称为澳大利西亚，它包括新荷兰、塔斯马尼亚、新西兰和周边的一些岛屿。澳大利亚大陆被划分成许多大小和贫富都参差不齐的殖民地。谁只要看看彼德曼先生或普雷科尔先生描制的现代地图，就会不约而同地为那些不同殖民地划界之笔直而深感惊异。英国人是用墨线来划分这些约定俗成的大州州界的，他们根本不顾及山岳形态、河流走向的差异、气候的多样性以及种族的区别。这些殖民地全部方方正正，一个紧挨一个，排列得有如镶嵌的工艺品。一看这样直线直角的划分，谁都会认为那不是地理学家的成果，而是几何学家的作品。唯有这个大陆的海岸，蜿蜒曲折，有峡湾、有海湾、有岬角、有河口，仿佛在用它们魅力无穷的参差美代表大自然对那样的划界提出抗议。

这种划界方法形成的棋盘式国土面貌的确有理由激起帕噶乃尔说风凉话的兴致。倘若澳大利亚属于法国，法国地理学家对三角尺和直线笔的迷恋肯定不会发展到这个程度。

大洋洲这样的大岛如今有六个英国殖民地：新南威尔士，首府是悉尼；昆士兰，首府是布里斯班；维多利亚州，首府是墨尔本；南澳大利亚，首府是阿德莱德；西澳大利亚，首府是珀斯；最后是北澳大利亚，目前尚没有首府。现在，只有沿海地区有移殖民居住，仅有个别的重要城市曾冒险派人进入到内陆二百英里的地方。辽阔的内陆中心地带相当于欧洲面积的三分之二，那里还处于无人知晓的状态。

所幸南纬三十七度线并没有横穿那片广袤寂寥的土地，而那片人迹罕至的地带却已见证了众多为科学献身的罹难者。格雷那万当然不会冒险涉足那些地区，他要走的地方只是澳大利亚南边的一部分，这部分包括阿德莱德州的一块狭窄地带、维多利亚全州和新南威尔士倒三角形的尖端部分。

不过从贝努依角到维多利亚州的边界最多不过六十二英里。也就是两天的路程，不会再多了，所以，艾尔顿打算第二天晚上去维多利亚州最西边的城市阿斯普莱投宿。

旅行一开始往往是马匹和骑手都精力充沛、生气勃勃。骑手劲头十足倒也罢了，但马匹太兴奋恐怕还是稍加控制为妙。俗话说路遥惜坐骑，大家决定，每天的平均行路里程不能超过二十五到三十英里。

再说，马匹的步履还必须跟套牛的步履协调一致，而套牛总是走得比马匹慢。那笨重的机械运输工具虽然载重力强大，浪费的时间却不少。这辆大车，加上它的乘客和各种食品用具，的确是这支旅行队的核心，是流动的要塞。骑手们可以离开牛车两旁去探路或闲逛，但绝不能离车太远。

没有特别规定行路的速度，每个人都可以在一定的范围内自由行动。爱打猎的人便在平原上纵马奔驰；喜好献殷勤的人则与牛车车厢的女房客大聊天；哲学家当然在一起天南海北坐而论道。帕噶乃尔却样样在行，所以能够东跑西颠，处处露脸。

穿越阿德莱德州毫无趣味可言。没完没了的小山冈虽然不高，灰尘却不少；大片大片的不毛之地伸展得老远，当地人将它们总称为"荒地"。也有一些草场被一丛丛带咸味的灌木覆盖着，灌木的叶子尖尖的，羊群对之情有独钟，这样的草场竟绵延了好几英里。这里、那里可以看见一群群的"猪面羊"在电线杆之间吃草，电线杆是新近在阿德莱德到沿海一带竖起来的，"猪面羊"是属于新荷兰地区特殊的品种。

走到目前为止，这里的平原老让他们回想起阿根廷潘帕斯草原那无尽无休的单调。同样平整的草地，同样轮廓清晰的地平线！少校甚至认为他们并没有变换国家，不过帕噶乃尔向大家保证说，地区马上就会起变化了。听他一保证，大家便料想前面定有美妙的事物在等待他们。

接近下午三点时，牛车穿过一大片光秃秃的原野，地名叫"蚊虫之乡"。帕噶乃尔见这地方名副其实，遂有一种地理学的满足感；游子们和他们的坐骑却被那些双翅的不速之客叮咬得痛苦不堪。避是避不开的，用便携式药箱里的阿摩尼亚水缓解疼痒倒容易些。蚊虫用它们讨厌的尖嘴在帕噶乃尔那灯杆似的长身体上疯狂地乱叮乱咬，使他禁不住咒骂它们见鬼去吧。

快到傍晚时，一排排金合欢的绿篱使平原顿时有了生气，显得悦目些了。近处有疏疏落落的白胶树；远处还有新近压出的车辙。接着还能看见从欧洲移植的橄榄树、柠檬树、绿色的橡树，还有一些管理得很好的木栅栏。八点整，在艾尔顿的刺棒刺激下的套牛加快步伐，终于到达了红胶站。

所谓"站",是指内地饲养牲畜的殖民地建筑,因为牲畜是澳大利亚的主要财富。当地管饲养牲畜的人叫"坐地人",也就是坐在地上的人。的确,移殖民们在如此辽阔的国土上放牧,东奔西跑,累了以后的第一个动作就是往地上一坐。

红胶站是一个不大的建筑,但格雷那万在这里却受到了最坦诚的接待。走进这些僻远寂寞的住宅,无论什么人都会被邀请用餐,而且,澳大利亚的移殖民永远是殷勤的主人。

次日,艾尔顿天一亮就套上了牛车,他打算在当天晚上到达维多利亚的境内。这时,地形渐渐变得更高低不平了。绵延不断的小山冈逶迤起伏,一望无际,山冈上覆盖着朱红色的细砂,看上去就像一面铺展在平原上的红色大旗,山梁则像迎风鼓了起来的红旗褶皱。还有几株杉树在草地上伸展着它们深绿色的枝叶,树干挺直而光滑,树身有白色的斑点;一群群快活的跳鼠在肥美的草地上活蹦乱跳。又走了一段时间,前面出现了大片大片的荆棘丛和小胶树;随后,密密的树丛变得稀疏了,小灌木也变成了一棵棵大树,逐渐呈现出典型的澳大利亚森林的雏形。

在接近维多利亚州的州界时,地区的面貌开始发生明显的变化,游子们意识到脚下已经是一片全新的土地了。他们不可动摇的方向永远是三十七度直线,任何湖泊山岳都不可能逼他们走曲线或复折线。他们坚定不移地实行几何学第一定理,按两点之间最短的路线走,绝不绕行。劳累和困难,他们从不加以考虑。他们随着套牛缓慢的步履行走,这些安静的牲畜的确走得不快,但至少它们一直在走着,从不停歇。

就这样,旅行队花了两天的时间,一气走了六十英里,在23日傍晚到达了阿斯普莱城。那是维多利亚州的第一个城市,位于东经一百四十一度，属于威梅拉县。

艾尔顿亲自把牛车停在车房里，这个客栈叫"皇冠旅社"，没有更好的旅馆，也只好在这里住下了。晚饭是清一色的羊肉，用各种不同的方法烹调，热气腾腾地摆满了桌子。

大家吃得尽兴，聊得更尽兴。人人都想更多了解澳大利亚大陆的新奇事物，所以都争先恐后地向地理学家问这问那。帕噶乃尔倒不需别人再三请求，即刻围绕维多利亚州这个所谓"幸福的澳大利亚"描绘起来。

"用'幸福'这个字眼形容维多利亚州是不符合实际的，"他说，"最好称它'富庶的澳大利亚'，因为有些地区也和有些人一样，富裕并不意味着幸福。澳大利亚富有金矿，正因为如此，它已经被一帮破坏性极强而又凶残的冒险家糟蹋得不成样子了。等我们穿过金矿区时，你们就会看见这种情况。"

"维多利亚这个殖民地不是刚建立不久吗？"格雷那万夫人问。

"没错，夫人，这个殖民地只有三十年的历史，是1835年6月6日建立的，那天是星期二……"

"晚上七点一刻。"少校补充说，他喜欢嘲笑帕噶乃尔记日期的准确性。

"不对，是七点十分，"地理学家认真地纠正他说，"当时，巴特曼和佛克纳在菲利普港建立了一个机构，就是在今天墨尔本那个大城市所在地的海湾上。十五年间，这个殖民地一直是新南威尔士的一部分，属首府悉尼管辖。但在1851年，这个殖民地宣布独立，才改名为维多利亚。"

"维多利亚独立后就繁荣起来啦？"格雷那万问。

"您可以自己判断，我高贵的朋友，"帕噶乃尔回答说，"我这里有些最近公布的统计数字，不管少校怎么想，我还是认为数字最有说

316

服力。"

"您说吧。"少校说。

"好，我说。1836年，菲利普港共有二百四十四个居民，今天，维多利亚州已经拥有五十五万人了。它的七百万株葡萄每年出产十二万一千加仑葡萄酒，有十万零三千匹马驰骋在它的原野上，它广阔的牧场上放牧着六十七万五千二百七十二头牛。"

"这个省不是还拥有一定数量的猪吗？"少校问。

"是的，少校，请别见怪，一共有七万九千六百二十五头猪。"

"有多少只羊，帕噶乃尔？"

"有七百一十一万五千九百四十三只，少校。"

"包括我们现在正吃着的这只吗，帕噶乃尔？"

"不包括，因为它已经被吞掉了四分之三。"

"好样儿的！帕噶乃尔先生！"格雷那万夫人由衷地笑着大声喝彩，"应该承认，您对这些地理问题实在太精通了，我的表兄少校再怎么也抓不了您的错。"

"熟悉这些事情并且在必要时告诉你们，这是我的职业，夫人。在对你们说这块非同寻常的土地上到处有奇观时，你们尽可以相信我。"

"不过，到现在为止……"少校总喜欢逗逗地理学家。

"您等等呀，没耐心的少校！"帕噶乃尔嚷道，"您刚在这个州的边界上踏了一步，您就觉得败兴了！那好，我这就对您说，还要重复说，强调说，这里是世界上最奇特的地区。这个地区的地层，它的天然状态，它的物产、气候，直到它未来的消失，都使全世界的学者过去吃惊，现在和将来也吃惊！你们想想，我的朋友们，这个大陆最初形成时不是从中心开始，而是从沿海开始，从沿海慢慢往上升，高过了波涛，好像一个巨大的戒指。这个环形地带也许在它的中心拥有一个已经蒸发到半干枯状态的内海，那里的河流一天比一天干旱；无论在空气里，还是在土地里，根本不存在湿润现象。那里的树木每年脱一层皮，但树叶却完好无损；那里的树叶侧面，而不是正面向着太阳，所以那里找不到树荫；那里的木材具有强大的耐火性，经常烧不着，而石材经过雨淋却会融化；那里的森林十分低矮，而野草却高得骇人。那里的动物稀奇古怪：四足动物长的是鸟喙，诸如针鼹和鸭嘴兽，弄得博物学家也不得不为它们创造一个新目'单孔目'；袋鼠前后腿长短不齐，只能跳着走路；是绵羊却长着猪头；狐狸可以在树与树之间飞来飞去；天鹅不是白的而是黑的；老鼠会筑巢；椋鸟敞开沙龙欢迎飞鸟类朋友来访。鸟儿五花八门的歌声和天赋更是让人浮想联翩，有的唱得像闹钟，有的叫得像马车夫甩鞭噼啪响，有的模仿磨刀人嚯嚯叫，有的像挂钟钟摆滴答滴答，有的早上见日出就笑，有的傍晚见日落就哭！啊！怪异的地方，不合逻辑的地方呀！你真是地地道道违反常规、违反自然的地方！难怪植物学家格里玛尔谈到你时说：'这就是澳大利亚，这是一种对宇宙规律的滑稽模仿，或者更确切地说，是一种对全世界其他地方面对面的挑战！'"

帕噶乃尔高谈阔论，滔滔不绝，似乎再也停不下来了。这位地理学会口若悬河的秘书已经无法自控，他说呀说呀，声音震耳欲聋，还指手画脚，手上的刀叉对饭桌上他的邻座构成极大的威胁。但一阵雷鸣般的叫好声终于盖过了他的声音，他总算安静了下来。

自然，在他如数家珍举出那么多澳大利亚的奇特之处后，谁也不会考虑再请他谈更多了。不过，少校这时却禁不住用平静的口气说："就这些吗，帕噶乃尔？"

"噢，不，还不止这些！"学者顶他一句，他又来劲了。

"怎么？"格雷那万夫人极其惊讶地问，"难道澳大利亚还有什么更令人吃惊的东西？"

"没错，夫人，那就是它的气候！澳大利亚的气候比它那些物产还怪异得多。"

"呀，真没想到！"有人叫了一声。

"先不谈澳洲大陆在卫生条件方面的优点，这里富含氧气，缺少氮气；这里没有潮湿的风，因为信风都顺着海岸吹过去了。大部分的疾病在这里都见不到，无论是斑疹伤寒还是麻疹或慢性病。"

"这个优越性已经不小了。"格雷那万说。

"那当然，不过我要说的还不是这些，"帕噶乃尔回答说，"这里的气候还有一个优点……说起来好像令人难以相信。"

"是什么优点呢？"曼格斯问。

"你们永远也不会相信我说的……"

"恰恰相反！"大伙儿被好奇心刺激得齐声嚷开了。

"那我说，这里的气候……"

"究竟怎么样呀？"

"有教化功能！"

"有教化功能？"

"是的，"学者满怀信心地答道，"没错，这里的气候含有教诲性！在这里，金属接触空气不会生锈，人也不会。这里的空气洁净而又干燥，可以非常迅速地使一切变得洁白，包括衣物和心灵！而且在英国，当有人决定把需要接受教诲的人派到这里来时，他们已经注意到这里的气候有这种功效了。"

"怎么！这种作用已经真正见效啦？"格雷那万夫人问。

"是的，夫人，已经在动物身上，也在人身上见效了。"

"帕噶乃尔先生，您不是在开玩笑吧？"

"我没有开玩笑。这里的马匹和其他牲畜都非常驯服，你们很快会看到这点。"

"这不可能！"

"但情况就是如此！那些坏人被运到这使人身心健康、充满活力的空气中来，过几年就重获新生了。慈善家们最了解这种功效。在澳大利亚，人畜的一切天性都在改善。"

"那么，您呢，帕噶乃尔先生，您已经那么善良了，"格雷那万夫人又说，"您到这块得天独厚的土地上来又会变成什么样子呢？"

"优秀，夫人，"帕噶乃尔回答说，"也就是优秀而已！"

第十章　威梅拉江

翌日，12 月 24 日，旅行队在黎明时分就启程了。天气已经非常炎热，但大家还能够忍受。道路大部分都很平坦，适合马匹行走，小队的人马后来是在相当稀疏的新生矮树林里行进的。傍晚，赶了一整天的路之后，他们在白湖岸边宿营，白湖的水发咸，人畜都不能饮用。

到这里，帕噶乃尔也不得不承认，这白湖之不白，跟黑海不黑，红海不红，黄河不黄，蓝山不蓝是一个道理。不过，为了维护地理学家的面子，他又为那些地名争论了好一阵，但他提出的那些理由没有一个能占上风。

奥尔比奈特先生仍然按他的习惯准时开晚饭，饭后，游子们一些躺在牛车里，一些躺在帐篷下，都很快入睡了，尽管澳洲豺在周围悲凉地嚎叫个不停。

在白湖的后边有一片色彩缤纷、菊花繁茂的平原。第二天一大早醒来，格雷那万和伙伴看见眼下这悦目的美景真想欢呼雀跃一番，但他们还是准时出发了。远处有一些山峦显示出这一带土地依然有起伏。到处是绿色的牧场、红色的春花，一直延伸到天边。细叶麻蓝盈盈的光泽和这一带特有的爵床草的鲜红相映成趣。盐碱地上密密麻麻覆盖着鹅绒委陵菜、法国菠菜、甜菜，有的呈海蓝色，有的呈淡红色，它们都属于性喜蔓延的藜科。这些植物都可以为工业所用，因为从它们焚烧后的灰烬里可以提炼出很纯的氢氧化钠。帕噶乃尔在万花丛中已经变成了植物学家，他能叫出这些花草的学名。他是个数字迷，当然要说说澳大利亚的植物志：到目前为止，澳洲已有分属于一百二十个科的四千两百种植物。

后来，牛车以相当快的速度走完十来英里之后，便开始在一丛丛高高的金合欢树、木本含羞草树和白胶树间行进，那些树木的花序千变万化，煞是好看。在这个到处有泉水灌溉的原野上，植物界对太阳并没有忘恩负义，它用芬芳和色彩给了它回报。

动物界就各啬多了，它奉献的产品实在太少。几只鹤鸵在原野上蹦来蹦去，谁也无法靠近它们。不过少校还是一枪便打中了一只"佳比鹭"，英国移殖民管它们叫巨鹤。这种飞禽个子有五英尺高，黑嘴喙下部宽大，上部尖细，呈锥形，长约十八英寸。巨鹤头部油光水滑的紫色和朱红色羽毛，同它绿光闪闪的脖子、白得发亮的胸脯以及鲜红的长腿形成鲜明的对比。为了装扮它，大自然似乎用尽了调色板上全部的原色。

大家非常欣赏这只漂亮的大鸟，如果罗伯特没有勇敢地猎获另一头怪兽，少校就应该是这一天光荣榜上的头号人物了。罗伯特在又走了几英里路之后碰上的，是一只样子很笨重的家伙，一半像刺猬，一半像食蚁兽，简直就是创世之初上帝还没有完成塑造的那类四不像畜生。这家伙长着一条可以伸缩的长而黏糊糊的舌头，舌头伸到它那歪歪扭扭的嘴唇外面，以便舔食蚂蚁，蚂蚁是它主要的食品。

"这是一只针鼹！"帕噶乃尔说出了这只单孔兽的学名，"你们这辈子看见过这样的动物吗？"

"这东西也太难看了。"格雷那万说。

"难看，但很奇特，"帕噶乃尔又说，"而且是澳大利亚独有的动物，想去世界上任何其他地方寻找它都白费力气。"

帕噶乃尔自然想把这只丑恶的针鼹放到行李车厢里带走，但奥尔比奈特先生愤然反对，帕噶乃尔只好放弃保存这单孔动物标本的企图。

这一天，旅行小队已经走到了东经一百四十一度三十分的地方。到目前为止，很少有移殖民出现在他们的视野，他们看见的"坐地人"也寥若晨星。看上去这一带似乎非常荒凉。连本地土著的影子都见不到，因为那些野人的部落都漂泊在更靠北的地区，也就是达令河与墨累河的一些支流灌溉的那一大片人迹罕至的地方。

然而，也有一个奇特的景观让格雷那万一行人格外感兴趣。原来澳大利亚有一些胆大包天的投机商人经常从东部山区把一群群的牛羊赶往维多利亚和澳洲南部的一些省份，这天，来自欧洲的游子们便有机会看见这大批牲畜迁移的壮观场面。

这天下午四点左右，曼格斯请大家注意观看，前方三英里处有一大股尘埃像柱子一样地在地平线上滚动。这样不寻常的自然现象是怎样发生的呢？谁都难于回答这个问题。帕噶乃尔倾向于说那是某种大气现象，他那丰富的想象力甚至为这个现象找到了自然界本身的原因。正当他在推测的海洋里冒险畅游时，艾尔顿戛然制止了他，说那滚滚的尘土是正在行进的牲畜群引起的。

这位水手长并没有搞错：那厚厚的尘雾果然正在往这边滚动。从尘雾里还传来了牛哞、马嘶和羊咩咩的大合唱。人的吼叫、口哨和怒骂声与牲畜的合唱混响成了一首田园交响曲。

这时，从叫声震天的尘雾里走出来一个男人，那就是这个四足大军的领头人。格雷那万连忙迎着他走上去，两人交流起来。那位领头人名叫桑·马歇尔，或者应该叫他储运倌，这些牲畜的一部分是他的。他从东部省份来，准备去波特兰海湾。

他赶的这群牲畜共有一万两千零七十五头，其中水牛一千头、羊一万一千只、马七十五匹。这些牲畜是在大蓝山那一带平原购买的，当初买回来时都瘦骨嶙峋，等它们去澳大利亚南部肥美保健的草地养壮之后再在当地卖出去，卖主获利便非常可观。马歇尔以这种方式每头牛可以赚两英镑，每只羊可以获利半英镑，可以一共赚得五万法郎的利润。这是一笔大买卖。然而，要把这群脾气倔强随时踟蹰不前又不听招呼的牲畜赶到目的地，需要怎样的耐心，怎样的毅力呀！还得忍受多少疲劳和辛苦！干这个艰苦行当赚的钱的确是来之不易的。

马歇尔三言两语讲完了他的经历，他的畜群也不停地在木本含羞草树丛中往前走着。格雷那万夫人、玛丽和骑手们早已停步下车下马，坐在一株巨大的胶树树荫下听储运倌讲他的故事。

马歇尔在七个月前就动身了，他每天大约走十英里，而他那没完没了的奔波恐怕还要延续三个月。他身边带了二十条狗和三十个人帮他完成这次极其劳累的任务，其中有五个黑人非常矫健，善于找到失踪牲畜的线索。有六辆大车跟在这个迁徙大军后面，大车车夫手握长鞭在牲畜行列中穿梭来往。长鞭的柄有一英尺八英寸，鞭身长九英尺，足以维持经常被打乱的秩序，而猎狗轻骑兵则在两翼来回飞跑。

格雷那万一行人十分赞赏业已在畜群里建立起来的纪律。不同种族的畜生都各走各的，互不干扰，因为野性较强的牛和羊很难和睦共处，凡是羊走过的地方，牛都拒绝吃草。很有必要将牛放在打头的地位，分两个营走在最前面。五个团的绵羊在二十个人的指挥下跟在牛营后边，还有一个马分队殿后。

马歇尔提醒他的听众说，这支大军的向导既不是猎狗，也不是人，而是牛。牛是非常聪明的"领袖"，它们的同类完全承认它们至高无上的权威。它们神态庄严地走在第一排，凭本能选择好走的道路，对自己的德高望重有十二万分的把握。人们见牲畜群无条件服从它们，也就对它们另眼看待了。如果它们喜欢停下来，你就得随它们高兴停下来；假如它们不亲自发出再启程的信号，你就休想在歇息之后重新上路。

储运倌接着补充的一些细节就使这次牲畜大军远征的编年史完整起来了。大军在平原上行进时，情况还不错，困难较少，也不算劳累。畜群在沿途的草场吃草，在草场上纵横交错的溪沟里喝水，夜幕降临便睡觉，曙光升起便上路，一听见狗吠就乖乖地集合。然而，在澳洲大陆的大森林里，当畜群穿过桉树和木本含羞草树矮林时，遇到的困难就越来越多了。马连、牛营和羊团要么乱成一锅粥，要么东奔西跑，必须花费许多时间才能把它们重新集合起来。万一有某位领袖不幸迷路了，你就得不顾一切把它找回来，哪怕为此而全线溃乱也在所不惜。几个黑人往往要花费好几天的时间来完成这困难的寻找任务。万一再碰上倾盆大雨，懒惰的牲畜们便乘机拒绝走路，而且电闪雷鸣会使吓疯了的畜群惊慌失措，乱了阵脚。

在他讲述自己的经历时，大部分的畜群已经秩序井然地走过去了。该轮到他赶到大军的头里，并选择最佳的牧场了。他向格雷那万勋爵告辞之后便跳上骏马，同大家一一握手，热诚道别。片刻之后，他已然消失在一团团尘埃里了。

中断行驶一会儿后，大车又往相反的方向上路了，直到傍晚，它才在塔尔波特山脚下停了下来。

这时，帕噶乃尔才恰如其分地提醒大家，说这一天是 12 月 25 日，圣诞节，是英国人家家户户都格外隆重庆祝的节日。不过，随行的管家奥尔比奈特先生并没有忘记这个日子，他在帐篷下给大家摆上了一席丰美的大餐，众人吃得赞不绝口，向他衷心祝贺。应该指出，奥尔比奈特先生准备的这一席饭菜的确比平时更美味可口。他储存的食品使他得以调制出各种欧洲式菜肴，这样的佳肴在澳大利亚的荒漠里是很难找到的。其中有驯鹿火腿、咸牛肉片、熏鲑鱼、大麦和荞麦粉制作的蛋糕。茶可以随便喝，威士忌大量供应，还有几瓶波尔多葡萄酒，这一切使晚宴出人意料，一鸣惊人。用餐的人们还以为自己真是在苏格兰高地的玛尔科姆城堡勋爵府的大厅里呢。

当然，这样的宴席，从姜汁汤到餐后点心碎肉饼，样样齐备。不过，帕噶乃尔认为还应该摆一些水果，正好山下有一株野橘树可以锦上添花。当地人管这种野果树叫"莫卡李"，树上结的橘子淡而无味，但咬碎橘籽可以使满嘴辣乎乎的，像吃了卡宴①的辣椒一样。我们这位地理学家出于对科学的热爱，硬着头皮吃得那样认真，结果使自己的嘴巴像着了火，根本无法回答少校反复提出的关于澳大利亚荒漠特点的问题。

第二天是 12 月 26 日，这一整天没有发生任何值得叙述的事件。他们沿途遇上了诺顿河的发源地，后来又走过了半干旱的麦肯西河。天气一直都很晴朗，炎热的程度还可以忍受；南来的风柔和地吹拂着，使空气变得凉爽。

"这种凉风送爽的情况对我们有利，"帕噶乃尔说，"因为平均说来，南半球的气温一般都比北半球高。"

"为什么南半球比北半球气温高呢？"少年问。

"你问我为什么，罗伯特？"帕噶乃尔反问，"你难道没有听说过，每逢冬季，地球离太阳更近些？"

"我听说过，帕噶乃尔先生。"

"寒冷的原因在于太阳不是正射而是斜射到地球上，听说过吗？"

"没错，当然听说过。"

---

① 卡宴系法属圭亚那的首府。——译注

"那好，小伙子，正是因为这个原因，南半球就比北半球热。"

"我不明白。"罗伯特瞪大眼睛回答道。

"你好好想想，"帕噶乃尔又说，"当我们在那边，在欧洲，正好是冬季时，在这边，在与欧洲相对应的澳大利亚，应该是什么季节？"

"是夏季。"罗伯特答道。

"是呀，因为正好在这段时间地球离太阳更近……你懂不懂？"

"我懂……"

"正因为地球离太阳近，南半球各地区在夏天就比北半球各地区在夏天更热。"

"原来是这样，帕噶乃尔先生。"

"所以，当我们说，'在冬季'，太阳离地球更近，这只对我们这些居住在北半球的人来说是对的。"

"我还真没有想到过这一点。"罗伯特回答说。

"那么，我的孩子，现在你知道了，就别忘记啦。"

罗伯特心甘情愿地听了这一堂天文地理课，后来还得知维多利亚州的平均温度可以达到二十三点三三摄氏度。

傍晚，探寻小队在离隆斯达尔湖五英里处宿营，此地北边耸立着德拉蒙山，南边有德莱邓山不算高的山峰挡住地平线。

翌日十一时，大车来到威梅拉江江岸，地处东经一百四十三度。

宽半英里的威梅拉江在两边成行的胶树和金合欢树之间汩汩流淌着，汪洋的江水十分清澈。一株株桃金娘科植物，枝叶繁茂，婀娜多姿，树高可达一丈五尺，红花似火，煞是好看。成千上万的小鸟在翠绿的细枝丫间飞来飞去，其中有黄鹂、燕雀、金翅鸽，还有叽叽喳喳的鹦鹉。一对黑天鹅在水面上嬉戏，看上去腼腆胆怯，后来，这一对澳大利亚珍禽在威梅拉江江湾里消失得无影无踪，威梅拉江却执拗地灌溉着周边景色迷人的田野。

这时，大车停在一片绿草如茵的江岸上，长长的绿草像流苏一般垂在湍急的江水水面上。那里既没有木筏，也没有桥，但渡江是无法避免的，艾尔顿遂忙着到处寻找可以渡江的地方。在往上游走四分之一英里的地方，威梅拉江稍浅一些，他便决定从这里渡江。他探测了各个不同的地方，都证明水深只有三英尺。

"难道就没有别的办法渡过这条江？"格雷那万问水手长。

"没有别的办法，爵士，"艾尔顿回答说，"但我觉得从这里过江似乎没什么危险。"

"格雷那万夫人和格兰特小姐有必要离开大车吗？"

"完全没有必要。我这几头牛走得很稳当，我可以负责让它们走可靠的路线。"

"那好吧，艾尔顿，"格雷那万说，"我信任您。"

骑马的人们先过来把那笨重的牛车团团围住，大伙儿随即坚定地进入了威梅拉江。按常规，当大车试图这样渡江时，一定要在大车周围系上一连串的空桶，以保持大车浮在水面上。然而，这里不存在这种救生圈，大家不得不依靠牛的聪明灵巧和驭手艾尔顿的谨慎。艾尔顿坐在自己的位置上指挥着套车的牲口；少校和两个水手在前头几图瓦兹的地方冲破急流领先前进，格雷那万和曼格斯则在大车两边随时准备着救助两位女乘客；帕噶乃尔和罗伯特殿后。

大车走到威梅拉的河床中间一直很顺利，然而，从这里开始，河水越来越深，波浪越来越大，甚至漫过了轮缘。几头牛万一被水推到可以过河的浅滩以外，它们很可能站立不稳，连车带人拖下水去。这时，艾尔顿表现得英勇无畏，他跳进水里，使劲抓住牛角，终于把套牛引上了正路。

可是就在这一刻，发生了一次难以预料的碰撞：咔嚓一声，大车歪到了令人担忧的角度，两位女乘客的脚都泡到了水里。尽管格雷那万和曼格斯紧紧抓住大车的侧栏，整个大车仍然开始失去控制。这一刻真是惊心动魄。

幸好艾尔顿下死劲一扳，大车才得以靠近彼岸。这时，牛和马都感到脚下的河床在斜着往上升，片刻之后，人畜都稳当地到达了对岸。他们虽然庆幸有惊无险，浑身却都湿透了。

不过，大车的前车厢已经被刚才的碰撞损坏了，格雷那万的坐骑也失去了前蹄的马蹄铁。

这些意外的故障需要马上修理。大家正面面相觑时，艾尔顿忽然提出建议，要去北边二十英里处的"黑点"站找马蹄铁匠。

"好，您去吧，我的好艾尔顿，"格雷那万说，"您跑这一趟再回到营地需要多少时间呢？"

"也许要十五个钟头，"艾尔顿回答说，"但不会再多了。"

"那您就去吧，我们在威梅拉江岸上宿营，等您回来。"

片刻之后，那水手长骑上威尔逊的马，在一排排茂密的木本含羞草树丛后消失了。

第十一章　伯克与斯图阿特

那天剩下的时间，大家是在闲聊和散步中度过的。游子们走遍了威梅拉江的江岸，边聊天，边欣赏周围的风景。岸边的灰鹤和白鹭见他们走近，便用嘶哑的嗓子叫着逃走了。缎纹鸟躲在野无花果的高枝上，黄鹂和斑鸠等小鸟在百合花的枝梗间飞来舞去，翠鸟放弃了习以为常的捕鱼活动，鹦鹉科的小鸟如七彩羽毛璀璨夺目的青山鸟、红头黄颈的小罗西、羽毛红蓝相间的罗丽鸟，却在花团锦簇的胶树树梢上继续发出震耳欲聋的聒噪声。

散步的人们有时躺在岸边倾听汩汩流淌的江水声，有时漫无目的地在木本含羞草树丛间徜徉，就这样，他们在欣赏美丽的大自然中度过了整整一天，直到夕阳西下。黄昏飞快逝去，他们离营地还有半英里路时，夜幕倏忽而至，使他们措手不及。他们在返回驻地的途中无法依靠北斗星辨认方向，因为在南半球是看不见北斗星的，只好依靠在天顶和地平线之间闪闪烁烁的南极十字座。

奥尔比奈特先生早已在帐篷下摆上了晚饭。大家就座了。这顿晚餐最成功的菜是烩串烤鹦鹉，威尔逊麻利地猎获了好几只鹦鹉，管家则娴熟地进行了烹调。

晚餐结束后，大家争着寻找借口，变着法儿避免在这美丽的夜晚早早进入梦乡。格雷那万夫人要她身边的人都同意请帕噶乃尔讲故事，今天请他介绍的是澳大利亚伟大的探险旅行家，再说，这个故事是他老早就答应讲述的。

帕噶乃尔真是求之不得。他的听众们躺在一株非常漂亮的大树下，雪茄烟冒出的烟雾袅袅升腾，不一会儿便升到影影绰绰的树叶间了。这位地理学家对自己取之不尽、用之不竭的记忆力信心十足，忙不迭打开了话匣子。

"朋友们，你们一定还记得我在'邓肯号'上给你们列举探险旅行家名字的事，少校当然更不会忘记。在所有竭力想进入澳大利亚大陆内陆的探险家中，只有四位得以从南部到北部或从北部到南部穿过了内陆。他们是：伯克，在 1860 年和 1861 年；麦克·金莱，在 1861 年和 1862 年；兰茨伯劳，在 1862 年；还有斯图阿特，也在 1862 年。我不会讲很多关于麦克·金莱和兰茨伯劳的事，麦克·金莱是从阿德莱德出发到达卡奔塔利亚湾的；兰茨伯劳又从卡奔塔利亚湾出发到达墨尔本，他们两人都是由澳大利亚一些委员会派出去寻找伯克的，而伯克却再也没有露过面，永远也回不来了。

"伯克和斯图阿特才是我要给你们讲述的两位大无畏的探险家，现在，我就开门见山，直截了当地讲他们俩的经历。

"1860 年 8 月 20 日，在墨尔本皇家学会的赞助下，一位名叫罗伯特·奥哈拉·伯克的曾任卡斯脱迈讷警务督察的爱尔兰退职军官启程了。随同他出发的还有十一个人，其中有杰出的青年天文学家威廉·约翰·威尔斯、柏克莱尔博士、植物学家格莱、印度军团的青年军官金、兰代尔斯、布拉赫，还有几个殖民军中的印度兵。二十五匹马和二十五匹骆驼负责运载旅行的人们、他们的行李和十八个月的食物。远征队准备先沿着库珀江溯流而上，去位于北部海岸线上的卡奔塔利亚湾。队员们相当顺利地渡过了墨累河和达令河，来到殖民地边界的梅宁第业畜牧站。

"在梅宁第业，他们发现自己带的行李太累赘。行李引起的不方便，加上伯克性格有些粗暴，在探险队里引起了龃龉。骆驼队的头头兰代尔斯以及他手下的几个印度兵便离开了探险远征队，回到了达令河河岸。伯克则继续往前走。他们有时经过水草丰美的牧场，有时又遭遇水源奇缺的石子路，但他仍然往库珀江的方向前进。到 11 月 20日，他领导的探险队已经走了整整三个月，他随即在库珀江江岸建立了第一个储粮库。

"在这里，探险队的队员们滞留了一段时间，仍然没有找到去北边的有供水保障的可行之路。他们历经千难万险，总算到了一处可以安营扎寨的地方。他们在那里建了威尔斯要塞。伯克在这里把探险队分成两部分。一队由布拉赫领导，他们在威尔斯要塞停留三个月，如果食品储备允许，还可以留更长时间，一直等到另一队归来。另一队的组成人员只有伯克、金、格莱和威尔斯。他们带走六匹骆驼、三个月的食品，即三担面粉、五十斤大米、五十斤燕麦粉、一担风干马肉、一百斤咸猪肉和肥猪肉、三十斤饼干，这一切都是为走六百法里来回食用的。

"这四个人准备好便出发了。他们艰难地穿过了一片遍地石头的荒漠，来到艾尔江上，这里就是斯图特于 1845 年达到的极限之地。他们尽量准确地沿着东经一百四十度线继续朝北方走去。

"1 月 7 日，他们在烈日炙烤下通过了南回归线。他们不止一次被沙漠地带令人失望的海市蜃楼现象迷惑，往往找不到水喝，有时只有靠暴风骤雨的洗礼凉快凉快。他们也不时碰上几个漂泊的当地土著人，他们对这些人倒没有什么可抱怨的。总而言之，这条既没有湖泊，也没有江河山岳的道路再有多大的困难也难不住他们。

"1月12日，北边出现了几个砂岩山峦，其中有佛伯斯山，他们还看见绵延不断的花岗岩山岭。在这里，谁走路都会不胜疲惫，不过，人还可以勉强前进，但牲口就不行了，它们根本就拒绝往前走。'骆驼害怕得直出汗！'伯克在他的旅行日志里这样写道。不过，探险家们仍然以过人的毅力到达了托乃尔江畔，随后又来到了弗林德斯河上游。斯托克斯在1841年曾发现过弗林德斯河，这条河在两岸茂密的棕树林和桉树林的掩映下流入卡奔塔利亚湾。

"后来，一连串的沼泽地显示出前面已经靠近大洋了。有一匹骆驼就死在了那里，其余的骆驼也不愿再往前走了。金和格莱不得不留下来和牲口在一起，只有伯克和威尔斯继续往北边步行。他们克服了巨大的艰险，尽管他们在旅行日志里对那些艰难险阻描写得含糊其词，他们总算到达了一处能看见涨潮淹没沼泽的地方，但他们并没有看见大洋。那是发生在1861年2月11日的事情。"

"这么说，"格雷那万夫人说，"那些大无畏的人没能继续往前走？"

"没有，夫人，"帕噶乃尔答道，"他们越往前走，脚下的那片沼泽地越往下陷，他们一定是想回到留在威尔斯要塞的同伴身边。我向你们保证，他们的回头路是走得很凄凉的！简直就是拖着腿在走，虚弱不堪，精疲力竭，就这样伯克和他的伙伴还是回到了格莱和金的身边。接着，远征队又从原路南下，朝库珀江的方向走去。

"那次探险旅行所经历的波折、险情和痛苦，我们知道得并不确切，因为在探险者日志里缺少这类记载。但那一定是非常可怕的。

"其实，他们在四月份到达库珀河谷时，已经只剩下三个人了。格莱因过度劳累而一命呜呼，又有四匹骆驼先后死去。不过，驻守威尔斯要塞的布拉赫连同储存的粮食还等着他们呢，只要伯克能够到达那里，他和同伴就得救了。所以他们以双倍的毅力又艰难而缓慢地走了几天。4月21日，他们远远瞧见了要塞的绿篱，他们终于到达那里了！而正是在那一天，布拉赫在白白等待了五个月之后，终于离开了要塞。"

"离开了！"小罗伯特吃惊地嚷道。

"是的，离开了！就在他们到达的那一天，那真是厄运当头逃不掉呀！布拉赫留下了一张纸条，那纸条就是在不到七个钟头之前写的！伯克根本不敢想象会追上他们，这三个被抛弃的苦命人只好利用布拉赫储存的食品先恢复一下体力，但他们没有交通工具，而那里离达令河还有约六百公里呢。

"就在那一刻，伯克不顾威尔斯的意见，考虑去位于霍普莱斯山附近、离威尔斯要塞约二百四十公里的澳大利亚殖民地商行。于是，两个伙伴按照伯克的意见上路了。剩下的两匹骆驼，一匹已在库珀江一条泥泞不堪的支流里丧了命，另一匹连迈步都做不到，必须把它杀掉，用它的肉充饥。他们带的干粮很快就吃光了，三个倒霉的人只好勉强以一种叫'纳豆'的水生植物填肚子，这种植物的芽孢可以食用。他们害怕缺水，也怕没有运水的工具，所以根本不敢离开库珀江的江岸。后来，一次意外事故烧毁了他们搭建的草棚和露营所需的全部衣物，一切都完了！只有死路一条！

"伯克把金叫到跟前说：'我只有几个钟头活了。这是我的手表和我的旅行日志。我希望在我死的时候，您放一把手枪在我的右手里，我死的时候是怎样的姿势，就让我保持怎样的姿势，不要掩埋我！'伯克说完这些话便不再言语了。他是在第二天早上八点整去世的。

"金害怕极了，又不知如何是好，便跑去找澳大利亚的部落。当他回到宿营地时，威尔斯也刚刚死去。金后来被几个当地土著人收留，九月又被豪威特先生领导的一支探险远征队找到了。原来这支远征队是派去寻找伯克，同时也寻找麦克·金莱和兰茨伯劳的。四位穿越澳大利亚大陆内地的探险旅行家中，只有一位活了下来。"

帕噶乃尔讲的故事在听众的脑海里留下了悲怆的印象，人人都不禁联想到了格兰特船长的遭遇，他兴许也和伯克一行人一样漂泊在这个凶多吉少的大陆内地吧。那几个"布里塔尼亚号"海难事故的落难者是否逃脱了置大量英勇无畏的先驱者于死地的艰难险阻？这种对照是自然而然进行的，无怪玛丽眼里噙满了泪水。

　　"父亲！我可怜的父亲！"她喃喃说。

　　"格兰特小姐！格兰特小姐！"曼格斯大声说，"他们吃那么多苦头，是因为他们不顾一切进入了澳洲内地！但格兰特船长却不同，他是落入了当地土著人的手里，就像探险家金一样。他也会像金那样得救的！您的父亲可从来没有遇到过那样险恶的情况！"

　　"从来没有，"帕噶乃尔也补充说，"我亲爱的小姐，我再说一遍：从来没有。而且澳大利亚人是很好客的。"

　　"但愿上帝能听见您的话！"年轻姑娘答道。

　　"那么斯图阿特呢？"格雷那万问，他想扭转大家如此伤心的思路。

　　"您问斯图阿特吗？"帕噶乃尔说，"噢！斯图阿特比前面几位幸运多了，他在澳大利亚历史上也闻名遐迩。从 1848 年开始，朋友们，你们的老乡约翰·麦克·道尔·斯图阿特就陪同斯图特在阿德莱德北边的荒漠里探险旅行。1860 年，他只带了两个人便试图进入澳大利亚内陆，但没有成功。不过，斯图阿特可不是一个容易气馁的人。1861年 1 月 1 日，他带领十一个果敢的人离开了千贝斯河，一口气走到离卡奔塔利亚湾约二百四十公里的地方才停下来。后来由于给养奇缺，他们不得不回到阿德莱德，不过回程并没有穿过那令人胆寒的大陆内地。后来，这位勇士又去碰运气了，他组织了第三支远征队，这次，远征队兴许能够达到大家梦寐以求的目的。

　　"南澳大利亚的议会热情赞助了这次新的远征，投票表决拨给他们两千英镑补助费。斯图阿特以自己先驱者的经验做好了尽可能完善的准备。同他一起远征的有他的朋友，博物学家瓦特豪斯、特林和凯克威克，他昔日的伙伴伍德佛德和奥德，总共十位。他带走二十个美洲羊皮袋，每个羊皮袋可以有七加仑的容量。1862 年 4 月 5 日，远征队在纽卡斯尔-沃特湖集合了，此地位于南纬十八度以上，斯图阿特过去还没有能越过这个地点。他这次旅行的路线是大体沿着东经一百三十一度线走，比伯克走过的路线偏西七度。

"纽卡斯尔-沃特湖今后应该是他们探险新尝试的根据地。斯图阿特身处莽莽丛林的包围之中，曾多次试图往北边和东北边冲过去，但都枉费力气。想往西去维多利亚江也遭遇同样的失败，因为针插不进水泼不进的荆棘丛挡住了一切出路。

"于是，斯图阿特决定改变宿营地，他果然将营地朝北边移动到豪威尔沼泽地里去了。后来，他再尝试往东走，竟在芳草茂密的平原上看见了不算宽的代利河，他随即溯流而上，走了近三十英里。

"那个地区变得美不胜收了：如果'坐地人'见到它的牧场，一定会心花怒放，而且真会发财；那里的桉树也高得如有神助。斯图阿特惊喜之余，继续轻松往前赶路。他随后到达斯特兰威河与雷查德发现的罗珀河河岸，这两条河的河水都汩汩流淌在浓密的棕榈树丛间，如此茂盛的棕榈树堪称典型的热带植物。在那里聚居着一些土著人部落，土著人无不拱手欢迎这些探险家。

"远征队从那个地点出发，往北边和西北边斜插过去，想穿过一个覆盖着砂岩和含铁岩石的地带找到阿德莱德江的发源地，阿德莱德江是流入范迪门湾的一条大江。探险队穿过阿纳姆地，这个地区随处可见供食用的棕芽菜、竹子、松树和露兜树。阿德莱德江越来越宽了，江岸逐渐变成了沼泽湿地：原来大海已经很近了。

"7 月 22 日，星期二，斯图阿特一行在凉水沼泽地宿营，那一带密密麻麻的小溪经常切断他们的去路，使他们颇感不便。斯图阿特派遣三个同伴去寻找可以行走的道路。第二天，他们时而绕过无法逾越的河汊，时而陷入泥泞不堪的地段。他们后来到达一带较高的平原，芳草萋萋的平原上长着一丛丛的胶树和一些树皮多纤维的大树，树丛间有大雁等各种野性极强的水鸟飞来飞去。土著人很少，只有几缕野营的炊烟在远处袅袅升腾。

"7月24日，在他从阿德莱德出发九个月之后，斯图阿特在清晨8时20分启程往北行进，他有意在当天就到达大海边。那一带略微高一些，随处可见铁砂石与火山熔岩；树木变矮小了，一眼看上去就是海边植物。前面出现了一条冲积形成的沟谷，沟谷的那一面生长着茂密的小灌木。斯图阿特已经清晰地听见了惊涛拍岸的声音，但他对同伴只字未提。他们钻进了一片矮树林，野葡萄藤蔓将树林堵得水泄不通。

"斯图阿特又走了几步：原来他已站在印度洋海岸上了！'大海！大海！'惊呆了的特林大叫道。其余的人也跑了过来，他们大吼三声，向印度洋致敬。

"这是第四次纵贯澳洲大陆的探险旅行。

"斯图阿特为了践行他对总督理查·麦克唐纳爵士的许诺，在印度洋的波涛里洗了手、脚和脸，随后回到沟谷，在一棵树上刻下了姓名的首字母：J M D S。他们在一条流水潺潺的小溪旁安排宿营。

"第二天，特林去探察，看是否能从西南边走到阿德莱德江的出海口。然而，那一带的土地沼泽太多，不利于坐骑行走，他只好放弃了。

"接着，斯图阿特在一片林中空地上选了一棵很高大的树，把大树下部的树枝砍掉，在树梢上升起一面迎风招展的澳大利亚旗帜。就在这棵树的树皮上还刻上了这几个字：'请于南边一尺处掘地。'

"如果旅行的人在某一天挖掘了指定的地点，他一定会找到一个白铁盒子。盒子里装着一份文件，文件上的字句还铭刻在我脑海里：

　　"伟大的探险旅行
　　　由南到北纵贯澳大利亚

"'在约翰·麦克·道尔·斯图阿特率领下，探险家于 1862 年 7 月 25 日到达此地。他们从南部海岸出发，途经大陆中心，纵贯全澳大利亚来到印度洋岸边。他们于 1861 年 10 月 26 日离开阿德莱德，于 1862 年 1 月 21 日走出最后一个殖民站，向北前进。为纪念此一喜事，探险队员在此地升起了澳大利亚旗帜，并留下了远征队队长的姓名。一切顺利，愿上帝保佑女王。'

"接着是斯图阿特和同伴的签名。

"在全世界引起巨大轰动的那次伟大的探险旅行由此而得到了确认。"

"那些勇敢的人是否个个都回去见到了南方的朋友们呢？"格雷那万夫人问。

"见到了，夫人，"帕噶乃尔回答说，"人人都见到了，不过，个个都累得死去活来。斯图阿特吃苦最多，在他返回阿德莱德的行程中，坏血病使他的健康受到了严重的损害。在九月初，他的病痛发展非常之快，快到他以为再也见不到有人居住的县区了。他甚至在马上也坐不稳，只好躺在两匹马扛着的轿子里走。到十月末，咯血让他虚弱到了极点，于是队员们杀了一匹马给他熬汤。10 月 28 日，他正以为自己快死了，突然一阵有益的发作救了他的命。12 月 10 日，探险队全体队员终于到达了他们最后离开的那几个殖民地商行。

"斯图阿特于 12 月 17 日在当地居民的热烈欢呼声中进入阿德莱

德城，但他的健康始终处于每况愈下的状态。不久，他在接受了地理学会颁发的金质大奖章之后，就登上了'印度号'轮船回到他亲爱的祖国苏格兰了。我回去后一定能见到他。"

"这个人具有最高的精神力量，"格雷那万说，"精神力量比体力更重要，它可以引导人们完成伟大的事业。苏格兰完全有理由把他算作自己的孩子并为他而自豪。"

格雷那万夫人问："斯图阿特之后难道就没有一个探险旅行家试图去做一些新的发现啦？"

"有，夫人，"帕噶乃尔回答说，"我经常向你们谈到雷查德。这位旅行家已经于 1844 年去澳大利亚北部做过一次非常出色的探险了。1848 年，他又做了第二次前往东北部的远征。不过，十七年来，他再也没有露过面。去年，著名的植物学家，墨尔本的缪勒博士曾发起过一次公开募捐以筹集远征探险的资金。那次募捐很快就完成了，一支由一些勇敢的'坐地人'组织起来、由聪明而又大胆的麦克·因泰尔指挥的队伍，于 1864 年 6 月 21 日离开了帕鲁江沿岸的牧场。我现在对你们讲话这一刻，他们可能已经深入大陆内地了，他们是去那里寻找雷查德的。但愿他们能成功，但愿我们也像他们一样找到我们十分珍爱的朋友们！"

地理学家的故事讲到这里就结束了。夜已阑珊，听众遂齐声对帕噶乃尔表示感谢，片刻之后，人人都安详地进入了梦乡。这时，藏在白胶树枝叶间的报时鸟规律地报着一分一秒，打破了夜的沉寂和安宁。

第十二章　从墨尔本到桑达斯特的铁路

　　少校看着艾尔顿离开威梅拉江边的宿营地去那"黑点"站寻找马蹄铁匠，心里有些忐忑不安。但他没有对别人透露他的疑虑，他只不过对江岸周围的一切多加留神罢了。这一带村野的安详宁静倒丝毫没有受到干扰，持续几个小时的夜色退隐之后，太阳又在地平线上冉冉升起来了。

　　格雷那万心里倒没有别的恐惧，他最害怕的是看见艾尔顿一个人走回来，因为没有工人前来助一臂之力，大车就没法重新上路，这次旅行就很可能会为此而耽误好几天。急于求成的格雷那万恨不得立即到达目的地，他哪能容忍任何的延误！

　　真是万幸，艾尔顿既没有浪费时间，也没有白跑这一趟。他在第二天天一亮就赶了回来。陪他赶回来的还有一个自称是马蹄铁匠的男人。这个自称在"黑点"站干活的年轻人身材高大，健壮有力，但面相卑微，凶狠野蛮，令人一见便生反感。不过，说来说去，只要他懂行，面相又有什么重要。不管怎样，他也几乎没有说什么话，看来他属于那种不愿白白浪费唇舌的人。

　　"这工人能干这活儿吗？"曼格斯问那水手长。

"我对他的了解也不比您多，船长，"艾尔顿回答说，"咱们看看再说吧。"

马蹄铁匠开始干活了。从他修理大车前厢的做派看，这的确是个懂行的人。他干活很灵巧，力气也非同寻常。少校观察到他手腕上有一圈肌肉陷下去的印迹，那一圈因失血而变成青黑色的印记说明那是新近受伤造成的，他穿的破旧毛线衫并没有掩盖住那新添的伤痕。少校问那马蹄铁匠，他青黑色的伤痕一定很疼吧，但铁匠并不答话，只管继续干他的活。两个钟头过去之后，大车的损坏部分修好了。

那铁匠很快给格雷那万的马重新钉了马蹄铁。铁匠带来了现成的马蹄铁，不过，它的特别之处可逃不过少校的视线：在马蹄铁的前面部分很粗糙地切割成了三叶形。少校随即让艾尔顿看看那马蹄铁。

"那是'黑点'站的标记，"水手长回答说，"有了这个标记，一旦马离开'黑点'站跑丢了，就容易找回来，而且那里的马匹有了标记就不会同别的马混淆了。"

不一会儿，马蹄铁便钉在马掌上了。铁匠要了工钱转身就走，总共没说上四句话。

半个小时之后，旅客们又上路了。在穿过密密的木本科含羞草树林之后，他们眼前出现了一片毫无遮挡的原野，这片原野真是名副其实的旷野。零零星星的石英岩和含铁岩残片散布在灌木丛、高高的草丛和拦养牲畜的栅栏之间。再走几英里，他们那辆大车的轮子开始深深地陷进湖滩地里，那里有许多汩汩流淌的小河纵横交错，小河都半遮半掩在高大的芦苇丛中。随后，他们又经过了大片大片正在蒸发的盐碱泻湖。这一段旅途走得并不困难，还应该补充一句：也并不让人厌倦。

格雷那万夫人邀请骑手轮流去她那里做客，因为她的客厅实在太狭窄。这样一来，骑手们个个都得以消除骑马的疲劳，并且可以在与这位可爱的妇女交谈中调剂身心。格雷那万夫人在格兰特小姐的协助下，在她那流动住宅里十分殷勤地款待着客人，大家闺秀的风度表现得淋漓尽致。曼格斯当然也在每天被邀请者之列，他说话虽显严肃，却一点不引起两位妇女的反感，倒是恰恰相反哩。

大家就这样横穿了那条由克劳兰德到霍舍姆的邮路，那是一条灰尘极大、行路人从不涉足的道路。他们在往塔尔波特郡尽头走去时曾擦过几座不算高的山冈边缘，那天晚上，寻访小队便到达了玛丽伯劳北边三英里的地方。他们不期而遇到一场小雨，在别的任何地方，这样的细雨都会浸湿土地，但这里干燥的空气却将湿气吸吮得干干净净，在这里露营一点也不会受到影响。

第二天，12月29日，他们不得不放慢了步伐，因为沿路连绵不断的小山峦将这个地区变成了一个小小的瑞士缩影。一路上不是上山就是下山，大车颠簸个不停，令人很不愉快。游子们还下车或下马步行了一段路程，不过没有一个人因此而抱怨。

他们在十一点整到达一个名叫卡尔斯布洛克的举足轻重的城市，艾尔顿提议绕过这个城市，不必进城。他说，这样可以节约时间。格雷那万同他的想法一致，但永远贪新好奇的帕噶乃尔却希望参观这个城市。大家随他去，大车一行则继续慢慢往前走。

帕噶乃尔仍按老习惯带上小罗伯特，他们快速浏览了城市，但已足够让他对澳大利亚的城市面貌有一个大体而又准确的了解了。城里有银行、法院、市场、学校、教堂和成百栋砖砌的住宅，住宅活像一个模子里造出来的。这里的一切都安排得方方正正，中间几条街道也是平行的，整整齐齐，纯粹的英国模式。再没有比这一切更简单，也没有比这一切更枯燥乏味的事了。当这个城市需要扩大时，将它的街道延长就足够了，就像孩子长高后将他的裤子加长一样，最初的布局丝毫不会受到干扰。

在卡尔斯布洛克到处都生机勃勃，那是这类新兴城市最显著的特征。澳大利亚的城市有如那里的树木，似乎因阳光充足而永远欣欣向荣、日新月异。一些忙忙碌碌的人在街上跑来跑去；而黄金发货人则在货物运达站办公处推推挤挤。那宝贵的金属是在当地警务人员的押送下从本迪戈和亚历山大山的工厂运来的。这些人在利益的驱使下一心考虑的是自己的买卖，外来人从这些勤于赚钱的人身边走过也根本引不起他们的注意。

这一大一小的参观者用了一个钟头跑遍了卡尔斯布洛克，之后便穿过一片精耕细作的田野去和他们的同伴会合。田野前面是一望无际的草场，数不清的羊群在吃草，草地上还有星星点点的牧人窝棚。紧接着便出现了沙漠，没有任何转换的空间，这种突如其来的变化是澳大利亚大自然特有的现象。辛普森沙漠的丘陵和塔朗戈威尔山是罗多县在南端尖角的标志，这尖角位于东经一百四十四度。

不过，到目前为止，他们还没有遇到任何一个还生活在原始状态的澳大利亚土著部落。格雷那万心想，在澳大利亚见不到土著，是否跟在阿根廷的潘帕斯草原见不到印第安人一样事出有因呢？但帕噶乃尔告诉他，在目前的南纬线上，土著人光顾的地方主要是墨累河流域的平原，位置在此地东边一百英里处。

"我们现在已接近黄金产地了，"他说，"要不了两天我们就会穿过亚历山大山这个富裕的地区。1852年大批矿工蜂拥而去的地方正是那里。当地的土著人恐怕都逃到大陆内地的荒漠里去了。其实，我们现在已经处在文明区域里，尽管表面上还看不出来，今天天黑之前我们就会跨过连接墨累河与大海的铁路线。真的，朋友们，我应该承认，我觉得在澳大利亚修铁路简直是件出人意料的奇事！"

"为什么这样说呢，帕噶乃尔？"格雷那万问。

"为什么？！因为这太不协调了！哦！我明白，你们这些英国人很习惯到遥远的地方建立殖民地，你们在新西兰架设电报线，举行万国博览会，你们认为这一切都很平常！可是这一切把像我这样的法国人的思想搞乱了，把我们对澳大利亚的想法搅成了一锅粥。"

"因为您爱看过去，而不爱看现在。"曼格斯说。

"不错，"帕噶乃尔又说，"但火车的机车在荒漠里轰隆隆叫个不停，一缕缕蒸汽在木本含羞草树、在桉树树枝间绕来绕去；针鼹、鸭嘴兽、鹤鸵在快速的火车面前逃命；未开化的土著人乘坐快车三小时半便从墨尔本到达肯尼顿，到达卡斯脱曼，到达桑达斯特或者埃秋卡。这一切会让英国人和美国人之外的所有人惊得目瞪口呆！有了你们那些铁路，荒漠的诗意便消失得无影无踪了！"

"那又何妨！只要文明进步，深入了那里就成！"少校插进来说。

这时，一声响亮的汽笛声打断了他们的争论：原来远征小队离铁路已经不到一英里了。一辆从南方开来的火车减慢速度行进着，最后停了下来，停车的地方恰恰是这辆大车走的路线和铁路的交叉点。

正如帕噶乃尔适才所说，这条铁路连接着维多利亚州的首府和澳大利亚最大的河流墨累河。这条由斯图阿特于1828年发现的巨大河流发源于澳大利亚的阿尔卑斯山，途中承受着拉克伦河与达令河泻出的河水，所以它宽广的水域覆盖了维多利亚州北部边界的全部领土，最后流入阿德莱德附近的因康特湾。墨累河沿岸有一些非常富庶的地区，那里不仅土地肥沃，而且这条铁路使去墨尔本的交通越发便利，所以"坐地人"在那一带设立的畜牧站越来越多了。

当时，这条铁路在墨尔本和桑达斯特之间已修建了一百五十英里，沿线有肯尼顿和卡斯脱曼两个车站。正在修建的铁路还有七十英里，将来可以直达埃秋卡，埃秋卡是今年刚在墨累河上建立起来的殖民地里弗林的首府。

南纬三十七度线在卡斯脱曼以北几英里处横穿这条铁路，交叉点正好在康登桥上，康登桥是架在墨累河的一条支流卢顿江上的桥梁。

艾尔顿驾的大车正是朝这个方向走的，大车前面是骑马的旅客，他们自说自话，决定快跑一段，直到康登桥，而且，他们也是在强烈的好奇心驱使下往那边飞跑的。

原来，有一大群人正在往铁路桥的方向跑过去。附近几个畜牧站的居民离开自己的住宅，牧羊人也不顾他们看管的羊群，都挤到铁路交叉点的康登桥边来了。这时还传来了这样的呼喊声，而且还有人重复喊着："到铁路上去！到铁路上去！"

那里一定发生了什么严重的事故，才会引起如此大的骚动。也许是一场非同一般的惨祸。

格雷那万的同伴紧跟在他的身后，他则扬鞭催马，急速往那里奔去。仅仅几分钟他就到达了康登桥。一到那里，他立即明白了众人聚集的原因。

刚刚发生了一起骇人听闻的车祸！不是火车与火车相撞，而是火车出轨，连同车厢和机车一股脑儿掉进卢顿江里去了。或者因为这列火车太重，大桥不堪重负而断裂，或者是火车出轨之后，车头先掉进江里，六节车厢中的五节跟着也掉进了江中，使大江塞满了车厢和机车的残骸。只有最后一节车厢因为铁链断裂而神奇地保留了下来，此刻正停在离出事地点半图瓦兹的铁轨上。在桥下的深渊里，只见一片黑乎乎的惨不忍睹的景象：烧黑的、扭歪的车轴，被撞破的车厢，被扭得变了形的铁轨，被烧焦的枕木堆积成山。锅炉被撞成了碎片，碎片撒得老远。还有一股股火苗，以及夹着黑烟往上缭绕的蒸汽从那一大堆面目全非的物件里冒出来。可怕的坠车事故一发生，更可怕的大火便接踵而至！到处可见大片的血迹、七零八落的人体四肢、烧焦了的一段段尸体。谁也不敢去计算那一大堆残骸下边堆了多少遇难的人。

格雷那万、帕噶乃尔、少校、曼格斯也混在人群里倾听他们七嘴八舌的议论。人人都在试图以自己的方式诠释这场灾难，这时，一些人却在忙着做救援工作。

　　"桥断了。"一个人说。

　　"哪儿断啦！"另一些人连忙反驳他，"根本没断，还好好躺在那里呢。火车过来时有人忘了把桥连接起来，就这么回事！"

　　原来那是一座旋转桥，如有船只需要通过，便有人在上面把桥转开。守桥的人出于不可原谅的疏忽，竟忘了把桥转回来接好！列车以飞快的速度开到这里时，突然落了空，便冲进了卢顿江的河床里。这样的推测似乎可以接受，因为有半段桥身虽然被撞进江里，压在列车残骸下边，另一半桥身却还留在对岸，此刻正挂在完好无缺的铁链上。不可能再怀疑了！是守桥人的漫不经心造成了这次重大灾难。

　　这次事故发生在夜里，受害的三十七次快车是在晚上十一点四十五分从墨尔本出发的。当列车离开卡斯脱曼车站二十五分钟后到达康登桥过桥地点并遭遇不幸时，大约是凌晨三点十五分。事故一发生，那最后一节完好的车厢里的乘客和工作人员便立即忙着求救，但一个个电线杆都横躺在地上，电报发不出去。卡斯脱曼行政当局派出的人要三个钟头才能到达出事地点，当殖民地总监米切尔先生和一位警官带领的一个警察小队共同组织起一支救生队时，已是上午六点钟了。一些"坐地人"带领他们的手下人也前来帮忙，他们首先扑灭了大火，因为那时大火正吞噬着桥下那一堆人车残骸。几具血肉模糊的尸体躺在小山一样的堆积物上，但想从烈火中救人纯属幻想。大火很快摧毁了一切。这次列车装载的人数不详，但只有十个人幸存下来，就是最后那节车厢的乘客。铁路管理局刚派出一辆救援机车把他们带回卡斯脱曼了。

　　这时，格雷那万勋爵向总监做了自我介绍，之后，便与他和那位警官攀谈起来。警官是一个又高又瘦的男人，看上去十分沉着、冷静。即使他在内心里还能被触动或软化动情，他那毫无表情的外表也不会有任何的流露。他在这一切灾祸面前，就像数学家在数学题面前一样，只考虑如何解题并从中剔除未知数。因此，当他听见格雷那万说"这真是一场极大的灾难呀"时，他只平静地回答说："比灾难更严重，爵士。"

"比灾难更严重！"格雷那万惊呼，对他这句话感到不自在，"还有什么比灾难更严重呢？"

"是一次罪行！"警官仍旧平静地回答道。

格雷那万并没有着意去探究对方的用词不当，他向米切尔先生转过身来，并用眼神提出疑问。

"没错，爵士，"总监回答他说，"我们所做的调查促使我们做出这样的结论：这场惨祸是由犯罪造成的。列车的最后那节行李车厢已经被抢劫；幸存的旅客遭到五六个一伙的歹徒袭击。康登桥被打开是有意而为，并非出于疏忽。如果再把这个犯罪事实与守桥人的突然消失联系起来，我们就不难得出这样的结论：这无耻的混蛋是和那些暴徒串通一气的。"

警官听见总监做出这样的推断，不禁摇了摇头。

"怎么，您不同意我的看法？"米切尔先生问他。

"不同意，关于守桥人和匪徒串通这一点我不同意。"

总监又解释说："可是，只有肯定他们串通，才可能认为这次罪行是那些在墨累河一带的乡野流窜的土人犯下的。因为要是没有守桥人，那些土人根本转不开大桥，他们对机械一窍不通呀。"

"的确一窍不通。"警官答道。

"而且，"米切尔总监补充说，"根据一个船夫陈述的证词，他的船在晚上十点四十分通过了康登桥，他的船通过之后，大桥就按规定接上了。这是事实。"

"完全正确。"

"因此我认为，守桥人与匪徒串通这个事实应该成立，这是毋庸置疑的。"

警官却一直在摇头，表示否定。

"这么说，先生，"格雷那万问他，"您根本不认为是土著人犯的罪？"

"绝对不是他们干的。"

"那会是谁呢？"

就在这一刻，从卢顿江上游半英里处传来一阵相当大的喧闹声。许多人聚集起来，人数在迅速扩大。不一会，那队伍就来到了畜牧站。在人群的中心，有两个人抬着一具尸体。那正是守桥人已经冷硬了的遗体。有人朝他的心脏刺了一刀。谋杀犯们把他的尸体拖到离康登桥很远的地方，显然是希望警察在最初调查时摸不准怀疑的方向。不过，这个发现倒完全证实了警官怀疑的正确性。当地的土著人的确与这个案子毫无牵连。

"干这一手的人们，"警官说，"一定很习惯使用这小器具。"

他一边说，一边拿出一对"达尔比"给他们看，那是一种由两个铁环做成的手铐，铁环上有一把锁。

"要不了多久，"警官又说，"我会很乐意把这手镯送给他们当新年礼物。"

"那么，您怀疑谁呢？"

"我怀疑那些'免费乘坐女王陛下的轮船来此地旅行的人'。"

"怎么！那些流放犯！"帕噶乃尔吃惊地大声说，他很熟悉在澳大利亚殖民地流行的这个比喻。

"我原来还以为，"格雷那万提醒说，"流放犯没有权利在维多利亚州逗留哩。"

"啐！"警官不屑地啐了一口说，"没有权利逗留，他们可以自己找权利逗留嘛！有时还会逃出来，这些流放犯。除非我弄错了，这帮家伙是直接从珀斯来这里的。好吧，从哪儿来，他们还得回哪儿去，你们尽管相信我说的。"

米切尔先生对警官的话点头称是。此刻，大车已经到了离公路和铁路的交叉点不远的地方。格雷那万不想让两位女士看见康登桥下那恐怖的景象，便向总监行礼告辞，同时招呼朋友们跟他离开那里。

"虽然出了这事儿，我们也不会中断我们的寻人旅行。"他说。

来到大车旁边时，格雷那万只简单地向格雷那万夫人谈到一场铁路车祸，并没有谈及犯罪引起惨祸的事实，他也没有提到这一带有流放犯出没的情况，只准备有机会时个别通报艾尔顿。接着，旅行小队在康登桥北边几百图瓦兹的地方穿过了铁路，再重新沿着习惯的路线往东边前进。

第十三章　地理课大奖

　　几座丘陵在地平线上清晰地显现出它们长长的轮廓，平原在离铁路两英里的地方便被那连绵的山峦挡住了。大车随即进入了峡谷群，峡谷中间的小路不仅狭窄，而且格外崎岖。峡谷尽头却是一片引人入胜的地带，那里长着苍翠的树木。树木还没有成林，但聚成分散的一丛一丛，倒也十分茂盛，瞧那蓊蓊郁郁的模样，是典型的热带植物景象。在最漂亮的树木当中突显出一种名叫"卡苏阿丽娜"的大树，它看上去好像吸取了橡树身材的健美、金合欢荚果的馨香、松树青绿针叶熬霜的硬朗。这种树的枝丫间还间杂着阔叶的盘杉树极为奇特的圆锥形树冠，盘杉树身材苗条，婀娜多姿，十分雅致。还有一丛丛高大的灌木，它们细软的枝条垂在树丛中，看上去宛如从喷泉的承水盘溢出的一缕缕碧绿的水丝。到处是奇妙的自然景色，游子们目不暇接，不知道该钟情于谁。

　　旅行小队停下歇息了片刻。艾尔顿遵照格雷那万夫人的吩咐挽住了套牛的绳索，大车下面的几个硕大的车轮遂在石英砂地上停止了嘶叫。在一丛丛大树下铺展着长长的绿茵地毯，不过，土地的凹凸不平，尤其是有规律的突出部分，仍然把绿色地毯分成了相当明显的格子，有如一个巨大的棋盘。

一看见这片芳草萋萋、寂寞僻静的土地，帕噶乃尔就明白了：这片土地安排得如此富有诗意，正适合人们永久地安息。他果然认出了一方方的墓葬地，虽然茂盛的芳草已经遮盖了最后的痕迹，在澳大利亚，游人极少碰上这样的墓地。

"这是墓葬小树林。"他说。

原来，呈现在他眼前的，是一个当地土著人的墓地。但这墓地那样清新，那样郁郁葱葱，鸟儿在那里快活地飞来飞去，使那里的气氛变得轻松而又令人颇感亲近，绝不会引起人们的忧思。谁都会乐意把这里当成伊甸园中的一个花园，而死亡已经被排除在这片土地之外了。这里仿佛是为活人安排的，可惜，土著人虔诚照看着的这些坟墓已经在越来越茂密的绿草中逐渐消失了。征服者把澳大利亚原住民赶出他们世世代代生息繁衍的土地，不用多久，殖民者就要把这片土著人祖先安息的地方交给羊群任意啃咬了。像这样绿树成荫的墓地如今已变得极为稀少，有多少墓地已经被漫不经心的游人践踏，游人的脚还在不断踏平新葬的一代亡人的坟墓！

这时，帕噶乃尔和罗伯特已走到同伴前面去了，他们在墓冢中间一条条阴凉的小道上走着，一面聊天一面互相学习，因为这位地理学家硬说，他在和小格兰特交谈的过程中受益匪浅。然而，他们还没有走完四分之一英里时，格雷那万勋爵便看见他们勒马停住，从马上跳了下来，并且朝地上弯下身去。从他们表情丰富的手势看来，他们好像在仔细观察一件极其怪异的东西。

艾尔顿抽了套牛一鞭，大车立即赶上了那两个朋友。大家随即明白了这一老一少停下脚步的原因和他们为什么那样吃惊。原来在阔叶盘杉树荫下躺着一个土著小孩，那是个约莫八岁的男孩，穿一身欧式服装，正安详地熟睡着。一看他很有特点的面部轮廓，就不难认出他所属的种族：他有一头既短而又拳曲的头发，面色接近于黝黑，扁平的鼻子，厚厚的嘴唇，两臂长得很不寻常，这一切都说明他是大陆内地的原住民。然而，他聪慧的面容又使他与众不同，很显然，这土著孩子所受的教育已使他高于他卑微的出身几个档次了。

格雷那万夫人一见这个孩子便很感兴趣，她连忙从大车上跳下来，紧接着，全体小队成员都围到这熟睡的小土著人身边来了。

"可怜的孩子，"玛丽说，"看样子他是在荒漠里迷路了吧？"

"我推测，"格雷那万夫人回答她说，"他可能是从老远的地方来这里的墓地上坟的。这里一定埋着他热爱的人！"

"我们可不能丢开他不管！"罗伯特说，"他孤零零一个人，而且……"

罗伯特好心的话语被那小土著的动静打断了，只见他翻了个身，并没有醒过来。但他这一翻身却使周围的每个人都大吃一惊，因为他们都看见孩子的肩膀上挂了一个小牌子，牌子上面写着下边这几句话：

托里内
乘车去埃秋卡
由送货人杰弗瑞·史密斯负责照料
车资已付

"这真是英国人的作风！"帕噶乃尔嚷道，"他们寄一个孩子就像寄一个包裹！他们在孩子身上挂牌就像寄挂号信！以前有人对我讲过这类事情，但我当时还不愿相信哩。"

"可怜的小家伙！"格雷那万夫人说，"他乘的是不是那列在康登桥上出轨的火车呢？他的父母也许已经遇难了，就剩下他一个人留在世上！"

"我不这么看，夫人，"曼格斯说，"恰恰相反，这小牌子上写着，他是一个人出来旅行的。"

"他醒了。"玛丽说。

孩子果然正在醒过来。他慢慢睁开眼睛，但又立即把眼睛再闭起来，因为阳光太刺眼了。不过，格雷那万夫人已抓住了他一只手。他站起身来，吃惊地扫了一眼围着他的这群旅行者。一开始，他露出了害怕的表情，但一见格雷那万夫人在场，他又安下心来了。

"你懂英语吗，小朋友？"那少妇问孩子。

"我懂英语，而且我说英语。"孩子用这几个旅行者的母语答道，但他说的英语夹杂着很明显的当地口音。

他的英语发音有点像法国人用联合王国的语言说话。

"你叫什么名字？"格雷那万夫人又问。

"托里内。"小土著答道。

"哦！托里内！"帕噶乃尔嚷道，"如果我没有弄错的话，托里内这个澳大利亚字的意思是'树皮'吧？"

托里内点头称是，接着便把视线移到女性旅人的身上。

"你是从哪里来的，小朋友？"格雷那万夫人又问。

"我从墨尔本来，乘的是去桑达斯特的火车。"

"你乘坐的火车是不是在康登桥上出轨啦？"格雷那万问他。

"是的，先生，"托里内回答说，"但上帝保护了我。"

"你是一个人旅行的吗？"

"是一个人。帕克斯顿神甫把我托给杰弗瑞·史密斯照料。那可怜的运货人死了！"

"在那趟火车里，你谁也不认识啦？"

"谁也不认识，先生。不过上帝监护着孩子，永远不会抛弃他

353

们的！"

　　然而，他走过荒凉的地区想去什么地方呢？他为什么离开康登桥呢？格雷那万夫人就这些问题询问了他。

　　"我原来是要回我的部落的，在拉克兰地区，"他答道，"我想看看我的家人。"

　　"你的家人是澳大利亚人吗？"曼格斯问他。

　　"是拉克兰的澳大利亚人。"托里内回答说。

　　"你有父亲母亲吗？"罗伯特问。

　　"有的，我的大哥。"托里内边回答小罗伯特，边向他伸出手去。他叫小罗伯特"大哥"，使这少年深深感动了。罗伯特抱住小土著人亲了亲，这就足够让他俩成为一对朋友了。

　　这时，在场的旅行者们都对小土著人的回答产生了浓厚的兴趣，他们渐渐围坐到他的身边，继续听他说话。太阳已经在往西边那些大树背后沉下去，而且这个地方似乎非常适宜人们休息，是否在天黑前再走几英里也并不重要，所以，格雷那万下令让大家做好一切准备就地宿营。艾尔顿给牛卸了套，同时，在穆拉第和威尔逊的帮助下，给几头牛套上绊索后，让它们任意吃草。帐篷支起来了，奥尔比奈特准备了晚餐。托里内接受大家的邀请，同他们一道用餐，他虽然饥肠辘辘，却也免不了客套一番。众人一起就座，两个孩子也紧挨着坐了下来。罗伯特为他的新伙伴选了几样最可口的菜，托里内接菜时怯生生的，但他的姿势既优雅又可爱。

　　不过，饭桌上闲聊依然兴致勃勃。人人都对孩子十分关切，问了他许多问题。大家想了解他的历史，他的历史却异常简单。他的过去，也就是所有从小被托付给附近殖民地慈善机构照料的穷苦土著小孩的过去。澳大利亚原住民习性温和善良，他们从不公开表示对入侵者的仇恨，而这种仇恨却是新西兰原住民，也许还有澳大利亚北部部落原住民具有的特点。人们可以看见澳大利亚土著人经常来往于各大城市之间，如阿德莱德、悉尼、墨尔本，他们甚至穿着相当原始的服装在那些城市里闲逛。他们还贩卖自己制作的猎具、渔具还有武器。某些部落头领无疑是出于节约，还心甘情愿把孩子送去接受英国教育。

托里内的父母就是这么做的，他们都是拉克兰地道的土著人，拉克兰包括位于墨累河流域的广阔地区。托里内从五岁那年就住在墨尔本，自那时起，他再也没有见过任何一个亲人。然而，不灭的亲情却永远深藏在他的心底。正是因为想看看他那可能已经被驱散的部落，看看恐怕已被诛杀殆尽的亲人，他才重新走上荒漠里这条艰苦的道路。

"你亲吻你的父母之后还会回到墨尔本吗，孩子？"格雷那万夫人问他道。

"我会回去的，夫人。"托里内用敬爱的眼光注视着那位年轻的妇女。

"你将来想干什么呢？"

"我想让我的兄弟们脱离贫穷和愚昧！我要教育他们，还要引导他们了解上帝，热爱上帝！我要当一名传教士！"

这出自一个八岁孩子之口的热情洋溢的话语，很可能引起轻浮之人或爱嘲笑之人大笑不已，但这些真诚的苏格兰人却对之表示十分理解和敬佩。他们很欣赏这个小教徒充满宗教虔诚的勇气，这个基督教的门徒似乎已经准备战斗了。帕噶乃尔觉得自己已经被感动了，他对这个小土著人怀着真诚的同情。

该不该说出来呢？就在此刻之前，帕噶乃尔一直不喜欢这个穿着欧洲服装的小土著人：他来澳大利亚又不是为了看穿西式礼服的澳大利亚原住民的！看见他们赤裸裸的、身上只有文身的花纹该多好！而这种"讲究"的服装却使他思想紊乱！然而，一旦听托里内如此热切地讲了那一番话之后，他立即改变了对他的看法，公开宣称自己十分赏识这个小土著人。在与这孩子聊天结束时，我们这位诚实的地理学家恐怕还会成为这小澳大利亚人最好的朋友。

原来，托里内在回答格雷那万夫人提出的一个问题时，说他正在墨尔本的"师范学校"学习，学校的校长是尊敬的帕克斯顿先生。

"那学校给你们授什么课呢？"格雷那万夫人问。

"我们学习《圣经》、数学、地理……"

"哦！地理！"帕噶乃尔吃惊地嚷道，孩子最后这句话真说到他心坎儿上了。

"是的，先生，"托里内回答说，"我在一月份放假之前还得了地理课大奖哩。"

"你还得了地理课大奖，我的孩子？"

"这不是吗，先生。"托里内说着从口袋里掏出一本书。

那是一本三十二开的装帧精美的《圣经》，在第一页的背面写着："墨尔本师范学校，地理头奖，奖给拉克兰的托里内。"

帕噶乃尔激动得站不稳了！一个澳大利亚人擅长地理，这简直让他惊喜之极。他亲了托里内的两颊，和尊敬的帕克斯顿神甫颁发地理课大奖时亲托里内一模一样。不过，帕噶乃尔应该知道，这个现象在澳大利亚的学校里并非绝无仅有。澳大利亚年轻的土著人向来对地理学很有天赋，他们都乐意啃地理书，对计算课却相当畏难。

托里内对这位学者突如其来的爱抚却莫名其妙，多亏格雷那万夫人向孩子做了解释，说帕噶乃尔是一位闻名遐迩的地理学家，如有必要，他也是一位杰出的教授。

"原来他是地理教授呀！"托里内说，"噢！先生，您就问我问题吧！"

"问你问题，我的孩子！"帕噶乃尔说，"我还求之不得哩！你不同意，我也会向你提问的。能看看墨尔本的师范学校如何教地理课，我不会不高兴！”

“看看托里内怎样让您长见识吧，帕噶乃尔！”少校说。

“什么话！”地理学家大声嚷起来，“让法国地理学会的秘书长见识！”

接着，他正正鼻子上的眼镜，把他那灯杆一样的身子挺一挺，用教授们习惯的低沉声音开始提问。

“学生托里内，”他说，“站起来。”

原来就站着的托里内没法再进一步站起来，只好毕恭毕敬地等地理学家发问。

“学生托里内，”帕噶乃尔又说，“世界有哪五部分？”

“有大洋洲、亚洲、非洲、美洲和欧洲。”

“完全正确。我们先谈大洋洲，因为我们这一刻正好在这个洲。大洋洲主要划分成哪些部分？”

“大洋洲划分为波利尼西亚、马来西亚、密克罗尼西亚和美拉尼西亚。大洋洲主要的岛屿有澳大利亚，属于英国人；新西兰，属于英国人；塔斯马尼亚，属于英国人。还有查塔姆岛、奥克兰岛、麦夸里岛、克马德克岛、马金岛、马拉凯岛等等，都属于英国人。”

“很好，”帕噶乃尔回答说，“但新喀里多尼亚、桑德维奇、门达那、波莫图呢？”

“这些都是大不列颠保护下的岛屿。”

“怎么！大不列颠保护下的岛屿！”帕噶乃尔吃惊地大叫，“可是，我觉得恰恰相反，是法国……”

“法国！”那小男孩说，显出非常吃惊的样子。

“瞧呀！瞧呀！”帕噶乃尔叹道，“这就是墨尔本的师范学校教给你们的吗？”

“是的，教授先生，难道教得不好？”

“教得好，教得好，教得很好，”帕噶乃尔答道，“整个大洋洲都属于英国人！这事儿就这么说定了！咱们继续提问。"

帕噶乃尔看上去半是生气，半是惊异，他那模样真把少校逗乐了。

问答继续进行下去。

"现在，我们转到亚洲。"地理学家说。

"亚洲，"托里内回答说，"是个幅员辽阔的国家。首都是加尔各答。主要城市有：孟买、马德拉斯、卡利卡特、亚丁、马六甲、新加坡、曼谷、科伦坡。岛屿有拉克代夫群岛、马尔代夫群岛、查戈斯群岛等等，都属于英国人。"

"好嘛，很好，学生托里内。那么非洲呢？"

"非洲包括两个主要殖民地：在南边是好望角，首府是开普敦；西边都是些英国殖民地商行，主要城市是塞拉利昂。"

"答得不错嘛！"帕噶乃尔说，他开始容忍这异想天开的英国式地理学了，"教得很棒！阿尔及利亚、摩洛哥、埃及……都从不列颠地图上抹去了！现在，我倒很高兴谈谈美洲！"

"美洲，"托里内连忙说，"划分为北美洲和南美洲。北美洲属于英国人，因为有加拿大、新不伦瑞克、新苏格兰和在约翰逊总督治理下的美利坚合众国！"

"约翰逊总督！"帕噶乃尔气得大叫，"被拥护奴隶制的狂人暗杀了的林肯总统，其继任者竟然是总督！很好！好得不能再好了！南美洲有英国的圭亚那、福克兰群岛、设得兰半岛、牙买加、特立尼达等等，南美洲仍然属于英国人！倒不是我在这个问题上要争强斗胜，但是，你听着，托里内，我很想了解你对欧洲的看法，或者说你那些老师对欧洲的看法！"

"欧洲？"托里内说，他对这位地理学教授如此激动感到不解。

"是呀！欧洲！欧洲属于谁？"

"欧洲当然属于英国人啦。"孩子答话的语气非常肯定。

"我早就料到了，"帕噶乃尔又说，"但怎么啦，那不正是我想知道的吗。说下去。"

"因为那里有英格兰、苏格兰、爱尔兰、马耳他；有泽西群岛、根西岛，有爱奥尼亚群岛，有赫布里底群岛、设得兰群岛、奥尔卡德群岛……"

"很好，好极了，托里内，但你还忘了提到别的一些国家，我的孩子！"

"您指的是哪些国家，先生？"孩子问，他一点不感到困惑。

"西班牙、俄罗斯、奥地利、普鲁士、法兰西，知道吗？"

"那都是省，不是国家。"托里内说。

"真够呛呀！"帕噶乃尔边嚷嚷，边把眼镜从眼睛上摘下来。

"没错，西班牙，首府是直布罗陀。"

"太妙了！妙极了！真是不能再高明了！那么法兰西呢，因为我是法兰西人，所以我很高兴知道我属于谁！"

"法兰西，"托里内不慌不忙地回答说，"那是英国的一个省，首府是加莱。"

"加莱！"帕噶乃尔惊异得大叫，"怎么！你认为加莱也属于英国？"

"那当然。"

"加莱是法兰西的首府吗？"

"是的，先生。总督就住在那里，拿破仑勋爵……"

听见孩子最后这几句话，帕噶乃尔哈哈大笑起来，弄得托里内莫名其妙。人家向他提问，他尽其所能回答了。但他回答问题那样离奇并不能怪他，他甚至一点没有觉察到自己回答得多离谱。不过，他似乎没有丝毫惊慌失措，他正认真地等待这场难以理解的游戏结束哩。

"您也看见了，"少校对帕噶乃尔笑着说，"我方才说，学生托里内会让您长见识，我说得有没有道理？"

"的确有道理，少校朋友，"地理学家回答道，"啊！在墨尔本，他们就这样教地理课呀！师范学校那些老师干得真不错！欧洲、亚洲、非洲、美洲、大洋洲，全世界都属于英国人！自然啦，那里的教育既然搞得这么巧妙，我这才明白为什么当地的土著人会那样俯首帖耳！喂！托里内，我的孩子，月亮，月亮也是英国的吗？"

"月亮将来会是英国的。"那小土著人一本正经地回答说。

一听见这句话，帕噶乃尔便站起身来。他实在坐不住了，他必须去别处才笑得尽兴。于是，他跑到离宿营地四分之一英里的地方去发泄了。

格雷那万去他们小小的旅行图书馆找来了一本塞缪尔·理查森的《地理学概论》，那是一本在英国备受推崇的著作。

"瞧，我的孩子，"格雷那万对托里内说，"拿去，你就收下这本书吧。你在地理方面有不少想法是错误的，要改一改才好。我把它送给你作为我们这次相逢的纪念吧。"

托里内默默地把书拿过来，他仔细看着，动着脑筋，看那样子是不大相信，所以也没有决定把书装进口袋里。

这时，天已完全黑了下来：已经是夜里十点了。必须考虑休息，以便明天清晨起个大早。罗伯特准备把床位让一半给他的朋友托里内，那小土著人接受了他的建议。

片刻之后，格雷那万夫人和玛丽小姐回到大车上，其他旅客则在帐篷里躺了下来。帕噶乃尔的大笑声还在与野喜鹊柔和而低沉的歌声组成混声大合唱哩。

第二天清晨六点，一缕阳光惊醒了睡梦中的旅行者，他们找了好一阵，却发现托里内不见了。他是否想尽快回到他的家乡拉克兰地区呢？或者是帕噶乃尔的笑声触怒了他？谁也不清楚。

然而，格雷那万夫人醒来时，却发现胸脯上放着一束新鲜的单叶含羞草；帕噶乃尔也在他的上衣口袋里发现了那本《地理学概论》。

第十四章　亚历山大的金矿

　　1814 年，现任伦敦皇家地理学会会长的罗德里克·英比·默奇森爵士，通过对乌拉尔山脉和澳大利亚大陆由北部伸展到离南部海岸不远地方的山脉地质构造的研究，发现两者之间有着非同寻常的相似之处。

　　由于乌拉尔是含金的山脉，这位博学的地质学家便联想到澳大利亚山脉也蕴藏着那宝贵的金属。他果然没有弄错。

　　原来，两年后，他收到了从新南威尔士寄给他的几个金矿标本。于是，他决定从英国西南部的康沃尔半岛派送大量的工人去澳大利亚新荷兰的含金地区。

　　发现澳大利亚南部第一批天然金块的人是弗朗西斯·达顿先生。福布斯先生和史密斯先生则发现了新南威尔士第一批砂金矿。

　　第一炮打响之后，全世界各个角落的矿工蜂拥而至，不过，只是在 1851 年 4 月 3 日才由哈格雷夫先生勘测出含金丰富的矿床，并向悉尼殖民地总督菲茨·罗伊爵士建议，让他以非常便宜的五百英镑的价钱换取对金矿地点的知情权。

　　他的建议并没有被接受，但发现金矿矿脉的传言却不胫而走。找矿的人大批大批往萨梅山和乐尼池那边挺进，奥菲尔城随即建立起来。由于金矿开采得到丰厚的回报，这个城市很快就显示出它不愧于这个与《圣经》有关的名字。

在此之前，维多利亚州还名不见经传，但无须多久，它的金矿丰富的储量便会使它后来居上。

果然，几个月之后，1851 年 8 月，维多利亚州第一批天然金块便开采出来了。接着，该州属下四个县的金矿便得到广泛的开采。这四个县的县名是：巴拉拉、欧文斯江、本迪戈和亚历山大山，四地的金矿储量都极其丰富。但欧文斯江的江水汹涌澎湃，使开采工作十分困难；而巴拉拉金矿的储量又很不平衡，往往使开发商的计算受挫；本迪戈的土质则不符合矿工们严格的要求。然而，在亚历山大山，一切成功的条件都集中在那一片规整的土地上了，那贵重的金属在此地开采出来，其价值可达每市斤一千四百四十一法郎，是全世界黄金市场的最高价格。

南纬三十七度线引领寻找格兰特船长的人们经过的地方正是这片使多少人倒霉破产又使多少人成为意想不到的暴发户的土地。

那是 12 月 31 日，远征队的队员们在崎岖不平的道路上走了整整一天，在坐骑和套牛都累得死去活来时，他们终于远远看见了亚历山大山圆圆的山顶。他们遂在这条小山脉的一个很狭窄的谷口安营扎寨，戴了脚绊索的牲口便跑到处处都有石英岩丛的地方去觅食了。这里还不是已开采了砂金矿的地区。只有到了明天，即 1866 年元旦，大车才可能在走向那富庶矿区的道路上碾出车辙。

帕噶乃尔和同伴看见那座名声在外的宝山，欣欣鼓舞。澳大利亚人用母语管这座山叫"格布尔"。冒险家、盗匪和诚实的人都往那个地方蜂拥而去，有的去谋财害命，也有的去自我送命。就在 1851 年，所谓的黄金年，一听见发现黄金大储量的传闻，当地的居民或"坐地人"，甚至海上的水手都立即抛弃了城市或乡村，甚至抛弃了所在的大小船只。黄金热像瘟疫一般到处传播，人们互相传染，让多少自以为稳操胜券即将发财致富的人因此而命赴黄泉！当时谁都在说，慷慨的大自然在澳大利亚南纬二十五度以上的这片美妙的土地上撒下了采不尽的黄金种子，现在，收获的时节来了，一拨又一拨的采金人便来这里"收割"。许多人积劳成疾，死在矿井里，但也有些人一锹下去就变成了富翁。大家对死于非命的事三缄其口，对发财致富却大肆宣扬。这种碰运气发大财的传闻在五洲四海引起了反响，不久，各种社会等级的野心家像潮水般涌到了澳大利亚海岸。就在1852年最后四个月那段时间，仅墨尔本就接纳了五万四千个移民，整整一支军队，但却是一支没有统帅、没有纪律的军队，是一支梦想取得胜利却尚未取得胜利的军队，总而言之，是五万四千个坏事做绝的强盗。

在淘金狂热的最初几年，到处是一片难以形容的混乱。不过，英国人竟然控制住了局势。如今，人们正在有序地开采金矿，有严密的组织和严格的规矩。

矿藏已经在慢慢枯竭了。移民的数量大幅度减少了，原有的移民有些还迁居到了一些尚未开发的地区。在新西兰的奥塔戈和玛丽伯劳，新发现的"金田"如今又被成千上万两足无羽的白蚂蚁掏得千疮百孔了。

格雷那万一行在接近十一点时到达矿山开采地的中心。那里已建起了一个真正的城市，里面有工厂、银行、教堂、军营、小型别墅、报馆。旅馆、农家院子和花园住宅也都应有尽有，甚至还有一座剧院，上座率还相当高。

格雷那万渴望一睹亚历山大山那庞大的金矿开采地，便让艾尔顿和穆拉第赶着大车走在前面，他准备几个钟头之后再赶上他们。帕噶乃尔一听见这个决定便心花怒放，按他的习惯，他当然自告奋勇当上了小分队的导游和讲解员。

他建议大家先去银行那边。宽阔的街道是碎石和柏油铺成的，洒水车刚仔细地洒过水。黄金有限公司、挖金人总办事处、块金联的大幅广告引人注目。人力和资金的结合已经取代了矿工孤立的行动。到处都能听见机器的轰鸣，那些机器正在洗砂和研磨宝贵的石英石。

矿床在居民住宅后面延伸开去，即是说，有很广阔的一片土地都用来开采金矿了。矿工就在那里挥锹挖矿，他们被一些公司雇佣，公司则付给他们相当丰厚的报酬。地面像筛子一样到处都是窟窿，用肉眼根本不可能计算那些窟窿的数目。铁锹在阳光下闪闪烁烁，不停地朝四周射出闪电一样的强光。劳动者当中有各个国家各种不同类型的人，他们之间从不争吵斗殴，只默默地完成领工薪之人应该完成的任务。

"不过，也不应该认为，"帕噶乃尔说，"在澳大利亚国土上再也没有淘金狂热分子来这里靠金矿碰运气发财了。我很清楚，大部分的人都向各个公司出卖劳力，他们不得不这样做，因为蕴藏黄金的土地都被政府出卖或者租出去了。不过，那些既无钱租赁又无钱买土地的一无所有的人也还是有一个发财的机会。"

"什么样的机会？"格雷那万夫人问。

"'跳'的机会，"帕噶乃尔回答说，"因此，我们这些人虽然没有任何权利开采金矿，却——你们听明白——却可以凭好运气——发财。"

"可怎么去发财呀？"少校问。

"用'跳'的办法，我刚才已经荣幸地告诉你们了。"

"您这'跳'是什么意思呀？"少校再问。

"那是矿工之间约定俗成的惯例，这惯例常常引起斗殴和混乱，但当局一直没有办法取消。"

"说下去呀，帕噶乃尔！"少校催促他说，"您这是在吊我们的胃口。"

"那好，我继续说，大家约定，采矿中心的任何一块土地，除了重要节日，只要二十四小时没有被开采，就变成了公用地。只要老天保佑，谁抢到这块地就可以挖金子，就可以发财。所以，罗伯特，我的孩子，你就尽量去找一块被遗弃的窟窿地吧，找到了就是你的。"

"帕噶乃尔先生，"玛丽说，"您可别给我弟弟灌输这样的思想。"

"我这是在开玩笑呢，亲爱的小姐，"帕噶乃尔回答她说，"罗伯特最明白这点。他，当矿工！永远也不会！掘地、翻地、耕地、播种，要求土地让他收获以回报他受的苦，这无可非议。但像鼹鼠一样胡乱钻地、扒地，盲目刨地，就为了刨出一点黄金，这行当也太悲惨了，除了被上帝和人们抛弃的人，谁会去干这样的勾当！"

他们参观了几个主要的金矿之后，又走过一段供运输用的地面，那地面大部分是由石英岩、石板岩和由岩石分化的细砂子铺成的。他们最后来到银行的地界。

那是一幢高大的建筑，屋顶上悬挂着一面国旗。格雷那万勋爵受到银行总监的接待，总监还邀请他们参观银行。

各个公司正是在这里储存它们从土地内部挖掘出来的黄金，银行则给客户写收条以作凭证。很久以前，首批矿工还曾遭受殖民地商人的剥削哩，商人们在矿上只付给矿工一盎司黄金五十三先令，而他们去墨尔本一转手便卖出一盎司六十五先令的好价钱！当然，商人们也冒着运输方面的风险，因为江洋大盗多如牛毛，押运队并不一定都能到达目的地。

银行总监给他们看了许多稀奇古怪的黄金标本，还向他们介绍了黄金开采各种不同方式的饶有趣味的细节。

黄金被发现时大体有两种形态：卷形的金块和被剥蚀的金块。那时，金子还处在矿石的状态，上面混有冲积土或被裹在石英脉石里。要开采黄金，必须根据金矿的土质采用浅挖的办法或深挖的办法。

如果是卷金，它必定躺在急流、峡谷和沟壑的深处，根据它的大小，最上面的是金粒，然后是小薄片，最后是片状金。

如果相反，是剥蚀金，而裹在黄金外部的脉石又因空气的作用风化了，生金肯定会在原处聚集成堆，形成矿工们所谓的"小金袋"。这类"小金袋"往往蕴藏着一大笔财产。

在亚历山大山，开采金矿更为特别，金子都藏在黏土层里和石板岩的缝隙里。那里才是天然金块窝哩！幸运的矿工经常一伸手就中头彩，找到一大片矿床。

参观的人仔细观看了黄金的各种标本之后，还浏览了银行里的矿物博物馆。他们在博物馆看见构成澳大利亚土壤的各种产物，那些产物还分门别类贴上了标签。黄金并不是澳大利亚唯一的资源，这个国家可以名正言顺地以珠宝盒著称于世，大自然在这个巨大的盒子里储存了它为数众多的宝贵首饰。在玻璃橱窗里熠熠生辉的有白色的黄玉，这种黄玉足以与巴西黄玉一争高低；还有铁铝石榴石和一种碧绿而又美丽的石帘石；也有玫红尖晶石，其中最有代表性的是鲜红的晶石和一种美轮美奂的玫瑰色晶石；还有浅蓝和深蓝的蓝宝石，其中刚玉的珍贵程度就可以和马拉巴尔及西藏产的刚玉媲美；还有闪闪发光的金红石和一块产于图伦河两岸的晶亮的小粒钻石。在这些璀璨的宝石展览品里应有尽有，样样俱全，也不需要跑多远去寻找镶嵌的黄金。你还能要求什么呢，除非你希望看见它们都被镶嵌成首饰了。

格雷那万对银行总监的殷勤接待表示不胜感谢之后便告辞出来，随后他们又参观了矿井。

帕噶乃尔无论怎样把世上的财富置之度外，也不免走一步就搜寻一下地面。他这是不由自主，同伴再和他开玩笑，也对他无可奈何。

他时时刻刻都在弯腰，捡一块小石头、一片脉石或一些石英石残片。他聚精会神地检验一番之后便立即不屑地将它们扔了出去。他这一套动作一直延续到散步结束。

"喂！帕噶乃尔，"少校问他，"您是不是丢了什么东西呀？"

"那还用说，"帕噶乃尔答道，"在这个黄金和宝石的国度，谁没有找到什么就等于丢了什么。我也不知道为什么，总想带走一块重几盎司的生金块，甚至重二十斤也成，用不着更重了。"

"您拿生金块做什么用呢，我可敬的朋友？"格雷那万问。

"噢！要找到了，我倒不会为难，"帕噶乃尔答道，"我会把金块捐献给我的国家！我要把它存放到法兰西银行里去……"

"谁接受您的捐献呢？"

"当然是以买铁路债券的方式啦！"

大家对他想把金块捐献给"他的国家"的方式进行祝贺。格雷那万夫人祝愿他找到世界上最大的金块。

格雷那万和同伴一边说笑，一边浏览矿区。他们参观了大部分正在采矿的地面，地面上的矿工都井然有序而又机械地干着活，但毫无工作干劲。

漫步两个小时之后，帕噶乃尔瞥见一座十分体面的旅店，他建议大家进去坐坐，等待和大车会合的时刻。格雷那万夫人赞成进去坐坐，但进旅店不喝清凉饮料不成，帕噶乃尔又向旅店老板要了一些当地的饮料。

侍者给每个人送来一杯"诺伯"酒。大家随即就金矿和矿工的问题聊开了。现在谈这个主题正是时候，否则再也没有机会谈了。帕噶乃尔对他适才看见的一切表示满意，不过，他也承认，从前，也就是开发亚历山大山的头几年，这里的情况更有看头。

"当时，"他说，"这里的土地真可谓千疮百孔，地面上到处是一队队蚂蚁一般的掘金人，那是怎样的蚂蚁呀！所有的移民都有挖金的干劲，但谁都没有预见的能力！他们来钱容易花钱也不难，挖出的黄金都被疯狂花掉了。淘金的人又酗酒又赌博，我们现在休息的这家旅店，在当时就是一个'地狱'，当年的人都这么说。掷骰子必然引起动刀子。连警察也一筹莫展，不止一次，殖民地的总督同正规军一道前去镇压闹事的矿工。不过，他最后还是把那些无法无天的挖金人制伏了，他强迫每个开采金矿的人缴纳营业执照税，要那些人缴税当然不无困难，但无论如何，这里的社会混乱状况毕竟没有加利福尼亚那么严重。"

"掘金这个行当，"格雷那万夫人问，"是不是所有的人都可以干呢？"

"都可以干，夫人，没有必要为掘金拿个学士学位。只要胳膊有力气就行。"

"帕噶乃尔，您能不能给我们讲讲，"格雷那万问学者，"人们是用什么办法采金的？"

"这再简单不过，"帕噶乃尔回答说，"最早几批采金人只干淘金的活儿，法国塞文山脉有几个区域现在还这么干。但今天的公司已经有别样的做法：它们追根溯源，直找到蕴涵金片、金叶和金块的矿脉，但淘金者只管淘洗金砂，就干这个。他们挖地，他们采集他们觉得可以产金的土层，用水冲洗，把那宝贵的金属和土分离开来。淘金使用的工具叫'淘金槽'或叫摇篮，出自美国。那是一个长五六尺的盒子，看上去像一口打开的棺材，里面隔成两部分。第一部分安装了一个筛孔很大的筛子，这个筛子叠在几个筛孔较小的筛子上面。长匣的第二部分下部很狭窄。把金砂放进一端的筛子里，再把水倒进去，用手摆动，或者不如说用手像摇摇篮那样摇动工具。石头子儿就留在了第一个筛子里，金属和细砂则根据自己的大小掉进其余的筛子里，泥土变成的泥浆便随水从盒子的另一端流出去了。那就是用得很普遍的淘金机。"

"但当时还是需要那样的工具。"曼格斯说。

"当时是从发了财或破了产的淘金矿工那里买这种简单的机器，看情况而定，或者干脆不用工具。"帕噶乃尔回答说。

"那又用什么代替工具呢？"玛丽问。

"用一个盘子，我亲爱的玛丽，一个简单的铁盘。他们簸扬含金土就像簸扬麦子一样。只不过簸后拾拣的不是麦粒，而有时是金粒。在头一年，不止一个矿工不花别的钱就发了财。你们瞧，朋友们，当时日子还好过吧，尽管一双靴子要卖一百五十法郎，一杯柠檬饮料要卖六先令！打头阵的人总有打头阵的道理。当时到处都是黄金，黄金的数量相当丰富，就在地层表面。小河小溪就在金属河床上流淌，甚至在墨尔本大街上都能找到金子。当时还有人用金粉铺路哩。"

"这么说，帕噶乃尔先生，"小罗伯特说，"就在我们停留的这个地方，就在我们脚下，也许会有许多黄金吧？"

"可不是，我的孩子，有几百万哩！我们就走在几百万上面呀！不过，我们在这上面走，是因为我们蔑视黄金！"

"那么，澳大利亚是一个幸运的国家啦？"

"那倒不是，罗伯特，"地理学家回答说，"产金的国家从来就不幸运。那些国家养育的百姓都是些游手好闲的人，那里从来出不了强健勤劳的人。你看看巴西、墨西哥和澳大利亚！这些国家在 19 世纪落后到什么地步了？我的孩子，最典型的福地不是产金之地，而是产铁之地！"

第十五章 《澳大利亚与新西兰日报》

1月2日，在太阳升起的时候，远征队员越过了产金地区的区界和塔尔波特郡的郡界，几个钟头之后，他们渡过了科尔班江以及坎帕斯普江。到现在，一半的旅程已经走完了，再用十五天顺利穿过那片土地，小队就可以到达图福湾岸边。

所有的人身体都很健康，帕噶乃尔关于当地气候有益健康的许诺正在成为现实。湿气很少或者根本没有湿气，炎热也在可以忍受的范围之内。马和牛没有因为气候而痛苦，人也没有什么不适。

从康登桥出发到现在，行路的秩序有了一些改变。艾尔顿一得知火车出轨的惨祸是由罪行造成的，便不得不采取一些预防措施，而在此之前，这些措施是毫无用处的。现在，几个狩猎的男士必须时刻盯住牛拉大车；在宿营的时刻，总有一位男士值班。他们武器上的雷管不分昼夜，及时更新。可以肯定的是，有一帮坏人正在乡野流窜，尽管还没有任何迹象让他们即刻产生恐惧之心，还是应该做好准备应对一切突发事件。

不用说，这些预防措施都是背着格雷那万夫人和玛丽安排操持的：因为格雷那万不愿让她们受到惊吓。

实际上，做出这样的安排是理所当然的，稍有不慎，甚至有丝毫的疏忽都会付出很大的代价。不止格雷那万一个人担心发生这类情况，在那些偏远的村镇和畜牧站，居民和"坐地人"都得采取各种防备措施对付一切攻击和突然袭击。在夜幕降临时，家家户户都紧关门窗，家养的狗也被放到栅栏周边，稍有动静，家狗便汪汪叫起来。傍晚，在集合放牧的多批畜群归家时，没有一个牧羊人不把自己的马枪挂在马鞍架上。康登桥发生惨案的消息一传到这些地方，这里的人就更有理由加紧实行原本有些过分的预防措施了。不少移殖民一到傍晚就紧闭门户，而他们昔日是从不关门关窗睡觉的。

这个州的行政当局本身也表现出对预防措施极大的热情，行政长官派出一些本地人组成的宪兵队到乡村值勤，邮电交通还受到特别的保护。在此之前，邮车一直在没有人押运的情况下奔驰在各条大路上。然而，就在这天，恰恰在格雷那万一行人穿过从基尔摩尔到希斯考特的公路时，快邮车以最大的速度从那里飞也似的跑过去，马蹄掀起了一团团尘土。但尽管邮车一晃即过，格雷那万仍然看见了站在车门边的押运警察身上挂的马枪闪闪发光。这样的情景让大家感觉又回到了刚发现金矿那不堪回首的时代，那时，欧洲的一些社会渣滓都蜂拥到了澳大利亚大陆。

穿过基尔摩尔公路之后又走了一英里，大车便进入了一片巨树构成的森林。格雷那万一行自离开贝努伊角以来，还是第一次深入这样的大森林，这种森林往往一连覆盖好几经度的面积。

大家一看见高达二百英尺的桉树便禁不住惊喜得大叫起来，桉树的海绵状树皮竟有五寸厚！桉树的主干由多人合抱，其圆周长度足有二十英尺，树身上还挂着一道道芳香的树脂液。这些巨型桉树离地面一般都有一百五十英尺高；没有一根枝干，也没有一根枝丫或随意长出的嫩枝，甚至没有一个疙瘩破坏树干完整的轮廓，车工的巧手恐怕也旋不出那样光滑的物件。

这些大树的直径完全一样，一片森林就有几百棵，看上去就像几百个巨型柱子。圆形的树冠长在高得出奇的树顶上，树枝的顶端长着互生的树叶，一朵朵孤零零的花垂在树叶的叶腋里，花托活像倒放的瓶子。

并不稠密的大树下伸展着地毯一般的草坪，树梢则构成一片片醉人的绿色。在一望无际的路途上耸立着一根根容貌果敢的擎天柱；这里没有树荫，总的说来，也谈不上凉爽。树林里有一种亮光很特别，宛如从薄薄的纱布透进来的微光；这里的树影很规整，地面上的闪光也十分清晰。这一切加起来构成一派奇特的景观，给人一种全新的印象。大洋洲的森林与新大陆的森林截然不同，这里的桉树属于品种多得不胜枚举的爱神木科，是澳大利亚植物群里最典型的一种树。

在那一个个绿色圆屋顶似的树冠之下树荫之所以不浓密，树影之所以不漆黑，是因为桉树叶子生长的布局十分奇特而又与众不同：没有一片叶子正面朝向太阳，而所有叶子锋利的侧边却都向阳。阳光透过竖起的叶子直接洒到地上，有如它们透过开启的百叶窗片射进房屋里边。

探访队员个个注意到了这点，十分诧异。为什么会出现如此特别的生长布局呢？这个问题自然而然提给了帕噶乃尔，那位不会被任何问题难倒的学者立即做了回答。

"让我吃惊的，"他说，"并不是大自然的奇异：大自然行事自有它的道理，但我们的植物学家们却老不明白自己在说些什么。大自然给这些树木如此特别的树叶并没有搞错；但人们把这种树称为'桉树'却大错特错了。"

"桉树是什么意思呢？"玛丽问。

"这个词来自希腊文，意思是：'我遮阴出色。'人们有意用希腊文来犯这个错误，以便这个错误不那么显眼，但桉树'遮阴'并不好，这是显而易见的。"

"大家同意这点，亲爱的帕噶乃尔，"格雷那万说，"现在，您还是告诉我们，为什么桉树叶那样生长？"

"纯粹出于物理的原因，朋友们，"帕噶乃尔答道，"你们不难理解。在这个地区，气候干燥，雨水稀少，土壤干涸，什么树都不需要风，叶子也不需要阳光。这地方不够潮湿，植物就缺乏汁液，那些窄窄的树叶就要设法自我保护，避开阳光，以预防蒸发过度。这就说明了它们为什么侧面向着太阳，而不正面接受阳光的作用。世上再没有比树叶更聪明的东西了。"

"也没有比树叶更自私的东西！"少校反驳他说，"树叶只考虑自己，却一点不为旅行的人们着想。"

人人都有点赞成少校的看法，只有帕噶乃尔例外，他一边擦拭额头，一边庆幸自己在没有树荫的树下行走。不过，树叶的这种姿势毕竟使人遗憾，因为旅行的人们没有任何东西足以对抗灼热的太阳，穿过这些树林的时间往往又特别长，这段路程就格外艰苦。

牛拉大车一整天都在那没完没了的一排排桉树间行走，旅行者们一路上既没有见到一头四足野兽，也没有碰到一个土著人。森林中有些树的树顶上住着几只白鹦，但树顶太高，几乎看不清楚，白鹦的叽叽喳喳也变成了低声啁啾，几乎听不出来。有时，一大群虎皮鹦鹉飞过远远的小路，使那条小路在刹那间变得色彩斑斓。但总的说来，这个广阔的绿色殿堂仍然处在深沉的静谧之中，只有马蹄声和断断续续的说话声，以及大车车轮的吱嘎声和艾尔顿为刺激懒洋洋的套牛而发出的几声吆喝不时打破这无边无际的寂寥气氛。

夜幕降临时，他们在一片桉树脚下宿营，那片桉树有刚刚遭遇火焚的痕迹，它们像工厂的烟囱一般立在那里，因为它们的树心从上到下都被火烧空了。尽管它们只剩下了一张皮，却仍然活得健康。不过，"坐地人"或当地土著人这种坏习惯最终会毁掉这片美不胜收的森林，这片森林也会像黎巴嫩的雪松一样消失，当时在那里野营的人们曾不慎把那一片有四百年树龄的雪松焚毁了。

奥尔比奈特采纳帕噶乃尔的建议，去一棵空心树干里点火做晚饭。他一点燃，火苗就往上蹿，炊烟随即消失在密密的深色树叶间。为了平安过夜，他们采取了必要的预防措施：艾尔顿、穆拉第、威尔逊和曼格斯轮流值勤，一直到太阳升起的时刻。

1月3日，他们整天行走在一望无际的森林里。在这里，对称的道路仿佛越走越多，越走越长，让人感到永远也走不到头了。不过，接近傍晚时，一排排桉树开始稀疏了，再走几英里，他们来到一片小小的平原，前面出现了一片整齐的房屋。

"是塞缪尔！"帕噶乃尔惊喜地大叫，"那是我们离开维多利亚州之前遇到的最后一座城市。"

"那城市重要吗？"格雷那万夫人问。

"夫人，"帕噶乃尔回答道，"那不过是一个堂区，现在正逐渐变成城市。"

"我们去那里能不能找到一家像样的旅馆？"格雷那万问。

"但愿能找到。"地理学家回答说。

"那好吧，我们进城去，因为我想，我们两位勇敢的女士不会不愿意去那里休息一夜。"

"我亲爱的爱德华，"格雷那万夫人回答说，"玛丽和我都接受这个建议，但条件是，这不会麻烦别人，也不会延误行程。"

"一点不会，"格雷那万答道，"我们的套牛已经很疲乏了，我们明天天一亮就启程。"

当时是夜里九点，正在接近地平线的月亮从侧面洒出亮光，月光却淹没在雾霭里了。黑暗渐渐变得深沉。格雷那万的旅行小队全体队员都在帕噶乃尔的带领下走进了塞缪尔宽阔的街道，这位地理学家仿佛永远对他未曾见过的事物了如指掌。这时，他依靠自己的本能指引，直接来到康拜尔北方不列颠旅馆。

有人前来把马匹和套牛牵到马厩里，大车也放进了车库，旅客也被分别请到相当舒适的房间里。十点整，用餐的人都入了座，此前，奥尔比奈特还以主人的眼光检查了桌上的饭菜。帕噶乃尔拉着小罗伯特去城里转了一圈，他回来后只三言两语谈到他夜游的印象，因为他的确什么也没有看见。

不过，随便哪个人，只要不像他那么粗心大意，都会注意到塞缪尔大街上也有一些动静：到处都有一堆一堆的人，而且越来越多。他们有的在家门口聊天；有的带着真正的担忧在互相问讯；有的在高声朗读当天的报纸并加以评论或相互争论。再马虎的人也能捕捉到这些征象，但帕噶乃尔却什么也没有看出来。

少校却不一样，他不需走很远，甚至不出旅馆大门就能猜出这个小城正在担惊受怕。他同那饶舌的旅馆主人迪克森聊了十分钟，便明白是怎么回事了。

但他只字不提。不过，在晚饭结束之后，等格雷那万夫人、玛丽和小罗伯特都回到各自的房间里去了时，他才拦住同伴，对他们说："大家已经知道桑达斯特铁路犯罪团伙是哪些人了。"

"他们被抓住了吗？"艾尔顿忙不迭问。

"没有。"少校回答说，他似乎没有在意那水手长慌忙询问的态度，再说，在这种情况下，慌忙询问也是合乎常理的。

"可惜啦。"艾尔顿又补充一句。

"那么，他们认为是谁犯的罪？"格雷那万问。

"您看吧，"少校边说边递给他一份《澳大利亚与新西兰日报》，

"您看了就会发现那位警官的考虑没有错。"

格雷那万开始大声朗读下面这一段:"悉尼,1866 年 1 月 2 日讯——人们还记得,在去年 12 月 29 日到 30 日的夜间,在墨尔本—桑达斯特铁路离卡斯脱曼五英里的康登桥上曾发生一起事故。一列全速前进中的十一时四十五分的夜间快车在卢顿江上坠毁。

"当时,康登桥正为列车过桥而一直开放着。

"事故之后曾发生多起盗窃。在离康登桥半英里处找到的守桥人尸体证明,此次灾难乃是预谋犯罪造成的恶果。

"原来,验尸官调查结果显示,此罪行的元凶系半年前从珀斯苦役监狱潜逃之犯罪团伙,该监狱位于西澳大利亚,当时此批囚犯即将转运至诺福克岛。

"该批流放犯数量为二十九人,受一个名叫本·乔伊斯的人指挥,此人原系最危险的匪徒,于近几月到达澳大利亚,目前尚不知其所乘船只之船名,司法部门对此人也从未能绳之以法。

"特敦请各市市民、移殖民以及各畜牧站之'坐地人'提高警惕,并及时将所掌握有助于搜寻歹徒之一切线索报告总监。

"总监 J.P. 米切尔"

格雷那万念完这篇文章后,少校朝帕噶乃尔转过身来,对他说:"您也看见了,帕噶乃尔,在澳大利亚完全可能有流放犯。"

"有越狱的流放犯,这显而易见!"帕噶乃尔回答说,"但正式收留的流放犯却没有,这类犯人是不允许待在这里的。"

"不管怎么说,这些人已经在这里了,"格雷那万又说,"不过,我不认为他们的存在会改变我们的计划甚至阻止我们继续旅行。约翰,你怎么想?"

曼格斯没有立即回答,他在犹豫:既怕放弃已经开始的寻觅会给格兰特船长的两个孩子带来痛苦,又怕继续下去万一遭遇流放犯会让这次远征遭受重大损失。

"假如格雷那万夫人和格兰特小姐没有和我们一道出行,"他回答说,"我才不在意这帮坏蛋哩。"

格雷那万完全理解约翰的话,他补充说:"当然谈不上放弃完成我们的任务,但考虑我们两位女伴的安全,也许先去墨尔本同'邓肯号'会合,再从那里往东寻找格兰特的踪迹更谨慎些。少校,您怎么考虑?"

"在我发表意见之前,"少校回答说,"我想先听听艾尔顿的看法。"

被直接点名的水手长看看格雷那万。

"我想,"他说,"我们现在离墨尔本有两百英里,如果有危险,走南路和走北路的危险一样大。这两条路的行人都很少,两条路的路况都半斤八两。我不相信三十个左右的坏人能吓倒八个全副武装勇敢坚定的男人。除非有更好的意见,我主张继续前进。"

"说得好,艾尔顿,"帕噶乃尔说,"继续往前走,我们有可能找到格兰特船长的踪迹,但如果回转去往南走,我们反而会与那些踪迹越离越远。我和您的想法一样,我根本不把珀斯那帮逃犯放在眼里。一个有勇气的人是不在乎他们的。"

不改变旅行路线的建议便提交给大家表决,被一致通过了。

"我还有一点意见,爵士。"艾尔顿在大家准备分开时说。

"您说吧,艾尔顿。"

"给'邓肯号'下命令,让它现在就去东海岸不是更合适吗?"

"那又何必呢?"曼格斯回答他道,"等我们到达图福湾时再下这个命令更好。假如有什么意外事件迫使我们去墨尔本,我们那时找不到'邓肯号'一定会后悔。再说,'邓肯号'损坏的地方恐怕还没有修好。所以我认为最好还是等等。"

"那好！"艾尔顿说，他并不坚持。

次日，格雷那万一行人离开了塞缪尔，他们全副武装，准备应付一切不测。半小时之后，他们又进入了在往东的路上重新出现的桉树林。格雷那万却宁愿在一览无余的乡野走路，因为平原与密密的森林相比，森林对陷阱和埋伏更有利。然而别无选择，大车只好钻进森林，整天都在单调的大树间行走。晚上，他们沿安格塞郡北边的郡界，穿过东经一百四十六度线，在墨累县县界的郊野宿营。

第十六章　少校确信那是些猴子

　　翌日清晨，即1月5日，格雷那万一行走进了墨累县广阔的区域。这个县辽阔而又人烟稀少的土地一直延伸到号称澳大利亚阿尔卑斯山的高耸入云的天堑。目前，文明还没有深入这里，还没有把这里划分成泾渭分明的各个郡，这里仍是维多利亚州人迹罕至的一部分。将来总有一天，这里森林中的大树一定会倒在樵夫的斧子下，这里的草地也一定会沦为"坐地人"放牧的场地。但到目前为止，这里还是一片未开垦的处女地，还是它从印度洋突出海面时的样子，还是偏僻的荒原。

　　这片土地在英国地图上有一个颇有意味的总称——黑人保留地，即英国殖民当局划给当地黑种人居住的地方。土著人被移殖民粗暴驱赶并集中的地方正是这里，移殖民们把他们赶到偏远的平原，让他们在行路极为困难的森林里住在划定的地方，黑人族群最后便会在那里逐渐灭绝。所有的白人，无论是移殖民，是移民，还是"坐地人"或伐木人，都可以跨越黑人保留地地界进进出出，只有黑人永远无权从那里走出来。

　　帕噶乃尔一边骑马前行，一边议论有关土著族群的这个严重问题。在这方面他只有一个看法：大不列颠那一套制度正在逼迫被征服的部落走向灭绝，从世世代代生活的土地上消亡。这种灾难性的倾向世界各地随处可见，而在澳大利亚则比其他地方更明显。

在殖民统治初期，那些被英国流放的人和移殖民都把黑人看作野兽。他们不是驱赶黑人，就是用枪弹杀死他们。他们大批屠杀黑人的同时，还引经据典，借用法律文件证明澳大利亚原住民既然是化外之民，屠杀他们不构成犯罪。悉尼的报纸甚至推荐一种摆脱亨特湖周边部落的有效办法：毒死他们！

众所周知，英国人在征服殖民地的初期是靠屠杀。他们的残酷行径曾令人发指。他们在澳大利亚的所作所为同他们在印度一样，在印度，五百万印度人死于殖民制度的残害；也和他们在好望角一样，在好望角，霍吞脱特族人由一百万减少为十万。澳大利亚大陆的土著居民，或由于白人的残酷对待，或由于自身酗酒，在以屠杀为特点的文明面前已趋向于从大陆永远消失。诚然，也曾有些总督发布命令约束澳大利亚丛林中那些嗜血成性的白人农民或伐木人。总督们甚至命人鞭打过砍掉黑人鼻子或耳朵以及宰掉黑人小指头"用作烟扦"的白人。但那些威胁都不过是虚晃一枪！杀人魔王们反而大规模组织起来，土著部落因而也整片整片被灭绝了。单举范迪门地为例，在 19 世纪初，那里居住着五千土著人，但到了 1863 年，那里的土著只剩下了七个人！

尽管格雷那万、少校、曼格斯都是英国人，他们当中却没有一个人站出来反驳帕噶乃尔。他们不会为自己的同胞辩护的，因为那是不容置疑的事实，铁证如山，无法辩驳。

"要是在五十年前，"帕噶乃尔补充说，"我们这一路走来，恐怕会遇到不少当地土著人，但到目前为止，还没有出现过一个土著人。再过一个世纪，这个大陆黑色人种的土著人一定会完全绝迹。"

果然如此，那所谓的黑人保留地看上去已是绝对的杳无人迹：没有丝毫露营或茅屋留下的痕迹。辽阔平原和莽莽丛林连绵交替，这个地区逐渐露出了荒芜苍凉的面目，好像连一个生命也见不到，无论是人抑或是兽，都仿佛从未光顾过这些偏远的地区。然而，小罗伯特这时却停在一片桉树丛前大叫起来："一只猴子！快看，有一只猴子！"

　　他边叫边指着一个很长大的黑色身体，那黑个子正以惊人的灵活性从一个枝头滑跳到另一个枝头，就好像有什么膜性装置支撑着它在半空中滑行。在这千奇百怪的地区，难道猴子也像长了蝙蝠翅膀的狐狸那样能够飞翔吗？

　　这时，牛拉大车已经停了下来，每个旅人都在目不转睛地注视着那奇特的动物，眼见它逐渐消失在一棵桉树最高的树枝间，但刹那间，它又以迅雷不及掩耳的速度从树上滑下来，肢体扭来扭去，双腿蹦蹦跳跳，在地上飞跑，用它的长胳膊抓住一株胶树滑溜的树身。见此状，大家心里纳闷，这畜生既然抱不住那又直又滑的大树，它又如何能攀缘上去呢？然而，他们看见那猴子竟拿了一把斧头一类的家什用左右手轮流着在树上砍出一些槽口，它就以那些距离相等的槽口为支撑点，一直攀缘到胶树的丫杈上，转瞬间便在浓密的树叶间逃得无影无踪了。

　　"啊哈！那是什么样的猴子呀？"少校问。

　　"那猴子吗？那是个纯种澳大利亚人！"帕噶乃尔回答说。

　　地理学家的同伴还没有来得及耸肩表示怀疑，便听见从他们周边传来一片叫声，那叫声可以用象声词写作"苦哎！苦哎！"。艾尔顿连忙扬鞭催牛，跑了一百步之后，游子们不期然来到了一处当地土著人的野营地。

　　那是何等凄惨的景象呀！十来个帐篷支在光秃秃的地上，这种当地人叫"干窑"的棚子是用树皮当瓦盖成的，只能从顶上勉强保护里面的居民不受雨淋。住在那里面的人，穷困潦倒，看上去已没有人样，令人心酸。那里住着三十来个土著人，有男人、女人和小孩，身上穿的是袋鼠皮衣服，褴褛不堪。一见大车靠近他们，他们首先想到的是逃走，但艾尔顿说了几句旅人们听不懂的当地土话似乎使那些土著人消除了疑虑。他们随即半信半怕地走了回来，就像那些看见有人用美味吃食吊它们胃口的动物一般。

这些土著人身高大约五英尺四英寸到五英尺七英寸，面色灰暗，但不是黑色，而是煤烟色；他们有一头拳曲的短发，手臂极长，肚子突出，满身毫毛，都刺有花纹，有些人身上的花纹或许是在葬礼上切割习俗留下的刀痕。瞧他们那张大嘴、他们脸上那又扁又宽的塌鼻子、那突出的下巴，还有那雪白的龅牙齿，世上再没有比他们那副奇形怪状的嘴脸更难看的东西了。人类还从来没有把人的兽性模式展示到这样的程度。

"罗伯特没有说错，"少校说，"他们是猴子——也可以说是纯种的——但他们的确是猴子！"

"少校，"格雷那万夫人反驳他说，"照您这么说，您是否认为那些把他们当野兽驱赶的人有理呢？这些可怜的人的确是人呀！"

"他们怎么是人！"少校吃惊地大叫，"他们最多算是介于人和猩猩之间的动物！再说，我要是量一量他们的颜面角，我一定会发现他们的颜面角跟猴子的一样尖！"

少校在这方面说得不无道理，澳大利亚土著人的颜面角的确很尖，显然与猩猩的颜面角相等，也就是六十到六十二度。德·连兹先生不无道理地建议把这些可怜的人归入特别的人种，他管这人种叫"直立猿人"，即是说呈猴形的人。

然而，格雷那万夫人比少校更有道理，因为她认为这些被打入人类另册的人具有天赋的灵魂。帕斯卡说，哪里都不存在野蛮人；当然，他也以同样的智慧补充说："也不存在天使。"

格雷那万夫人和玛丽小姐以行动证明这位伟大思想家那句话的后面部分是错误的。原来这两位慈悲为怀的女性已经离开她们乘坐的大车，她们正向那些可怜的人伸出抚爱的手。她们送给土著们一些食品，那些人立即狼吞虎咽地吃起来，瞧那吃相也着实难看。土著们一定会认为格雷那万夫人是个女神，因为他们的宗教告诉他们，白人前世也是黑人，他们是在死了后才变白的。

但最引起两位女乘客怜悯的还是那些土著妇女。澳大利亚土著妇女的生活条件之恶劣已达到了无以复加的地步，像后母一样虐待她们的大自然甚至不赋予她们丝毫女性的妩媚。她们只不过是被强行抓来的奴隶，来到男家时，除了挨一顿棍子，没有别的结婚礼物。从那一刻起，她们突然变成了一脸老相的早老妇人，承担起流浪生活中的一切苦役，背着裹在灯芯草包里的儿女，手上还带着捕鱼打猎的工具。她们必须供应全家的饮食，还得捕猎蜥蜴、袋貂和蛇，追赶动物时甚至会爬到树顶上。她们为烧火做饭还要到处打柴，为盖棚子还得剥树皮。作为驮重的牲口，她们不知休息为何物，每顿吃的是男人不想再吃的残羹剩饭。

就在此时，有几个不幸的女人，也许是长期挨饿，饥不择食，正在用一些种子诱捕小鸟。

只见她们躺在被太阳晒得烫人的土地上一动不动，像死人一般。她们可以一连躺上几个小时，等待愚蠢的小鸟飞到她们的手够得着的地方！她们设陷阱的本事不过如此，也只有澳大利亚的飞鸟会蠢得落入她们的圈套。

不过，那些土著这时已经认可这些旅行者主动接近他们，开始把外来人团团围住。于是格雷那万一行不得不防备土著们极其明显的抢掠本能。土著讲的是一种带嘶嘶音的特殊方言，说话时舌头不断发出颤音，活像动物的吼叫。不过，他们的声音也常常带着柔和而温存的抑扬顿挫，他们不断重复"诺吉，诺吉！"这个词，手势也对别人理解这个词有相当大的帮助。这个词的意思是"给我，给我！"，是针对旅行者们所有的大小物品说的。奥尔比奈特先生费了好大的劲来保护行李车厢，尤其是车内的远征专用粮食。这批常年挨饿的可怜虫用令人胆寒的眼光盯着大车。

这时，格雷那万应格雷那万夫人的请求，下令分一些吃食给土著。那些原住民似乎明白了勋爵的意图，他们手舞足蹈的表现连最铁石心肠的人都不会不受感动。他们还发出震耳欲聋的吼声，活像驯狮人开门给狮虎喂食时，猛兽发出的呼啸。大家虽然对少校先前的观点不能苟同，但也不能否认，这个种族的族人与动物相当接近。

奥尔比奈特先生是个尊重女性的有教养的人，他认为应该首先将食品分给女土著，然而，那些可怜的女人哪里敢在可怕的男主人吃饭之前动嘴享用！只见男人们一个个像猛虎扑羊一般朝饼干和干肉扑过去。

玛丽一想到父亲正在如此粗暴的土著手下当俘虏，便忍不住热泪盈眶。她想象着，像格兰特这样的男人一旦当了眼下这样的流浪部落的奴隶，面对贫穷、饥饿和虐待，他会忍受什么样的痛苦啊。一直在忧心忡忡地注视着她的曼格斯猜出了她的心事，不等她开口就来到"布里塔尼亚号"前水手长身边。

"艾尔顿，"他问，"您是不是从这样的野人手里逃出来的？"

"是的，船长，"艾尔顿回答道，"大陆内地所有部落的土著都差不多。您在这里还只看见一小撮可怜虫，其实，在达令河沿岸这类部落多得很，指挥部落的头头权威大得骇人。"

"可是，"曼格斯又问，"一个欧洲人在那些原住民当中能做什么事呢？"

"他可以做我原先做过的事，"艾尔顿回答说，"他可以打猎，同那些人一起捕鱼，还可以参加他们的战斗。就像我以前对你们说过的那样，他在那里受到什么待遇根据他的贡献决定。只要他是个聪明勇敢的人，他在部落里就有地位，受到敬重。"

"但他是俘虏呀？"玛丽说。

"所以他被监视，"艾尔顿补充说，"被监视到让他不能走动一步，无论白天还是晚上。"

"可是您却逃掉了，艾尔顿。"前来参加聊天的少校说。

"是的，少校先生，我是利用我们部落和邻近部落的一次战斗机会逃走的。我成功了，一点不后悔。但如果还要让我再逃一次，去穿过内地的荒原，去受那些折磨，我相信我宁愿一辈子当奴隶！但愿上帝保佑格兰特船长别试图做这样的逃亡！"

"那当然，"曼格斯响应说，"格兰特小姐，我们应该希望您的父亲还待在某个土著部落里。假如他待在那里，而不是在大陆的森林里流浪，我们寻找他的踪迹就容易些。"

"您一直抱着希望吗？"年轻姑娘问他。

"我一直希望，格兰特小姐，在某一天看见您靠上帝的帮助变得快乐！"

玛丽只能用泪汪汪的眼睛表示对青年船长的谢意。

正在他们闲聊的当儿，野人当中出现了不寻常的骚动。他们大声叫喊，他们往四处乱跑，有的人还拿起了武器，狂热得像发了疯。

格雷那万正在纳闷，不知道他们想干什么，少校已经在询问艾尔顿了。

"您既然在澳大利亚人当中生活了那么长时间，"他说，"您一定懂得这些人的语言，对吧？"

水手长答道："只懂一点点，因为有多少部落，就有多少种土话。

不过，我相信我能猜出他们在说什么。这些野人出于感谢，想给阁下表演战斗的模拟动作。"

果然，这正是骚动的原因。那些土著人并不需要什么序幕便动手表演起来，他们打得活灵活现，假如事先不知道那是表演，谁都会把这场小小的战斗当成真的。据来过这里的旅行家说，这些澳大利亚原住民都是优秀的哑剧演员，每逢这样的场合，他们都会展示自己了不起的天才。

他们用来进攻和自卫的工具，一种是棒槌，再厚的脑袋瓜也能打开花；还有一种是斧头，其实就是两根木棍中间夹一块十分尖利的石头，用树胶黏合固定。

所有的武器都在狂热的手里挥来舞去，只听得一片叫骂声，斗士们一个个追赶扑打，有的倒下，仿佛已捐躯沙场；有的发出胜利的欢呼。女人们，尤其是老年妇女，好像被战神勾了魂，一个劲呐喊助威，还扑到假尸体上，装出将仇人碎尸万段的样子，但她们的凶狠却是真实的，而且再可怕不过了。格雷那万夫人时时刻刻都在担心这场战斗弄假成真，再说，参战的儿童也的确打得毫不含糊，尤其是小男孩和小女孩，都仇恨得疯了似的，互相往脸上猛扇耳光，好不痛快。

模拟战斗已经表演了十分钟，战士们这才突然停了下来。武器从他们手上落到了地上，一片深沉的肃静代替了适才的喧嚣和纷乱。土著们一动不动地站在那里，维持着刚停战的姿态，看上去就像画幅上生动的人物画像，不知情的人还以为他们变成化石了哩。

这种变化原因何在呢？为什么他们陡然像大理石一般僵住了？

原来是一群白鹦正在那一刻展翅飞到胶树的树顶上来了。一时间，白鹦叽叽喳喳的叫声响彻云霄；它们的羽毛层次分明的亮丽颜色宛如一抹飞翔的彩虹。正是这一群五颜六色的飞鸟打断了他们的战斗。猎鸟开始了。

一个土著抓住一件结构特殊的红色猎具，离开他那些仍站着不动的同伴，在大树和灌木丛之间朝白鹦的方向走去。他匍匐着前进，不出一点声音，不碰一片叶子，也不掀动一块小石子。简直是一个影子在悄悄滑行！

那野人走到合适的距离便把那奇特的猎具投了出去，猎具顺着离地面两英尺的平行线飞了约四十英尺，突然，它猛地朝上一转，丝毫没有触到地面，便呈直角往空中射了出去，一直射到一百英尺的高度，一连命中了十几只白鹦，画了一个抛物线，回到猎人的脚边。格雷那万和同伴惊得目瞪口呆；他们真没法相信自己的眼睛。

"那是飞镖！"艾尔顿说。

"飞镖！"帕噶乃尔惊得大叫，"那是澳大利亚飞镖！"

他像小孩似的跑去捡拾那妙不可言的工具，想看看其中的究竟。

的确，谁都会以为飞镖内部暗藏着什么机械，如弹簧之类，弹簧突然弹起来就会改变飞镖行进的方向。其实不然。

这飞镖纯粹是用一整块弯曲的木料做成的，长约三十到四十英寸。它的厚度在正中约有三英寸，它的两端都削得很尖。飞镖的凹面凹进去六分；凸面则突起两道非常锋利的边。这个武器之简单真令人难以理解。

"这就是那名声在外的飞镖呀！"帕噶乃尔在仔细观察了那奇特的工具之后感叹道。

就一块木头，再没有别的东西。但为什么它能在离开地面平行前进之后突然升到空中，再返回投镖人的手里呢？无论是学者还是普通旅客，从来也没有人能对此现象做出解释。

"它的作用会不会像抛木环那样，用某种方式抛出去，木环一定会回到出发点？"曼格斯说。

格雷那万也补充说："或者是一种回旋效应在起作用，就像弹子游戏中的回旋弹，只要打到某一点，弹子就会弹回来？"

"绝对不是，"帕噶乃尔反驳他们说，"刚才说的两种情况都需要着力点进行反弹：木环靠地面，弹子靠桌布。但在这里并没有着力点，那工具根本不触及地面，但它却飞得很高！"

"那么您怎样解释这个现象呢，帕噶乃尔先生？"格雷那万夫人问。

"我不作解释，夫人，我要再一次确认这个现象。那升高和反弹的效应显然来自飞镖投掷的方式，也归因于飞镖特殊的结构。不过，投镖的方式目前还是澳大利亚人的秘密。"

"不管怎样……对猴子来说，这还是相当精巧的。"格雷那万夫人边说边看看少校，少校却不以为然地摇摇头。

不过，时间在一分一秒地过去，格雷那万考虑不应该耽误更多时间影响东去的行程，正准备请同伴回到大车上或马背上，却突然看见一个野人跑了过来，他用土话非常兴奋地说了几句话。

"噢！"艾尔顿说，"他们看见了鹤鸵！"

"什么！他们在打猎吗？"格雷那万说。

"一定得看看！"帕噶乃尔嚷道，"想必是非常奇特的！也许他们还要投飞镖。"

"您怎么想，艾尔顿？"

"时间不会很长，爵士。"水手长回答说。

土著们没有耽误一点时间，对他们来说，捕杀鹤鸵乃是丰收的好机会，他们部落几天的粮食供应就有了保证。猎人们个个摩拳擦掌，准备使出全部的灵巧来猎获如此珍贵的猎物。他们既没有猎枪，也没有猎狗，如何能射杀如此敏捷的动物，又如何能抓住它们呢？这就是帕噶乃尔渴望看见此次打猎场面的最有趣的方面。

鹤鸵又名无盔突鸵鸟，当地土著管它们叫"木乐克"，这种动物在澳大利亚大平原已经开始越来越稀少了。这巨鸟高约两英尺半，雪白的鸟肉很像火鸡肉，头顶上有一个角质的硬片。它有一对浅褐色的眼睛和从上到下弯曲的黑色嘴喙；它脚趾上的趾甲十分锋利强健，但翅膀却很不发达，根本不能飞翔。它虽然有羽毛，却很像走兽的毛皮，脖颈和胸脯的颜色较深。它虽然不能飞翔，却跑得极快，其奔跑的速度足可以挑战跑马场的快马。所以，要想抓它，不能强攻，只能智取，而且还有必要狡猾得出奇。

这就说明为什么一听见有人召唤，十来个澳大利亚土著便立即分散开来，有如一队狙击手。眼前是一片丰美的平原，原野上靛蓝的植物生长茂盛，蓝花把土地染成了一片蓝色，格雷那万一行在木本含羞草树丛的边沿停了下来。

六七只鹤鸵见土著在接近它们，便立即站起身来并开始逃走，跑到离那里一英里的地方躲藏起来。那为首的部落土著一发现鹤鸵藏匿的位置，便用手势招呼同伴停下别动。那些土著随即匍匐在草地上，他则从网兜里取出两张缝制得很精巧的鹤鸵皮，立即穿在身上。他伸出右手，将手举在头上，左摇右摆，装成鹤鸵觅食的模样。

那土著正在朝鹤鸵群那边走过去；他一会儿停下，一会儿装着在地上啄几粒种子，一会儿又用脚踢起一些尘土，把自己裹在乌云一般的灰尘里。这一切伎俩完成得天衣无缝，他模仿鹤鸵的步履和姿态真可谓丝丝入扣。这猎手还发出低沉的叫声，那叫声之准确，连鹤鸵自己恐怕也会信以为真。事实正是这样。那野人果然很快就混进那群漫不经心的鹤鸵中去了，事不宜迟，他连忙挥舞大头棒，六只鹤鸵有五只立即倒在了他的身边。

那猎人成功了，捕猎活动也宣告结束。

格雷那万、格雷那万夫人和格兰特小姐，以及所有的旅人都向土著们告辞。土著们倒没有表现出对这次分别有任何的依依不舍，也许他们捕猎成功的喜悦让他们忘记了适才饥肠辘辘得以饱腹的感受了吧。他们甚至已经记不起曾经吃过人家的东西了，那些未开化的野人天生肚腹比内心更富生命力。

不管怎样，在那样的场合，大家还是不能不佩服那些土著人的聪明和灵巧。

"现在，我亲爱的少校，"格雷那万夫人说，"您总该心甘情愿地承认，澳大利亚人不是猴子吧！"

"就因为他们模仿畜生的动作不走样？"少校反问，"但恰恰相反，这更证明我的理论是正确的！"

"开玩笑并不是回答，"格雷那万夫人又说，"少校，我希望您改变您的看法。"

"那好，我同意，我的表弟媳，或者不如说，我不同意。澳大利亚人不是猴子；而猴子却是澳大利亚人。"

"哪能这样说！"

"嘿！您还记得黑人谈到有趣的猩猩种族时说的话吗？"

"他们说什么啦？"格雷那万夫人问。

"他们硬说，"少校答道，"猴子和他们一样是黑人，但更狡猾。一个黑人嫉妒驯服了的猩猩光吃不干活，抱怨主人说：'不会说话就不该干活吗！'"

第十七章　百万富翁畜牧主

旅人们在东经一百四十六度十五分的地段度过了平静的一夜之后，在 1 月 6 日清晨七点又继续上路穿过那广阔的地区。他们一直朝着太阳升起的方向往前走，在平原上留下了笔直的脚印。有两次，他们与北上的"坐地人"留下的足迹交叉而过，所以，如果格雷那万的坐骑没有在尘埃中留下那双三叶形马蹄铁的印记——那是谁都认得出来的黑点站的标记，他们和"坐地人"的脚印就混在一起认不出来了。

有时，一条条随意弯曲的河流在平原上流过，河流两岸生长着黄杨树，不过，河床里并非常年有水，河水流淌的时间只是暂时的。这些小河都发源于"水牛山脉"，那是一些不太高的山峦组成的山脉，在地平线上绵延起伏。

格雷那万一行决定当天晚上去那里宿营。艾尔顿扬鞭催牛，一整天走了三十五英里，到达目的地时，套牛已经有些疲劳了。帐篷支在几棵大树下，夜幕降临时，旅人们匆匆用完了晚餐，因为走了这么多路，大家考虑的不是吃饭，而是睡觉。

上半夜轮到帕噶乃尔值班守夜，他没有睡觉，只背着步枪守卫营地。他大步走来走去，抵御着瞌睡的侵袭。

尽管没有月亮，在南半球的星辰闪闪烁烁的照耀下，天空仍然算得上明亮。我们的学者饶有兴味地阅读着苍穹这本天书，这本书是永远向懂它且认为它十分有趣的人敞开的。处于睡眠状态的大自然静悄悄的，只有坐骑脚下套的绊索发出的响声不时打破这深沉的静穆。

就这样，帕噶乃尔听任自己的天文遐想天马行空般驰骋着。在他脑海里，天上的事早已代替了人间的一切，然而，突然间，从远处传来的什么声音却把他从沉思中惊醒过来。

他侧耳细听，猛然惊呆了：他相信自己听见了弹钢琴的声音！有一些用琶音弹奏出来的和弦以响亮的颤音直传到他的心田。他不可能弄错。

"荒漠里竟然有钢琴！"他想，"这一点我可永远接受不了。"

的确，这实在太令人难以理解了，帕噶乃尔宁愿相信那是什么奇特的澳大利亚鸟儿在模仿钢琴演奏出的乐音，就像别的鸟儿模仿闹钟或磨刀的声音一样。

然而，就在这一刻，空中突然响起了嘹亮的歌声：钢琴演奏又配上了歌唱家的演唱！帕噶乃尔注意聆听着，却不愿意相信那是事实。不过，过了片刻，他不得不承认震动他耳膜的，的确是一支美妙的乐曲，那是歌剧《唐璜》里的一段。

"那还用说！"这位地理学家心想，"澳大利亚的鸟儿再不寻常，就算它们是世界上最有音乐天赋的鹦鹉吧，也不至于会演唱莫扎特的歌剧呀！"

他随即把这位大师的惊世神品听到了末尾。那绝妙的旋律穿透晴朗的夜空传到这里，其效果之佳真难用言语形容。帕噶乃尔在那余音缭绕、难以言传的魅力影响下好久回不过神来。当歌声终止时，一切重又归于沉寂。

威尔逊前来接班时，发现帕噶乃尔还沉浸在深深的冥想里。地理学家没有对那水手说什么；他准备明天有机会时把这件奇而又奇的怪事通报格雷那万，回到帐篷里便倒头睡下了。

次日，小队的所有成员都被意外的狗吠声惊醒了。格雷那万连忙起身走出去，只见两条非常漂亮的短毛大猎犬在一个小树林边上蹦蹦跳跳，猎犬个子很高，是标准的狩猎犬：这种猎犬一见到猎物就会自动站住，而且是纯英国种。猎犬见旅行的人们走过来便回到树林里去，但叫得更起劲了。

"看样子这片荒漠里也有一个畜牧站，"格雷那万说，"还有猎人，这不，猎狗还在叫哩。"

帕噶乃尔张开嘴巴正要讲述他昨夜的经历和感受，不料有两名青年突然出现在他们眼前，他们骑在两匹极漂亮的纯种马上，那是地道的"猎马"。

两位年轻的绅士都穿着雅致的猎装，他们看见面前这一队像波希米亚人一样露营的旅行者便停了下来。他们似乎正在琢磨，一队全副武装的人员出现在这样的地方意味着什么，却看见两位女士从大车上走了下来。

他们连忙下马，朝女士们走过来，还摘下了帽子。

格雷那万勋爵朝他们迎过去，考虑到自己是外国人，他通报了姓名和身份。两个年轻人遂鞠躬致敬，其中年龄较大的那位说："爵士，这两位女士和您的同伴，你们是否愿意光临敝舍并在敝舍休息呢？"

"请问您贵姓，先生？"

"米歇尔和桑迪·帕特森，是霍滕畜牧站的站主。你们现在已经踏上本站的土地，再走不到四分之一英里就到了。"

"先生，"格雷那万回答说，"我实在不想滥用你们好客的雅兴……"

"爵士，"米歇尔·帕特森又说，"假如你们接受我们的邀请，我们这些可怜的荒漠异乡客将不胜感激，并乐意聊尽地主之谊。"

格雷那万鞠了一躬表示同意。

"先生，"帕噶乃尔这时对米歇尔·帕特森说，"我想不揣冒昧请问您，昨天夜里是您唱过神圣的莫扎特的歌剧吗？"

"是我唱的，"那位绅士答道，"为我作伴奏的是我的堂弟桑迪。"

"那么，先生，"帕噶乃尔又说，"请接受一个法国人衷心的祝贺，因为我非常欣赏这出歌剧。"

帕噶乃尔向年轻的绅士伸出一只手，青年十分亲热地握住了他的手。米歇尔·帕特森随即往右边指指要走的路。客人的马匹早已交给艾尔顿和水手们照管了，他们可以在那两兄弟的引导下边步行边欣赏周围的景色，最后来到主人在霍滕站的住宅区。

这里的确是一处非常华丽的庄园，而且是严格按照英国公园的管理方式管理的。眼前的一片片草地虽有灰色的栅栏相隔，却伸展到一望无际的天边。有几千头牛在草地上放牧，还有几百万只羊吃着草；为数众多的羊倌、牛倌和更多的牧犬守护着那嘈杂纷乱的大军。牛的哞哞声、羊的咩咩声与牧羊犬的汪汪声和刺耳的响鞭声混成了一片。

极目远望，东边有一片米亚尔树与树胶树的混合林，霍滕山高耸入云的山峰在离地七千五百英尺的空中俯瞰着那片森林。一行行常绿的大树从中心往四面八方辐射，肉眼望不到头；这里，那里，随处可见一丛丛茂密的"草树"，那是一种高约十英尺的灌木，模样很像较矮的棕榈树，树身被又长又窄好似头发一样的叶子遮得严严实实。空气里充满薄荷桂的香味，原来是薄荷桂树上一串串怒放的白花正散发着这样的清香。

在从欧洲移植过来的树木衬托下，一丛丛土生土长的大树更显赏心悦目。欧洲的桃树、梨树、苹果树、无花果树、柑橘树，还有地道的橡树让格雷那万和同伴禁不住欢呼雀跃。这一行人在家乡的树下走动时没有格外吃惊，但看见美丽的小鸟时是真正陶醉了。在树枝间飞来飞去的小鸟有羽毛像绸缎一般光滑的"缎鸟"，也有一半金色羽毛、一半黑天鹅绒色羽毛的"丝光鸟"。

别的不说，单说他们生平第一次看见的琴鸟。这种鸟儿尾巴长得像俄耳甫斯美丽的竖琴，一见人便穿过木本凤尾草丛逃走了。当它的尾巴碰撞树枝时，尾巴并没有发出悦耳的乐音，大家几乎有点吃惊，因为安斐翁①曾借助竖琴音乐修建了忒拜的城墙。帕噶乃尔倒想用那琴鸟的竖琴演奏一番哩。

不过，格雷那万并不满足于光欣赏这澳大利亚荒漠的奇葩——新建绿洲上的仙境，他还在仔细聆听那两位绅士讲述的故事。在英国，在已经开化的乡村，一个新来乍到的人总要首先通报主人，他从哪里来，他到哪里去。但在这里，米歇尔和桑迪·帕特森格外彬彬有礼，他们认为应该先向客人介绍自己，所以他们讲起了自己的故事。

米歇尔和桑迪·帕特森与所有聪明而又有技能的英国青年一样，不相信不劳动可以获得财富。他们是伦敦一家银行老板的儿子。在他们二十岁时，家长对他们说："这里有几百万英镑，年轻人，你们去远方的殖民地，用这些钱在那里创建一个有用的机构，在工作中吸取生活的知识。假如你们成功了，那再好不过；假如你们失败了，那也没关系。我们不会心疼那几百万，因为那些钱会帮助你们成长为有用的人。"两名青年服从了大人的安排，他们在澳大利亚选中了维多利亚州的殖民地，在那里撒下了父辈的钞票，但他们没有理由为此而后悔，因为三年之后，他们的畜牧站兴旺起来了。

在维多利亚州、新南威尔士州和南澳大利亚州共有三千以上的

---

① 希腊神话中安斐翁是宙斯和忒拜公主安提俄珀的儿子。他与孪生兄弟一起攻下被占领的忒拜城后，决定修建城墙。作为音乐之王的安斐翁弹起竖琴时，石头随着琴声自动砌成城墙。——译注

殖民站点，其中有的是由"坐地人"经营的畜牧站；其余的属于拓荒人，拓荒人主要从事工业和开垦土地。在这两名青年到来之前，这种类型的机构最大的首推詹米森经营的畜牧站，他拥有的土地面积约一百公里，还不算达令河的支流帕鲁河沿岸二十五公里的土地。

如今，霍滕站无论是土地面积还是买卖都后来居上了。这两名青年兼有"坐地人"和拓荒人双重身份，他们管理属下广阔的牧场和其他产业，靠的是他们罕见的干练，尤其难得的是依靠他们非同寻常的毅力。

谁都看得出来，他们这个畜牧站的位置离周边的主要城市都有相当大的距离，它实际上处在墨累河流域人迹罕至的荒漠中心。这个站占地面积十分宽广，正好在东经一百四十六度四十八分与一百四十七度之间，也就是说，这块土地方圆约二十公里，夹在水牛山脉和霍滕山当中。这块辽阔的四边形土地的东北角耸立着巍峨的巴文山山峰，西北角是阿伯丁山。牧场上溪流纵横，河水清澈而丰盈，因为欧文斯河的支流以及其他小河都流经此地，欧文斯河往北流淌，最后流入墨累河。在这样的自然条件下，无论是畜牧业还是农耕业都同样会成功。一万英亩的土地，在轮作和整治等等出色的措施实施之下，再混合播种本地作物和异域引进的作物，而几百万头牲畜又在绿茵覆盖的牧场上催肥土质，这必然使在卡斯脱曼和墨尔本市场上市的霍滕站产品卖价不菲。

米歇尔和桑迪·帕特森快讲完他俩勤劳加技能的殖民生涯时，在两旁栽种着"卡苏阿琳娜"树的林荫道尽头出现了主人的住宅。

那是一幢看上去十分赏心悦目的砖木结构的房子，房子掩映在浓密的"埃梅罗斐利"树丛中。它雅致的外观让人联想到瑞士山区的木屋式别墅，沿着围墙有一个长长的游廊，游廊上挂满中国式的灯笼，有如古罗马住宅正厅中的天井。所有的窗户前都撑着五颜六色的遮阳布篷，仿佛窗上开满了鲜花。再也找不到比这里更漂亮、更悦目、更舒适的住宅了。在周边的草坪和树丛间立着一根根青铜灯柱，灯柱上挂的是典雅的灯笼。在夜幕降临时，整个公园都沐浴在雪亮的煤气灯光里，煤气是从藏在米亚尔树和木本凤尾草树丛中的煤气罐输出的。

这里根本看不见车房、厨房之类的辅助建筑，也没有马厩和库房，没有任何东西说明这里是一个农庄。原来那一切附属建筑和设施——大约二十所住房和茅屋——都集中安排在一个小山谷里，离这里约四分之一英里，那简直就是一个真正的山村。这村落与主人住宅之间安了电线，可以随时交流。主人的住宅远离一切尘嚣，仿佛隐藏在一片异域色彩的树林里。

他们不一会就走完了"卡苏阿琳娜"树林荫道，前面是一座十分别致的小铁桥，铁桥下面的小溪汩汩流着清澈的溪水，走过铁桥便可以到达主人的私人公园。他们刚过了铁桥，便看见一个红光满面的管家迎了上来。住宅的多扇房门都为贵宾们打开了，霍滕站的客人们走进砖木和鲜花掩映下的富丽堂皇的内室。

到了这里，艺术家时髦生活的全部豪华景象都展现在他们眼前了。前厅里挂满了取材于赛马和狩猎工具的装饰品，前厅尽头便是有五个窗户的大客厅。客厅里放了一台钢琴，琴盖上摆着一大摞乐谱，有古代的，也有现代的。厅里还有几个画架，画架上的画稿还没有完成。客厅里还放着几座大理石的雕像，墙上则挂了几幅弗拉芒大师的油画。地上铺的是昂贵的地毯，人走在上面就像走在厚厚的草地上一样；墙上的壁毯织着美丽的神话故事的图案。天花板上挂的是古色古香的分枝吊灯；还有一些珍贵的彩陶装饰品和贵重的小件古玩，品位都极其高雅。总之，数不尽的玩意，既值钱又精致，谁见了都会为澳大利亚竟有这样的住宅而吃惊。这一切也证明这里的主人对艺术和享受都十分内行。凡是能让志愿飘零的游子消愁解闷的东西，凡是能使人回忆起欧洲生活习惯的东西，都布置在这间仙境般迷人的客厅里了。来这里的人很有可能认为自己是在法国或英国的某位王公贵族的城堡里呢。

阳光透过遮阳篷轻薄的篷布从厅里的五个窗户射进了客厅，厅外半明半暗的游廊使光线变得格外柔和。格雷那万夫人走近窗户时十分惊喜，赞叹不已。住宅的这一面俯临一片宽广的山谷，山谷一直延伸到东边的山脚。牧场和树林连绵起伏，这里、那里点缀着大片的林中空地。再加上小山峦婀娜多姿的圆形山头，地面的高低起伏，这一切形成了一幅难以用任何言语形容的秀丽景色。世界上没有哪个地区能够与这里媲美，连挪威的泰勒马克郡边界上那闻名遐迩的天堂谷也望尘莫及。这幅虚实明暗、相辅相成的全景巨型画面随太阳难以捉摸的喜好而时刻变幻，令人心醉神迷、赏心悦目。

这时，桑迪·帕特森命站上的管家临时准备的午饭已经摆好，游子们来到这里还不到一刻钟就坐到丰盛的餐桌前面了。美酒佳肴自不必说，最让人高兴的，是那两名青年"坐地人"在如此考究、如此丰富的招待中从心底透出的喜悦，他们为有幸在自己的屋檐下高规格宴请贵宾而欣慰。

此外，他们也及时了解了格雷那万一行这次远征的目的，他们对寻找格兰特船长也十分关切，对船长的儿女说了一番充满希望的话。

"哈瑞·格兰特，"米歇尔说，"既然没有在沿海的殖民机构出现，他肯定是落在土著人手里了。他当时准确了解自己所处的位置，那份文件已证明了这一点。他没能到达某个英国殖民地，是因为他一着陆就被当地土著掳去了。"

"他的水手长艾尔顿正是这样被抓去当了俘虏。"曼格斯说。

"但是，两位先生，"格雷那万夫人说，"难道你们也没有听说过'布里塔尼亚号'失事的消息？"

"从没有听说过，夫人。"米歇尔回答说。

"据您看，格兰特船长当了澳大利亚人的俘虏后曾受到过什么样的对待呢？"

"澳大利亚原住民并不残酷，夫人，"年轻的"坐地人"答道，"格兰特小姐在这方面完全可以放心。土著性情温和的例子不胜枚举，还有一些欧洲人长期生活在他们当中，那些欧洲人也从来没有抱怨过他们性情粗暴。"

"其中就有金先生，"帕噶乃尔说，"伯克探险队唯一的幸存者。"

"不光是这位勇敢的探险家，"桑迪也说，"还有一位英国士兵，名叫巴克利。他在1803年遭遇海难脱险后，在菲利普港的海岸被当地土著救起，后来就和土著们一块儿生活了三十三年。"

"自那以后，"米歇尔·帕特森又说，"最近一期《澳大利亚人》报还谈到一个叫莫里的人在当了十六年奴隶之后，前不久被送还给了他的同胞。格兰特船长的情况应该和他差不多，因为他也是在1846年'秘鲁人号'失事后被当地原住民俘虏，送到大陆内地去的。所以，我认为你们应该继续保持希望。"

年轻"坐地人"的这一番话使他的客人们无比快乐，也进一步证实了帕噶乃尔和艾尔顿提供的有关情况的可靠性。

就餐完毕，女客们离开饭桌后，大家就服刑犯人的话题又攀谈起来。那两个"坐地人"完全了解康登桥发生的惨案，但那一带有逃犯团伙出没的情况并没有使他们担忧：那些坏家伙恐怕不敢袭击一个拥有一百多工作人员的畜牧站。再说，大家也应该想想，匪徒在墨累河流域的荒漠地区能有什么作为？在新南威尔士州的殖民地他们也没有用武之地，因为那里的条条道路都有人严密把守。艾尔顿也持同样的看法。

格雷那万勋爵不好意思拒绝殷勤的午宴东道主的邀请；他们邀请

贵宾们干脆在霍滕站度过这一整天的时间。于是，寻访队员们延误的十二小时遂变成了十二小时的休息时间，马匹和套牛也可以乘机在舒适的畜牧站马厩里好好恢复体力。

事情就这么决定了。两位青年立即把他们拟订的全日活动计划交给旅行小队审议，格雷那万一行忙不迭同意了。

正午，七匹健壮的猎马在住宅的大门口撒欢，一辆专为女客们准备的雅致的四轮轻快马车也停在那里，这样的马车可以让马车夫展示他"四辔在手"的驾驶绝技。狩猎仆人们打前站，身背系列猎枪的骑士们随即上马，在轻便马车两边奔跑起来。一群大猎犬也汪汪叫着在树丛中欢快地飞跑。

整整四个钟头，驰骋猎场的马队跑遍了相当于日耳曼一个小邦国国土面积的公园。比起那些小邦国，这里的确人烟稀少，但绵羊却比比皆是。即使调遣一个军的人来驱赶的猎物，也不比撞到这些猎人枪口的猎物多。园林里立即响起了一连串的枪声，这样的枪声让在森林里和平原上安居乐业的鸟兽们颇感忧虑。小罗伯特在少校身边表现得与众不同，尽管他的姐姐一再嘱咐，这天不怕地不怕的小家伙仍然是处处打头阵，甚至带头开枪。幸亏曼格斯承担起监护他的责任，玛丽这才放了心。

在这场搜捕猎物的大战中，他们还杀死了一些当地特有的动物，其中有些连帕噶乃尔至今也只知其名却从未见过，比如，袋熊和袋狸。

袋熊是一种植食动物，跟獾一样会在土里挖洞。这种野兽长得像羊，肉质非常鲜嫩。

袋狸是一种有袋类动物，它们的狡猾比欧洲狐狸有过之而无不及，恐怕还会教导欧洲狐狸如何偷鸡吧。这畜生模样奇丑，长约一英尺半，是帕噶乃尔枪口下的牺牲品，帕噶乃尔出于自尊心，认为它还挺可爱，说它是只"招人喜欢的小动物"。

小罗伯特也打了不少猎物，其中有一只袋鼬，这只小动物落网得归功于孩子的机敏。袋鼬其实是一种小狐，它黑色的毛皮上散布着白色的斑点，这毛皮跟貂皮一样贵重；罗伯特还打了一对藏在大树浓密的树叶间的负鼠。

但在这些功勋卓著的围猎活动中，最有趣的当然还是那场猎捕袋鼠的鏖战。在快到下午四点时，猎犬把一群奇特的有袋类动物赶出了老窝。小袋鼠急忙躲进了母亲肚子下面的口袋，整群袋鼠开始一个接一个往外逃窜。袋鼠的后腿比前腿长两倍，在它们飞跑时，后腿一曲一伸好似上了弹簧，那大步跳动的模样真是再惊人不过了。

跑在逃逸大军最前头的是一只高五英尺的雄性袋鼠，那真是"巨型袋鼠"属的豪华标本，丛林中的居民管它叫"老头儿"。

在追赶袋鼠四五英里那段时间，捕猎者毫不松懈，袋鼠群也不敢懈怠，但猎犬因害怕袋鼠强壮的腿和锋利的爪子，根本不考虑接近猎物。然而，袋鼠们终于跑得精疲力竭了，都停下了脚步。"老头儿"靠在一棵大树上，准备抵抗。有一条猎犬追得太急，停不下来，身不由己，滚到"老头儿"的身边。那可怜的猎犬便被"老头儿"踢到半空，摔下来时已五脏俱裂，一命呜呼。显然，那一群猎犬全体出动也对付不了这一大群强壮的有袋动物，必须靠猎枪结果它们，只有枪弹能打倒这种巨型动物。

就在这一刻，罗伯特险些成为自己粗心大意的牺牲品。为了枪打得更准，他竟走到非常靠近那只袋鼠的地方。那只袋鼠猛然一跳，罗伯特当即倒地，只听见他大叫了一声。玛丽吓得呆若木鸡，两眼发花，也没了嗓音，只好从马车上向她弟弟伸出双手。任何猎人都不敢朝那袋鼠放枪，谁都怕伤及孩子。

突然，曼格斯提起出鞘的猎刀，朝那袋鼠扑了过去，全然不顾自身的安危。他一刀捅进袋鼠的心脏，那畜生立即毙命，罗伯特连忙从地上站了起来，幸好还没有受伤。不一会，他已经被姐姐搂在怀里了。

"谢谢，约翰先生！谢谢您！"玛丽向年轻的船长伸出手。

"孩子原本归我负责呀。"曼格斯接过姑娘颤抖的手。

围猎便在这次事故之后结束了。"老头儿"死后，群龙无首，袋鼠们只好四散奔逃，那大袋鼠的尸体也被搬回了住宅。当时是晚上六点，一顿美餐正等着猎手们哩。除了其他佳肴，按当地土著的方式烹调的袋鼠尾巴羹最受欢迎。

宾客们在吃了餐后点心和果汁冰糕后就离席来到大客厅，晚上这段时间都贡献给音乐了。格雷那万夫人是优秀的钢琴手，她为两位年轻的"坐地人"伴奏时发挥了自己的天才。米歇尔和桑迪·帕特森很有品位地唱了古诺、维克多·马瑟、费里西安·大卫的段子，甚至还唱了理查德·瓦格纳令人费解的作品。

晚上十一点又送来了夜茶。这夜茶是用纯粹的英国方式准备的，完美的程度天下无双。但帕噶乃尔表示想尝尝澳大利亚本地的茶，于是，又送来了一种像墨水一样的黑色饮料，那是由一升水加半斤茶熬四个钟头制成的。帕噶乃尔喝得直做鬼脸，但还是说那饮料很棒。

半夜时分，畜牧站的客人被分别请到十分凉爽舒适的房间，他们在睡梦里还在继续品尝白天享受的快乐哩。

第二天天刚黎明，他们就向两位年轻"坐地人"告辞了，当然少不了千谢万谢，还互相约定回欧洲时，在玛尔科姆城堡再相会。接着，大车开动了，在绕过霍滕山山脚之后，两名青年的住宅便像幻影一般在游子们的视野里消失了。在继续前进五英里的过程中，他们脚下踩的还是畜牧站的土地。

他们跨过畜牧站最后一道栅栏时，已经是早上九点钟了。旅行小队又进入了维多利亚州一些几乎不知名的地区。

第十八章　澳大利亚阿尔卑斯山

　　绵延千里的天然屏障在东南部切断了东行的道路，那就是澳大利亚的阿尔卑斯山脉。它像一个个宽阔的碉堡，碉堡之间的护墙随意起伏，一直伸展到一千五百英里以外的地方；山峰高耸，在海拔四千英尺的高空拦住飞云。

　　阴云密布的天空使热浪透过氤氲云烟变得缓和了些，气温还算可以忍受，但已经相当崎岖的地面却使他们行路格外困难。平原上地面突起的部分越来越多也越来越明显，到处都可以看见疏疏落落的长着绿色小胶树的小山丘。再往前走，地面凸出的现象就更加显眼了，实际上已经成了阿尔卑斯大山脉最初的梯级。看来他们不得不连续不断地爬坡上坎了，这种趋势从套牛用劲的模样也能得到证实：只见牛轭在拖那辆笨重的大车时不断咔咔作响，几头套牛也拼命喘着粗气，它们的腿弯上的筋肉绷得很紧，仿佛要绷断了似的。大车的车板因为意外的碰撞而痛苦呻吟着，艾尔顿虽然是驾车的好把式，也难于避免这种碰撞。车上的女乘客对此倒不介意，愉快地处之泰然。

　　曼格斯和两个水手骑马走在前头几百步的地方，他们边走边寻找牛马可以下脚的路，那当然算不得是通道，因为那忽高忽低的地面简直就是满布礁石的航道，牛车只好仔细选择其中较能通行的路。在这样崎岖的道路上行走，与在海上航行别无二致。

这真叫行路难，而且往往是行路险！有好多次，威尔逊不得不用斧头在密密的荆棘丛中砍山开路。黏土质的地面非常潮湿，脚踩上去就往下陷。路程格外漫长，因为一路上遇到许多无法穿过的屏障，如又高又大的花岗岩、深不可测的隘谷、不知深浅的泻湖等，都逼迫他们寻路绕行。在夜幕即将降临时，他们才勉强走完半经度的路程，只好在阿尔卑斯山山脚下宿营，就在科本拉河岸边，前面是一片小平原的边沿，平原上覆盖着高四英尺的小灌木，灌木的叶子呈浅红色，非常悦目。

"要过这座大山还会有困难，"格雷那万看着那高不可攀的山岭说，这时，山脉的轮廓已经在黑夜的雾霭中变得模糊了。

"那是袖珍山脉，"帕噶乃尔回答说，"我们会不知不觉爬过这座山。"

"这话是为您自己说的！"少校反驳他说，"只有您这样心不在焉的人才会爬过大山还不知不觉。"

"心不在焉！"帕噶乃尔嚷起来，"可我早已不是心不在焉的人了。我得仰仗这两位女士主持公道。自从我踏上澳大利亚这片土地，我许诺的事，不是都兑现了吗？我犯过心不在焉的错误吗？你们挑得出我的毛病吗？"

"挑不出任何毛病，帕噶乃尔先生，"玛丽说，"您现在已经是最完美的人了。"

"完美得过分了！"格雷那万夫人笑着补充说，"其实您像过去那样心不在焉倒好些。"

"您说的不是很实在的话吗，夫人？"帕噶乃尔回应她说，"假如我挑不出毛病，我马上就要变成没有任何特点的普通人了。因此，我希望在不久的将来，我再漫不经心出点差错，让你们好好笑笑。您瞧，一旦我不出错，我就觉得我好像没有完成自己的使命。"

次日，1月9日，尽管那地理学家信誓旦旦做出了保证，旅行小队走上阿尔卑斯山的通道后仍然遇到了很大的困难。他们没有现成的路可走，不得不现走现开道，有时还会盲目走进又深又窄的峡谷，峡谷尽头很可能是无路可通的绝地。

假如在蹒跚走了一个小时之后没有意外地发现一个小客栈，艾尔顿一定会不知所措。那是一家可怜巴巴的小酒店，坐落在一条山间小路旁边。

"嗨！"帕噶乃尔嚷道，"在这么个鬼地方开酒店，老板准发不了财！他能为谁服务呢？"

"为我们服务，"格雷那万说，"他可以指点我们寻找道路，我们太需要这样的咨询了。走，进去吧！"

格雷那万进了小客栈的门，艾尔顿也跟着他进来了。这家"常春藤旅社"——招牌上是这么写的——的店主人是一个面目可憎的粗俗之人，他可能是把自己当作酒店里杜松子酒、白兰地和威士忌唯一的买主了。平时，他这里只能见到一些出门的"坐地人"，或者几个羊倌、牛倌。

格雷那万向他提出一些问题，他做了回答，但态度恶劣，不过，他的回答倒让艾尔顿明白该怎么走了。格雷那万给了店主几个钱币作为酬劳，他正准备离开客栈时，墙上挂的一张告示吸引了他的视线。

那是殖民当局发布的一份文告，文告谈到珀斯的一些在押犯人逃之事，并悬赏捉拿为首的本·乔伊斯。赏金为一百英镑。

"显而易见，"格雷那万对水手长说，"那是个该被吊死的坏家伙。"

"首先该抓住那家伙！"艾尔顿回答说，"一百英镑！这笔钱数目可不小！那家伙不值这么多钱。"

"至于那个店主人，"格雷那万又说，"尽管店里贴着告示，他可不让我放心。"

"我也不放心。"艾尔顿说。

格雷那万和水手长回到了大车旁边，于是这一行人遂朝着勒克瑙公路终点的方向走去。那里有一条盘山的狭窄通道，可以斜插进山里。大家开始爬山。

他们爬得相当艰苦。两位女士和她们的同伴不止一次下车步行，因为大车太笨重，需要搭一把手，把车轮往上推；下危险的陡坡时又常常需要用力拉住大车；有时因辕木太长，急转弯转不过去，还得给套牛解套；当大车上不去直往后倒退时，就得使劲顶住车轮。艾尔顿曾多次求救，让马来帮忙，但马自己也爬得精疲力竭了。

也不知是因为长时间过度疲劳，还是别的原因，有一匹马在当天倒地毙命了。它突然倒下去，事先没有任何症状。那是穆拉第的马，小伙子正要把它扶起来时，发现它已经死了。

艾尔顿也来仔细看了看躺在地上的畜生，看上去他好像不明白马匹暴死的原因。

"这匹马一定有一根血管破裂了。"格雷那万说。

"显然是这样。"艾尔顿回答说。

"你骑我的马吧，穆拉第，"格雷那万又说，"我去格雷那万夫人那里乘车。"

穆拉第只好听命。他们不得不丢下那匹马的尸体，听任乌鸦噬咬，继续那累死人的攀登。

澳大利亚阿尔卑斯山并不算大山，它的山麓延伸出去也只有八英里宽。如果艾尔顿选择的这条通道可以到达山的东麓，那么，四十八小时后他们就翻过这座山了。到那边就再没有什么难以逾越的障碍，一直到东海岸都谈不上行路难了。

在 10 日那天，游子们到达了通道的最高点，海拔约两千英尺。他们现在所处的位置是一个孤立的高地，从这里可以看到很远的地方。在北边，奥美欧湖碧波粼粼，水上点缀着无数的水鸟，湖那边就是墨累河流域的辽阔平原。在南边，展现在眼前的是吉普斯兰德一片片翠绿的牧场，还有那地方富产黄金的地带以及茂密的森林，但从外表看，那里还是一个未开发的地区。在那里，大自然仍主宰着一切生产活动，主宰着山川河流，主宰着未曾砍伐的原始森林；时至今日还很稀少的"坐地人"也不敢同大自然作斗争。阿尔卑斯山脉仿佛隔断了两个截然不同的地带，其中一个仍然保持着它的原始状态。这时，太阳正在往西边沉落，几缕阳光穿过被染红的晚霞把墨累河地区映照得五光十色。相反，南边的吉普斯兰德在高山屏障的阴影里却暮色苍茫，仿佛这阴影已把阿尔卑斯山这边的地区过早地推进了黑夜。处在如此泾渭分明的两个地区之间的这些观景人对地区之间的鲜明差距感触很深，他们看见这片几乎一无所知的土地，想到即将穿过那里一直走到维多利亚的边界，不免有些激动。

他们就在高地上面露营。到第二天，下山的行程便开始了。下山的速度很快，但在中途，他们遭遇了冰雹极其猛烈的袭击，不得不去岩石下边找一处躲避的地方。那简直不是冰雹粒，而是地道的冰砖，冰砖有手掌那么宽，直接从乌云里飞打下来。即使用投石器发射它们，恐怕也没有那么大的力量。帕噶乃尔和小罗伯特都挨了几下，这才明白必须设法躲避袭击。大车的顶篷也有好几处被打穿了，没有什么布料能禁得住这又尖又硬的冰块冲击，有些冰块甚至嵌进大树的树干里去了。一定得等待这场凶得出奇的冰雹肆虐完毕，否则他们就会有被击毙的危险。冰雹大发雷霆不过一个小时左右，旅行小队随即重新上路，在倾斜的岩石间行进，岩石被融化了的冰雹弄得湿淋淋的，煞是难走。

傍晚时分，大车在一棵棵孤零零的高大冷杉树之间走完了阿尔卑斯山最后一些梯级，大车被不平的地面震动得东倒西歪，车身多处被震裂，所幸木头轮子还算结实，能支撑到走完山路。山上的隘道直通山下的吉普斯兰德平原，大家总算越过了阿尔卑斯山，接着就该照惯例安排宿营了。

12日那天一大早就上了路，每个人都一如既往，兴高采烈。谁都急于早日到达目的地，到达太平洋沿岸"布里塔尼亚号"失事的地点。搜集遇难者踪迹最有用的地方是那里，而不是吉普斯兰德这些荒凉的地区。艾尔顿催促格雷那万勋爵给"邓肯号"发出命令，让游船立即启程去太平洋沿岸，以便勋爵掌握搜寻活动的一切手段。据他说，应该立即派人送信，走勒克瑙去墨尔本的公路。如果再晚一些，送信就很困难了，因为此后再也不会有直通省城的道路。

那水手长的建议似乎值得采纳。帕噶乃尔也劝格雷那万考虑，他还认为在开始搜寻时，游船不可或缺。他补充说，一旦过了勒克瑙，就再没有办法和墨尔本联系了。

格雷那万有点迟疑不决，假如少校没有竭力反对派人的决定，兴许他已经派人送去艾尔顿格外起劲要求的这道命令了。少校强调，这次远征非常需要艾尔顿在场，现在已然接近了海岸，艾尔顿对这一带十分熟悉，万一小队找到了哈瑞·格兰特的线索，艾尔顿比谁都更有能力跟踪那些线索，只有他能够指出"布里塔尼亚号"撞毁的地点。

少校赞成继续走下去，不要改变行程。他发现曼格斯站在他一边，成了他的同盟。这青年船长甚至提请大家注意，勋爵阁下如果从图福湾派人送信给"邓肯号"，肯定比派一个信使在荒漠里跑两百英里送信容易得多。这个主意占了上风，大家决定等到了图福湾再行动。少校一直在观察艾尔顿，发现此人似乎相当失望，但他依然默不作声，照老习惯把观察到的情况保留在心里。

在澳大利亚阿尔卑斯山山脚下伸展开去的平原十分平坦，只是朝东面略微向下倾斜。这一览无余的单调和平坦也不时被一丛丛高大的木本含羞草树、桉树，以及各种不同胶质的胶树打破。地上到处是密密麻麻的小灌木，开着鲜艳的花。有几条小河常常阻断道路，其实那只是些长满灯芯草的小溪，溪边盛开着兰花，他们只需选择较浅的地方就可以涉水过去。一群群大鸨和鹤鸵在远处一见他们走近便逃跑了；一些袋鼠在灌木间跳来跳去，活像一队装了弹簧的牵线木偶。不过，远征队的猎手们并没有考虑猎杀它们，因为他们的马匹已经很疲劳，没有必要再让它们增加额外的负担。

此外，这一带非常闷热，空气里充满强烈的电流，人畜都受到了影响。他们只顾埋头往前走，也顾不得别的了。只有艾尔顿吆喝疲惫已极的套牛的叫声时不时打破周围的寂静。

从正午十二点到下午两点，他们穿过了一个非常奇特的凤尾草大森林，假如他们没有那么疲乏不堪，他们一定会好好欣赏一番：这些繁花似锦的木本植物竟高达三十英尺。骑手和马匹很容易在它们垂柳一般的细枝丫下面通过，有时马刺上的小轮子碰到它们木质的细枝会发出回响。走在这些像固定的大伞一般的蕨类植物下边凉风习习，大家十分惬意。帕噶乃尔永远是感情外露的人，他高兴得禁不住感叹起来，谁知竟惊动了鹦哥和白鹦，它们吓得从枝丫间飞了起来。只听见一片震耳欲聋的呱呱叫声。

地理学家却叫得更欢了，他甚至高兴得手舞足蹈，不料同伴却看见他在马上左摇右晃起来，随即一跟斗栽到地上。难道又是冒失引起的？或者更糟，是高温引起窒息所致？大家赶忙朝他跑过来。

"帕噶乃尔！帕噶乃尔！您怎么啦？"格雷那万惊叫道。

"我……亲爱的朋友，我没有马了。"帕噶乃尔边说边从马镫里抽腿站起来。

"怎么回事！您的马怎么啦？"

"死了，暴死的，跟穆拉第的马一样。"

格雷那万、曼格斯和威尔逊仔细检查了那匹马的情况：帕噶乃尔没有搞错，他的马刚才的确突然暴死了。

"这真反常！"曼格斯说。

"的确非常奇怪。"少校也喃喃说。

这又一次的意外不免让格雷那万忧心忡忡：在这样的荒漠，他怎么能再给自己配备旅行所必需的东西呢？假如这种瘟疫再波及远征队的其他马匹，他们这次旅行就难于继续下去了。

无独有偶，在快到傍晚的时候，"瘟疫"这个词好像需要得到印证似的：第三匹马，即威尔逊的马，又倒地毙命了！情况也许比想象的更严重，有一头套牛也一命呜呼了！现在，运输和拖拉手段已缩小到只有三头套牛和四匹马了。

他们的处境已变得十分危急。失去马匹的骑手再怎么也可以步行，不少"坐地人"就曾步行穿过这片荒凉的地方。然而，如果不得不抛弃大车，那两位女乘客该怎么办？目前他们离图福湾还有一百二十英里，她们怎么能走这么长的路程？

心急如焚的格雷那万和曼格斯又检查了幸存的马匹，因为必须考虑有可能再发生新的类似事故。他们检查完毕时，并未发现任何疾病的征兆，连衰弱的迹象都没有。那些畜生的健康状况良好，完全可以勇敢地顶住旅途的疲劳。这一来，格雷那万只好祈盼那怪怪的瘟疫别再殃及其他的牲畜了。

艾尔顿也和他不谋而合。这水手长承认，他也感到这几桩暴死事故莫名其妙。

旅行小队又上路了，大车暂且变成了步行者轮流休憩的场所。夜幕降临时，他们才走了十英里。格雷那万发出休息的信号后，大家便安排宿营，在一大片木本凤尾草下边歇息。硕大的蝙蝠在高高的凤尾草叶间飞来飞去，叫它们"飞狐"一点不错。这一夜总算顺利过去了。

次日，1月13日，一整天都平安无事。昨天那样的事故并没有再次发生；远征队全体成员的健康状况也令人满意，马匹和套牛都各司其职，快乐而矫健。格雷那万夫人的沙龙格外兴旺繁忙，因为造访的人络绎不绝。摄氏三十度的高温使清凉饮料变得必不可少，半桶苏格兰啤酒被喝得精光。大家说，巴克莱老板是大不列颠最伟大的人，甚至超过威灵顿将军，因为威灵顿永远造不出如此美味的啤酒。这就是苏格兰人的自尊心！帕噶乃尔喝得多，高谈阔论更多，俨然是一个万事通。

这一天有这么美好的开始，好像预示着将有一个顺利的结尾。他们足足走了十五英里，走过了一片丘陵起伏的红土地带。一切都让人相信当天晚上有可能在斯诺威江两岸宿营。斯诺威江是一条重要的河流，流经维多利亚州南部入太平洋。大车的轮子不一会便在辽阔的灰黑色冲积平原上碾出了车辙，车道两旁是一丛丛茂密的芳草和高大的草本植物。黄昏时分，地平线上升起了浓雾，说明斯诺威江已经很近了。大家再策马鼓劲又走了几英里，只见前面公路拐弯处有一片树木很高大的森林，森林隐藏在一个稍稍隆起的土丘后面。艾尔顿有点超重的牛车在暮色笼罩的大树间疾行，大车已经超过了森林的边缘，在离斯诺威江还有半英里的地方，竟突然陷进了泥沼里，一直陷到轮毂。

"当心！"艾尔顿朝跟着大车的骑手喊。

"怎么回事？"格雷那万问。

"我们陷进泥里了。"艾尔顿回答。

他一边吆喝，一边用刺棒戳牛，想刺激套牛摆脱出来。但牛陷得太深，已到了半腿的地方，动弹不得了。

"我们就在这里宿营吧。"曼格斯说。

"最好能这样，"艾尔顿回答，"明天，等天亮了，我们再看怎么把大车推出来。"

"大家停下！"格雷那万叫道。

短暂的黄昏隐去，夜幕倏忽降临，但炎热并没有随日光退隐，大气里仍充满令人窒息的热气。远处一定有暴风雨肆虐，一道道刺眼的闪电将地平线照得雪亮。宿营的一切事务已经安排就绪，大家马马虎虎把陷在泥里的大车整理一番便歇息下来。帐篷顶上有大树树冠荫庇，假如没有大雨捣乱，他们决定就这样将就过一夜。

艾尔顿费了好大的劲总算把那三头牛从滑动的泥淖中拉出来，可怜那些勇敢的家畜下半身全是污泥。艾尔顿把它们和那四匹马一起圈禁起来，不允许任何人管选择草料的事。再说，这个差使他也干得很内行，尤其是这天晚上，格雷那万注意到他喂草料格外用心。勋爵为此还对他表示了谢意，因为在这个节骨眼上，保存牲畜是头等大事。

在他操持喂牲口的当儿，游子们简单地吃完了晚饭。疲劳和炎热使他们胃口大减，他们现在需要的不是饮食，而是休息。格雷那万夫人和格兰特小姐向同伴道了晚安后，就回到了各自习惯的铺位。男士们有的钻进帐篷里，有的喜欢躺在树下的深草上，在这气候环境有益健康的地区，这样睡觉倒没有什么大碍。

大家渐渐沉睡过去了。一团乌云像帘子一般覆盖了天空，周围变得漆黑。空气里没有一丝微风，只有枭的凄厉叫声不时打破黑夜的静谧。这种鸟又叫鸺鹠，它们演唱的小三度低调准确得惊人，有如欧洲杜鹃凄凉的歌声。

约莫十一点光景，少校从噩梦缠绕的沉重睡眠中醒过来。忽然，一片隐隐约约的光线刺激了一下他半闭的眼睛，那微光在大树下浮动，宛如一大片发白又发亮的湖水，少校一开始还以为那是尚未燃开的森林大火正在地面上蔓延哩。

他站起身，朝树林走去。当他看见出现在他面前的竟是一种纯粹的自然现象时，不禁大吃一惊。展现在他眼前的是一大片发着磷光的菌类植物。这类隐花植物发光的孢子在黑夜里可以发出相当强烈的光。

少校原本不是自私的人，他正想转身叫醒帕噶乃尔，让这位学者亲眼看看这自然奇观，但一件意外的事故却阻止了他。

菌类植物发出的磷光一直照到半英里的地方，少校借磷光似乎看见几个人影在被照亮的森林边缘飞快地移动。难道是他的眼睛欺骗了他？是幻觉在作怪？

少校连忙趴到地上，他再认真观察一番之后，终于看清楚了：的确是几个人在那里忽而躬下身子，忽而站起身来，仿佛是在地上寻找什么痕迹。

这些人想干什么？必须弄个明白。

少校不再犹豫了，他不准备惊醒同伴，便独自在地上匍匐着往前走，就像草原上的土著，不一会就消失在高高的草丛中了。

第十九章　戏剧性突变

这一夜太难受了。凌晨两点开始下雨，倾盆大雨一直下到天亮，就好像天空厚厚的云层在往地上泼水似的。帐篷已经不能遮风挡雨，格雷那万和同伴便跑到大车上躲雨。谁都没有睡觉，大家只好谈天说地。少校方才短暂的缺席并没有引起大家的注意，他这时一言不发，只静静地听别人说话。瓢泼大雨不停地下着，人人都担心大雨会引起斯诺威江江水猛涨，一旦漫出江岸，大车陷在软泥里就可能站立不稳。穆拉第、艾尔顿和曼格斯多次出去查看水情，回来时都淋得像落汤鸡似的。

天终于亮了，雨也停了，但阳光仍不能穿过厚厚的云层照进树林。地上到处是大片大片发黄的水，简直是一个个泥泞浑浊的池塘，弄得地面肮脏不堪。水汪汪的地面还散发出热乎乎的水汽，使空气充满难闻的潮湿味儿。

格雷那万的第一要务是操持大车的事，他认为那才是当务之急。首先必须把这个笨重的交通工具仔细查看一遍，大车目前正陷在已经在下沉的结实的黏土当中，车头几乎全部陷进了泥里，车尾也一直陷到了轮毂。要把如此沉重的车辆从泥窝里推出来是很困难的，即使把全部的人力和牛马的畜力都动员起来也不算多。

"无论如何都得抓紧干，"曼格斯说，"这些黏土如果干了，大车就更难推出来了。"

"咱们加紧干吧！"艾尔顿也说。

格雷那万、他的两个水手、曼格斯和艾尔顿都钻进牲口过夜的树林里去了。

那是一个阴森森的林子，林中的胶树长得很高。林子里别无他物，只有干枯的死树，那些相互距离较远的树木在几个世纪前就被剥了皮，或者不如说就像木栓槠在收获季节被剥了皮一样。在伸到离地两百英尺高空的树顶上，光秃秃的干树枝纵横交错。没有一只鸟在那些空中骨架上筑窝；也没有一片树叶在那些像一堆堆枯骨一样的咔咔作响的干枝丫上摇曳。这种在澳大利亚屡见不鲜的整片树林突然死于瘟疫的现象，应该归咎于什么样的地壳大变动呢？谁也说不明白。

格雷那万一边走，一边观看灰色的天空，只见胶树的细树枝在灰色天空的背景下清楚地凸显出自己的轮廓，有如精致的剪纸。艾尔顿去到他昨夜关牲畜的地方，却再也找不到马匹和套牛了，他不觉大吃一惊。但那些脚上套了绊绳的畜生是不可能跑远的。

大家在树林里到处寻找，但没有结果。艾尔顿十分诧异，便去斯诺威江那边找，因为江两岸长满了丰美的木本含羞草。他吹了一声牲口们很熟悉的口哨，但没有回应。水手长很焦虑，他的同伴则沮丧地面面相觑。

白白寻找了一个小时，格雷那万正准备回到离这里整整一英里的大车那边时，一声马嘶突然传到他的耳里，他还几乎同时听到了牛鸣。

"牛马都在那边！"曼格斯惊喜地叫道。他立即钻进几丛又高又密的草丛里，牲畜正好被草丛遮住了。

格雷那万、穆拉第和艾尔顿连忙跟着他的足迹冲到那里，但很快就跟他一样惊呆了。

两头牛和三匹马都躺在地上，死了，和前几头牲畜一模一样！它们的尸体都僵硬了；一群瘦骨嶙峋的乌鸦正在木本含羞草树丛中呱呱叫着，窥视着这意外的猎物。格雷那万和他手下的人你看着我，我看着你，威尔逊忍不住骂了一句。

"你又能怎样呢，威尔逊！"格雷那万勋爵也差点控制不了自己，"我们什么办法也没有。艾尔顿，把剩下的一头牛和一匹马牵走。我们只能靠它们解围了。"

"假如大车没有陷在泥里，这两头牲畜每天少走些路，还可以把车拉到海边。所以我们得不惜一切把那倒霉的大车从泥里推出来。"

"我们试试看吧，约翰，"格雷那万回答他说，"现在，我们赶快回宿营地去。我们在这里待的时间太长，他们会担心的。"

艾尔顿取掉套牛的绊绳，穆拉第取掉马的绊绳，之后，大家一道沿着弯弯曲曲的江岸往回走。

半个钟头后，帕噶乃尔和少校，格雷那万夫人和格兰特小姐都得知是怎么回事了。

"的确如此！"少校忍不住说，"艾尔顿，我们路过威梅拉江时，没有让您把所有的牲口都钉上马蹄铁，太失策了。"

"为什么这么说呢，先生？"艾尔顿问。

"因为我们所有的马匹里，只有您叫来的那个铁匠钉过马蹄铁的这匹马幸免于难。"

"这一点不假，"曼格斯说，"这种巧合的确有点怪！"

"也就是巧合罢了，没别的。"水手回答时死死盯住少校。

少校抿紧嘴唇，话已经到了嘴边，但他忍住了。格雷那万、曼格斯、格雷那万夫人好像在等他说，但少校直接朝艾尔顿正在检查的大车那边走去。

"他想说什么呢？"格雷那万问曼格斯。

"我不清楚，"年轻的船长回答说，"不过，少校这个人说话是不会无中生有的。"

"你说得对，约翰，"格雷那万夫人说，"少校恐怕对艾尔顿有些怀疑。"

"怀疑？"帕噶乃尔反问时不以为然地耸耸肩。

"什么样的怀疑？"格雷那万说，"难道他认为艾尔顿杀死了我们的马和牛？但他这样干有什么目的呢？艾尔顿的利益不是和我们的利益一致吗？"

"您说得对，我亲爱的爱德华，"格雷那万夫人说，"我还要补充一句：从我们旅行一开始，这水手长就确确实实表现得很忠诚。"

"那当然，"曼格斯响应说，"不过，如果是这样，少校观察到的情况又说明什么呢？我一定要搞个清楚。"

"他是否认为艾尔顿和那些流放犯是串通一气的？"帕噶乃尔嚷道。

"什么流放犯？"格兰特小姐问。

"帕噶乃尔先生搞错了，"曼格斯连忙说，"他很清楚，维多利亚州是没有流放犯的。"

"嘿！可不是吗！"帕噶乃尔也跟着说，他真想收回刚才说的话，"我怎么那么糊涂呢？说什么流放犯？在澳大利亚谁听说过流放犯啦？再说了，流放犯人一上岸就变成好人了！都因为气候！您知道，格兰特小姐，这里的气候就有教诲作用……"

可怜这位学者一心想弥补自己疏忽导致的错误，却跟那大车一样，越发陷入了泥潭。格雷那万夫人注视着他，这更让他心慌意乱。但夫人不想太为难他，便把格兰特小姐带到帐篷那边去了，奥尔比奈特先生此刻正在帐篷里摆放早餐哩。

"我才该跟流放犯一样被押送出境哩。"帕噶乃尔可怜巴巴地说。

"我也这么想。"格雷那万回答他说。

格雷那万郑重其事地说完这句话就和曼格斯一道去大车那边了，可他说话的认真劲儿却让那位可敬的地理学家感到了沉重的压力。

此刻，艾尔顿和两个水手正在设法把大车从泥淖里拉出来。被套在一起并排干活的牛和马使出它们全部肌肉的力量在往外拉，牛车的套索几乎拉断了，颈圈也险些拉得掉了下来。威尔逊和穆拉第在推车轮，艾尔顿则一边吆喝，一边用刺棒刺激那成不了套的牛和马使劲拖。但大车仍岿然不动：黏土已经发干，像水泥一般把牛车牢牢钉在了土里。

曼格斯让他们浇些水在黏土里，以减少黏度，但那是白费力气，大车继续坚守阵地。除非拆卸大车，否则就别想把它从泥淖里拖出来。但这里没有工具，不可能进行这样的作业。

这时，艾尔顿想不顾一切地战胜这个障碍，正准备再使把劲，格雷那万却阻止了他。

"够了，艾尔顿，够了，"他说，"必须爱惜剩下的马和牛。假如我们要徒步走完路程，它们一个可以驮两位女士，另一个可以运生活必需品。它们还能为我们服务呢。"

"那好吧，爵士。"水手长边说边给累得死去活来的牲口解套。

"现在，朋友们，"格雷那万对大家说，"我们先回宿营地，大家商议商议，考虑一下我们的处境，看看怎样能成功，怎样会失败，再做出决定。"

片刻之后，游子们吃了一顿不错的早餐，总算抵消了昨夜所受的大罪，恢复了体力。讨论随即开始了，格雷那万要求每个人都发表意见。

首先，当务之急是精确测定目前宿营地的方位，帕噶乃尔负责这项工作，一丝不苟地完成了任务。他说，远征队此刻正停留在南纬三十七度线，东经一百四十七度五十三分线上，就在斯诺威江岸边。

"照您的测定，图福湾海岸的准确位置在哪里？"格雷那万问。

"在东经一百五十度线上。"

"那么这两度七分等于多少……"

"等于七十五英里。"

"而墨尔本呢？"

"起码离这里两百英里。"

"好，我们的位置就这样确定了，"格雷那万说，"现在应该怎么办才好？"

大家众口一词地回答道：赶紧去海岸。格雷那万夫人和玛丽承诺一天走五英里。这两个勇敢的女人并不害怕在必要时步行走完斯诺威江到图福湾的这段路程。

"您在旅行中真是男人的英勇伴侣，我亲爱的海伦娜，"格雷那万勋爵说，"但我们是否能肯定，一到达海湾就能找到我们需要补给的东西呢？"

"没问题，"帕噶乃尔回答说，"埃登是有好多年历史的城市，它的港口想必和墨尔本有频繁的往来。我甚至认为，在离此地三十五英里的地方，就是位于维多利亚州州界的德勒吉特镇，我们也许可以给远征队补充给养，而且可以找到交通工具。"

"那么'邓肯号'呢？"艾尔顿说，"爵士，您不认为现在命'邓肯号'去海湾正是时候吗？"

"您的意见呢，约翰？"格雷那万问。

"我认为阁下在这方面没有必要着急，"年轻的船长考虑片刻后回答道，"将来总会有合适的时间下令给奥斯汀，让他去海岸。"

"这是显而易见的。"帕噶乃尔说。

"请注意,"曼格斯又说,"四五天后,我们就到埃登了。"

"四五天哪行!"艾尔顿摇着头说,"船长,您要是不想以后为您的错误后悔,您就打算走十五天或二十天吧。"

"怎么!十五天或二十天走七十五英里?"格雷那万吃惊地大声说。

"起码得那么多天,爵士。你们即将穿过的地方是维多利亚州最难走的一部分。'坐地人'说,那是真正的荒漠,里面什么都没有。平原上到处荆棘丛生,没有任何道路。在那里根本不可能建立畜牧站。在那里走路必须拿着斧头和火把,相信我吧,你们肯定走不快。"

艾尔顿说话的语气很坚定。大家都把疑问的眼光投到帕噶乃尔身上,这位学者点点头,表示赞同那水手长的话。

"我们姑且认为有这么些困难,"曼格斯说,"那么,阁下可以在十五天之后给'邓肯号'下命令。"

"我还要补充几句,"艾尔顿又说,"主要的障碍还不在于行路难,而是必须首先渡过斯诺威江,我们很可能要等到水位下降后才能过江。"

"要等!"年轻的船长吃惊地大声说,"难道不能找一个可以涉水过江的地方?"

"我想不可能,"艾尔顿回答说,"今天早上,我去寻找过可以渡江的通道,但白费力气。在这个季节江水还那样汹涌湍急,这是很少见的。真是老天爷不作美,我也没有办法。"

"斯诺威江很宽吗?"格雷那万夫人问。

"这条江又宽又深,夫人,"艾尔顿回答她说,"宽一英里,水流极其湍急,再好的游泳家渡江也会遭遇危险。"

"那么,我们就造一条小船!"小罗伯特大声说,根本不考虑会有什么问题，"我们砍一棵大树，把大树挖空，人坐进去就成了。"

"他很棒呀，不愧是格兰特船长的儿子！"帕噶乃尔响应说。

"他说得有道理，"曼格斯也说，"我们也不得不走这一步了。我看，现在没有必要再把时间浪费在没用的讨论上了。"

"您认为如何，艾尔顿？"格雷那万问。

"我认为，爵士，即使过一个月，如果没有人支援我们，我们还可能滞留在斯诺威江沿岸。"

"那您有什么更好的方案？"曼格斯已经有些不耐烦了。

"我有，那就是让'邓肯号'离开墨尔本到东海岸去！"

"啊！又是'邓肯号'！'邓肯号'去海湾又能怎样帮助我们也到达那里呢？"

艾尔顿考虑了好一阵才回答，回答得支支吾吾。

"我并不想强迫大家接受我的意见，我提出这样的方案无非是考虑所有人的利益。如果阁下下命令出发，我随时都可以走。"

他抄着手站在那里。

"您这并不是回答问题，艾尔顿，"格雷那万说，"您把您的方案说出来，我们可以讨论嘛。您究竟有什么建议？"

艾尔顿用平静但很自信的声音说了下面这番话："我们现在是交通工具奇缺，在这种状态下，我建议不要去斯诺威江对岸冒险。我们必须留在这里等待救援，而救援只能来自'邓肯号'。我们在这里扎营，这里不缺粮食，派我们当中一个人去把命令送给奥斯汀，让他把船开到图福湾。"

他这出人意料的建议引起了些许惊愕，而曼格斯却毫不掩饰自己敌视这个方案的心情。

"在滞留的这段时间，"艾尔顿又接着说，"或许斯诺威江的江水会降下来，我们就可以找到一个浅滩渡江；或许必须求助于小船，那我们也有足够的时间造船。爵士，这就是我的方案，希望您能同意。"

"很好，艾尔顿，"格雷那万回答道，"您的想法值得认真考虑。这方案最大的不足是会延误时间，但它可以使我们避免过度的疲劳，也许还能避免一些真正的危险。你们有什么看法，朋友们？"

"您说说，亲爱的少校，"格雷那万夫人说，"从讨论开始到现在，您只顾听别人说话，自己却惜话如金。"

"既然您问我的意见，"少校回答道，"我就开诚布公告诉您。我认为艾尔顿说话时像一个聪明谨慎的人，我赞成他的建议。"

大家万万没有料到他会这样回答，因为此前少校在这个问题上总是和艾尔顿的想法作对。艾尔顿也因此吃惊，他向少校瞟了一眼。不过，帕噶乃尔、格雷那万夫人和两个水手本来就有意支持水手长的计划，一听少校这番话，他们再也不犹豫了。

于是，格雷那万宣布原则上采纳艾尔顿的方案。

"现在，约翰，"格雷那万又补充说，"您还不认为我们决定在岸边宿营等待交通工具是出于谨慎吗？"

曼格斯回答道："假如我们的信使能渡过我们大家都渡不过去的斯诺威江，我就认为这方案可以接受！"

大家转而注视着那水手长，此人却微笑着，显出很自信的样子："信使不需要渡江。"他说。

"哦！"曼格斯叫了一声。

"他回到勒克瑙那条大路，可以直达墨尔本。"

"徒步走两百五十英里，可能吗？"年轻船长吃惊地大声说。

"不是徒步，是骑马，"艾尔顿说，"这里还剩下一匹健康状况良好的马，有了它，四天工夫就到那里了。再用两天让'邓肯号'航行到海湾，用二十四小时返回宿营地，所以，一星期之后，信使就可以带着船上的水手回到这里。"

少校点点头表示赞同艾尔顿的话，他这个举动让曼格斯很吃惊。然而，那水手长的建议却获得了一致的拥护，现在的问题只不过是如何把这周密策划的方案付诸实施罢了。

"现在，朋友们，"格雷那万说，"就剩下挑选信使一件事了。这个差使是非常艰苦也非常危险的，我也不想隐瞒这个事实。谁愿意为同伴尽力，把我们的命令送到墨尔本去？"

威尔逊、穆拉第、曼格斯、帕噶乃尔，甚至小罗伯特都应声报了名。约翰坚持要去的方式完全与众不同，所以把这个任务交给了他。一直没有表态的艾尔顿这时发言："如果阁下愿意，去送信的人应该是我。爵士，我对这一带十分熟悉，我不止一次走遍比这里更难走的地区。别人走不过去的地方我都能走过去，为了大家的共同利益，我要求得到去墨尔本的权利。只要写一封信委派我去找您的大副，我保证在六天之后把'邓肯号'带到图福湾。"

"说得好，"格雷那万回答他说，"您是个聪明而又勇敢的人，艾尔顿。您一定能成功。"

要完成如此艰巨的使命，水手长显然比别的任何人都更适合。谁都明白这一点，所以都自动退出竞争了。只有曼格斯最后表示反对，说要寻找"布里塔尼亚号"或格兰特，必须有他在场。但少校提醒他说，远征队即将在斯诺威江岸边扎营，他暂时离开绝不会妨碍寻找格兰特船长的工作。

"就这样，艾尔顿，您去吧，"格雷那万说，"快去快回，就经过埃登回斯诺威江宿营地吧。"

水手长的眼里闪过一抹兴奋的光。他连忙转过脸去，但他转得再快，曼格斯还是看见了。年轻的船长倒没有其他想法，只是本能地对艾尔顿越发不信任了。

于是，那水手长开始做启程的准备，两名水手也在帮忙，一个给他备马，另一个给他备干粮。在这期间，格雷那万就忙着给奥斯汀写信。

他在信中命令"邓肯号"的大副立即将船开到图福湾，他还给大副介绍了水手长，说他是一个完全可以信赖的人。奥斯汀到达海湾之后，必须派一队游船上的水手接受艾尔顿指挥云云……

格雷那万正写到这里，一直在看他写信的少校却突然用古怪的口气问他怎样写艾尔顿的姓名。

"就按他名字的发音写呗。"格雷那万回答说。

"您写错了，"少校平静地说，"他的名字发音是艾尔顿，但写到纸上却是本·乔伊斯！"

第二十章　阿兰-西兰

捅破本·乔伊斯这个名字无异于一声晴天霹雳。艾尔顿倏地站了起来，他手上拿着左轮手枪。枪响了，格雷那万中弹。外面也响起了枪声。

曼格斯和两个水手先是一惊，随即朝本·乔伊斯扑去，但那匪犯早已逃得无影无踪，原来他是去和藏在胶林边缘的那帮匪徒会合了。

帐篷已不足以保护大家不受子弹威胁，必须及时撤退。这时，受了轻伤的格雷那万站了起来。

"去大车那边！去大车那边！"曼格斯叫道，同时拖走了格雷那万夫人和玛丽小姐。两位女士在厚厚的大车侧栏荫庇下，稍微安全了些。

约翰、少校、帕噶乃尔和两个水手也持枪到了那边，随时准备反击匪徒的进攻。

曼格斯仔细察看树林的边缘地带。深沉的肃静代替了刚才噼噼啪啪的嘈杂枪声。几缕白烟还缭绕在胶树的树枝间，一丛丛高高的胃豆草纹丝不动。

少校和曼格斯的侦察一直推进到那一棵棵大树跟前。流放犯团伙已经放弃了阵地，那里还能依稀看见他们留下的脚印，几根烧了一半的火药引子还在冒着烟。少校是个谨慎的人，他踏灭了冒烟的引子，稍有不慎，一个火星就能在这干树森林里引起一场可怕的火灾。

"流放犯没影儿了。"曼格斯说。

"对，"少校答道，"但他们没影儿，我倒担心了。我宁愿和他们面对面。草里的蛇比原野的虎更可怕。来，我们把大车周围这些荆棘丛都搜一遍。"

少校和约翰随即搜索附近的地面，从树林边缘到斯诺威江岸上，他们没有碰到一个匪徒。本·乔伊斯的团伙像一群害鸟一样飞走了。但这种突然的消失太异常，大家并不能因此而平安无事。所以他们决定继续提高警惕：陷在泥淖里的大车有如碉堡，成了营地的中心；两名男士每小时轮流换班，严密注视着周围的动静。

格雷那万夫人和玛丽压倒一切的任务是给格雷那万包扎伤口。在本·乔伊斯举枪射倒格雷那万夫人的丈夫时，她吓得急忙朝他冲过去。后来，这个勇敢的女人即刻控制了自己的焦虑，把格雷那万扶到大车上。在大车里，她脱下丈夫的上衣，露出肩膀。少校发现子弹虽然撕裂了皮肉，但并没有伤及要害，筋骨和肌肉都似乎完好无损。伤口流了很多血，但格雷那万勉力挥动受伤的胳膊和手指，让朋友们放心，那一枪的效果不过如此。伤口包扎结束后，他表示不再需要照顾，于是大家开始考虑事件的前因后果。

寻访队员除了穆拉第和威尔逊在外面站岗，其余的都好歹挤进了大车车厢。于是，大家先请少校谈谈。

少校在讲述事情的原委之前，先把格雷那万夫人不知道的事件告诉她，也就是珀斯的囚犯越狱逃走和他们在维多利亚州再次出现，以及他们预谋犯罪，造成铁路惨剧的经过。他还把那份在塞缪尔买的《澳大利亚与新西兰日报》交给她看，同时告诉她，警方已经悬赏捉拿凶狠的匪犯本·乔伊斯，这家伙十八个月的犯罪记录已经使他臭名远扬了。

然而，少校又是怎样在那水手艾尔顿身上认出了本·乔伊斯的呢？那是一个谜，大家都想知道谜底，所以少校开始讲述那一切的经过。

少校从遇到艾尔顿那天起，便本能地不信任他。两三个几乎无足轻重的事实，比如在威梅拉江，那马蹄铁匠和艾尔顿交换的眼色，艾尔顿在穿过城镇时犹豫的神色，他一再要格雷那万命令"邓肯号"前去海湾的诉求，以及托他照看的牛和马的暴死，还有他言行举止的缺乏诚意，这一切细节逐渐汇集起来便引起了少校的怀疑。

不过，如果没有前一天夜间发生的情况，他也不可能直接指控他是匪首。

那天夜里，少校在高高的灌木丛中匍匐前进，最后来到那几个可疑人影所在的地方，那些人影早在半英里外的宿营地旁边就引起了他的注意。当时，那一片草本植物在黑暗中发出微白色的磷光。

他借助磷光看见三个人正在仔细察看地上的痕迹，也就是新踩出的足迹。在他们当中，少校认出了"黑点"站的那个马蹄铁匠。"就是他们。"一个人说。——"是他们。"另一个人说。"这不是马蹄铁上的三叶图案吗？"——"从威梅拉江到这里一直是这样。"所有的马都死了。"——"毒草离这里不远。"——"要多少有多少，一整队骑兵的马都能毒死。这胃豆草真管用！"

少校又补充说："他们说完上面的话便不再吭声，往远处走了。我了解的情况还不够，所以就跟着他们。他们不一会又说话了。'本·乔伊斯真是个机灵鬼，'马蹄铁匠说，'又是水手长，又是捏造的海难！他的计划要是成功了，咱们能发一笔大财！这鬼艾尔顿！就管他叫本·乔伊斯吧，这名字吉利！'说到这里，那帮坏蛋就离开了胶树林。我也知道了想要知道的事，便回到了宿营地。我这才相信，在澳大利亚，并不是所有的流放犯都改邪归正了，帕噶乃尔听了这话可别不高兴！"

少校说毕便沉默下来。他的同伴一言不发，都在思索着什么。

"这么说，"格雷那万说，他愤怒得脸都发白了，"艾尔顿把我们带到这里是为了抢劫我们，谋杀我们！"

"不错。"少校答道。

"从威梅拉江开始，他的同伙就一直在跟踪我们，窥视我们，在等待好时机？"

"正是。"

"那么，这无赖并不是'布里塔尼亚号'的水手？他是盗用了艾尔顿的名字，也盗用了他在船上的职务证书？"

大家的视线都转到少校身上，而少校本人也曾自问过这些问题。

"从这个谜团里我们也可以得出一些肯定的东西，"少校回答说，声音永远那么平静，"我认为，此人的真实名字就是艾尔顿，本·乔伊斯是他当匪徒后取的名字。他认识格兰特是毋庸置疑的，他真在'布里塔尼亚号'上当过水手长。这些事实，艾尔顿给我们讲过的那些准确的细节已经得到了证实，我先前对你们转述过的匪徒的话也证明了这点。所以，我们现在别在一些无谓的假设里绕来绕去，我们干脆肯定，本·乔伊斯就是艾尔顿，艾尔顿就是本·乔伊斯，也就是说，一个变成匪帮头头的'布里塔尼亚号'的水手。"

大家没有争论，一致接受了少校的解释。

"现在，"格雷那万说，"您能否告诉我，格兰特的水手长为什么来到澳大利亚，他又是怎样来到这里的？"

"他怎样来到澳大利亚的？我哪儿知道！"少校回答说，"这个问题，连警方都不比我清楚。他为什么来这里？我也不可能说明白，那是个谜，只有将来才能弄个水落石出。"

"警方甚至不知道艾尔顿就是本·乔伊斯。"曼格斯说。

"您说得对，约翰，"少校回答说，"像这样特殊的情况会有助于

428

警方侦破这个案子。"

"这么说来，"格雷那万夫人插话道，"那无赖钻进奥摩尔的农庄就是为了寻机作案？"

"这毫无疑问，"少校回答她说，"他当时正在准备对那爱尔兰人下手，谁知又遇到了更好的机会。我们不期然去到了农庄，他听到了格雷那万讲述的故事，知道发生了海难。他本是个天不怕地不怕的人，便立即决定利用这个事故谋财害命。后来大家决定远征，到了威梅拉江，他和一个同伙，'黑点'站的马蹄铁匠联系上了。此后，他就在一路上留下我们的痕迹，那伙人也一直尾随着我们。他利用一种有毒的植物逐渐毒死了我们的牛和马，后来又在时机到来时把我们的大车陷进斯诺威江岸上的泥淖，同时把我们交给他的手下人摆布。"

有关本·乔伊斯的事说完了，少校方才把他过去的老底抖了出来，这无赖的原形便暴露在光天化日之下了，那的确是一个胆大妄为、穷凶极恶的歹徒！他的罪恶意图既然已经败露，格雷那万就不得不保持高度的警惕了。所幸的是，撕破面具的匪徒比内部的奸细更好对付。

然而，梳理清楚目前复杂处境的乱麻，就必然产生极其严重的后果。但此刻还没有人想到这点，只有玛丽一个人在听大家讨论过去的同时看见了未来。还是曼格斯细心，他第一个看见玛丽的脸色如此苍白，如此绝望。他明白这姑娘脑子里在怎样翻江倒海。

"格兰特小姐！格兰特小姐！"他大声说，"您在哭泣呀！"

"你哭啦，我的孩子？"格雷那万夫人说。

"我哭我的父亲，夫人！啊，我的父亲！"姑娘回答说。

她说不下去了，但是，她这一哭，每个人心里都豁然醒悟过来了。大家明白了格兰特小姐为什么如此痛苦，为什么她泪流满面，为什么她忍不住从心底呼唤她的父亲。

发现艾尔顿背叛无异于摧毁了一切希望。那流放犯为了引诱格雷那万，不惜杜撰一起海难事故。少校偷听的那些逃犯的对话已说得很清楚了，"布里塔尼亚号"从来就没有在图福湾触过礁！格兰特从来就没有来过澳大利亚大陆！

对那份文件错误的诠释又第二次把寻访"布里塔尼亚号"的勇士们引上了歧途！

在这样的局势面前，在两个孩子的痛苦面前，人人都只能垂头丧气，保持沉默。谁还能找到什么鼓励或安慰的话呢？罗伯特在他姐姐的怀里哭个不停，帕噶乃尔恼怒地喃喃说："啊！倒霉的文件！你让十几个好人的头脑受到了严峻的考验，你该得意忘形了吧！"

这位可敬的地理学家真对自己发火了，他使劲敲着脑袋。

这时，格雷那万来到被派去外面值勤的穆拉第和威尔逊身边。在树林边缘和斯诺威江之间的这一带平原，周围静悄悄的，没有一点声响，大片大片的乌云在苍穹翻滚，空气沉闷得像凝固了。在这样的氛围里，哪怕是最小的动静也会清楚传过来，但目前任何声音都听不见。本·乔伊斯和团伙一定龟缩到离这里相当远的地方了，因为周围野生动物的活动情况可以证明没有什么人在打扰这里平和的寂静：各种禽鸟都在低低的树枝间嬉戏，几只袋鼠安静地啃着嫩芽，一对风鸟安闲地从灌木丛中伸出头来。

"这两个钟头，"格雷那万问两个水手，"你们什么也没有看见，什么也没有听见吗？"

"没有，阁下，"威尔逊回答道，"逃犯们离这里可能有几英里。"

"他们现在一定还没有足够的能力攻击我们，"穆拉第补充说，"这个本·乔伊斯准是去阿尔卑斯山脚下了，他是想在那里的绿林游民中招募一批像他那样的匪徒。"

"有这个可能，穆拉第，"格雷那万答道，"那些无赖都是些懦夫，他们知道我们有武器，而且装备精良。也许他们要等到夜里才开始进攻,所以天黑时要特别提高警惕。啊!我们如果能离开这片沼泽地继续往东海岸走该多好!但江水越涨越高,挡住了我们的去路。要是有一条木筏渡我们过江,我宁愿重金酬谢。"

"为什么阁下不下命令让我们造一条木筏呢?这里又不缺木材。"威尔逊说。

"不行,威尔逊,"格雷那万回答他说,"这斯诺威江简直就不是江河,而是一道难以逾越的激流。"

这时,曼格斯、少校和帕噶乃尔也来到格雷那万身边,原来他们刚刚察看了斯诺威江:前不久下的那场大雨又使江水比最低水位上升了一英尺,江水已形成激流,与美洲的激流差不多。根本不可能去这样汹涌咆哮的激流里冒险,湍急的江水形成了成千上万个旋涡,它们才是危机四伏的深渊哩。

曼格斯正式宣布:"此路不通!"

"但是,"他又接着说,"也不能在这里坐以待毙。我们在艾尔顿背叛之前想做的事,在他背叛以后就更需要做。"

"你说什么,约翰?"格雷那万问他。

"我说,我们急需救兵。我们既然不可能徒步走到图福湾,那就去墨尔本。我们现在还剩下一匹马,我希望阁下能把这匹马给我。爵士,我这就去墨尔本。"

"可是,你这个意图是非常危险的,约翰,"格雷那万说,"还不算通过陌生地区的这两百英里行程中存在的险情,那里的大小道路都可能有本·乔伊斯的同伙把守。"

"这些我都知道,爵士,但我也知道,我们现在这样的处境绝不能再继续下去了。艾尔顿当时要求给他八天的时间去把'邓肯号'上的人带来,我只要六天就能回到斯诺威江岸边。好了,阁下准备怎样下命令呢?"

"在格雷那万表态之前，"帕噶乃尔说，"我应该提点意见。墨尔本，应该去；但让曼格斯去冒这个险，不行。他是'邓肯号'的船长，正因为如此，他不能置生命于不顾。所以，应该我代他去。"

"说得不错，"少校回答他说，"但为什么应该您去呢，帕噶乃尔？"

"这里不是有我们吗？"穆拉第和威尔逊同时嚷起来。

"您以为，"少校又说，"我害怕骑马走那两百英里吗？"

"朋友们，"格雷那万说，"假如我们当中应该有一个人去墨尔本，那就抽签决定吧。帕噶乃尔，您来写我们大家的名字……"

"至少不该写您的名字，爵士。"曼格斯说。

"为什么不写？"格雷那万反问。

"不能把您和格雷那万夫人分开，您的伤口还没有愈合！"

"格雷那万，"帕噶乃尔说，"您不能离开远征队。"

"您不能去，"少校也说，"您的位置在这里，爱德华，您不应该走。"

"既然需要冒很多危险，"格雷那万对大家说，"我就不能把我该冒的危险推给别人。写吧，帕噶乃尔。让我的名字和我伙伴的名字混在一起，但愿老天保佑我的名字第一个抽出来！"

见他如此坚决，大家也就让步了。于是，格雷那万的名字和大家的名字一起写了进去。接着便开始抽签，结果抽出了穆拉第的名字。那善良的水手高兴得叫了起来。

"爵士，我已经准备好出发了。"他说。

格雷那万握握穆拉第的手，回到大车上去，留下少校和曼格斯看守宿营地。

格雷那万夫人立即知道了派人去墨尔本的决定和抽签的方式。她对穆拉第说了一番勉励的话，让那勇敢的水手十分感动。谁都知道，穆拉第勇敢聪明，身体强健，顶得住一切疲劳，说真的，这个签抽得再好不过。

穆拉第出发的时间定在晚上八点，在短暂的黄昏过去之后。威尔逊负责准备马匹，他想起应该用一匹死马的马蹄铁换掉这匹马左脚上的三叶形马蹄铁，这样，匪徒们就再也认不出穆拉第的踪迹了。匪徒没有骑马，也就不可能跟踪他。

威尔逊忙着备马的当儿，格雷那万也在准备写信，但他的胳膊受伤，写起来不方便，他就请帕噶乃尔替他写。这时，地理学家正沉浸在什么思绪里，仿佛正以局外人的心境在对待他周围发生的事情。应该说，在这一连串令人烦恼的突发事故当中，他想的只有一件事——被他错误诠释的那份文件。他翻来覆去地琢磨每一个字，试图从中寻摸出新的意义，所以一直陷在诠释文件的无底洞里。

他根本没有听见格雷那万的请求，勋爵见状只好重复一遍。

"哦！很好，"帕噶乃尔回答说，"我准备好了。"

他一边说话，一边木头人儿似的翻开笔记本，扯下一张白纸，拿起铅笔准备听写。格雷那万说：

兹命令奥斯汀即刻启程航行，带领"邓肯号"赶赴……

帕噶乃尔写完最后一个字时，他的视线不期然落在地上的一期《澳大利亚与新西兰日报》上。折叠起来的报纸只露出了报名的最后两个音节的字母。帕噶乃尔的铅笔突然停住不动了；连他自己也仿佛完全忘记了格雷那万，忘记了他的信和听写。

"怎么啦，帕噶乃尔？"格雷那万问。

"啊！"帕噶乃尔大叫了一声。

"出什么事儿啦？"少校问。

"没什么！没什么！"帕噶乃尔答道。

接着，他又压低声音重复说："Aland! Aland! Aland!"

他站起身。他走过去抓住那份报纸，不断抖动着，好像在设法咽下去滚到他嘴边的话语。

格雷那万夫人、玛丽、罗伯特和格雷那万都注视着他，但谁也弄不懂他这样兴奋究竟是怎么回事。

这时的帕噶乃尔活像一个精神病骤然发作的人，但他这种神经性的过度兴奋并没有维持多久，他自己慢慢恢复了平静；他眼里流露出来的快乐光芒也随即熄灭了。他回到座位上，用冷静的口吻说："爵士，您念吧，我替您写。"

格雷那万又开始朗读他的命令，这命令的定稿书写如下：

兹命令奥斯汀即刻起航，沿南纬三十七度线开赴澳大利亚东海岸……

"澳大利亚东海岸？"帕噶乃尔说，"哦！是的！是澳大利亚！"

他写完信便交给格雷那万签名，伤口妨碍格雷那万动笔，他只得马马虎虎签上自己的名字。书信封好后还盖了印章，帕噶乃尔在书写下面的地址时，因为激动，手还抖个不停：

奥斯汀

"邓肯号"大副

墨尔本

他接着离开大车，一边走，一边指手画脚地不断重复说着这几个难以理解的字："Aland! Aland! Zealand!"

第二十一章　心急如焚的四天

　　那一天剩下的时间平安无事，大家为穆拉第的出发也做好了准备，这位正直的水手很高兴能以这次行动向他尊敬的主人表示忠诚。

　　帕噶乃尔已恢复了镇静，他的行为举止也回到了常态。当然，他的眼神还显示出他心里在七上八下，但他似乎下了很大的决心：他一定要保守秘密。他这样行事无疑有充分的理由，因为少校就曾听见他像一个正做着自我斗争的人那样不断重复说着这样的话："不成！不成！他们不会相信我！再说，那又何苦呢？一切都太晚了！"

　　他下定这样的决心之后，便忙着给穆拉第提供必要的情况，以便他能顺利到达墨尔本。他把地图摊在面前，给年轻的水手画出他应走的路线。那一带所有的草原小路都通勒克瑙的公路。那条公路一直南下，可以直达海岸，到海岸后便急转弯，往西通向墨尔本。必须紧紧顺着那条路走，千万别抄近路去穿行自己不熟悉的地方。照这样走，问题就很简单，穆拉第就不可能迷路。

　　危险也就在离宿营地几英里的地方，因为本·乔伊斯和他的队伍很可能埋伏在那些地方。一旦通过那里，穆拉第就笃定能很快和匪徒拉开距离，顺利完成举足轻重的使命。

下午六点整，大家在一起用了餐。外面大雨滂沱，帐篷已经不可能抵挡暴雨，于是，人人都跑到大车里去躲雨。再说，这里也是一个可靠的隐蔽场所。黏土把大车牢牢嵌在泥土里，就像碉堡筑在牢固的石基上一样。兵器库里有七支步枪，七把左轮手枪，此外，充裕的弹药和粮食支持他们顶住再长的围困也绰绰有余。而且，六天之后，"邓肯号"就会在图福湾停靠，再过二十四小时，船上的水手们就会到达斯诺威江对岸。假如江水仍很汹涌，人们无法过江，匪徒们在优势敌军的压力下，起码会被迫自动撤退。不过，要实现这一切，首先需要穆拉第这次冒险获得成功。

　　晚上八点，夜色已经很浓，出发的时刻到了。有人牵来了专为穆拉第准备的马匹，出于特别的谨慎，马匹的四个蹄子都裹上了布，所以在行走时不会在地上发出嗒嗒的声音。那畜生显得很疲乏，可是，大家是否得救都取决于它那四条腿的力量和稳健呀。少校劝穆拉第一旦摆脱了匪徒们的攻击，就要格外爱惜马匹。宁愿晚半天，也要安全到达。

　　曼格斯把他适才特别仔细上了膛的左轮手枪交给他的水手。一个令人胆寒的武器交到一个大无畏的人手里，它在顷刻间连发六枪，就能轻易扫荡堵塞大路的所有歹徒。

　　穆拉第跨上了马鞍。

　　"这是你要交给奥斯汀的信件，"格雷那万对他说，"要他一个钟头也别耽误！要他即刻启程去图福湾。假如他在图福湾没有找到我们，假如我们未能渡过斯诺威江，就让他赶快来这里找我们！现在，你走吧，我的好水手，愿上帝引导你。"

　　格雷那万、格雷那万夫人、玛丽，所有的人都紧紧握了穆拉第的手。在这样一个风雨如晦的漆黑的夜里，要启程走上危险四伏的道路，去穿过不知底细的辽阔荒漠，换上不如这年轻水手坚强的人，兴许会凄然泪下吧。

"别了，爵士。"穆拉第用平静的声音说。

他随即在一条树林边缘的小路上消失了。

这时，风刮得更凶猛了。桉树高高的树枝在黑影里发出沉闷的咔咔声，连干枝丫落在水洼地里的声响也能听见。在如此狂暴的风雨里，不止一棵大树倒了下去，那些树虽然缺乏元气，此前却一直挺立在林子里。鬼哭狼嚎的风声穿过哗啦哗啦的树林与斯诺威江的咆哮混成一片凄厉的呜咽声。在大风驱赶下，大片的乌云向东边滚动，一直滚到地上，有如一片片乌黑的雾气。不祥的黑暗更增添了夜的恐怖。

穆拉第出发后，游子们一直躲在大车车厢里。格雷那万夫人和玛丽，还有格雷那万和帕噶乃尔坐在前面的车厢里，车上的门窗紧闭着。后车厢也足够庇护奥尔比奈特、威尔逊和罗伯特了；少校和曼格斯在外面守夜。这些谨慎的措施是完全必要的，因为匪徒们要进攻很容易，因此也非常可能发起进攻。

这两位忠诚的卫士就这样在风雨中值勤，他们听任狂风借黑夜之威朝他们脸上喷吐暴雨，却处之泰然。他们试图用视线刺透有利于埋伏的黑暗，因为在狂风咆哮声、树枝咔嚓声、大树倒地声和江水轰隆声混成的一片喧嚣中，耳朵已失去了辨别声音的能力。

但在这期间，风暴有时也有暂停的一刻。在这短暂的平静里，狂风好像歇下来喘喘气了；只有斯诺威江在一动不动的芦苇间透过胶树漆黑的帘幕传来痛苦的呻吟。每逢这风雨暂停的空当，黑夜的寂静似乎比平常更深沉，少校和曼格斯便乘机专注地聆听着。

就是在一次这样的风雨暂停中，一声尖厉的口哨声传到了他们耳里。

曼格斯急忙来到少校身边。

"您听见了吗？"他问少校。

"听见了，"少校回答道，"不知是人还是动物的声音？"

"是人的声音。"曼格斯说。

他们俩随即再仔细听下去。突然又传来了难以解释的哨音，还有一种像爆炸一样的声音响应那哨音，但爆炸一样的声音几乎听不出来，因为狂风暴雨又以新的猛烈架势咆哮起来了。少校和曼格斯互相再也听不见对方说话，便来到大车挡风的地方。

这时，车厢的皮帘揭起来了，是格雷那万走出来找他俩。他也跟他们一样听见了那不祥的哨音，以及在篷布下引起回音的那声模糊的爆炸。

"声音是从哪个方向传来的？"格雷那万问。

"从那边，"约翰回答时用手指指那黑黢黢的小路，"从穆拉第出发的方向传来。"

"离这里的距离有多远？"

"声音是风传过来的，"曼格斯答道，"起码应该有三英里。"

"快走！"格雷那万边说话边把步枪挂到肩上。

"别走！"少校说，"那是陷阱，为了把我们从大车这里引开。"

"要是穆拉第倒在那些无赖的枪弹下了怎么办？"格雷那万抓住少校的手。

"我们明天就会知道！"少校冷静地回答他说，他已下定决心阻止格雷那万去冒无用的险。

"您不能离开营地，爵士，"曼格斯说，"让我一个人去。"

"您也不能去！"少校又坚定地说，"难道您愿意人家把我们一个一个地打死，削弱我们的力量，让那些歹徒任意摆布我们？假如穆拉第已经成了他们的牺牲品，这很不幸，但我们不能再重复这个不幸了。穆拉第是抽签去的，假如中签的是我，我也会跟他一样离开这里，但我不会请求也不会等待任何救援。"

少校阻止格雷那万和曼格斯，从任何一个角度看都是对的。试图在如此漆黑的夜里，迎着埋伏在小树林中的匪徒跑到穆拉第身边，这简直是发疯，而且也毫无用处。格雷那万的小旅行队并没有多少人手可以再做出牺牲了！

然而，格雷那万似乎并不想在这些理由面前让步。他紧握步枪，在大车周围走来走去。他侧耳倾听每一个微小的声音，还试图用眼睛刺透那暗藏凶险的黑夜。一想到有一个自家人受到致命的一击，孤单一人得不到救援，枉自呼喊着他曾忠心耿耿服务过的人们，一想到这些他就像受刑一般痛苦不堪。少校见状真不知道自己能否留住勋爵，不知道格雷那万是否会因一时的感情冲动而去本·乔伊斯的枪口下送死。

"爱德华，"他对格雷那万说，"您冷静点，听听朋友的话吧。您想想格雷那万夫人，想想玛丽，想想所有留下的人！再说，您又能去哪里呢？去哪里能找到穆拉第呢？他受到攻击的地方离这里有两英里，应该走哪条道路？从哪一条小路出去……"

就在这一刻，传来了一声痛苦的叫喊，仿佛是在回答少校的问题。

"您听！"格雷那万说。

这叫喊声正是从那声爆炸的方向传过来的，距离还不到四分之一英里。格雷那万推开少校，正往小路那边跑过去，却听见离大车三百步的地方传来了这句话："救救我！救救我！"

声音充满痛苦和绝望。曼格斯和少校立即朝那个方向跑过去。

片刻以后，他们发现一个模糊的人形在小树林里爬着往这边走，嘴里还发出凄厉的叫声。

那是穆拉第！他受了重伤，已濒临死亡。同伴把他扶起来时，感觉自己的手已被热血湿透了。

雨下得更急，风也在"死树"的枝丫间更加疯狂地肆虐起来。

正是在暴风骤雨的袭击之下，格雷那万、少校和曼格斯把穆拉第抬了回来。

一见他们到达，所有的人都站了起来。帕噶乃尔、罗伯特、威尔逊和奥尔比奈特马上离开大车，格雷那万夫人也把床位让给了可怜的穆拉第。少校脱下水手淌着血和雨的上衣，发现了他的伤口：原来这不幸的人在右胁挨了一刀。

少校连忙替他包扎，非常麻利。匕首是否已经伤及他的要害器官？少校没法说得很明确。血是喷出来的，而且一阵一阵，并不连贯。从受伤者脸色的惨白和他持续的昏厥看来，他的伤势相当严重。少校先用清水将伤口洗净，用一块厚厚的火绒将伤口堵住，再用几层纱布紧紧包扎起来。流血总算暂时止住了。大家把他侧放在床上，左胁朝下，头和胸脯垫得高高的。格雷那万夫人让他喝了几口水。

一刻钟过去之后，一直昏迷不醒的穆拉第轻轻动了一下，他的眼睛也微微睁开了，他的嘴唇颤动着，好像在喃喃说着断断续续的话。少校把耳朵贴近他的嘴唇，听见他在重复说着这几个字："爵士……信……本·乔伊斯……"

少校复述着他的话，愣愣地看着同伴。穆拉第想说什么呢？是本·乔伊斯袭击了他们的水手，但用意何在？难道仅仅是为了抓住他，为了阻止他去"邓肯号"那边？那信件……

格雷那万急忙掏穆拉第的衣服口袋：写给奥斯汀的信不见踪影了！

这一夜，大家是在极度的忧虑中度过的。他们时时刻刻都在担心伤员会死去，因为高烧正在侵蚀他的肌体。两位热忱的护士格雷那万夫人和玛丽寸步不离左右，恐怕没有哪位病人受到过如此悉心的照料，得到过如此充满爱心的护理。

天亮了，瓢泼大雨已经停止，但天空仍然乌云密布。地面上到处是落下的枯枝残叶，被大雨浸透的黏土陷得更深了。上车下车变得更加困难，不过，这大车已经不可能陷得更深了。

曼格斯、帕噶乃尔和格雷那万天一拂晓就去宿营地周边侦察。他们顺着那条血迹斑斑的小路往前走，但没有看见本·乔伊斯和他那一伙匪徒留下的任何痕迹。他们一直走到穆拉第遭遇袭击的地方。在那里，有两具尸体躺在地上，那是被穆拉第的子弹击毙的两名匪徒。其中有一个是"黑点"站马蹄铁匠的尸体，这家伙的脸孔因为死亡变得非常难看。

格雷那万没有把侦察活动深入下去，因为他的谨慎不允许他走得更远。他回到大车跟前时，心里一直在为当前严重的局势忧虑。

"现在根本就没法考虑再派一个信使去墨尔本。"他说。

"但是，一定得派，爵士，"曼格斯回答说，"我想设法做到我的水手没有做到的事。"

"不行，约翰，你连一匹马都没有，怎么能走那两百英里呢？"

的确，穆拉第那匹马，那匹他们唯一的马并没有再出现。它是否被强盗们杀死了呢？或者它在荒漠里迷了路？匪徒们是否把它抢走了？

"不管发生什么情况，"格雷那万又说，"我们都不能再分开了。我们再等一个星期，再等半个月，等斯诺威江的江水降到常年的水平，那时我们再过江慢慢往图福湾走。到了那里，我们再用更安全的办法去给'邓肯号'下令，让他们来和我们会合。"

"也只有这个办法了。"帕噶乃尔说。

"朋友们，"格雷那万又说，"我们再也不分开了。单独一个人在这土匪横行的荒漠走路，冒的风险实在太大了。现在，求上帝救救我们可怜的穆拉第吧，也祈求上帝保佑我们大家！"

格雷那万的讲话在两方面都很有道理：首先，他禁止一切试图送信的单独行动；其次，他要大家在岸边耐心等待斯诺威江江水下降到可以渡江的高度。现在，他们离德勒吉特，也就是新南威尔士州边境的第一个城市，不过三十五英里。到了那里，他就可以找到交通工具去图福湾。一到图福湾他便马上发电报给在墨尔本的"邓肯号"，命令他们前去会合。

这个措施是明智的，但决定得太晚了。假如格雷那万没有派穆拉第去闯勒克瑙那条路，他们会避免多少倒霉的事呀！还不算水手被谋杀！回到宿营地，他发现同伴不像此前那么悲伤了，好像什么事又重新燃起了他们的希望。

"他好些了！他好些了！"罗伯特一边迎着格雷那万勋爵跑过来，一边叫道。

"是穆拉第好些了吗？"

"是的！爱德华，"格雷那万夫人答道，"他刚才有了反应。少校现在更有信心了。我们的水手一定能活下去。"

"少校在哪里？"

"他在穆拉第身边。穆拉第希望和他谈谈。我们别去打扰他们。"

果然不错，那伤员脱离昏睡状态已经一个小时了，他发烧的程度也在减轻。但是，他醒过来之后，在他恢复记忆和说话能力时，他首先想到的，是求见格雷那万勋爵，或者，假如勋爵不在时，求见少校。少校见他如此虚弱，就想禁止他说话，但穆拉第以那样大的决心和毅力坚持要求，少校也不得不让步了。

不过，在格雷那万回到营地时，他们已经谈了好几分钟。现在只能等待少校前来汇报了。

不一会，大车的门帘就掀开了，少校即刻从大车上走了下来。他走到一株胶树下去找到了朋友们，如今他们的帐篷便支在那里。他那一向很冷静的面部表情，现在却心事重重，忧虑万分。当他的视线停留在格雷那万夫人和玛丽姑娘的身上时，他的眼神竟传达出一种极其痛苦哀伤的表情。

格雷那万连忙询问他，下面便是少校回答的大体内容。

穆拉第在离开宿营地后，便顺着帕噶乃尔指给他的一条小路往前走。他快马加鞭，在黑夜能允许的范围内使劲奔跑。他跑了一阵，据他的估计，大约跑了两英里的距离，却突然看见好几个人——他认为有五个人——从前边朝他的马匹冲过来。他的马一下子直立起来。穆拉第拿起枪立即开火。他觉得有两个袭击他的人倒下了。他借火药燃烧的光认出了本·乔伊斯。但一切到此为止。他还没有来得及打完所有的弹药，右胁便挨了一刀，从马上翻倒下来。

那时他还没有完全失去知觉，但匪徒却以为他死了。他感觉有人在搜他的身。然后，下面几句话就传到了他耳里："我找到信了。"一个歹徒说。"给我，"本·乔伊斯说，"现在'邓肯号'属于我们了！"

少校刚叙述到这里，便听见格雷那万叫了一声。

少校继续讲下去："'现在，你们这些人都去找各自的马，'本·乔伊斯这时又说，'两天后，我就在'邓肯号'上了。再过六天，我就到达图福湾。我们会合的地点就在那里。勋爵的队伍还会陷在斯诺威江岸的泥淖里。你们先去肯珀佩桥过江，然后去海岸，在那里等我。我肯定能找到办法把你们介绍到船上。一旦船上的海员被我们扔到海里，我们有了"邓肯号"这样的游艇，就会成为印度洋上的霸王。'匪徒们都给本·乔伊斯叫好：'胜利属于本·乔伊斯！'穆拉第的马被牵到了匪首面前，本·乔伊斯立即在勒克瑙大道上消失了，他手下那帮匪徒则往东南边的斯诺威江方向走了。穆拉第虽然受了重伤，但还有一点力气爬到离宿营地三百步的地方，我们就在那里找到了奄奄一息的他。好了，这就是穆拉第经历的全部故事。你们现在该明白为什么那英勇的水手坚持说那么多的话了。"

事情的真相一旦被揭露，格雷那万和亲朋着实吓了一跳。

"海盗！海盗！"格雷那万愤怒地大叫道，"我的船员要被屠杀了！我的'邓肯号'要落到那伙强盗手里了！"

"那倒是真的！因为本·乔伊斯一定会劫获'邓肯号'，"少校说，"到那时……"

"要那样，我们就得抢在那些无赖到达海岸之前先到那里！"帕噶乃尔说。

"但怎样渡斯诺威江呢？"威尔逊问。

"跟那些匪徒一样。"格雷那万答道，"他们准备从肯珀佩桥过江，我们也从那里过去。"

"但是，穆拉第怎么办？"格雷那万夫人问。

"我们抬着他走！我们可以轮换着抬！我能把我船上不能自卫的全体水手拱手送给本·乔伊斯吗？"

从肯珀佩桥过斯诺威江的想法有它的可行性，但风险也相当大。那些匪徒很可能在那个地点扎营，守卫大桥。他们起码有三十个人，要对付的只有七个人！不过，有些时候也顾不得那么多了，无论如何也非走不可！

"爵士，"曼格斯思忖一阵后说，"在冒险走这最后一步之前，在去闯大桥之前，先去侦察一番较为谨慎。这件事就包在我身上了。"

"我陪您去，约翰。"帕噶乃尔说。

这意见被采纳之后，曼格斯和帕噶乃尔便即刻去做出发的准备。他们必须沿斯诺威江江岸往下走，一直走到他们看见本·乔伊斯谈及的那个地点，最重要的是防止被匪徒发现，因为他们肯定会在沿岸巡逻。

于是，这两个装备精良而又勇敢的伙伴带足干粮启程，很快便钻进了沿岸的高大芦苇丛，消失得无影无踪。

大家等待他们整整一天，到傍晚，还没有看见他们的身影，谁都禁不住焦急万分。

威尔逊总算在夜里十一点左右看见他俩回来了。无论是帕噶乃尔还是曼格斯都累得死去活来，因为他们步行了整整十英里！

"那座桥呢？有那样一座桥吗？"格雷那万迎着他们冲过去，问。

"有！是一座藤条编的桥，"曼格斯回答说，"匪徒果然已经过了桥，但是……"

"但是什么？"格雷那万追问，他已经预感到又要遭遇新的倒霉事了。

"他们过了桥就把桥烧毁了！"帕噶乃尔答道。

第二十二章　埃登

现在不是灰心丧气，而是行动的时刻！匪徒摧毁了肯珀佩桥不要紧，必须不惜一切代价渡过斯诺威江，赶在本·乔伊斯那一伙前面到达图福湾沿岸。他们分秒必争，绝不浪费时间耍嘴皮子。次日，1月16日，曼格斯和格雷那万一早来到江边观察水情，以便组织渡江。

因大雨而猛涨的江水仍然汹涌澎湃，毫无回落的迹象。白浪滔天，旋转翻滚，那奔涌怒号的情景真难以用言语形容。没有必死的决心就不可能挑战这样的江河。格雷那万一动不动地站在那里，抄着手臂，埋着头。

"能不能让我试试游泳过江？"曼格斯问。

"不行，约翰，"格雷那万一边答话，一边拉住那大胆的年轻人，"我们再等等。"

他们俩随即回到宿营地。这一天，大家都在焦虑和愁苦中度日如年。格雷那万多次回到斯诺威江边，他绞尽脑汁策划着用什么果敢大胆的办法渡江，但仍然一筹莫展。啊！斯诺威江，即使是火山熔岩在它的两岸之间流淌，恐怕也不会成为现在这样难以逾越的天堑！

在这段谁都无所适从的时间，格雷那万夫人在少校的指点下细心有效地照顾着穆拉第。这水手自己也感到获得了再生，因此，少校才敢于肯定说，他全身没有一处要害部位受到损害。病人的一切虚弱表现都源于流血过多，所以，只要他的伤口愈合了，流血止住了，再花些时间静心休息，就可以痊愈。格雷那万夫人曾坚持要他住在大车前厢，穆拉第却为此十分羞愧。现在，他最大的忧虑是怕自己目前的身体状况延误格雷那万的计划。看来必须答应他，万一存在渡过斯诺威江的可能，他会留在现在的宿营地，由威尔逊照顾。

可惜，渡江的愿望一直没有实现，这一天不行，第二天，17日，也不行。见自己如此这般滞留在岸边，格雷那万心急如焚，格雷那万夫人和少校再劝他少安毋躁，再勉励他耐心等待都无济于事。本·乔伊斯可能已经到达"邓肯号"所在地了，在这样的时刻，怎么能耐心等待呢！"邓肯号"可能正在松缆，准备满帆前进，开往那不祥的海岸，而且每时每刻都在靠近那里，在这样的时刻，怎么能耐心等待呢！

曼格斯在心里完全能体会格雷那万的种种忧虑，为了不惜一切克服障碍，他用大张大张的胶树皮着手建造一只澳大利亚式的小船。把那些轻软的树皮捆在木棍上，便造成了一艘不太牢固的小筏子。

18日一整天船长和水手都在试验驾驶这艘脆弱的小船。凡是用机智、力量、灵巧和勇敢能做到的一切，他们都做了。然而，刚一上船，他们便连人带船翻到水里，险些把性命赔进这鲁莽的实验里。那小船被卷进旋涡里就不见了；曼格斯和威尔逊甚至没有划到十英寻就掉进了水里，因为大雨和雪山上融化的雪水已经使这条江变得大约有一英里宽。

1月19日和20日两天都在这样的情况下白白浪费了。少校和格雷那万又溯斯诺威江而上，走了五英里，仍没有找到一处可以渡江的地方。到处都是一样汹涌，一样湍急，一样澎湃的水流。整个澳大利亚阿尔卑斯山南麓都在往这唯一的河床倾倒山洪。

看来势必放弃拯救"邓肯号"的希望了。从本·乔伊斯离开这里到现在已经过去五天，游艇在这一刻应该已经到了海岸，已经落入歹徒的手里了！

不过，当前这样的状况也不可能继续拖延下去。山洪暴发总是暂时的，正因为来势汹汹，去势也会很匆匆。果然，在 21 日清晨，帕噶乃尔发现大江最低水位以上的流水已经开始下降，他连忙把他观察的结果报告给了格雷那万。

"唉！现在还有什么用？"格雷那万回答他说，"水退得太晚了！"

"这可不能成为我们继续滞留在营地的理由。"少校反驳他说。

"的确是这样，"曼格斯响应说，"明天，也许就可以渡江了。"

"这能救我那些不幸的船员吗？"格雷那万大声说。

"阁下请听我说，"曼格斯回答他道，"我了解奥斯汀。他肯定会执行您的命令，只要有可能就会启程。但谁告诉我们，在本·乔伊斯到达墨尔本时，'邓肯号'已经准备就绪，它损坏的地方已经修理好了？假如我们的游艇还没能下水呢，假如它为此又滞留了一两天呢？那该多好！"

"你说得对，约翰！"格雷那万回答他说，"应该去图福湾。毕竟我们现在离德勒吉特只有三十英里！"

"没错，"帕噶乃尔说，"到德勒吉特我们可以找到走得很快的交通工具。说不定我们还来得及防止这场不幸哩。"

"立即出发！"格雷那万叫道。

曼格斯和威尔逊连忙着手造一条面积更大些的筏子。经验证明，树皮承受不了激流的冲击，所以约翰砍了一些胶树的树干，准备造一个很粗糙但很结实的木筏。这个活儿要求的时间较长，一天过去，筏子还没有造成，一直拖到第二天才算成功了。

这时，斯诺威江的江水已经明显降下去了，激流重新变成了汩汩流淌的大江。不错，水流仍然比较湍急，但只要顺着水势迂回划桨，在一定的范围内加以控制，约翰仍然有希望到达彼岸。

在中午十二点三十分，各人尽其所能把两天的粮食送上了筏子，其余的东西连同大车和帐篷都留在了原地。穆拉第的身体恢复得很快，他现在已经可以经受跋涉的辛苦了。

下午一时整，大家陆续上了系在岸边的筏子。曼格斯在筏子的右边安了一个桨，便于支撑筏子，抵抗水流的冲击并防止偏航，他把木桨交给威尔逊掌管。他自己则站在筏尾，打算凭一根粗重的橹把握方向。格雷那万夫人和玛丽坐在筏子中央，靠近穆拉第；格雷那万、少校、帕噶乃尔和小罗伯特坐在他们周围，随时准备救援他们。

"准备就绪了吗，威尔逊？"曼格斯问他的水手。

"准备就绪了，船长。"威尔逊一边回答，一边用他健壮的手抓起木桨。

"注意！顶住水流。"

曼格斯解开绳索，一下子将木筏推进斯诺威江的江水里。木筏航行了约莫十五图瓦兹，一切都很顺利。威尔逊用桨顶住了偏航的趋势，然而，不一会筏子就被卷进了旋涡，在旋涡里打转。桨和橹都无法控制木筏，让它顺直线航行。威尔逊和曼格斯使尽了力气仍未能扭转局势，反而颠倒了位置，这一来，桨和橹都起不了作用了。

不能蛮干，只好顺大流。现在已经没有办法扭转木筏的反向动作：它正以风驰电掣的速度在旋转，而且已经偏航。曼格斯站在那里，脸色苍白，紧咬牙关，注视着旋转的水流。

这时，木筏已经进入斯诺威江的中心，处在下游离出发地点半英里的地方。在那里，水流的力量极大，可以摆脱旋涡，所以，这样的水力反而使木筏稳定了些。

曼格斯和威尔逊这才得以重新拾起橹和桨，斜着往对岸划去。他们加紧划船终于取得了成果：木筏已经接近对岸了。但在他们离岸只有五十图瓦兹的地方，威尔逊的木桨突然断裂，木筏失去支撑后竟开始随波逐流，又有越走越远的势头。这时，曼格斯想力挽狂澜，不惜冒断橹的危险。威尔逊也用他血淋淋的双手帮他扭转危局。

他们终于成功了。木筏经过半小时横渡斯诺威江的努力，总算触到了对岸的陡坡。不过，碰撞的力量太猛，一根根树干都碰得散了架，连接树干的绳子也断了，翻滚的江水随即涌了上来。木筏上的旅客赶紧抓住从岸上伸到水面的灌木，同时反身把被水淹到半腰的穆拉第和两位妇女拉上岸。总之，所有的人都得救了，但大部分装上木筏的干粮和武器，除了少校的步枪，都同木筏的残骸一道漂走了。

渡江成功了，但格雷那万的旅行小队却几乎处在山穷水尽的境地，而他们离德勒吉特还有三十五英里，周围又是维多利亚州边境偏僻陌生的荒漠。在这里，既遇不到移殖民，也看不见"坐地人"，因为这里是无人居住的区域，只有凶狠的丛林大盗和抢劫犯。

大家决定赶紧出发。穆拉第眼见自己成了累赘，便要求留下来，甚至一个人留在这里等待德勒吉特派来的救援人员。

格雷那万却拒绝了。他想，他在三天后才能到达德勒吉特，五天后，也就是说，1月26日才能到达海岸。然而，"邓肯号"在本月16日就已经离开了墨尔本，那么，现在耽误几个钟头又能有多大的危害呢？

"不，我不同意，我的朋友，"他说，"我不愿意抛弃任何一个人。我们做一个担架，轮流抬着你走。"

大家用桉树枝捆了一个担架，上面放些小枝和叶子。于是，不管穆拉第愿不愿意，他也得躺上去。格雷那万希望身先士卒，抬他的水手。他抓起担架的一头，威尔逊抓起另一头，大家便启程了。

多凄惨的景象呀！这次旅行一开始是那样圆满，快结束时却如此悲凉！如今，他们再也不是去寻找格兰特了，因为这位船长根本就不在这个大陆，而且从来没有来过这里。澳大利亚大陆兴许还会成为格兰特船长寻踪者的葬身之地哩。当船长的这些大无畏的同胞到达澳大利亚东海岸时，他们也许找不到"邓肯号"送他们返回祖国了！

步行的第一天是在痛苦和沉默中度过的。抬担架的男人们十分钟换一次班，水手穆拉第的同伴主动承担这累人的苦活，毫无怨言，但天气的炎热却让这任务苦上加苦。

到了傍晚，他们只走完了五英里，就在一棵胶树下宿营。逃脱了落水之劫的干粮姑且充作晚餐，但少校的步枪恐怕已经无用武之地了。

一夜难眠，加上大雨也来捣乱，人人都不免感觉长夜漫漫。等曙光终于姗姗来迟时，大家好不容易重新上了路。一路上，少校没有找到一次机会放一枪。这倒霉的地区简直比荒漠更荒凉，因为连动物都不愿来光顾这里。

幸亏罗伯特发现了一个大鸨鸟窝，鸟窝里还有十几个硕大的鸟蛋，奥尔比奈特随即把鸟蛋放在热炭灰里煨熟了。这些鸟蛋，加上长在一个山凹深处的马齿苋菜，这就是他们本月23日的午饭。

越往前走，路况变得越糟，真是难走到了极点。砂质土构成的原野上到处长着蒺藜，在墨尔本，人们管这种草叫"豪猪"。这"豪猪"撕破了他们的衣服，把他们的腿刺得血淋淋的。两个勇敢的女人没有叫苦。她们毫无惧色，大步向前走着，给大家做出了榜样。

晚上，他们在布拉布拉山脚下的君噶拉河河岸上歇息。少校总算打了一只肥大的鼠类动物，否则这顿晚饭就太可怜了。

1月24日，游子们虽然疲惫不堪，但仍然精力充沛，所以都愉快地上路了。他们绕过山脚，便开始穿越一片伸展得很远的草地，草地上的草长得活像鲸须。那简直是一片片盘根错节的箭林，一座座锋利的刀山。在那里要开路，必须时而用斧头砍，时而用火烧。

这天上午根本谈不上吃饭，一路走来，到处都是散乱的石英石碎片，世上哪有像这样贫瘠的地方！走在这个地区你不仅会感到饥饿，还会感到口渴。灼热的空气格外让人受不了这种痛苦。格雷那万和亲友们在这里一小时还走不到半英里。倘若这种缺水缺食的状况一直延续到晚上，他们一定会倒在路上，永远爬不起来。

然而，当一个人缺少一切时，当他发现已经山穷水尽时，就在他想到"自己累死的时刻到了"时，上帝便会显灵，前来救助。

水，上帝在"头状荚"里提供给他们了！那是一种圆形的荚，里面盛满了甘霖，一个个挂在珊瑚状的灌木枝头上。大家连忙摘下来解渴，人人都感到恢复了生命力。

吃食就是在野味、昆虫和蛇类都缺乏时支撑当地土著人生命的东西——"纳豆"。帕噶乃尔在一条干枯的河床上发现了这种植物，他在地理学会的一个同事曾经不止一次对他描绘过这种植物的优良属性。

这种植物在澳大利亚内地曾帮助探险家伯克和金延续了生命。它的叶子酷似三叶草的叶子，长着风干的孢子。这种孢子大如小扁豆，用两片石头压碎就成了面粉。用这种面粉烤成粗糙的面包，吃了可以缓解饥饿的折磨。在这一带到处都能见到这种植物，所以奥尔比奈特可以大量采摘，这一来，好几天的粮食就有保障了。

第二天，1月25日，穆拉第步行了一段路，因为他的伤口已经完全愈合了。这时，离德勒吉特城只有十英里，当天晚上，他们就在位于东经一百四十九度的新南威尔士边境宿营。

一连下了几个钟头的绵绵细雨，湿透了他们的衣裳。要不是曼格斯发现了一间锯木工人丢弃的小破房，他们真找不到一处可以避雨的地方。现在，有了这个用树枝和茅草搭成的小窝棚，他们也该感到不错了。威尔逊想架柴烧火，烤"纳豆"面包，便出去拾了一些地上的枯树枝。但是，他想点燃树枝却办不到，这木头含有大量的铝化合物质，怎么点也点不燃。那正是帕噶乃尔在他那澳洲奇特产物录里提到过的不能燃烧的木头！

这一来就不得不放弃点火，放弃面包，只好穿着湿透的衣服睡觉了。藏在树木高枝儿上的小鸟欢快地唱着歌，仿佛在嘲弄这几个不走运的旅行家。

不过，格雷那万的痛苦总算到头了。也正是时候，因为那两位妇女虽然无比英勇，奋力跋涉，她们的力气却一时不如一时。现在，她们步履艰难，再也走不动了。

第二天，他们在黎明时分启程。上午十一点，德勒吉特终于在远处出现了。那是属于韦尔斯利郡的一个小城镇，离图福湾五十英里。

在那里，他们很快就把交通工具等事宜操持停当了。格雷那万感到离海岸已经不远，新的希望又在他心中油然升起。万一"邓肯号"有一点点延误，说不定他还能赶在他们之前到达海岸呢！他在二十四小时之内就能赶到海湾！

中午，他们饱餐一顿补偿了前几日的饥饿困顿，之后，所有的旅客都坐进一辆大邮车。一离开德勒吉特，那辆由五匹壮马拉着的邮车便风驰电掣般奔跑起来。

车夫们一听可以得到极丰厚的报酬，便把马车赶到一条路况甚佳的公路上飞跑。每十英里有一个驿站，他们在驿站换马耽误的时间还不到两分钟。看那架势，好像格雷那万急切的热情也传到他们身上了。

他们就这样以每小时六英里的速度奔驰了一整天，夜里也毫不减速。

次日，在旭日东升之际，终于传来了汩汩的流水声，低沉的水声宣告印度洋已经近在咫尺。不过，必须绕过海湾，才能到达南纬三十七度线上的海岸，奥斯汀等待他们到达的地点正是在那里。

当海洋出现在他们眼前时，所有的视线都不约而同地投向辽阔的海面，都在搜寻海上的动静。上帝会不会创造奇迹，让"邓肯号"在近海游弋，等待他们，就像一个月以前，它在阿根廷海岸，在科连特斯角一带游弋一样？

但他们什么也没有看见。只有远处地平线上水天一色的永恒景象，甚至没有一片帆影使那无垠的洋面更有生气。

还有一线希望尚存。奥斯汀也许认为应该在图福湾内抛锚，因为海上风急浪高，船只在那样的外海停靠，安全将没有保障。

于是，格雷那万宣布："去埃登！"

邮车连忙往右一转，重新走上那条海湾沿岸的环行马路，朝离此地五英里的埃登小城前进。

马车夫在离港口入口处的固定信号灯不远的地方停下邮车。倒的确有几艘船只停靠在锚地里，但没一艘船的斜桁上挂着玛尔科姆的旗帜。

格雷那万、曼格斯和帕噶乃尔从邮车上下来，跑到海关去询问海关职员，打听最近几天有什么船靠岸。回答是，一星期以来没有一只船来到海湾。

"'邓肯号'也许还没有启程！"格雷那万嚷道，他再也不愿希望破灭，便来一个思想大转弯，"我们很可能比他们来得早了些！"

曼格斯摇了摇头。他了解奥斯汀：他的大副永远也不会推迟十天执行命令。

"我一定得知道个究竟！"格雷那万又说，"有个准信总比东猜西猜强！"

一刻钟之后，他给墨尔本船舶租赁保险代理人联合会拍了一份电报，寻访队员们随后便驱车来到维多利亚宾馆。

　　下午两点整，一封电报交到格雷那万勋爵手里：

> 图福湾，埃登城，格雷那万勋爵，
>
> "邓肯号"自本月 18 日启程，至今去向不明。
>
> 船舶租赁保险代理人 J. 安德鲁

　　电报从格雷那万手中落到地上。

　　再也不必怀疑了！那艘正派的苏格兰游艇已经落入本·乔伊斯之手，成了一只海盗船！

　　穿越澳大利亚之行就这样结束了，而此行之初一切多顺利啊！格兰特船长以及遇难水手的踪迹似乎已彻底消失，无可挽回。这次失败还夺去了留船全体船员的生命。格雷那万勋爵损兵折将，一败涂地。这位英勇的探寻者在潘帕斯草原不曾因自然暴力的夹攻而却步，在澳大利亚大陆却被人性的邪恶战败了。

第三部

第一章 "麦夸里号"

　　如果说寻找格兰特船长的人也会有完全失去希望的时候，那就是现在了，因为他们几乎一无所有。在地球的哪个地方重新远征呢？怎么到别处去探索呢？"邓肯号"已不在；连立即回国也是不可能的事了。这些侠肝义胆的苏格兰人就这样失败了。失败！这个令人难受的词在勇士的心里是不会引起任何共鸣的，然而此刻，在遭到命运的一再打击后，格雷那万也不得不承认，他已无力把寻找格兰特船长这一义举进行下去。

　　在这种形势下，玛丽表现出极大的勇气。她在大家面前不再提父亲的名字。想到刚刚丧生的那些不幸的船员，她便强忍住焦虑。女儿的身份让位给了朋友的身份，过去格雷那万夫人曾经给予她那么多安慰，现在倒是她来劝慰格雷那万夫人了！也是她第一个提出回苏格兰。看到她那么勇敢，那么能忍耐，曼格斯非常钦佩。他想最后再说说找船长的事，但是玛丽用一个眼色阻止了他。后来她对他说："不要再提了！约翰先生。想想那些为救别人而牺牲的人吧！格雷那万爵士必须回欧洲！"

　　"您说得对，格兰特小姐，"曼格斯答道，"是应该回欧洲了。而且还应该让英国当局知道'邓肯号'被劫的事。但是，您也别放弃所有的希望。我们已经开始的寻找工作不应当丢下，我会一个人接着干下去！我一定要找到格兰特船长，除非我死在征途上！"

曼格斯的承诺是郑重的，玛丽接受了，她向年轻的船长伸出手，好像是表示同意这个约定。对曼格斯来说，这意味着毕生的奉献；对玛丽来说，这意味着永远不变的感激。

这一天，大家商量了很久，最后还是决定动身，立刻前往墨尔本。次日，约翰去打听有哪些船开往墨尔本。他以为埃登和维多利亚的首府之间交通应该很频繁，但期望落空了。船很少，当地的整个商船队仅仅由停泊在图福湾的三四条船组成，而且没有一条开往墨尔本、悉尼或威尔士角，然而只有在澳大利亚的这三个港口，才有可能看到一些正在装货、准备驶往英国的船，因为东印度轮船公司有一支远洋船队，定期航行于这几个港口和英国本土之间。

在这种情况下该怎么办呢？等船吗？那就要耽搁很久，因为很少有船到图福湾。有多少条船在大海上驶过却从不在这儿靠岸啊！

经过再三考虑和商讨，格雷那万决定走沿海岸的公路去悉尼。这时帕噶乃尔提出一个谁也没料到的建议。

原来，这位地理学家已经独自去图福湾看过。他知道那儿没有去悉尼和墨尔本的船，但停泊在锚地的三条轮船中，有一条正准备开往新西兰北岛的首府奥克兰。帕噶乃尔提议搭那只船先去奥克兰，再从那里乘东印度轮船公司的船返回欧洲就不难了。

这个建议得到大家的重视。再说，帕噶乃尔丝毫不像惯常那样抛出一大堆论据，他只是陈述事实，最后补充说，海上行程最多需要五到六天。确实，澳大利亚和新西兰之间的距离只有一千海里左右。

说来也是奇怪的巧合，奥克兰正好位于三十七度纬线上，而寻找格兰特船长的这些人，从阿劳卡尼亚①海岸起，一直是坚持沿着这条纬线走的。我们这位地理学家本可以把这样的巧事作为加强他的建议的理由，决不会有人说他是出于个人的偏好。确实，这是顺便考察新西兰海岸的好机会。

然而，帕噶乃尔并没有提出这个有力的理由。也许因为先前他对文件的两次解释都被否定了，他有些失望，不想冒险对文件做第三次解释。再说，他能从中得出什么结论呢？文件中不容置辩地说，格兰特船长曾在一个"大陆"——而不是一座岛屿——上避难。可新西兰明明是座岛。这一点是有决定意义的。不管是为了这个原因还是为了别的原因，反正帕噶乃尔在建议去奥克兰时，没有附带提出新想法。他仅仅指出，在奥克兰和英国之间有定期的船只来往，可以很方便地加以利用。

曼格斯支持帕噶乃尔的建议，因为有没有船到图福湾来还是个问题，他们不能这样空等下去。但是他认为，在实施这一计划之前，最好先去看一看帕噶乃尔所说的那条船。于是，格雷那万、少校、帕噶乃尔、罗伯特和他本人乘上一只小艇，划了几下桨就靠上了那只泊在离码头两链远的船。

这是一条吃水二百五十吨的双桅帆船，名叫"麦夸里号"，在澳大利亚和新西兰各港口之间进行贸易往来。船长相当粗鲁地接待了来访者。他们立刻明白了，他们与之打交道的是一个没受过什么教育的粗人，谈吐举止和船上的五名水手没有根本的区别。宽大的红脸，肥厚的巴掌，扁平的鼻子，一只眼睛的眼球爆掉了，嘴唇因为抽烟斗满是烟垢，除此之外，再加上粗鲁的神气，这一切使这个叫威尔·哈雷的人看上去令人不愉快。可是他们没有选择的余地，而且，只有几天

---

① 智利南部的一个区。——译注

的航行，在这方面也不必太挑剔。

"你们要干什么，你们这帮人？"哈雷见几个陌生人踏上帆船的甲板，便不客气地问。

"请问哪位是船长？"曼格斯反问。

"我就是，"哈雷说，"那又怎样？"

"'麦夸里号'在装货准备开往奥克兰吗？"

"是的，那又怎样？"

"船上装的什么货？"

"所有能卖和能买的东西。那又怎样？"

"什么时候开船？"

"明天，中午涨潮的时候。那又怎样？"

"带乘客吗？"

"那要看什么乘客，还要看他们能不能吃船上的饭食。"

"他们自带饭食。"

"还有呢？"

"还有什么？"

"多少人？"

"九个人，其中两位女客。"

"我没有客舱。"

"把甲板室让给他们，他们想办法凑合住。"

"还有呢？"

"您肯不肯？"曼格斯问。船长的说话方式并没让他为难。

"那要看情况。""麦夸里号"的老板回答。

哈雷转了一两圈，钉着铁钉的大靴子跺着甲板，突然回来问曼格斯："付多少钱？"

"您要多少？"约翰反问。

"五十英镑。"

格雷那万在一旁点点头表示同意。

"行，五十英镑。"曼格斯回答。

"不过这只是船钱。"哈雷补充说。

"行，只是船钱。"

"伙食在外。"

"行，伙食在外。"

"说定了。还有呢？"威尔说，一面伸出手。

"嗯？"

"定金呢？"

"这是旅费的一半，二十五英镑。"约翰说，一面数钱给船主。这一位把钱装进口袋，连一声"谢谢"都不说。

"明天上船，"他说，"中午之前到。到时候不管你们来了还是没来，我开船不误。"

"我们会准时到。"

说完，格雷那万、少校、罗伯特、帕噶乃尔和曼格斯离开了船。哈雷甚至没用指尖碰一碰他那顶扣在红头发上的油布帽子。

"好一个粗人！"约翰说。

"嘿，他倒挺合我的意。"帕噶乃尔回道，"一只地道的海狼。"

"一只地道的狗熊！"少校反驳道。

"我想，"曼格斯补充说，"这只狗熊当年大概做过贩卖人口的交易。"

"管他呢！"格雷那万说，"他是'麦夸里号'的船长，船开往新西兰。反正从图福湾到奥克兰，我们不会常看到他，到了奥克兰以后，就再也不会见到他了。"

格雷那万夫人和玛丽得知第二天出发都很高兴。格雷那万告诉她们，"麦夸里号"可不像"邓肯号"那么舒适。但两位女子已经历过那么多艰辛和考验，不会为这点小事犯难。大家请奥尔比奈特负责储备食物。这个可怜的人自从"邓肯号"被劫后，常常哭他不幸的妻子，奥尔比奈特太太当时留在船上，因此肯定和全体船员一起成了流放犯暴行的牺牲品。但他仍然以一贯的热忱履行司务长的职责。"伙食在外"就意味着要选购些双桅船上通常不可能有的食物。奥尔比奈特在几个小时里便把食品置备齐全了。

这段时间里，少校忙着在一个兑换商那里将格雷那万汇给墨尔本联邦银行的汇票换成现金。他不愿意手头缺钱，也不愿意缺枪支弹药，故而他重新充实了他的武器库。

帕噶乃尔买到一张极好的新西兰地图，是约翰斯顿绘制，在爱丁堡出版的。

穆拉第这时的健康状况不错，曾经几乎叫他送命的伤口现在已经不疼痛了。在海上航行几天就可能让他彻底痊愈。他打算让太平洋上清新的风把他完全治好。

威尔逊负责给乘客在"麦夸里号"清理出住处。经他一番打扫和洗刷，甲板室变了样。哈雷看了只是耸耸肩。他对格雷那万和男女伙伴几乎不闻不问，甚至不知道他们姓甚名谁，也不想知道。他只知道船上增加了几个乘客，给他换来了五十英镑，如此而已。在他眼里，这些乘客还不及堆满了底舱的两百吨鞣革值钱。皮革最重要，人其次。他是生意人。据说他是在这片暗礁遍布、危机四伏的海域航行的好手。

这一天还有几个小时，格雷那万想再到三十七度纬线与海岸相切的那个地方走走。他这样做有两个动机。

一是想再看看那个被推测为海难发生地的地方。因为艾尔顿的确是"布里塔尼亚号"上的下士水手，"布里塔尼亚号"确实是在澳大利亚的这一带海岸沉没的，不在西海岸，就在东海岸。这地方今后不会再来了，不应当不看就轻易离开。

第二，即使不谈"布里塔尼亚号"，至少"邓肯号"是在这里落到逃犯手中的。可能还发生过激战呢！有什么理由认为，在海滩上不会发现一场搏斗或最后抵抗留下的痕迹呢？如果船员是死在海浪中了，那么海浪不会把几具尸体冲到海滩上来吗？

维多利亚旅社的总管给他们两匹马，格雷那万在忠实的约翰陪伴下，再一次走上环绕图福湾的那条北边的路。

这是一次令人黯然神伤的探索。格雷那万和约翰骑着马往前奔，两人都不说话。但是他们互相理解。同样的思想，同样的忧虑折磨着他们的心。他们看着被海水侵蚀的岩石，互相不需要提问，也不需要回答。约翰的热忱和聪慧是信得过的，可以肯定，海滩的每块地方都经过认真搜索，岩石的每条裂缝以及斜滩底部和沙丘高处都仔细察看过，但是没有任何蛛丝马迹能促使他们再度搜寻这里。

没看到海难的痕迹，也没看到"邓肯号"的任何遗物。澳大利亚濒临太平洋的这一带是一片荒凉。

不过，曼格斯在海岸边发现了有人在那儿扎过营的明显痕迹。几棵孤零零的垂枝相思树下，有新近生过火的余烬。难道几天前曾有土著游牧部落打这儿经过？不是。因为有一件东西吸引了格雷那万的目光，这件东西无可争辩地证明，有些逃犯曾经来过这处海岸。

这东西就是一件灰黄两色的水手上装，很旧了，打着补丁，几乎成了惨兮兮的烂布，被扔在一棵树下。衣服上打着珀斯监狱囚犯登记号。囚犯已不在，可他丢下的又脏又破的衣服在替他回答。这件囚徒的号衣曾为某个可恶的人蔽体，如今在这荒凉的海岸上渐渐腐烂。

"约翰！你瞧，逃犯们来过这里！"格雷那万说，"那么，我们可怜的'邓肯号'上的伙伴在哪里呢？"

"是啊！"约翰回答，声音很低沉，"他们肯定没下船，死在海上了……"

"该死的逃犯！"格雷那万愤怒地说，"要是他们落到我手里，我一定要为我的船员报仇！……"

悲痛使格雷那万面部的线条显得更坚毅了。他对着无边无垠的波浪凝望了几分钟，随后，他的目光暗淡下来。他没再说一句话，没再做一个动作，只纵马飞奔，踏上回埃登的路。

只剩下一个手续要办，就是向警官报告新近发生的事件。当天晚上他便向托马斯·邦克斯报告了。这位长官在笔录案情时，几乎掩饰不住自己的满意之情，不为别的，只是因为本·乔伊斯和他那一伙离开了当地。全城的人和他一样高兴。罪犯们离开了澳大利亚，虽说是由于犯了又一个罪行，但他们终究走了。这个重要消息立即被电告了墨尔本和悉尼当局。

报过案后，格雷那万回到维多利亚旅馆。

即将远行的人们心情沉重地度过了在这儿的最后一晚。他们翻来覆去想着这块发生过那么多不幸的地方，回想着在贝努依角时曾满怀希望，而这些合情合理的希望在图福湾残酷地破灭了！

帕噶乃尔却极度地骚动不安。从斯诺威江出事开始，曼格斯就在观察他，感到地理学家有事要说，但又不愿说。有好多次，约翰向他提出一个个问题，逼他开口，但帕噶乃尔都没回答。

这天晚上，约翰送他回房间时问他为什么这么烦躁不安。

"约翰，我的朋友，我像平时一样，并没有烦躁不安呀！"帕噶乃尔含糊其词地回答。

"帕噶乃尔先生，"约翰又说，"您心里有个秘密，压得您透不过气来！"

"咳！有什么办法呢？"地理学家挥舞着手说，"这不是我能控制的！"

"什么事不是您能控制的？"

"我一方面快乐，另一方面又绝望。"

"您既快乐又绝望？"

"是的，去新西兰让我既快乐又绝望。"

"是不是您发现了什么蛛丝马迹？"曼格斯忙问，"是不是您又抓住了失掉的线索？"

"不是，我的朋友！您也知道人的本性：只要有一口气就心存希望！我的座右铭正是'一息尚存，希望不灭'。这是世界上最美的格言之一！"

第二章　新西兰的过去

　　次日，即 1 月 27 日，"麦夸里号"的乘客在船上窄小的甲板室里安下身来。哈雷没提出把自己的舱房让给乘客中的夫人小姐。不过，他这么不礼貌也没什么可让人遗憾的，因为他那个窝只配给狗熊住。

　　到了十二点半，趁着退潮，船起航了。好不容易先拉直锚绳，然后从海底拉起了锚。从西南方吹来阵阵微风。一张张帆渐渐都拉了起来。船上的五个水手慢腾腾地操作着。威尔逊想帮他们一把，但是哈雷叫他待着别动，不要瞎管闲事，还说他一向是自己的事自己解决，不要别人插手，也不要别人多嘴。

　　这话是冲曼格斯说的，他看见某些笨手笨脚的操作觉得好笑。听了哈雷这几句话，他知道不便过问，但如果水手的笨拙影响了航行的安全，他还是有权干预的。

　　在船主咒骂下，五个水手花了很长时间，费了好大力气，总算把帆都挂到了位。"麦夸里号"后侧受风，以左舷风行驶，它的桅帆、第三层帆、后桅帆、三角帆都升起来，后来连辅助帆、顶帆也用上了，但尽管用了很多帆，却不见船行进多少。原因在于船的形状是前部鼓起，底部像喇叭口似的扩大，后部笨重，是一只典型的"木头

468

鞋",注定走不快。

没有办法,只好如此了。好在不管"麦夸里号"行得多慢,五天时间,最多六天,总该到达奥克兰港了。

晚上七点,澳大利亚的海岸和埃登港的灯火从人们的视线中消失了。海上波涛相当大,船航行得更加吃力。它常常重重地跌入波谷。乘客们感到阵阵激烈的摇晃,在甲板室里待着很不舒服。但是他们又不能到甲板上去,因为外面下着大雨。这样,他们不得不像蹲监牢似的关在小屋里。

于是各人徜徉在自己的思绪中。大家很少说话。格雷那万夫人和玛丽也是难得交谈几句。格雷那万在一个地方待不住,总是走来走去,少校则坐在那儿一动不动。曼格斯不时走上甲板观察大海,罗伯特总跟在他后面。帕噶乃尔缩在一角,嘴里喃喃着一些模糊不清、意思不连贯的词句。

这位可敬的地理学家在想什么呢?他在想新西兰,命运正把他们领向那里。新西兰的整部历史都装在他的脑子里,这个国家凄惨的过去仿佛重现在他眼前。

但是在它的历史中,有没有一个事实或事件能让发现这两座岛屿的人把它们看成一个大陆呢?任何一个现代地理学家或海员,能给它们"大陆"这个称谓吗?很明显,帕噶乃尔总是回到文件的解释上来。这成了一个萦绕在他脑际、挥之不去的想法。到过巴塔哥尼亚和澳大利亚之后,现在他的想象力在一个词的刺激下,拼命围绕着新西兰转。不过,牵挂着他的只是一点,唯一的一点。

"Contin……Contin……"他不断重复着,"意思就是大陆嘛!"

于是他在回忆中追寻那些发现了南太平洋中这两个大岛的航海家们的足迹。

1642年12月13日,荷兰人塔斯曼在发现了范迪门地后,来到了尚不为人知的新西兰海岸。他沿着海岸又航行了几天。17日，他的船进入一个宽阔的海湾，海湾尽头有一条狭窄的航道，连接着两座岛屿。

北边的岛叫伊卡那玛乌伊，这是新西兰土话，意思是"玛乌伊鱼"。南边的岛叫马海普那穆，意思是"产绿玉的鲸鱼"。

阿贝尔·塔斯曼派了几只小艇登陆，他们回来时跟着两只独木舟，独木舟上坐着一群叽里呱啦的土著人。这群人个头中等，肤色棕黄，骨节粗大，粗嗓门，黑头发像日本人那样结在头顶，发结上面插一根长长的白羽毛。

这是欧洲人和土著人的第一次会晤。这次会晤似乎预示日后他们之间可以建立长期的友好关系。然而第二天，当塔斯曼的一只小艇去寻找一个更靠近大陆的停泊地时，七只独木舟载着一大群土著人向小艇发起猛烈攻击，小艇侧翻在海里，灌进了水。艇上的指挥官首当其冲，被一根长矛那磨得很粗糙的矛头刺中喉部，掉进水里。他的六个同伴中四个被杀死，其余两个和他一起奋力游到大船那边，被捞上船才得救。

这次流血事件后，塔斯曼只得拔锚起航，他的报复行动仅限于向那些土著人胡乱放了几枪。他离开了那个海湾，给它留下个"屠杀湾"的名字。他沿着西海岸向北航行，1月5日在北角附近停泊。但这个地方不仅激浪拍岸，而且土著人凶蛮，他的船无法补充淡水。于是他永远离开了这片土地，并且管它叫"斯塔滕兰德"，意思是"国家的土地"，以纪念全国三级会议。

原来，这位荷兰航海家以为，这地方与美洲南端火地岛东边的斯塔腾相毗连。他以为自己发现了"南部大陆"。

"但是，"帕噶乃尔心里想，"17世纪的海员称它为'大陆'，19世纪的海员就不能这样称它了！这种谬误是不能容许的！不！可能有什么东西我没弄清楚！"

此后的一个多世纪中，塔斯曼的发现被人遗忘，新西兰仿佛不存在似的。直到一个叫苏尔维的法国航海家由南纬三十五度三十七分来到了这里。起初，他对土著人没什么可抱怨的。有一天，狂风大作，暴雨来临，载着探险队病号的小船被海浪抛到了"避风湾"的海滩上。在那里，一个叫那吉奴依的土著人头领很友善地接待了法国人，并且在他的小屋里招待了他们。一切都很好，直到苏尔维发现他的一只小艇被偷。苏尔维向土著人讨还小艇无果，于是他认为应当惩罚他们，便放火把整个村子烧了。这次可怕且又不公正的惩罚与日后在新西兰发生的血腥报复行为不是没有关系的。

1769年10月6日，赫赫有名的库克出现在这一带海岸。他指挥他的"奋进号"在塔维罗阿湾停泊，并力图通过种种善待的手段笼络当地土著人。然而，要善待某人，首先得接触他。库克毫不犹豫地抓来两三个土著人，不管他们愿意不愿意，强迫他们接受他的恩惠。这些人得到很多礼物和优待后，被放回陆地。很快，好几个土著人听了同伴的讲述都动了心，自愿到船上来和欧洲人物物交换。几天后，库克向霍克湾行驶，这个海湾在北岛的东海岸形成一个很大的弧形。在那儿，他碰到一群好斗的土著人向他寻衅找事，吵吵嚷嚷。他们闹得太厉害了，库克不得不发射了一阵霰弹让他们安静下来。

10月20日，"奋进号"在托科马鲁湾停泊，那里住着两百来个土著人，都平和温厚。船上的植物学家考察了这个地方，成果丰富。土著人用独木舟把他们运到岸上。库克参观了两个村子。作为防御，村子外围有栅栏、护墙和两道壕沟。这说明那些土著人已经相当懂得设营术。最大的防御工事造在一块岩石上，周围是汹涌的海潮，岩石成了一个名副其实的岛屿，甚至比岛屿更险要，因为它不仅被海水环抱，而且还有一个高约六十英尺的天然拱门，海水咆哮着在拱门下穿过，碉堡便造在拱门上。库克在那里逗留了五个月，这五个月里，他搜集了大量稀奇有趣的东西，多种当地的植物以及人种志和人种学方面的资料。3 月 31 日，他用自己的名字给两座岛之间的海峡命名，离开了新西兰，不过，在后来的航海探险中，他还会来这里。

果然，1773 年，这位伟大的航海家又出现在霍克湾，并且目击了人吃人的场面。不过这要怪他的伙伴，因为事情是他们引起的：几个军官在陆地上发现了一个年轻野人的残肢，便带回船上"烧熟"了，把肉送给土著人，土著人扑上去贪婪地抢食一空。多荒唐的奇思怪想！竟然充当了一顿人肉餐的厨师！

库克在第三次航海旅行中又考察了这片他特别感兴趣的土地，他决意要补全这里的水文地理测绘图。1777 年 2 月 25 日，他最后一次离开了这里。

1791 年，英国航海家温哥华在松布勒湾停泊了二十天，但在动植物和地理研究方面一无所获。1793 年，丹特尔卡斯托对北岛北部二十五海里的海岸进行了测绘。这以后，商船船长豪森和达尔林普，然后是巴顿、理查德逊、穆迪，都曾在这儿短暂地停留过。萨维奇博士则在那儿逗留了五个星期，搜集了不少有关新西兰人风俗习惯的有趣逸事。

1805 年，也就是巴顿来的那一年，朗基霍酋长的侄子，聪明的杜瓦塔拉登上了泊在两岛海湾、由巴顿船长指挥的"阿尔戈号"。杜瓦塔拉的遭遇也许能作为某个毛利族诗人写荷马式史诗的素材。他确实饱受了灾难和不公正的待遇。这个可怜的野人在船上勤恳服务，而得到的回报却是被剥夺信仰自由、被监禁和毒打。他对那些自称为文明人的人会怎么想啊！他被带到伦敦，当了个末等水手，成了船员的出气筒、替罪羊。若不是遇上可敬的传教士玛斯敦，他可能会受虐待而死。玛斯敦关心这个年轻的土著人，在他身上看到了不少优良品质：

有头脑、勇敢而又温和、有天赋而又蔼可亲。玛斯敦给了这年轻人几袋麦子、几件农具带回他的家乡。可是这点不值大钱的东西被偷走了。不幸和灾难重又把可怜的杜瓦塔拉压得抬不起头。直到1814年，他终于在祖祖辈辈生活的地方安定下来，就在他将要收获生活的坎坷给他的果实时，死亡降临在他的头上。那时他只有二十八岁，而且正准备改造野蛮的新西兰。这不可弥补的损失无疑使新西兰的开化推迟了很多年。这么一个聪明、善良、把对善的爱和对祖国的爱集于一身的人是无可替代的！

新西兰再一次被人遗忘了。直到1816年，来了汤普森，1817年来了利迪亚德·尼古拉斯，1819年来了玛斯敦，他们走遍了南北两岛的各个地区。1820年，步兵八十四团上尉理查德·克鲁伊兹在这儿待了十个月，他对土著人风情习俗的认真考察大大丰富了人类学的研究。

1824年，杜佩雷指挥的"贝壳号"在两岛海湾停泊了半个月，他对那里的土著人非常满意。

在他之后，1827年，英国捕鲸船"墨丘利号"来这里时不得不抵御土著人的抢劫和杀戮。而同一年，狄翁船长两次在那儿停泊，都受到了最客气的接待。

1827年3月，"星盘号"舰长迪蒙－迪尔维尔不带防身武器，在陆地上和土著人一起度过了好几天，还和他们交换了礼物，各自唱了家乡的歌曲，他夜里就睡在土著人的小屋里，白天测绘，为海军提供准确精细的地图。

翌年，由约翰·詹姆斯指挥的英国双桅帆船"霍斯号"却经历了截然不同的遭遇。船驶抵两岛海湾后向东海岬进发，土著人中一个叫埃那哈荷的酋长很是歹毒，让船上的人吃了不少苦头。约翰·詹姆斯的好几个同伴横遭惨死。

从这些完全相反的事件，从这些野蛮与温和交替出现的情况，我们应当得出的结论是：新西兰人的残暴行为往往是出于报复。船员受到当地人好的对待或是坏的对待，完全取决于船长的好坏。当然，土著人也会毫无理由地进攻，但总的来说，都是欧洲人激起的报仇行为；不幸的是，惩罚有时落在不该受惩罚的人身上。在迪尔维尔之后，新西兰的人种志由一个大胆的探险家补充和完善。这位探险家曾多次走遍世界各地，可谓是科学界的漂泊者、流浪汉，他就是英国人厄尔。在考察南北两岛无人知晓的地区期间，他本人没受到土著人的伤害，却多次亲眼看见了吃人肉的场面。新西兰土著人互相撕食时那种享受美食似的快乐真令人恶心。

船长拉普拉斯也同意这一点。1831 年他曾在两岛海湾停泊。那时，土著人之间的厮杀已经比过去激烈得多，因为他们已经能非常准确地使用火器。结果，北岛原先的一些比较繁荣、居民较多的地区成了荒凉的无人区。有些部落整个儿消失了，像羊群那样，被烤着吃了。

传教士曾为改变土著人这种嗜血本性而斗争，但都没有成功。早在 1808 年，英国圣公会传教会曾派了些最能干的使者——用这个词称他们很合适——去北岛主要的土著人居住地区。但是新西兰人太野蛮，传教会不得不暂时停止在那里建立传教点。直到 1814 年，玛斯敦，就是杜瓦塔拉的保护人，以及霍尔和金格在两岛海湾登陆。他们用十二把铁斧从土著人酋长那里换了一块两百英亩的地皮。以后那里成了英国圣公会所在地。

开头是艰难的。但后来土著终于懂得尊重传教士的生活，接受他们的关怀和教理。有几个特别凶顽的土著人也被感化，他们残忍的心灵里萌生了感激之情。1821 年甚至发生过这样的事：当有野人水手侮辱传教士，并威胁要加害于他们时，新西兰人站出来保护他们的

"arikis"——尊敬的教士。

随着时间一天天过去，传教团在那里渐渐发展壮大起来，尽管有从杰克逊港逃来的罪犯在败坏土著人的道德。1821 年，《福音教团报》报道了两个重要的传教团所在地，一个设在基迪基迪，在一条由两岛海湾注入大海的小河河岸上；另一个设在派希亚，在卡瓦卡瓦河边。皈依基督教的土著人在他们尊敬的教士带领下，在莽莽丛林中开出道路，在湍急的河流上架起桥梁。传教士们轮流去偏远的部落，传布教义，教化土著人。他们用树皮或白藤搭起小礼拜堂，为当地少年儿童建学校。在这些简陋的建筑物屋顶上，传教团的旗子迎风招展，旗子上有耶稣十字架和新西兰文"rongo-pai"几个字，意思是"福音"。

可惜，传教士的影响没有超出他们传教团所在地的范围，对游牧部落起不了作用。食人肉现象只在基督教徒中被消灭，即便如此，也还不能让这些新入教的土著人受到太大的诱惑，因为嗜血的本能还在他们身上蠢蠢欲动。

再者，在这些野蛮地区，战争像慢性病一样难以治愈。新西兰人不像澳大利亚土著人，澳大利亚土著人懦弱，遇到入侵的欧洲人便逃跑；新西兰人会抵抗，会自卫，他们仇恨入侵者，眼下他们正怀着这种不共戴天的仇恨反对英国移民。新西兰两座岛屿的未来如何尚不得而知。等待它们的是立即开化还是持续千百年的野蛮？这要看两种势力的较量。

帕噶乃尔的头脑里就这样烦躁地翻腾着，把新西兰的历史重新过了一遍。然而这部历史中没有任何一点能让人把这由两座岛屿组成的地方称作"大陆"。虽然文件中有几个词激起他的联想，但是"contin"这几个字母总是堵住他的思路，使他无法对文件进行新的解释。

第三章　新西兰的大屠杀

1月31日，也就是"麦夸里号"起航后的第四天，船还没走完澳大利亚到新西兰之间那条狭窄海路的三分之二。哈雷不大过问船上的操作，任水手们去干。乘客们很少见到他，对此谁也不抱怨。假如这个粗鲁的船长不是每天在那儿灌杜松子酒或白兰地，那么他即便整天关在舱房里，也不会有人说什么。然而，上行下效，他的水手也学他的样。这样一来，图福湾的"麦夸里号"便完全听天由命。真是从来没见过航行得这么糟糕的船。

船长既是如此不可原谅地漫不经心，曼格斯便不得不时时刻刻关注水手们的操作。不止一次，帆船因为猛然偏航差点侧翻过来，幸亏穆拉第和威尔逊冲上去扳正舵柄。有时哈雷也出来干预，满口粗话地骂两个水手。这两位不是那种能忍辱的人，一心想捆住这个酒鬼，把他扔到底舱去，直到走完剩下的航程。曼格斯阻止了他们，费了好多口舌平息了他们的愤怒。

这种状况让约翰很不放心，但为了不让格雷那万担忧，他只告诉少校和帕噶乃尔。少校向他提出的建议与穆拉第和威尔逊相同，只是说法不一样。"如果您觉得这个措施有用的话，那么，约翰，"少校说，"您不能犹豫了，您应当掌握指挥权，或者说，由您来掌舵，等我们在奥克兰下了船，再让这个酒鬼当他的船长，他愿意船翻掉，也随他的便。"

"这办法无疑是有用的，少校先生，"曼格斯答道，"如果绝对必须，我会这样做的。只要船还在大海上行驶，我们看着点就行了；我和我的水手不会离开甲板。但是船靠近海岸时，如果哈雷还喝得昏头昏脑，我承认事情会很难办。"

"您不能领航吗？"帕噶乃尔问。

"这很难，"约翰回答，"你们相信吗，船上连一张海图都没有！"

"真的？"

"真的。'麦夸里号'只在埃登和奥克兰之间做点沿岸买卖，这个哈雷对这一带非常熟悉，他根本不测航行方位。"

"他大概以为，"帕噶乃尔说，"他的船认得路，自己会往前走。"

"嗬！嗬！"曼格斯接着说，"我可不相信船会自己往前开，假如驶近海岸时哈雷还醉醺醺的，那我们的处境就难了。"

"但愿快靠岸时他头脑清醒起来。"

"这么说，必要时您也不能把'麦夸里号'开到奥克兰了？"少校问。

"没有这一带的海岸图，我是不能的。这一带的海岸很险恶，是一连串不规则的、奇奇怪怪的峡湾，像挪威的峡湾一样，暗礁很多。必须有丰富的经验才能避开。要是撞到隐在水面下几英尺的岩石上，再结实的船也会完蛋。"

"在这种情况下，船上的人没有别的办法，只能上岸避难？"少校问。

"是的，少校先生，如果时间许可的话。"

"那只是实在不得已的做法！"帕噶乃尔说，"因为新西兰的海岸绝对不是好客的地方，岸上和海上一样危险。"

"您是在说毛利人吗，帕噶乃尔先生？"曼格斯问。

"是的，我的朋友。他们的名声早传到印度洋了。他们可不像胆小、呆头呆脑的澳大利亚人，而是一个聪明、好斗的种族，喜欢吃人肉，要是落到他们手里，别指望他们会可怜你。"

"那么，如果格兰特船长是在新西兰海岸失事，您就不主张去那儿找他了？"少校问。

"不，在海岸地区还是应当去找的，"地理学家回答，"因为我们也许能找到'布里塔尼亚号'的痕迹，但是在内陆不行，找也徒劳。所有冒险去那可怕地方的欧洲人都会落到毛利人手里，一旦落到毛利人手里就准定没命。我曾经鼓励我的朋友们去穿过南美大草原，穿越大洋洲，但我决不会把他们带上新西兰的羊肠小道。愿上帝的手引领我们，千万别让我们落入凶残的土著人手里。"

帕噶乃尔的担心太有道理了。新西兰的名声很坏，在探险家和航海家们发现这个地方的过程中，每一个事件都是一个血腥的日子。

在这里殉难的航海家可以列一长串。阿贝尔·塔斯曼的船上有五名水手被杀后被吃掉，血淋淋的吃人历史从此开始：塔克内船长和一只小艇上的船员惨遭厄运；在福沃海峡的东段，"悉尼-海湾号"上的五个渔民在土著人的牙齿下丧生；"兄弟号"三桅帆船上的四个人在莫里纳避风港遇害；盖特将军的好几名士兵以及"玛蒂尔达号"的三个逃兵被杀；然后就要提到令人悲痛的著名船长马里恩·迪弗莱纳的名字了。

1772 年 5 月 11 日，在库克第一次来此之后，法国船长马里恩带着他的"玛斯卡兰号"，克罗泽船长指挥着他的"卡斯特里号"，来两岛海湾停泊。新西兰人假惺惺地欢迎这些新来的客人，甚至显出一副胆怯的样子。法国人送他们礼物，热心帮助他们，跟他们友好相处和长时间交往，他们这才肯上船。

他们的酋长塔库利是个精明的家伙。如果迪蒙·迪尔维尔的说法可信的话，他属于旺加卢瓦部落，是被苏维尔背信弃义地抢走的那个土著人的亲戚。那是马里恩船长到这儿之前两年的事。

毛利人的荣誉观是：任何毛利人受了侮辱就必须用血来报复。塔库利当然不可能忘记他的部落受过的欺侮。他于是耐心等待欧洲船只的到来，精心筹划他的报仇行动，以骇人的冷静实施他的计划。

假装畏惧欧洲人之后，为了进一步给欧洲人安全感，麻痹他们，塔库利真是什么都想到了。他和伙伴常常在马里恩和克罗泽的船上过夜，给这些欧洲人送些挑选出来的好鱼，还让妻女陪伴法国军官。他们很快知道了船上军官的名字，邀请他们去参观村子。马里恩和克罗泽被他们的殷勤建议所吸引，走遍了这片有四千居民的沿海地区。土著人赤手空拳跑来迎他们，千方百计骗取他们的绝对信任。

马里恩船长在两岛海湾停泊是想更换"卡斯特里号"上的全部桅杆，因为那些桅杆在不久前的海上风暴中严重损坏。他于是到内陆去搜寻造桅杆的材料。5月21日，他在离海岸八公里的地方发现一片极好的雪松林，这片松林附近有个海湾，离他们的船只有四公里。于是，在那里建了营地。三分之二的船员，带着斧头等工具，负责砍树和整理出几条通向海湾的路。他们又选择了另外两处作为工地，一处在港口中间的莫图阿罗小岛上，船上的铁匠、箍桶匠到那儿干活，船上的病号也被抬到那里；另一处在大洋边的陆地上，离船约有六公里的路；这第二个营地和木工场有路相通。几个工地上都有强壮、勤快的土著人帮助海员干各种活儿。

在此之前，马里恩船长并没有疏于防范。比如，土著人决不能持武器上他的船，小艇总是全副武装才上岸。然而后来，大家都被土著人的友好表现所骗。船长下令，小艇上岸时不再带武器。克罗泽想说服马里恩撤回这道命令，可是没能成功。

而新西兰人则显得加倍的殷勤和忠诚。他们的酋长和法国军官相处得亲密无间。有好多次，塔库利把他的儿子带到船上，并且让他在舱房里过夜。6月8日，在一次隆重的拜访中，马里恩被封为整个地区的"大酋长"，土著人给他头上插了四根白羽毛，这是最高荣誉的标志。

自从"玛斯卡兰号"和"卡斯特里号"来到两岛海湾，三十三天就这样过去了。桅杆的制造和更换工程进展顺利。船上的水箱在莫图阿罗淡水补给站装水。克罗泽船长亲自指挥木工们工作。一切都会圆满结束，对此，大家完全有理由充满信心。

6月12日两点钟，船长的小艇装饰一新，准备去塔库利酋长的村子脚下捕鱼。马里恩上了船，陪同他的有两名年轻军官——沃德利库尔和勒鲁，一名志愿兵，兵器总管以及十二名水手。塔库利和另外五个头领陪着他。没有任何迹象让人预感到，一场可怕的灾难正等着这十七个欧洲人中的十六个。

小艇离开大船向陆地驶去，不久，两艘大船上的人就望不见它了。

当晚，马里恩船长没回大船来睡觉，谁也没感到不安和担心。大家以为，他顺便去视察桅杆工地了，在那儿住一宿。

次日早晨五点，"卡斯特里号"的小艇像惯常那样去莫图阿罗岛取淡水，取完水又平安无事地回来了。

九点，"玛斯卡兰号"的值班水手瞥见海上有一个人向大船游来，这个人看上去已精疲力竭了，人们立刻放了一只小艇去救他，把他带回大船。

他叫图尔耐，是马里恩船长乘坐的那只小艇上的成员之一。他的腰部有一个伤口，是被长矛刺的。他是前一天离开大船的十七个人中唯一生还的人。

大家忙问他是怎么回事，并且很快知道了这次惨剧的全部经过：倒霉的马里恩上午七点在村子脚下靠了岸。土著们欢天喜地跑来迎接客人，还把军官和水手背上岸，因为这些人不愿下船时弄湿脚。随后这群法国人便被拆散了。

霎时间，土著人手执长矛、狼牙棒、短棍向他们扑来，十个对付一个，把他们打死了。水手图尔耐，被长矛刺中两下，但没被敌人抓住，躲进了一个矮树丛。他便是从那里目睹了惨无人道的场景。野人们剥掉死人身上的衣服，把他们开膛破肚，剁成块……

这时，图尔耐趁土著人看不见，跳进了海里……"玛斯卡兰号"的小艇把他捞上来时，他已奄奄一息。

两艘大船上的人听了这件事先是骇呆了，接着爆发出一阵"报仇"的喊叫。但是，在为死者报仇之前，应当先救出活人。陆地上有三个工地，被几千个嗜血的、食人肉的土著人包围着。

克罗泽船长不在船上，昨夜他睡在桅杆工地，船上级别最高的军官迪克莱莫尔便采取了几项紧急措施。他派一名军官率领一个小分队，乘"玛斯卡兰号"的小艇首先去营救木工场的人。这名军官带着士兵出发了。他们沿着海岸进发，看见马里恩船长的小艇搁浅在海滩上，他们上了岸。

前面说过，克罗泽船长没在船上，他在工地，故而他还一点不知道自己人被屠杀的事。下午两点钟左右，他看见小分队出现在工地，便预感到发生了不幸。他忙走上去，了解了全部真相。他禁止把事情告诉伙伴，以免他们惊慌失措。

结集成队的土著人占据了所有的高地。克罗泽船长命令带走主要的工具，其余的埋藏起来，他烧掉工棚，率领六十个人开始撤退。

土著人在他们后面追，一面喊着"塔库利已经把马里恩宰了！"，想用船长的死来吓倒水手们。水手们愤怒极了，要向这些万恶的野人冲去。克罗泽船长好不容易才拦住他们。就这样，小分队走完八公里路，抵达海岸，和第二工地的人一起登上小艇。在这段时间里，上千个土著人坐在地上按兵不动。可是等小艇离了岸，无数石块向船上飞来。四个水兵，个个都是好射手，立刻向土著人开枪，把几个酋长悉数击毙。土著人大吃一惊。他们还不知道火器的厉害。

克罗泽船长和"玛斯卡兰号"会合，并立即派小艇去莫图阿罗岛。一支小分队驻扎在岛上过夜，原先在岛上的病号被送回大船上。

第二天，又一支小分队前去增援。他们要清除掉岛上的土著人，还要装满水箱。莫图阿罗村有三百个居民，法国人向他们发起进攻，把六个头领全部打死，其余的土著人被刺刀砍倒，村子给放火烧了。然而，"卡斯特里号"没有桅杆不能出海，而那片雪松林已被迫放弃，克罗泽船长只得造组合桅杆。淡水补充工作也在继续。

一个月过去了。这期间，土著人曾几次企图夺回莫图阿罗岛，都未成功。每当他们的独木舟出现在舰船火力能及之处，水手们便用炮火把它们摧毁。

桅杆工程终于结束。余下的工作，一是要弄清，那十六个遇难的人中是否还有劫后余生者，二是要为死者报仇。几名军官带着一个人数相当多的小分队，乘小艇前往塔库利的村子。阴险而又卑怯的酋长一见小分队来，立刻逃跑，肩上还披着马里恩船长的大衣。村子里所有的木屋都被仔细搜查了一遍。在塔库利的小屋里发现一个刚煮熟的人头，上面还可以看到吃人者留下的牙齿印。一条人腿穿在一根烤肉叉上。地上有件衬衫，衣领血迹斑斑，大家认出那是马里恩船长的衬衫，接着又找到了年轻军官沃德里库的衣服和手枪，小艇上的武器，还有一些已撕成碎片的衣衫。在稍远些的另一个村子里，发现一些人的内脏，已洗净或煮熟。

他们把这些杀人和吃人肉的铁证收集起来，怀着悲痛和崇敬埋葬了死难伙伴的遗骸，放火烧了塔库利和同谋皮基奥尔的村子。1772 年 7 月 14 日，两艘船离开了这片祸害之地。

这就是那场灾难的经过。踏上新西兰海岸的每一个旅行者都不该忘记这不幸事件。任何一位船长，倘若不能从中吸取教训，就不是一个审慎的船长。新西兰土著人凶险和吃人肉的本性未改。库克于 1773 年第二次到那儿时也见证了这一事实。

这就是新西兰，"麦夸里号"便是开往这样一个地方，这条船由一个醉鬼指挥。

第四章 岩礁

艰难的航行拖得很长。2 月 2 日，即起航后第六天，"麦夸里号"还望不到奥克兰的海岸。风倒是顺风，一直保持着西南方向；但海流和风向相反，船勉强能逆流而行。波涛汹涌的大海猛烈地冲击着船的干舷；船肋咯咯作响，每次爬出波谷都很费劲。船的桅杆横索、后支索以及牵桅索都没拉紧，因此桅杆有点活动。每次船一颠簸，桅杆便猛烈摇晃。

所幸，哈雷不是个急性子的人，不去使劲扬帆，否则，全副桅杆就会不可避免地倒下来。曼格斯只希望这条蹩脚船能平安抵达奥克兰港口。但是，看着自己的伙伴在船上住得那么差，他心里很不好受。

然而，格雷那万夫人和玛丽小姐却毫无怨言，虽然连绵不断的雨迫使她们待在甲板室里，那里空气不好，船身又摇晃得厉害，她们很不舒服。有时她们顶着恶劣的天气到甲板上来透透气，直到一阵阵难以抵挡的狂风暴雨把她们逼回小屋里。那狭窄的空间其实只能堆货物，不适合住人，尤其不适合住女客。

她们的朋友想方设法为她们消遣解闷。帕噶乃尔试着用他知道的各种故事来打发时间，但是不太成功。确实，在这漫漫旅途上，人们心神不定，情绪低落。过去，这位地理学家有关潘帕斯草原或澳大利亚内陆的高谈阔论，他们听得津津有味，而现在，他对新西兰的思考和想法却让他们无动于衷。何况，去这个名声不好的新地方本不是他们的愿望，而是被客观形势所迫，他们对此行毫无热情，毫无把握。"麦夸里号"的乘客中，最值得同情的是格雷那万爵士。大家很少在甲板室里看见他，他在那里待不住。他天性神经质，容易激动，不习惯像蹲监牢似的待在这四块木板隔成的狭小空间里。白天，甚至晚上，不管大雨如注，不管巨大的浪头扑上船来，他总是待在甲板上，有时倚着船栏杆，有时烦躁不安地走来走去。他的眼睛一直望着大海。遇到天气暂时晴朗，他便用望远镜锲而不舍地搜索海面，仿佛在询问那无言的波涛。他真想一下子撕开笼罩着大海的浓雾和郁积不散的水汽。他不甘心听天由命，因而他的面容流露出焦灼和痛苦。他原是个精力充沛、刚毅果敢的男人，在此之前，一直是幸福的，无所不能的，而现在，幸福和权力突然消失了。

曼格斯不离他的左右，和他一起忍受着狂风暴雨。这一天，只要海面上的浓雾稍有缝隙，格雷那万便从雾隙中搜索天边，那股劲儿比平时更执着、更顽强。

约翰凑近他，问："阁下在寻找陆地吗？"

格雷那万摇摇头。

年轻的船长又说："不过，您一定恨不得马上离开这条船。我们本该在三十六小时前就看见奥克兰港口的灯火了。"

格雷那万不回答。他一直在观察。有一分钟时间，他把望远镜对着船的上风处的天际。

"陆地不在那边，"曼格斯说，"阁下最好往右舷的方向看。"

"为什么，约翰？"格雷那万说，"我并不是在找陆地！"

"那么，您在找什么呢，爵士？"

"找我的游艇，我的'邓肯号'！"格雷那万怒气冲冲地说，"它应该就在这一带，正在沿海抢劫，干着该死的海盗勾当！它在那里，我跟你说，在那里，约翰，就在这条海路上，在澳大利亚和新西兰之间！我有预感，我们会碰见它。"

"上帝保佑我们别碰见它，爵士！"

"为什么，约翰？"

"阁下忘了我们现在的处境！如果'邓肯号'追赶这条帆船，我们在船上能干什么！我们甚至无路可逃。"

"你说逃，约翰？"

"是的，爵士！我们想逃也逃不掉！我们会被抓走，那帮可恶的罪犯可以随意摆布我们。本·乔伊斯的行径已经表明，天大的罪他也敢犯！我倒不在乎我们自己的性命，我们会自卫一直到死！可是我们死了以后呢？想想格雷那万夫人，想想玛丽小姐，爵士！"

"可怜的女人们！"格雷那万轻声说，"约翰，我的心都碎了，有时我心里充满绝望，我觉得新的灾难在等待着我们，好像老天在和我们作对！我害怕！"

"您害怕，爵士？"

"不是为我自己，约翰，是为我所爱的人，也为你所爱的人！"

"放心吧，爵士，"年轻的船长回答，"再没什么可担心的了！'麦夸里号'开得很慢，但毕竟在往前走。哈雷是个粗鲁人，可是有我在这儿呢！如果靠岸的时候有危险，我会想法把船再开到海上去。所以在这方面问题不大，甚至可以说没有问题。至于碰到'邓肯号'，但愿上帝别让这事发生！假如阁下想看见它，那也应该是为了避开它，离它远些！"

曼格斯说得对。碰上"邓肯号"对"麦夸里号"会是一场灾难。而他们有理由担心碰上它，因为这一带海域狭窄，海盗可以肆无忌惮地打劫过往船只。不过，至少这一天，游艇没出现。从图福湾出发后的第六个夜晚来临了，曼格斯担心的事并没有发生。

然而，他们将度过惊心动魄的一夜。晚上七点钟，天色几乎是突然黑了下来。天空预示着将有暴风雨。哈雷身上，水手的直觉战胜了酒醉后的迟钝。他走出舱房，揉揉眼睛，甩了甩红发蓬乱的大脑袋。他深深吸了口海上的新鲜空气，就像有的人喝一大杯凉水，让自己清醒清醒。然后，他开始察看桅杆。风渐渐大起来，风向往西转了一个相位角，正好把船送向新西兰的海岸。

哈雷骂骂咧咧叫来他手下的人，命他们拉紧顶桅，张起夜航的帆。曼格斯心里很赞成他的做法，嘴上却什么也不说。他早已决定不和这个没教养的水手讲话。不过，他和格雷那万都不离开甲板。过了两小时，海上刮起大风。哈雷叫水手降低前帆。若不是"麦夸里号"有美式双层帆架，五个人操作会很困难。现在只需要把上层帆架往下拉，就能让桅帆的体积缩到最小。

又过了两小时，海上涌起波涛。"麦夸里号"底部受到强烈振荡，摇晃得厉害，简直让人以为船的龙骨擦着了礁石。其实不是这样，只是因为船身笨重，爬出波谷升上浪尖很费劲，于是浪头打来时，大股水便泼到船上。挂在左舷吊杆上的小艇也在浪退下时被卷走了。

曼格斯不禁担心起来。其实，说到底，这浪涛并不算太骇人，换了别的船也许可以满不在乎地随浪沉浮；然而这条船太笨重，约翰担心它会直往下沉，因为船每次跌入波谷，甲板上便积满水，而水又不能及时从甲板的泄水孔流出去，就有可能使船淹没。为了防止出事，明智的做法是用斧头劈开船盾，让水快些流走。但是，哈雷不肯采取这个预防措施。

另外，有一个更大的危险在威胁着"麦夸里号"，而要避免它大概已经来不及了。

将近十一点钟，一直冒着大风待在甲板上的曼格斯和威尔逊听到一种异乎寻常的声响，这声响唤醒了他们航海人的直觉。约翰一把抓住威尔逊的手说："拍岸浪！"

"是的，"威尔逊回答说，"浪头打在沙洲上破碎的声音。"

"离海岸最多两链远？"

"最多！陆地就在那边！"

约翰从舷墙上俯下身，看看黑黝黝的海浪，叫道："放水砣！威尔逊！放水砣测水深！"

站在船头的船老大似乎还没意识到当前的处境。威尔逊抓起盘在箱子里的水砣绳，冲到前桅帆的横索架那里，把铅砣扔进海里，铅砣的绳子在手指间往下滑，滑到第三结时，铅砣停住不动了。

"水深三英寻！"威尔逊喊道。

"船长，"约翰喊，一面向哈雷跑去，"船搁在岩礁上！"

哈雷耸了耸肩，约翰不知有没有看见，反正这对他无关紧要，他奔向船舵，把舵柄向下压，威尔逊则扔下水砣，拼命拉桅帆的转桁索，让船掉头顶风行驶。掌舵的水手被猛地推到一边，还不明白人家为什么突然把他推开。

"解帆！解帆！"年轻的船长喊着，一面操作，设法让船升起来，离开礁石。

有半分钟的光景，船的右舷艉部沿着礁石擦过去。虽然夜色一片漆黑，约翰看到，在离船四链的地方，有一道白花花的浪线在轰鸣着。

这时，哈雷意识到危险已迫在眉睫，顿时慌了神。他的几个水手喝醉了酒还没完全清醒，不明白他下的命令。再者，威尔逊的话本来就前言不搭后语，他的指令甚至互相矛盾，说明这愚蠢的酒鬼已经晕头转向。他原来以为陆地还有三四十海里远，没料到只在下风八海里，可以说近在眼前了。海流把这走老路的可怜虫冲出了他习惯的航道，弄得他措手不及。

幸亏曼格斯眼疾手快，及时干预，使船离开了礁石。但是他不知道船的位置。也许船处在一个礁石带中。风朝着正东方向吹，船每次前后摇晃都有可能触礁。

果然，不久，在右舷前方，拍岸浪的声音更响了。必须再调转船头，让它顶风。约翰又把舵柄往下压，转动帆桁，使它和龙骨成锐角。船艏下面的岩礁越来越多。必须迎着风转弯，才能回到海上。可是，船失去平衡，帆又大大减少，这样的操作能成功吗？没有把握，但一定要试试。

"舵柄朝下！"曼格斯对威尔逊喊道。

"麦夸里号"开始接近又一道暗礁。不久，海水碰到隐在水下的岩石溅起白沫。

这一刻，大家的忧虑和焦急难以形容。海浪白得发亮，好像突然被荧光照亮似的。海在咆哮，仿佛它有一副希腊神话中那些有生命的礁石的嗓子。威尔逊和穆拉第伏在舵轮上，用全身的重量把它往下压。舵柄几乎压到头了。

突然发生了一记猛烈的碰撞。原来，"麦夸里号"撞在一块岩石上。船艏斜桅支索断了，这就影响了前桅桅杆的稳定。船是否能完全调过头来而不会有其他的损坏呢？

不可能，因为风力突然暂时减小，船回到顺风位置，调头的运转顿然停止。一个高大的海浪把船托起，送到礁石上面，然后船重重落下，前桅桅杆连同所有的装置一起倒了下来。船舷龙骨触了两下海底，然后船停住不动了，往右舷倾斜了三十度。

船舱的玻璃撞成碎片。乘客们纷纷跑到外面来。然而海浪扫荡着甲板，待在那儿有危险。曼格斯知道船牢牢卡在沙里，请乘客回他们的甲板舱。

"情况究竟怎样，约翰？"格雷那万冷静地问。

"爵士，"曼格斯答道，"情况是这样：船不会沉，会不会被海浪冲坏，就难说了。不过我们还来得及想办法。"

"现在是半夜了吧？"

"是的，爵士，只能等天亮。"

"不能把救生艇放下去吗？"

"海浪这么大，海上又这么黑，我看不行！再说，也不知道在什么地方靠岸。"

"那就待在这儿等天亮吧，约翰。"

这段时间里，哈雷像疯子一样在甲板上奔来跑去，他的几个水手已经从惊慌失措中恢复过来，他们打开一桶白酒，喝了起来。约翰预见到，他们一喝醉，准会闹得不可开交，又不能指望船长去管住他们。这可怜的家伙正急得又是揪头发又是绞手指，他心里只有船上运的货，那货物没保过险。

"我破产了！我完蛋了！"他连声喊叫着，不停地从船的一头跑到另一头。

曼格斯根本不想劝慰哈雷。他叫伙伴都拿上枪，处于戒备状态，随时准备击退来犯的水手，这些水手正在往肚子里灌白兰地，嘴里骂着不堪入耳的粗话。

"哪个坏蛋敢走近甲板室，我就像打死一条狗一样击毙他！"少校平静地说。

水手们大概也看出，那些乘客决意不让他们近身，因为他们虽几次企图抢劫，但终究没敢下手，后来就走开不见了。约翰也便不再理会这些醉鬼，只心急地等天亮。

当时，"麦夸里号"停在那里纹丝不动。海上渐渐风平浪静。这样，船身还能抵挡几个小时。约翰想等太阳出来再观察陆地。如果看到便于靠岸的地方，就可以把船上仅剩的一只交通艇放下水，运船员和乘客上岸。交通艇一次只能载四个人，所以至少需要往返三次。那只救生艇早被海浪卷走了。

约翰靠在油布罩上，一面考虑着处境的危险，一面听着海浪拍岸的声音。他竭力想透过漆黑的夜幕看到点什么，心里想，不知道船离那片既想赶快到达又害怕到达的新西兰大陆究竟还有多远。岩礁往往会沿海岸伸展十几公里，单薄的交通艇能走那么长的路吗？

约翰这么思索着，一面希望黑暗的天空能有一点光。此时，两位女客在卧铺上休息，约翰的话让她们放心，而且船不再摇晃，也使她们能享受几个钟点的平静。格雷那万、约翰和其他伙伴，因为不再听到喝得烂醉的水手们的嚷叫声，也都很快入睡了，在睡眠中恢复体力。凌晨一点钟时，船上一片静寂，船本身似乎也在它的沙床上睡着了。

将近四点钟，东方露出头几道曙光。在黎明的微光中，天上的云显出深浅不同的色调。约翰又走上甲板。天边垂着雾的帷幔，浓浓的水汽中能隐约分辨出一些模糊的轮廓，但都在相当的高度上。海上波浪不兴，逐个远去，消失在天边凝然不动的晨雾中。

约翰等着。天边越来越亮，渐渐泛出红色。在这片广袤的背景上，雾幔缓缓升起，于是水面上露出了黑色岩礁，然后一道白色浪花上显出一条线，这条线上亮起一个点，如同山峰上的灯塔。那就是陆地，离船不到九海里。

"陆地！"曼格斯喊道。

伙伴被他的声音喊醒了，都冲到甲板上来，默默地看着显现在天边的海岸线。不管它是好客之乡，还是凶险之地，他们都将去那里。

"哈雷哪里去了？"格雷那万问。

"不知道，爵士。"曼格斯回答。

"他的水手呢？"

"像他一样，不见了。"

"大概像他一样喝得烂醉了。"少校说。

"去找他们，"格雷那万说，"不能把他们丢在船上不管。"

穆拉第和威尔逊到船头下面哈雷的舱房去了，两分钟后他们回来说舱房里没人。他们又到中舱和其他地方去找，连底舱也看了，但是既没找到哈雷，也没找到他的水手。

"什么！一个人也没有？"格雷那万说。

"难道他们掉进海里了？"帕噶乃尔问。

"什么事都可能发生。"曼格斯说。这些人的失踪很蹊跷。他向船尾走去，说："上交通艇！"

威尔逊和穆拉第跟在后面，准备把交通艇放下海。小艇也不见了。

第五章　临时水手

　　毫无疑问，哈雷和船员趁着夜色，趁着乘客们都在睡觉，乘坐船上唯一的小艇逃之夭夭了。船长的责任本来要求他坚守在船上直到最后一刻，可他却丢下乘客，第一个跑了。

　　"这帮坏蛋溜了，"曼格斯说，"也好！爵士，这倒给我们免去不少不愉快的事！"

　　"我也这么认为，"格雷那万回答，"再说，船上还有船长约翰，也有几名勇敢的甚至是灵巧的水手，那就是我们的伙伴。你指挥吧，我们随时准备服从你的命令！"

　　听了格雷那万这番话，少校、帕噶乃尔、罗伯特、威尔逊、穆拉第，还有奥尔比奈特都鼓掌赞同，大家在甲板上排好队，听从曼格斯的调遣。

　　"我们该做什么？"格雷那万问。

　　年轻的船长用目光扫了一下海面，又审视了一下船上残缺不全的桅杆，思考了片刻后说："爵士，我们有两种办法脱离目前的处境：要么把船抬高，使它离开沙床，重新开到海上；要么乘独木舟上岸，造独木舟不难。"

"如果船能浮得起来，我们还是把船抬高，"格雷那万说，"这是最好的办法，不是吗？"

"是的，爵士，因为一旦上了岸，没有交通工具怎么行？"

"我们应当避开海岸，"帕噶乃尔补充说，"不能不提防新西兰人。"

"尤其是我们已经偏航得相当远。"约翰又说，"哈雷漫不经心，把我们领到南边了，这是明摆着的。中午我测量一下，如果像我所估计的，我们在奥克兰的南面，我会设法让'麦夸里号'沿着海岸往北走。"

"可船已经坏了呀！"海伦娜说。

"我想坏得不严重，夫人，"曼格斯回答，"我准备在船头装一根临时桅杆，代替前桅。当然，船只能慢慢开，不过我们总能到达要去的地方。假如，不幸，船壳的底穿了，或者船浮不起来，那么我们就不得不上岸，从陆地上取道去奥克兰。"

"我们先看看船的情况吧，这是头等重要的事。"少校说。

格雷那万、约翰和穆拉第打开舱盖，下到底舱。那里堆着两百吨左右硝过的皮子，捆得不紧，可以用挂在撑木上的滑车来搬，不会太费事。约翰立刻叫人把一捆捆皮子扔一部分到海里，好减轻船的重量。

他们拼命地干了三个小时，现在能检查船底了。左舷，在腰外板的高度，船底包板有两处接缝裂开。所幸，"麦夸里号"是往右侧倾斜，左边浮在水外，坏了的接缝处不在水里，水不会由那里进船。不过威尔逊还是赶紧把船底包板的接合部塞上麻絮，又用铜片仔细钉牢。

经过测量，底舱的积水不到两英尺，很容易用泵抽干。水抽掉后船也就相应地又轻些。

检查完船壳后，约翰发现，船在岩礁上搁浅时并未受到多大的损伤。龙骨的一部分很有可能会陷在沙子里起不出来，不过，缺了它问题不大。

威尔逊看过船里面，又潜入水中，为的是确定船在暗礁上处于什么位置。

原来，"麦夸里号"搁浅在海岸礁岩周围的淤泥和沙子形成的高滩上，船头朝北到西北。船艏的下部和龙骨的三分之二在泥沙里陷得很深。其余部分直到艉柱都浮在水面上，水深五寻。船舵一点没被卡住，能运转自如。约翰认为没有必要再减轻船的重量了。这是件好事，因为一有需要就立刻能使用它。

太平洋的潮水并不很大，但约翰还是指望涨潮能让船浮起来。"麦夸里号"是在满潮前一小时左右触礁的，从开始退潮起，船向右舷的倾斜愈来愈明显。到早晨六点，低潮时，船倾斜到了最大程度。不过，看来还不需要用撑柱把船支撑起来。这样，船上的帆架和其他圆材就能保留下来。约翰准备拿这些材料造一根船头的临时桅杆。

余下的工作是要选取好方位，让"麦夸里号"浮起来。很明显，这工作将会费时又费力。午时一刻的满潮是赶不上了。只能先看看，已减轻了一部分重量的船，在海浪的作用下如何变动它的位置，等到下一次涨潮时再加劲干。

"干活吧！"曼格斯下令说。

他的几个临时水手立刻听从他的命令。

约翰首先叫他们卷起还留在帆索上的帆。少校、罗伯特和帕噶乃尔在威尔逊带领下，爬上了主桅桅楼。主桅帆在风力下张得满满的，有可能妨碍船体浮起来，所以必须把它卷起。这事好歹做成了。接着，经过顽强艰苦的努力，这些不习惯干这类活儿的人又把主顶帆收了下来。年幼的罗伯特像猫一样灵活，像真正的水手一样胆大，在这项困难的操作中帮了大忙。

然后，要在船尾和龙骨的方向投下一只锚，也许要两只。为了在涨潮时把船拉起来，拉力必须作用在这些锚上。如果有一只小船，投锚丝毫不难：取一只小锚，乘上小船，把锚投在预先测好的合适地方。可是现在他们没有任何小船，那就必须想其他办法。

　　格雷那万是航海的行家里手，知道上面这些操作的必要。为了把落潮时搁浅的船弄出来，就必须下锚。

　　"可是没有划子，怎么办呢？"他问约翰。

　　"我们可以用断了的前桅桅杆和空酒桶做个划子，"年轻的船长回答，"这事做起来会很困难，但并不是办不到的，因为'麦夸里号'的锚都不大。锚投下去后，如果不滑脱，就大有希望。"

　　"好，那就抓紧时间干吧，约翰。"

　　水手和乘客都上了甲板，人人动手，各司其职。大家用斧头砍断连着前桅的索具，下桅杆倒下来时上部已经断了，因此桅楼很方便地给摘了下来。曼格斯准备用桅楼的平台做只木筏，木筏下面支上空酒桶，这样就能载得起锚。筏上装了一个橹，以便把握筏的方向。同时，退潮会把木筏推向船尾。把锚抛到海底后，顺着船的缆绳可以相当容易地回到大船上。

　　将近正午时，工作已完成了一半。

　　曼格斯让格雷那万照看工程，他自己负责测量船的方位，因为确定船的方位是非常重要的。所幸，此前，约翰在哈雷的舱房里发现了一个六分仪，连同一本格林尼治天文台的年鉴，六分仪已很脏，但仍然可以用来确定方位。他把仪器擦拭干净，拿到甲板上去。

　　这仪器的功用是，通过一套活动的镜子，使中午的太阳，也就是升到最高点的太阳，和地平线重合。观察时，六分仪的望远镜必须瞄准真实的地平线，就是海水和天空相接的地方。然而，在这里，陆地恰好呈岬角形向北伸展，插在观测者和真实的地平线之间，所以无法观测。

在看不到真实地平线的情况下，可以用人造地平线代替。通常是拿一只平底盆，盛上水银，在水银上面测量，因为水银自然而然形成一个完全水平的平面。可是"麦夸里号"上哪来水银呢！约翰另想办法解决了这个难题。他在一只木桶里面装上液体沥青，沥青的表面也足可以反照出日影。

船搁浅在新西兰的西海岸，因此约翰已经知道它所在的经度。还算幸运。否则，没有必要的仪器是无法计算出经度的。现在约翰唯一不知道的是它的纬度。要设法得到这个数据。

他用六分仪测出太阳在地平线以上的高度。高度是六十八度三十分。那么，太阳到天顶的距离就是二十一度三十分，因为这两个数字加起来正好等于九十度。那天是 2 月 3 日，根据格林尼治年鉴，太阳的方位角是十六度三十分，把它和太阳的天顶距离相加，便得出纬度三十八度。

这样，"麦夸里号"所处的位置确定为经度一百七十一度十三分，纬度三十八度。由于仪器不精密，可能会有点微小的误差，但可以忽略不计。

约翰又查了帕噶乃尔在埃登买的那张约翰斯顿绘制的地图，发现船出事的地点是奥特亚海湾口，卡瓦角的北面，奥克兰省的海岸上。奥克兰城位于三十度纬线上，那么，"麦夸里号"往南偏了一度。应当往北航行一个纬度的路程才能到达新西兰的首府。

"这么看来，我们最多还有二十五海里的路程，"格雷那万说，"这不算什么。"

"走海路不算什么，走陆路就又长又艰难。"帕噶乃尔说。

"所以，"曼格斯应声说，"我们要尽一切可能把'麦夸里号'弄出沙床。"

船的方位既已确定，大家又接着干活。午时一刻，海水正在涨潮。约翰没能利用这个时机，因为锚还没有投下去。他看着"麦夸里号"，还是有些担心：船能借潮水的力量浮上来吗？五分钟内就能见分晓。

　　大家等着，忽然听到几声咯吱声。这声音如果不是船在往上浮产生的，至少是它陷在沙里的部分开始松动而发出来的。约翰对下一次涨潮抱有很大希望，不过总体来说，船并没有动。

　　造木筏的工程在继续。两点钟时木筏造好了。大家把小锚搬了上去，约翰和威尔逊把锚缆系在船尾，然后乘着筏子送锚，海水退潮正好把他们往外送。他们在离船半链远的地方把锚抛下，那里水深十英寻。

　　他们确信锚在水下扎得很牢，不会滑脱，才回到大船。还要抛一只大锚。把它弄上木筏很费了点事。木筏又去送锚。这第二个锚比第一个更靠船尾，那里水深十五英寻。

　　然后，约翰和威尔逊顺着锚链往上爬，回到"麦夸里号"。

　　锚链和绳缆在锚机上卷好后，大家等下一次涨潮。涨潮将在凌晨一时开始，而现在才晚上六点。

　　曼格斯把水手夸奖了一番，又暗示帕噶乃尔，只要他有勇气，好好干，总有一天能成为一名下士水手。

　　这时，奥尔比奈特在帮忙干了各种活儿后，回到厨房，为大家准备了一顿很能补充体力的晚餐。这顿饭来得太是时候了，所有的人都吃得津津有味，心满意足，觉得又浑身是力气，可以再大干一场了。晚饭后，曼格斯又采取了最后几项保证船浮起来的措施。确实，要使这一重大举动成功，任何事都不容疏忽。往往由于少减轻了一点船的重量，陷在沙床里的龙骨起不来，导致操作失败。

　　曼格斯已经叫大家把很大一部分货物扔进了海里，余下的一捆捆皮子、沉重的桅杆圆材、备用帆架、压舱用的几吨压载铁，都搬到了船的后部，威尔逊和穆拉第又滚过去一些空酒桶，往桶里装上水，这样船头容易翘起来。

最后这些工作结束时，已是夜里十二点。船上的人都干得筋疲力尽。这种情况令人遗憾，因为接下来要转动锚机，还需要花很大的力气；于是曼格斯做出一个新决定。

当时，海风渐渐平息，海面上时而掠过几阵任性的轻飕。约翰观察着天边，注意到风向有从西南风转成西北风的趋势。水手是根据云团的特殊排列和颜色做出判断的，不会有错。威尔逊和穆拉第也同意船长的看法。

曼格斯把观察到的情况告诉了格雷那万，并建议，把起船的工作推迟到第二天。

"我的理由是这样的：首先，我们都很累了，而起船需要我们拿出全部力气；其次，即使船浮起来了，天这么黑，我们又处于这么危险的岩礁地带，怎么航行呢？不如等天大亮再行动。另外，还有一个理由也让我宁可等一等，那就是风向预示着能帮我们的忙，我很想利用一下。我希望在海潮把船托起来的时候，风能把这个老态龙钟的船往后送。要是我没弄错的话，明天会吹西北风。我们把主桅帆升起来，可以帮助船往上浮。"

他提出的理由起了决定性的作用。格雷那万和帕噶乃尔这两个最性急的人也同意等到第二天再行动。一夜平安无事。不过还是安排了一个四小时轮班制，主要为了注意锚的情况。

天亮了。曼格斯的预见在一个个成为事实。海上刮起了北到西北风，风力渐渐加大。这是一个额外的有利因素。船上的人全部动员起来：罗伯特、威尔逊、穆拉第在主桅上部；少校、格雷那万、帕噶乃尔在甲板上，他们协同操作，要在确定的时间把帆张开。桅帆的帆架整个升起来。主帆和主桅留在它们的收帆索上。

这时是早晨九点。离涨潮还有四个钟头。这段时间并没浪费：约翰在船头竖他的临时桅杆，代替折断的前桅桅杆，这样，一旦船浮起来就能开出这危险地带。在船员又一次的艰苦努力下，十二点前，作桅杆用的前桅帆架已牢牢地固定住。格雷那万夫人和玛丽小姐也派上了用场，她们把一张备用帆系在顶桅的桁上。能为大家脱离险境效点微薄之力对她们来说是最大的快乐。系帆工作完成了。虽然"麦夸里号"看上去不大美观，但至少能航行，只要不太偏离海岸。

这时，海水渐渐涨高。海面上掀起小小波浪。原先露出水面的岩礁慢慢看不见了，如同海里的动物回到了水下。重大行动的时刻就要到了，大家都焦躁不安，但谁也不讲话，都看着约翰，等他下命令。曼格斯伏在艉楼的栏杆上观察着海潮。他担心地看了一眼已全部拉开而且拉得很紧的锚链和绳缆。下午一时，海水涨到最高点，这时海是平静的，也就是说，在这短暂的一刻，海水既不再上涨，也还没有开始下落。必须立即操作。主帆和桅帆被完全松开，在风力下盖住了桅顶。

"转动锚机！"约翰喊道。

这是台装有手柄的锚机，像灭火泵。格雷那万、穆拉第、罗伯特站在一边，帕噶乃尔、少校、奥尔比奈特站在另一边，一齐压在手柄上，手柄把压力传递给锚机。约翰和威尔逊操纵下压杆，给同伴增加了一份力量。

"使劲！使劲！"年轻的船长喊道，"协调一致！"

受锚机的强力绞动，让锚链和绳缆绷得紧紧的。大锚和小锚都抓得很牢，一点未滑动，操作必须一举成功，因为满潮的时间只持续几分钟，潮水不会使船尾降低。于是大家又加把劲，风猛烈地吹刮，把帆刮得贴在了桅杆上，船壳颤动了几下，船好像就要浮起来了，也许再增加一个人的力量就能把它从沙床里拉出来。

"海伦娜！玛丽！"格雷那万喊。

两个年轻女子忙跑来和同伴一道用力。锚机的绞盘转到了底，发出最后一声咔嗒响。

但船还是没动。尝试没有成功。海水已开始退潮。很明显，即使有风力和潮水的帮助也不够，船上的人手终究太少，无法让船浮起来。

第六章　食人肉习俗的理论探讨

约翰尝试的第一个自救办法失败了。必须毫不延误地采用第二个办法。在船上等待毫无把握的救援，那是极不谨慎的，甚至是一种荒唐的做法。只要再来一次风暴，或者海浪大一些，船就会被抛在沙礁上，摔得四分五裂。约翰决定，赶在船被冲坏之前登上陆地。

于是他提议再造一只木筏，用海员的话来说，就是造一只"划子"。这只划子必须非常结实，能运载全部乘客和够他们在新西兰海岸生活的食品。

没有什么可讨论的，要的是行动。大家立即动手造筏子。当夜晚来临，中断了他们的工程时，工程已有很大进展。

将近八点，大家已吃罢晚饭。格雷那万夫人和玛丽小姐在甲板舱的卧铺上休息；帕噶乃尔和朋友们则在甲板上踱来踱去，谈论一些重大问题。罗伯特不肯走开，这个忠诚的少年全神贯注地听着大人们谈话，并且随时准备为大家办事，甚至准备赴汤蹈火，献出生命。

帕噶乃尔问曼格斯，能不能乘坐木筏沿着海岸一直划到奥克兰，不要在中途上岸。曼格斯回答说不可能，因为木筏毕竟太简陋。

"乘木筏不行，那么乘船上的小艇行不行呢？"帕噶乃尔又问。

"那还勉强可以，"约翰说，"但必须在白天航行，晚上停泊。"

"这么说，那帮坏蛋把我们扔在船上……"

"哼！那帮人，"曼格斯说，"他们当时都喝醉了，又在漆黑的夜晚，我想，可能他们已经为他们的不仁不义行为付出了生命。"

"他们活该！"帕噶乃尔说，"不过我们也倒霉，否则那只小艇对我们会大有用处。"

"有什么办法呢，帕噶乃尔？"格雷那万说，"我们只能乘木筏上岸。"

"上岸，这正是我想尽量避免的事。"地理学家回道。

"怎么！我们走过了潘帕斯草原，穿越了澳大利亚，经受过艰险和劳累的历练，难道二十海里的路程能把我们吓倒吗！"

"朋友们，"帕噶乃尔回答说，"我丝毫不怀疑我们的勇敢，也不怀疑两位女伴的胆量。二十海里！要是在任何别的国家旅行，这根本不算什么，可是在新西兰……你们该不会疑心我是个胆小懦弱之辈吧！是我第一个带你们穿过了南美洲和澳大利亚。可是，在这里……我再说一遍，什么都比冒险去这个险恶的地方强。"

"什么都比在一条搁浅的船上等死强。"曼格斯说。

"我们干吗要那么害怕新西兰呢？"格雷那万问。

"因为有野人。"帕噶乃尔回答。

"野人！"格雷那万反驳道，"我们不能沿海岸走，躲开他们吗？再说，十几个武器精良、决心自卫的欧洲人，不至于为几个可怜虫的进攻犯愁。"

"不是什么可怜虫，"帕噶乃尔摇着头说，"新西兰人结成很厉害的部落，抵抗英国统治，抵抗入侵者。他们常常打赢，而且总是把俘虏吃掉！"

"吃人肉的人！"罗伯特惊叫道，"吃人肉的人！"

然后听见他不断低声重复两个人的名字："我的姐姐！格雷那万夫人！"

　　"什么也别怕，我的孩子，"格雷那万安慰孩子说，"我们的地理学家帕噶乃尔有点夸大其词！"

　　"我丝毫不夸大，"帕噶乃尔说，"罗伯特表现得像个真正的男子汉，所以我把他当男子汉对待，不对他隐瞒真相。新西兰人是最残酷的，甚至可以说是最喜欢吃人肉的民族。不管什么，落到他们嘴里他们都吃。对他们来说，战争就是猎取人这种最美味的猎物。必须承认，这是唯一符合逻辑的战争。欧洲人杀死敌人后把他们埋掉。野人杀死敌人后把他们吃掉。我的同胞图斯内尔说得好，把已经死了的敌人烤来吃，并不比杀死一个不想死的人罪过更大。"

　　"帕噶乃尔先生，"少校回应道，"这还有待讨论，不过现在不是时候。不管被人吃掉是不是不符合逻辑，反正我们不愿意人家把我们吃掉。可是，时至今日，基督教怎么还没铲除可怕的吃人习俗呢？"

　　"您以为新西兰人都是基督教徒吗？"帕噶乃尔反问，"基督教徒在他们之中只是少数，而且传教士还常常成为那些野蛮人的腹中餐。去年，尊敬的沃尔克内尔教士就被毛利人抓住，殉了教。他受的残酷折磨令人发指。毛利人把他吊死，他们的女人挖了他的眼睛，喝了他的血，吃了他的脑子。这桩谋杀发生在 1864 年，在离奥克兰仅仅几公里的奥波蒂基，可以说，就发生在英国当局的眼皮底下。朋友们，要改变一个种族的天性，需要好几个世纪呢！毛利人以前是什么样，在今后的很长一段时间里还会是那样。他们的历史是用血写成的。从塔斯曼的水手，到'霍斯号'上的海员，毛利人屠杀并且吃掉了多少船上的船员啊！并不是白人的肉刺激了他们的胃口。早在欧洲人到来之前，新西兰人已经靠屠杀来满足他们贪馋的本性。不少在他们当中生活过的旅行家，亲眼看见了他们的人肉餐。他们特别喜欢吃精细的东西，比如女人和孩子的肉！"

"够了！够了！"少校说，"我看，这些故事大部分是旅行者杜撰的，不是吗？有的人就喜欢扮演从危险的地方、从吃人肉的野人胃里逃生的角色！"

"我承认有夸张的成分，"帕噶乃尔回答说，"但有些可信的人，比如传教士肯达尔·玛德森、船长迪翁、杜尔维尔、拉普拉斯，他们也这样讲过。我相信他们。新西兰人天性残忍。酋长死了，他们宰活人作祭祀的供奉品，以为这样可以平息死者的怒气，否则他会拿活人出气。他们还给死去的酋长送去仆人，在'阴曹地府'为他服务！他们把这些死后当仆人的人杀了吃掉，我们有理由相信，他们这样做并非出于迷信，而是出于吃人的欲望。"

"不过，"曼格斯说，"我想，迷信仍然起一定的作用。所以，如果宗教信仰变了，习俗也会变。"

"好，我的朋友，"帕噶乃尔回答说，"您提出了一个严肃的问题，即食人肉习俗的起源问题。究竟是宗教还是饥饿驱使人们互相吞食呢？讨论这个问题是毫无意义的，至少在眼下。为什么存在人吃人的现象，这问题还没解决，但是现象的确存在。我们现在太有理由去关心这个严酷的事实了。"

帕噶乃尔说得对。在新西兰，一如在斐济群岛或托雷斯海峡，吃人肉现象如同慢性病，一直存在。在这种可恨的习俗里，宗教迷信固然有一定的作用，但另一方面，之所以有吃人的人，是因为有时猎物稀少，而饥饿难熬。野人吃人肉起初是为了满足很少能填饱的胃口；后来，祭司把这罪恶的习惯定成规矩，并且把它神圣化。人肉餐成了一种宗教仪式。事情就是这样。

再者，在毛利人看来，人与人之间互相吞食是再自然不过的事。传教士们曾多次问他们，为什么竟然忍心吃自己的兄弟。酋长们回答说，鱼吃鱼，狗吃人，人吃狗，狗和狗之间互相吃，人为什么不能吃人呢？在毛利人的宗教神学里，甚至有一个神吃另一个神的传说。既然有这样的先例，怎么抵挡得了吃同类的欲望呢？

此外，新西兰人认为，吃掉敌人，不但消灭了敌人的灵魂，而且自己拥有了敌人的灵魂、力量和本领。一个人的灵魂、力量、本领都包在脑子里，所以人体的这一部分在筵席上被视为最贵重的菜肴。

帕噶乃尔坚持认为，是感官享受，尤其是生理需要，驱使新西兰人吃人肉，不仅大洋洲的野人是这样，欧洲的野人也是如此。这位地理学家的话也许不无道理。

"确实，"他又补充说，"即便是最开化的民族，他们的祖先中也长期存在过食人肉的现象，别以为这是一种个性，在苏格兰人中尤其如此。"

"真的？"少校问。

"是的，少校，"帕噶乃尔说，"如果您读过圣徒吉罗姆描写苏格兰的阿提科里人的某些段落，您就知道该怎么看您的祖先了！甚至不用回溯到远古年代，就在伊丽莎白统治下，也就是莎士比亚构思他的夏洛克的时代，苏格兰强盗索内·宾不是因为吃人肉被处死了吗？那么，是什么驱使他吃人肉的呢？是宗教吗？不是，是饥饿。"

"饥饿？"曼格斯怀疑地问。

"是的，是饥饿。"帕噶乃尔回答，"但更是因为食肉动物需要用动物的血和肉里含有的氮来更新自己的血和肉。虽然，吃含有淀粉的块茎也能为肺和其他器官的工作提供养料，但要想真正强壮和充满活力，还得摄取能促使肌肉恢复的营养食品。只要毛利人还没有成为素食者协会的成员，他们就要吃肉，而对他们来说，肉就是人肉。"

"为什么不是牲畜的肉呢？"格雷那万问。

"因为他们没有牲畜。"帕噶乃尔回答，"我们必须知道这一点，倒不是为他们吃人肉的习惯辩护，而是为了解释这种习惯。在这个荒凉的地方，飞禽走兽很少。所以毛利人一直都靠吃人肉活下来。甚至还有'吃人肉节'，正如在文明社会里有狩猎节一样。在这种时节就大举围猎，也就是说，进行大规模征战。有时整个部落的人被杀死，端上了胜利者的餐桌。"

"照您这么说，帕噶乃尔，"格雷那万说，"只有等到新西兰的草地上牛羊成群，吃人肉的现象才能消失。"

"当然，我亲爱的爵士，即使那样，也还需要好些年头，才能让毛利人改掉吃新西兰人的习惯。新西兰人的肉他们最喜欢吃。祖先喜爱的东西，他们一直会喜爱。按他们的说法，新西兰人的肉有猪肉的味道，只是再多一点人肉香。对白人的肉，他们倒不那么贪馋。因为白人在食物里加盐，所以他们本身的肉就有一种特别的味道，精于品人肉的毛利人不太欣赏。"

"他们还挺挑剔哩！"少校说，"这人肉，不管白的，还是黑的，他们是生着吃，还是烧熟了吃呢？"

"咳，这和您有什么关系，少校先生？"罗伯特问。

"怎么没有关系，我的孩子，"少校一本正经地回答，"假如有一天，我在一个吃人肉的魔鬼牙齿下送命，我宁愿被烧熟了吃！"

"为什么？"

"为了确信自己不是活生生地被吃掉的。"

"好！少校，"帕噶乃尔说，"不过，这是为了确信您是被活生生地煮熟的！"

"事实是，"少校反驳道，"给我半个皇冠，我也不放弃这种选择的可能性。"

"不管如何，少校先生，如果这能让您心里舒服些，"帕噶乃尔又说，"我要告诉您，新西兰人总是把肉烧熟了吃，或熏了吃。他们是

507

很有教养的人，精通烹调。不过，对我来说，想到被人吃掉，心里就特别不舒服！在一个野人的胃里结束一生，呸，太恶心了！"

"说到最后，"曼格斯说，"归根结底是不能让自己落在他们手里。还有，但愿有那么一天，基督教能清除这种罪恶的习俗。"

"是的，我们应当抱这种希望，"帕噶乃尔回答，"不过，一个尝过人肉滋味的野人很难放弃吃人肉的习惯。你们读读这里记载的两件事实，就能做出判断。"

"那就让我们来看看事实吧，帕噶乃尔。"格雷那万说。

"第一件事记载在巴西耶稣会教团编年史里。一天，一位葡萄牙传教士遇到一个病得很重的巴西老妇人。她已经活不了几天了。传教士给她讲了些基督教的教义，垂死的老妇人毫无异议地接受了。给过精神食粮后，教士想到物质食粮，于是给了她一点欧洲甜食，老妇人说：'唉！我的胃受不了任何食物。只有一样东西我想尝一尝；可惜，这儿没有人能给我。'——'什么东西？'教士问。'噢，年轻人，我想吃小男孩的手！啃啃那一根根细骨头一定很有味道！'"

"什么！味道真的好？"罗伯特问。

"我的第二个故事会回答你，我的孩子，"帕噶乃尔接着说，"一天，一位传教士责备一个野人说，吃人肉是一种可怕的、违背上帝意志的习惯。而且，人肉一定很不好吃！'啊，神父，'野人回答说，一面贪婪地觑了传教士一眼，'您可以说上帝禁止吃人肉，但是您不能说人肉不好吃！！要是您尝过人肉的味道……'"

第七章　终于到达了本该逃避的地方

帕噶乃尔讲的事实无可争议。新西兰人的残忍毋庸置疑。因而，下船登陆是极其危险的。然而，即使危险再大百倍，他们也必须迎难而上。曼格斯意识到，离开这条注定要被海浪冲坏的船已是刻不容缓的事。他们面临着两种危险：一种是肯定的，无法避免的；而另一种仅仅是有可能碰到；在二者之间选哪一种，难道有什么可犹豫的吗？

理智地讲，不应当对有船来营救他们抱任何希望。"麦夸里号"搁浅的地方，不在那些想在新西兰靠岸的船只行驶的路线上。那些船要么驶往更北边的奥克兰，要么驶往更南边的新普利茅斯。而"麦夸里号"恰恰搁浅在这两点之间，也就是在北岛最荒凉的海滩上。这部分海岸地势险恶，又常有坏人出没，过往船只都尽量避开它，若是不幸被风刮到这里，它们就想办法赶快离开。

"我们什么时候走？"格雷那万问。

"明天上午十点钟，"曼格斯回答，"那时海水开始涨潮，正好把我们送上陆地。"

第二天，即2月5日，八点钟时木筏已经造好，为了安装筏上的配件，约翰可算费尽了心思。曾用来投锚的前桅桅楼不够装乘客和食品。他们需要一只结实的、便于驾驶的并且能在九海里的航行过程中禁得起海浪颠簸的交通工具。只有用全部桅杆做材料，才够造这样一只木筏。

威尔逊和穆拉第动手干起来。他们在横帆下角索的部位把帆缆索具割断，又用斧头把主桅杆从根部砍倒，桅杆倒下时压在船的右舷墙上，舷墙咯吱直响。这时，没有了桅杆的"麦夸里号"光秃秃的，像一座浮桥。

下桅、主桅和顶桅的桅杆都给锯成了段，做木筏的主要部件，大家把它们和前桅桅杆的断片牢牢地捆在一起。约翰想得周到，又在木头之间的缝隙下面安了六个空酒桶，这样可以使木筏更高地浮在水面上。

在这个牢固的基础上，威尔逊安放了一层用"麦夸里号"的舱口格子板做的镂空木板，海浪扑上来后，水就不会滞留在甲板上，乘客们也就不会站在水里受潮湿之苦。何况，还有几块防水板牢牢拼在一起，组成弧形舷墙，可以防止大浪头打到甲板上。

这天早晨，约翰见风向有利，叫人在木筏中央竖起小顶帆的帆架，充当桅杆，帆架用帆索牢牢固定，并装上了一张临时的帆。木筏尾部安了一只桨叶宽大的木桨，在风力使木筏达到相当大的速度时，好控制木筏前进的方向。

这样妥善装备起来的木筏，完全禁得起海浪的颠簸。然而，假如风向转了，它能听从驾驭吗？能抵达海岸吗？这还是个问题。九点钟，他们开始把一应物品装上木筏。

首先装食品，数量要足够吃到奥克兰，因为不能指望那片贫瘠的土地能提供什么吃的东西。奥尔比奈特的专门库房里还有点罐头肉，那还是上"麦夸里号"之前购买的，已所剩不多。还得靠船上的粗劣食品，航海人吃的劣质饼干，还有两桶咸干鱼。奥尔比奈特真是脸上无光。这些食品给装进木箱，木箱关得严严实实，密不透水。木箱运上木筏后，用粗缆绳拴在临时桅杆的脚下。接着大家又把武器弹药运上筏子，放在干燥保险的地方。很幸运，旅客们有步枪和左轮手枪，武装得相当好。

一只小锚也运上了木筏，以备不时之需。如果海水涨潮时筏子还不能靠岸，约翰就必须在海上下锚。

十点钟时，大家感到海水开始上涨，从西北方吹来轻微的海风，海面皱起小小的波浪。

"大家准备好了吗？"曼格斯问。

"都准备好了，船长！"威尔逊回答。

"上木筏！"约翰大声命令。

格雷那万夫人、玛丽小姐通过粗大的绳梯，从"麦夸里号"下到木筏，坐在桅杆脚下装食物的木箱上。伙伴站在她们身旁。威尔逊握住木桨，约翰抓着收帆索。穆拉第割断那根连着木筏和"麦夸里号"的缆绳。

帆张开了，在风和海潮双重力量的推动下，筏子开始向陆地进发。

海岸就在九海里之外，这点距离，一只装有几把好桨的划艇，三小时之内就能走完。然而，他们乘坐的是一只木筏，速度便要大打折扣了。假如风力保持下去，也许他们只需趁这一次海潮，就能抵达海岸。万一风平息下来，退潮会把木筏带走，那么，就必须停泊下来，等下一次涨潮。这可不是一件容易的事，曼格斯不免忧心忡忡。

不过，他还是怀着成功的希望。风力渐渐增大。涨潮是在十点钟开始的，那么他们大概能在下午三点靠岸，否则就要抛锚，或被退下来的海水带回到大海上。

开始，航行很顺利。渐渐地，黑色礁石露出水面的部分，以及一片片黄色沙洲，被涌起的海浪淹没了。精神必须非常专注，动作必须十分灵巧，才能避开这些隐在水面下的岩礁，才能操纵这个不易驾驭、动辄偏航的木筏。

行到中午时分，他们离海岸还有五海里。在明亮的天空下，已能清楚地辨出那片陆地的地形起伏：东北部耸立着一座高约两千五百英尺的山峰，在天幕上勾画出奇怪的轮廓，有点像一个做着鬼脸的猴子脑袋倒过来的剪影。这就是皮龙亚山，地图上标明，它正好位于三十八度纬线上。

十二点半，帕噶乃尔叫大家看，所有的礁石都消失在上涨的海水下面了。

"还剩下一个。"格雷那万夫人说。

"在哪里，夫人？"帕噶乃尔问。

"在那里。"格雷那万夫人回答，一面指着前方一海里远的一个黑点。

"确实，"帕噶乃尔说，"我们要设法把它的位置记下来，以免撞上去，因为海潮不久就会把它淹掉。"

"它正好在山脊北边。"曼格斯说，"威尔逊，注意往海中间划。"

"是，船长。"威尔逊回答，一面以全身的重量压在木筏后部的大桨上。

半个小时内，他们前进了半海里。很奇怪，那个黑点始终露在海浪外面。

约翰专注地看着它，为了看得更清楚，还向帕噶乃尔借来望远镜。

"不是礁石，"他观察了一会儿，"是一样东西漂在海上，随着海浪沉浮。"

"会不会是'麦夸里号'上的一截桅杆？"格雷那万夫人问。

"不可能，"格雷那万回答，"船上任何东西都不会漂那么远。"

"是的！"曼格斯叫道，"船上任何东西都不会漂在海上，随着海浪沉浮的。"

"'麦夸里号'的救生艇！"格雷那万也叫道。

"是的，爵士。是'麦夸里号'的救生艇，船底朝上！"

"不幸的人！"海伦娜惊呼，"他们遇难了！"

"是的，夫人，"曼格斯回答，"想必他们是遇难了，周围是岩礁，海上风浪那么大，又在漆黑的夜里，他们必死无疑。"

"但愿老天可怜他们！"玛丽轻声说。

木筏上的乘客们静默了一会儿。大家看着那只单薄的小划子渐渐漂近。它显然是在离岸四海里的地方翻掉的，划子上的人一个也没能幸免于难。

"这只小艇对我们也许有用。"格雷那万说。

"真的，"曼格斯说，"威尔逊，朝小艇那边划！"

于是，威尔逊改变了木筏前进的方向，可是海风渐渐平息下来，这样，木筏划了两个小时才到了小艇所在的地方。

站在前面的穆拉第设法不让木筏和小艇相撞，而让侧翻着的小艇缓缓靠上来。

"空的吗？"曼格斯问。

"是的，船长，空的，包板都绽开了，派不上什么用场了。"

"毫无用处了吗？"少校问。

"毫无用处，"曼格斯回答，"废物一堆，只能当柴烧。"

"真可惜，"帕噶乃尔说，"否则，这条交通艇可以把我们送到奥克兰。"

"只好放弃它了，帕噶乃尔先生，"曼格斯说，"再说，海上颠簸得这么厉害，我倒宁愿乘我们的木筏，不乘这只单薄的小艇呢！轻轻一撞就能把它撞成碎片！爵士，看来我们在这儿已无事可做了。"

"你看着办吧！"

"出发，威尔逊，"年轻的船长说，"径直向海岸划。"

海水涨潮还会持续一小时左右，木筏可以前进两海里，然而，这时海上风却几乎完全停了，似乎有从陆地刮过来的趋势。所以木筏很难前进，不久，甚至开始被退潮推向大海。约翰一刻也不迟疑，立即命令停泊。

穆拉第已准备好执行这个命令，他在海深五寻的地方下了锚。木筏倒退了近四米，缆绳绷得紧紧的。临时帆也收了起来。大家做好了停泊一段时间的准备工作。

晚上九点之前，海水不会再涨潮。既然曼格斯不想在夜间航行，他便让木筏一直停泊到次日早晨五点。陆地遥遥在望，离他们不到三海里。

海上掀起相当大的波浪，仿佛在不断朝海岸涌去。所以，当格雷那万知道他们要在木筏上过一整夜时，便问约翰，为什么不借助波浪的推动接近海岸。

"爵士，"年轻的船长回答，"您被一种光学假象迷惑了。海浪看似往岸边涌，其实不然，只不过是水分子在晃动罢了。您要是往浪里扔一块木头，就会看到，只要没有退潮，木头在那儿是静止不动的。所以，我们只好耐心等待了。"

"也只好吃晚饭了。"少校加了一句。

奥尔比奈特从食品箱里拿出几块干肉和十几块饼干。司务长为自己只能给大家这么点食品惭愧。但是大家高高兴兴地吃了下去。两位女人也不例外，其实她们被海浪颠簸得几乎没有了食欲。确实，木筏顶着海浪，锚缆被震得直抖动，这种猛烈震动使人很疲惫。木筏在短而急、起伏不定的波浪上不停地上下晃动，即便撞在水下的岩脊上也不会比现在颠得更厉害。有时简直让人以为木筏真的触礁了。锚缆绷得很紧，每过半小时，约翰就命人放一英寻绳子，好让它松一松劲。假如不采取这种措施，锚缆肯定会断，那时，木筏就会像断了线的风筝，迷失在大海上。

约翰的担心是可以理解的。他担心锚缆会断，或者锚会滑脱，而遇到其中任何一种情况都将是一场灾难。

夜幕渐渐降临。日轮在水光折射下成了长圆形，殷红如血，眼见它即将消失在水天交界线的后面。最接近天边的几道水波在日落的地方粼粼发光，如同一片片流动的水银。在那边，天和水之外只有一个明显的黑点，那就是搁浅在暗礁上一动不动的"麦夸里号"的船身。

黄昏持续了几分钟，不久，显现在东面和北面天边的陆地融进了夜色。

狭小的木筏就要被黑暗吞没，木筏上的乘客面临的处境真是令人担忧！他们中有的在迷迷糊糊打盹儿，睡眠中仍忧心忡忡，很有可能会做噩梦；有的干脆一点儿也睡不着。天亮时，所有的人都很累。

海水渐渐涨潮，风又开始从海面吹向海岸。现在是早晨六点钟。时间紧迫。约翰准备起航。他命令起锚，可是锚爪在锚缆的不断震动下，已深深嵌进沙里。虽然威尔逊装了吊锚滑车，但是，没有起锚机还是无法把锚拔出来。

他们试了足足半小时，没能成功；约翰急着起航，便决定割断锚缆，弃锚于海底。这个破釜沉舟的决定意味着，如果涨潮的时间不够他们抵达海岸，即使遇到紧急情况，他们也不可能在海上停泊了。然而约翰不想再耽搁了，一斧头砍断了缆绳，于是木筏在时速两海里的海水推动下，随波逐流，顺风前行。

帆张了起来，木筏缓缓向陆地驶去，那陆地是灰蒙蒙的一大团，显现在朝阳照亮的天幕上。木筏巧妙地避开或绕过礁石。但是海上风向不稳定，木筏不像在接近海岸。要抵达这片新西兰陆地真不容易！

而上了岸又会是多危险！

不过，到九点钟时，他们离陆地已不到一海里了。海岸上布满了碎浪礁，十分陡峭，必须找到一个可以靠岸的地方。风渐渐减弱，不久完全停了。疲软的帆拍打着桅杆，桅杆受力很大。约翰命人把帆落下。现在只靠海水把木筏推向海岸，木筏已经无法驾驭了，而大片大片的墨角藻又阻碍它行进。

十点钟，木筏几乎停住不走了，而他们离海岸还有三链远。已经没有锚可供停泊了。

退潮会把他们重新带到海上吗？约翰焦虑地交握着双手，恨恨地看着那片无法靠近的陆地。

所幸——这一回是幸运——木筏突然撞上了什么，停了下来。原来它搁浅在一片离海岸约五十米的暗沙礁上。

格雷那万、罗伯特、威尔逊、穆拉第都跳进水里，用缆索将木筏牢牢拴在附近的礁石上，又一个个用双臂把两个女伴传到岸上，甚至她们的裙子都未被弄湿。接着，所有的人，带着武器弹药和食品，全部踏上了新西兰那令人望而生畏的海岸。

第八章　所在国家的现状

　　格雷那万本想一个钟头也不耽搁，立即沿着海岸北上去奥克兰。但是，从早晨起，天空就布满乌云，将近十一点钟，他们上岸后，愈集愈浓的水汽凝成了暴雨。他们不能上路了，而是必须找一个避雨的地方。

　　威尔逊正好在这时发现了一个石洞，是玄武岩在海水长年累月的冲击和侵蚀下形成的。于是旅行者们带着武器和食物躲进洞里。地上积了厚厚一层海藻，是过去被波浪冲进来的，如今已经干了。这正是一张天然的床垫，大家凑合着在上面坐卧休息。他们又在洞口堆了几块木柴，生了火，尽量把身上的衣服烤干。

　　约翰指望，这场倾盆大雨既然来得猛也会去得快。谁知并非如此。几个钟头过去了，天气仍然没有一点改变。中午时分，风力渐渐加大，使雨势更猛。面对这种情况，世上最有耐心的人也会烦躁不安。可是，有什么办法呢？没有车，冒着这样的暴雨上路简直是发疯。再说，到奥克兰，走几天就够了，晚十几个小时抵达也无妨大碍，只要土著人不来这里。

　　在被迫休息的时间里，大家谈话的主题是正在新西兰进行的战争。为了认识和正确估计"麦夸里号"的遇难人处境的严峻，就必须了解这场血染新西兰北岛的斗争。

自从阿贝尔·塔斯曼于1642年12月16日到过库克湾以后，常有欧洲船只去那儿考察，但新西兰人在他们的岛上仍然过着独立、自由的生活。没有一个欧洲强国想来占领太平洋上的这组群岛。只有定居在岛上几个地方的传教士，给这些新发现的岛屿带来基督教文明的好处。不过，他们中有些人，尤其是英国国教教徒，想让新西兰人的头领屈服于英国的统治。这些头领被他们的巧妙手段所笼络，在给维多利亚女王的一封信上签了名，请求女王的保护。但是，比较有远见的人感到这样做很愚蠢。其中的一个，在信末盖上他的文身图案后，说了下面这几句预言性的话："我们失掉了国家；从此，它不再属于我们；外国人不久会来占领它，而我们则会成为外国人的奴隶。"

果然，1840年1月29日，三帆舰"使者号"来到了北岛北边的两岛海湾。海军少校霍布逊进驻了科沃拉雷卡村。他命令村民们到新教教堂集合开大会，会上他宣读了英国女王的任命书。

次年的1月5日，新西兰人的主要头领被召集到帕亚村的英国驻官的寓所。霍布逊千方百计要他们答应归顺，他说，维多利亚女王已经派部队和军舰来保护他们，他们的权利会得到充分保障，他们仍享有完全的自由，不过，他们的土地将归女王所有，他们必须把财产卖给女王。

大部分头领都觉得，女王的保护所要的代价太高，因此不肯同意，但是最终，许诺和礼品比霍布逊的说教对这些野人的影响更大，于是，新西兰的土地归英国女王的事就这样确定了。自1840年到"邓肯号"离开克莱德海湾，这期间发生的一切，没有一件帕噶乃尔不知道，他随时准备把它们讲给伙伴听。

"夫人，"他回答格雷那万夫人的问题时这样说，"我再一次重复我已经说过的话：新西兰人是一个勇敢的民族，他们曾一度做了让步，现在正拼命抵抗英国入侵者。毛利人的部落组织很像从前苏格兰人的氏族，每个部落就是一个大家庭，部落公认一个酋长，酋长要求部落成员对他绝对敬重和服从。毛利人骄傲、骁勇，有的身体高大，头发平直，像马耳他人或巴格达的犹太人；有的个儿比较矮小、粗短，像黑人和白人的混血儿，但个个身强体壮，高傲好斗。他们有过一位闻名遐迩的酋长，叫喜喜。毛利人和英国人的战争在北岛无休止地继续下去，这没什么奇怪的。因为著名的怀卡托人部落就生活在那里，他们在威廉·汤普森的带领下保卫自己的土地。"

"但是，英国人不是已经成了新西兰主要地区的主人了吗？"约翰问。

"当然是，亲爱的约翰，"帕噶乃尔回答，"霍布逊少校占据了北岛，后来当了那里的总督。从 1840 年到 1860 年，英国人在两座岛上条件最好的地方，陆续建立了九个殖民区。由此就有了现在的九个省。四个省在北岛：奥克兰省、格拉纳基省、惠灵顿省和霍克湾省；五个省在南岛：纳尔逊省、马尔伯勒省、坎特伯雷省、奥塔戈省和南部省。到 1864 年 6 月 30 日，人口总数为十八万零三百四十六人。四面八方建起了商业大城。等我们到了奥克兰，你们一定会由衷地赞赏它的地理位置。城市俯瞰着狭长的地峡，像一座架在太平洋上的桥。奥克兰已经有一万两千个居民。它西边的新普利茅斯，东边的阿胡里里，南边的惠灵顿，都是很繁荣、很热闹的城市。南岛上有纳尔逊城，堪称这座岛国的花园；库克海峡上有皮克顿城。奥塔戈省资源丰富，全世界的淘金者都涌到这里。克赖斯特彻奇、因弗卡吉尔和达尼丁是这个省的重要城市。请注意，这里讲的城市绝不是什么野人部落聚居、小茅草屋集中的地方，而是名副其实的城市，那里有港口、码头、教堂、银行、植物园、博物院、动植物驯化园、报馆、医院、慈善机构、哲学研究所、共济会员之家、俱乐部、合唱团、剧院、万国展览会等等，一样也不比伦敦或巴黎少！如果我的记忆准确的话，就在今年，也许就在此时此刻，一个世界工业产品展览会正在这个有食人肉习俗的国家举办呢！"

"什么！也不管英国人和这里的土著人正在交战？"格雷那万夫人问。

"夫人，英国人才不管什么战争不战争呢！"帕噶乃尔回答，"他们一面打仗，一面展出自己的产品。这丝毫不影响他们。他们甚至在新西兰人的枪口下修筑铁路。在奥克兰省，德鲁里铁路和梅尔铁路都穿过叛乱部落占据的主要地点。我敢打赌，铁路工人会从火车上开枪呢！"

"现在，这场没完没了的战争打得怎么样了呢？"曼格斯问。

"我们离开欧洲已经整整半年了，"帕噶乃尔说，"我无法知道我们走后发生的事，除了穿越澳大利亚时，在马利伯勒和塞姆尔的报纸上读到几则关于战事的消息。那时，北岛的战争打得很激烈。"

"这场战争是什么时候开始的呢？"玛丽问。

"也许应该说'重新开始'，亲爱的小姐，"帕噶乃尔回答，"1845年已经有过第一次起义。大约在1863年末又重新开始。其实，在此之前，毛利人早就在准备打破英国人统治的枷锁了。土著人的民族党一直为毛利人当选头领积极地宣传。他们想要老波塔托当国王，想把他住的位于怀卡托江和怀帕河之间的村子变成新王国的首都。这个老波塔托胆量不大，可诡计多端。他的首相果断而又聪明，是恩加蒂哈华部落的后代，在外国人占领这个部落前，住在奥克兰地峡上。首相名叫威廉·汤普森，成了这场独立战争的灵魂。他巧妙地组织了毛利人部队。在他的思想启发下，塔拉纳基省的一个头领也把分散的部落联合起来，为同一个事业斗争。另一个怀卡托地区的首领组织了'土地联盟'，这是一个真正保卫国家财产的联盟，它的宗旨是阻止当地人把土地卖给英国政府。他们举行了一次次宴会，就像在文明国家那样，这些宴会往往是一场革命的前奏。英国报纸已经开始注意这类令人惊慌的迹象，政府也很为'土地联盟'的活动担心。总之，民众的思想已经被鼓动起来了，炸药随时可能爆炸，只差一个火星点燃它，或者，更准确地说，只要两种敌对利益发生冲突，就能引起爆炸。"

"那么，这个冲突……"格雷那万问。

"这个冲突发生在 1860 年，"帕噶乃尔说，"在北岛西南海岸的塔拉纳基省。一个土著人在新普利茅斯附近拥有六百英亩土地，他把这块地卖给了英国政府。可是丈量员来测量这块地时，酋长金基不同意。三月份，他在这块有争议的六百亩地上造了营房，四周围上高高的栅栏。几天后，戈尔德上校带领他的部队抢占了营房，就在那天，打响了这场民族战争的第一枪。"

"毛利人多吗？"曼格斯问。

"一个世纪以来，他们的人数已经大大减少。"地理学家回答，"1760 年，库克估计他们有四十万之众。1845 年，根据'土人保护协会'的统计，这个数目已降低到十万九千。'文明人'的杀戮、疾病、烈酒，造成毛利人大量死亡；不过，两座岛上的土著人加起来还有九万，其中三千个精壮兵丁，他们能在相当长一段时间里不让欧洲人的部队得逞。"

"到目前为止，反抗成功过吗？"格雷那万夫人问。

"成功过，夫人，连英国人也常常赞叹新西兰人的勇敢。新西兰人善于打游击战，做小范围的偷袭，向小部队进攻，抢劫殖民者的据点。英国兵不得不搜索乡村的每个灌木丛，所以卡默伦将军觉得有些难以应付。经过长期血腥战斗后，1863 年，毛利人占领了怀卡托上游的一个要塞。要塞建在一道陡峭山脉的尽头，有三道防线保卫。土著人预言家号召所有的毛利人起来保卫自己的土地，并且预言一定能把白人全部歼灭。卡默伦将军指挥三千名士兵作战，自从上校斯普伦特被毛利人野蛮杀死后，这些士兵抓到毛利人一律格杀勿论。双方进行了残酷的交战。有些仗一打就是十几个小时，而毛利人面对欧洲人的炮火毫不退却。威廉·汤普森统率的怀卡托部落异常凶猛，是独立大军的主力。这个土著人头领起初指挥两千五百名士兵，后来指挥八千士兵。松基和赫基这两个叫人闻风丧胆的酋长也派部属去助战。在这场战斗中，妇女参加了艰苦的工作。但是，正义的一方没有好的武器。经过多次激战后，卡默伦将军终于占领了怀卡托县城，一个没有人的空城，因为居民们已经向四面八方逃走了。战争中有不少可歌可泣的故事。一次，四百个毛利人被卡雷准将手下的一千个英国兵围困在奥拉康碉堡里，没有粮食也没有水，但是他们拒不投降。然后，有一天正午，他们在第四十团的英军中杀出一条血路，逃进沼泽地。"

"怀卡托县被占领后，战争是不是结束了呢？"约翰问。

"没有，我的朋友，"帕噶乃尔回答，"英国人决定进军塔拉纳基省，包围玛泰塔瓦，这里是威廉·汤普森的堡垒。但是，他们要以重大伤亡为代价才能占领这个堡垒。我离开巴黎的时候，听说总督和将军刚接受了塔兰加各部落的投降，并且让他们保留四分之三的土地。还听说，叛军首领汤普森也考虑投降，但是，澳大利亚各家报纸并没有确认这条消息；相反，很可能就在此时此刻，抵抗运动正以新的活力重新组织起来。"

"按你的看法，帕噶乃尔，"格雷那万说，"这场战斗要打到塔拉纳基省和奥克兰省？"

"我想是的。"

"就是'麦夸里号'搁浅后，把我们扔下来的地方？"

"正是。我们上岸的地方在卡菲亚港以北几英里。也许毛利人的大旗还在卡菲亚港飘扬呢。"

"那么，我们向北走比较明智。"格雷那万说。

"的确，向北走最为明智。"帕噶乃尔回答，"毛利人对欧洲人很恼火，尤其对英国人。所以，我们不能落在他们手里。"

"也许我们能碰上欧洲军队的某个小分队？"格雷那万夫人说，"那就算我们运气了。"

"也许能吧，夫人，"地理学家回答，"但是，我可不抱这样的希望。孤立的小部队一般不在荒野里走，因为任何小树丛、小荆棘丛里，都可能躲藏着机灵的射手。我不指望能受到第四十团士兵的保护，不过，我们要沿着西海岸向北走，那里有几个传教团所在地。我们可以一站一站走到奥克兰，很方便。我甚至考虑沿怀卡托江走，就是德·霍斯泰特先生过去走的那条路。"

"他是个旅行家吗，帕噶乃尔先生？"罗伯特问。

"是的，孩子。他是一个科学考察团的成员，1858年，这个考察团乘奥地利的军舰'诺瓦拉号'作环球航行。"

"帕噶乃尔先生，"罗伯特又问，他一想到远途航行作地理考察便两眼发亮，"新西兰有没有像澳大利亚的伯克和斯图尔特那样有名的旅行家？"

"有几个，孩子，比如胡克医生、布里扎特教授、博物学家迪芬巴赫和尤利乌斯·哈斯特。但是，虽然他们为自己热爱的探险事业献出了生命，他们还是不及澳大利亚或非洲的旅行家有名……"

"您知道他们的故事吗？"小格兰特问。

"当然，孩子。既然你迫不及待想知道得和我一样多，我来讲给你听。"

"谢谢您，帕噶乃尔先生，我专心听着呢。"

"我们也要听。"格雷那万夫人说，"坏天气倒让我们有机会受教育，这已经不是第一次了。帕噶乃尔先生，您就讲给大家听吧。"

"遵命，夫人，"地理学家说，"不过，我的讲述不会长。我要讲的不是那些和澳大利亚吃人怪物展开肉搏的大胆发现家。新西兰国土不大，很容易被人考察遍。我的故事的主人公不是真正意义上的旅行家，而是一般的观光客，他们在毫无浪漫意味的事故中成了牺牲品。"

"他们的名字是……"玛丽问。

"几何学家维特孔伯，还有查尔顿·豪维特。还记得我们在威默拉地界停留的时候，我给你们讲的那次难忘的探险吗？就是维特孔伯在那次探险中找到了伯克的残骸。维特孔伯和豪维特，每人指挥两个组在南岛考察。1863 年初，他们从克赖斯特彻奇出发，目的是寻找穿越坎特伯雷省北部山脉的各种可能的通道。豪维特从省的北界翻过了山，在布伦纳湖上建立了指挥部；维特孔伯则相反，在拉凯阿河谷找到一条通往廷德尔山峰东面的路。维特孔伯有一个同路人，叫雅各布·鲁帕，他的游记后来登在《利特尔顿时报》上。根据我的记忆，1863 年 4 月 22 日，这两位探险者来到一座冰峰脚下，拉凯阿河就从那儿发源。他们一直登上峰顶，又开始寻找新的通道。第二天，维特孔伯和鲁帕又累又冷，精疲力竭，不得不在海拔四千英尺高的厚厚的雪上宿营。他们在山里和谷底转了一个星期，山壁陡峭，不可能有任何出路。他们常常没有火烤，有时甚至没有干粮，随身带的糖化成了糖水，饼干成了面糊，衣服和铺盖都是湿淋淋的，还被虫咬了很多洞。他们有时一天能走三英里，有时一天还走不到两百码。4 月 29 日，他们终于看到一座毛利人的茅屋，还在一个园子里拿到几把土豆，两个朋友分着吃了，这是他们一起分享的最后一餐。当晚，他们到了离塔拉马考河入海处不远的海岸。他们必须到河的右岸，向北往格雷河走。塔拉马考河又宽又深。鲁帕找了一个小时，找到两只破损的小划子，他尽可能做了修补，把两只划子拴在一起。傍晚时分，两个朋友上了划子，可是刚到河中间，划子就灌进了水。维特孔伯跳进河里，往回向左岸游。鲁帕不会游泳，只好牢牢抓住划子，这倒救了他的命，当然他也受了不少惊吓。他被水流推向岩礁。第一个浪头把他沉入海底，第二个浪头又把他抛到海面，撞在岩石上。晚上到了，那是最黑的一夜。天上下着倾盆大雨。鲁帕身上好几处受伤，流着血，又在海水里泡得肿胀。他跟划子一起被浪头颠簸了几个小时，最后他失去了知觉，被海浪抛到岸上。第二天天亮的时候，他向一个泉眼爬去，发现自己所在的地方离他昨天想过河的地方大约有一英里。他站起身，沿着海岸走，不久发现了不幸的维特孔伯，头和身子陷在烂泥里，已经死了。鲁帕用手在沙子里挖了一个坑，掩埋了伙伴的尸体。两天后，饿得半死的他被几个好客的毛利人——毛利人也有好客的——收留了；5 月 4 日，他到达了布伦纳湖查尔顿·豪维特的宿营地。但是六个星期后，豪维特也像不幸的维特孔伯一样死于非命。"

"是啊！"曼格斯说，"灾难一个接一个，好像有一条命运的纽带把旅行家拴在一起，纽带一断，他们全部丧命。"

"你说得对，我的朋友，"帕噶乃尔回答，"我也常这样想。是一种什么连带关系使豪维特几乎在同样的情况下丧命了呢？谁也说不清。查尔顿·豪维特受主管政府工程的怀德聘用，负责开一条从胡鲁奴依平原到塔拉马考河入海口的马道。1863 年 1 月 1 日，他带着五个助手出发了。他以无与伦比的智慧完成了这项使命，开出了一条长四十英里的路，到塔拉马考河一个无法通过的地方为止。他回到克赖斯特彻奇。虽然冬天快要到了，他还要求继续开路工程。怀德先生同意了。豪维特又出发为营地准备粮食，以便顺利度过冬季。就在这段时间，他收留了雅各布·鲁帕。6 月 27 日，豪维特以及他手下的两个人，罗伯特·李特和亨利·穆里，离开了营地。他们乘小艇渡过布伦纳湖。自那以后，人们再也没有见到他们，只发现他们乘坐的那只单薄、扁平的小艇搁浅在岸边。大家找了他们九个星期也没找到。很明显，这几个不幸的人因为不会游泳，淹死在湖里了。"

"但是，怎见得他们不是平安无事，留在新西兰某个部落里呢？"格雷那万夫人说，"至少，对他们的死可以怀疑。"

"唉，夫人，不用怀疑！"帕噶乃尔回答，"直到1864年8月，也就是他们出事后一年，他们也没露面……在新西兰这个地方，如果一个人有一年不露面，"帕噶乃尔喃喃道，"那就是说，他消失了，再也回不来了。"

第九章　向北三十英里

2月7日，早晨六点钟，格雷那万发出了上路的信号。雨已在夜里停了，天空还布满灰蒙蒙的小云朵，把阳光挡在离地面三千米的高度。气温不算太高，人们还能顶得住白天旅行的疲劳。

帕噶乃尔在地图上测量过，卡鲁瓦角到奥克兰的距离是八十英里。如果昼夜兼程，每天行十英里，需要走八天。不过，帕噶乃尔觉得，与其沿着曲曲弯弯的海岸走，不如先到三十里外怀卡托江和怀帕河的交汇处的纳鲁阿瓦希亚村，横贯陆地的邮路打那儿经过。这条路其实可以称为羊肠小道，但能通车子，它贯穿大半个新西兰，从霍克湾上的内皮尔直到奥克兰。这样，可以比较方便地到达德鲁里，在那儿的一家舒适的旅馆里休息，博物学家霍斯泰特先生特别推荐那家旅馆。

他们背着干粮，开始顺着奥特亚海湾走。出于小心谨慎，大家彼此靠得很近，不敢走散，而且把步枪装上了子弹，一面走，一面本能地密切注视着东边那片地势起伏的旷野。帕噶乃尔手上一直拿着那张出色的地图，不时像艺术家一样兴致勃勃地指出，每一个细小的地方在地图上都标得多么精确。

白天，有一段时间，这一小队旅人在沙滩上走，沙子里全是贝壳和墨鱼骨头的碎屑，还夹着大量过氧化铁和低氧化铁。如果拿一块磁石靠近地面，磁石准会立刻裹上一层亮晶晶的水晶似的东西。

上涨的海潮舔着海岸，几只海洋动物在岸上嬉戏，有人走过，它们也不逃走。海豹那圆圆的脑袋、宽宽的拱起的前额，很有表情的眼睛，显出一副温顺甚至亲热的样子。看着它们，你就明白，为什么寓言以其特有的方式诗化这些有趣的海洋居民，把它们写成歌声迷人的美人鱼，其实海豹只会发出并不悦耳的哼哼声。新西兰海岸上的海豹数量很多，是抢手的商品。人们捕捉它们是为了取它们的油和毛皮。

海豹中间夹着三四只海象，灰蓝色的身子，长二十五到三十英尺。这些巨大的两栖动物懒洋洋地躺在一层厚厚的巨大昆布上，滑稽地抖着光亮、卷曲的长须。罗伯特津津有味地看着，突然惊叫起来："呀！海豹吃石子儿啦！"

果然，好几只海豹在贪婪地吞食海岸上的小石头。

"可不是吗！千真万确！"帕噶乃尔说，"谁也不能不承认这些家伙吃沙滩上的鹅卵石。"

"好奇怪的食物！多难消化呀！"罗伯特说。

"这些两栖动物吞卵石不是为了填饱肚皮，孩子，是为了能在水里沉下去。这是一种增加身体比重，好沉到海底的办法。一回到岸上，它们就毫不客气地把石子吐出来。你马上就会看到它们潜入海水。"

果然，不一会儿，五六只吞足了石子的海豹，拖着笨重的身躯，沿着海岸爬下去，很快消失在海水里。可惜，格雷那万一行人的时间很宝贵，不能待在那儿等海豹回来，观察它们如何吐出石子，减轻身体重量，帕噶乃尔十分遗憾。中断的行军又继续下去。

十点钟时，他们在一些巨大的岩石脚下休息、吃饭。这些玄武岩排列在那儿，像凯尔特人的石棚。海边有一群密集的牡蛎可供他们大量食用。这些牡蛎很小，味道也不好。但是，司务长奥尔比奈特按照帕噶乃尔的建议，把它们放在炭火上烤熟。这样烹制后，一顿饭工夫好几十个牡蛎被大家吃掉了。

休息过后，大家继续沿着海湾往前走。只见在锯齿状的岩石上，在悬崖绝壁的高处，栖息着一大群各色各样的海鸟，有军舰鸟、鲣鸟、海鸥，还有硕大的信天翁，一动不动地停在壁立的崖尖上。到下午四点钟，大家已轻松地走了十英里路，并不感到累。两位女伴提出继续走，到晚上再休息。路在这一段可能改变了方向，他们将要绕着北边几座山的山脚走，进入怀帕河的河谷。

远方看上去是一望无际的草地，估计走在上面会像散步一样惬意。可是当他们来到这片绿野的边缘时，不禁大失所望。原来不是什么草地，而是一片开着小白花的灌木丛，其间还夹杂着一簇簇高高的羊齿草，新西兰的空地上特别爱长这种草。必须披荆斩棘，开出一条路，这很费了一些力气。不过到晚上八点，他们已经绕过了哈卡里华塔-兰杰斯山脉的头几个山包，并且立即安排宿营。

这天，大家一口气走了十四英里路，是可以考虑休息了。没有车子也没有帐篷，大家便各自准备在高大挺拔的松树下睡觉。植被倒不缺，正好充当临时床铺。格雷那万为夜间安全采取了严密的防范措施。他和伙伴都武装好，两人一组，轮流守夜，直到天亮。他们没生火，虽然火障对付野兽是很有用的，但新西兰没有狮子老虎，没有熊，没有任何猛兽。新西兰的野人倒可以代替这些猛兽，而点了火只会把这些两条腿的野兽引过来。

闲话少说，一夜平安无事，除了有几只当地土话叫"纳嘎姆"的沙蝇，把他们叮得很难受，还有一群大胆的耗子，拼命咬他们的干粮袋。

第二天是 2 月 8 日。帕噶乃尔一觉醒来时放心多了，几乎已消除了对这个地方的反感。他最害怕的毛利人并没有出现，他甚至没梦见这些凶恶的家伙威胁他要把他吃掉。早晨，他向格雷那万谈了自己的满意心情。

"所以，我想，"他对格雷那万说，"这段小小的漫步会顺利结束。今晚我们就能到达怀帕河和怀卡托江汇合的地方。过了这个地方，就不必害怕在去奥克兰的路上遇到土著人了。"

"还要走多少路，才能到怀帕河和怀卡托江汇合的地方？"格雷那万问。

"十五英里，和昨天走的路程差不多。"

"但是，如果前面还有这些没完没了的荆棘丛挡住我们的路，就会耽搁我们很多时间。"

"不会，"帕噶乃尔回答，"我们要沿着怀帕河河岸走，那里没有障碍，相反，路很好走。"

"那么，我们出发吧。"格雷那万说。他看见两位女伴已准备好上路。

这一天，头几个小时还有杂树丛阻碍他们行进。他们走的地方，连车马也过不去。他们不禁有点怀念穿越澳大利亚时用的那辆车。也许，在车辆可以行驶的路开出来之前，新西兰布满茂密植物的土地上只能走步行的人。品种繁多的蕨类植物也和毛利人一样，以无比的顽强捍卫着国土。

这一小队旅人穿过哈卡里华塔山脉所在的那片原野时感到非常困难，不过，中午前，他们总算到了怀帕河岸边，轻松地沿着河岸向北走。

他们眼前是一个景色迷人的山谷，谷底，几条清澈的小溪在小树下欢快地流淌。据植物学家霍克说，到目前为止，新西兰有两千种植物，其中五百种是这片土地特有的。这里花儿不多，色彩也单调。一年生的植物几乎完全没有，而羊齿草科、禾本科、伞形科植物却遍地都是。

暗绿色的草丛间，这儿那儿耸立起几棵开猩红色花的"铁心树"、诺尔福克松、浓密树枝垂直挂下的侧柏，还有一种新西兰人叫作"里穆"的柏树，和它们的欧洲同类一样让人感伤；所有这些树的树干都被各种各样的蕨草所包围。

在大树的枝丫间，在灌木丛的顶上，几只鹦哥叽叽喳喳飞来飞去，有颈下长一道红羽毛的绿袍"卡卡里奇"，有装饰着两撇漂亮黑胡须的"托波"，还有一只大如鸭子的八哥，浑身褚红，翅下的羽毛色彩尤其鲜亮。

少校和罗伯特在离伙伴不远的地方，打到几只停歇在矮林下的丘鹬和山鹑。奥尔比奈特为了节省时间，边走边把它们拔了毛，准备做菜。

帕噶乃尔不大在乎猎物的营养价值，倒更希望保留一只新西兰特有的鸟。在他身上，博物学家的求知欲战胜了旅人的好胃口。

他还碰到一只稀有的动物，这种动物被人、猫和狗追捕，逃到荒无人烟的地区，快要在新西兰绝迹。罗伯特像只白鼬一样到处搜索，在一个盘结的树根做成的鸟窝里发现了两只类似母鸡的动物，没有翅膀，也没有尾巴，爪子上只长四个趾，长长的喙，全身覆盖着头发似的白羽毛，真是怪异，它仿佛标志着卵生动物到哺乳动物的过渡。

这种动物，新西兰人管它叫"几维"，博物学家称为"澳洲无翼鸟"，吃昆虫和它们的幼虫，或者植物的种子。这种鸟是新西兰所特有的，欧洲动物园也很难引进。它们那没有发育好的形状和蹒跚滑稽的动作，总能吸引游人的注意。"星盘号"和"热情号"在大洋洲做大规模探险时，科学院交给迪蒙·迪尔维尔的一项主要任务，就是带回这样一只珍稀鸟儿做标本。然而，尽管他答应给土著人很高的报酬，还是没能弄到一只活的几维鸟。

帕噶乃尔庆幸自己有这样的好运气。他把两只鸟拴在一起，小心翼翼地拿着，打算回国后献给巴黎植物园。自信的地理学家仿佛已经看见，植物园最漂亮的鸟笼上挂着一块牌子，牌子上写着"帕噶乃尔先生赠"。

这时，他们一行人正轻松地走下怀帕河河岸。这个地区一片荒凉，根本看不到土著人的踪影，也没有一条小道说明有人到过这里。河水有时在高高的灌木丛之间穿过，有时在沙滩上流淌。视线可以一直看到东边河谷尽头的小山包。山包的形状奇怪，笼罩在雾中的侧影让人产生错觉，以为那是史前的巨兽，是一群巨鲸突然化成了石头。坎坷起伏的山峰表明，它的地质主要属于火山岩性质。的确，新西兰是最近一次火山爆发形成的。它在水面以上的部分不断扩大。有些地方二十年来已增高近两米。它的地底下，火还在奔突，使它振动、抽搐，有时，地火从多处间隙泉口和火山口喷出来。

到下午四点钟，他们已经愉快地走完九英里路。帕噶乃尔不停地查看他那张宝贝地图，从地图上看，他们离怀帕河与怀卡托江的汇合口已不到五英里，去奥克兰的路就在那儿经过，他们也将在那儿扎营过夜。距离首府还有五十英里，两到三天能走完。假如他们运气好，碰上来往于奥克兰和霍克湾之间的邮件马车，那么最多几个小时就到。邮件马车半个月一班，兼载旅客。

"这么看来，明天夜里我们还得宿营？"格雷那万问。

"是的，"帕噶乃尔回答，"不过，我希望是最后一次。"

"但愿如此，因为对于海伦娜和玛丽，宿营过夜是艰苦的考验。"

"不过，她们都毫无怨言地挺过来了。"曼格斯补充了一句，"帕噶乃尔先生，如果我没记错的话，您说过，两条河的汇合处有一个村子。"

"是的，"地理学家回答，"这张地图上标着呢，叫纳鲁阿瓦西亚村，位于两河汇合口以南约两英里的地方。"

"那好！夜里我们不是可以住在那儿吗？格雷那万夫人和格兰特小姐一定会毫不犹豫再走两英里路，找一个还算过得去的旅馆。"

"旅馆！"帕噶乃尔叫了起来，"在毛利人的村里找旅馆！那儿连小客栈、小酒馆也没有！所谓村子不过是土著人的草棚集中在一起。我的意见是千万别在那儿找住地，还是小心躲开为妙。"

"你总是害怕，帕噶乃尔！"格雷那万说。

"我亲爱的爵爷，对毛利人宁可提防，不可信任。我不知道现在他们和英国人的关系怎么样；不知道他们的暴动是被镇压了还是胜利了，也不知道我们会不会正好碰到打仗。但是，我们也不必谦虚，像我们这样身份的人，他们逮住了可是不小的收获。我可不想去试试新西兰人好客的程度。我认为，明智的做法是避开纳鲁阿瓦西亚村，绕过它，避免遇到土著人。一旦到了德鲁里，情况就不一样了。在那儿，我们勇敢的女伴可以称心如意地消除旅途的疲劳。"

地理学家的意见占了上风。格雷那万夫人宁愿露天过最后一夜，也不想让伙伴冒险。她和玛丽都没提出要停下来歇息，而是继续沿着河岸往前走。

两个小时后，黄昏的阴影开始从山上往下移动。太阳在西方的天空消失之前，透过云层的缝隙，射出最后几道霞光，把远处东边的山峰染成绯红，好像是向旅人匆匆行礼告别。

格雷那万和伙伴加快了脚步。他们知道，在新西兰这样纬度较高的地方，黄昏是多短暂，夜幕降临得多快。他们必须在天漆黑之前抵达两河汇合处。但是浓厚的雾从地面升起，认路变得很困难。

幸亏，黑暗中虽然视觉不管用，却有听觉来代替。不久，他们听到，河水的潺潺声变成哗哗声，这表明两条水流汇合到一个河床里。八点钟，这一行人来到了怀帕河水注入怀卡托江的地方，波浪撞击发出咆哮。

"怀卡托江到了。"帕噶乃尔大声说，"去奥克兰的路沿着江的右岸往北走。"

"明天我们就看得清这条路了，"少校说，"我们在这儿宿营吧。我想，那团黑影可能是一个小树丛，好像特意长在那儿掩护我们的。就在这里吃饭、睡觉吧。"

"好，吃饭，"帕噶乃尔说，"不过，只能吃饼干和干肉，不要生火做饭。我们到这里时没有人知道，尽量做到走的时候也没人知道！很幸运，有浓雾，不会被人看见。"

大家走到树丛下，每个人都按照地理学家的嘱咐行事，悄没声儿地吃完冷餐。这些旅行者一天走了十五英里路，大家都累了，很快进入了梦乡。

第十章　民族之江

　　第二天天亮时，一层浓雾在江面上沉重地移动。空气中饱含着水汽，一部分水汽遇冷凝成厚厚的云，笼罩在水面上。然而，阳光不久便穿透云团，云团在灿烂的阳光照射下渐渐消散。河岸从雾中显现出来，怀卡托江在晨曦中无比美丽。

　　一块长着灌木的长条形陆地伸向两条水流的汇合口。怀帕河的水比较湍急，先是排开怀卡托江的水，流了四分之一英里后，才完全和江水融合。怀卡托江浩荡而平静，很快便制伏了狂奔的怀帕河，把它平稳地带到太平洋。

　　水汽散去后，就见一只划子在怀卡托江逆流而上。

　　划子长七十英尺，宽五英尺，深三英尺，船头翘起，像威尼斯轻舟，船身整个儿是用一棵杉树干凿出来的。船底铺着一层晒干的蕨草。船的前部装着八只桨，所以船在水上行走如飞。船尾坐着一个汉子，使一只活动的短桨，操纵划子前进的方向。

　　这个汉子是个土著人，身材高大，四十五岁左右，胸脯宽阔，四肢肌肉发达，手和脚壮实有力。他的前额隆起，刻着深深的皱纹，他的目光凶狠，脸色阴沉，所以让人望而生畏。

他是个毛利人头领，级别相当高，这一点，从他身上和脸上刺的细而密的花纹可以看出来。两道黑色螺旋线从他鹰钩鼻的两翼出发，绕着黄色眼睛走一圈，再会合到脑门上，消失在浓密的头发里。他的牙齿洁白发亮，嘴唇上和下巴上都刺满了规则的、五颜六色的涡形花纹，这漂亮的花纹弯弯曲曲盘旋而下，一直到强壮的胸脯上。

文身，新西兰人称"墨刻"，是身份高贵的标志。在战斗中有过赫赫功绩的人才有资格刻上这种尊贵的螺旋形花纹。奴隶和下层百姓是不可能存有这种奢望的。有名的头领，身上的花纹刻得精细、准确，而且往往是各种动物的图像。"墨刻"十分疼痛，但有的头领身上文过五遍。在新西兰，名气愈大的人，文身愈厉害。

关于这一习俗，迪蒙·迪尔维尔曾提供过一些有趣的细节。他说，"墨刻"相当于欧洲某些家族引以为荣的纹章。这话很有道理。不过，他又指出两种尊贵标志之间的不同：欧洲的家族纹章，往往只能证明第一个给家族挣得这种殊荣的人的个人功绩，丝毫不能证明他的子孙的功绩；而文身，是新西兰的个人纹章，它却真正表明，一个人肯定表现了非凡的勇敢，才有权利刺上这些花纹。

此外，毛利人的文身除了作为个人声望的标志外，还具有无可置疑的实用价值。文身使皮肤加厚，可以更好地抵抗风吹日晒和严寒，还可以抵御蚊叮虫咬。

回到驾船的这位头领，他的名气肯定很大。毛利墨刻师曾用信天翁的尖利骨头，先后五次在他脸上刻下又密又深的图案。现在他脸上的图案就是第五个"版本"，这一点从他高傲的表情上可以看出来。

他身上披着一条宽大的剑麻席子，里面衬着狗皮。腰间缠一条布带，布带上还有最近打仗溅上的血迹。他耳朵上戴着绿玉耳坠，重得把耳垂都拉长了。脖子上围着几条"普纳姆"项链，项链互相碰撞，索索作响。在新西兰，"普纳姆"是一种神石，人们对它怀有某种迷信。头领脚边横着一支英制步枪，还有一把双刃斧。

他身旁站着九个将士，级别比他低，但同样武装齐备，神情凶蛮，有几个身上还带着新近的伤口，他们都披着剑麻氅，纹丝不动地站着，脚边趴着三只野性十足的狗。船头的八个桨手看上去像是头领的仆人或奴隶。他们猛力划桨，加上怀卡托江的水流平缓，所以，小船虽然是逆水而上却行得飞快。

长长的划子中部，站着十个欧洲俘虏，互相紧紧靠在一起，他们的脚给绑着，手是自由的。这十个人就是格雷那万和夫人海伦娜、玛丽、罗伯特、帕噶乃尔、纳布斯少校、曼格斯、司务长奥尔比奈特和两名水手。

昨天晚上，他们一行人被浓雾迷住了眼，误入一个人数不少的土著人部落的地盘，在那儿扎营过夜。将近半夜时分，熟睡的旅人遭到土著人袭击，成了俘虏，被押上小船运走。到目前为止，他们并未受到虐待，不过，他们想反抗也枉然，因为武器弹药全部落入土著人手中。反抗，他们就会被自己的子弹打死。

不久，他们抓住土著人用的几个英语单词，知道这些土著人是被英军打败、遭到很大伤亡的暴动队伍的残部，正在回他们在怀卡托江上游的根据地。这个毛利人头领顽强抵抗，他手下的骨干都被英军第四十二团的士兵杀死了，他准备回去再一次发动怀卡托地区的部落，参加威廉·汤普森的部队。

这个毛利人头领叫"凯考姆"，这名字很吓人，在新西兰土语里的意思是"吃敌人的四肢的人"。他骁勇非凡，天不怕地不怕，但也极其残忍，绝对不可能指望他发慈悲。英军中人人知道他的名字，新西兰政府正悬赏要他的脑袋。

格雷那万一行人在即将到达期待已久的奥克兰港口，并从那儿返回家园的时候，被毛利人抓获，这真是一个残酷的打击。但是，格雷那万神色冷静、安详，让人看不出他心里有多焦虑。这是因为在严峻的形势下，他总能表现得临危不乱。他意识到，作为丈夫和领导，他应当是妻子和伙伴的力量和榜样，而且，如果客观情况需要，他准备为救大家而身先士卒。格雷那万笃信宗教，他深知自己的事业是神圣的，不肯对上帝的公正失去信心；面对一路上遭遇的艰难险阻，他毫不因为他的侠义冲动把他带到这野蛮地方而懊悔。

他的伙伴也的确有资格做他的伙伴；他们和他一样，怀着高尚的想法，看他们脸上那安详而自豪的神情，简直不会相信他们正被带向死亡。遵照格雷那万的嘱咐，他们在土著人面前一致装出一副漠然置之的样子。这是叫这些本性凶蛮的土著人敬而远之的唯一办法。一般来说，野人，尤其是毛利人，在任何情况下都保持尊严，所以他们敬重那些冷静和勇敢的人。格雷那万深知，只有这样行事，他和同伴才能免受无谓的恶劣待遇。

这伙土著人像所有野人一样，少言寡语，从离开宿营地到现在，还没怎么讲话。但是，从他们偶然交流时用的几个英语单词，格雷那万判断，他们对英语还算熟悉。于是，他决定问问那个毛利人首领，准备怎么处置他和他的伙伴。

他毫无畏惧地问凯考姆："你把我们带到哪儿去，头领？"

凯考姆冷冷地看了他一眼，没回答。

"你打算拿我们怎么样？"格雷那万又问。

凯考姆的眼睛里飞快地闪过一道光，他用低沉的嗓音说："如果你们的人要你，就拿你去交换；如果他们不肯换，就把你杀了。"

格雷那万不再多问，但是他心里又有了希望。他估计，一定有几名毛利人的头领落在英国人手里，土著人试图通过交换把他们要回来。因此还有得救的可能，他们并不完全处于绝境。

这时，划艇在快速地逆流前进。帕噶乃尔是个性格很不稳定的人，容易从一个极端走到另一个极端，此刻他重新充满希望。他想，他们用不着自己找英国人的哨所，毛利人会把他们送去的，这倒是件便宜事。于是他听天由命，只管查地图，看怀卡托江流经平原和山谷的路线。格雷那万夫人和玛丽小姐控制着心里的恐惧，在低声与格雷那万谈话。即便最善于从看相来揣摩别人心事的人，也不可能从她们脸上觉察出她们心中的焦急和忧虑。

怀卡托江是新西兰人的民族之江。毛利人引以为骄傲，并且拼死也不容别人占有它，就像德国人对莱茵河，或者斯拉夫人对多瑙河的感情一样。怀卡托江长两百英里，从惠灵顿省一直流到奥克兰省，灌溉着北岛最美丽的地区。沿江所有的部落都以这条江命名。他们桀骜不驯，从来没屈服过，现在正群起抗击入侵者，保卫他们的民族之江。

到目前为止，怀卡托江上几乎还没航行过外国船只。它的怀抱只向岛上居民的筏子敞开。难得有大胆的观光客敢冒险到它神圣的两岸来。怀卡托江的上游是绝对不让那些欧洲俗人靠近的。

帕噶乃尔了解土著人对新西兰这条大动脉的崇敬。他知道，英国和德国的博物学家几乎从来没到过怀卡托江和怀帕河汇合处以北的地方。凯考姆要把他的俘虏带到哪里去呢？如果不是头领和他的士兵之间常常提到"陶波"这个词，引起了他的注意，那么，他是怎么也猜不到的。

他忙查地图，发现"陶波"这个名字是指一个有名的湖，这个湖位于奥克兰省南端，那是岛上高山最多的地区。怀卡托江穿过整个湖流出去。从它和怀帕河的汇合处到陶波湖有一百二十英里，怀卡托江在这段流程中变得愈来愈宽广。

为了不让土著人听懂，帕噶乃尔用法语对曼格斯讲话，要他估计一下划艇的速度。约翰说大概是每小时三英里。

"那么，"地理学家回答，"如果我们夜里停下来休息，小艇到陶波湖需要走将近四天。"

"可英国军队的哨所布在哪里呢？"格雷那万问。

"很难知道！"帕噶乃尔回答，"不过，战事大概已经蔓延到塔拉纳基省，英军很有可能集结在陶波湖那边，在山的背面，那里是暴动的根据地。"

"但愿如此！"格雷那万夫人说。

格雷那万忧郁地看了一眼年轻的妻子和玛丽，心想，她们现在被土著人任意摆布，可能被带到一个野蛮的、别人救不到的地方。但是，他感觉到凯考姆在观察他，为了不让他猜到，两个女俘虏中有一个是他的妻子，他谨慎地把这些想法压在心里，做出一副漠不关心的样子，看着江岸。

在汇合口上游半英里的地方，划艇经过国王波塔托的故居，但是没停下来。江面上没有其他船只。江岸上稀稀落落散着几座茅屋，破旧不堪，说明刚受过战火的摧残。沿江的田野看上去已被抛弃，江边也荒无人烟。只有几只水鸟给这冷清凄惨的环境带来一点生气。一只长着黑翅膀、白肚皮、红嘴巴的长腿涉禽跑开了；呆头呆脑的苍鹭，一身白羽、黄嘴黑脚的漂亮白鹭，安详地看着土著人的划艇在水上划过。江岸陡斜的地方水比较深，那里有翠鸟在伺机捕捉小鳗鱼。新西兰的江河里游弋着成百万条鳗鱼。岸边小树丛生的地方，几只傲气十足的鸡冠鸟、紫水鸡和秧鸡，在初现的阳光下做早晨的梳洗打扮。没有人，人被战争杀戮或赶跑了，禽鸟们充分享受着宁静和悠闲。

怀卡托江的这一段在广袤的平原上流过，江面开阔；往上游去，两岸是丘陵，接着是山脉，怀卡托江在山谷里流，江面变窄。在汇合口往上十里的左岸，帕噶乃尔的地图上标着吉里吉里华岸，它果然在那里。凯考姆并不停下来。他叫人把从营地抢来的食品拿给俘虏吃，他自己，以及他的喽啰和奴仆们则吃土著人的食物，比如可食用的蕨草，煮熟的根茎，还有南北两岛大量种植的土豆。他们的饭食里不见任何动物的东西，俘虏们吃的干肉好像一点没引起他们的兴趣。

下午三点，右岸耸起几座山，那是波卡华·兰杰斯山，很像拆散的护墙。陡峭的山梁上，有几个残败的防御工事，是早先毛利工程师造的，都建在无法攻克的险要位置上，看上去如同巨大的老鹰窝。

太阳就要在地平线后面消失，这时，划艇靠上了布满浮石的江岸。怀卡托江发源于火山，所以江水冲下很多这样的石头。岸上长着几棵树，看来可以在树下扎营。凯考姆叫俘虏下了船，男俘虏的手都给绑了起来，女的没有绑，他们都给放在营地中间，营地周围点起火，成了一道不可逾越的火障。

在从凯考姆嘴里知道他打算拿他们去换回毛利俘虏之前，格雷那万和曼格斯曾经商量过用什么办法重新获得自由。他们在划艇上没能尝试，于是打算在陆地宿营时，借助夜晚的有利条件试一试。

但是，格雷那万和毛利人头领交谈了几句后，他觉得不冒这个险更明智。应当耐心等待时机，这是最谨慎的办法。交换俘虏给他们提供了得救的机会，而拿起武器和土著人拼，或者穿过这陌生的地区逃跑，都不是好办法。当然，这期间也许会发生很多事，会推迟甚至阻碍交换俘虏的谈判；但不管如何，最好还是等待谈判的结果。确实，面对三十来个武装到牙齿的野人，这十来个赤手空拳的俘虏能怎么样呢？格雷那万猜测，凯考姆的部落大概丢了一个很重要的头领，特别想把他要回来。他猜得不错。

第二天，划艇继续飞快地逆流而上。十点钟时，小船在怀卡托江与波哈依文那河的汇合处停了一会儿，这是条小河，从右岸的平原弯弯曲曲流来。这时，一只小艇，载着十个土著人，来和凯考姆的划艇会合。士兵们匆匆互相说了一声："阿依雷迈哈"，这是见面时的问候，意思是"身体可好"。两只船便一道出发了。新到的人刚和英国军队打过仗，这一点，从他们身上褴褛的衣服、带血的武器、破衣烂衫下还在流血的伤口可以看出来。他们脸色阴沉，不吭一声。野人对周围的人和事都很冷漠，他们也一样，一点不注意那些欧洲人。

中午时分，芒阿托塔里的山峰在西边显现。怀卡托江的江面开始变窄，两岸壁陡，江水成了一道激流，湍急地往前奔涌。这时，土著人唱起了划船号子，加大了划桨的力度，合着号子的节拍拼命划，小艇在泛着白沫的水面上捷行如飞。湍急的一段过去了，怀卡托江又恢复了舒缓的态势，在曲曲弯弯的两岸间流去。

将近傍晚，凯考姆在山脚下靠岸，山的头几个支脉壁立于狭窄的河滩。二十来个土著人在那儿下了船，做宿营的准备工作。树下生起几堆熊熊的火。一个和凯考姆的级别相当的头领一步步走过来，将鼻子在凯考姆的鼻子上蹭了几下，表示向他致以诚挚的问候。俘虏被放在营地中央，土著人非常警惕地监视着他们。

第二天一早，又开始了逆江而上的长途航行。从怀卡托江的几条支流又开过来其他一些小船，有六十多个土著人兵丁，很明显，都是刚从英国枪弹下逃出来的，身上还带着枪伤，他们会合在一起开回山区根据地。

这一天的航行中遇到一个奇怪现象。将近四点钟，小船在头领那有力的双手操纵下，冲过一段狭窄的山涧，没有一点迟疑，也丝毫不减慢速度。船过处，激起的涡流愤怒地撞击在江心的礁石上，碎成浪花，这很容易造成事故。怀卡托江的这一段很奇特，千万不能在这儿翻船，因为两岸没有任何插脚的地方。谁要是踩在岸边滚烫的淤泥上，那就准没命。

原来，江岸下面有沸泉。氧化铁把江岸的淤泥染成了鲜红色，脚要是踩上去也碰不到一寸结实的地方。空气里充满了刺鼻的硫黄味，从土缝里散发出一股疫气，地下沼气太盛，地上直冒气泡。土著人不觉得难受，可那十来个欧洲俘虏却实在受不了。嗅觉虽然很不习惯这些气味，眼睛却不能不赞赏面前这壮观的景象。

　　小船在浓厚的白色水雾中穿行。那水雾在江面上缭绕，层层叠叠地盘旋，令人眼花缭乱。两岸则有成百个间歇喷泉，有的吐着一团团热气，有的射出姿态各异的水柱，仿佛是能工巧匠设计的喷泉或瀑布。你简直会以为舞台置景师指挥着这些间歇泉的喷歇，使它们此起彼伏，错落有致。水和雾气在空中融合，在阳光的照射下形成美丽的彩虹。

　　在这个地方，怀卡托江的河床是不稳定的，它在地下火的作用下不停地震动。在东边，离罗托鲁阿湖不远的地区，胆子大的游客可以远远望见罗托马哈那湖和特塔拉塔湖的温泉，热气腾腾的瀑布，并且听得见哗哗的水声。这个地区到处是间歇泉、火山口和硫气孔。新西兰仅有的两座活火山——汤加里罗火山和瓦卡里火山，没能从火山口发泄出来的硫气便从这些洞眼冒出来。整整两英里，土著人的小船在蒸汽的笼罩下，在缭绕于水面的热腾腾的气团里航行；接着，饱含硫黄的气雾消散，空气恢复了它的纯净，并且因江流的湍急而多了一份清凉，它沁入热得直喘气的胸脯，使人感到无比清爽。他们已走出了热泉区。

　　土著人使劲划桨，天黑之前又通过了两条激流。一条叫希帕帕土瓦，一条叫塔马提亚。晚上的宿营地离怀帕河与怀卡托江的汇合口已有一百英里。怀卡托江拐了个大弯向东流去，然后又向南流入陶波湖，如同一大股水注入一个水池。

　　第二天，帕噶乃尔根据地图认出了右岸的山峰是陶巴拉峰，有三千英尺高。

　　中午，整个船队由开阔的江口进入陶波湖，土著人一齐向在茅屋顶上迎风飘扬的一块破布行礼。那是毛利人的国旗。

第十一章　陶波湖

　　远在史前时期，岛中部的洞穴在熔岩中进一步塌陷，形成了一个长二十五英里、宽二十英里、深不可测的渊壑。年复一年，从周围山峰冲下来的水流入这个巨坑，深渊变成了湖，但是依然深不可测。

　　这就是奇特的陶波湖。它位于海拔一千两百五十英尺的高地上，周围被近千米高的群山环抱。湖的西面耸立着巨大的石壁；北面与几座覆盖着小树林的山峰遥遥相望；东边有一片宽阔的沙滩，一条布满浮石的路从沙滩上穿过，浮石在矮树丛下熠熠发光；湖的南边，先是森林，森林后面是一个个圆锥形的火山头，威武地环绕着这片浩渺的水域，有时湖上风暴咆哮，不亚于太平洋上的飓风。

　　整个地区如同一只硕大的锅炉，吊在地下火焰上面，地面在地心火的熏烤下颤动。一股股热气从很多地方冒出来。地壳出现不少厉害的裂缝，好像一块发酵过度的蛋糕。若不是汤加里罗火山就在十二英里外，地下的蒸汽可以从火山口喷出去，那么，这片高地一定会塌陷在一个炽热的大熔炉里。

　　从湖的北岸看，汤加里罗火山俯视着若干喷着火的小山峰，它的山头也吐着浓烟和火苗。这座火山属于一个相当复杂的山丘形态体系。在它身后的平原上，孤零零地耸立着鲁阿佩胡山峰，高达九千英尺，山头插入云霄，至今还没有人走上它那不可企及的山锥；也没有人测量过它的喷火口的深度。而汤加里罗火山的山峰要低些，二十年中已被测量过三次，先是由里德维尔和迪森先生测量的，最近一次是德·霍斯泰特先生做的。

这些火山都有它们的神话传说，若不是处于现在这样的情况，帕噶乃尔一定会把这些传说讲给他的伙伴听。比如他会告诉他们，有一天，汤加里罗和它的邻居兼朋友塔拉纳基，为了一个女人争吵起来。汤加里罗像所有的火山一样，脾气暴躁，头脑容易发热，它大光其火，揍了塔拉纳基。挨了打、受了辱的塔拉纳基从旺阿努依谷地逃跑，一路上丢下两块山体。它逃到了海边，改名埃格蒙特峰，从此一直孤独地立在那里。

可是现在，帕噶乃尔没有心情讲这些，他的朋友们也不会有兴致听他讲。他们都在默默观察陶波湖的东北岸，令人沮丧的命运刚把他们带到这里。格拉斯神父在湖西岸的普卡瓦建立的传教点已不存在。神父本人也被战火赶到远离起义军根据地的地方。现在俘虏们孤立无援，只能任凭那些一心想报复欧洲入侵者的毛利人处置，而且他们又恰恰被带到这个最蛮荒的、基督教尚未渗透到的地区。

凯考姆的小船驶出怀卡托江后，穿过一个圆弧形的水区，那是江水入湖的漏斗，然后，又驶过一个尖尖的岬角，最后在湖东岸的沙滩边靠了岸，那是高六百多米的芒阿山的山脚下。这儿伸展着一片长满新西兰剑麻的田野。这种麻是极有用的植物，可以说浑身是宝。它的花汁像蜜一样甜；它的茎能产生一种胶性物质，可用来代替蜡或淀粉浆。叶子的用处就更多了：新鲜的时候可以当纸用；干了以后像火绒，是一种很好的引火材料；把它切碎后可以做绳缆和网；分成纤维，再经过编织，就变成被子或外衣，席子或缠腰布，毛利人中最爱美的人常把它染成红色或黑色穿在身上。

不管在两座岛上，还是在海岸、江边和湖畔，到处都长着这种宝贵的新西兰麻。在这儿，在陶波湖东岸，大片大片的田地被野生麻覆盖。它那褚红色的花很像龙舌兰，从交缠在一堆、难以分开的叶子中探出绽放的笑脸，它的叶子是长长的，可以当成锋利的刀，做装饰品。一群群风姿可人的神露鸟飞来飞去，它们是麻田里的常客，喜欢吸剑麻花里蜜一样的汁液。

湖里，一队队鸭子在扑腾嬉戏，它们一身黑羽毛，夹点灰色和绿色，这种鸭子很容易家养。

在四分之一英里以外的一片陡峭的山岩上，毛利人建了一个山寨，它是一座防御工事，地势险要，难以攻占。俘虏们一个个下了船，手脚都给松了绑，土著人士兵把他们带上山寨。通往寨子的小路穿过麻田和一片挺拔的大树，有四季常青、长着红浆果的"卡依卡提亚"树，有土著人叫作"铁树"的澳大利亚龙血树，它的树梢可以当棕芽食用，还有"胡衣乌"树，土著人就是用这种树的汁液把麻布染黑。几只肥大的鸽子，羽毛发出金属的光泽，若干只夹点灰色的绿羽鸟，还有一群长着红肉瘤的椋鸟，见土著人走近都扑棱棱飞走了。

绕了一个大弯后，格雷那万、格雷那万夫人、玛丽小姐和伙伴来到了山寨里面。

这座要塞防守严密：第一道是坚固的防御栅，高约十五英尺；第二道防线是一圈木桩；第三道是开有枪眼的藤条篱笆，围住碉堡所在的高地。高地上还有其他一些毛利式的建筑物，以及四十来座对称排列的茅屋。

一到碉堡前，欧洲俘虏给吓得非同小可：他们看见，组成第二道围栏的每一根木桩上都挂着一个骷髅头。格雷那万夫人和玛丽忙别转眼睛，她们对这景象的厌恶甚于恐慌。这都是战争中落入土著人手中的敌方首领的头颅，身体早已被胜利者吃掉了。

凯考姆的屋子夹在其他几间略小些的屋子中间，建在山寨的最里头，屋后是一片开阔地，欧洲人可能会称之为"练兵场"。屋子的造法是用一圈木桩，木桩之间编上树枝，里面再围上一层剑麻。屋子长二十英尺，宽十五英尺，高十英尺，这三千立方英尺的空间，给一个毛利人头领住是足够了。

茅屋墙上只开了一个洞，让人进出，一张可以转动的厚厚草帘当作门。屋顶延伸出来做雨篷。橡梁顶端刻了些图案作为装饰。屋子的正面刻着些树叶花卉，还有象征性图案、鬼脸、盘绕的萝蔓等一大堆稀奇古怪的花样，都是土人装饰师的作品，供来客观赏。

屋里的地面是夯实的泥巴地，比外面的地面高出半英尺。地上铺着几张芦席和干蕨草垫，上面再盖一张用又长又柔韧的剑麻叶编成的席子，这就是床铺。屋子中间有一个石洞，那是灶；屋顶上也有一个洞，那就是烟囱了。烟太浓时就从这个洞口出去，但四壁已被熏得墨黑。

棚屋旁边有几间仓库，里面放着头领的干粮，他收获的剑麻、番薯、芋头、可食用的蕨草，还有几只炉子。在稍远一些的矮围栏里养着猪和羊，它们是库克船长引进新西兰的家畜为数不多的后代。几只狗跑来跑去，寻找一点菲薄的食物。

格雷那万和伙伴一眼就把这一切扫视了一遍。他们站在一座空棚屋旁等候头领发落，同时被一群上了年纪的女人辱骂。这群恶妇围着他们，伸出拳头威胁他们，嘴里又喊又骂。她们的厚嘴唇吐出几个英文字，那意思很清楚：她们要求立刻报仇。

在这一片威胁和叫骂中，格雷那万夫人表面上装得很安详，其实心里绝不可能是如此。这位勇敢的女人做了极大的努力控制自己，为的是让格雷那万爵士保持冷静。可怜的玛丽觉得自己快晕倒了。曼格斯扶着她，并且随时准备牺牲生命来保护她。面对这劈头盖脸的漫骂，其他几个伙伴表现不一，有的不动声色，比如少校；有的愈来愈压不住心头的愤怒，比如帕噶乃尔。

格雷那万不愿让海伦娜被老恶妇们这样骂下去，他径直向凯考姆走去，指着那群令人厌恶的女人对他说："把她们赶走！"

毛利人头领盯着他的俘房看了一会儿，不回答，然后做了个手势，命令那些大吵大骂的女人住嘴。格雷那万微微低了低头，表示感谢，慢慢走回到自己人中间。

这时，一百来个新西兰人聚到寨子里，有老人、壮年人和青年人。有的不声不响，但面色阴沉，等着头领下命令；有的悲痛欲绝，呼天抢地，大哭大叫，这些人是在哭最近的战争中死去的亲人和朋友。

在所有响应威廉·汤普森的号召、起来为独立而战的头领中，只有凯考姆回到了陶波湖地区，也是他第一个把民族起义军在怀卡托江下游被打败的事告诉了他部落的人。他指挥的两百个去保卫疆土的士兵中，一百五十个已经回不来了。有几个被入侵者俘房，但更多的是战死在沙场，再也不能回到祖祖辈辈生活的地方了！

这就是凯考姆一回来，大家便无比悲伤的原因。在这以前，有关失败的情况还一点没有透露，这个不幸的消息刚刚公开。

在野人那里，精神上的痛苦是用肉体的方式表现的。所以，战死士兵的亲人和朋友，尤其是女人们，一个个用尖利的贝壳划破面孔和肩膀。血从伤口流出来，和眼泪混在一起。伤口划得愈深，表示痛苦愈深。那些不幸的新西兰妇女浑身鲜血淋漓，疯了似的大哭大叫，看起来真吓人。

还有一个原因使他们更悲伤，因为在土著人眼里，这个原因更严重：他们哭死去的亲人朋友，不仅因为这些人不在了，还因为家族的坟墓里将没有这些人的骨头。而毛利人的宗教认为，死后留没留骨头，对一个人来世的命运至关重要。留肉身没用，肉是会腐烂的，要留骨头。亲人死后的骨头被小心收起来，洗清爽，刮干净，磨光，甚至还涂上漆，最后放进"荣誉之屋"——坟墓里。这些坟墓用木雕装饰，雕的是死者生前的文身图形。可是如今坟墓里将是空的，宗教仪式将无法进行，亲人的骨头即使不被野狗吃掉，也将散落在战场上，一天天发白，得不到埋葬。

于是，土著人的痛苦愈演愈烈。女人威胁欧洲俘虏后，男人接着又来诅咒。辱骂声更响了，动作也更粗野了。叫骂之后可能会有暴力行为。

凯考姆怕管不住部落里的狂热分子，就命人把俘虏带到一间圣屋，那圣屋在山寨另一头的一块陡峭的台地上。这座棚屋背靠一个高出它一百多英尺的山丘，山丘的陡坡便是山寨这一面的边缘。在这座圣屋里，司祭向新西兰人宣讲三位一体的神：圣父、圣子和鸟或称圣灵。棚屋相当宽敞，关得很严，里面放着精选的圣粮，毛利人的神通过司祭的嘴吃这些食粮。

在这里，俘虏们暂时不受土著人的怒骂，他们一个个在剑麻席上躺下来。格雷那万夫人已精疲力竭，精神崩溃，一头扑在丈夫怀里。

格雷那万把她紧紧抱在胸前，不断对她说："拿出勇气，亲爱的海伦娜，上帝不会抛弃我们的！"

棚屋的门一关上，罗伯特就站到威尔逊的肩头，从屋顶和挂着一串串护身符的墙壁之间的一道空隙里探出脑袋。从那里，罗伯特可以将整个山寨一览无余，包括凯考姆的棚屋。

"他们聚在头领的周围，"他轻声向大家报告，"他们挥着胳臂，大喊大叫……凯考姆要讲话……"

孩子沉默了几分钟，又接着报告："凯考姆讲话了……野人安静下来，听他讲……"

"很明显，"少校说，"头领保护我们是为了他个人的利益。他想拿俘虏去交换他部落里的首领！可是，他手下的兵同意他这么做吗？"

"同意了！他们听头领的……"罗伯特接着说，"他们散了……有的回棚屋去……有的离开了碉堡……"

"真的？"少校大声问。

"真的，少校先生，"罗伯特回答，"只剩下凯考姆和他船上的士兵。啊！有一个朝我们这儿走来了。"

"快下来，罗伯特。"格雷那万说。

这时，格雷那万夫人站起身来，抓住她丈夫的手臂。

"爱德华，"她坚定地说，"我和玛丽不能活着落在这些野人手里！"

说完，她递给格雷那万一把上了子弹的左轮手枪。

"手枪！"格雷那万叫道，眼睛里闪过一道光。

"是的！毛利人不搜女俘虏的身！不过，爱德华，这把枪不是用来打他们的，是打我们自己的……"

"格雷那万，"少校急促地说，"把手枪藏好！现在还不是时候……"

爵士把手枪藏在衣服里。遮住棚屋出入口的帘子被掀起来。一个土著人走进圣屋。他向俘虏们示意跟他走。格雷那万和伙伴互相紧靠着，穿过山寨，在凯考姆面前停住。

凯考姆周围聚集了部落的主要将士，其中的一个就是在怀卡托江和波哈依文那的汇合口与凯考姆会师的人。此人约莫四十岁，体格雄健，面目凶蛮。他叫卡拉特特，在新西兰语里的意思是"性情暴躁的人"。凯考姆对他比较尊重，从他文身图案的精细度可以看出，他在部落里的地位相当高。不过，细心的观察者能猜出这两个头领之间有竞争。少校注意到，卡拉特特的影响让凯考姆妒忌，他们两人都指挥着怀卡托江流域人数众多的部族，两人的权力不相上下。所以，在谈话时，虽然凯考姆的嘴在微笑，他的眼睛里却流露出敌意。

凯考姆问格雷那万："你是英国人吗？"

"是的。"爵士毫不迟疑地回答，因为英国国籍可能使交换俘虏更容易些。

"你的伙伴呢？"凯考姆又问。

"和我一样，也是英国人。我们是旅客，遇上了海难。如果你一定想知道，我可以告诉你，我们没有参加战争。"

"这无所谓！"卡拉特特粗暴地回答，"所有英国人都是我们的敌人。你们的人侵犯了我们的岛，烧了我们的村子！"

"他们做得不对！"格雷那万嗓音低沉地说，"我这么说是因为我是这么想的，而不是因为你掌握着我们的命运。"

"听着，"凯考姆又说，"我们的神，努依阿托瓦的大司祭，托洪嘎，落在你们的人手里了，成了白狗子的俘虏。神命令我们赎回他。我本来想挖了你的心，把你和你的伙伴的头永远挂在这栅栏的木桩上！可是我们的神发了话。"

说这番话时，原本一直能自持的凯考姆气得直发抖，他的脸上也显出一种凶残的冲动。

停了一会儿，他冷静些了，又问："你认为，英国人会拿我们的托洪嘎大司祭来换你吗？"

"我不知道。"格雷那万沉默了一会儿说。

"你说，"凯考姆接着问，"你的命能抵得上我们大司祭的命吗？"

"不能，"格雷那万回答，"我在我们的人里头既不是首领也不是司祭！"

帕噶乃尔被这句回话吓呆了，十分吃惊地看着格雷那万。

凯考姆似乎也很吃惊。

"这么说，你不敢肯定？"他说。

"我不知道。"格雷那万又说了一遍。

"你们的人不肯拿我们的大司祭来换你？"

"换我一个人？不会，"格雷那万重复说，"换我们所有的人，也许会同意。"

"我们毛利人的规则是一个换一个。"凯考姆说。

"先用这两个女人去换你们的司祭吧。"格雷那万指着格雷那万夫人和玛丽说。

格雷那万夫人想冲到丈夫那里去。少校拉住了她。

"这两位夫人，"格雷那万接着说，一面恭敬、优雅地向格雷那万夫人和玛丽鞠了一躬，"在她们国家里有很高的地位。"

毛利人头领冷冷地看了看他的俘房。一个恶意的微笑掠过嘴唇，他说："你想拿假话来骗我凯考姆吗？你以为我凯考姆的眼睛看不出你的心事吗？"

他指着格雷那万夫人说："她是你的老婆！"

"不！她是我的老婆！"卡拉特特嚷嚷道。他推开其他俘房，伸出手放在格雷那万夫人肩上。被他一碰，格雷那万夫人的脸顿时煞白。

"爱德华！"可怜的女人吓昏了头，大叫一声。

格雷那万一句话不说，抬起手臂。一声枪响，卡拉特特应声倒在地上，死了。

听到枪响，土著人纷纷从各个棚屋涌向这里。碉堡里立刻塞满了人。成百条胳臂冲不幸的俘房们举起来。格雷那万手里的枪被夺走。

凯考姆用奇怪的目光看了看格雷那万，一只手护住杀死卡拉特特的人的身体，另一只手挡住冲向俘虏的人群。

"塔布！塔布！"①他喊道。

一听这个词，人群在格雷那万面前停住，他的伙伴也暂时得到一种神奇的力量的保护。

过了一会儿，他们重新被带回那间圣屋，那里成了他们的牢房。这时他们发现，罗伯特和帕噶乃尔不在他们中间了。

———————

① "塔布"是"Tabou"的音译，意为"不可触碰"，是原始民族宗教迷信里的一个禁条。——译注

第十二章　毛利人头领的葬礼

按照新西兰的惯例，凯考姆既是部落首领，又兼有司祭的头衔。作为司祭，他便有资格宣布"塔布"令，即"不可触碰"令，对部落的成员或物品实行迷信的保护。

"塔布"是波利尼西亚民族共同的禁令。一旦对某人或某物品施行"塔布"令，便立刻不准接触那个人，不准和那个人有任何关系，或不准使用那件物品。谁违反禁令，用手去触碰，就是渎神，就会激怒神而被处死。假如神没有立刻报复，司祭也一定会很快替神报复。

"塔布"令常被头领用来达到某种政治目的，或者是为了私人生活中某种情况的需要。一个土著人可以在多种情况下被宣布在几天内"不可触碰"，比如当他剪了头发，当他刚接受了文身手术，当他正在造一条独木舟或建一所房子，当他染了重病或要死的时候。如果因为无计划的捕捉，一条河里的鱼快要灭绝，或者田里新长出来的番薯快要被吃光，那么，出于保护经济的目的，就会对那条河或那块番薯田实行"塔布"令。如果头领不愿家里有不识趣的人来烦扰，他也宣布他的房子"不可触碰"。如果他为了自己的利益，想垄断与一条外国船的交往关系，他还是用"塔布"令宣布那条外国船不可触碰。如果他对某个欧洲商人心怀不满，要孤立他，他依然是用这条禁令。这条禁令很有些像过去国王的"否决权"。

一件物品若受"塔布"令保护，那么谁也不能碰它，碰了就要被神处罚。一个人若受"塔布"令保护，他在规定的时间里就不准吃某些食物。假如他富有，他可以不受严令禁食的苦：他有奴隶帮忙，奴隶把他不应该用手接触的美味放在他嘴里；要是他穷，就只得自己用嘴去取食物。禁令把他变成了一只牲畜。

总之，这个奇怪的风俗指挥和改变着新西兰人的一切行为，包括日常的一举一动。这就是神对社会生活的时时刻刻的干预。"塔布"令就是法律，甚至可以说，它就是土著人的一部法典，一部无可争议、也从未受到争议的法典。它简明扼要，始终得到贯彻执行。

对那些给关在圣屋里的俘虏来说，这条专断的禁令刚才使他们逃过一劫。有几个土著人——凯考姆的朋友和拥护者——听到头领的命令就立刻停了手，甚至还保护了俘虏。

然而，格雷那万对自己的命运不抱任何幻想。只有他的死才能抵那个头领的命。而在土著人那里，死之前总要受漫长的折磨。所以，格雷那万预料，驱使他开枪杀人的那股义愤将要他付出残酷的代价。

他和他的伙伴度过了多么难熬的一夜啊！有谁能描述他们的忧虑和痛苦呢？罗伯特和帕噶乃尔还没回来。对他们的噩运，还有什么可怀疑的呢？他们一定是成了愤怒的土著人报仇的第一批牺牲品。没有任何希望了，连不轻言放弃的少校也绝望了。曼格斯见玛丽和她弟弟拆散后陷入极度的忧郁，自己也快急疯了。格雷那万想着海伦娜对他提出的那个可怕要求：为了不受折磨，不受奴役，她要他亲手把她杀死！他有这种残忍的勇气吗？

"可玛丽，我凭什么打死她？"约翰想。他的心都碎了。

越狱明摆着是不可能的。十名武装到牙齿的土著人看守着圣屋的门。

2月13日早晨。土著人和受"塔布"令保护的欧洲俘虏之间没有任何交流。圣屋里存有一些食物,可不幸的俘虏们几乎没动它。他们痛苦得连饥饿都感觉不到了。这一天又过去了,既没带来什么变化,也没带来任何希望。也许,为死去的头领举行葬礼的丧钟会在俘虏们受刑的时刻敲响。

格雷那万认为,凯考姆可能已经放弃了交换俘虏的想法,但是,在这一方面,少校却保留着一线希望。他提醒格雷那万不要忽视卡拉特特的死在凯考姆身上引起的反应,他说:"谁知道呢,说不定凯考姆心里觉得你帮了他的忙呢。"

尽管少校这么说,格雷那万还是不愿抱任何希望。又一天过去了,并未见土著人对俘虏行刑。为什么他们迟迟不动手呢?下面就来解释其中的原因。

毛利人认为,人死后的三天,灵魂还附在躯体里,因此在七十二小时之内,尸体不能下葬。这种推迟入殓的规矩一直被严格遵守。一直到2月15日,山寨里一片沉寂。曼格斯常常站到威尔逊的肩头观察外面的动静,但不见一个土著人露面,只有哨兵轮班在圣屋门口严密守卫。

但是到了第三天,一个个棚屋的门打开了,男人、女人、小孩,好几百个土著人不声不响地、平静地聚集到山寨里。

凯考姆也从他的屋子里走出来,在山寨中央一个几英尺高的土台子上坐下,他周围簇拥着部落里的主要头领。人群则围成半圆,站在他身后几米远的地方。碉堡里气氛肃穆。

凯考姆做了个手势,于是一个兵士向圣屋走来。

"记住我的要求。"格雷那万夫人对丈夫说。

格雷那万把妻子紧紧拥在胸口。玛丽走到曼格斯身旁说:"格雷那万爵士和夫人认为，为了避免过耻辱的日子，妻子可以要求丈夫亲手杀死她，那么，出于同样的理由，未婚妻也可以要求她的未婚夫这样做。约翰，在这最后时刻，我可以对您说，在您心灵深处，我早就是您的未婚妻了，不是吗？亲爱的约翰，我能像格雷那万夫人指望爵士那样指望您吗？"

"玛丽！"年轻的船长失声叫道，"啊，我亲爱的玛丽！"

他没能说完；门上的草席掀起来，俘虏们被带去见凯考姆；两位妇女只能听天由命；男人们隐藏起心中的忧虑，做出冷静的样子，这冷静的外表显示了一种超人的意志力。

俘虏一到，毛利人首领立刻宣布他的判决："是你开枪打死了卡拉特特头领吗？"他问格雷那万。

"是我。"爵士回答。

"明天，太阳出来的时候，你就被处死。"

"我一个人死吗？"格雷那万问。他的心在猛烈地跳。

"哼！要不是我们托洪嘎大司祭的命比你的命值钱！"凯考姆吼道。他的眼睛里表露出遗憾和凶狠。

这时，土著人中出现一阵骚动。格雷那万迅速向周围扫了一眼。只见人群分开，一名兵丁走来，他浑身淌着汗，累得精疲力竭。凯考姆一见他，就用英语向他发问，明摆着要让俘虏们听懂他说些什么。

"你从欧洲人的军营来吗？"

"是的。"毛利士兵回答。

"你见到被他们俘虏的托洪嘎了？"

"见到了。"

"他还活着？"

"他死了！英国人已经把他枪毙了！"

这一来，格雷那万和伙伴可就完了。

"你们全体，"凯考姆吼叫着说，"明天太阳一出来，你们统统得死！"

这样，不幸的俘虏们将不分青红皂白地一起被处死。格雷那万夫人和玛丽抬眼望天，对上帝表示最崇高的谢意。

俘虏们没给押回圣屋。这最后的一天，他们必须观看首领的葬礼和葬礼上的血腥仪式。一队土著人把他们领到几步外的一棵大树底下。看守们站在旁边，时时刻刻监视着他们。部落里的其他人全部沉浸在仪式要求的哀痛中，好像忘记了俘虏的存在。

卡拉特特死后，规定的三天已经过去。死者的灵魂已彻底离开了躯壳。葬礼开始了。

遗体停放在寨子中央一个不高的土台上，穿着一套华丽的衣服，衣服外面又裹一层织得很精细的剑麻。尸体的头上戴一个树叶编成的绿冠，上面插着羽毛。脸、胳臂和胸脯上涂了一层油，看不出有任何腐烂的地方。

死者的亲戚朋友来到土台脚下，仿佛有位乐队指挥突然打起挽歌的节拍似的，全场响起一片气势浩大的哭声、抽泣声、哀号声。哭的人嘴里还絮絮叨叨地诉说着。挽歌节奏缓慢沉重。近亲们一面哭一面捶打自己的脑袋；妇女们用指甲划破自己的面孔，她们流的血比眼泪还要多，似乎在认真地完成一项神圣而又野蛮的任务。但是，所有这些悲痛的表示好像还不足以抚慰死者的灵魂，而死者的怒火据说会使部落里的活人遭灾；另外，死者生前指挥的兵丁既然不能让头领死而复生，就希望他在另一个世界享有尘世的一切幸福，没有任何遗憾。卡拉特特的妻子不应当让丈夫一个人待在坟墓里。何况这不幸的女人也不会愿意在丈夫死后还继续活下去。在这一方面，习俗与责任一致，都要求她这样做。新西兰的历史上不乏妻子殉夫的事例。

这个女人来了。她还年轻，蓬乱的头发披散在肩上，她的哭喊声直冲云霄。她边哭边断断续续、含糊不清地诉说亡夫是个多好的人，她如何舍不得他，最后她痛不欲生，躺倒在土台下面，用头撞地。

这时，凯考姆走到她身边。不幸的女人突然挺起身子；但是头领抢起手中的棒槌，把她打倒在地。

四下里立刻响起可怕的喊声。上百条手臂举了起来，威胁那些已被刚才的血腥场面吓愣了的俘虏。不过土著们一个也不动，因为丧礼还没结束。

卡拉特特的妻子在坟墓里和她丈夫团聚了，两具尸体并排躺在一起。但是为了他的灵魂能永生，他忠心耿耿的妻子伴随他还不够。如果他们的奴隶不追随主人而去，谁在另一个世界里侍候他们呢？

六个可怜的奴隶被领到主人的遗体前。他们原是仆人，无情的战争法律把他们沦为殉葬的奴隶。主人活着时，他们缺吃少穿，受尽虐待，没完没了地干着牛马的活，现在主人死了，按照毛利人的宗教规定，他们还要到阴世继续过奴隶的生活，永无尽头。

这些不幸的人似乎完全听天由命。他们早就预料到会被殉葬，所以一点不吃惊。他们的手没给捆起来，说明他们会毫不反抗去受死。

再说，他们会死得干脆利落，不会受漫长的痛苦。折磨将留给杀死了他们头领的人。这些欧洲俘虏站在二十步开外的地方，他们转过眼睛，不愿看这愈来愈残忍的场面。

六个身强力壮的兵士挥起手中的棒槌，六个殉葬的奴隶被击倒，躺在血泊中。棒击声如同一声信号，令人毛骨悚然的吃人肉的一幕开始了。

奴隶不像主人，他们的尸体不受"塔布"令的保护，而归部落所有，等于赏给为头领哭丧的人的一点小钱。所以，殉葬仪式一结束，所有的毛利人，头领、兵士、老人、妇女、小孩，不分男女老幼，如一群凶猛的野兽，扑向六个牺牲品的尸体……还是温热的尸体很快被撕裂、分割、剁成块，甚至分成小碎片，两百个毛利人各人都抢到一份，他们还互相你争我夺，热乎乎的血飞溅在这些可怕的食客脸上、身上。他们的疯狂和凶残与对付猎物的老虎没有两样。接着，山寨的各处突然起了火，空气里弥漫着烤肉的臭味。要不是人肉盛宴上的喧哗，嘴里塞满肉的土著人发出的狂叫，俘虏们也许能听见牺牲品的骨头在食人肉的人牙齿下咯嘣作响。

格雷那万和伙伴惊吓得喘不过气来。他们尽量挡住两位可怜的妇女的眼睛，不让她们看见这可怕的场景。他们明白，明天太阳升起时，什么样的死在等着他们，而且，死之前无疑会遭受什么样的酷刑。他们吓得说不出话。

接着，土著人开始跳起了葬礼舞蹈。他们喝一种从胡椒科植物里提取出来的烈酒，这种烈酒像辣椒精，加剧了野人的疯狂，使他们完全失去了人性。他们会不会忘了头领宣布的"不可触碰"禁令，对那些被吓坏的俘虏采取极端行动呢？但是，凯考姆居然在全部落的疯狂之中保持着他的理智。他给大家一小时大吃大喝的时间，让狂欢达到高潮，再平息下来。然后按习惯的宗教仪式，将上演葬礼的最后一幕。

卡拉特特和他妻子的尸身被抬起来，手臂和腿弯曲收拢在胸前，这是新西兰的习俗。现在要把他们下葬了。但还不是一劳永逸地入土，而是埋到尸体的肉腐烂殆尽、只剩下骸骨的时候。

墓址选在山寨外的芒阿那姆山上，这座山不大，位于陶波湖的右岸，离山寨约两英里，尸体将运往那里。人们抬来两顶原始的"轿子"——说实话就是两副担架——停放在土台下。两具蜷缩的尸体放在上面，尸体与其说是躺着，不如说是坐着，有一圈藤条把衣服固定在身上。四名兵丁抬起担架，全部落的人排成队，再一次唱起挽歌，跟在担架后面，一直走到下葬地点。

俘虏们始终被严密看守着。他们看见丧葬队伍离开山寨的第一道围栏，接着听见悲歌声、哭喊声渐渐远去。

有半小时光景，送葬队伍在山谷里走，他们看不见。然后重又看见它在山丘的小路上蜿蜒而行。那长长的、弯弯曲曲的一行，忽高忽低地移动着，远远望去像个幽灵。

部落里的人在一个八百英尺高的山丘上停下来，这就是芒阿那姆山顶。埋葬卡拉特特和他妻子的墓穴已准备好。

若是普通毛利人死了，他的坟墓只是简单的一个洞和一堆石头。但是有权有势、八面威风的首领死后是要奉为神的，因此部落为他准备一个和他的战功相配的坟墓。

卡拉特特的墓地围着栅栏。离墓穴不远竖着一些木桩，木桩上装饰着用赭石涂红的图像。死者的亲戚朋友没有忘记，死人的灵魂也要食人间烟火，像活在尘世时的躯体一样。所以墓穴里摆着各种食物，还有死者生前穿的衣服和使用的武器。总之，使他生活舒适的东西一样不缺。两具尸体并排放在了墓穴里，大家又哭号了一阵，把尸体盖上土和草。

丧葬队伍默默走下山。从此，任何人都不得登上芒阿那姆山，违令者要被处死。因为这座山已受"塔布"令保护，就像汤加里罗山一样，那里埋葬着一个在1846年新西兰地震中被压死的头领。

第十三章　最后的时刻

当太阳渐渐在陶波湖的那一边落下去，消失在土阿瓦和普克塔普山峰后面时，俘虏们被押回牢房。在朝阳的红光照亮瓦希提-兰杰斯山巅之前，他们再也不可能离开那里。

这是他们死之前的最后一夜。虽然心力交瘁，刚才又受了那么大的惊吓，他们还是在一起吃晚餐。

"我们需要有足够的力量面对死亡，"格雷那万说，"必须给这些野蛮人看看，欧洲人是不怕死的。"

吃完饭，格雷那万夫人高声诵读晚祷词。她的伙伴也脱下帽子，和她一同祈祷。

这项功课做完毕后，大家拥抱在一起。

玛丽·格兰特和格雷那万夫人回到自己的那个角落，在一张剑麻席上躺下来。睡眠能暂时消除痛苦，这时睡意使她们眼皮变沉。她们太累了，而且已有很长时间没睡，再也支撑不住，两人很快互相拥抱着熟睡了。这时，格雷那万把朋友们叫到一边，对他们说："亲爱的伙伴，我们的生命，以及这两位可怜的女人的生命都属于上帝。如果天条中规定我们明天死，那么，作为勇敢的人，作为基督徒，我们一定会毫无恐惧地去见最高审判者——上帝，因为上帝能看到我们的心灵深处，上帝知道我们在追求一个崇高的目的。既然等待我们的不是成功，而是死亡，那么这是上帝的意旨。不管上帝的决定多严酷，我毫无怨言。但是，在这里，死亡不仅仅是死亡，更是折磨，可能也是耻辱。看看这两个女人……"

说到这儿，格雷那万原本坚定的声音变了。他停下来，控制了一下情绪，沉默了一会儿。

"约翰，"他对年轻的船长说，"我答应过格雷那万夫人的事你也答应了玛丽。你决定怎么做？"

"我想，在上帝面前，我有权利实践这个诺言。"约翰回答。

"是的，约翰！可是我们没有武器！"

"这里有一件武器，"约翰回答，一面拿出一把匕首，"这是卡拉特特倒在您脚边的时候，我从这个野人手里抢下来的。爵士，我们两人中，谁后死，谁就完成格雷那万夫人和玛丽的意愿。"

说完这些话以后，棚屋里一片深深的静默。终于，少校打断他们说："朋友们，这最后一招留到万不得已的时候再用。我不太赞成采取无可挽回的办法。"

"这办法不是为我们而采取的。"格雷那万回答，"不管怎么死法，我们都不怕！如果光是我们男人，我早就会不止一次地对你们喊：朋友们，我们想法冲出去！向这些野蛮人进攻！可是，她们，还有她们呢！……"

这时，约翰掀起门帘，数了数在圣屋门口看守的土著人。一共二十五人。屋外早已燃起了一堆旺火，山寨高高低低的地方都给投上了人的微光。土著人中有的躺在火堆周围，有的一动不动地站着，在火光的背景上显出轮廓清晰的黑影。他们不时看看置于他们监视下的棚屋。

有人说，监狱看守和想逃跑的俘虏之间，机遇属于后者。因为后者的动机比前者强烈。监狱看守可能会忘记自己在看守，而俘虏决不会忘记自己被人看管着。俘虏总在想着如何逃跑，而看守可能不会一直想着如何防范。因此，常有巧妙越狱的事发生。

但是在这里，监视俘虏的是充满仇恨和报仇心切的土著人，不是漠不关心的监狱看守。如果说俘虏没给缚起来，那是因为不需要缚。因为圣屋只有一个出入口，而看守圣屋有二十五个人。

圣屋背靠着山寨尽头的一块岩石，一块狭长的地把它的正面和山寨的平台连起来，只有这块狭长地能通向它。圣屋的另外两面立在峭壁上，峭壁下面是一百英尺深的深渊。从这两面下去根本行不通，从后面也无法逃，有那块岩石抵着。唯一的出路只能是圣屋的入口，可是毛利人守着那块狭长地带，它像吊桥连接着圣屋和山寨。所以逃跑是不可能的。格雷那万在无数次地目测了牢房的墙之后，不得不承认这一点。

这焦虑的一夜在一分一秒地流过去。山上一片漆黑。没有月光也没有星光穿过这浓重的黑暗。几阵风刮到屋后的石壁上，棚屋的木桩咯吱作响。风吹过时，土著人的火堆突然又旺起来，圣屋内也有了短暂的微光，照亮了挤在一起的俘虏。这些可怜的人沉浸在自己最后的思绪里。死一样的静寂笼罩着棚屋。

大概在凌晨四点钟左右，少校的注意力突然被一种轻微的声音吸引，那声音好像是从圣屋后墙的木桩后面发出来的，也就是说，是从靠在岩石上的那面墙壁里发出来的。少校起先不太在意，后来这声音继续响，他便侧耳细听了。这声音一直不停，他觉得有些蹊跷，就把一只耳朵贴在地上。他觉得那是一种刮东西的声音，好像有人在外面刨地。

当少校确定是这么回事后，他轻轻蹭到格雷那万和曼格斯身旁，把两人从痛苦的思绪里拉出来，把他们拉到圣屋的尽里头。

"你们听。"他轻声说，一面示意他们弯下身子。

刮声听得越来越清晰；可以听见小石头被尖尖的东西压得咯咯响，然后往外滚的声音。

"有什么动物在打洞。"曼格斯说。

格雷那万拍了拍脑门说："谁知道呢，会不会是人呢？"

"不管是人还是动物，"少校回答说，"我知道该怎么办！"

威尔逊和奥尔比奈特也凑过来，大家一起开始挖墙，约翰用他的那把匕首，其他人用从地上挖出的石子，或者用指甲，穆拉第则躺在地上，从草帘缝里监视那二十来个土著人。

这些野人一动不动地待在炭火周围，根本不疑心二十步开外的地方会发生什么事。

这里的地面是疏松易碎的土，盖在硅质火碎岩上。虽然缺乏工具，洞很快就挖大了。不久，他们清楚地看到，一个人，也许是几个人，攀在山寨的岩壁上，正在外壁上挖一条通道。他们为什么这样做？难道他们知道里面关着俘虏吗？或者，这项眼看就要完成的工程只是某个人的尝试，却正好和关在圣屋里的人的意图巧合？

俘虏们加劲挖洞。他们的手指破了，在流血，但他们还是不停地挖。干了半个小时后，洞有一米深了。从愈来愈清晰的声音可以知道，只有薄薄的一层土隔在他们和外面的世界之间了。

又干了几分钟，突然，少校感觉到手被一个尖利的刀口割了一下，他连忙把手缩回，差点喊出声来。

曼格斯用他的匕首挡住在外面刨土的那把刀，却抓住了拿刀的手。

这是一只女人的手，或者孩子的手。一只欧洲人的手！

墙里边和墙外边的人都没说话。明摆着，里边和外边的人都知道不能出声。

"是罗伯特吗？"格雷那万轻轻问。

不管他叫这个名字时的声音有多轻，已经被屋里的动静弄醒的玛丽溜到格雷那万旁边，一把抓住那只满是泥巴的手，不停地亲吻。

"是你！是你！"玛丽说，她是不可能弄错的，"是你，我的罗伯特！"

"是我，姐姐，"罗伯特回答，"我是来救大伙的！不过，别出声！"

"好孩子！"格雷那万一遍又一遍地说。

"看好外面的土著人。"罗伯特又说。

孩子的出现分散了一会儿穆拉第的注意力，但他立刻回到他的观察岗位上。

"一切正常，"他说，"现在只有四个兵士在值班。其余的人都睡着了。"

"加油！"威尔逊说。

一会儿工夫，洞更大了。罗伯特钻进圣屋，他先和姐姐拥抱，又和格雷那万夫人拥抱。他的腰上缚了一根长长的剑麻绳。

"我的孩子，我的孩子，"少妇轻轻说，"那些野人没杀你！"

"没有，夫人，"罗伯特回答，"我也不知道是怎么趁乱躲过了他们的眼睛，跨出了围栏；整整两天，我藏在树丛后面；晚上出来到处走，想见到你们。趁全部落的土著人忙着参加头领的葬礼，我跑回来侦察牢房所在的地势，发现可以到你们这儿来。我在一个没人住的棚屋里偷了这把刀，还有这根麻绳；我踩着草丛和树枝，像踩着梯子一样，一步一步往上爬。我偶然发现，圣屋背靠的那一大块山岩有个洞，只需要再挖几英尺就能通，而且土又软。这不，洞挖通了，我来了。"

回答罗伯特的是无数个无声的亲吻。

"我们走吧！"他坚定地说。

"帕噶乃尔在下面吗？"格雷那万问。

"帕噶乃尔先生？"孩子反问。他听到这个问题很吃惊。

"是呀，他在下面等我们吗？"

"没有哇，爵士。怎么！帕噶乃尔先生不在这里？"

"不在，罗伯特。"玛丽回答。

"怎么？你没看见他？"格雷那万问，"那天，在一片混乱中，你没遇到他？你们没有一起逃？"

"没有，爵士。"孩子听到朋友失踪的消息，惊呆了。

"我们走吧，"少校说，"一分钟都不能浪费。不管帕噶乃尔在哪里，总不会比我们在这儿更糟。走吧！"

的确，分分秒秒都很宝贵。必须赶紧逃出去。越狱不会有太大的困难，只是到了洞外，必须在几乎成九十度的陡壁上往下走，好在这段陡壁只有二十多英尺长。过了这一段，直到山脚下，斜坡都比较平缓。从那里，俘虏们可以迅速抵达下游的河谷，而毛利人，如果发现俘虏逃跑，必须绕一个大弯才能追到那里，因为他们不知道，圣屋的后墙和外面的岩壁之间挖了一条通道。

越狱开始了。为了一举成功，他们采取了一切可能的谨慎措施。他们一个一个爬过地道，来到石洞里。曼格斯最后一个走，他离开圣屋前，把所有挖出来的泥土和石块全收拾干净，才从洞口钻出去，并且让圣屋后墙上的麻席垂在洞口上。这样地道便完全给遮住了。

现在要做的是沿着九十度的岩壁滑到斜坡脚下。要不是有罗伯特带来的那根剑麻绳，这简直是办不到的。

他们抖开麻绳，将一头牢牢拴在岩石突出来的部位，将另一头抛出去。在让伙伴吊在绳子上之前，曼格斯试了试这根麻纤维拧成的绳子；他觉得不够牢，而他们不应当不顾后果地冒险，因为如果绳子断了，人跌下去就可能送命。

"这绳子只能吃得住两个人的分量，"他说，"所以我们只能这么办：格雷那万爵士和夫人先滑下去，他们到了坡下面后，把绳子摇晃三下作为信号，后面的人再接着滑下去。"

"我第一个下去，"罗伯特说，"我在坡下发现了一个深坑，先下去的人可以藏在那里等其他人。"

"行，孩子，去吧。"格雷那万握住男孩的手说。

罗伯特从石洞口出去了。一分钟后，绳子晃了三下，告诉大家孩子已顺利滑到了坡底。

紧接着，格雷那万和格雷那万夫人也壮着胆子走出石洞。天还很黑，但是耸立在东边的山头已经泛出一点灰色。凌晨刺骨的寒冷使海伦娜来了精神。她感到自己比先前有力气了，于是开始了冒险的潜逃。

格雷那万在前，海伦娜在后，两人沿着绳子一直滑到绝壁与斜坡高处相接的地方，然后，格雷那万仍然在前，扶着海伦娜，倒退着下坡，他找能落脚的草丛和树枝，自己先用脚试一试，再把海伦娜的脚放在那个地方。几只鸟被惊醒了，轻轻地叽叽叫着飞走了。有时一块石头脱离了岩壁窝，骨碌骨碌一直滚到山下，把逃跑的人吓得打个哆嗦。

他们已经下到斜坡的一半，忽然听到洞口有人说话。

"停一停！"曼格斯轻声说。

格雷那万停了下来，一只手抓住一丛番杏草，另一只手托着他的妻子，屏住呼吸等待着。

原来，是威尔逊发出了警报：他听到圣屋外面有点响动，就回到屋里，掀起门帘，观察看守圣屋的毛利人。约翰看了他的信号便叫格雷那万停下来。

的确，一点奇怪的声音引起了一个毛利兵士的警觉，他起身走近圣屋，站在离棚屋两步远的地方侧耳细听，眼睛窥视着，这种姿势保持了一分钟，这一分钟长得像一个钟头，他摇摇头，像是在说自己听错了，他回到伙伴那里，抱起一把枯树枝扔进炭火里，火苗又旺起来。他被火光照亮的脸上，看不出一点担心，他注视了一会儿在头几道曙光下微微发白的天边，在炭火边躺下，暖和暖和冻得冰冷的手和脚。

"一切正常。"威尔逊说。

约翰向格雷那万做了个手势，让他继续往下滑。

格雷那万慢慢在斜坡上往下滑，不久，他和格雷那万夫人的脚着了地，踩在狭窄的山间小路上。罗伯特在那里等着他们。

绳晃动了三下。这回轮到曼格斯和玛丽走这条危险的路程。他们下滑成功，并且在罗伯特说的那个坑里与格雷那万爵士和夫人会合。

五分钟后，所有越狱的人都顺利逃出圣屋。他们离开暂时藏身的洞，然后，不走有人住的湖岸，而是抄狭窄的小路，进入深山。

他们走得很快，尽量避开所有可能被人看见的地方。大家不说话，像影子一样悄没声儿地穿过树丛。往哪儿走呢？他们也不知道。但是，他们自由了。

将近五点钟，天开始亮了，高高的云块间透出一点灰蓝色。雾蒙蒙的山峦从早晨的水汽中显露出来。不久就会升起的太阳将不再是行刑的信号，而将向土著人揭示俘虏们逃跑了。

在这要命的时刻到来之前，越狱的人必须逃到土著人抓不着他们的地方，要逃得很远才能摆脱土著人的追踪。可是他们走不快，因为山路陡峭崎岖。格雷那万夫人必须由格雷那万扶着，甚至抱着，才爬得上山坡，玛丽也要靠曼格斯的胳臂支撑；罗伯特又高兴，又得意，心里洋溢着成功的喜悦，他走在队伍的前面开路，两名水手走在最后面。

再过半小时，太阳就要从天边的雾霭中露出来。

他们漫无目的地走了半小时。没有帕噶乃尔给他们领路——想到帕噶乃尔，他们不由得焦虑；少了他，他们重获自由的幸福就有个缺憾。他们尽量向东走，迎着美妙的曙光向前走。不久，他们来到一个高出陶波湖五百英尺的高地。由于地势高，早晨的寒气越发刺骨。影影绰绰的丘陵和山岳层层叠叠；格雷那万正是希望隐蔽在这个山区里，以后再考虑如何走出这峰回路转的迷宫。太阳终于出来了，把头几道光芒投在逃亡者前进的路上。

突然，天空中响起一阵吼声，是成百个人的呼叫汇成的吼声。叫声从山寨里发出来，但当时格雷那万不知道山寨的准确位置。他脚下是浓厚的雾，如幕帘一般，他无法看清下面的山谷。

但是可以肯定，土著人已发觉他们越狱。他们能逃出土著人的追捕吗？他们是否已被发现了呢？他们留下的脚印会不会暴露他们的行踪呢？

这时，山谷里的雾渐渐升腾，把他们暂时裹在潮湿的云气里，他们看到，在他们脚下三百英尺的地方，聚集着一大群疯狂的土著人。

他们看见了土著人，土著人也看见了他们。于是爆发出无数声吼叫，还夹着狗吠。全部落的土著人起先试图登上圣屋后面的山岩，没有成功，他们就冲出围栏，抄最近的小路，追赶那些正在逃脱他们报复的俘虏。

第十四章 "塔布"令保护的山

　　到山顶还有一百多英尺。逃亡的人最好爬到山顶，翻过山梁，到山的背坡去，毛利人才看不见他们。他们希望碰到好走的山梁，让他们能到邻近的山峰去。这里山连山，峰峦层叠，构成复杂的山岳地形。要是帕噶乃尔在，他一定能辨清这地形。

　　土著人的叫骂声越来越近，威胁着他们，他们加快了爬山的速度。土著人快要到山脚下了。

　　"加把劲！加把劲！朋友们。"格雷那万不停地喊着，用声音和手势激励他的伙伴。

　　不到五分钟，他们登上了山顶；他们回过头来，为的是判断自己所处的位置，并且决定朝哪个方向走才能甩掉土著人的追踪。

　　从他们所在的高度望下去，陶波湖尽在眼底。湖水向西伸展，四面是景色如画的山。北面有皮龙亚山，南面是冒着火的汤加里罗山。但是向东看，山峦连着山包，一直与怀希提-兰杰斯山相接，如同一道屏障挡住视线，这连绵不断的山脉从库克湾到东边地岬，贯穿整个北岛。看来必须走下山的背坡，进入狭窄的山谷，但也许那山谷如同死胡同，没有出路。

格雷那万焦急地看了看四周；浓雾已在阳光下消散，他能看清地上所有的坑坑洼洼。毛利人的一举一动都逃不出他的眼睛。

土著人离他们已经不到五百英尺，这时他们到了一片台地，台地上孤零零地兀立着一个山锥。

格雷那万和伙伴一点不能多停留。不管他们是不是累得精疲力竭，他们必须走，否则就会被土著人包围。

"咱们下山！"格雷那万叫道，"赶在路还没被切断之前下山！"

但是，正当两位可怜的女人用尽最后的力气站起身来的时候，少校叫住她们说："用不着了，格雷那万。您瞧。"

果然，所有的人都看到，毛利人的行动发生了一个无法解释的改变。他们突然停止追赶俘虏，也不再向山上进发，好像刚得到一个不可违抗的相反命令。这群土著人遏制住他们的冲击，停了下来，如同海水碰到了不可逾越的岩石。

气红了眼的土著人排在山脚下，大喊大叫，捶胸顿足，挥舞着枪和斧头，却不再往前走一步。他们的狗也像生了根，停在那里，只是一个劲地狂吠。

究竟发生了什么事？是什么看不见的力量挡住了土著人？逃亡的人看着眼前的景象，一点也不明白，就怕束缚凯考姆部落的神秘魔力万一中断。

突然，曼格斯发出一声惊叫，伙伴都回过头来，只见他的手指着立在山锥顶上的一个小堡垒。

"卡拉特特的坟墓！"罗伯特大声说。

"你说的是真的吗，罗伯特？"格雷那万问。

"真的，爵士，这的确是他的坟墓！我认得出……"

罗伯特没弄错。在离他们五十英尺的高处，山锥的顶端，一些新近涂上颜色的木桩围成一圈栅栏。格雷那万也看出这是毛利人首领的坟。他们慌忙逃跑中，造化把他们领到了芒阿那姆山峰。

爵士领着伙伴爬完最后一段山坡，来到坟墓脚下。

栅栏有个大豁口，地上铺着麻席，可通到里面。格雷那万正要走进去，突然迅速往后退。

"有个野人！"他说。

"墓地里有个野人？"少校问。

"是的，少校。"

"有什么关系！进去吧！"

格雷那万、少校、罗伯特和曼格斯走进栅栏。那里果然有个毛利人，身上披着剑麻大氅；在坟墓的阴影里，看不清他的相貌。他似乎十分平静，正心安理得地吃他的早饭。格雷那万正要对他说话，土著人却在他之前开口了，声音和气，操着纯正的英语："您请坐，亲爱的爵士，早餐正等着您呢！"

原来是帕噶乃尔！一听到他的声音，所有的人都冲进去了。他用他的两只长手臂拥抱了每一个人。帕噶乃尔找到了！他的出现意味着大家的得救！所有的人都想问个清楚，想知道为什么他会在芒阿那姆山顶上，他又是如何到这儿的；但是格雷那万的一句话阻止了大家不合时宜的好奇心。

"土著人在下面呢！"他说。

"土著人，"帕噶乃尔耸了耸肩说，"这些家伙，我才瞧不起呢！"

"可是他们会不会……"

"他们！一群笨蛋！你们来看！"

大家跟在帕噶乃尔后面走出墓地。那群毛利人还停在原地，围在山锥脚下，声嘶力竭地叫骂着。

"喊吧！叫吧！喊破嗓子吧，你们这些蠢人！"帕噶乃尔说，"我谅你们不敢爬上山来！"

"那是为什么？"格雷那万问。

"因为他们的头领葬在这里，因为这坟墓在保护我们，因为这座山受'塔布'令的保护，不可触碰。"

"不可触碰？"

"是的，朋友们！所以我躲到这儿来，就像中世纪遭难的人躲进避难所一样。"

"上帝站在我们一边！"格雷那万夫人大声说，一面把两手举向天空。

的确，这座山受"塔布"令保护，而且，由于有法令确认，它就不受迷信的野人们的侵犯。

但逃亡的人还没有最后得救，只是得到一段有益的喘息时间，他们尽量利用这个机会休息一下。格雷那万心里太激动，一句话也不说，少校则晃着脑袋，显出十分满意的样子。

"现在，朋友们，"帕噶乃尔说，"要是这些野人想在我们身上锻炼他们的耐心，他们就大错特错了。不出两天，我们就远走高飞，这些坏蛋再也抓不到我们了。"

"我们逃跑！"格雷那万说，"可是怎么逃法？"

"我也不知道，"帕噶乃尔回答，"可我们还是要逃的。"

这时，大家都想了解地理学家的历险经过。然而，奇怪的是，一向讲话滔滔不绝的人，言谈忽然变得出奇的谨慎，很难从他嘴里掏出一句话来。一向那么喜欢讲故事的人，现在却含糊其词地应付朋友们的提问。

"人家把我们的帕噶乃尔改变了。"少校想。

确实，可尊敬的学者已经不是原来的样子了。他裹着一条宽大的剑麻披风，神情严肃，好像有意避开伙伴好奇的目光。一谈到他自己，他就变得举止局促，这一点逃不过任何人的眼睛。但是，出于礼貌，大家装着好像没注意到的样子。再说，只要话题不是关于他，他便恢复了惯有的轻松。

伙伴靠着墓地的栅栏，在他旁边坐下，他就把前几天的经历中他认为可以说的部分告诉了他们。

卡拉特特被打死后，帕噶乃尔像罗伯特一样，趁土著人乱哄哄的时候翻出山寨的围栏。但是他不及小格兰特那么幸运，竟一头撞进了一个毛利人的营地。营地的头领身材魁伟，看样子挺聪敏，明显比他部落里其他的人高一筹。他说一口正确的英语，并且用鼻尖去蹭地理学家的鼻尖，表示欢迎。

帕噶乃尔不知道是不是还应该把自己看成俘虏。但是自己每走一步，那位头领总彬彬有礼地陪着，他很快便心中有数，知道该怎么办了。

这位头领叫"喜喜"，在新西兰土话里的意思是"阳光"。他一点不凶蛮。帕噶乃尔的眼镜和望远镜使他对我们这位地理学家很看重，并且想笼络他，不仅用恩惠，还用粗大的剑麻绳把他捆住，特别在夜间。

这种新处境持续了整整三天。这段时间里，帕噶乃尔受到的待遇是好还是坏呢？"说好，也不好，说坏，也不坏。"他这么回答，并不做进一步的解释。简而言之，他还是俘虏，除了不会被立即处死，他的命运并不比他不幸的伙伴更值得羡慕。

幸好有一夜，他终于磨断了麻绳，逃跑了。他从远处观看了卡拉特特的葬礼，知道他给埋在芒阿那姆山顶上，也知道，这座山因此成了不可触碰的山。他不愿离开关押伙伴的地方，就决定躲在这座山上。他的冒险行动成功了。昨天夜里，他到了卡拉特特的墓地，就在这儿一面恢复精力，一面等待，也许老天会把他的朋友们解救出来。

帕噶乃尔就讲了这些。他是不是有意没讲他在土著人那里的生活情况呢？不止一次，他的尴尬神态让人这么认为。但是不管如何，同伴一致祝贺他获得自由。过去的事讲完了，要回到现实中来。

眼下，形势仍然非常严峻。土著人虽然不敢违反禁令爬上芒阿那姆山，但他们指望，饥和渴会迫使俘虏下山，那时再抓住他们。这不过是迟早的问题，土著人有的是耐心。

格雷那万对处境的困难看得很清楚。不过，他决定等待有利条件，必要时创造条件。

首先，格雷那万想仔细侦察一下芒阿那姆山，也就是他们的临时堡垒，倒不是为了保卫它，因为不用担心土著人围攻；而是为了从这里逃出去。少校、约翰、罗伯特、帕噶乃尔和他，对这座山做了一个准确的测量，并且观察了各条山路的走向和通达的地方，以及它们的坡度。山梁绵延一英里，把芒阿那姆山与瓦希提山脉相连，并且愈来愈低，延向平原。山梁狭窄，曲曲弯弯，一旦逃走的时机到来，这是唯一可走的路。如果他们趁黑夜神不知鬼不觉地从这儿出去，也许可以钻进兰杰斯的山谷里，摆脱土著人的追踪。然而走这条路危险也不少。地势低的一段在枪的射程之内。要是土著人从山寨的最下面一道围栏射击，子弹能打到这里，并且形成一张火力网，要冲出去准会有死伤。

格雷那万和朋友们大着胆子，在最危险的那一段山梁上走了一趟，就招来一阵冰雹似的子弹，但没打中他们。有几个塞枪弹的东西被风刮到他们脚边，是印着字的纸头做的。帕噶乃尔完全出于好奇，从地上捡起填弹塞，费劲地撕开。

"妙哇！"他说，"朋友们，你们知道那些畜生用什么东西塞他们的枪眼吗？"

"不知道，帕噶乃尔。"格雷那万回答。

"用《圣经》的书页！他们竟拿圣书派这种用场，我真同情这里的传教士！他们要建立毛利人的图书馆可太不容易了。"

"这些土著人朝我们胸口打来的是哪一节《圣经》呢？"格雷那万问。

"是万能的上帝说的一句话。"曼格斯说。他刚刚也读了在枪弹爆炸中沾上污迹的那一页纸。"这句话是要我们寄希望于上帝。"年轻的船长补充说，语气里含着苏格兰人不可动摇的宗教信仰。

"把这一节念念，约翰。"格雷那万说。

于是约翰念没有被火药炸坏的那一节：《诗篇》第九十节——正因为他相信我，所以我将拯救他。"

"朋友们，应当把这段话转达给我们两位亲爱的、勇敢的女伴，可以使她们心中重新燃起希望。"

格雷那万和伙伴沿着通向山锥的陡峭小路向卡拉特特的墓地走去，他们想好好察看一下。

一路上，他们惊讶地发现，每隔一小会儿，地面就好像颤抖一下。不是一次大的震动，而是连续的小颤动，就像水沸时冲击锅炉壁产生的那种颤动。很明显，地下火燃烧产生的一股股强大蒸汽聚积在山体里。

逃亡者们当然不会赞叹这种地质特点，因为不久前，他们刚从怀卡托江的热泉区经过。他们知道，北岛的这个地区基本上是火山带。它的地面如同一张筛子，让地下的蒸汽通过沸泉眼和硫气孔冒出来。

帕噶乃尔早就观察到这一点，现在他提请朋友们注意这座山的火山特质。芒阿那姆山不过是耸立在北岛中部的很多火山锥中的一座，也就是说，它是一座未来的火山。它的山壁由灰白的硅质凝灰岩组成，只要受一点力的作用，就可能形成火山口。

"确实如此，"格雷那万说，"不过，我们在这里并不比在'邓肯号'的锅炉边更危险，地壳可是一张结结实实的铁板！"

"不错，"少校说，"但是，再结实的锅炉，用久了总是会爆炸的。"

"少校，"帕噶乃尔说，"我可不想在这火山锥上久留。只要老天给我指一条可走的路，我立刻离开这儿。"

"唉！"曼格斯回答说，"既然芒阿那姆山下面蕴藏着那么大的动力，为什么它不能把我们带走呢！也许，我们脚下就有几百万马力的动力，但是没派用处，白白浪费了！我们的'邓肯号'用不了这动力的千分之一，就能载着我们到天涯海角！"

曼格斯一提到"邓肯号"，格雷那万的脑海里便重现出那些伤心的回忆；因为不管他的处境多么令人绝望，一想到"邓肯号"的船员遇到的噩运，他就为之悲叹，忘了自己。

他正想着，不觉已到了芒阿那姆山顶，和留在那儿的伙伴相聚了。

格雷那万夫人一看见他便向他跑过来。

"亲爱的爱德华，"她说，"你们侦察了我们这里的地形了吗？我们是该心存希望还是该担心？"

"应该心怀希望，亲爱的海伦娜，"格雷那万回答，"土著人决不会爬上这座山，我们完全来得及制订一个逃出去的计划。"

"夫人，"曼格斯说，"是上帝嘱咐我们要心怀希望。"说着，他把印着这一节圣诗的那页纸拿给格雷那万夫人看。格雷那万夫人和格兰特小姐认为，《圣经》的这段话预示着他们一定能得救。

"现在，我们去墓地！"帕噶乃尔欢快地大声说，"那是我们的堡垒，我们的城堡，我们的餐厅，我们的书房！在那里，谁也不会来打搅我们！女士们，请允许我领你们去参观这个迷人的住地。"

大家跟着可爱的帕噶乃尔往那里走。土著人看见那些俘虏又要亵渎受"塔布"令保护的墓地，气得又是放枪，又是喊叫，两种声音都大得吓人。所幸，子弹没有叫声传得那么远，都落在了半山腰，叫骂声则渐渐消散在空中。

格雷那万夫人、玛丽和伙伴看到，土著人的迷信胜过了他们的愤怒，都完全放心了。他们进入陵墓。

　　毛利人头领的陵墓是一圈涂成红色的木栅栏，木桩上刻着象征性图案，好像给木头文了身，这些图形记述着死者的高贵和功绩。木桩之间荡着一串串护身符、贝壳或者各式小石子。栅栏里面的地上铺满绿叶。中间微微隆起一个土包，那是新近挖的坟墓。

　　那里放着头领的武器，装了子弹的长枪、长矛、一把精美的绿玉斧头，还有很多火药、子弹，数量足够他在另一个世界打猎用。

　　"简直是个军火库，"帕噶乃尔说，"我们会比死去的头领更好地使用它们。把武器带进坟墓！土著人的这个主意真不错！"

　　"嘿！这些枪还是英国造的呢！"少校说。

　　"毫无疑问，"格雷那万说，"但是，把火器当礼物送给野人，这种做法真够傻的！他们就用这些武器来对付入侵的人，而且，他们做得对。管它呢，反正这些枪对我们有用！"

　　"但是，给卡拉特特准备的食物和水对我们会更有用。"帕噶乃尔说。

　　的确，死者的亲戚朋友做得很周到。他们备下的粮食和水，表示他们对头领的品德很赞赏。食品数量充足，够十个人吃半个月，或者说，够死者吃到地老天荒。主要是植物性食品，有蕨根、番薯和早先由欧洲人引进来的土豆。几个大瓶里装着新西兰人每餐必备的清水。还有十几只编得挺艺术的篮子，里面放着好几板绿色树胶，不知作何用。

　　有了这些储备，逃亡者在几天内是不会受饥渴之苦了。他们毫不客气地用头领的食物做第一顿正餐。

　　格雷那万拿了些大家必需的食物，交给奥尔比奈特先生处理。司务长总是那么刻板，即便在最严峻的处境中也不会改变。他认为这食谱太清淡了，他不知道如何烹制那些块根；再说他也没有火。

帕噶乃尔帮他解决了难题。他向司务长建议，把蕨根和番薯直截了当地埋在土里。

的确，表层土的温度已经很高。假如把一支温度计插在土里，温度计肯定会显示六十度到六十五度。奥尔比奈特差点被严重烫伤：他刚挖了一个洞准备放块根，突然从洞里冒出一股水蒸气，足有两米高。司务长吓得跌了个四脚朝天。

"关上蒸汽龙头！"少校叫着跑过来，在两名水手的协助下，用碎浮石填满洞口。帕噶乃尔带着怪异的神情看着这个现象，口中喃喃道："咦！咦！嘿！嘿！是啊，为什么不可以呢？"

"您没给烫伤吧？"少校问奥尔比奈特。

"没有，少校先生，"司务长回答，"只是，我没料到……"

"您没料到老天给我们这么多恩赐！"帕噶乃尔兴高采烈地说，"先是卡拉特特的粮食和水，现在又是地火！这座山简直是个天堂嘛！我提议在这儿建立一个移民地，好好开发，然后我们就在这儿定居，度过余生！我们将是芒阿那姆山的鲁滨孙！真的，我真不知道在这座火山锥上我们还缺什么！"

"什么也不缺，如果山结实点的话。"曼格斯说。

"得了！这座山又不是昨天才形成的，"帕噶乃尔说，"它顶住地下火的冲击已经很久很久了，它会一直坚持到我们离开。"

"午饭好了。"奥尔比奈特先生宣布。

于是，逃亡的人立刻坐到栅栏旁边，开始用餐。一段时间以来，恰恰在最严重的情况下，天公好几次给他们送来这样聚餐的机会。

对眼前的饭食大家一点不挑剔，但是，对可食用的蕨根却看法不一。有的认为它甘甜可口，另一些人则觉得它像一种胶，完全淡而无味，硬如皮革，嚼不动。相反，在滚烫的土里烤出来的番薯非常美味。地理学家说，看来卡拉特特在坟墓里的日子过得不错，没什么可抱怨的。

吃饱肚子后，格雷那万提议，不要耽搁，立刻商讨一个逃出去的方案。

"这么快？"帕噶乃尔用可怜兮兮的声调说，"怎么！你们已经想离开这片乐土啦？"

"可是，帕噶乃尔先生，"格雷那万夫人回道，"我们不能乐而忘返哪！"

"夫人，"帕噶乃尔回答说，"我不敢冒昧反对您的意见，既然你们想讨论，我们就来讨论吧。"

"首先，我主张，要在饥饿逼我们不得不下山之前设法逃走。现在我们有的是力气，应当充分利用。明天夜里，我们试着趁黑穿过土著人的包围圈，进入东边的山谷。"

"很好，"帕噶乃尔说，"如果毛利人让我们通过的话。"

"如果他们不让我们通过呢？"曼格斯问。

"那么，我们就得用绝招了。"帕噶乃尔回答。

"这么说，您有绝招？"

"多得不知怎么用！"帕噶乃尔回答，但并不做进一步解释。

现在只等黑夜降临，好越过土著人的防线。

土著人还待在原地。他们的队伍好像更壮大了，大概加入了一些后到的人。

山脚下，这儿、那儿燃起了一堆堆的火，形成了一圈火墙。当黑暗充满周围的山谷时，芒阿那姆山仿佛突立在一堆巨大的炭火中间，而山顶却隐没在浓浓的阴影里，可以听见从六百英尺的山下传来的敌营的嘈杂声、喊叫声。

到了九点，夜色漆黑，格雷那万和曼格斯决定，在带领大家突围之前先侦察。他们悄没声息地往下走，走了大约十分钟，便到了那条狭窄的山梁，山梁穿过土著人的防线，离营地五十英尺高。

直到此刻，一切顺利。毛利人都躺在炭火边，似乎没发现那两个逃亡者。两人又走了几步。可是，突然，从山脊的左右两边响起枪声。

"往后撤！"格雷那万说，"这些强盗的眼睛像猫，打枪像真正的射击手。"

曼格斯和他立刻爬回陡峻的山坡，赶紧去叫被枪声吓得心惊肉跳的朋友们放心。格雷那万的帽子被两颗子弹打穿。看来，要在两排长枪手的左右夹击中走过长得没尽头的山梁是不可能的。

"明天再说吧，"帕噶乃尔说，"既然我们不能逃过土著人的警戒，就请你们让我用我的办法来对付他们！"

夜里气温相当低。幸亏卡拉特特的坟墓里有他最好的睡袍，还有暖和的剑麻被，每个人都毫无顾忌地裹上一条。不久，在土著人的迷信保护下，在栅栏的守卫中，这些逃亡者躺在温暖的、在地下沸腾的岩浆冲击下微微颤动的地面上安然入睡。

第十五章　帕噶乃尔的绝招

第二天，2 月 17 日，初升太阳的头几道光芒唤醒了在芒阿那姆山上熟睡的人。山下的毛利人早已在走来走去，但不离开自己的观察位置。他们一看见欧洲人从被亵渎的围栏里走出来，便报以愤怒的喊叫。

这些逃亡者醒来后的第一件事便是看看周围的山，看看依然隐在浓雾中的深邃的山谷和被晨风吹皱的陶波湖。

然后，大家因为迫切想知道帕噶乃尔的新方案，便把他团团围住，一齐用询问的目光看着他。

帕噶乃尔立刻回答又好奇又担心的伙伴。

"朋友们，"他说，"我的方案好就好在，即使它不能产生我所期望的全部效果，即使它失败，我们的处境也不会比现在更糟。不过，这方案应该能成功，一定能成功。"

"那么，这方案是……"少校问。

"是这样的，"帕噶乃尔说，"由于土著人迷信，这座山成了我们的避难地；现在必须让这种迷信帮助我们逃出去。如果我能让凯考姆相信，我们亵渎了圣山，所以触怒了天神，受到神的惩罚，简单地说吧，我们死了，死得很惨，那么，你们认为他们会不会放弃这块芒阿那姆山台地，回村子里去呢？"

"这是毫无疑问的。"格雷那万说。

"那么，您要我们怎么样惨死呢？"格雷那万夫人问。

"像犯渎圣罪的人那样死，朋友们，"帕噶乃尔回答，"报仇的火焰就在我们脚下。我们让这火焰跑出来。"

"什么！您想造一座火山。"曼格斯吃惊地说。

"是的，一座人造火山，一座临时火山，由我们控制它的爆发！这地下有的是大量的蒸汽和火，只愁出不来！我们制造一次人工火山爆发，让它为我们服务！"

"这主意不错，"少校说，"想得很妙，帕噶乃尔！"

"我们假装被新西兰冥王的火焰烧掉了，然后机敏地躲进卡拉特特的坟墓里，你们懂了吗？"

"我们在坟墓里躲三四天，甚至五天，如果必要的话，就是说，一直躲到土著人确信我们死了，弃山回村。"

"要是他们想看看我们受了什么样的惩罚，"格兰特小姐说，"要是他们爬上山来呢？"

"不会的，亲爱的玛丽，"帕噶乃尔回答，"他们不会这样做的。这座山已经受'塔布'令保护。既然它吞没了亵渎它的人，土著人就会更严格地遵守禁令！"

"这方案的确策划得很好，"格雷那万说，"它只有一种失败的可能性——土著人死守在山脚下不走，时间一长，我们就没粮食吃，没水喝了。不过这不太可能，尤其是如果我们把戏演得很巧妙的话。"

"我们什么时候试这最后的一招呢？"格雷那万夫人问。

"今晚就试，"帕噶乃尔说，"等到天漆黑的时候。"

"好，就这么定了。"少校说，"帕噶乃尔，你真是个天才。我一贯是个不容易动心的人，但我担保这方案一定成功！嘿，那帮坏蛋！我们要给他们上演一出小小的圣迹剧，这会叫他们晚一百年放弃迷信皈依基督教！但愿传教士能原谅我们！"

帕噶乃尔的方案就这样通过了。确实，由于毛利人的迷信思想，这方案可以成功，也应当成功。剩下的问题是如何实施。想法很好，做起来不容易。火山会不会吞掉给它挖了个喷发口的天不怕地不怕的人呢？一旦地下的蒸汽、火焰和熔岩被释放出来，人能控制和引导它吗？整个山锥会不会塌陷在火的渊洞里呢？这涉及唯有造物主才掌握的自然现象。

帕噶乃尔早已预见到这些困难，但是他想谨慎行事，不要把事情做得太过分。只要造一个能蒙骗毛利人的假象就行了，不是搞一个真正的火山爆发，那太吓人了。

他们觉得这一天好长好长！每个人都在扳着指头数那过不完的时刻。逃跑的一切准备工作已经做好。他们把坟墓里的食品分成了好几份，打成不太大的包，又拿了几张剑麻和几支长枪，这就是全部行李，很轻便。不用说，这些准备工作都是在栅栏里面进行的，土著人一点也不知道。

下午六点，司务长给大家吃了一顿很能加强体力的晚饭。进入山谷后，何时何地才能再吃到东西，谁也无法预料。所以，为了以后的日子，要把肚子吃得饱饱的。主菜是六只肥大的老鼠，是威尔逊逮到的，埋在土里焖熟了。格雷那万夫人和玛丽说什么也不肯尝这种新西兰人青睐的野味，而几个男人则像地道的毛利人一样大快朵颐。这鼠肉很好吃，甚至可以说无比鲜美，所以六只老鼠被啃得精光，只剩下骨头。

黄昏来临，太阳消失在一大片浓浓的雨云后面。几道闪电照亮了天边，远远的雷声在高空滚过。

帕噶乃尔欢迎下雷暴雨，这有助于实现他的计划，而且会使他导演的这幕戏更精彩。迷信的土著人很容易受这类惊心动魄的自然现象的影响。新西兰人认为，雷鸣是他们天神的怒吼，闪电是他眼睛里冒出的怒火。所以，这会像神灵亲自来惩罚违反禁令的人。八点钟，芒阿那姆山顶隐没在阴森森的黑暗中。天公似乎张好了一幅黑色底幕，帕噶乃尔即将在这黑色天幕上投射出灿烂的火光。

毛利人已经无法看见他们的俘虏。行动的时刻到了。

行动必须迅速。格雷那万、帕噶乃尔、少校、罗伯特、司务长以及两名水手同时开始工作。

火山口的位置选在离卡拉特特的坟墓三十步远的地方。火山喷发时不能危及坟墓，这一点至关重要。如果坟墓给炸没了，芒阿那姆山不可触碰的禁令也就不存在。帕噶乃尔早就注意到那里有一块大石头，石头周围喷出猛烈的蒸汽。这块石头盖住了山锥上一个小小的天然火山口，并且用它的重量压住了地下火的喷出。如果能把石头搬出它所在的凹窝，蒸汽和熔岩就会立刻从打开的洞口喷射出来。

他们从墓地的栅栏里拔出几根木桩，做成撬杠，使劲撬那一大块岩石。不久，在大家的协同努力下，石头摇动了。他们又在山坡上挖了一条小壕沟，好让石头沿着斜坡滚下去。随着他们渐渐把石头掀起来，地面的颤动也愈来愈猛烈。

在这处变薄的地壳下面，能听到火焰发出的低沉的轰轰声和蒸汽的嘶嘶声。这些大胆的创造者真是大力神，要操纵地火。他们一声不响地干着。不久，地面出现了几条裂缝，同时，几股滚烫的蒸汽喷射出来，他们知道，自己所在的地方已变得很危险。他们又使出最后一把劲，把石头掀了起来，石头沿着壕沟从山坡上滚下去，不见了。

很快，薄薄的地壳抵挡不住了。一股炽热的汽柱喷向天空，伴着巨大的爆炸声，一道道沸滚的水和熔岩向山下土著人的营地和山谷流去。

整个山锥抖动起来，好像就要塌陷成一个无底的深渊。格雷那万和伙伴刚刚来得及躲开，他们逃进墓地的栅栏里面，身上还是给溅了几滴水，水温达到九十四度。这水先是发出一股汤料的味道，很快变成浓烈的硫黄味。

这时，泥浆、岩浆、火山碎石混在一起燃烧。一条条火流滚过，把芒阿那姆的山腰犁出一道道沟槽。强烈的火光照亮了邻近的山冈，甚至深谷。山下所有的土著人都起来了，被流到营地中间的沸滚的熔岩烫得哇哇叫。没给火流碰到的人，慌忙往周围山丘上爬，回头惊恐万状地看着这骇人的现象，以为是他们的大神在发怒，正在烧死亵渎了圣山的人。有时，火山喷发的轰轰声稍微减弱，就能听到他们念咒语似的喊："塔布！塔布！塔布！"

大量的蒸汽、燃烧的石头、岩浆，继续从芒阿那姆火山口喷出。这已经不像冰岛的埃克拉山附近的那种间歇热喷泉，而像埃克拉火山本身在爆发。在此之前，这些火山岩浆一直被包裹在山锥里，因为汤加里罗火山的喷口足够释放它了，但是当人类给它开了一个新的出口，它便迫不及待地冲出来。根据平衡法则，想必在这一夜，岛上其他火山爆发的强度会有所减弱。

这座人造火山在世界大舞台上开始爆发一小时后，一条条宽大炽热的熔岩在山坡上流。只见成群结队的老鼠从已经无法居住的洞里钻出来，逃离这片焚烧的土地。

整整一夜，在狂风暴雨下，火山不断喷发，其猛烈程度让格雷那万有些担心。火山口边缘已毁坏。

逃亡的人躲在木栅栏后，注视着这惊心动魄的现象的进展。

到了早晨，火山的喷发并未缓和。火焰里夹着黄黄的浓厚蒸汽，岩浆如急流向四面八方涌去。

587

格雷那万的心怦怦跳，眼睛警惕地用余光看了看围栏所有木桩间的缝隙，又看了看土著人的营地。

　　毛利人已经逃到火山喷不到的周围的高地上。山脚下躺着几具尸体，已被火烧得焦黑。稍远一些，靠近山寨那边，二十来座棚屋被熔岩烧着，还在冒烟。新西兰人，东一群，西一群，看着芒阿那姆喷火的山头，眼里充满对神的畏惧。

　　凯考姆出现在士兵中间，格雷那万一眼便认出了他。头领一直走到山锥脚下没被熔岩烧着的那一边，但再不敢往前多走一步。他站在那儿，像巫师念咒驱邪一样伸开两臂，做了几个怪脸，逃亡的人能明白其中的意思。正如帕噶乃尔预见的那样，他在对复仇的芒阿那姆山发出更严格的"塔布"令。

　　不久，土著人排成队，从弯弯曲曲的小路往山寨走去。

　　"他们走了！他们走了！"格雷那万高兴地叫道，"他们放弃了营地！感谢上帝！我们的计策成功了！亲爱的海伦娜，勇敢的伙伴，我们死了，被火山埋葬了！可是今晚，天黑以后，我们将复活，我们将走出坟墓，远远离开这些野蛮的部落！"

　　墓地里一片欢腾，那情景别人是难以想象的。大家心中重又充满希望。这些勇敢的旅行者不再想过去，也不想将来，只想着现在！虽然在这陌生的地区，要找到一个欧洲人的居住点实在不是一件容易的事，但是，不管如何，他们已经甩掉了凯考姆的追捕，于是他们便以为已经逃出了新西兰所有野人的手掌！

　　少校毫不掩饰对毛利人的蔑视，他有的是表达这种蔑视的言辞。帕噶乃尔和少校在这方面展开了竞赛。他们骂毛利人是不可饶恕的畜生，是蠢驴，是太平洋上的白痴，是疯子，等等，等等，简直没完没了。

　　还要等整整一天才能离开这里。他们用这段时间讨论下一步逃走的方案。帕噶乃尔一直珍藏着那张新西兰地图，现在可以在地图上找最安全的路线。

经过讨论，大家决定向东部普伦蒂海湾走。这样就要经过一些完全陌生的、很可能是荒无人烟的地区。不过，旅行者们已经习惯于应对自然界的困难，克服物质障碍，怕只怕碰到毛利人。他们要想尽一切办法躲开毛利人，到达东海岸，那里有传教士建立的几个居住点。而且，到目前为止，那个地区没受到战争的破坏，土著人的部队不到那儿去搜索。

陶波湖到普伦蒂海湾之间的距离，估计大概有一百英里。每天走十英里，十天可以走完。这能做到，当然会很累，但是这支勇敢的队伍里没有一个人怕走路。一旦到了传教士的住地，他们就可以在那儿边休息，边等待去奥克兰的机会，奥克兰始终是他们要去的城市。

这几点定下来后，他们继续密切注意土著人的行动，直到夜晚。山脚下一个土著人都没留下，当夜幕罩住陶波湖四周的山谷时，山脚下没生一堆火，这说明没有土著人来。逃出去的路是通的。

九点钟，夜一片漆黑。格雷那万发出开拔的信号。他和伙伴用卡拉特特的东西把自己武装和配备起来，开始小心翼翼地下山。曼格斯和威尔逊走在队伍最前头，他们眼观六路，耳听八方，稍有一点声响就停下脚步，发现一点光亮就要看个究竟。可以说，每个人都是贴在山坡上顺势往下滑，恨不得和山坡合为一体。

滑到离山顶两百英尺的地方，曼格斯的水手到了那段曾被土著人死死防守的危险的山梁。如果土著人比他们更有计谋，假装撤走，以便把俘虏引出来，如果土著人没有被人造的火山爆发现象蒙住，那么这里正是他们会出现的地方。格雷那万虽然充满信心，虽然有帕噶乃尔轻松地开玩笑，他还是不免心惊胆战。越过山梁需要十分钟，大伙的生死存亡将在这十分钟里决定。海伦娜紧紧抓着他的手臂，他能感觉到妻子的心跳。

他不想后退，约翰也一样。年轻的船长走在前头，大家跟在他后面，依靠浓黑夜色的保护，在狭窄的山梁上匍匐前行。当一块石头脱离山体滚下平台，他们就停下来。如果土著人还埋伏在山梁下面，这些奇怪的声音应该引来从山梁两边发出的可怕枪声。

然而，要在这倾斜的山梁上像蛇一样爬行，逃亡者前进的速度就没法儿快。当曼格斯爬到山梁的最低处时，他离前一天土著人扎营的平台只有二十五英尺；从这里开始，山梁又愈来愈高，有相当大的坡度，蜿蜒上行约四分之一英里，伸向一个小树丛。

这一段低山梁总算平安走过，逃亡者接着又一声不响地往上爬。那片树丛其实看不见，但他们知道那儿有片树丛。只要土著人没在那儿设下埋伏，格雷那万就打算让伙伴在那儿安全地休息一会儿。不过他注意到，从现在开始，他们已经没有了"塔布"令的保护。往上走的这段山梁不属于芒阿那姆山，而属于陶波湖东边地区的山系。这一来就不仅要提防土著人的枪弹，甚至还可能遭遇肉搏。

这一小队人悄没声息地向上面的台地爬了十分钟，约翰还没看见阴暗的树丛，但是它应当在上面不到两百英尺的地方。突然他停下来，几乎要往后退。原来，他听到黑暗中有什么东西发出声音。他迟疑不前，伙伴也停止前进。

他趴在那儿一动不动，跟在他后面的人很害怕。大家静静地等着，心里的焦虑真是无法形容！会不会被迫向后转，回到芒阿那姆山顶上去呢？

约翰见声音响了一下就没有了，便又开始在狭窄的山梁路上往上爬。不久，黑暗中隐隐约约显出树丛的轮廓，又爬了几步就到了。逃亡的人一起去浓密的树叶下蜷缩起来。

第十六章　腹背受击

黑夜有利于逃跑，因此必须趁黑夜离开陶波湖这一带险恶的地方。帕噶乃尔在队伍前头领路，他那了不起的旅行家的天分，在山区艰难的长途跋涉中又一次表现出来。他有在黑暗中行动的惊人本领，能毫不犹豫地选择几乎看不清的小路，能始终保持正确的方向，不会偏离。当然，他的夜视能力帮了他的大忙，他那双猫一样的眼睛能在一团漆黑中辨别出最小的东西。

他们在大山东麓的漫长坡道上走了三小时，没有休息。帕噶乃尔领着大家稍稍偏东南方向走，为的是到凯马纳瓦山脉和瓦希提-兰杰斯山脉之间的狭窄山隘去，从奥克兰到霍克湾的大路就从那儿经过。一跨过山隘，他打算不走大路，而是利用连绵不断的大山的掩护，穿过无人居住的地区，沿海岸走。

到上午九点钟，他们已走了十二个小时，十二英里路。两个女人够勇敢的了，不能要求她们再走下去了。这个地方正好适合扎营。他们早已到了两条山脉之间的山隘，去奥克兰的路仍在他们右边，向南伸展。帕噶乃尔手上拿着地图，折向东北。十点钟，小队到了一个山体突出处，有点像一个陡峭的凸角堡。于是他们从包里拿出干粮，大吃一顿。原本一直不喜欢食用蕨根的玛丽和少校，这天也吃得不少。旅行者一直休息到下午两点，又继续向东走，到晚上八点才在离山八英里的地方停下来。大家二话不说，倒头便在露天里睡了。

第二天，路途上出现了重大困难。他们必须穿过瓦希提-兰杰斯山东边的地区，这里布满火山湖、热间歇泉、硫气孔。他们饱了眼福，却苦了两条腿。几乎每隔四分之一英里，路就有曲曲弯弯，就会出现障碍，走起来十分累；但同时，大自然呈现给人们的是一幅多么奇特而又姿态万千的景色啊！

在这个二十平方英里的广袤地区，蕴藏在地壳下面的力量以各种形式迸发出来：透明得出奇的盐泉，带着不可胜数的昆虫，从茶树丛中喷出来，发出焦火药的刺鼻气味，并且在地面上积下一层像雪一样白得耀眼的盐霜。清澈的盐泉水温度能达到沸点，而邻近的其他泉眼喷出的水却冰凉。泉边长着硕大无朋的蕨草，它们生长的环境与古生代第三阶段植物生长的环境很相似。

到处有蒸汽盘旋的水束从地面喷出来，如同公园里的喷泉，有的连续不断，有的呈间歇性，此起彼伏，仿佛有某个异想天开的地神在指挥。水束层层叠叠，阶梯式分布在一些天然阶地上，这些阶地像现代喷泉的承水盆一样高低错落；渐渐地，泉水在缭绕的白色蒸汽中汇流在一起，冲刷着巨大阶地半透明的梯级，形成沸腾的瀑布，流入一个个湖泊。

稍远些的地方，除了沸泉和湍急的间歇性热泉之外，还有硫气孔，像是地面上鼓起的一个个大疱。这些硫气孔其实都是半灭的火山口，口上还有不少裂缝，从裂缝里泄出各种气体。空气中充满了刺鼻难闻的硫酸气味。地面上铺了一层硫黄积淀的硬壳和结晶。经过漫长的年代，这里积累了难以计数的自然资源，未曾被开发利用。有朝一日，如果西西里岛的硫酸矿枯竭了，那么，新西兰这个还鲜为人知的地区，将是提供这种工业原料的最佳地方。

可以想见，旅行者穿过这个障碍重重的地区要经受多大的艰辛。此外，在这儿扎营很困难。猎枪遇不到一只值得奥尔比奈特先生费心烹制的飞禽。他们常常只好吃蕨根和甘薯，这种菲薄的食物根本不足以补充他们消耗的体力。所以，个个都想赶快走出这个荒凉艰苦的地段。

然而，至少要四天才能穿过这个难走的地区。直到2月23日，格雷那万的小队才在离芒阿那姆山五十英里的一座无名山脚下宿营。帕噶乃尔的地图上有这座山，但没有名字。眼前伸展着布满小树丛的平原，大片森林重又出现在远处的地平线上。

这是个好迹象，只要这个地区的良好居住条件不引来太多的居民。到目前为止，旅行者连一个土著人的影子也没见到。

这天，少校和罗伯特打到三只几维鸟，做成一道大菜，堂皇地摆在营地餐桌上，但是，老实说，摆的时间不长，因为几分钟内，从嘴到爪子，都被一扫而光。

在吃甘薯和土豆作为饭后甜点时，帕噶乃尔提出一个动议，他建议把这座高三千英尺、山顶耸入云霄的无名山命名为格雷那万山。这个建议被大家热烈通过。于是，他细心地在他的地图上标上了这位苏格兰爵士的名字。

余下的旅途相当单调乏味，不必在此细说，从湖区到太平洋沿岸，只有两三件比较重要的事值得记叙。

在莽原上和树林里走了整整一天。约翰根据太阳和星星确定队伍行走的方向。天气相当温和，既不热也没下雨。然而，饱经艰辛的旅行者愈来愈累，再也走不快，巴不得赶快到达传教士的居住点。大家一面走一面讲讲说说，小队分成了三个一群，两个一组。

格雷那万常常是一个人单独走。随着队伍离太平洋海岸越来越近，他越来越执着地想着"邓肯号"和他的船员。他忘记了在抵达奥克兰之前还有可能遇到危险，而是思念着那些被杀害的水手。脑海中一幅可怕的图像总是挥之不去。

大家不再谈格兰特船长。既然再也不能为他做什么，谈他又有什么用呢？只有在他女儿和曼格斯的交谈中，还会提到船长的名字。

约翰从没对玛丽再提她在圣屋最后一夜对他说的话。他是个谨慎的人，不愿把别人在极端绝望的情况下说的话太放在心上。

每当他谈起格兰特时，他还在做日后寻找老船长的打算。他向玛丽保证，格雷那万爵士还会重新开始这一义举。他的依据是：那个文件的真实性无可怀疑，格兰特船长一定还活着，哪怕找遍整个世界，也应当找到他。这些话让玛丽非常兴奋。同样的思想把两个年轻人联系在一起，同一个希望使他们的心灵融合在一起。格雷那万夫人也常参与他们的谈话，但她对这件事不抱太大的希望，却又不忍心把两个年轻人拉回到残酷的现实中来。

在这段时间里，少校、罗伯特、威尔逊和穆拉第常常到离伙伴不太远的地方去打猎，每个人都能贡献一份野味。帕噶乃尔则总是裹着那件剑麻披风，默默地待在一边沉思。

在考验、危险、疲惫、困苦之中，性格再好的人在一起也难免发生摩擦，脾气变坏。这是一条自然规律。然而——说起来真令人高兴，这些患难伙伴却能始终团结一致，忠心热忱，随时准备为别人牺牲。

2月25日，一条河挡住了他们的去路，从帕噶乃尔的地图上看，这应该是怀卡里河。大家涉水过了河。

接下来的两天里，他们穿过一片接一片连绵不断、杂树丛生的莽原。陶波湖到海岸之间的路程，他们已走了一半，没有遇到什么麻烦，只有疲劳。

这时，出现了无边无际的大森林，使人想起了澳大利亚的丛林，只不过这儿的树是贝壳杉，不是桉树。虽然，旅行四个月以来，他们已欣赏过太多奇妙的事物，兴致有所减弱，但是看到这些完全可以与黎巴嫩的雪松和加利福尼亚的巨杉相媲美的贝壳杉，格雷那万和伙伴还是禁不住赞叹不已。这些贝壳杉在植物学上称为"缎纹冷杉"，树的主干可达一百英尺高，然后才开始分出枝杈。这种树总是三棵一丛，五棵一簇，所以树林不是由一棵一棵的树组成，而是由不计其数的树群组成。每个树群在两百英尺的高空中伸展开它们的枝叶，如同一把巨大的绿伞。

这些杉树中，有的还比较年轻，才一百多年的树龄，它们很像欧洲一些地区的红杉，长着圆锥形的深色树冠；有的树龄已很高，有五六百年了，它们的树冠像奇大无比的帐篷，由繁茂错综的枝杈组成。它们称得上是新西兰森林里的元老，树干的围圆可达五十英尺，格雷那万小队的所有人手拉着手也围不过来。

小队在这些巨大的树冠底下走了三天，脚下的泥土是黏土，还未被人踩过，这一点，可以从堆积在树根周围的一团一团松脂看出来。如果作为新西兰的物产出口，这些松脂足够出口很多年。

打猎的人看到成群成群的几维鸟，而这在毛利人居住的地区却十分罕见。在那里，这些稀奇古怪的鸟被狗追逐得无处藏身，就躲进了人迹不到的森林里。现在，它们为旅行者提供了丰盛而又有益健康的食品。

帕噶乃尔远远瞥见，茂密的树丛里有一对硕大的禽鸟，这唤醒了他身上博物学家的本能。他招呼伙伴去看。于是，少校、罗伯特和他不顾疲劳，奔跑着追赶那两只大鸟。地理学家强烈的好奇心是可以理解的，因为他认出，或者自以为认出，这种鸟就是新西兰特有的无翼巨鸟，属于恐鸟类，有些学者把它列入已灭绝的动物品种。而霍斯泰特和另一些旅行家却认为，这种无翼巨鸟在新西兰还存在。帕噶乃尔的发现证实了这一观点。

帕噶乃尔追赶的大鸟，和大懒兽、翼手龙是同一时期在地球上出现的动物。它大概有十八英尺高，可以说是超级大鸵鸟，但是胆子很小，逃得奇快，逃跑时子弹也拦不住它们！猎人们追了几分钟，没追到，无翼鸟躲在大树后面不见了，猎人白跑了许多路，还白白浪费了子弹。

3月1日那天晚上，格雷那万和伙伴终于把大片贝壳杉林抛在了身后，来到伊基兰吉山脚下宿营。五千五百英尺高的伊基兰吉山峰插入云霄。从芒阿那姆山起，旅行者们已走了一百英里，离海岸还有三十英里。曼格斯本来希望用十天穿越这个地区，他当时不知道这条路上会有这么多困难。

确实，由于路途曲折，障碍多，测量不准确，他们多走了五分之一的路。旅行者到达伊基兰吉山时，已累得精疲力竭。然而，到海岸还有足足两天的路程，而且，从现在开始，他们又重新需要高度警惕，因为他们又走入了一个土著人常到的地带。

大家都努力克服疲劳，第二天天一亮，小队又出发了。

他们把伊基兰吉山抛在了右边，左边耸立着三千七百英尺高的哈迪山，两座大山之间的路愈来愈难走。那里伸展着十英里长满"泡林藤"的莽原。这是一种柔韧的藤，人们称之为"绞死藤"很是恰当。每走一步，手臂和腿就被藤缠住。这藤完全像蛇一样，能用它弯弯绕绕的枝条捆住你的身子。小队在这片莽原上走了两天，两天里必须一面走，一面用斧子与这些"多头蛇"搏斗才能前进。帕噶乃尔真想把这种缠住人不放的讨厌植物归入植物形动物类。

在这里，打猎是不可能的。所以猎人们拿不出任何野味贡献给大伙。干粮就要吃完，却没有东西可以补充；外加找不到水，由于累而更加渴的旅行者们干渴难忍。

格雷那万和伙伴经受着极大的苦难。他们第一次感到精神上快要支持不住了。

最后，他们已经不是在走，而是拖着两腿往前挪；肚子里空空的，脑子里什么也不想，只剩下活下去的本能。终于，他们到了太平洋边上的洛丹角。

在这里，他们看到几座没有人住的棚屋，是不久前被战争破坏的一个村庄的残余，到处是没有人管的田地，到处是抢劫和火烧的痕迹。在这里，命运将为不幸的旅行者安排又一次可怕的考验。

他们正沿着海岸游荡，忽然，在离海岸大约一英里的地方出现了一小队土著人，这些人挥舞着武器向他们冲过来。格雷那万已退到海边，无法逃走；他正聚集起最后的力气，准备战斗，突然听见曼格斯叫起来："一条小船，一条小船！"

果然，在二十步远的地方，有一条独木舟，装着六只桨，搁浅在沙滩上。只一会儿工夫，他们便把小船推下了水，大家跳上船，逃离这危险的海岸。曼格斯、少校、威尔逊和穆拉第抓起桨，格雷那万掌起舵，两位妇女、奥尔比奈特和罗伯特躺到他的旁边。

只用了十分钟，独木舟向大海划出了四分之一英里。海上风平浪静。逃亡的人一句话也不说。

约翰不想驶离海岸太远，准备下令继续沿着海岸划，忽然，他手中的桨停住不动了，原来他刚刚看到三条独木舟驶出洛丹角，其意图很明显，要来追赶他们。

"往海上划！往海上划！"他高声喊，"宁愿沉到海里！"

四个桨手飞快地把船划回到海上。半个小时内，他们一直能和追来的船保持相当的距离；然而，不幸的逃亡者已精疲力竭，不久便体力不济，慢了下来，而那三条独木舟却明显赶上来，离他们只有不到两英里了。船上的土著人已端起长枪，准备开火，看来，要躲开土著人的攻击是不可能的了。

格雷那万这时在干什么呢？他站在船后，幻想天边出现救兵。他在期待什么？他想要什么？他是不是有什么预感？

突然，他的眼睛发亮，手指着空间的一个黑点。

"一条大船！"他叫道，"朋友们，一条大船！快划！用力划！"

四个桨手没有一个回头看那只意外出现的船，因为他们知道，划桨一拍都不能慢。只有帕噶乃尔站起来，把他的望远镜对着格雷那万指的那个黑点。

"是的，"他说，"是一艘船，一艘汽船！它在全速前进！它在向我们开过来！伙计们，加油！"

逃亡的人再次使出浑身的力气，在半个小时内和后面的追船保持着距离。桨手快速划，小船行如飞。那艘蒸汽船变得愈来愈清晰了。已经能辨得出两根没有张帆的桅杆和大股大股的黑烟。格雷那万把舵盘交给罗伯特，抓起地理学家的望远镜，目不转睛地看着蒸汽船的每个动向。

可是，当曼格斯和伙伴看见爵士的脸抽搐起来，脸色发白，望远镜从他手上掉下来，他们该怎么想呢？一句话便解释了爵士绝望的原因："'邓肯号'！"格雷那万惊叫道，"'邓肯号'和那些逃犯！"

"'邓肯号'！"约翰也叫起来，一面丢下手中的桨，立刻站起身。

"是的！前后都是死路！"急得走投无路的格雷那万低声说。

确实，那是"邓肯号"，大家不会看错，"邓肯号"和那帮强盗船员！少校忍不住朝天咒骂了一句。太受不了了！

这时，他们听任独木舟自己走。往哪儿划？往哪儿逃？在土著人和海盗之间能做什么选择呢？

离他们最近的一只木筏上的土著人开了一枪，子弹打中了威尔逊的桨。他们只得往"邓肯号"那边划几下。

游艇开足马力，离他们只有半英里了。四面受阻，约翰不知道该怎么走，往哪儿逃。两个可怜的女人，失魂落魄，跪在船上祈祷。

土著人连续射击，子弹像雨点落在小船四周。这时，响起猛烈的爆炸声，游艇上射出的一颗炮弹从逃亡者的头上飞过。逃亡者腹背受击，夹在"邓肯号"和土著人的小船之间一动不动。

曼格斯急疯了，抓起斧头，正要凿船，让小船载着他和不幸的伙伴一起沉入海底，忽然听到罗伯特一声喊叫，他停住了。

"奥斯汀！奥斯汀！"孩子叫道，"他在船上！我看见他了！他认出我们了！他在挥帽子！"

约翰手中的斧子悬在空中，没有砍下来。

又一发炮弹从他们头上呼啸而过，把三条独木舟中离他们最近的那条炸成了两段；"邓肯号"上响起一片欢呼声。土著人吓得惊慌失措，急忙逃跑，划回海岸。

"快来救我们！快来救我们，汤姆！"曼格斯响亮地叫道。

一转眼工夫，十个逃亡者已平安地上了"邓肯号"，他们甚至不明白是怎么上船的。

第十七章　"邓肯号"为何在新西兰的东海岸巡航

当格雷那万和朋友们耳边响起古老的苏格兰歌曲时，他们的感受是无法用语言描绘的。大家一起抱头痛哭。这是快乐、狂喜的眼泪。地理学家高兴得忘乎所以了，他又蹦又跳。

但是，船员看见格雷那万和伙伴衣服破烂，脸色憔悴，带着受过可怕苦难的印记，便都停止了欢笑。三个月前，这些勇敢、出色的旅行家，满怀希望去寻找遇上海难的人，而现在他们回到船上时却苍白、消瘦得像幽灵。

"邓肯号"为什么会在新西兰的东海岸航行呢？怎么没有落到本·乔伊斯的手里呢？是什么神奇的命运把它带到逃亡者经过的路上呢？

"那些逃犯呢？"格雷那万问，"你怎么对付那些逃犯的？"

"逃犯？"奥斯汀问，那语气好像是一点不懂他的问题。

"是呀！就是那些抢了游船的该死的逃犯？"

"什么游船？"奥斯汀问，"爵士阁下的这条游船吗？"

"当然啦！汤姆！'邓肯号'，还有到'邓肯号'上来的那个本·乔伊斯？"

"我根本不认识本·乔伊斯，从来没见过这个人。"奥斯汀说。

"从来没见过他？"格雷那万叫道。老水手的回答使他惊呆了。"那么，汤姆，你能不能告诉我，为什么'邓肯号'这个时候会在新西兰的东海岸巡航呢？"

格雷那万夫人、格兰特小姐、帕噶乃尔、少校、罗伯特、曼格斯、奥尔比奈特、穆拉第、威尔逊不明白老水手为什么对格雷那万的问题感到莫名其妙，当他们听到老水手平静的回答时就更吃惊了。

"'邓肯号'在这一带巡航是奉阁下的命令呀。"

"奉我的命令？"格雷那万惊讶地说。

"是的，爵士阁下。我是完全按照您在 1 月 14 日的信中签发的命令办事的。"

"我的信！我的信！"格雷那万又惊呼道。

这时，十个旅行者围着奥斯汀，每个人的眼睛都盯着他。这么说，在斯诺威江写的信，"邓肯号"收到了？

"来，我们把事情解释清楚，我真以为在做梦呢。"格雷那万说，"你收到过一封信，汤姆？"

"是的，是阁下您的信。"

"在墨尔本收到的？"

"是的，在墨尔本，在我快要修好'邓肯号'的时候。"

"那封信呢？"

"信不是您亲笔写的，但是有您的签名，爵士。"

"正是这样。我的信是由一个叫本·乔伊斯的逃犯捎给你的。"

"不，是一个名叫艾尔顿的水手，'布里塔尼亚号'的下士。"

"是的！艾尔顿和本·乔伊斯是同一个人。那么，信里说什么了？"

"命令我立刻离开墨尔本，到东海岸来……"

"澳大利亚的东海岸？"格雷那万问，语气那么激烈，问得老水手有点茫然不知所措。

"澳大利亚东海岸！"汤姆瞪大眼睛重复了一下，"不，不，是新西兰的东海岸！"

"是澳大利亚的东海岸！汤姆！澳大利亚！"格雷那万的伙伴异口同声地说。

这时，奥斯汀好像一阵晕眩。格雷那万说得那么肯定，以致他害怕真是自己看信时看错了。他，一个忠心耿耿、办事严格的老海员，竟会出这样的差错？他脸红了，惊慌不安起来。

"别自责了，汤姆，"格雷那万夫人说，"这是天意……"

"不对，夫人，对不起，"老汤姆又说，"不对！这不可能！我没有弄错！艾尔顿也读了信，相反，是他要我到澳大利亚东海岸去！"

"艾尔顿？"格雷那万吃惊地问。

"正是他！他坚持说信上写错了，您要我到图福湾和您会合！"

"那封信还在你那儿吗，汤姆？"少校问。事情蹊跷极了。

"还在，少校先生，"奥斯汀回答，"我这就去找。"

奥斯汀跑去艉楼舱室。他不在的那一会儿，大家面面相觑，一句话不说，除了少校。少校眼睛盯着帕噶乃尔，两臂交叉在胸前说："啊呀呀，帕噶乃尔，要是那样，就得承认错得太过分了！"

"嗯？"地理学家哼了一声。他躬着背，眼镜推在脑门上，整个人像个巨大的问号。

奥斯汀回来了，手里拿着由帕噶乃尔书写、格雷那万签名的那封信。

"请阁下自己看。"老水手说。

格雷那万接过信，念道：

　　　　命令奥斯汀即刻驾"邓肯号"出海，经由三十七度纬线，驶往新西兰东海岸！……

"新西兰！"帕噶乃尔蹦起来，从格雷那万手里一把抓过信来，揉了揉两眼，把眼镜在鼻梁上架好，然后也读信。

"是新西兰！"他以一种无法描述的语调说。信从他手里滑落下来。

这时，他感到有一只手按在他的肩膀上，他直起身子，发现少校站在面前。

"好哇，我的好帕噶乃尔，"少校神情严肃地说，"还算运气，你没有把'邓肯号'派到交趾支那去！"

这句玩笑话叫可怜的地理学家完全无地自容了。游艇上的所有人一起纵声大笑起来。帕噶乃尔像疯了似的走来走去，两手捧着脑袋，狠命揪头发。他不知道自己在干什么，也不知道自己想干什么！他机械地由艉楼舷梯下到甲板上，在甲板上踉踉跄跄、漫无目的地往前走，然后又爬上艉楼。在舷梯上，他的脚给绊在一卷缆绳里，打了个趔趄。他随手抓住一根绳子。

突然发出一声惊天动地的爆炸。艉楼的炮开火了。一阵霰弹打在平静的海面上。原来，倒霉的帕噶乃尔抓的是大炮的引绳，大炮是装了炮弹的。扳机压在了雷管上，所以发生雷鸣般的爆炸。地理学家从艉楼舷梯上仰面朝天跌下去，又从舱口一直跌进船员室里，不见了。

爆炸声先引起一惊，然后是一声恐怖的大叫。大家以为发生了什么不幸。十名水手奔到中舱，把缩成一团的帕噶乃尔抬了上来。

地理学家不再说话了。

大家把他瘦长的身躯搬到艉楼甲板上。他的伙伴急得束手无策。少校在重大的关头总是扮演医生的角色。他准备脱掉帕噶乃尔的衣服，好给他包扎伤口；他的手刚碰着像是快要死的帕噶乃尔，不料，这一位像触电似的一骨碌坐起来。

"决不脱！决不脱！"他叫道，一面把破衣服往瘦骨嶙峋的身子上拉，还扣好衣扣，动作快得出奇。

"可是，帕噶乃尔……"少校说。

"不！我说不嘛！"

"必须检查一下……"

"你不能检查！"

"你可能摔断了……"少校又说。

"是的，"帕噶乃尔回答，两条长腿已经直挺挺地站立起来，"但是我弄断的东西，木匠会修好的！"

"是什么？"

"船员室的撑柱。我摔下去的时候弄断的。"

听了这句答话，大家又哄堂大笑。同时，这句答话也让可敬的帕噶乃尔的朋友们放了心，因为这说明，他在艉楼的大炮那里闯了祸却还安然无恙。

少校却想："无论如何，这个地理学家害羞得叫人奇怪！"

然而，从激动的情绪中平静下来的帕噶乃尔还必须回答一个他无法回避的问题。

"现在，帕噶乃尔，"格雷那万对他说，"你老老实实回答我。我承认，你的心不在焉反而救了我们。没有你，'邓肯号'肯定落在逃犯手里了；没有你，我们肯定再一次被毛利人抓走了！但是，看在上帝的分上，告诉我，是什么奇怪的联想，是什么荒谬的想法，使你把澳大利亚写成了新西兰呢？"

"嗨！还用说吗！"帕噶乃尔大声说，"是……"

这时他的目光移到罗伯特和玛丽身上，于是他戛然停住，然后说："有什么办法呢，亲爱的格雷那万，我是个不理智的人，一个疯

604

子，一个不可救药的人。到死都是个出名的粗心人……"

"除非剥掉你的皮。"少校接上去说。

"剥掉我的皮！"地理学家怒气冲冲地叫道，"这是个暗示吗？"

"暗示什么，帕噶乃尔？"少校用他平静的声音问。

帕噶乃尔没有回答，这件事也就没下文了。"邓肯号"出现在这里的原因已经弄清楚；旅行者们得救完全是奇迹，现在，他们只想赶快回到舒适的船舱里，赶快吃午饭。

格雷那万和曼格斯让格雷那万夫人、玛丽小姐、少校、帕噶乃尔和罗伯特回艉楼，而把奥斯汀留在身边，还有事要问他。

"现在，汤姆，"格雷那万说，"请你回答我，你当时没觉得，命令'邓肯号'开往新西兰有点奇怪吗？"

"是的，爵士，"奥斯汀回答，"我当时是很奇怪，但是，接到任何命令，我都从来不提出争论，这已经成了习惯。所以我服从了。我能不这样做吗？如果由于我没严格执行您的指令，出了事，我不成罪人了吗？如果是您，您会不照办吗，船长？"

"不会！汤姆。"曼格斯回答。

"但是，你心里怎么想的呢？"格雷那万问。

"爵爷，我当时想，为了找格兰特，应当到您命令我去的地方。我还想，由于出现新的情况，大概有一条船会把您带到新西兰，所以，我应当在新西兰的东海岸等您。再说，离开墨尔本时，我保守秘密，没说我们要去哪里，直到船开到大海上，已经看不见澳洲陆地时，船员才知道。不过，那时船上发生了一件事，让我大惑不解。"

"你说什么，汤姆？"格雷那万问。

"我是说，"奥斯汀回答，"起航的第二天，当艾尔顿知道'邓肯号'开到哪里去时……"

"艾尔顿！"格雷那万吃惊地说，"那么他现在就在船上？"

"是的，爵爷。"

"艾尔顿在这儿！"格雷那万反复说，一面看着曼格斯。

"真是天意！"年轻的船长回答。

艾尔顿的所作所为，他长期酝酿的阴谋，格雷那万受伤，穆拉第遭暗害，小队陷在斯诺威江沼泽地，行进艰难……这坏蛋过去所做的一切，像闪电似的飞快展现在两个人的眼前。现在，由于客观情况的奇妙变化，这个逃犯落在他们的手掌之中了。

"他在哪里？"格雷那万急切地问。

"在船头的一个舱房里，有人看守着。"奥斯汀回答。

"为什么把他关了起来？"

"因为艾尔顿看到游船开往新西兰，恼火极了，他想强迫我改变航向，他还威胁我，又唆使我手下的人起来造反。我明白了，这是个危险的家伙，不得不对他采取了防备措施。"

"以后呢？"

"这以后，他一直待在他的舱房里，并没有想办法跑出来。"

"很好，汤姆。"

这时，格雷那万和曼格斯被请到艉楼去。午饭已经做好，他们太需要这顿饭了。他们在军官饭厅的餐桌前坐下，缄口不谈艾尔顿的事。

但是，吃完饭后，当恢复了体力和精神的旅行者聚在甲板上时，格雷那万告诉他们，艾尔顿就在游船上。他宣布，要把这个下士水手叫出来，在大家面前审问他。

"我可以不参加审问吗？"格雷那万夫人问，"老实对你说，亲爱的爱德华，看见这个坏蛋，我会非常非常不舒服。"

"这是一次对质，海伦娜，"格雷那万爵士回答，"留下来吧，求你了。必须让本·乔伊斯面对他所有的受害人！"

听了这句话，海伦娜留下了。她和玛丽在格雷那万身边坐下。少校、帕噶乃尔、曼格斯、罗伯特、威尔逊、奥尔比奈特围坐在格雷那万四周，他们都曾被那个逃犯的奸计害得好苦。游艇上的船员虽然还不明白这一幕的重大意义，但都安静地待在那儿，一声不响。

"把艾尔顿带上来！"格雷那万说。

第十八章　是艾尔顿还是本·乔伊斯

　　艾尔顿出来了。他沉着地走过甲板，登上艉楼舷梯。他目光阴沉，牙关咬紧，两手紧紧地握成拳头。他整个人倒显得不卑也不亢。当他站在格雷那万面前时，他把两臂叉在胸前，默默地、平静地等着人家审问。

　　"艾尔顿，"格雷那万说，"你瞧，你和我们又聚在'邓肯号'上了，你曾经企图把这条船送给本·乔伊斯那伙逃犯。"

　　听了这句话，下士的嘴唇微微颤抖了一下，不动声色的脸一下子红了。不是因为愧疚而脸红，是因为失败而耻辱。他曾想当这条船的主人，却成了俘虏。

　　他并不答话。格雷那万耐心地等着。艾尔顿顽固地保持绝对的沉默。

　　"说话呀，艾尔顿，你有什么要说的吗？"格雷那万又问。

　　艾尔顿迟疑了一下，额头上堆起深深的皱纹，接着他平静地说："我没什么可说的，爵士。我太傻，让人给逮住了。您想怎么样就请便吧！"

　　水手把目光移向伸展在西边的海岸，摆出一副对周围发生的一切完全无动于衷的样子。格雷那万早就下决心要保持耐心。一个强大的动机促使他去了解神秘的艾尔顿的某些细节，尤其是涉及格兰特和"布里塔尼亚号"的事。他压住心头的愤怒，命令自己一定要冷静。

"我想，艾尔顿，"他接着说，"你不会拒绝回答我吧。首先，我该称呼你艾尔顿呢，还是本·乔伊斯呢？你到底是不是'布里塔尼亚号'上的下士水手？"

艾尔顿还是不动声色地看着海岸，对任何问题都装聋作哑。

格雷那万的眼睛开始冒火，他继续问下士水手："你能告诉我，你怎么离开了'布里塔尼亚号'，为什么到了澳大利亚吗？"

还是沉默，还是不动声色。

"你听好，艾尔顿，"格雷那万又说，"说出来对你有好处。坦白是你最后的出路，如果你态度老实，我们会考虑的。我最后问你一次，你愿意回答我的问题吗？"

艾尔顿朝格雷那万这边转过头来，直视着他的眼睛说："爵士，我没什么要回答的。应当由法庭，而不是由我来提供我有罪的证据。"

"要证据很容易！"格雷那万回答。

"容易！爵士？"艾尔顿用讥讽的口吻说，"爵士好像过于自信了。我呢，我敢肯定，法院里最有本领的法官也拿我没办法！谁能说得出我为什么来澳大利亚，既然格兰特船长不在，也没人知道了？谁能证明我是警方通缉的那个本·乔伊斯，既然我从来没落在警察手里，我的伙伴也都没给抓住？除了你，谁能指控我犯过什么罪，甚至哪怕是一桩可以指责的行为？谁能肯定我企图劫持这艘船，然后把它送给逃犯？没有一个人，您听好，没有一个人！您怀疑，可以，但是，必须有确实的证据，才能判一个人有罪，而您缺少证据。在您掌握了相反的证据之前，我还是艾尔顿，是'布里塔尼亚号'的下士水手。"

说着说着，艾尔顿激动起来，但是很快又回复到起初的冷漠状态。他大概以为他的声明会结束审问，但是格雷那万接过话头又说：

"艾尔顿，我不是预审法官。我们必须明确各自的身份、地位。我不要求你做任何对你不利的事。这是法院的职权。但是，你知道我正在寻找什么，而你的一句话可能给我提供我失掉的线索。你愿意说吗？"

艾尔顿摇摇头，表示坚决不愿开口。

"你愿意告诉我格兰特船长在哪里吗？"

"不，爵士。"艾尔顿回答。

"你愿意给我指出'布里塔尼亚号'搁浅的地点吗？"

"也不。"

"艾尔顿，"格雷那万几乎是用哀求的口吻说，"如果你知道格兰特在哪里，你至少可以告诉他可怜的子女吧？他们只等你的一句话。"

艾尔顿迟疑了片刻。他的面部抽搐了一下，低沉地说："我不能，爵士。"

接着，他好像怪自己刚才那一秒钟的软弱，又粗暴地补充说："不！我不会说的！叫人把我吊死好了，随您的便！"

"吊死！"格雷那万叫道。一股猛然冲上来的怒气占据了他。但他随即控制住自己，严肃地说："艾尔顿，这里既没有法官，也没有刽子手。到第一个停泊地，就把你交给英国当局。"

"这正是我希望的！"下士水手回敬道。

然后，他平静地回到关押他的舱房。两名水手奉命守在舱房门口，严密监视他的一举一动。

格雷那万在艾尔顿的顽固面前失败了。他还能做什么呢？当然是继续实行在埃登制订的方案，回欧洲，哪怕以后重来。因为这时，"布里塔尼亚号"的踪迹似乎已完全找不到了，对那个文件又做不出任何新的解释。在三十七度纬线的那条路上没有别的国家。"邓肯号"只好回欧洲了。

格雷那万征求了朋友们的意见后，又单独和曼格斯讨论回国的问题。约翰查看了一下货舱，煤的储备最多够维持半个月，因此，必须在最近的停泊地加燃料。

约翰向格雷那万建议，朝塔尔卡瓦诺海湾开，"邓肯号"在环球航行之前曾在那里加过燃料。这条路线比较直，正好在三十七度纬线上。游船备足燃料后，可以往南行，绕过合恩角，走大西洋的路回苏格兰。

这个方案通过了，格雷那万命令技师加大气压。半小时后，船头已朝着塔尔卡瓦诺海湾方向。这时海上风平浪静，和太平洋的名字很相符，到了晚上六点钟，新西兰的最后几座山渐渐消失在天边的热雾中。

回国的旅程开始了，对于这些勇敢的寻找格兰特的人来说，旅程是令人伤心的，因为他们没带回格兰特！所以，出发时那么意气风发、那么充满信心的船员，在回欧洲的路上却沮丧、失望。水手中没有一个为即将重见故乡而兴奋，相反，为了找到格兰特船长，他们宁愿继续与海上的危险进行长时间搏斗。

这样，迎接格雷那万回到"邓肯号"时的欢呼声，不久便被灰心丧气的沉默所代替。旅客都在舱房里，很少有人走到甲板上来。

帕噶乃尔呢，在他身上，不管是欢乐还是痛苦的感情，一向都表现得比较夸张，必要时他甚至可以编造希望，可是现在，他也变得阴郁、寡言少语。大家几乎见不到他。他那天生的健谈和法国人的活跃如今变成了沉默和沮丧，他显得比伙伴更灰心。每次格雷那万讲到重新开始寻找格兰特船长的事，他就像一个不存任何希望的人那样摇头，好像他的信心完全建立在"布里塔尼亚号"遇难者的命运上。看得出，他认为那些人已经完了，再也回不来了。

"邓肯号"上有一个人能决定这场灾难的结局，可是他始终不肯开口。这个人就是艾尔顿。毫无疑问，即便他不了解格兰特船长现状的全部，至少知道"布里塔尼亚号"出事的地点。但是，当然，格兰特一旦被找到，就会是对他很不利的一个证人，故而，艾尔顿顽固地缄口不语。这激起了大家强烈的愤怒，尤其是水手们，他们想狠狠整他一下。

格雷那万好几次又做艾尔顿的工作，但是许诺和威胁都无效。下士水手是那么固执，他的固执又是那么难以解释，以致少校最后以为，此人可能真的什么也不知道。少校的观点，帕噶乃尔也同意，而且这更加深了他个人对寻找格兰特的想法。

但是，如果艾尔顿真的什么也不知道，为什么他不老实承认呢？这对他并没有什么不利呀。他不开口，格雷那万就很难制订新方案。在澳大利亚遇见艾尔顿，从这里能得出格兰特船长在澳洲大陆的结论吗？必须尽一切努力让艾尔顿把这件事讲清楚。

海伦娜见丈夫没成功，就要求丈夫让她去和顽固的下士水手斗一斗。有些事情上，男人失败了，而女人也许能用以柔克刚的办法取得成功。有一则寓言说，暴风无法刮走旅行者身上的大衣，而和煦的阳光一照，很快让他自动把大衣脱掉，这不是同样的、永恒的道理吗？格雷那万知道妻子聪慧，便让她完全按她的想法去做。

3月5日那一天，艾尔顿被带到格雷那万夫人的舱房。玛丽也参加了这次谈话，因为姑娘的在场可能会起很大作用，格雷那万夫人不愿忽视任何成功的因素。

两个女人和"布里塔尼亚号"的下士水手关在舱房里谈了整整一个小时，但他们谈话的内容一句也没走漏出去。她们说了什么，用了什么样的理由去挖出这个逃犯心中的秘密……总之，这次审问的所有细节都秘而不宣。再说，她们离开艾尔顿的时候，也不像是成功的样子，而是显得十分灰心。

所以，当下士水手被带回他的舱房时，他所经之处，"邓肯号"上的海员都对他摆出威胁的架势。他呢，只是耸耸肩，这更激化了船员的愤怒，以致曼格斯和格雷那万不得不出来干预，才把大家的情绪控制住。

格雷那万夫人不服输。她要和这个铁石心肠的人斗到底，所以，第二天，她亲自去艾尔顿的舱房，以免下士水手从甲板上走过时激起的愤怒场面再次出现。

这个善良、温柔的苏格兰女人单独和逃犯的头子面对面待了长长两个小时。格雷那万非常焦躁不安，在艾尔顿的舱房附近踱来踱去，一会儿决定用尽一切成功的机会，一会儿又想把妻子从这场艰难的谈话中拉出来。

可是这次，当格雷那万夫人露面时，她满脸洋溢着信心。难道她已经弄到了秘密，并且感动了这个坏蛋身上残留的最后一点同情心？

少校头一个看见她，忍不住有点不相信，这是很自然的事。

但是，船员中立刻传言，"布里塔尼亚号"的下士水手在格雷那万夫人的一再请求下终于让步了。这个消息如同一次电振荡。所有的船员一下子都聚集到甲板上，即使奥斯汀吹哨子召集他们出海，他们集合的速度也不会这么快。

这时，格雷那万冲到妻子面前，问："他说了吗？"

"还没有，"格雷那万夫人回答，"不过，在我的一再请求下，艾尔顿让步了，他要求见你。"

"啊！亲爱的海伦娜，你成功了！"

"我希望是如此，爱德华。"

"你有没有做什么许诺，需要我批准？"

"只有一个许诺，就是你将运用你的所有影响，来缓和等待着他的厄运。"

"好，亲爱的海伦娜。叫艾尔顿马上来。"

海伦娜回到房间，玛丽陪着她。下士水手被带到军官餐厅，格雷那万爵士在那儿等着他。

第十九章　一笔交易

把下士水手带到格雷那万爵士面前后，看守他的人就退出去了。

"你有话要对我说吗，艾尔顿？"格雷那万问。

"是的，爵士。"下士水手回答。

"对我一个人讲？"

"是的，不过，我想，如果少校和帕噶乃尔先生也在场，就更好。"

"对谁更好？"

"对我。"

艾尔顿讲话时很平静，格雷那万定定地看了他一眼，叫人通知少校和帕噶乃尔，两个人立即应邀前来。

"说吧，我们听着呢。"两位朋友就座后，格雷那万说。

艾尔顿凝神静思了一会儿才说："爵士，按照惯例，双方订任何合同，或者做任何交易，都必须有证人在场。所以我要求帕噶乃尔先生和少校先生出席我们的谈话。因为我要向您提出的建议从本质上讲是一桩交易。"

格雷那万已经习惯了艾尔顿的行事方式，所以听他这么说毫不奇怪，尽管和这个人做交易，对他来说是件很奇怪的事。

"什么样的交易？"他问。

"是这样的，"艾尔顿回答，"您想从我这儿知道对您有用的详细情况。我呢，想从您那儿得到一些对于我是很宝贵的好处。我们双方进行交换，爵士，您说行不行？"

"你说的详细情况是什么？"帕噶乃尔问。

"不，"格雷那万纠正道，"你想得到的好处是什么？"

艾尔顿点了点头。

"我想得到的好处是这样的。"艾尔顿说，"爵士，您始终想把我交给英国当局吗？"

"是的，艾尔顿，这样做才公正。"

"我没说不公正，"下士水手心平气和地回答，"这么说，您不会同意放我了？"

格雷那万迟疑了一下，没有立刻回答一个如此直截了当的问题。也许，格兰特船长的命运就取决于他将如何回答！然而，对法律应负的责任高于一切，所以，他说："不，艾尔顿，我不能让你自由。"

"我也不求您放我。"下士水手傲慢地说。

"那么，你要什么？"

"一个中间的办法，爵士，介于等着我的绞架和您不可能给我的自由之间。"

"这个办法是……"

"把我丢在太平洋的荒岛上，给我留几件最必要的用品。我会想办法对付，我会悔过自新，如果还来得及的话。"

格雷那万没料到，艾尔顿的回答如此开诚布公，他看看他的两位朋友，这两个人都沉默不语。考虑了片刻后，他回答说："艾尔顿，如果我同意了你的要求，你会告诉我所有我需要知道的事吗？"

"是的，爵士，也就是说，所有我知道的有关格兰特船长和'布里塔尼亚号'的事。"

"全部真实情况？"

"全部。"

"可是谁能向我担保？"

"哦！我知道您担心什么，爵士，要您相信我，相信一个坏蛋的话！真是！可您说怎么办呢？形势摆在这儿。行就行，不行就算，您看着办吧。"

"我相信你，艾尔顿。"格雷那万很干脆地说。

"您相信我就对了，爵士。再说，如果我欺骗您，您今后总有办法报仇！"

"什么办法？"

"到荒岛上去抓我，我不可能从那儿逃跑。"

艾尔顿对任何问题都能有解决办法。他能预想到困难。他提供对付自己的论据，而不进行反驳。看得出，他要显出他是以无可置疑的真诚态度做这笔"交易"的。这使人不可能不完全相信他。这还不算，他还要进一步表现他的无私。

"爵士和两位先生，"他接着说，"我希望你们相信这个事实，就是，我做事正大光明。我一点不想骗你们，还要再给你们一个证据，证明我是诚心诚意做这笔交易的。我做事坦率，因为我也希望你们诚实。"

"说吧，艾尔顿。"格雷那万回答。

"爵士，我还没听到您说同意我的建议，可是我可以马上告诉您，关于格兰特，我知道得很少。"

"很少！"格雷那万叫道。

"是的，爵士，我能够告诉您的都和我自己有关，是我个人的一些事，几乎不能帮助您重新找到失掉的线索。"

格雷那万和少校脸上流露出强烈的失望。他们原以为下士水手掌握着一个重大秘密，而他却坦白承认，他能提供的情况对他们几乎没用处。帕噶乃尔倒是始终不动声色。

不管如何，艾尔顿还没得到对方的保证就这样坦白承认，这使听的人非常感动，尤其是他最后又说了下面的话："这样，我已经预先告诉您，爵士，您从这笔交易里得到的好处不会有我多。"

"没有关系，"格雷那万回答，"我接受你的提议，艾尔顿。我答应你，保证把你放在太平洋的一座岛上。"

"好，说定了，爵士。"下士水手说。

这个古怪的人对这个决定满意吗？谁都说不准。他的脸上没有一点激动的表情，好像他在替别人谈交易。

"我准备回答你们的问题。"他说。

"我们没有问题要问你，"格雷那万说，"把你知道的事告诉我们，艾尔顿，首先申报你是什么人。"

"各位先生，"艾尔顿回答，"我确实是汤姆·艾尔顿，'布里塔尼亚号'上的下士水手。1861 年 3 月 12 日，我乘格兰特的船离开了格拉斯哥。十四个月里，我们一起穿越了太平洋，想找一个位置有利的地方建立一个苏格兰移民地。格兰特是个干大事业的人，但是，我们之间常常发生重大的争执。他的性格和我不合，可我又不肯屈服；格兰特呢，一旦他做了什么决定，任何人反对都没用，爵士。这个人对自己，对别人，都像铁一样硬。但是我敢起来反对他，带领船员和我一起反对他，我还想做船上的主人。我是对还是错，咱们不去管它。反正格兰特下了决心，1862 年 4 月 8 日，他在澳大利亚海岸把我赶下了船。"

"澳大利亚的西海岸，"少校打断艾尔顿的讲述，"那么，你是在卡亚俄停泊前离开'布里塔尼亚号'的？"

"是的，我在'布里塔尼亚号'上的时候，船从来没在卡亚俄停泊过。我在奥摩尔的农场提到卡亚俄，那是因为我从你们的讲话中刚刚知道了这个细节。"

"接着讲，艾尔顿。"格雷那万说。

"就这样，我被扔在一个几乎是荒无人烟的海滩上，不过那儿离澳大利亚西部首府珀斯的监狱只有二十英里，我在海滩上游荡时，碰上一伙刚从监狱里逃出来的犯人，我就加入了他们一伙。爵士，那两年半的生活，请您别叫我讲了。您只需要知道我成了逃犯的头目，化名本·乔伊斯。1864 年 9 月，我去那个爱尔兰人的农场找工作，被收下当仆人，我恢复了真实姓名。我在那儿等待时机，劫持一条船，这是我的最高目标。两个月后，'邓肯号'来了。你们参观农场的时候，您讲了格兰特船长的整个故事，我知道了原先不知道的事：'布里塔尼亚号'在卡亚俄停泊，从 1862 年 6 月，也就是我离开船两个月后，有关'布里塔尼亚号'的消息，文件的事，船在三十七度纬线上失踪的事，还有你们为什么穿过整个澳洲大陆寻找格兰特船长。于是，我毫不迟疑，决定把'邓肯号'弄到手。因为这是一条好船，能把英国海军最好的军舰甩在后面，只不过有严重的损坏需要修理。我等船开到了墨尔本，就以下士水手的真实身份到您的船上效力，并且自愿领你们去'布里塔尼亚号'失事的地方，我编造说那地方在澳大利亚东海岸。一路上，我手下的那伙逃犯有时远远跟在后面，有时走在前面，就这样，我领你们探险队穿过了维多利亚省。我的人在康登桥犯了一桩大案，但是对我毫无用处，因为'邓肯号'一开到海岸，就逃不出我的手。有了这条船，我就是太平洋上的霸主。我把你们一直领到了斯诺威江，一点也没引起你们的怀疑。你们的马和牛陆续被我的人用胃豆草毒死。我让大车陷在斯诺威江沼泽地里。在我的要求下……后来的事您都知道了，爵士。请您相信，要不是帕噶乃尔先生

618

心不在焉，把澳大利亚写成了新西兰，我现在已经在指挥'邓肯号'了。诸位先生，这就是我的故事，可惜，我讲的这些事情并不能帮助你们找到格兰特，所以，你们看，和我做这笔交易，你们吃亏了。"

下士水手停住不说了，习惯地把两臂交叉在胸前，等着。格雷那万和两个朋友默不作声。他们感到，这个古怪的坏人刚才已讲完了全部事实。只是由于一个不受他的意愿控制的原因，他才没能占有"邓肯号"。他的同谋确实到过图福湾，格雷那万发现的那件囚犯号衣就是证明。他们遵照头目的命令，曾在那儿等"邓肯号"，最后，等得不耐烦了，他们大概在新南威尔士的农村重操旧业，干起了抢劫放火的勾当。少校第一个重新开始审问，想弄清楚和"布里塔尼亚号"有关的几个日期。

"那么，"他问，"你确实是1862年4月8日在澳大利亚西海岸下船的？"

"确实是。"艾尔顿回答。

"你知道当时格兰特有什么计划吗？"

"知道一些，不很清楚。"

"说说吧，艾尔顿，"格雷那万说，"哪怕一点蛛丝马迹也可能帮我们找到线索。"

"我能说的，只有下面这些，爵士。"下士水手回答，"格兰特船长当时想看看新西兰。但是，我在船上的那段时间，这部分计划一直没有能实行。所以，'布里塔尼亚号'离开卡亚俄后，就来考察一下新西兰陆地，也不是不可能的。这和三桅船出事后，文件上指的1862年6月27日这个日期相吻合。"

"当然。"帕噶乃尔说。

"但是，"格雷那万说，"文件上残存的字句中，没有一点符合新西兰。"

"这，我就回答不出了。"下士水手说。

"好，艾尔顿，"格雷那万说，"你答应的事，你做到了，我也要做我答应的事。下面我们要决定，把你放在太平洋的哪座岛上。"

"咳！哪座岛，无关紧要，爵士。"艾尔顿回答。

"你回到你的舱房去吧，"格雷那万说，"等着我们的决定。"

艾尔顿在两名水手的押送下，回舱房去了。

"这恶棍本来可以成为一个堂堂男子汉。"少校说。

"是的，"格雷那万回答，"这是个天性要强，又很聪明的人！为什么他的才能朝坏的方向发展了呢！"

"格兰特的事呢？"

"只怕他是永远失踪了！唉！谁能告诉那两个可怜的孩子，他们的父亲在哪里呢？"

"我！"帕噶乃尔回答，"是的，我能！"

大家可能也注意到，平时那么健谈、那么性急的地理学家，在审问艾尔顿的过程中，几乎没说话。他只听，不开口。但是，这最后的一个"我"字，足以抵一万句话。格雷那万听了，第一个跳起来。

"你！"他叫道，"你，帕噶乃尔，你知道格兰特船长在哪儿？"

"是的，别人也能和我知道得一样多。"地理学家说。

"你从谁那儿知道的？"

"还是从那份文件。"

"噢！"少校哼了一声，那语调表示很不相信。

"你先听我讲，少校，"帕噶乃尔说，"再耸肩膀。我没有早点说，因为我知道你们不会相信。而且，早说也没用。我之所以今天才决定讲，是因为艾尔顿的意见恰好证实了我的想法。"

"那么，新西兰？"格雷那万问。

"你们先听，然后下定论，"帕噶乃尔回答，"我犯了那个救了我们大家的错误，不是没有原因的，或者更准确地说，是有一个原因的。我在格雷那万口授下写那封信的时候，'新西兰'这个词总在我头脑里转。原因是这样的：你们还记得吗，那天我们坐在大车里，少校刚给格雷那万夫人讲了逃犯的事；他把那份报道康登桥案件的《澳大利亚与新西兰日报》递给了格雷那万夫人。我写信时，那张报纸掉在地上，折叠着，只露出报名的两个音节。这两个音节就是'aland'。我的头脑顿时豁然开朗！'aland'恰好是那份英文文件中的一个词，我们一直把这个词译成'登陆'，其实，这应当是地名 Zealand（新西兰）的词尾。"

"嗯！"格雷那万应了一声。

"是的，"帕噶乃尔信心十足地接着说，"我以前没有想到这个解释，你们知道为什么吗？因为我的研究当然是根据法文文件，它比较完整，但是法文文件上没有 aland 这个重要的词。"

"哦！哦！"少校说，"想象力太丰富了，帕噶乃尔，但是你好像过快地忘记了你以前的推论。"

"说下去，少校，我准备回答你。"

"那么，"少校说，"你怎么解释 austra 呢？"

"还是按起初的意思，它是指 australes（南半球地区）。"

"好。那么 indi 呢？这两个音节第一次被认为是 indiens（印度的，印第安人）的前一部分，第二次又被认为是 indigènes（土著人，土著的）的前一部分，现在你怎么解释？"

"好！我第三次，也是最后一次的解释是，它是 indigence（极度贫困，匮乏）一词的前两个音节！"帕噶乃尔回答。

"那么，contin 仍然是大陆的意思吗？"少校大声问。

"不是！因为新西兰只是座岛！"

"那么，是什么意思呢？"格雷那万问。

"亲爱的爵士，"帕噶乃尔回答，"我来按照我的第三次解释给您翻译那个文件，然后您自己去判断。我只提醒您注意两点：一、尽可能忘掉以前的解释，把您的思想从以前关注的事中解脱出来；二、某些段落会让您觉得'牵强'，而且我可能翻译不好，但是它们无关紧要，比如 agonie（临终挣扎，垂危）这个词，我就觉得很别扭，但又无法做别的解释。再说，我的解释是根据法文文件，请别忘记，这法文文件是一个英国人写的，他可能不熟悉法语中的习语。这几点说清楚以后，我现在开始翻译。"

帕噶乃尔读出下面的文字，他把每个音节都发得很慢、很清楚：

"1862 年 6 月 27 日，从格拉斯哥起航的三桅帆船'布里塔尼亚号'，经过长时间挣扎后在南半球海域的新西兰海岸沉没。两名水手及格兰特船长上了岸。在那里，他们一直受极度贫困的折磨，故在经度……纬度 37°11′ 处将此文件投入海中。请速来救援，否则他们必死无疑。"

帕噶乃尔停住了。他的解读是可以接受的。但是正因为和前两次的解读同样可信，所以也可能同样是错的。格雷那万和少校不想提出异议。不过，既然在巴塔哥尼亚海岸和澳大利亚海岸，三十七度纬线经过的地方都没有"布里塔尼亚号"的踪迹，那么，就有可能是在新西兰海岸。帕噶乃尔的这个看法使他的两个朋友特别震惊。

"现在，帕噶乃尔，"格雷那万说，"你能不能告诉我，为什么两个月来，你一直将这第三个解释秘而不宣？"

"因为我不想再一次让你们产生空虚的希望。何况，我们在往奥克兰走，奥克兰正好在文件中指明的三十七度纬线上。"

"可是，后来，我们被带着离开了这条路线的时候，你为什么不讲话呢？"

"因为不管这个解释多正确，也无助于救出格兰特船长。"

"那是为什么呢，帕噶乃尔？"

"因为既然格兰特船长在新西兰海岸失事这个假设被肯定，既然时间已过去了两年，而他没出现，这就意味着他已经在海难中丧命，或者死在新西兰人手里了。"

"那么，你的看法是……"格雷那万问。

"我的看法是，我们也许能找到那次海难的遗迹，但是'布里塔尼亚号'上的人已经彻底失踪，再也回不来了！"

"这一切千万别说出去，朋友们，"格雷那万说，"让我选择一个合适的时候，把这个伤心的消息告诉格兰特船长的两个孩子。"

第二十章　夜间呼声

　　船员很快得知，并没能从艾尔顿的口供中弄清格兰特船长扑朔迷离的情况。船上一片灰心失望的情绪，因为本来大家都把最后的希望寄托在这个下士水手身上。

　　于是，游船按原定的路线航行。余下的事就是选择一座岛，把艾尔顿送到那座岛上。

　　帕噶乃尔和曼格斯查了地图。正好，在三十七度纬线上有一座孤岛，地图上标的名字是：玛丽亚-泰雷莎。实际上，那不过是茫茫太平洋中间的一大块岩石，它离美洲海岸三千五百海里，距新西兰一千五百海里。北边，离它最近的陆地是法国领地波莫图群岛。南边，直到南极那长年不化的大浮冰，中间除了一片汪洋，什么也没有。没有一条船来考察这个孤岛，世界上的任何消息都传不到这里。只有海鸥在长途飞行中停在这儿歇息。很多地图甚至不标出这块被太平洋的浪头冲击的岩石。

　　如果世界上真有与世隔绝的地方，那就是这个人迹不到的小岛。他们把岛的位置告诉了艾尔顿。艾尔顿同意远离他的同类在那座岛上生活。于是，船头朝向玛丽亚-泰雷莎。这时，船的轴线、小岛和塔尔卡瓦诺海湾正好处在一条笔直的线上。

两天后，下午两点左右，值班的水手报告说天边出现一块陆地。那就是玛丽亚-泰雷莎，形状是长长的一条，地势很低，勉强露出水面，远远望去如同一条巨鲸。它离游船还有三十海里。"邓肯号"劈波斩浪，以十六节的速度向小岛开去。

渐渐地，岛的轮廓在天边更清楚了。西沉的太阳用明亮的余晖衬托出它奇形怪状的剪影。这儿、那儿，有几座不高的山峰兀立在阳光中。

五点钟，曼格斯似乎看到岛上有一股淡淡的烟升上天空。

"是不是一座火山？"他问帕噶乃尔。地理学家正对着望远镜观察这片新的陆地。

"我也说不清，"地理学家说，"玛丽亚-泰雷莎是个不太有人知道的地方。不过，如果它起源于某次海底岩浆爆发，因而是火山型的，那也不足为怪。"

"那么，"格雷那万说，"既然它是由于火山爆发形成的，只怕它也可能在某次火山爆发中消失，不是吗？"

"这不大可能，"帕噶乃尔回答，"地球上有这座岛已经好几百年了，这个事实可以说是一种担保。当初，朱利亚岛从地中海里浮出来，在海水外面没逗留多久，几个月后就消失了。"

"好，"格雷那万说，"约翰，你认为天黑前我们能在岛上登陆吗？"

"不能，爵士。我不能让'邓肯号'在黑暗中冒险靠岸，而且是我不熟悉的海岸。我打算降低气压，慢慢航行，和风向保持很小的角度。明天天一亮，我们派一只小艇上岸。"

晚上八点钟，玛丽亚-泰雷莎岛离船虽然只有五海里，但是，看上去如同一长条黑影，勉强看得见。"邓肯号"还在慢慢靠近它。

九点，黑暗中亮起一团相当强的光，一团火光，这团火光一直亮着，而且不移动。

"瞧，这就证实了岛上有火山。"帕噶乃尔说，一面专注地观察着。

"可是，"曼格斯回答，"如果是火山，在这个距离上，我们应当能听到火山爆发时总会有的轰隆声。而现在，东风没吹来任何声响。"

"确实，"帕噶乃尔说，"这座火山只发光，不出声。而且，这火光似乎是间歇性的，像闪光灯塔。"

"您说得对，"曼格斯又说，"可是这带海岸并没有灯塔，啊！"他突然叫道，"又有一团火！这次是在海滩上！您看，火光在晃动！在变换位置！"

约翰没看错。又有一团火光出现了，它好像有时熄灭，然后又很快重新燃起来。

"难道岛上有人住？"格雷那万说。

"那就一定是野人。"帕噶乃尔回答。

"可是，这一来，我们就不能把下士水手丢在这座岛上了。"

"当然不能，"少校说，"即使是给野人送礼，这礼物也太坏了。"

"我们另外找一座荒岛。"格雷那万说，他对少校的"体贴"忍不住要笑，"我答应保住艾尔顿的性命，我要说到做到。"

"不管如何，我们要提防，"帕噶乃尔又说，"新西兰人有一个野蛮习俗，就是用移动的火光欺骗海上的船只。玛丽亚-泰雷莎岛上的人可能也知道这个做法。"

"转舵一个向位格。"曼格斯对掌舵的水手喊道，"明天，太阳一出来，我们就知道是怎么回事了。"

十一点钟，乘客们和曼格斯都回到舱房。航向值班水手在船头甲板上走来走去，船尾只有掌舵的人留在岗位上。

这时，玛丽和罗伯特登上了艉楼。格兰特船长的这一双儿女伏在栏杆上，忧伤地看着波光闪闪的海水和"邓肯号"的航迹。玛丽想着罗伯特的前途；罗伯特想着姐姐的未来。同时两个人都在想着他们的父亲。他们亲爱的父亲还活着吗？难道只能放弃吗？不，不能。没有父亲，生活会成什么样？没有父亲，他们今后怎么办？他们又想，要是没有格雷那万爵士和格雷那万夫人的帮助，他们早不知怎么样了。

男孩在噩运中已变得成熟了，他猜得到姐姐在想什么，于是握住姐姐的手说："玛丽，千万不能绝望。还记得父亲怎么教导我们的吗？他说，世界上，有了勇气就有了一切。所以，我们要有勇气，一种不屈不挠的勇气，这种勇气使我们的父亲能超越一切。在这以前，都是你为我工作，姐姐，从今以后我也要为你工作。"

"亲爱的罗伯特！"姑娘回答。

"我必须告诉你一件事，"罗伯特又说，"你不会生气吧，玛丽？"

"我为什么要生气呢，我的孩子？"

"你会让我干的，对吗？"

"你指什么？"玛丽有些担心地问。

"姐姐！我要当海员……"

"你要离开我？"姑娘叫道，一面紧紧握住弟弟的手。

"是的，姐姐！我要当海员，像父亲一样，像约翰船长一样！玛丽，亲爱的玛丽！约翰船长，他可没有完全绝望！你要像我一样相信他的忠诚！他答应我了，要把我培养成一名优秀的海员，一名伟大的海员！在这以前，他将和我一起找我们的父亲！姐姐，说，你愿意！我们的父亲会为我们做的一切，我们——至少是我——也有责任为他做！我的生活有一个目的，我完全为这个目的而生活，那就是寻找，一直寻找我们的父亲。只要他活着，他决不会抛下我们两人中的任何一个！亲爱的玛丽，他是个多好的人哪，我们的父亲！"

"而且那么高尚，那么侠义！"玛丽说，"你知道吗，罗伯特，他已经是我们国家的荣耀。要不是噩运阻挡了他的前程，他会是我们国家的伟大人物之一。"

"我当然知道!"罗伯特说。

玛丽把弟弟搂在胸口。男孩感觉到有泪水滴在他额头上。

"玛丽!玛丽!"他大声说,"不管我们的朋友说或者不说,我还存着希望,我一直会存着希望!像我们父亲那样的人,在完成任务之前是不会死的!"

玛丽说不出话,抽泣哽住了她的喉咙。为了找到格兰特,大家还将再次努力;年轻的船长约翰无限忠诚,想到这些,她心里真有千种感情,万种滋味。

"约翰先生还抱希望吗?"她问。

"是的,"罗伯特答道,"他像兄长,永远不会丢下我们不管。我会当海员,是吗,姐姐?当海员,为了和约翰一起找我们的父亲!你愿意吗?"

"怎么不愿意!"玛丽答道,"但是,要我们分开!"姑娘轻轻说。

"你不会孤单的,玛丽。我知道!我的朋友约翰对我说了。格雷那万夫人不会让你离开她的。你是个女人,你可以、也应该接受她的好意。不接受倒是忘恩负义了!可我是个男人;父亲对我说过无数次,男人应当创造自己的命运。"

"可我们怎么处理邓迪的房子,那座亲爱的、充满回忆的房子呢?"

"我们要保留它,小姐姐!我们的朋友约翰和格雷那万爵士已经安排好一切了,安排得很好!爵士将把你当女儿,留在玛尔科姆庄园!爵士告诉过我的朋友约翰,我的朋友约翰又告诉了我!你在那儿会像在家里一样,能找到人和你谈谈我们的父亲,一面等着我和约翰把父亲找回来!那将是多美好的一天呀!"罗伯特大声说,他兴奋得容光焕发。

"亲爱的弟弟，我的孩子，"玛丽回答说，"要是父亲能听见你的话，他会多幸福啊！你真像他，罗伯特，像我们亲爱的父亲！等你长大成人，一定和他一模一样！"

"愿上帝听见你的话，玛丽。"一种圣洁的、做子女的自豪使罗伯特的脸红了。

"可是，我们怎么还得清格雷那万爵士和夫人对我们的恩德呢？"

"噢，不难的！"罗伯特满怀年轻人的自信心大声说，"我会爱他们，尊敬他们，并且告诉他们我爱他们，尊敬他们。我会紧紧拥抱他们。然后，一旦有机会，我就为他们献出生命！"

"相反，你应当为他们活下去！"姑娘大声说，一面在弟弟的额头上盖满了吻，"他们更愿意你为他们好好活着，我也是！"

然后，格兰特船长的两个孩子，在茫茫黑夜里互相对望着，沉入难以描述的遐思。不过，他们还在思想上交谈，还在询问对方，回答对方。平静的海面上，轻轻晃动着长长的波浪，"邓肯号"的螺旋桨在黑暗中搅起闪亮的水涡。这时，发生了一件奇怪的、真正不可思议的事。也许是一种神秘的磁力把两颗心灵联系在一起，姐弟两人在同一时刻产生了同样的幻觉。玛丽和罗伯特似乎觉得，从时明时暗的海浪中响起一个人的声音，一直传到他们的耳鼓，那声音深沉而悲怆，使他们的心弦颤动。

"快来救我！快来救我！"那声音喊道。

"玛丽，"罗伯特说，"你听见了吗？你听见了吗？"

两人一下子挺直了伏在栏杆上的身子，然后俯身察看黑夜里的大海。

但是，除了伸展在他们面前的无边无际的黑暗，他们什么也看不见。

"罗伯特，"激动得脸色煞白的玛丽说，"我好像……是的，和你一样，我也好像……我们两个都在发烧吧，罗伯特！……"

但是，又一声呼唤传到他们耳中，这次幻觉是如此清晰，以致两人同时叫起来："父亲！父亲！……"

玛丽受不住了，她太激动了，一下子晕倒在弟弟的臂弯里。

"救命！"罗伯特喊，"救我姐姐！救我父亲！救命！"

掌舵的水手奔过来扶起玛丽。航向岗的值班水手也跑来了。接着，曼格斯、格雷那万夫人、格雷那万都一下子惊醒了。

"我姐姐要死了，我们的父亲在那里！"罗伯特喊道，一面指着海浪。大家听了他的话都莫名其妙。

"是的，"他重复说，"我父亲在那里！我听见我父亲的声音了！玛丽也听见了！"

这时，苏醒过来的玛丽神情迷惘，失去理智似的也叫着："我父亲！我父亲在那里！"

不幸的姑娘站起来，从栏杆上俯下身子，想冲到海里。

"爵士！格雷那万夫人！"她合起手掌一遍又一遍地喊，"我跟你们说，我父亲在那里！我向你们保证，我听见他的声音从海里传来，好像一声悲叹，好像在道永别！"

说着，可怜的孩子浑身又是一阵抽搐和痉挛。她挣扎着，大家不得不把她抬到她的舱房里，格雷那万夫人也跟了进去，好照顾她，罗伯特则一直在重复说："我父亲！我父亲在那里！我敢肯定，爵士！"

目击这悲痛场面的人最后明白了，格兰特船长的两个孩子是受了幻觉的捉弄。但是，他们被幻觉蒙蔽得这么厉害，怎么才能使他们的理智清醒过来呢？

格雷那万还是想试一试。他搀着罗伯特的手说："你听见你父亲的声音了，亲爱的孩子？"

"是的，爵士，在那里，在海浪中间！他喊：'快来救我！快来救我！'"

"你听出是他的声音了？"

"我怎么会听不出他的声音呢，爵士！是的！是的！是他的声音，我向您发誓！我姐姐也听见了，她也听出是父亲的声音！您想，怎么可能我们两个人都听错了呢？爵士，我们去救我的父亲！派一只小艇，派一只小艇！"

格雷那万明白了，他不可能让这可怜的孩子清醒过来。

不过他还想最后再试一次，他叫来掌舵的水手。

"霍金斯，"他问水手，"格兰特小姐受到奇怪的打击时，你在舵位上吗？"

"在，爵士阁下。"霍金斯回答。

"而你什么也没看见，什么也没听见？"

"没有。"

"你看，罗伯特。"

"如果是霍金斯的父亲，"男孩执拗地回答，"他就不会说他什么也没听见了。可那是我的父亲，爵士！我的父亲！我的父亲！……"

罗伯特一声抽噎，说不出话了，他脸色煞白，张着口，出不来声音，然后失去了知觉。格雷那万叫人把孩子抬到他床上，孩子因过度激动，精疲力竭，一下子睡着了。

"两个可怜的孤儿！"曼格斯说，"上帝在让他们受严酷的考验！"

"是的，"格雷那万应道，"可能是过度的悲伤使姐弟俩同时产生了这样的幻觉。"

"两个人同时！"帕噶乃尔喃喃道，"真是怪事！科学不会接受这种解释。"

他从栏杆上向大海俯下身子，做了个手势叫大家别说话，侧耳细听。四下里一片寂静。帕噶乃尔扯开嗓子大叫一声，没听到任何回应。

"真是怪事！"地理学家又说了一遍，一面回舱房去，"思想和悲痛的一致不足以解释这个现象。"

第二天是 3 月 8 日。早晨五点，天刚亮，乘客们已经聚集在甲板上，玛丽和罗伯特也在他们中间，因为实在无法叫他们留在船舱里。每个人都想好好察看一下这块前一天只是隐约瞥见的陆地。

所有的望远镜都贪婪地对着岛上主要的几个地方。游船在离岸一海里处，沿着小岛的海岸慢慢航行。人们可以看见岛上细小的东西。突然，罗伯特发出一声叫喊。他说看见两个人在跑，在挥舞手臂，还有一个人摇着一面小旗。

"英国国旗！"手拿望远镜的曼格斯叫道。

"不错！是英国国旗！"帕噶乃尔很快转身向罗伯特喊道。

"爵士，"罗伯特激动得发抖，说，"爵士，如果您不想让我游水过去，就请您放一条小艇。啊！爵士，我跪下来求您让我第一个上岸！"

船上没有一个人敢讲话。什么！位于三十七度纬线的这个小岛上竟有三个人！三个海难中幸存的人！三个英国人！于是，每个人都回想起昨天夜里的事，想到玛丽和罗伯特夜间听到的呼声……两个孩子可能只在一点上弄错了：他们有可能听到了一个声音，但是，这个声音能是他们的父亲的声音吗？唉！不可能。一千个不可能。想到一个残酷的失望正等着两个孩子，每个人都担心他们的身心承受不住这又一次的痛苦。可是怎么能拦住他们呢？格雷那万没有这份勇气。

"上小艇！"他大声说。

只一会儿工夫，小艇放下了水。格兰特船长的两个孩子、格雷那万、曼格斯、帕噶乃尔冲上小艇，十个水手奋力游，在他们的推动下，小艇很快离开了游船。

离岸边还有二十米左右时，玛丽发出一声撕心裂肺的喊叫：

632

"父亲！"

岸上站着一个男人，另外还有两个人在他的左右，他的身材高大魁伟，面容既和蔼又果敢，在玛丽和罗伯特的脸上都能看到他的五官的特征。这个人确实和两个孩子曾经多次描绘的一样。孩子们的心灵感应没有错，这的确是他们的父亲，这的确是格兰特船长！

格兰特船长听见了玛丽的喊声，他张开双臂，像遭了雷击一样，倒在沙地上。

第二十一章　塔博尔岛

　　人不会因为快乐而死。人们还没有来得及把他们抬到船上，格兰特船长和他的两个孩子已经苏醒过来了。怎么才能描绘出那狂喜的场面呢？语言是不够的。看见三个人无言地紧紧拥抱在一起，船上的人都哭了。格兰特走上甲板时，单膝跪了下来。对于这个虔诚的苏格兰人，甲板意味着祖国的土地，所以在踏上甲板时，他首先要感谢解救了他的上帝。

　　随后，他转向格雷那万夫人、格雷那万爵士以及他的伙伴，用激动得变了调的声音向他们致谢。刚才，乘着游船绕小岛一圈时，他的孩子们已用几句话简要地向他讲述了"邓肯号"的经历。

　　他欠了格雷那万爵士、格雷那万夫人和他们的伙伴多少情啊！从爵士到最低微的水手，所有的人不是都曾为他而历尽艰险、备受苦难吗？格兰特向他们表达了洋溢在他心中的感恩之情，语言是那么朴素而又高贵，他坚毅的脸上闪着那么纯洁而又温柔的感情，船员都感到自己得到了最好的报偿，而且这报偿超过了他们所受的苦难。一向不动声色的少校眼睛湿润了，他控制不住自己的眼泪。可敬的地理学家哭得像个孩子。

格兰特怎么也看不够自己的女儿，觉得她那么美丽！那么可爱！他高声把自己的感觉告诉她，还让格雷那万夫人证实他的感觉是对的，好像为了表明，不是他的父爱蒙蔽了他的眼睛。然后他又转向儿子。

"他长大了好多！他是个男子汉了！"他陶醉地赞叹道。

同时，他恨不得把两年半来聚积在他心里的吻，一下子全给他的两个亲爱的孩子。

罗伯特把朋友一一介绍给父亲，并且设法变换介绍时的表达方式，虽然关于每个朋友，他要说的是同样的话：父亲不在时，所有的人对他和玛丽都好得无以复加。当他介绍到曼格斯的时候，年轻的船长像姑娘一样脸红了，回答玛丽父亲的问题时，声音有些发抖。

格雷那万夫人于是和格兰特船长讲了一路上经历的事，使船长很为儿子和女儿骄傲。格兰特知道了小英雄的功绩，也知道了他欠格雷那万的那份情，儿子已替他报答了一部分。接着，曼格斯谈玛丽一路上的表现。他的言辞那么地充满感情，已经从格雷那万夫人的几句话中明白了一点情况的格兰特，把女儿的手放在年轻船长有力的大手中，转身对格雷那万爵士和夫人说："爵士，还有您，夫人，让我们为这两个孩子祝福吧！"

当所有这些话说了一遍又一遍以后，格雷那万就把有关艾尔顿的事告诉了格兰特船长。格兰特证实了下士水手坦白的关于在澳大利亚海岸被他赶下船的事，又补充说："这个人聪明、胆大，是贪欲把他引上了歧途。但愿他能反省、悔悟，重新学好！"

但是，在把艾尔顿送上玛丽亚-泰雷莎岛以前，格兰特船长想先在他的荒岛上略尽地主之谊，请他的新朋友参观小木屋，并且坐在太平洋的鲁滨孙的桌子前面吃一顿饭。格雷那万和伙伴高兴地接受了。罗伯特和玛丽迫不及待地想看看父亲曾在那儿含着眼泪想念他们的地方。

小艇武装好之后，格兰特和两个孩子、格雷那万爵士和夫人、少校、曼格斯和帕噶乃尔不久便到了岛上。几个小时就足够把格兰特的领地走个遍。这座岛其实是一座海下山脉的山峰，一个平台，到处是玄武岩和火山爆发后的碎片。在地球的地质形成期，这座山在地下火的作用下，从太平洋的深处冒了出来，但是近几百年以来，火山变成了一座安静的山，火山口也堵塞了，岩浆成了一座小岛。后来形成了腐殖土；植物占领了这块新的陆地；过往的捕鲸船在岛上放了几头山羊和猪等家畜，这些动物在野生状态下繁殖起来。从此，这太平洋中的小岛上，大自然的矿物、植物、动物三界都齐全了。

　　"布里塔尼亚号"上的遇险者在岛上栖身后，人类的手开始调整大自然的成果。在两年半的时间里，格兰特船长和两名水手使小岛变了样。他们精心耕种的好几英亩地，已产出品质优良的蔬菜。

　　客人们来到木屋，屋子造在绿油油的桉树荫底下，窗前，壮美的海洋在阳光下闪闪发光。格兰特叫人在高大的桉树下摆了桌子。大家在桌前就座。一只小山羊腿、一点大柄苹做的面包、几碗羊奶、两三棵野菊苣、几杯清纯的山泉水，是这顿简餐的主要食品，却能和阿尔卡底山区牧羊人的饭食相媲美。

　　帕噶乃尔高兴极了。他脑子里不由得又想起鲁滨孙的故事。

　　"那个无赖艾尔顿，他的处境不错！"他兴高采烈地大声说，"这个小岛简直是天堂嘛！"

　　"是的，"格兰特回答，"是上帝赐给三个遇险海员的天堂！可是很遗憾，玛丽亚-泰雷莎不够大，不够富饶，没有河，只有一条小溪，也没有波浪扑击的海湾做港口。"

　　"为什么遗憾呢，船长？"格雷那万问。

　　"因为我建不了苏格兰的移民地。"

　　"啊！格兰特船长，"格雷那万说，"您还没有放弃这个想法吗？

这想法曾经使您在我们古老的苏格兰那么出名呢！"

"不，没有放弃，爵士。上帝通过您的手救了我，就是为了让我能实现这个想法。必须让我们古老的喀里多尼亚的可怜弟兄们，让所有受苦的人有一块新陆地，在那儿不受穷困之苦！必须让我们亲爱的祖国在这带海域有一个属于她的、仅仅属于她的移民地，在那里，她能得到在欧洲享受不到的独立和幸福。"

"啊！这话说得真好，格兰特船长，"格雷那万夫人响应道，"这是个美好的计划，不愧是有雄才大略的人的计划！可是，这个小岛……"

"不是这座岛，夫人。这座岛只是一片礁岩，最多只能养活几个移民，而我们需要一片广阔富饶的陆地，拥有原始时期所有宝藏的陆地。"

"好吧，船长，"格雷那万兴奋地说，"未来属于我们，我们将一起来寻找这样一片陆地！"

格兰特的手和格雷那万的手热烈地握在一起，好像表示，这个计划已被一致认可。

大家想了解"布里塔尼亚号"的三个被遗弃的遇险者，在这漫长的两年半中是怎么生活的。格兰特赶紧满足这些新朋友的愿望。

"我的故事，"他说，"是所有被扔在荒岛上的鲁滨孙的故事。在荒岛上，他们只能依靠上帝，依靠自己，他们感到应当和自然力作斗争，求得生存！

"那是 1862 年 6 月 26 日到 27 日的夜里。'布里塔尼亚号'经过六天风暴的折腾，终于无法驾驭，撞在玛丽亚-泰雷莎的礁岩上，船身破裂。海上波浪汹涌，又不可能有船来救援，我的船员都不幸在海难中丧生，只剩下两名水手，博布·里尔斯、若拜尔和我。我们设法上岸，经过无数次努力都没成功，最后总算爬到了岸上。

"我们所到的陆地只不过是个小小的荒岛，宽两英里，长五英里，岛上有三十来棵树、几块草地和一眼清泉，我们很幸运，这泉水从不枯竭。我和我的两个水手被扔在世界的这个角落，但我并不绝望。我相信上帝，准备作不屈不挠的斗争，博布和若拜尔成了我的患难伙伴和朋友，他们给了我有力的帮助。

"笛福笔下的鲁滨孙成了我们的榜样，我们学着他，先打捞沉船的漂浮物。我们捞到几件工具和武器，一点火药，一袋宝贵的种子。头几天日子非常艰苦。不久，通过打猎和钓鱼，食物有了保证，因为岛内野山羊成群结队，岸边有很多海洋动物。我们逐渐把生活安排得有条不紊。

"靠着从海难中抢救出来的仪器，我知道了这座岛的准确位置。它不在任何船只的航线上，所以不可能有船来营救我们，除非出现奇迹。我想到也许再也见不到的亲人们，就勇敢地接受了这个考验，每天祈祷的时候总念着我的两个孩子的名字。

"我们顽强地劳动，很快就开出了好几英亩地，播上了从'布里塔尼亚号'拿来的种子；马铃薯、菊苣、酸模，改善了我们日常的饭食；后来又有了其他蔬菜。我们捉到几只小山羊，很方便地把它们养驯了，这样就有了羊奶、黄油。干涸的海湾里长着大柄苹，可以拿来做面包，相当有营养。从此，我们不用为物质生活担忧了。

"我们用'布里塔尼亚号'的木板造了一所房子，房顶盖上帆布，又把帆布仔细涂上焦油，住在这样结实的房子里，我们平安地度过了雨季。也是在这所房子里，我们商讨了很多计划，做了很多美梦。最美的梦想刚刚已变成现实！

"起初，我想用沉船漂在水上的木头做一只小船，乘小船出海，但是，我们离最近的陆地，就是说离波莫图群岛，有一千五百海里。任何小船都不能做这么长的航行。我只好放弃这个打算，等待神仙下凡来救我们。

"啊！我可怜的孩子们！我们多少次站在海岸的岩石上，等待海上出现船只啊！我们住在岛上的这段时间里，天边只出现过两三只船，但很快就不见了！就这样，两年半过去了，我们不再存希望，但是也还没有完全绝望。

"终于，昨天，我站在岛上最高的山顶上，突然发现西边有一股轻烟。这股烟愈来愈粗大，不久，一只船出现在我的视野里，好像在朝我们这边开过来。

"但是，它会不会绕开这座岛呢，因为这儿没有可以供船停靠的地点？我当时这么想。

"啊，我们度过了多么让人焦虑的一天哪！我真不明白，我的心怎么没在胸膛里碎掉！两个伙伴在玛丽亚-泰雷莎的一座山峰上点起了一堆火。天黑了，但是，游船没有发出任何信号表示看见我们了！可是，救星就在那儿，难道我们能眼看着它走掉吗！

"我不再迟疑。夜色愈来愈浓。船可能在夜间开过我们的小岛。我跳进海里，向大船游去。希望使我有了三倍的力量。我以超人的劲头破浪前进。我已经靠近游船，离它只有六十米左右了，可就在这时，船头调转了方向！

"于是我不顾一切地大声叫喊，只有我的孩子听见了我的叫声，这不是他们的幻觉。

"然后，我游回岸边，精疲力竭，身心交瘁。我的两名水手把我拉上岸时，我已经半死了。我们在岛上过的这最后一夜是最难受的一夜，我们以为从此永远被人遗弃在这里了，可天亮时，我发现游船减低了速度，在沿着岸慢慢行驶。你们放下一只小艇……我们得救了，啊，感谢上帝的恩德！我的两个孩子，我亲爱的孩子在小艇上向我伸出双臂！"

格兰特在玛丽和罗伯特的亲吻与抚慰中讲完了自己的经历。这时他才知道，他们能得救要归功于那份字迹相当潦草的文件。他遇险一周后写了这份文件，把它装进一只瓶子，扔进海里，让任性的海浪随便把它送到什么地方。

格兰特船长讲述的时候，帕噶乃尔在想什么呢？可敬的地理学家在上千遍地翻来覆去回想文件上的词句！回忆先后对文件所做的三种解读，而这三种解读都错了！玛丽亚-泰雷莎的岛名是如何在海水浸泡的文件上指明的呢？帕噶乃尔实在忍不住了，他抓住格兰特的手大声问："船长，您能把那份难以辨认的文件的内容告诉我吗？"

地理学家的问题引起了大家的兴趣，因为寻找了九个月的谜底就要揭开了。

"那么，船长，"帕噶乃尔问，"您能准确记得文件上的一字一句吗？"

"记得非常准确。"格兰特回答，"我没有一天不回忆那些字句，因为我们唯一的希望和这些字句联系在一起。"

"文件是怎么写的，船长？"格雷那万问，"请说吧，出于自尊心，我们也急于想知道我们是不是猜对了。"

"我马上满足你们的要求。"格兰特说，"但是，你们知道，为了增加获救的机会，我在瓶子里装了三份文件，分别用三种文字书写，你们想知道哪一份？"

"三份文件写得不一样吗？"帕噶乃尔急切地问。

"不，都是一样的，除了一个地名。"

"那么，请您背法文文本吧，"格雷那万说，"法文文本没有被海水泡得太厉害，我们的解读主要是以这个文本为基础的。"

"爵士，法文文本是这样的，我一字不差地背出来。"格兰特回答，"1862 年 6 月 27 日，从格拉斯哥起航的三桅帆船'布里塔尼亚号'在南半球离巴塔哥尼亚一千五百里的海上遇难沉没。格兰特船长及两名水手被海浪冲到岸边，登上塔博尔岛……"

"嗯？"帕噶乃尔疑惑地哼了一声。

"在岛上，"格兰特船长继续背，"他们一直受极度贫困的折磨，故在经度一百五十三，南纬三十七度十一分处将此文件投入海中。请速来救援，否则他们必死无疑。"

听到塔博尔岛这个名字，帕噶乃尔猛地站起来，忍不住叫道："什么，塔博尔岛！可这儿明明是玛丽亚-泰雷莎岛呀？"

"帕噶乃尔先生，"格兰特回答，"可能在英国和德国的地图上是玛丽亚-泰雷莎岛，但是，在法国地图上是塔博尔岛！"

这时，帕噶乃尔的肩上挨了狠狠的一拳，打得他弯下了腰。这一拳是少校打的，他第一次违反自己一向严格遵守的礼节。

"还是地理学家呢！"少校以非常瞧不起的口吻说。

但是，帕噶乃尔甚至没感觉到少校的重拳。和他在地理学上所受的打击相比，这一拳算得了什么呢！

正如他告诉格兰特船长的那样，他一步步接近了文件的真实内容！他把这份无法破译的文件几乎全部解读出来了！巴塔哥尼亚、澳大利亚、新西兰这几个词先后被他很有把握地辨认出来。Contin，起先以为是 continent（大陆），后来逐渐恢复了 continuelle（一直不停）的真正意义，Indi，曾先后被理解为 indiens（印度的，印第安人），indigènes（土著人，土著的），最后才是 indigence（极度贫困，匮乏）——它的本来面目。只有被海水腐蚀的"abor"蒙蔽了地理学家智慧的眼睛！帕噶乃尔一直固执地把它看成是动词 aborder（靠岸）的前两个音节，怎么也没想到这是地名，Tabor（塔博尔岛），是玛丽亚-泰雷莎岛的法文名字，"布里塔尼亚号"的遇险者就在这里栖身避难！不过，这个错误难以避免，因为"邓肯号"上的地球平面图给这个小岛的名字是玛丽亚-泰雷莎。

"不管如何！"帕噶乃尔气得揪着头发说，"我不该忘记这座岛有

641

两个名字！这是个不能原谅的错误！一个地理学会秘书长怎么能犯这样的错误呢！我真是颜面扫地！"

"帕噶乃尔先生，"格雷那万夫人说，"您也别太难过了！"

"不，夫人，不！我简直是头蠢驴！"

"一头驴，一头不会玩把戏的驴。"少校回应道，作为对地理学家的安慰。

吃完饭，格兰特把木屋里的所有东西整理好。他一样也不带走，他要让那个罪人继承他这个正派人创造的财富。

大家回到"邓肯号"上，格雷那万打算当天就起航，于是命令把下士水手送下船去。艾尔顿被带到艉楼上，站在了格兰特船长的面前。

"是我，艾尔顿。"格兰特船长说。

"是您，船长，"艾尔顿回答，重新见到格兰特，他没表现出丝毫的惊讶，"看见您身体健康，我很高兴。"

"当初，我把你丢在一个有人住的地方，看来是个错误。"格兰特说。

"看来是的，船长。"

"你将代替我待在这个荒岛上。愿上帝启迪你悔过自新！"

"但愿如此！"艾尔顿平静地回答。

格雷那万对他说："艾尔顿，你坚持你的决定，要我们把你丢在这里吗？"

"是的，爵士。"

"塔博尔岛对你合适吗？"

"很合适。"

"现在，我最后对你讲几句话，你听好，艾尔顿。在这里，你远离所有的陆地，不可能和你的同类有任何来往。奇迹难得出现，所以，既然把你丢在这里，你逃不出这座岛了。你将孤身一人，但是上帝的眼睛看着你，他能看到你的心灵最深处。你既没有完蛋，也没被人忘却，正像格兰特船长过去那样。虽然你不值得人们怀念你，但是有人会记得你。我知道你在哪里，我知道在哪儿能找到你，我永远不会忘记。"

"愿上帝保佑您！"艾尔顿只回答了这么一句话。

这就是格雷那万和下士水手之间交谈的最后几句话。小艇已备好。艾尔顿从"邓肯号"下来，上了小艇。曼格斯已预先叫人把几箱干粮、几件工具和武器，以及一些火药、子弹抬到了小岛上。下士水手可以通过劳动脱胎换骨、重新做人；他什么也不缺，包括书，其中就有英国人特别珍视的《圣经》。

分手的时刻到了，船员和乘客都站在甲板上。他们中间不止一个心里有些酸楚。玛丽和海伦娜无法控制自己的激动心情。

"必须这样做吗？"年轻妇人问她的丈夫，"必须把这个不幸的人遗弃在这荒岛上吗？"

"必须这样做，海伦娜，"格雷那万爵士回答，"这是让他赎罪。"

这时，小艇在曼格斯指挥下离开了大船。艾尔顿站在小艇上，始终不动声色，他脱下帽子，郑重地向大家告别。

格雷那万脱下帽子，船员也都跟着脱下帽子，就像在一个即将死去的人面前一样。小船在一片深沉的静默中渐渐远去。

到了岸边，艾尔顿跳到沙地上，小船又回到大船上来。

这时是下午四点。从艉楼上还能看到下士水手，他两臂抱在胸前，站在一块岩石上，像雕像似的一动不动，看着大船。

"我们出发吗，爵士？"曼格斯问。

"是的，约翰。"格雷那万急速地说。他内心比外表流露的更激动。

"开航！"约翰对技师喊道。

汽笛鸣叫，螺旋桨拍打着海浪。晚上八点钟时，塔博尔岛上的最后几座山峰消失在夜的黑影中。

第二十二章　帕噶乃尔最后一次心不在焉

  "邓肯号"驶离塔博尔岛后，过了十一天，即 3 月 18 日，到达南美海岸，次日，在塔尔卡瓦诺海湾停泊。

  经过五个月的航行后，"邓肯号"又回到这里。船始终严格地沿着三十七度纬线航行，绕地球走了一圈。在这一令人难忘的探险中，旅人们穿越了智利、潘帕斯草原、阿根廷共和国、大西洋、阿肯哈群岛、印度洋、阿姆斯特丹岛、澳大利亚、新西兰、塔博尔岛和太平洋，在航海家俱乐部的编年史上，还没有这样的先例呢。他们的努力没有白费，最终把"布里塔尼亚号"上的遇险人带回了家园。

  在点名清查人数时，这些听从爵士的召唤远行探险的正直的苏格兰人，一个也不缺，都回到了他们古老的苏格兰。这次探险使人想起古代历史上一场"没有眼泪"的战役。

  "邓肯号"在塔尔卡瓦诺海湾补充了给养之后，继续沿着巴塔哥尼亚的海岸航行，然后绕过合恩角，穿越大西洋。

  这次归航比任何一次旅行都太平。游船满载着幸福和欢乐，船上的人互相之间已经没有任何秘密，连曼格斯对玛丽的爱慕也是公开的事了。

尔，还是有一个谜，这个谜使少校好奇和困惑：帕噶乃尔总是把自己严严实实裹在衣服里，连脖子也深深缩在围巾里面，那围巾一直遮到他的耳朵。这是为什么呢？少校迫切想知道地理学家有这种奇怪癖好的原因。但是，不管少校怎么盘问，怎么暗示，怎么猜疑，帕噶乃尔就是不肯解开这个谜。即便当"邓肯号"经过赤道，天气热到五十度，甲板的接缝都快熔化时，他也不解衣扣。

少校见地理学家身上仍然穿着一件大大的宽袖长外套，好像天冷得连温度计里的水银柱也冻住了，便说："他那么漫不经心，可能还以为在圣彼得堡呢！"

"邓肯号"离开塔尔卡瓦诺海湾后，又航行了五十三天，终于，5月9日，曼格斯看到了坎泰尔角的灯火。游船驶入圣乔治运河，穿过爱尔兰海，5月10日，开进克莱德湾。十一点钟，游船在丹巴顿停泊。下午两点，乘客们在苏格兰高地人的欢呼声中走进玛尔科姆城堡。

格兰特和两个孩子注定会得救。曼格斯注定会在古老的圣芒戈大教堂娶玛丽为妻，就是在这座教堂里，九个月前，帕克顿神甫曾祈求上帝救格兰特船长，如今又为女儿和她的救命恩人的结合祝福！罗伯特注定会像他父亲一样当海员，像曼格斯一样当海员，他注定会和他们一起，在格雷那万爵士的有力保护下，继续进行格兰特船长的宏伟计划！

但是，帕噶乃尔不会打一辈子光棍，这也是注定的吗？很可能。

确实，这位学问渊博的地理学家，在完成了那些丰功伟绩后，少不得名声大振，有关他的心不在焉的故事在苏格兰上层社会脍炙人口。他成了一个十分抢手的人物，已经无法应付众多的盛情邀请。

就在这时，一位三十岁的可爱小姐迷上了与众不同的地理学家。这位小姐不是别人，是少校的表妹。她本人也有点喜欢标新立异，但是心地善良，风韵犹存。她愿意和他牵手，她的手里可掌握着百万家财哩；不过大家对这一点避而不谈。

阿拉贝拉小姐倾慕他，帕噶乃尔对此绝不是无动于衷的，只是他不敢表态。还是少校在这天造地设的一对儿之间牵线搭桥。他甚至对帕噶乃尔说，结婚，这是他能容许自己犯的"最后一次心不在焉"。

帕噶乃尔十分为难。

"你不喜欢阿拉贝拉小姐吗？"少校不断问他。

"你说什么呀，少校！阿拉贝拉很迷人！"帕噶乃尔叫起来，"她太迷人了；如果要我说心里话，我会说，我更愿意她不这么迷人！我希望她有缺点。"

"你放心好了，"少校回答，"她有缺点，而且不止一个。世上最完美的女人也难免有缺点。那么，帕噶乃尔，这事定下来了？"

"我不敢。"帕噶乃尔又说。

"怎么了，我的大学问家，干吗还犹豫呢？"

"我配不上阿拉贝拉小姐！"地理学家还是这么回答。

他走不出这个怪圈。

终于有一天，他被难对付的少校逼得没有了退路，坦白了一个隐私，但要求少校保守秘密。他说他身上有一个特点，如果哪一天他被警方追捕，这个特点就会让警方很容易认出他。

"得了吧！"少校不信地说。

"我告诉你的不会假。"帕噶乃尔说。

"这有什么关系呢，可敬的朋友？"

"你认为没关系吗？"

"是的，这只会使你更与众不同，更增加你这个人的魅力，使你成为阿拉贝拉梦想的举世无双的男人！"

说完，少校带着始终不变的一本正经的神情走了，让帕噶乃尔一个人在那儿忧心忡忡。

少校和阿拉贝拉小姐进行了一次简短的谈话。

半个月后，在玛尔科姆城堡的小教堂里举行了一场热闹非凡的婚礼。帕噶乃尔神采飞扬，但身上依然裹得严严实实；阿拉贝拉小姐打扮得光彩照人。

而地理学家的个人秘密也许会一直埋藏在未知的深渊里，若不是少校把这个秘密告诉了格雷那万，格雷那万毫不隐瞒地告诉了格雷那万夫人，格雷那万夫人又扼要地告诉了曼格斯先生。总而言之一句话，这秘密一直传到奥尔比奈特先生的耳朵里，就此公之于众。

原来，帕噶乃尔被毛利人关在那儿的三天中，毛利人强行给他文了身，从脚到肩都刺上了花纹。他的胸脯上是一只几维鸟的图纹，两翅展开着，鸟喙像是在啄他的胸口。

在这次远行中，唯有这一遭遇给他造成的痛苦是他永远无法摆脱的，为此他永远不能原谅新西兰。也是这件事使他不能回法国，尽管很多人请求他回去，尽管他十分怀念自己的国家。他担心，一个新近文了身的秘书长会给整个地理学会招来漫画作家和各种小报的嘲笑。

格兰特船长回到苏格兰一事，被人们当作一件全民族的大喜事来庆祝，而船长也成了古老的喀里多尼亚最受欢迎的人。他的儿子罗伯特，像父亲一样，也像曼格斯一样，当了海员，在格雷那万爵士的支持下，继续去实现在太平洋海域建立一个苏格兰移民地的宏大计划。